FOLIO POLICIER

Graham Hurley

Les quais de la blanche

Une enquête
de l'inspecteur Faraday

Traduit de l'anglais par
Philippe Rouard

Gallimard

Titre original :

CUT TO BLACK

Cut to black, *publié par Orion Books Ltd, Londres.*

Né à Portsmouth, Graham Hurley a produit et réalisé de nombreux films documentaires et écrit plusieurs thrillers avant de commencer la série de l'inspecteur Faraday, typique des romans dits « de procédure » tels que les écrivent Rankin, Mankell ou Connelly.

À Bob et Di Franklin,
avec amour.

Certes, il n'y a pas de honte à être riche, ma
chère,
Mais cela ne dépend-il pas de la manière de
l'afficher ?

JANE AUSTEN,
Mansfield Park

Tous mes remerciements à Glen Barham, Alan Betts, Caroline Cawkill, Dave Cook, Roly Dumont, Jason Goodwin, Norman Feerick, Di Franklin, David Horsley, Andy Harrington, Dave Hunter, Michelle Jacolow, Richard John, Gary Linton, Tim Lucas, Andy Marker, Bridget Munro, John Molyneux, Julie Mortimer, Laurie Mullen, Simon Paine, Tim Robinson, Jane Shuttlewood, Colin Smith, Paul Thatcher, Tony West et Martin Youngs. À d'autres encore, à qui aussi va ma gratitude pour avoir discrètement œuvré dans l'ombre. Quiconque désirant en apprendre plus sur l'histoire haute en couleur de Pompey devrait acquérir un exemplaire de *Rolling with the 6. 57 Crew,* de Cass Pennant et Rob Sylvester. Une excellente lecture. Ce projet souleva dès le début l'enthousiasme de Simon Spanton, mon éditeur chez Orion, qui le maintint contre vents et marées. Quant à mon épouse Lin, elle se chargea de remplir nos ventres, de réchauffer nos cœurs et de nous garder à l'abri. Pompey jusqu'à la mort...

Prélude

Mardi 18 mars, 20 h 13

Il ralentit dans l'obscurité, le souffle rauque, cherchant mille raisons de ne pas tirer de conclusion hâtive. La voiture ressemblait à une Vauxhall, peut-être une Cavalier. Les deux silhouettes penchées à la portière du conducteur avaient cette minceur nerveuse des ados, et la musique qui se déversait par la vitre baissée, comme dans une scène de film, était parfaite : un rap gangsta aux basses lourdes qui pulsait dans la nuit, noyant le ressac non loin.

Il finit par s'arrêter, agacé de perdre le rythme de sa course nocturne, conscient de la froide étreinte du vent sur son corps en sueur. Dix bornes à bonne allure avaient vidé ses jambes de leur force mais déjà de petits nœuds d'adrénaline balayaient sa fatigue. Après de longs mois de paperasseries – les pistes des audits et les calculs des dépenses, les évaluations et les contrôles –, on retombait sur ça : le même sordide petit drame se jouait à travers des dizaines de villes, des centaines de lotissements et cités, des milliers de terrains vagues semblables à celui-ci. La Cavalier, pensait-il amèrement, avait remplacé le marchand de glaces. Arrête-toi, que je te fourgue. Et je te fourguerai demain soir même heure. Et après-demain. Et tous les autres soirs. Jusqu'à ce que vous l'appeliez toutes les quatre heures, votre nouveau pote dans sa Vauxhall cabossée, le suppliant de vous servir.

Il entreprit de contourner la voiture par l'angle mort de la lunette arrière, alors qu'il était encore à une bonne cinquantaine de mètres, avançant avec précaution parmi les mauvaises herbes. Dans ce genre de situation, il fallait être totalement idiot pour négliger d'évaluer les risques. Comment prendrait-il le jeune derrière le volant ? Comment le maîtriserait-il ensuite ? Comment éviter qu'il y ait de la casse ? Ces questions étaient importantes. Il lui fallait un plan, et une voie de repli, mais il y avait quelque chose dans cette petite scène – combien criante, insultante – qui l'avait libéré. Soudain, il avait une chance de faire la différence. Pas une grosse différence, mais tout de même.

Il avait la voiture face à lui, maintenant, et la rangée de réverbères à six cents mètres de là. Avec sa silhouette découpée dans le halo orangé, le moindre mouvement le trahirait. Il commença de reculer pour se mettre à couvert, dans l'intention de se rapprocher de nouveau de la voiture par le côté passager, et se figea soudain en entendant démarrer le moteur. La musique s'était tue d'un coup, remplacée par l'aboiement profond d'un chien et les éclats de rire d'un des mômes, tout juste un adolescent, avec une voix qui n'avait pas encore mué. Quel genre de petit salaud pouvait vendre de la came à des gosses de treize ans ?

Il se mit à courir, soudain oublieux de la nécessité de rester à couvert. Tout faire pour se placer entre la Cavalier et les lointaines lumières de la ville, entre le conducteur et la prochaine vente. L'un des gosses le vit, et d'un cri avertit son pote. Deux silhouettes se fondirent dans l'ombre, alors que la voiture commençait d'avancer. Nick était maintenant à sa hauteur et fonçait, poussant fort sur ses jambes. Il tendit la main et ouvrit la portière. Il y avait quelqu'un d'autre à l'intérieur, calé contre le repose-tête, le siège à moitié incliné. La mince silhouette se détendit d'un coup, un poing le frappa à la pomme d'Adam, une douleur violente qui lui brouilla un instant la vue. Il perdit l'équilibre et tomba en arrière. Il sentit un parpaing lui érafler le visage, entendit un crissement de pneus et le chien qui aboyait de plus belle. La voiture était devant lui, quelques mètres plus loin, immobile, la portière du passager toujours ouverte. Un visage apparut, plissé par un grand sourire. Puis une voix à l'accent épais de Liverpool : un Scouser[1].

« Écrase-moi ce branleur. »

Le moteur s'emballa. Puis les feux stop s'éteignirent et, pendant un bref instant, alors qu'il essayait de bouger, il vit parfaitement la Cavalier faire marche arrière dans sa direction et distingua même le relief des pneus. L'instant d'après, une roue lui écrasa la cheville et il hurla, et hurla encore alors qu'une autre roue lui passait sur la jambe, et pendant une seconde ou deux il dut perdre connaissance, parce que l'instant d'après fut un moment de terreur surréelle, quand l'éclat des phares et le vrom-

1. Terme argotique désignant les habitants de Liverpool. *(N.d.T.)*

bissement du moteur foncèrent sur lui. Cette fois, il tenta de repousser de ses mains nues le monstre qui surgissait, chair contre métal, avant de retomber sur le dos, vaincu, tandis que la douleur explosait et que revenait l'obscurité, insondable, au-delà de toute compréhension.

1

Mercredi 19 mars, 1 h 19

L'avion apparut bien après minuit, venant de l'ouest. Il bourdonna au-dessus des faubourgs de Gosport, avant de descendre vers le rivage battu par les vents, la masse noire du port de Portsmouth disparaissant sous son nez.

Au-delà du port et des ombres sinistres du chantier naval s'étendait la ville elle-même, île sertie par les lumières des réverbères. Loin vers le sud, une file de taxis attendait les clients des boîtes de nuit du quai de South Parade ; plus loin encore, vers l'intérieur des terres, le gyrophare d'une ambulance traçait d'un pointillé bleu le labyrinthe des rues.

À mille pieds, l'avion se stabilisa avant d'incliner une aile et d'amorcer une série de larges cercles paresseux, prenant son temps, chaque passage s'ajoutant invisiblement au précédent. Dans son sillage, les sommeils étaient chahutés dans les foyers, des rêves se défaisaient sous la pulsation régulière des moteurs. Même à moitié endormi, cherchant à reprendre conscience, c'était un bruit familier, immédiatement identifiable. Boxer One. La fierté de l'ASU d'Hantspol, l'unité de soutien aérien, l'œil du ciel.

L'avion survola la ville pendant une petite heure. Au bout d'un moment, les rondes se resserrèrent et, à deux ou trois reprises, le pilote descendit assez bas pour que des insomniaques à Fratton rapportent avoir entendu le sifflement du vent sur les ailes. Puis, soudain, le rythme des moteurs changea, et l'appareil s'éloigna en grimpant vers l'ouest, restituant à la ville son silence.

Éveillé dans sa maison de marinier, Faraday avait entendu, lui aussi, et il s'interrogeait.

Il revint au constable Paul Winter d'appeler un chat un chat.

« On a récolté que dalle. L'opération a foiré.

— Et les cutters ? Ce bout de corde à linge ? Le sang sur le lino dans le coin de la pièce ? Et du sang encore sur le canapé ? Serait-ce l'âge, Paul ? La violence a fini de vous exciter ?

— Et moi qui croyais qu'on faisait une descente pour la came.

— Mais c'en était une. Et je vous parie dix sacs qu'on aura une bonne trace d'ADN.

— Qui nous mènera où ? Un petit salopard qu'ils ont ligoté comme dans un film de Tarentino ? Ces types sont dingues, Cath, et c'est pas un motif pour leur tomber dessus. »

L'emploi de son prénom fit sourciller l'inspecteur Cathy Lamb. Le reste de l'équipe – trois constables et un maître-chien – ne pouvait les entendre, occupés qu'ils étaient à fouiller dans le chaos des chambres à l'étage, mais, même ainsi, Lamb veillait à garder ses distances avec Winter. La nouvelle équipe de choc du CID – la brigade criminelle de Portsmouth – n'existait que depuis une semaine, et Cathy n'avait nul besoin de ce genre de libertés que des détectives comme Winter seraient trop heureux d'exploiter.

« Nous n'avons pas eu de chance, dit-elle simplement. Nous avons pris toutes les précautions, mais des fois ça ne suffit pas.

– C'est pour mon bénéfice que vous dites ça, chef ? Ou bien vous répétez pour demain ?

– Demain ?

– L'autopsie. Secretan va adorer. Toutes ces heures sup. Tout ce battage. Et nous qui revenons avec quelques cutters et un camion de cartons de pizzas. » Il poussa du bout de sa chaussure un emballage gras. « Qu'est-ce qu'ils ont, les mômes, aujourd'hui ? Ils ne savent pas qu'on peut manger autre chose ? »

Il y eut un bruit de chute à l'étage, mais Cathy l'ignora. Elle consultait une fois de plus l'analyse détaillée fournie par l'unité de soutien aérien, résultat d'un vol effectué le week-end précédent. La prise de vue – nette et parfaitement cadrée – révélait une maison mitoyenne dans Pennington Road, au cœur du labyrinthe de rues que formait Fratton. Chaque détail signifiant était dûment étiqueté : les fenêtres du rez-de-chaussée obstruées par des planches, l'antenne télé de guingois sur la cheminée, le vieux frigo abandonné dans la cour minuscule à l'arrière. Il n'y avait pas d'autre accès à la maison que celui de la porte d'entrée, devant. En théorie, comme elle l'avait imprudemment annoncé lors du briefing de la veille, l'affaire était dans le sac.

Il n'empêche, les deux lascars qu'ils étaient venus appréhender s'étaient fait la paire. Une voiture de patrouille continuait de marauder dans les rues voisines, mais Boxer One, l'Islander de l'ASU, avait laissé tomber et regagné sa base. Les deux taches blanches que formaient les suspects sur la caméra thermique avaient pris deux directions différentes sitôt que l'appareil avait assuré sa position. Les types de l'ASU avaient suivi l'un d'eux, alors qu'il escaladait mur de jardin après mur de jardin, jusqu'à ce qu'il ressorte de la rangée de maisons mitoyennes. Sprintant jusqu'à la rue voisine, il avait plongé sous l'auvent d'un garage. Après quoi, dans le sec jargon de l'observateur de Boxer One... « contact perdu ».

La voiture de patrouille avait vérifié le garage en question. Une Ford Escort y rouillait sur deux pneus crevés, en compagnie d'une montagne de vieux pots de peinture et d'une poubelle en plastique remplie de matériel de pêche. Aucun signe d'un jeune dealer de dix-huit ans porté sur la violence extrême.

Le plus jeune des constables descendait l'escalier en boitant. Il s'appelait Jimmy Suttle. Sa tenue était poussiéreuse et son visage sale, mais la joyeuse lueur de ses yeux arracha un sourire à Cathy. Un sourire fait d'espoir plutôt que de confirmation.

« Alors ?

– J'ai trouvé, chef, dit-il, essoufflé. Il y a une trappe dans le toit. Ces petits salauds se sont tirés par la maison voisine, et par la suivante. Probablement par la cour de derrière. Je pense au numéro 34, la baraque vide au bout de la rue. » Il se tut un instant, déconcerté par l'expression de Cathy. « Chef ?

– Quoi, vous êtes en train de me dire qu'ils ont

eu le temps de faire ça ? On était là dans la minute. Vous le savez très bien. »

Winter hocha la tête. La porte de devant s'était rendue sans combattre à l'équipe d'intervention. Leurs cibles n'auraient jamais eu le temps de passer par le toit, avec la cavalerie à leurs basques.

Mais Suttle maintenait sa version. Il avait rampé sous le toit voisin et avait pris pied au numéro 34. La maison était entièrement meublée, peut-être mise en location ou attendant le retour de ses propriétaires. Il y avait des tapis, de jolis tableaux, un grand écran de télé, tout le confort.

« Et ?

— Ils la squattaient, bien sûr. Eux ou quelqu'un d'autre. Ils en ont fait une vraie poubelle : lits défaits, bouteilles vides, télé encore allumée, de la bouffe avariée...

— Des pizzas ? grogna Winter.

— Partout. Dans la cuisine, le salon. Des morceaux de poivrons, d'oignons, des taches de sauce tomate. Ces mecs sont des porcs.

— Ouais, comme si on le savait pas.

— De la drogue ? s'enquit Cathy d'une voix presque plaintive.

— J'ai peur que non, chef. » Le jeune détective se frottait le genou. « Un peu d'herbe, un peu de coke, mais je parle de provision personnelle, rien en gros. Ou alors ils l'ont emportée avec eux, que sais-je ? » Il fronça les sourcils. « À mon avis, ils se sont installés au 34 comme à l'hôtel. C'est sans comparaison avec ce trou à rats.

— Alors, pourquoi ne savions-nous rien de ce numéro 34, demanda Lamb en regardant Winter.

— Aucune idée. » Winter regarda autour de lui en grimaçant. « C'est quoi, cette odeur ?

— Merde de chien, collègue. » Suttle découvrit la semelle de sa chaussure et fit un signe de tête en direction des chambres. « On s'y enfoncerait jusqu'aux genoux. »

L'appel téléphonique leur parvint quelques minutes plus tard. Winter fut le premier sur le portable à moitié dissimulé sous une pile de courrier non ouvert. Il le cueillit dans son mouchoir et, tournant en partie le dos aux deux regards fixés sur lui, écouta en grognant de temps à autre.

« Et vous êtes qui ? » demanda-t-il enfin.

La conversation cessa brutalement. Winter enveloppa le portable dans le mouchoir, puis le posa délicatement sur un cageot en plastique blanc qui servait de table basse.

Cathy Lamb haussa un sourcil interrogateur.

« Nos amis absents, grommela Winter. Liverpool pur jus. Ils ont une adresse pour nous. Numéro 93, Bystock Road. Ils pensent qu'on devrait y faire un tour. »

Il se fit un bref silence. Cathy Lamb semblait plus résignée encore. Certaines affaires vous accablaient d'un sentiment d'impuissance, et c'était certainement le cas ici. « Décidément, dit-elle avec un soupir, ils se foutent de notre gueule. »

Bystock Road était à trois minutes de là en voiture, une autre de ces rues interminables de maisons mitoyennes, qui avaient converti ce coin de ville en terrain de chasse pour les poseurs de double vitrage, les couvreurs amateurs et les démarcheurs des organismes de crédit les moins recommandables. Sur l'injonction de Lamb, Winter prit Suttle et deux autres constables avec lui. En tournant dans Bystock, il évita de justesse la collision avec une voiture de patrouille. Winter descendit et traversa la chaussée. Le 93 était situé à bonne distance de l'autre côté de la rue, mais il pouvait déjà entendre la musique.

« Un voisin s'est plaint. Il nous a appelés il y a pas cinq minutes. » Le jeune agent de patrouille était d'origine asiatique. « Le type disait qu'il allait cogner à la masse chez le voisin, si on n'intervenait pas.

– L'adresse ?

– Le 91. »

Les deux voitures descendirent la rue pour s'arrêter en double file à hauteur du 93. La fenêtre à l'étage était grande ouverte mais la maison était dans l'obscurité et il n'y avait aucun bruit de fête. Les connaissances musicales de Winter n'allaient guère au-delà d'Elton John, et Suttle lui vint en aide.

« Docteur Dre, lui souffla-t-il. T'as de la veine d'être tellement vieux. »

Le constable s'entretenait déjà avec le voisin qui s'était plaint. Un grand type baraqué, la quarantaine, avec des cheveux courts et une barbe de deux jours. Winter avait du mal à détacher les yeux du flou de tatouages sous les larges mailles de son tricot de corps. Il disait ignorer qui habitait au 93, des cloches qui n'arrêtaient pas de passer et de repasser, mais il était sérieux au sujet de la masse.

« Alors, vous en pensez quoi ? demanda le policier asiatique en se tournant vers Winter.

— Moi ? » Winter regardait toujours le voisin. « Je foutrais sa porte en l'air et laisserais faire monsieur comme bon lui semble.

— Vous êtes sérieux ?

— Toujours. Sauf qu'après ça, la paperasse serait un cauchemar. »

Le policier gratifia Winter d'un sourire incertain. La situation était délicate. Il y avait peut-être de la drogue, des armes même, et son chef était un fana du règlement. Ils feraient peut-être bien de procéder à une évaluation des risques.

Winter traversa la rue et beugla deux fois en direction de la fenêtre ouverte, mais sa voix se noya dans le flot de musique. Finalement, il cogna à la porte, remit ça puis, reculant d'un pas, fit un signe à Suttle.

« Tu es plus méchant que moi. Tu veux bien m'ouvrir cette lourde ? »

Le jeune constable n'avait pas besoin d'encouragement. Au troisième coup de pied, le bois se fendit autour de la serrure, et un coup d'épaule l'amena à l'intérieur. Winter suivit, tâtonnant sur le mur à la recherche d'un interrupteur. Une odeur fétide et âcre le saisit à la gorge. Il trouva enfin l'interrupteur, mais celui-ci ne marchait pas.

« Tenez. »

C'était le voisin, avec une lourde torche. Winter la prit et demanda à l'homme de sortir.

« Pas question. »

Le faisceau de la lampe balaya l'entrée et Winter l'immobilisa sur le visage de l'homme. « J'ai dit : dehors. »

Le type hésita un instant, puis regagna le trottoir

avec un haussement d'épaules. Winter était déjà dans le minuscule salon. La torche révéla un matelas par terre, dont une extrémité était entourée de gobelets sales, de cartons de lait froissés et d'une petite montagne de mégots. Il y avait une flaque de vomi sous la fenêtre et une autre formait une croûte dans le foyer. Il était deux heures du matin, pensait Winter, et il y avait mieux à faire.

La cuisine occupait l'arrière de la maison. Un robinet gouttait dans l'obscurité, et un bourdonnement s'échappait d'un réfrigérateur déglingué. Le faisceau éclaira encore une table, deux vélos, et une boîte de Nescafé dans l'évier.

Il était évident maintenant que la musique venait de l'étage, la maison entière pulsant au rythme des lourdes basses. Encore une ou deux heures, et le 93 exploserait.

Winter grimpa les marches, Suttle derrière lui. Il y avait trois portes sur l'étroit palier, et deux d'entre elles étaient ouvertes. Winter y jeta rapidement un coup d'œil puis se tourna vers la troisième. C'était la pièce donnant dans la rue.

« Encore ? » demanda Suttle, mimant un coup de pied.

— Non. » Winter secoua la tête et tapota le bras de son jeune collègue. La torche à la main, il tourna la poignée et sentit la porte s'ouvrir. La musique déferla sur lui, tel un mur de bruit. Il entra dans la pièce et remarqua aussitôt une rangée de points lumineux dans le noir. Allumant la torche, il découvrit un ampli de stéréo, flanqué d'énormes enceintes. Il balança le faisceau en direction de la fenêtre, comme s'il s'attendait à voir quelqu'un surgir de l'ombre, mais ne vit rien d'autre qu'un sommier métallique posé sur le plancher nu à moins d'un mètre de la fenêtre ouverte. Et, gisant sur le treillis de métal, une femme entièrement nue, hormis une taie d'oreiller lui couvrant vaguement la tête.

Winter s'approcha mais, changeant d'avis, se mit à suivre le câble électrique courant le long de la plinthe. Quand il arracha la prise, le silence qui se fit en était presque palpable. De la rue monta la voix du voisin.

« Qu'est-ce qui se passe ? »

Winter l'ignora. La femme était encore en vie, frissonnant dans le courant d'air. Winter pouvait voir sa poitrine se soulever et il percevait comme un léger murmure sous la taie d'oreiller. Elle avait les chevilles attachées aux barres du lit par du câble électrique, et s'était entaillé les poignets en tentant de se libérer de ses liens. Winter la considéra pendant un instant, s'interrogeant sur son âge. Elle était jeune, assurément, et avait un corps qui méritait un bien meilleur traitement. La chair de poule accentuait la blancheur de sa peau ; elle avait de gros seins, un ventre plat et une trace de bikini laissée par sa dernière rencontre avec un vrai soleil. Des marques de coups récentes violaçaient les côtes, du côté gauche, mais il n'y avait pas d'autre signe de blessure.

Winter se pencha en avant tout en lui disant que tout allait bien, qu'elle n'avait plus rien à craindre maintenant, et il la libéra de la taie d'oreiller. Elle avait un visage pâle, en forme d'amande. Un foulard rouge lui bâillonnait la bouche. Des larmes commençaient de noyer ses yeux.

Winter tressaillit. Il connaissait cette fille. Le faisceau de la torche trembla. Non, impossible, pensa-t-il. Pas ici. Pas comme ça.

« T'as perdu un peu de poids, ma jolie. » Il sourit dans la pénombre. « Mais ça te va bien. »

2

Mercredi 19 mars, 7 heures

Un deuxième balayage des Leica révéla à Faraday un éclat de plumes blanches au milieu des ajoncs entourant la mare à un jet de pierre de la maison du marinier. Tripotant le point des jumelles, il cadra lentement à gauche, persuadé d'avoir repéré le premier traquet de la saison. Quelques secondes plus tard, l'oiseau sortait du couvert, trottinant sur deux, trois mètres, avant de sauter sur le dossier d'un des vieux bancs de bois ceinturant la mare.

Deux mois plus tôt, cette petite créature avait hiverné dans le sud du Sahara. En janvier, elle avait séjourné au Maroc, vouant ses journées à se nourrir. Les nuits, souvent seul, le traquet filait de nouveau vers le nord. À présent, à la mi-mars, il avait enfin regagné son lieu de ponte, apportant avec lui la promesse – la garantie – du printemps. Faraday ajusta le point. Gravé dans le bois du banc, juste en dessous des petites serres, un autre genre de message avait survécu à l'hiver. *Deano est un branleur*, lisait-on. Bienvenue à Pompey.

Faraday s'installa près de la mare avec l'espoir de surprendre les mésanges à moustaches qu'on disait en train de tailler leur chemin vers le sud depuis les marais de Farlington. Il était tout juste sept heures du matin ; l'air était immobile, le ciel sans nuages, et le miroir bleu du port tout proche n'avait presque pas une ride. Dans deux heures, après un petit déjeuner qu'il prendrait sans se presser, il se rendrait à son bureau pour y clore une affaire criminelle spectaculaire.

Un psychopathe d'une quarantaine d'années s'était vengé d'une vie de frustration sur la personne d'une étudiante étrangère, une blonde Finlandaise, qui avait eu la malchance de croiser son chemin. Les meurtres de cette sorte étaient d'ordinaire difficiles à résoudre, mais la Section des crimes graves avait retourné les ruelles de Fareham, où avait été retrouvée la tête coupée de la victime, et elle avait décroché un résultat en moins de trois jours.

Coincé par la preuve irréfutable de son ADN, le suspect avait jeté l'éponge au bout d'une heure d'interrogatoire. La transcription des aveux avait, en dépit de la terrible noirceur de leur contenu, éclairé d'un sourire de satisfaction le visage de Willard. Voilà, avait-il grogné, ce que devait être une enquête criminelle classique : le lien concluant entre ressources, efforts, dévouement et justice. Deux ans plus tôt, ils auraient mis des mois à y parvenir. À présent, par la vertu d'une réorganisation en profondeur, ils avaient remis les pendules à l'heure. Faraday, qui doutait fort des discours triomphants et du langage gestionnaire, était simplement content que ce salopard soit derrière les barreaux.

Le traquet avait disparu. Faraday avait commencé de chercher parmi les buissons en se demandant si ce n'était pas un peu tôt pour la fauvette des marais, quand la paix matinale fut troublée par le grondement d'un avion. Il leva ses jumelles à temps pour capter la vague silhouette d'un jet de combat débouchant des falaises de Portsdown. Quelques secondes plus tard, il passait au-dessus de lui dans un vacarme qui l'ébranla jusqu'aux os. L'avion disparut, laissant derrière lui une nuée de mouettes caquetantes, tandis que des bernaches se hâtaient de s'envoler. Encore une ou deux cascades de ce genre, et son traquet retournerait illico au Maroc.

Son portable sonna. C'était Eadie Sykes. Le jet l'avait réveillée et, bon sang, elle voulait savoir ce qui se passait.

« Tu crois que ça a commencé ? Que les Irakiens encaissent plus tôt que prévu ? »

Faraday ne put s'empêcher de rire, et Eadie feignit de s'en offusquer.

« Qu'est-ce qu'il y a de drôle ? Tu ne penses pas qu'on devrait se marier ? Avant qu'il soit trop tard ?

— Je pense que tu devrais te recoucher.

— Après ça ? Écoute, tu te souviens de Cuba, dans les années 60 ? Que ferais-tu de ces quatre dernières minutes qui te resteraient à vivre ?

— Je persiste à penser que tu devrais te remettre au lit.

— Oui... mais c'est bien plus marrant à deux, non ? Appelle-moi plus tard. »

Elle raccrocha. Faraday glissa son portable dans la poche de son anorak puis, sans trop y croire, se remit en quête de plumes. Ils avaient passé la soirée ensemble la veille, Eadie et lui, pelotonnés dans le canapé, avec le journal télévisé et une bouteille de Rioja. Ces deux derniers mois, ils avaient observé le gouvernement – Blair à sa tête – entraîner la nation à la guerre. Ramener à coups de bombe l'Irak à l'âge de pierre n'avait absolument aucun sens, et cependant ils étaient là de concert avec les Américains, à quelques heures du lancement des premiers missiles de croisière.

Eadie, derrière ses moqueries, vibrait de rage. Bush était un débile. Blair, son complice, était un lèche-cul. Les Britanniques devraient avoir honte d'eux-mêmes. Et sans son propre ministre australien pareillement porté sur le chaos, elle aurait fait ses valises et téléphoné à Qantas pour regagner les antipodes.

En février, Eadie avait tenu à ce qu'ils prennent le train pour Waterloo et se joignent au million et demi de personnes qui ne voyaient aucun motif de tuer femmes et enfants en Irak. Le fleuve de manifestants s'étendait sur des kilomètres, encombrant les ponts, remplissant les quais, et Faraday, qui n'avait jamais été dans sa vie de ce côté de la barricade, trouvait l'expérience étrangement réconfortante. Étudiants, mères de famille, enfants, retraités, demandeurs d'asile, fonctionnaires, une énorme proportion de la classe moyenne anglaise avançait lentement vers Hyde Park sous les regards vigilants de deux mille policiers.

C'était là pour Faraday une situation dont la singularité n'était pas qu'il fût un flic surveillé par des flics mais que ce seul acte de contestation lui paraisse tellement naturel et attendu depuis si longtemps.

Anciens Électeurs Travaillistes Contre la Guerre, clamait une banderole. Ils avaient foutrement raison.

Il tressaillit à la sonnerie de son portable. Il s'attendait à entendre Eadie de nouveau, mais c'était la voix bien trop familière de Willard.

« Joe ? Il est arrivé quelque chose. Où êtes-vouse ?

– Chez moi, monsieur. Je peux être au bureau à huit heures, peut-être avant.

– Inutile de courir.

– Pourquoi ?

– Parce que je suis encore à l'hôpital Alexandra, à attendre le verdict des toubibs. Rendez-vous au service des soins intensifs. »

L'hôpital Alexandra était situé sur le versant de Portsdown Hill, un géant de mille trois cents lits, qui avait vue sur la ville et l'île de Wight au-delà. Le service des soins intensifs, au deuxième étage, se composait de deux salles communes, flanquées de chambres individuelles.

Faraday repéra dans le couloir la haute et large silhouette de Willard en conversation avec une jeune infirmière. Il s'arrêta pour regarder dans la plus proche des salles. La plupart des lits étaient occupés – des silhouettes immobiles amarrées à des équipements de réanimation et d'enregistrement dans un entrelacs de sondes et de perfusions. À ce niveau-là, on aurait dit un vivier pour entrepreneurs de pompes funèbres. Pas un seul de ces visages ne lui était familier.

« Nick Hayder. » Faraday se tourna pour trouver Willard à côté de lui. « Troisième lit sur la gauche. »

Faraday, stupéfait, regarda la forme immobile. Il avait vu Nick pas plus tard que l'avant-veille. En tant qu'inspecteurs dans l'équipe des Crimes graves, ils avaient été tenus d'assister à une réunion, suite à un récent changement de procédures au CPS, le procureur de la Couronne. Après quoi, ils étaient allés boire une bière dans un pub de Winchester. Et maintenant... ça.

« Qu'est-ce qui s'est passé ?

— Bonne question. Vous connaissez ce terrain vague près de Fort Cumberland ? C'est là qu'on l'a retrouvé, la nuit dernière. Dans le coma. » Faraday n'avait pas encore détaché son regard du lit que Willard lui avait désigné. Fort Cumberland était un site appartenant au MOD, le ministère de la Défense, situé à la pointe sud-est de l'île, un désert de broussailles et de ronciers, qu'on pouvait s'étonner de trouver aux portes d'une ville aussi densément peuplée que Portsmouth.

« Alors, que s'est-il passé ? demanda de nouveau Faraday.

— Personne ne le sait au juste. Il était en tenue de jogging. Il faisait nuit.

— Des témoins ?

— Un vieux, qui promenait son chien. Il dit avoir entendu un grand bruit, mais il était encore loin à ce moment-là. Il pense que c'était une voiture, mais pour le moment c'est tout ce qu'on a.

— La marque ? La couleur ?

— Il ne peut pas le dire. On a commencé ce matin avec les vidéos de surveillance, mais ne vous excitez pas, la caméra la plus proche est tout au bout de Henderson Road. » Willard regardait un médecin en blouse verte qui venait de s'arrêter devant le lit de Hayder. « En tout cas, pour les toubibs, il s'est fait rouler dessus. Fractures multiples aux deux jambes, pelvis brisé, rate éclatée et de probables dommages cérébraux. Ils lui ont enlevé la rate mais ce sont les blessures à la tête qui les inquiètent le plus.

– C'est si moche que ça ?

– Ils ne l'ont pas dit mais, dans l'échelle des comas, ils avancent le chiffre trois.

– C'est quoi, la normale ?

– Quinze.

– Il est inconscient ?

– Totalement. Il a été amené ici vers neuf heures et demie hier au soir, et il n'a pas encore repris connaissance. Il... »

Willard se tut. L'infirmière était de retour. Elle lui indiqua une porte ouverte dans le couloir. Le chirurgien, dit-elle, le recevrait sitôt qu'il aurait un moment. Willard jeta un regard appuyé à sa montre puis entraîna Faraday dans une petite pièce spartiate. Il y avait au mur une affiche publicitaire pour une croisière en Grèce, et une liste de noms et de numéros de téléphone sur un tableau de permanence. Une plante verte livrait son dernier combat contre le chauffage central.

Willard referma la porte et jeta un regard à Faraday avant de s'asseoir dans le fauteuil derrière le bureau. Trois jeunes enfants souriaient sur une photo encadrée à côté de l'ordinateur.

« Vous étiez potes, n'est-ce pas ? Hayder et vous ? »

Faraday hocha la tête. « Potes » n'était pas un terme qu'il aurait pu appliquer à bien des hommes qu'il connaissait mais, dans le cas de Hayder, le vocable était approprié.

« On était proches, oui, reconnut-il.

— Avait-il des problèmes personnels dont il vous aurait fait part ? »

Faraday hésita. L'emploi par Willard du passé commençait à l'irriter. Les soins intensifs ressortaient de la haute technologie et avaient pour but de vous remonter du précipice. Alors pourquoi cette hâte à ranger Hayder dans la poubelle à recycler ?

« Nick a une compagne, dit-il prudemment.

— Ce n'est pas ce que je vous demandais.

— Je sais, mais les choses sont ainsi. Je peux vous donner son numéro de téléphone. Pourquoi ne...

— Tournez pas autour du pot, Joe. C'est de sa vie amoureuse que je m'enquiers. Quelqu'un a essayé de le tuer. Est-ce que le mot "motif" vous dit quelque chose, ou bien cherchez-vous à lui rendre je ne sais quel service ? Au nom de la sacro-sainte camaraderie ? »

Faraday soutint le regard furieux de Willard. En bon détective, le superintendant portait une armure face aux conséquences sanglantes de la grande violence, mais cette affaire touchait à la famille – la grande famille de la police –, et cela faisait une différence.

« Nick vivait seul depuis quelque temps, répondit finalement Faraday. Un petit studio meublé dans Albert Road.

— Et pour quelle raison ?

— Des problèmes entre Maggie et lui. Ils étaient... ils sont en train de les résoudre.

— Il avait une liaison ?

— Non.
— Et elle ?
— Pas que je sache.
— Vous en êtes sûr ? »

C'était une bonne question, et Faraday se demanda jusqu'où il devait aller. Le verre pris avec Hayder le lundi précédent à Winchester s'était prolongé quelque peu, en grande partie parce que Nick supportait mal d'habiter un meublé dans Southsea. Faraday n'avait jamais rencontré de détective aussi indépendant, aussi concentré et sûr de son jugement. Or, c'était la première fois qu'il l'avait senti aussi perdu.

« Il y a un problème avec le fils de Maggie, dit-il. Nick serait le premier à avouer qu'il n'a pas brillamment géré la situation.

— Espérons qu'il en aura de nouveau l'occasion, dit Willard, encore en colère. Et ce problème, quel est-il ?

— Nick pensait... pense que le gosse se drogue. Rien de sérieux mais assez pour inquiéter Nick.

— Quel genre de drogue ?

— De l'herbe, surtout. Et un peu de speed et d'ecstasy les week-ends.

— Quel âge a le garçon ?

— Quatorze.

— Et la mère, elle en pense quoi ?

— Maggie préfère traiter le problème à sa manière. Elle est enseignante dans un de ces lycées polyvalents où la came fait partie du décor. Elle pense que sévir est la dernière chose à faire.

— Ce que Hayder ne supportait pas ?

— Exactement. »

Willard hocha la tête, se taisant. Lui-même n'avait

pas d'enfant, mais le bruit courait que sa compagne envisageait une insémination artificielle.

« Alors, personne d'autre ? reprit Willard, songeur.

— Pas à ma connaissance. Il m'est arrivé de la rencontrer une ou deux fois. C'est une femme solide.

— Attirante ?

— Nick le pense.

— Et ça le torture ? Toutes ces nuits de solitude ? Je ne m'étonne plus de toutes ces heures à jogger.

— Il a toujours couru. C'est Brian Imber qui lui a refilé le virus, et Dieu merci. Si vous voulez mon avis, courir était encore le mieux qu'il... »

Faraday se tut en entendant frapper doucement à la porte. Brian Imber était sergent à l'unité de renseignement de la police.

À la porte, l'infirmière se confondait en excuses. La responsable du service avait besoin qu'on lui rende son bureau. La jeune femme suggéra de leur trouver un autre lieu mais Willard secoua la tête. « On a fini, ma belle. » Il se tourna vers Faraday et jeta un coup d'œil à sa montre. « On se retrouve à dix heures à la section ? »

Le cœur opérationnel du BCU, l'unité de commandement des forces de police de Portsmouth, occupait une suite de bureaux au premier étage du poste de police de Kingston Crescent, à quelques minutes de marche du port des ferries. Ces bureaux qui s'étiraient tout le long du couloir abritaient l'équipe de la direction, y compris le superintendant en tenue, responsable du BCU. C'était à ces hommes et à ces femmes qu'incombait le maintien de l'ordre dans la ville de Portsmouth.

Pendant des années, le patron avait été le superintendant en chef Dennis Hartigan, un petit despote qui n'avait jamais caché son ambition de finir sa carrière à la tête du syndicat des officiers de police. À cet égard, le poste vacant au syndicat de Cleveland avait été la réponse à ses prières, et il avait prestement quitté Portsmouth après une salve d'e-mails d'adieu et, de mémoire de policier, la plus lugubre soirée de départ jamais vue. Bien peu regrettaient sa promotion et, le lendemain, tous ceux qui avaient survécu à ses coups de gueule routiniers avaient légitimement fêté sa disparition au bar du foyer. Bonne chance à Cleveland avait été le premier toast.

Le successeur de Hartigan, Andy Secretan, était un homme discret d'une quarantaine d'années, plus grand que Hartigan, visage carré, teint buriné, et une réticence évidente à l'égard des rituels du haut commandement. Secretan avait rapidement gagné le respect de tout le BCU pour sa détermination à placer le sens commun avant le discours sur la rentabilité cher au Nouveau Parti travailliste. À la différence de son prédécesseur, il n'y avait plus de génuflexion devant le dernier blizzard de diktats soufflé par le ministère de l'Intérieur. Il n'avait pas non plus de goût pour l'autopromotion et se gardait bien de déprécier le personnel. Aussi le moral avait-il changé dans la maison. Le Couloir de la Mort n'était plus qu'un souvenir.

Cathy Lamb, appelée ce matin-là de son bureau situé dans le même immeuble, appréciait le nouveau patron. Après la manie de Hartigan pour l'évaluation des risques et le bon usage de l'apostrophe, il était bien agréable de travailler pour quelqu'un qui témoignait la plus grande méfiance pour la paperasserie et se montrait prêt à débattre concrètement des grandes questions, sur lesquelles il ne gardait pas moins un avis personnel.

« Plutôt idiot, non, de n'avoir rien su de cette maison au bout de la rue ? »

Cette question avait taraudé Cathy pendant une bonne partie de la nuit. La toute nouvelle brigade criminelle avait été l'une des premières initiatives du BCU à recueillir le soutien de Secretan. Cathy avait bataillé ferme pour le poste d'inspecteur, et la nuit dernière aurait dû normalement voir la première de ses victoires. Et cependant elle avait échoué.

« C'est moi la responsable, répondit-elle, et tout est de ma faute.

— C'est bien noble de votre part, mais qu'est-ce qui clochait ?

— Je n'en ai aucune idée, monsieur, mais je vous en informerai dès que je le saurai.

— Ce n'est pas un problème de renseignement ? Ni de surveillance ?

— Non, pas de ce côté-là.

— Vos gens ont été correctement briefés ?

— Bien entendu.

— Alors, demanda Secretan en écartant les mains, que diable s'est-il passé ? »

Cathy jeta un coup d'œil aux notes qu'elle avait apportées avec elle. Une bande de jeunes dealers venus de Liverpool, probablement lassés par la vie à Bornemouth, avait débarqué à Portsmouth après Noël. En quelques semaines, ils avaient jeté un sacré pavé dans la mare des revendeurs locaux. On avait rapporté de sérieuses rivalités entre les petits revendeurs de rue – des jeunes enlevés et torturés. Au cutter et à la perceuse électrique. Le mot courant dans les cités, avec juste un zest d'admiration, était « ultraviolence » .

Secretan, alerté par l'un de ses officiers du renseignement à la brigade des stupéfiants, avait senti la soudaine montée de température et en avait mesuré les probables conséquences. S'il y avait une chose qu'il ne voulait pas, c'était un conflit de territoire – une guerre de gangs –, un cauchemar de première dans une ville déjà empoisonnée par les crimes reliés à la drogue. C'était donc une tâche précise qu'il avait confiée à Cathy. Chopez-les-moi, lui avait-il dit. Je les veux à l'ombre avant qu'on perde tout contrôle.

Cathy, très avertie des difficultés d'obtenir un quelconque résultat au tribunal, s'était donné bien du mal pour préparer son intervention. L'équipe de surveillance avait posé une caméra de l'autre côté de la rue et organisé une planque jour et nuit. Et cependant personne n'avait soupçonné que ces jeunes Scousers utilisaient une annexe. D'où le désastre de la veille.

En théorie, l'inspecteur Lamb aurait dû coffrer les individus et saisir une bonne quantité de stupéfiants de catégorie A – héroïne et cocaïne principalement. En réalité, son équipe venait à peine d'enfoncer la porte que les suspects avaient abandonné leur squat.

Secretan voulait en savoir plus sur ce qui s'était passé à Bystock Road, plus tard dans la nuit.

« Le constable Winter a aussitôt consulté le registre des allocations logement, dit Cathy.

— Et ?

— La maison appartient à un certain Dave Pullen.

— Nous le connaissons ?

— Parfaitement. Il vient de faire deux ans pour commerce de stupéfiants. Il est sorti en décembre dernier.

— Ça fait longtemps qu'il a ce logement ?

— Non, monsieur. D'après Winter, il aurait signé l'acte d'achat il y a environ deux mois. La maison avait fait l'objet d'un avis de saisie.

— Et d'où sort-il l'argent ? Vous voulez me dire qu'il avait quelques économies, un petit pécule pour plus tard ?

— Non, monsieur. Pullen est très copain avec Mackenzie.

— Ce qui veut dire ?

— Que Bazza lui a remis l'argent quand il y a eu l'adjudication. Du moins, il l'aura persuadé de lui servir de prête-nom. De toute manière, ça place Pullen du côté de Mackenzie.

— Et nos petits amis de Liverpool auraient su ça ?

— Ils l'ont sûrement appris.

— Pour s'imposer face à Mackenzie ?

— Oui.

— Ah, grogna Secretan en tendant la main vers une feuille de papier pour y prendre quelques notes. On avait bien besoin de ça. »

Il garda le silence un instant, le regard fixé sur les noms qu'il venait de noter. Puis Cathy émit un léger raclement de gorge. « J'ai peur que ça ne soit plus grave encore, monsieur.

— Vraiment ? Et pourquoi ça ?

— La fille qu'on a retrouvée attachée, et qui a été hospitalisée... Son nom est Trudy Gallagher. D'après Winter, elle est la fille de Misty Gallagher.

— Et cette Misty ?

— Est la maîtresse de Mackenzie ou, en tout cas, elle l'a été. »

Il s'ensuivit un long silence. Puis Secretan, dans un bref et soudain geste de colère, froissa en boule la feuille de papier et la jeta dans la poubelle.

« Je vous avais prévenue que ces jeunes Scousers étaient un danger, dit-il, ayant repris son calme. Je vous l'avais dit. »

La Section crimes graves du superintendant Willard opérait également depuis Kingston Crescent, voisinant ainsi avec le BCU, une proximité plus géographique que réelle. Alors que la mission de Secretan était de réduire le taux de délinquance et de criminalité dans une ville souvent en proie à la violence, il incombait à la section de Willard d'enquêter sur des crimes de sang en puisant dans les effectifs du CID, sa cousine judiciaire, des renforts inaccessibles à Secretan. Les affaires de meurtres, de viols aggravés et d'associations de malfaiteurs étaient ainsi traitées dans la suite de bureaux sécurisés qui occupaient un étage dans le nouveau bâtiment à l'arrière du site de Kingston Crescent. Le plus grand de ces bureaux, une pièce exposée au sud, où trônait une grande table de conférence, appartenait naturellement à Willard.

Faraday le trouva en bras de chemise, son corps massif penché sur le téléphone. La mention d'un porte-à-porte et d'une recherche POLSA[1] suggérait qu'une opération de recherche majeure était en cours du côté de Fort Cumberland.

Willard inclina la tête en direction de la grande table, et Faraday prit une chaise. En revenant de l'hôpital, il avait pu joindre la compagne de Hayder sur son portable. Maggie avait passé la plus grande partie de la nuit à l'hôpital, guettant sur le visage de Nick le moindre signe d'une reprise de conscience. Elle était rentrée chez elle, maintenant, et ne retournerait pas au lycée avant d'être de nouveau capable d'affronter le monde réel. La conversation avait été brève. Faraday lui avait offert son aide mais, avant de raccrocher, elle lui avait confié qu'elle n'était pas surprise de ce qui s'était passé. « Il y a mis beaucoup du sien, lui avait-elle dit. On aurait dit que quelque chose le hantait. »

Comment relier cela aux faits bruts de l'affaire (rencontre, confrontation, blessures impliquant une voiture) restait une question obscure, mais Faraday comprenait ce que Maggie avait voulu lui dire. Hayder lui avait paru terriblement préoccupé chaque fois qu'il l'avait rencontré. Il avait même admis qu'il se sentait comme assiégé, et cet état d'esprit n'avait apparemment rien à voir avec ses problèmes domestiques.

Willard, qui avait terminé sa conversation, quitta le bureau sans un mot et revint quelques minutes plus tard avec trois tasses de café. Faraday désigna le téléphone. « On en est où ?

1. Police Search Adviser. Une recherche POLSA est menée par un officier qui a reçu une formation spéciale. *(N.d.T.)*

— Nulle part pour le moment. La Scène de crime prend de multiples empreintes des pneus et on ne sait même pas avec exactitude où cela s'est produit. C'est un lieu de baise très fréquenté. La moitié de la ville y a ses habitudes. »

Faraday était curieux de savoir qui coordonnait l'enquête.

« Dave Michaels s'en charge.

— Officier supérieur responsable ?

— Moi. »

Faraday hocha la tête sans bien comprendre. Dave Michaels était un sergent. Le rôle de SIO, l'officier supérieur responsable d'enquête, revenait en principe à un inspecteur. Il y avait trois inspecteurs à la Section des crimes graves. Hayder étant hors course et l'autre enquêtant sur une affaire d'homicide conjugal, il restait Faraday. Il n'avait rien de pressant sur son bureau. Il connaissait bien Nick Hayder. Alors, pourquoi n'était-il pas à Fort Cumberland, à diriger les troupes ?

On frappa à la porte et Faraday, se retournant, vit Brian Imber entrer dans le bureau. Il arrivait certainement de l'unité de renseignement et était manifestement attendu.

Imber prit place à la grande table, glissant sa serviette sous sa chaise. Sec, élancé, il avait quarante-deux ans, un caractère combatif et une passion pour la course à pied. Il avait passé deux années controversées à battre le rappel en faveur d'une nouvelle approche, plus agressive, du trafic de drogue, et Faraday avait maintenant une petite idée de ce que cachait l'appel matinal de Willard. Il y avait là une espèce d'intrigue secondaire, quelque chose de plus complexe qu'une affaire de coups et blessures.

Willard avait ouvert son dossier. Il parcourut rapidement une ou deux pages de notes, puis donna la parole à Imber.

Ce dernier se tourna vers Faraday. « Vous avez vu Nick. » C'était une affirmation, pas une question.

« Oui.

— Pas terrible, hein ?

— Non.

— D'accord, voilà le problème que nous avons. » Il se pencha pour prendre sa serviette et en sortir une chemise. « Nick a monté toute une affaire. Je suis certain que le patron voudra savoir les pourquoi et les comment dans une minute, mais le problème, c'est que Nick ne sera plus là pendant un bout de temps. En tout cas, pas de la manière qui pourrait nous aider.

— Et alors ?

— Alors, le patron cherche un remplaçant. »

Le doigt de Willard était ancré sur l'une des pages de son dossier. Il leva les yeux sur Faraday.

« C'est d'une opération clandestine que l'on parle ici, et on ne l'aurait jamais entreprise si Hayder n'avait pas aussi bien fait son travail. » Willard observa un bref silence. « Nous l'appelons l'opération Tumbril. »

Faraday ne put qu'acquiescer de la tête. Il n'avait jamais entendu parler de Tumbril. « De quoi s'agit-il ?

— Pour commencer, c'est une opération au long cours. Ça fait quoi, un an, maintenant ? dit-il à l'adresse d'Imber.

— Quatorze mois, monsieur.

— Quatorze mois. Cela exige beaucoup de ressources, croyez-moi, et il y a des jours où je regrette d'avoir seulement imaginé qu'on pourrait s'engager dans un truc pareil. Tumbril a été comme le petit bâtard dont personne ne veut. Je peux vous citer une douzaine de personnes dans cette organisation qui voulaient l'étrangler à la naissance, et la plupart d'entre eux n'ont pas abandonné cet espoir. Si vous voulez en avoir un aperçu, poursuivit-il en tapotant le dossier, ne vous gênez pas.

— Alors, ce Tumbril, c'est quoi ? » demanda de nouveau Faraday.

Willard s'écarta de la table pour se carrer dans son fauteuil, savourant ce petit instant dramatique. D'ordinaire le moins démonstratif des hommes, il se permit même le commencement d'un sourire.

« Bazza Mackenzie, répondit-il à voix basse.

— C'est lui, la cible ?

— Oui. Notre travail a produit d'autres noms dans le collimateur, des noms qui vont vous faire écarquiller les yeux, mais oui, nous parlons de Bazza.

— Vous vous êtes enfin décidés à lui tomber dessus ?

— Il le fallait. Le NCIS[1] nous donnait tous les feux verts si on se chargeait des travaux préliminaires. Personne dans la maison ne pouvait repousser une offre pareille. »

Le NCIS était l'organisme chargé de répertorier les grands délinquants du Royaume-Uni, ceux qui sont classés niveau 3. À la connaissance de Faraday,

1. National Criminal Intelligence Service : service national du renseignement criminel. *(N.d.T.)*

ils étaient cent quarante-sept. Avec les fonds qu'on consacrait à épingler ce genre de célébrités, Willard avait raison : la perspective d'une enquête majeure était irrésistible.

Faraday jeta un regard à Imber en commençant à se demander combien d'autres Tumbril contenait sa serviette.

« Mais nous arrivons un peu tard, non ? Mackenzie s'est fait une belle pelote et il s'est rangé. Aujourd'hui, il n'est plus qu'un homme d'affaires comme les autres, non ?

– Sûrement pas, dit Willard d'un ton catégorique. C'est ce que nous pensions nous-mêmes, or ce n'est pas vrai. Ce que personne ne prend jamais en compte, c'est la nature même de ces types, le bois dont ils sont faits. Vous avez raison à propos de sa fortune. Mackenzie s'est fait des millions, des dizaines de millions, mais la vérité, c'est qu'il est incapable de laisser tomber. Ce type est programmé pour violer la loi. Et c'est ce qu'il fait. C'est là qu'il est le plus fort. C'est un gars du coin, Pompey jusqu'à la moelle. Il a taillé son chemin en hors-la-loi, ce dont il se fout pas mal. Si ce n'est pas de la drogue, ce sera autre chose. Et c'est pourquoi nous allons l'avoir. »

De la part de Willard, c'était là un bien grand discours. Pour ce qui relevait du comportement lors des enquêtes, le superintendant affichait toujours la tension la plus basse, et voilà que la simple mention de Bazza Mackenzie semblait colorer son visage.

Faraday allait lui poser une question au sujet de la nuit dernière et d'un possible lien avec Tumbril, mais Willard avait déjà passé le témoin à Imber. D'après ce dernier, le blanchiment d'argent faisait l'objet d'une législation qu'ils pourraient utiliser. Ils avaient engagé un expert-comptable. Ils avaient récolté des masses de documents provenant de diverses sources et passé des mois à analyser des centaines de transactions, s'efforçant de démêler le réseau d'affaires derrière lequel Mackenzie avait dissimulé ses profits. Rien de tout cela n'était facile et, le plus souvent, pour être franc, c'était franchement chiant mais, pièce après pièce, le puzzle prenait forme, et on ne demandait rien d'autre.

Alors qu'Imber s'échauffait sur son sujet, s'arrêtant sur une page du dossier pour faire une série de remarques, Faraday ne prêta guère attention aux détails. Il y aurait très bientôt un grand briefing. Pour le moment, dans le bureau de Willard, il avait envie de revenir à Mackenzie.

À Portsmouth, tout le monde connaissait son nom. Bazza était l'homme qui, le premier, avait introduit de grosses quantités de coke dans la ville. Bazza était un ancien hooligan qui avait fourgué des kilos de cocaïne péruvienne pure à 95% aux cafés-bars, aux salons de bronzage et autres commerces légaux. Bazza était le type au volant du dernier 4 × 4, à l'inauguration du dernier resto branché, assis aux meilleures loges au stade de Fratton Park. Bazza, en bref, était la preuve vivante que le crime payait.

Faraday, à la différence de nombre de ses collègues, n'avait jamais eu affaire à Bazza, mais son contrôle du trafic de coke et d'ecstasy dans Portsmouth était si total qu'il était impossible de tomber sur un crime lié à la drogue qui ne soit pas finalement relié à Mackenzie. Au fil des ans, l'homme était devenu une légende. Il se glorifiait de sa notoriété, de sa réputation, et plus sa réussite devenait éclatante, plus il semblait que les forces de l'ordre et de la loi avaient tout simplement baissé les bras. Bazza, comme l'avait fait remarquer l'un des constables, était un peu comme le temps. Toujours là.

Observant Imber, Faraday était bien plus rassuré par ce nouveau développement qu'il ne pouvait l'exprimer. Comme tous les autres policiers, il avait été stupéfié par l'apparente immunité de Mackenzie, ne réussissant pas à comprendre pourquoi on ne s'en était jamais pris à lui. Lentement, cet étonnement s'était mué en frustration, puis en colère, avant de sombrer à sa grande honte dans la résignation. Il en avait finalement conclu que, dans la police contemporaine, toutes les batailles n'étaient pas bonnes à mener. Peut-être était-ce une question d'argent. Peut-être était-ce la pression de mille autres choses à faire. En tout cas, Bazza semblait avoir atteint une quarantaine prospère, entouré de relations, intouchable, pour finir. Un véritable modèle pour tous les voyous de la ville.

Jusqu'à ce jour, semblait-il.

Imber parlait d'un récent voyage à Gibraltar. Faraday, pris d'une soudaine pensée, lui toucha le bras. « Comment Nick a-t-il réussi à garder le secret sur tout ça ?

— Je ne vous suis pas.

— Son bureau était à côté du mien. Je sais qu'il garde toujours sa porte fermée, mais il y a des limites. Alors, sûrement... ? »

Imber jeta un coup d'œil à Willard, qui n'avait pas quitté des yeux Faraday.

Il se fit un long silence.

« Voulez-vous dire que l'opération Tumbril est menée ailleurs qu'ici ?

– C'est exact.

– Un autre poste de police ?

– Non.

– Comment ça ? » Faraday les regarda tour à tour. « Vous parlez sérieusement ? »

3

Mercredi 19 mars, 9 h 45

Winter détestait les hôpitaux. Depuis tout môme, ils avaient toujours représenté le pouvoir. Des gens qui vous disaient ce que vous deviez faire. Des gens qui vous foutaient à moitié à poil et prenaient avec vous les libertés les plus stupéfiantes. Il y a deux ans, il avait perdu sa femme chez les hommes en blanc. Plus récemment, après une poursuite en voiture qui s'était assez mal terminée, il avait dû être hospitalisé pendant deux ou trois jours, à fantasmer une bouteille de whisky Bell et la possibilité de se mettre sous la dent quelque chose de mangeable. Vous montriez un hosto à Paul Winter, et il cherchait illico la sortie.

Pour un mercredi matin, le service des urgences était déjà très occupé. Winter montra sa carte de police à l'employée de l'accueil.

« C'est à propos de la nuit dernière, dit-il. Une jeune femme du nom de Trudy Gallagher.

— Eh bien ?

— Elle est arrivée ici en ambulance. Vers trois

heures, trois heures et demie du matin. À la suite d'un petit incident.

– Et ?

– J'ai besoin de lui parler. »

La femme tapa sur son clavier. À l'autre bout de la salle d'accueil, Jimmy Suttle triait sa monnaie pour le distributeur de café.

« Tout ce que je peux vous dire, c'est qu'elle est sortie, déclara la réceptionniste, les yeux sur son écran.

– Comment ça, sortie ? On parle de la même personne ?

– Tenez », dit la femme en tournant l'écran vers Winter. Trudy Gallagher avait été admise à 3 h 48. Elle se plaignait de maux de tête et de règles douloureuses, et l'infirmière de nuit ne l'avait pas classée parmi les prioritaires. L'affluence d'avant minuit avait diminué mais, avec une demi-douzaine d'éclopés devant elle, Trudy en aurait pour deux à trois heures d'attente.

« Elle avait des marques de coups ici et là. » Winter se palpait les côtes. « Elle était restée ligotée une bonne partie de la nuit, folle de peur. Elle était en état de choc quand elle est arrivée ici, et vous me dites qu'elle est ressortie ? Comme ça ?

– On ne peut s'y opposer. C'est son corps, et il n'appartient qu'à elle.

– Ouais, tout de même... » grommela Winter en secouant la tête. Il savait bien, la nuit dernière, qu'il aurait dû l'accompagner à l'hôpital mais, vu l'état de la gamine, il avait conclu que c'était inutile. Elle était incapable de parler, incapable de lui apprendre quoi que ce soit d'utile. Ils la garderaient à l'hosto, il n'en doutait pas. Il valait mieux reporter au lendemain matin. Elle aurait quelque chose à dire.

« Voilà... » C'était Suttle, revenant avec leurs cafés. Winter ne lui prêta pas attention.

« Où est-elle allée ? demanda-t-il à la femme.

– Aucune idée.

– Elle vous a tout de même donné une adresse ?

– Oui, répondit la femme, regardant son écran.

– Et ?

– Pas question. » Elle fusilla Winter du regard. « Jamais entendu parler de la loi informatique et libertés ? »

Winter lui sourit. « Jamais », répondit-il en se penchant par-dessus le comptoir, mais la femme détourna son écran. Il abandonna.

« Alors, pour résumer, reprit-il, elle arrive ici en ambulance, elle s'assoit, reste environ une heure et puis s'en va ?

– C'est bien ça.

– Et les gens qui se sont occupés d'elle ? L'infirmière dont vous avez parlé. Où pourrais-je la trouver ?

– Chez elle, monsieur Winter. » La femme avait déjà fermé son écran. « En train de dormir. »

Winter appela Cathy Lamb depuis le parking. Après son entrevue avec Secretan, elle lui avait envoyé un SMS. Secretan demandait un plan d'action, un indice qui pourrait les orienter dans leur enquête, et elle voulait aussi des nouvelles de Trudy Gallagher.

« Ça roule, chef. Je peux vous demander un petit service ?

— Que signifie ce “ça roule” ?

— On a besoin d’enregistrer une déclaration. Pourriez-vous faire une recherche pour moi ? Sur un certain Dave Pullen ?

— Et qu’y a-t-il à son sujet ?

— J’ai besoin de son adresse.

— 93 Bystock Road. » La patience de Cathy avait ses limites. « Vous y étiez la nuit dernière.

— Là, vous parlez de la maison qu’il loue. Il habite ailleurs, nécessairement. »

Il se fit un silence, le temps que Cathy ait accès au système des renseignements criminels. Ce genre de vérification ne prenait guère plus d’une minute.

« Ils donnent le 183 Ashburton Road, Southsea, dit-elle enfin. Appartement 11. »

En regagnant le centre-ville, Winter n’arrivait pas à oublier l’image de Trudy Gallagher, recroquevillée nue dans la chambre, quelques minutes après que Suttle, usant de son canif, l’avait libérée de ses liens. La dernière fois qu’il l’avait vue, voilà deux ans de ça, elle n’était encore qu’une gamine boulotte qui avait une passion pour les Big Mac et tout ce qui touchait à Leonardo DiCaprio. Sa mère, qui avait davantage de fric que de cervelle, lui filait un paquet d’argent de poche et laissait la nature faire le reste.

Depuis, amincie, quelques centimètres de plus à la toise, Trudy avait inauguré sa vie de jeune femme en compagnie des hommes les moins recommandables. Il y avait d’abord eu, d’après une bonne source locale, un vendeur de voitures de Farlington, un type qui avait deux fois son âge. Puis, pour des raisons que cette même source ne comprenait pas, Trudy s’était mise avec Dave Pullen. Quand vous partagiez un lit avec ce genre de torche-cul, il ne fallait pas s'étonner des conséquences.

La nuit dernière, dans Bystock Road, le voisin était revenu avec des couvertures, pour en couvrir Trudy, blottie dans un coin de la pièce, le visage blême, tout son corps frissonnant de froid. Quand Winter lui avait demandé ce qui s'était passé, elle n'avait pas voulu en parler. Elle n'avait été ni battue ni violée. Tout ça n'avait été qu'une mauvaise blague et elle n'avait sûrement pas envie de se faire examiner par un médecin. Finalement, après que Suttle lui eut retrouvé ses vêtements, elle avait accepté que les ambulanciers l'emmènent à l'hôpital pour se faire examiner, pourvu que tout le monde s'en aille et qu'on lui fiche la paix.

« Tu l'as vue, fiston. Elle était tout de même dans un sale état, non ?

— On peut le dire. » Suttle était au volant, filant à 120 sur la longue courbe du périphérique.

Winter ruminait, se demandant comment il avait pu laisser partir un témoin-clé pour gagner deux heures de sommeil.

« Ils auraient au moins pu la placer en observation. En tout cas, c'est ce qu'on a pensé. Un jour ou deux dans un lit, non ? Incroyable. » Il secoua la tête et porta son regard vers la pâle étendue de Portchester Castle, de l'autre côté du port. « C'est ça, la vie, tiens !

— Vous pensez qu'elle nous a roulés ?

— Je pense que mon cul est dans le collimateur. » Il tendit la main vers son paquet de pastilles Werther sur le tableau de bord. « Une fois de plus », ajouta-t-il.

Suttle souriait. Jeune constable – à peine vingt-quatre ans –, il était nouveau à Porsmouth. D'une famille nombreuse, il avait grandi à la campagne, à New Forest. Il avait été en poste à Andover et Alton, mais ces affectations ne l'avaient en rien préparé à des flics comme Winter. Le mois qu'ils avaient passé en équipiers avait été, pour son grand plaisir, la plus raide des courbes d'apprentissage, et il en était encore à démêler la vérité de la légende.

« La fois précédente, c'était avec l'inspecteur Lamb, pas vrai ? Quand vous avez bousillé la Skoda.

– Ouais.

– C'est pour ça que je vous sers de chauffeur, hein ? »

Winter lui jeta un regard de côté. C'était vrai, il avait perdu le goût de conduire, mais il s'était tout de même sorti de cet accident avec la Skoda sans qu'on lui retire son permis. Mieux encore, la Routière avait finalement choisi de ne pas le poursuivre pour conduite dangereuse, et il avait même gagné sa réintégration à la Judiciaire. Deux longs mois en uniforme, à attendre leur décision, avaient été sa punition. Rien, avait-il récemment confié à Suttle, ne pouvait préparer un homme au plaisir de patrouiller à pinces dans Fratton les jours de grand froid. Un énième vélo chouravé, un pitt-bull de plus en liberté, et il aurait été bon pour l'asile psychiatrique de St James.

Suttle jeta un coup d'œil dans le rétroviseur, passant sur la voie médiane pour laisser un motard les doubler.

« Qu'en pensez-vous, alors ? » Il jeta un bref regard à Winter. « Au sujet de la fille ?

— Il faut qu'on la retrouve.

— Et ensuite ? » Le jeune constable gloussa. « On la ligote ? »

Ashburton Road était l'une des rues qui, partant du cœur commerçant de Southsea, montaient vers le nord. Au XIXe siècle, ces imposantes maisons mitoyennes avaient appartenu à des familles d'armateurs et de riches négociants – fondement social d'un nouveau mode de vie au bord de la mer – mais, depuis lors, bien des marées avaient balayé la ville, et les résultats vous sautaient aux yeux. Il n'y avait pas une seule maison dans cette rue qui n'eût été le théâtre d'occupations à la chaîne. Les propriétés que la Luftwaffe n'avait pas démolies avaient succombé à trois générations d'occupants du cru.

Dave Pullen habitait au dernier étage d'une maison tout au bout de la rue. Après deux tentatives infructueuses de le joindre à l'interphone, Winter indiqua à Suttle l'échelle de secours. Quelques secondes plus tard, se penchant à la balustrade rouillée, son jeune collègue lui criait : « Il y a un mot. Il sera là dans une demi-heure.

— C'est qui, le il ?

— Il le dit pas. »

Ils attendirent dans la voiture, garée en double file au bout de la rue. Curieux comme à l'accoutumée, Suttle voulait savoir qui était Pullen, et aussi Bazza Mackenzie.

« Pullen est un minable, lui répondit Winter. Une vraie perte de temps. Il aurait pu faire un footballeur passable, mais il a tout raté.

— Vous aimez le foot ? » C'était une véritable nouvelle pour Suttle, qui était un supporter des Saints.

« Que Dieu nous pardonne, mon gars, mais dans cette ville ça aide de se croire plus fort. Ceux qui ont une cervelle ne posent pas de problèmes, mais tout le reste ne pense qu'à ce putain de foot. Triste mais vrai.

— Alors, il était vraiment bon, ce type ?

— Pullen ? Il pouvait tenir sa place. Il jouait pour Waterlooville avant qu'ils fusionnent avec Havant.

— Mais c'est la deuxième division ça. » Suttle était impressionné. « Quel poste ?

— Quoi ?

— Il jouait à quel poste ? Sur le terrain ?

— Ah..., dit Winter, fronçant les sourcils. Avant, je suppose. C'était un buteur. Il marquait toujours. On l'appelait plus Pullen, on disait Pull'em[1]. Et puis il a pas tenu. Trop de fumette, trop d'alcool, trop de snifette. Avec les femmes, ça marchait, par contre. Un queutard de première. Il tringlait tout ce qui passait. La petite Trudy aurait dû le savoir.

— Peut-être que c'est un bon coup ?

— J'en doute. Je ne connais pas le reste de sa personne mais il est con comme une bite. D'accord, Trudy n'est pas une intellectuelle, mais qui le serait à dix-huit berges, hein ? »

Suttle observait un homme d'un âge incertain venant vers eux sur le trottoir. Il tenait d'une main un sac en plastique et, de l'autre, une cannette de Special Brew. Le visage rougeaud, les yeux vitreux,

1. Contraction de *Pull them,* tirer dans les buts. *(N.d.T.)*

il s'arrêta à hauteur de la voiture et leva sa bière dans un pacifique salut. Suttle lui gueula de dégager.

« Alors, et Bazza ? » Il avait remonté la vitre.

« Bazza... ? » Winter lui jeta un regard en coin avant de s'adosser à son siège avec un sourire béat, dans l'attitude d'un homme savourant le mets de ses rêves. « Bazza Mackenzie, c'est la totale, dit-il d'une voix basse. Bazza incarne le mariage de cette ville avec le crime. C'est les types comme lui qui font qu'on se lève le matin avec un vrai plaisir. De combien de personnes on pourrait en dire autant ? La main sur le cœur ?

— Il est du coin ?

— Né et grandi ici. Pur jus Pompey.

— Vous avez déjà eu affaire à lui ?

— Deux fois, il y a bien longtemps. » Winter hocha la tête. « Une fois sur le front de mer, il avait bu trop de bière. Et une autre fois dans une boîte de nuit de Palmerston Road, bourré à la Stella et au bourbon. Bazza ne pouvait pas assister à une bagarre sans s'en mêler. Et si les cognes se mettaient de la partie, alors c'était encore mieux.

— Il buvait sec, alors ?

— Comme un dingue. J'ai connu la fille qu'il a épousée – une jolie fille, pas conne avec ça – et elle n'arrivait pas à croire dans quoi elle s'était fourrée. C'est un barjo, me disait-elle. Il ne savait pas ce que c'était, la peur.

— Physiquement, il est balèze ? »

Winter secoua la tête. « Non, il est petit mais râblé. Je ne sais si tu l'as jamais remarqué, mais quand tu te retrouves face à une bande prête à te tomber dessus, c'est toujours les petits dont il faut se méfier. Peut-être qu'ils ont davantage à prouver, va savoir. »

Suttle suivit dans le rétroviseur le clochard qui tournait le coin de la rue en tanguant légèrement au moment de traverser la chaussée.

— Et Pullen et Bazza sont de grands copains ?

— Ils se connaissent, c'est sûr. Ça remonte à loin. Mais c'est comme ça que ça marche dans cette ville. Même école, mêmes pubs, mêmes femmes. Ils prenaient tous les deux le 6 h 57. C'est là que Bazza a démarré sa carrière. »

Le 6 h 57 avait été une bande de hooligans, la fleur de Pompey, qui prenait le premier train tous les samedis pour faire savourer une singulière sauvagerie footballistique aux supporters ennemis à travers tout le pays. Selon Winter, c'était le 6 h 57 qui avait lancé l'importation massive de la drogue dans cette ville.

« 1989. » Il souriait. « L'été de l'amour. Ces types s'étaient tabassés à mort depuis toujours et, soudain, ils s'envoyaient des baisers et dansaient ensemble dans les boîtes, et nous, on se demandait ce qui se passait.

— Et il se passait quoi ?

— L'ecstasy. C'est par caisses qu'ils en importaient de Londres. Quelques-unes des raves qu'ils organisèrent cet été-là, c'était vraiment impressionnant. Des milliers de gosses complètement partis. Quant à faire respecter la loi, on n'avait pas une seule chance. Mais vous pouviez être fier d'être simplement là. La fille qu'il a épousée avait raison. Des types comme Bazza, qui se foutait absolument de tout, avaient réellement fait exister la ville sur la carte.

— Plutôt chouette, non ?

— Ouais, mais ça n'a pas duré. Ils sont passés à la cocaïne après ça, et c'est redevenu moche.

— Il dealait seulement de la coke ? Pas d'héro ?

— Coke et ecstasy, et aussi des amphètes, pour ceux qui aiment. Il touchait un peu à l'héro, mais beaucoup moins qu'on le soupçonnait. L'héro, c'est une mauvaise image. Une came pour les perdants. »

Suttle observait toujours la rue dans le rétroviseur. Il toucha le bras de Winter. « Un grand type ? Maigre ? »

Winter jeta un regard par-dessus son épaule, et hocha la tête.

« Laisse-le aller jusqu'à la porte, et puis on lui dira bonjour. »

Pullen ne s'arrêta pas devant la porte et, passant le long de la voiture, prit l'escalier de secours. Winter le regarda grimper, se demandant pourquoi le bonhomme boitait un peu, puis il descendit de voiture. Le temps que Pullen s'aperçoive qu'il était suivi, il était presque arrivé en haut.

« Dave. Ça fait un bail. » Winter était hors d'haleine. « Voici le constable Suttle. On aimerait parler un peu.

— Ouais, pourquoi pas ? » Pullen tenta de redescendre, mais Winter bloqua l'escalier.

« En haut, chez toi, dit-il.

— Pourquoi pas ici ? Ou en bas ?

— Parce qu'on préfère un peu d'intimité. Et parce que ça m'a coupé les jambes, cette grimpette. »

Une inquiétude soudaine se lut sur le visage étroit et osseux de Pullen. Des yeux enfoncés, les dents jaunes, le cheveu éclairci et terne, sa main tremblait quand il eut un grand geste du bras pour consulter sa montre. Il y avait peu de chance, pensa Suttle, que ce type puisse jamais faire de la pub pour la came. Vous lui donniez un ou deux ans de plus et une Special Brew, et ça n'aurait été qu'un poivrot de plus.

« Alors, vieux ? » Winter la jouait gentil flic.

« Pas question. » Pullen secouait la tête. « Vous avez pas le droit.

— Non ? Tu préfères que j'aille chercher un mandat, pendant que mon collègue Jimmy t'aura à l'œil ?

— Vous pouvez pas.

— Tu paries ?

— Qu'est-ce que vous voulez savoir ?

— C'est au sujet de Trudy Gallagher. Et de ce qui s'est passé la nuit dernière. Dave, tu connais la musique. Le plus simple, c'est qu'on s'explique. » Il désigna d'un signe de tête la porte d'entrée de Pullen. « Accorde-nous une petite demi-heure, et on te laisse. »

Pullen faisait de son mieux pour trouver une parade. Une nuit blanche et la prise de substances illégales ne l'aidaient pas. Il secoua de nouveau la tête. Winter tendit le bras, balayant du plat de la main les pellicules sur les épaules du blouson de Pullen. L'humiliation parlait toujours plus fort que les menaces.

« Beau cuir, Dave. » Il fit un signe de tête vers la porte. « Après toi. »

L'appartement comptait trois pièces, avec une minuscule cuisine coincée dans le fond du living. Le lieu ne manquait pas d'agrément, exposé au sud, avec un peu de vue, mais Pullen préférait visiblement vivre dans le noir. Winter avait envie de tirer les rideaux et d'ouvrir les fenêtres. Il aurait volontiers investi un billet dans l'achat d'un peu d'air frais et d'un bouquet de fleurs. Au lieu de cela, il se laissa choir dans le seul fauteuil de la pièce, se demandant combien de mégots de cigarettes roulées main il fallait pour recomposer l'atmosphère d'une cellule de prison. Peut-être qu'il avait sous les yeux un exercice de nostalgie. Peut-être Pullen ne pouvait-il plus oublier l'aile B.

« Alors, où est-elle, cette gentille Trudy ?

— Aucune idée.

— Tu mens, Dave. Elle était dans cette baraque qui est à ton nom, ligotée de la tête aux pieds. Tu dois le savoir, ça. Parce qu'on te l'aura dit.

— Qui ça ?

— Moi. Cette bande de Scousers a des comptes à régler. Alors, ils envoient des petits messages. Et c'est ce que Trudy était, Dave : un message. »

Évitant le regard de Winter, Pullen boitilla jusqu'à la cuisine et, sortant d'un tiroir un tube d'aspirine, en versa deux dans un verre d'eau.

« Mal de crâne ?

— Migraine.

— C'est pareil. » Winter se tut, le temps que Pullen vide le verre. « Alors, parle-moi de ces Scousers. Ils ne sont pas gentils, tu le sais. À moins que Trudy t'ait déjà tout raconté ? »

Pullen ne répondit pas. Suttle, dans l'ombre et à l'écart, examinait, scotché au mur, un titre de presse arraché d'une page du *News*, le quotidien local.

« Super Blues ? » demanda le jeune constable.

Pullen se tourna vers lui, silhouette spectrale dans la pénombre. « Ça te pose un problème ?

– Ouais.

– Et lequel ?

– Que Pompey, c'est de la merde. La moitié de l'équipe est éclopée. »

Winter, qui observait la scène de son fauteuil, se marrait. Il aimait bien Suttle, pas de doute. Il y avait une espèce de folie dans presque tout ce qu'il faisait ou disait. Comme Winter lui-même, il poussait et poussait jusqu'à ce que quelque chose casse.

« De la merde ? » Pullen était indigné. « Première au classement ? Première pendant toute cette putain de saison ? Comment ça se pourrait, hein ?

– Tu le sauras bientôt, camarade. Si jamais vous arrivez en première division.

– Et toi, c'est qui, tes champions ?

– Saints.

– Scummer[1] ? » Pullen se mit à rire. « Putain, pas étonnant que t'aies atterri chez les flics. »

Winter se leva. Il y avait une pile de vingt-quatre packs de Stella entassés contre une porte – quelques courses faites à Cherbourg. Contournant le tas, il disparut un bref instant dans la pièce et en ressortit avec une espèce de coffret noir. Donnant de la lumière, Suttle reconnut un autoradio.

« Belle camelote, Dave. » Winter la retourna dans ses mains. « Avec code de sécurité.

– Elle est en règle.

– Oh, j'en suis sûr. Et les autres ? » Winter rencontra le regard de Suttle et fit un signe en direction

1. Supporteur de Southampton. *(N.d.T.)*

de la pièce. « Il se trouve qu'on a pas mal de vols d'autoradios. Tu peux pas savoir le nombre, et tu peux pas savoir non plus le chagrin que ça cause à notre patron. »

Suttle était de retour avec une boîte en carton. Au sixième appareil, il abandonna le compte.

« Ça valait le coup de te rendre visite, dit Winter. Je comprends que t'avais pas envie qu'on entre.

— Elle est pas venue ici.

— Je ne te crois pas.

— C'est la vérité. En tout cas, pas depuis deux jours.

— Alors, elle est où ?

— J'en sais foutre rien.

— Tu as son numéro de portable ?

— Elle répond jamais.

— Vous vous êtes disputés ou quoi ? Une prise de bec ? »

Silence.

Winter jeta un coup d'œil à l'heure, puis revint se poser dans le fauteuil, croisa les mains sur son ventre et ferma les yeux.

« C'est sa faute à elle, putain, finit par lâcher Pullen. Cette petite salope.

— Qu'est-ce qu'elle t'a fait, Dave ? demanda Winter, les yeux toujours fermés. Elle t'a demandé de lui parler gentiment ?

— Des conneries, tout ça, grogna Pullen. Elle sait se répandre quand ça lui plaît. Il lui en faut pas beaucoup. Deux Smirnoff au Forty Below, et vous avez plus qu'à vous servir. »

Le Forty Below était un complexe café-bar et

boîte de nuit sur les quais de Gunwharf, un lieu très populaire.

« Et c'est comme ça qu'ils ont fait ?

– Qui ça ?

– Tes potes de Liverpool. Un billet de dix sur le comptoir et une balade en caisse quand elle a été prête ? Jusque chez ce brave Dave. Pour écouter de la musique ? Ça s'est passé comme ça ?

– Comment je le saurais ?

– Tu n'es pas inquiet ? Pas concerné ? Ils se foutent de ta gueule, Dave. Ils sont en train de te dire que t'es plus dans la course. Ce qui est à toi est à eux, désormais. Et si tu penses que ça va s'arrêter avec la petite Trudy, alors tu es encore plus con que t'en as l'air.

– Je sais vraiment pas de quoi vous parlez, là.

– Foutaises. C'est pas une histoire de cul, tu le sais bien. On parle de business, Dave, et pas d'autoradios volés. Je ne sais pas combien de coke te confie Bazza en ce moment, mais quelque chose me dit que tes jours comme dealer pourraient bien s'arrêter là. Trudy était un avis de licenciement, Dave. Ces gamins te disent que ton tour est passé. Tu me suis, ou bien je vais trop vite pour toi ?

– Vous racontez n'importe quoi.

– Crois-tu ? » Winter se leva et fit signe à Pullen de se rapprocher de lui. « Nous leur avons rendu visite à ces types, la nuit dernière, Dave. Je te passerai les détails, mais tu peux pas savoir le nombre de cutters qu'on a trouvés là-bas. Tu as entendu toutes ces rumeurs au sujet de petits dealers qui se sont fait casser la gueule ? Enlever ? Taillader ? Eh bien, tout ça est vrai, Dave. »

Pullen, battant en retraite vers la cuisine, ne voulait plus rien entendre. Winter, qui s'échauffait, lui barra le chemin.

« Tu as le choix, garçon, toi et tes potes. Mon patron veut que ces types fichent le camp de cette ville. Je suppose que c'est aussi le désir de Bazza. Alors, on peut la jouer officielle et, dans ce cas, tu me feras une déclaration signée de tout ce que tu sais. Ou bien tu vois toi-même ce que tu peux faire pour nous. En attendant, Jimmy et moi on embarque ta camelote. » Winter ramassa l'un des autoradios. « On a toute une équipe qui travaille sur ces vols à la roulotte. C'est l'opération Cobra. Tu as peut-être lu ça dans le journal. Est-ce que je parle ou non de ta petite collection à mes collègues ? »

Winter laissa pénétrer le message, puis dit à Suttle de remballer le matos dans le carton. Une visite dans le réduit dont Pullen avait fait sa chambre rapporta un surplus de marchandises, assez pour remplir une taie d'oreiller. En sortant de l'appartement, de retour sous le soleil en haut des marches de l'escalier, Winter demanda à Pullen de lui noter le numéro de portable de Trudy. Il y jeta un regard et le glissa dans sa poche.

« Mes amitiés à Bazza, hein ? » Il donna à Pullen un petit coup de poing dans l'épaule, ramassa la taie et s'engagea dans l'escalier derrière Suttle.

La réunion avec Willard se termina dans le milieu de la matinée, et Faraday suivit dans sa propre voiture la Volvo d'Imber. Avant l'entrée sur l'autoroute, Imber indiqua qu'il tournait à gauche, laissant l'échangeur pour le port des ferries. Il y avait au nord du complexe portuaire un ensemble d'établissements navals connus localement sous le nom de Whale Island. Tout au bout de la chaussée reliant l'île aux terres intérieures, Imber stoppa à une barrière blanc et rouge. Un garde apparut, fusil d'assaut pendu au cou. Faraday abaissa sa vitre. Imber lui avait déjà remis un passe dans une enveloppe que Faraday n'avait pas encore eu le temps d'ouvrir. Quand il le fit, il découvrit une photo d'identité récente prise à l'occasion d'une enquête à l'étranger. La photo d'un homme d'une quarantaine d'années, la tignasse grisonnante et bouclée. L'expression du visage ne révélait rien sur le coup, mais ceux qui le connaissaient se seraient étonnés des petites rides autour des yeux. Il donnait l'impression d'un homme essayant de jauger exactement ce qui l'attendait. Une légère interrogation. Le garde jeta un coup d'œil au passe, puis lui fit signe d'entrer.

Imber l'attendait un peu plus loin sur le parking. Faraday arrêta sa Mondeo à côté de la Volvo et glissa le passe dans sa poche, tandis qu'Imber désignait un bâtiment bas en brique, deux cents mètres plus loin. Au-delà s'étendaient le port et le chantier naval.

« Bienvenue à Tumbril. » Imber était content. « C'est un peu encombré, j'en ai peur, mais nous avons fait de notre mieux. »

Le bâtiment appartenait à l'école de police de la Marine. Un arrangement temporaire avec l'amirauté, financé par le budget de Tumbril, leur valait un espace de bureaux sans cloisons dans le côté sud de la bâtisse, qui servait auparavant de salle de conférences. S'ajoutant au dispositif, une pièce abritait les documents qui ne cessaient de s'amonceler. Des dossiers soigneusement étiquetés occupaient tout un mur d'étagères, et il y avait trois armoires métalliques équipées de solides cadenas.

Imber lui décrivait maintenant le dispositif de sécurité. La porte principale, équipée de doubles serrures, n'était accessible qu'avec un code et une carte magnétique, et une clôture métallique électrifiée entourait le bâtiment entier. Sur les directives de Nick Hayder, le site était régulièrement passé au détecteur de micros, et les cinq membres de l'équipe directoriale devaient prendre l'engagement signé de ne jamais parler de l'opération à quiconque. Question paranoïa, songeait Faraday, cette opération méritait la palme.

« Vous pensez qu'on en fait trop ? lui demanda Imber, l'observant attentivement.

– Un peu, oui.

– Vous avez vu Nick, ce matin ? Sans connaissance. Les jambes broyées. Le bassin fracturé.

– Insinueriez-vous que l'agression a un lien avec l'opération ?

– Je veux seulement vous montrer que nous nous sommes entourés de toutes les précautions possibles, et que quelqu'un a quand même réussi à faire mal à Nick. Ce n'est peut-être qu'une coïncidence, mais qui peut l'affirmer ? On s'est juste donné les moyens de travailler en paix. »

Du bureau voisin, leur parvint le bruit d'une porte qu'on ouvrait, suivi d'un martèlement de talons. L'instant d'après, Faraday avait devant lui une silhouette familière : une jupe courte, d'énormes seins, une bouche rouge baiser, de longs ongles violets et, sous une taille un peu épaisse, une paire de jambes dont le galbe n'avait jamais cessé de l'étonner.

« Joyce !

– Shérif.

– Vous êtes dans le coup ? » Faraday balaya l'espace de la main.

« Et comment ! Archives, donuts et café, réparatrice de gueules de bois et un peu de ménage. Je m'occupe aussi des grossiers personnages au téléphone. Quand on n'est pas gentil avec moi, on reçoit la fessée. » Elle lui fit un grand sourire. « Vous avez envie d'un café, c'est bien ça ? »

Sans attendre de réponse, elle disparut dans son bureau. Imber roulait de grands yeux.

« Vous vous connaissez, tous les deux ?

– Très bien. Joyce a travaillé il y a deux ans à Highland Road, après que Vanessa a été tuée.

– Et vous avez survécu ?

– Plus que ça. Joyce n'a pas de prix. Elle est toujours branchée sur les poupées Beanie ?

– J'ai peur que oui.

– Et le porno allemand ?

– Par sacs, un grand fourre-tout en provenance de Hambourg, tous les quinze jours. Les bleus de la marine font la queue devant la porte. Ils disent qu'elle est vraiment spéciale.

– Ils ont raison, elle l'est. »

Par la porte ouverte, Faraday pouvait l'entendre chantonner pendant qu'elle sortait des tasses pour le café. Peggy Lee avait toujours été sa préférée – nostalgie tissée de courage soyeux.

Pendant qu'Imber téléphonait, Faraday se percha au bord d'un bureau. Joyce avait quitté Highland

Road après qu'on lui eut découvert un cancer. Faraday lui avait téléphoné de temps à autre pour s'enquérir des progrès de la chimio, mais elle avait toujours minimisé cette histoire, comme on le fait d'une migraine. Bien sûr, il y avait une petite boule, là, mais tout le monde en avait, la grande affaire !

Faraday n'avait jamais vraiment su si cet optimisme lui venait de son origine américaine ou si elle était simplement une femme très courageuse. Et puis, à sa grande honte, Joyce avait glissé de sa vie, emportée par le torrent d'affaires se déversant à Highland Road.

« Vous vous en êtes sortie ?

— Bien sûr. On a zappé ces petits salauds.

— Il y en avait plusieurs ?

— Nodules dans toute la poitrine, dont deux dans le cou. » Les ongles nacrés dessinèrent le tracé des tumeurs. « C'est devenu vraiment intéressant quand ils ont commencé à parler de mastectomie. »

Faraday la regarda. Ses seins n'avaient rien de faux, apparemment.

« Et que s'est-il passé ?

— Pas question, je leur ai dit. Ils pouvaient essayer autre chose, peu m'importait quoi, mais, mes seins et moi, on s'en irait ensemble. Et ça a marché. De la chimio à plein régime. Au bout de deux semaines, les petits salauds se sont rendus. Bang, bang, bang, on les a descendus. Funérailles avec honneur, mais pas les miennes. » Elle leva les yeux. « Toujours un sucre ? »

Faraday hocha la tête. Imber était encore au téléphone.

« Tenez. » Joyce tendit une tasse à Faraday. « Venez, je vais vous faire la visite. »

Il la suivit dans son bureau. La plus grande des photos accrochées aux murs était une vue aérienne d'une grande demeure au toit de tuiles rouges, avec de grandes baies vitrées. Il y avait un roadster Mercedes et un 4 × 4 dans l'allée pavée de briques devant un vaste garage, et une piscine qui avait l'air neuve occupait le jardin devant la maison. Certains détails – caméras de surveillance, haies serrées d'épineux, doubles grilles télécommandées – avaient été identifiés et signalés, et on avait entouré d'un cercle une petite cabane en bois à côté d'une balançoire d'enfant.

« C'est un chenil. Le type adore ses chiens. » Joyce attaquait son deuxième biscuit au chocolat. « Deux ridgebacks. Clancy et Spud.

– C'est la maison de Mackenzie ?

– Oui. 13 Sandown Road. C'est pas mignon ? On ne peut que se demander comment on a pu lui accorder le permis de construire dans une zone pareille. »

Faraday suivit le doigt pointé de Joyce. Au-dessus des chambres à l'étage, on avait construit une terrasse fermée par des baies vitrées fumées, derrière lesquelles on distinguait quatre chaises longues, séparées les unes des autres par des tables basses. Faraday acquiesça. Sandown Road était située au cœur du parc de Craneswater. L'endroit était le plus sélect de Portsmouth, tout un ensemble de rues bordées de jolies villas edwardiennes avec des jardins et la vue sur le Solent. Les gens qui avaient eu accès à cette enclave avaient jalousement gardé leur héritage. Joyce avait raison, pensa Faraday, comment

Bazza Mackenzie avait-il pu être autorisé à se faire bâtir ce bout de Floride ?

« Et là, regardez, on peut être fier des gars de l'ASU. » Joyce indiquait un objet dans le jardin. « Vous savez ce que c'est ? »

Faraday se rapprocha. « Un projecteur ?

– L'étoile du shérif ! » Joyce rayonnait. « Il en a cinq ! Il les fait donner tous les soirs et, croyez-moi, ça en jette. Le lundi, c'est mauve, le mardi verdâtre, et le mercredi... mon préféré...

– Rouge ? hasarda Faraday.

– Cerise. Quand on aura fini, on aura une fiche d'inculpation longue comme le bras mais le bon goût n'y figurera pas. »

Sa conversation au téléphone terminée, Imber les avait rejoints. Faraday inclina la tête en direction de la photo. « Vous lui avez déjà rendu visite ?

– Pas encore, répondit Imber. Cette photo est là au cas où nous devrions intervenir en urgence, mais l'ASU nous a promis une remise à jour si on les prévient suffisamment à l'avance.

– D'où provient la documentation ? » Faraday jeta un regard en direction de la petite pièce contenant les dossiers.

« Des banques de données, conformément au DTA. Jusqu'ici, nous nous sommes concentrés sur les transactions et les acquisitions immobilières autour de Gibraltar durant ces dix dernières années, et ça fait beaucoup de papier. »

Le DTA, loi sur le trafic de drogue, permettait dans une enquête de ce type d'obtenir d'un juge un mandat de consultation des avoirs et des mouvements bancaires. Hayder avait ainsi pu recueillir une énorme documentation sur les comptes et les transactions financières. En théorie, la cible devait rester ignorante du filet s'étendant sans cesse, mais c'était peu probable.

« Il finira bien par l'apprendre.

— Bien sûr. Son comptable le lui dira. Sa banque. Son avocat. Et Bazza, étant ce qu'il est, en sera flatté. On n'a pas de quoi l'ébranler pour le moment, mais ça viendra.

— Pourquoi Nick n'a-t-il pas cherché à le coincer pour vente de drogue ?

— Parce que Mackenzie, officiellement, ne touche plus à ça. Si on avait voulu le faire tomber pour trafic, il fallait le faire il y a des années.

— Mais il contrôle toujours tout ?

— Bien sûr que oui. C'est comme ça que son affaire tourne. Il finance les achats et se prend un gros pourcentage sur l'écoulement. Plus on est riche, plus on laisse trimer les autres à sa place. »

Faraday regardait les autres photos. L'une d'elles montrait Mackenzie sortant de sa jolie décapotable, un homme de petite taille, solide, l'air vif et impatient, affichant un grand sourire. Une autre révélait un gros chris-craft amarré dans une marina. Les deux clichés portaient l'empreinte d'une opération de surveillance, le photographe travaillant à bonne distance de son sujet avec son puissant téléobjectif.

« Tous ces biens lui appartiennent ?

— Absolument. Il se cache derrière des prête-noms parce qu'il n'est pas stupide, mais la réponse est oui. Et c'est ça qui nous motive. On en a de pleins tiroirs. Propriétés immobilières à l'étranger, commerces locaux, etc. Joyce consulte la Bourse tous les lundis, histoire de nous motiver.

– Ça ne serait pas de la jalousie ?

– Il y a de ça, et aussi de la frustration. Attelez-vous pendant un an à ce genre de travail, et c'est ce que vous ressentirez.

– Qui se charge de toutes ces démarches ?

– Martin Prebble. Expert-comptable. Il nous coûte une fortune mais il est très fort. Donnez-lui trois millions de documents, et il saura lesquels consulter. Sans lui, nous serions encore à la case départ.

– Et où est-il ?

– Londres. Il travaille pour l'un des grands cabinets de la City. Il vient ici deux fois par semaine. » Imber jeta un regard autour de lui. Joyce avait regagné son bureau. Il se pencha vers Faraday. « Je sais ce que vous pensez, Joe, mais croyez-moi, c'est le seul moyen. Nous avons tout essayé – infiltration, surveillance, indics – mais comme je l'ai dit, Mackenzie est inaccessible. Il est beaucoup plus intelligent qu'il n'en donne l'air. Il a reçu de bons conseils et il les a suivis. Ce type n'est pas près de faire un faux pas. Tout ce qu'il nous a laissé, c'est son fric, et c'est là qu'on peut lui faire mal. En suivant l'argent. »

Faraday essayait de rapprocher ce que lui disait Imber de ce que Willard avait précédemment déclaré. Mackenzie est programmé pour violer la loi, avait dit le superintendant. C'est ce qu'il continue de faire, et c'est pourquoi nous finirons par l'avoir.

« Vous pensez vraiment qu'on le coincera de cette façon ?

– Oui, je le pense.

— On ne pourrait pas lui tendre un piège ?

— Non. Il est trop bien protégé. Nous avons au moins une chance en jouant par la bande. Tant que nous ne désespérons pas.

— Qui est-ce, nous ?

— À votre avis ? Je parle de moyens et de buts, Joe. Et, pour dire la vérité, on nous donne des moyens.

— Et on vous presse d'avoir des résultats ?

— Naturellement. On nous a toujours mis la pression. C'est la raison pour laquelle Nick était au bord de l'explosion. Ce genre de travail exige du temps, des années et des années. Nous n'avons jamais pensé de cette manière, mais on n'y était pas obligés non plus. Un type comme Bazza est un véritable panneau publicitaire brillant de toutes ses lumières pour clamer à la gueule de tous les gamins de cette ville que c'est pas la peine d'aller à l'école, de respecter le règlement, de baisser la tête et de mener une vie médiocre. Si on laisse tomber Bazza et qu'on jette l'éponge, alors on n'a plus rien à faire dans la police. »

Faraday hocha la tête. Il avait déjà entendu Imber dire cela. Pour des raisons qu'il n'avait jamais révélées, le sergent s'était fait une réputation de batailleur en matière de trafic de drogue. Depuis le milieu des années 1980, il avait mis tout le monde en garde contre une imminente apocalypse, pas seulement par inquiétude pour ses propres enfants mais parce que son travail au service du renseignement lui avait révélé que les drogues dures alimenteraient un jour toute une économie. Si on ignorait la question de la toxicomanie, affirmait-il, les conséquences seraient catastrophiques.

Les patrons d'Imber, à tous les niveaux, pressés par le volume des crimes, n'avaient porté qu'un intérêt de pure forme à ces mises en garde. Ils lisaient les rapports qu'il leur remettait, et faisaient même circuler ceux qu'ils jugeaient plus mesurés. Et il avait fallu un personnage comme Mackenzie pour les convaincre de donner à Imber ce qu'il réclamait. Pourquoi ? Parce que la richesse de Mackenzie commençait à infecter la ville. Et, de la bouche même de Willard, ça n'était plus supportable.

Faraday regarda Imber se verser un verre de jus d'orange. Son entraînement au marathon interdisait au sergent la caféine.

« Willard a enfin relevé le gant, et je l'admire pour ça.

— Vous l'avez facilement convaincu ?

— Vous plaisantez ? Et ce n'est pas seulement une question de moyens, il s'agit des autres flics. Tout le monde est persuadé qu'on transgresse les règles dans ce jeu-là.

— Parce qu'on est censé être invisible.

— Exactement. Et, grâce à Nick, on l'est pleinement. Mais certains reniflent quelque chose, et ça les agace.

— Qui, par exemple ?

— Peu importe qui. Je pourrais vous fournir toute une liste mais ça ne servirait à rien. Je tiens seulement à vous dire que l'entreprise n'est pas facile. Vous êtes livré à vous-même et vous avez une sacrée montagne à escalader. Attaquez-vous à un type comme Bazza, et vous serez surpris par le nombre de gens que ça indisposera.

— Ça vous gêne ?

— Pas du tout, du moment qu'on obtient un résultat. »

Faraday le considéra un instant en silence. Joyce, dans le bureau voisin, s'était arrêtée de taper sur son clavier.

« Et vous pensez qu'on obtiendra un résultat ? dit-il enfin.

— Il le faut.

— En dépit de... ce qui vient d'arriver à Nick ?

— Bien sûr. » Imber le regarda longuement. « Vous êtes partant, n'est-ce pas ? »

4

Mercredi 19 mars, 11 h 50

Winter laissa sa Subaru dans le parking souterrain des quais Gunwharf et entraîna Suttle dans l'escalator menant au centre commercial. Il lui avait fallu deux conversations au téléphone pour arracher un rendez-vous à Trudy Gallagher et, entendant les cris des mouettes, Winter ne trouvait nullement rassurant de se rendre à l'évidence : Misty Gallagher occupait l'un des appartements surplombant le front de mer, et Trudy était revenue chez sa maman.

Le Gumbo Parlour venait tout juste d'ourvrir. Une serveuse à l'air épuisé essuyait des verres dans le fond du restaurant. Winter choisit une table près de la baie vitrée et prit la place offrant la meilleure vue.

De l'autre côté de la chaussée, tout en bordure du port, les entreprises de bâtiment menaient les premiers travaux de la tour Spinnaker, une folie haute de cent cinquante mètres qui, espérait le conseil municipal, hisserait Pompey au niveau des grandes villes. Winter observa une nouvelle benne de ciment s'élever lentement en se demandant à quoi pouvait bien servir cette tour. Ses partisans vantaient l'audace de l'entreprise, l'assurance que ce serait un nouveau départ pour la ville, mais Winter préférait l'autre Portsmouth, débraillé, rude, et parfaitement content de lui.

Suttle parcourait le menu du déjeuner. *Moules à l'américaine,* ça lui paraissait pas mal.

« On est là pour boire un café, lui dit Winter. À moins que ce soit toi qui règles l'addition. »

Il se cala dans son fauteuil, observant un dériveur à la lutte pour éviter un énorme ferry qui franchissait la passe. Trudy lui avait promis d'être là à midi, et elle avait encore dix minutes devant elle.

« Tu devrais rencontrer sa mère, dit-il à Suttle. En fait, tu la rencontreras probablement.

– C'est une promesse ?

– Une mise en garde. Tout ce qui porte un pantalon et a moins de trente ans a intérêt à assurer. »

Misty Gallagher était devenue une légende au fil des ans. Winter l'avait vue, dans des fêtes, prendre trois hommes dans son lit, deux d'entre eux étant de la Judiciaire, et le troisième un braqueur bien connu des services, et les quittant meilleurs amis du monde. Bazza Mackenzie, impressionné par ses relations autant que par son cul, couchait avec elle depuis le milieu des années 1990, l'installant dans toute une série de maisons qu'il avait achetées pour se développer. Elle disposait depuis quelque temps d'un appartement au troisième étage d'un immeuble du Gunwharf, de l'autre côté du centre commercial, un geste à six cent mille livres de la part de Bazza, pour lui dire qu'elle comptait encore pour lui. Leur relation, toutefois, s'était depuis lors un peu tendue.

« Pourquoi ça ? demanda Suttle, les yeux toujours sur la carte.

— Une rivale. Italienne, plus jeune, avec un certain style, une certaine classe, et pas besoin d'un sac sur la tête.

— Pourquoi, Misty est un boudin ?

— Oh, loin de là. C'est une très jolie môme, un corps à tomber, mais c'est une grande gueule, qui sait jamais la fermer quand il faut. Une fille de Pompey... » Winter appela la serveuse. « Ce sont les risques du métier. »

La serveuse prit leur commande. Deux cappuccinos. Suttle la regarda repartir en direction du percolateur.

« Et le père, il est où ?

— Le père de Trudy ? Dieu seul le sait. Il s'appelle Gallagher, mais je ne me souviens pas de l'avoir jamais rencontré. Le prénom de Misty, à propos, c'est Marlene, et il y a des gars de chez nous qui l'appellent encore comme ça. Elle déteste.

— Pourquoi Misty ?

— Tu n'as pas envie de le savoir.

— Allez, dites-le-moi ! »

Winter secoua la tête, lui disant que c'était sans importance, mais Suttle insista et, à la fin, Winter céda et lui raconta l'un des tours que Misty jouait aux mecs dans les fêtes. L'histoire tournait autour des seins de Misty, dont elle était très fière, et Winter était arrivé au moment où Misty enlevait son soutien-gorge, quand il prit conscience d'une haute silhouette moulée dans une robe rouge, bottes à hauts talons assorties.

« Tu sais quoi, Paul Winter ? dit-elle en se laissant choir sur la chaise libre. T'es vraiment grave. »

Trudy était méconnaissable. La dernière fois que Suttle l'avait vue, montant en chancelant dans l'ambulance au milieu de la nuit, elle aurait pu poser pour une pub de l'Armée du Salut. Et maintenant, douze heures plus tard au plus, elle aurait pu faire la couverture d'un magazine de mode. Suttle ne pouvait en détacher les yeux.

« Café ? Quelque chose à manger ? » Il était déjà debout.

« Un café au lait, bien sucré. Et une de ces viennoiseries. Non, deux », se reprit-elle en fouillant dans son sac à la recherche de son paquet de cigarettes.

Suttle parti, Winter se pencha en travers de la table. Le fait que Trudy l'ait surpris au beau milieu de son histoire ne l'embarrassait pas du tout. Bien au contraire.

« Alors, comment va ta maman ?

— À côté de ses pompes, comme d'hab.

— Tu la vois beaucoup, hein ?

— Bien obligée. Elle se fout de ma gueule, si ça t'intéresse. Elle se fout vraiment de ma gueule.

— Et pourquoi ça ? »

Trudy ne répondit pas. Elle alluma une cigarette, et rejetant la tête en arrière pour exhaler un long jet de fumée bleue, suivit des yeux Suttle parti chercher sa commande.

« Comment il s'appelle, ton collègue ?

— Jimmy. » Winter regardait la main droite de la jeune femme. Les ongles de son index et de son majeur étaient salement abîmés. « Tes nouveaux potes, les Scousers, hein ? Tu t'es cassé les ongles en te défendant ?

— De quoi tu parles ? » Trudy roula de grands yeux. Elle était venue à ce rendez-vous pour faire plaisir à Winter. Encore une connerie de ce genre et elle s'en allait.

« J'essaie de comprendre ce qui a pu se passer, ma belle. On est de ton côté.

— Ah, ouais ? » Elle avait de nouveau reporté son attention sur Suttle, qui revenait vers eux avec le café et les viennoiseries. « Il est du coin, ton collègue ? »

Winter ignora la question. Il voulait savoir ce qui lui était arrivé la nuit dernière. Elle avait été victime d'une agression. C'était son travail, à lui, de découvrir le comment et le pourquoi. On pouvait le faire en prenant gentiment un café ensemble, mais il y avait d'autres manières.

« C'est des menaces. » Elle bougea son sac pour faire de la place à son assiette. « Et ça marche pas avec moi.

— Je ne te menace pas, je dis simplement les choses.

— Mais c'est mes affaires, cette histoire.

— Non, ma belle. Depuis la nuit dernière, c'est nous que ça regarde. »

Trudy souriait à Suttle. « Monsieur Grognon dit que vous êtes d'ici. C'est vrai ?

— Ouais, répondit Suttle. Combien de sucres ?

— Trois. » Elle poussa sa tasse vers lui. « Et vous habitez où ? Dans un coin sympa ?

— Petersfield, grogna Winter. Et il est marié.

— Foutaises, dit Suttle en souriant à la jeune

femme. Il vous a interrogée à propos de la nuit dernière ?

— Ouais, et je l'ai envoyé paître, alors vous y mettez pas aussi.

— C'était quand même pas sympa de leur part. Cette merde de Dr Dre est déjà insupportable quand on est tout habillé. Alors, nue et ficelée comme une dinde, y avait de quoi péter les plombs. »

Trudy partit à rire malgré elle.

« Dre, c'est de la merde pour les p'tits Blancs qui regrettent de pas être noirs, dit-elle. C'est encore plus triste que lui.

— Qui, lui ?

— Oncle Paul. » Elle désigna Winter d'un signe de tête. « Il venait souvent renifler autour de ma mère. Ça lui arrive encore quand il fait une crise de désespoir.

— Vous ne m'avez pas dit ça, patron, dit Suttle avec un haussement de sourcils.

— Tu n'as jamais demandé. » Winter venait de se prendre d'une grande curiosité pour le ferry entrant dans le port. « Et n'en tire pas de conclusions hâtives. Misty et moi ? Nous n'avons jamais été que des...

— Bons amis ? » Trudy était repartie à rire. « Chez les Chinois, ça s'appelle déception, non ? C'est ce que ma mère dit. Elle n'a jamais eu de temps pour cette merde de bons amis, pas elle...

— Ce qui veut dire ?

— Qu'elle sautera au paf de n'importe qui, s'il y a de l'argent pour elle. Et croyez-moi, je suis bien placée pour le savoir. »

Il se fit un silence pendant que Trudy mordait dans son petit pain aux raisins. Suttle jeta un coup d'œil à

Winter, puis tendit à la jeune femme une serviette en papier.

« Écoutez, commença-t-il. Au sujet de la nuit dernière... »

Trudy secoua la tête et s'essuya la bouche du revers de la main. « Il n'y a aucune chance que je vous parle de ça, dit-elle d'une voix basse. Alors, c'est même pas la peine d'essayer. »

Winter ignora l'avertissement. « Et Dave Pullen, alors ?

— Dave Pullen est un branleur.

— Il prétend qu'il ne t'a pas vue depuis deux jours.

— Non, et il est pas près de me revoir.

— Pourquoi ça ?

— Ça te regarde pas. »

Winter l'observa avec attention pendant un moment puis, se penchant en avant, prit l'autre petit pain aux raisins, et, comme Trudy tendait la main pour le lui reprendre, il lui commanda de bien se tenir.

« Écoute, Trudy, nous essayons de t'aider. Peut-être que tu as rencontré les Scousers ici, au Gunwharf ou au Forty Below, à moins que ce soit dans Southsea, au Guildhall Walk ou ailleurs. Pour te dire la vérité, on s'en fout. Je veux seulement que tu saches, c'est pas après la jolie Trudy qu'ils en avaient. Mais tu l'as probablement compris toi-même.

— Ah ouais ? » Pour la première fois, elle semblait moins sûre d'elle.

Winter se pencha une fois de plus en avant, la viennoiserie intacte dans la main.

« Ce que tu dois comprendre, Trudy, c'est que la

guerre a été déclarée. Par cette bande de Scousers. Ce sont eux qui...

— Mais ils ont été vachement sympas, et marrants.

— Je n'en doute pas. Et ils t'ont gentiment ligotée et abandonnée dans le froid. Ne me dis pas que tu ne t'en souviens pas, hein ? » Il se tut un instant, attendant la réponse, certain d'avoir éveillé l'attention de la môme.

« Non, répondit-elle enfin. J'ai pas oublié.

— Et le reste ?

— Quoi, le reste ?

— Les marques de coups. » Winter se palpa les côtes. « Là et là. Où ils t'ont frappée. On avait une torche électrique, tu sais. Tu ne veux pas nous dire ce qui s'est passé ?

— Non.

— Même s'il y a des risques qu'ils reviennent te trouver ?

— Ils le feront pas.

— Qu'est-ce que tu en sais ?

— Je le sais, c'est tout.

— Cent pour cent certaine ?

— Ouais. » Elle hocha la tête d'un air dur. « Cent pour cent. »

Winter la regarda longuement, puis il reposa le petit pain dans l'assiette. « Tiens. » Il grimaça un sourire. « Avec les compliments de la maison.

— Non merci. » Elle secoua la tête et commença à se lever. « Je te le laisse. »

Faraday trouva Eadie Sykes en train d'avaler un sandwich à son bureau, qui se composait de trois petites pièces au-dessus d'une étude de notaire dans Hampshire Terrace. Le coup de fil que lui avait passé Faraday depuis Whale Island lui avait valu une invitation à déjeuner sur le pouce avec elle, mais il était évident au premier regard qu'il était arrivé trop tard. En contemplant les reliefs sur le bureau à côté de l'ordinateur, il mesura combien il avait faim. Les deux boîtes de haricots, une salade avec du riz et des tranches de chorizo, tout cela était parti.

« Ton fils est passé par là, lui dit Eadie, mordant dans son sandwich au fromage et à la tomate. Tu devrais le nourrir un peu mieux le matin.

— Je le ferais volontiers si seulement il était là. »

Faraday trouva un coin de bureau sur lequel se percher. J-J travaillait à temps partiel pour Eadie depuis plus d'un an. D'abord comme photographe de plateau dans un film sur Dunkerque et, maintenant, au repérage et au filmage de la dernière production d'Eadie. Il y avait des semaines où Faraday voyait plus souvent la patronne de J-J que ce dernier.

« Où est-il ?

— Dehors, répondit-elle avec un regard à sa montre. En quête d'autres junkies.

— Mais il a fait ça toute la semaine dernière, et celle d'avant.

— Ouais, et c'est loin d'être fini. Les trouver est une chose, essayer de faire quelque chose d'à moitié sensé en est une autre. Ils sont à désespérer. Toujours à traîner au lit. Jamais aux rendez-vous. Jamais fidèles à leurs promesses. Mais s'il n'y avait pas de problème, on n'en ferait pas une vidéo, alors il y a un bon côté. »

C'était une grande femme solidement charpentée,

avec la grâce et l'aisance naturelle d'une athlète. Un excès de soleil australien lui avait démoli le teint mais elle se fichait autant du maquillage que de la mode. La plupart du temps, elle portait des jeans et des T-shirts. Celui de ce matin était un souvenir d'une semaine à Fuerteventura.

Faraday échangea le bout de table pour un fauteuil dans le coin de la pièce, attendant qu'elle ait fini de balayer les miettes laissées par J-J dans un sac en plastique noir. Après Martha, il s'était promis de ne plus rien attendre des femmes et cependant il était là, engagé de nouveau dans une relation bien trop réelle. Il admirait cette femme. Il n'avait encore jamais rencontré quelqu'un – homme ou femme – qui fût aussi énergique et résolu, et qu'aucun obstacle ne décourageait. Même Nick Hayder était une pâle imitation d'Eadie Sykes.

« Alors, comment ça se présente ? » Faraday désignait l'écran de l'ordinateur mais l'attention d'Eadie venait d'être attirée par le petit poste de télé dans un coin du bureau. « Les derniers représentants des Nations unies se sont retirés, et Reuters rapporte des explosions dans Bassora. » Elle secoua la tête d'un air écœuré. « Ça y est, Joe, c'est parti. Ce sera demain matin, au plus tard.

– Je parlais de ta vidéo.

– Ah... » Un instant, elle parut troublée. « Dans ce cas, je dirais que le démarrage est lent.

– À cause des junkies ?

– À cause de leur absence, surtout. » Elle se détourna de la télé pour le regarder. « Portsmouth est une belle ville, chéri. Smack, coke, il y en a pour tous les goûts. Montre-moi un junkie auquel je pourrais faire confiance, et je te signe un chèque. »

Faraday avait le sentiment de partager cette bataille avec elle depuis toute une année. Eadie était décidée à réaliser cette vidéo sur l'abus de drogues dures. Elle voulait découvrir dans toute la vérité de la chose ce que les substances telles que la coke, le crack et l'héro procuraient aux jeunes. Sans fioritures. Sans prises de vue léchées, sans sermons. Rien qu'un compte rendu sincère sur une génération qui, selon elle, méritait une vérité sans fard.

À cette fin, elle avait, avec une infinie patience, cherché des sponsors pour financer son projet. Elle avait flanqué de-ci de-là pas mal de coups d'épaule et tiré bien des oreilles. Elle avait frappé aux portes et ne s'était jamais découragée quand elle essuyait un refus. Et lentement, chèque après chèque, la force de sa conviction avait attiré l'argent.

Les contributions étaient venues de grandes entreprises locales. La direction de la police du Hampshire avait fait une donation. La commission Crime et Délinquance du conseil municipal avait offert son soutien. D'autres dons étaient venus de Dieu sait où, jusqu'à ce qu'il revienne à un organisme d'État – le Portsmouth Pathways Partnership – d'ajouter le reste. Avec près de trente mille livres en banque, Eadie Sykes était prête à filmer le documentaire qui lui ferait un nom. Il ne lui manquait plus que les junkies.

« Alors, où est mon fils ?

— Vieux Portsmouth. Il est tombé sur quelqu'un, au syndicat des étudiants, qui pense avoir la bonne réponse. Ça se produit tous les jours. Mais on y va quand même.

– Et J-J est plein d'espoir ?

– J-J est toujours plein d'espoir. Bon Dieu, tu devrais le savoir, ça. C'est de ta faute. »

De la part d'Eadie, c'était là un compliment, et Faraday le prit comme tel. J-J était né sourd, et Faraday avait passé ces vingt dernières années à s'efforcer de convaincre son fils que cela n'était pas bien grave. Aveugle, il aurait eu de sérieuses difficultés. Estropié, ses déplacements auraient nécessité une aide. Sourd, il ne lui restait plus qu'à trouver d'autres moyens d'entendre. Les choses auraient été, bien sûr, plus faciles s'il y avait eu une mère présente mais, hélas, cela n'avait pas été possible.

« Quand doit-il revenir ?

– On n'a pas fixé d'heure. Tu connais J-J. Donne-lui l'occasion, et il te fera parler une tombe. »

Ils rirent. J-J avait ajouté au langage des signes un répertoire bien à lui, et Faraday l'avait souvent vu transformer des rencontres potentiellement embarrassantes en un feu d'artifice gestuel entrecoupé d'éclats de rire. Pour des raisons qu'il ne pouvait s'expliquer, son fils avait le don de communiquer, d'utiliser son sourire et ses yeux et ces longs membres de perche pour remplacer sa langue muette. S'il n'avait pas été handicapé, J-J se serait sûrement fait une fortune dans l'immobilier ou les doubles vitrages. Il arrivait à Faraday de remercier la surdité.

« Alors, c'est qui, son contact ?

– Elle s'appelle Sarah. Elle connaît un certain Daniel Kelly. À fond dans l'héro. » Eadie avait reporté son regard sur la télé.

« Qui ?

— Daniel Kelly. J-J pense que c'est un étudiant. »

Daniel Kelly ? Faraday tenta en vain de situer ce nom. Eadie fixait le petit écran. « Blair remet ça avec le bien-fondé de cette guerre. » Elle secoua la tête. « Tu te rends compte ? »

J-J avait noté l'adresse. Chantry Court était un ensemble d'immeubles d'où on apercevait la cathédrale. Le parking sous le bâtiment était visible depuis la rue, et quelques résidents avaient apparemment choisi de rouler en BMW. Après des semaines à courir les squats, les chambres meublées et les locations pour étudiants, J-J s'étonnait que son contact à l'université l'ait envoyé ici.

L'interphone à côté de la porte verrouillée contrôlait l'accès aux appartements. J-J consulta de nouveau son bout de papier et appuya sur le 8. Il compta cinq secondes avant de coller un minuscule lecteur de cassettes sur le microphone en dessous de la rangée de boutons. La bande diffusait un message préenregistré d'Eadie Sykes, déclarant que le jeune homme qui attendait en bas était sourd et muet, et qu'il serait reconnaissant à l'occupant des lieux de le recevoir. Ce message, répété quatre fois, était une idée d'Eadie, l'un des nombreux ponts qu'elle avait jetés entre J-J et les réalités de la production de vidéo.

J-J avait la main sur la porte. Une légère secousse l'avertit qu'on lui ouvrait. Le 8 était au premier étage. Une porte au bout du couloir était déjà ouverte, et une silhouette voûtée se découpait dans la lumière à l'intérieur. Il semblait plus âgé que l'étudiant lambda, plus proche des vingt-cinq ans que des vingt.

« Sarah m'a dit que tu passerais. » Il s'effaça. « Entre. »

Le logement, plus petit que l'avait estimé J-J, était luxueusement meublé – grands fauteuils recouverts de tissu confortable, un grand écran plasma, et des piles de bouquins partout, certains tout neufs. J-J s'arrêta devant une aquarelle sur le mur du fond. Un coucher de soleil pâle sur un paysage qu'il connaissait bien : le petit clocher carré de l'église, la pente des toits voisins, la lueur de l'anse, le souvenir des courlis arpentant la grève à marée basse.

J-J jeta un regard par-dessus son épaule. Daniel portait un pantalon de cuir maculé de taches et une chemise rose qui n'avait jamais connu le fer à repasser. Il avait une très grosse tête, une tête de dessin animé trop grande pour son corps, et un visage tout bouffi. Si ce n'était l'absence d'ecchymoses, on aurait pu penser qu'il s'était battu.

Daniel lui déclara qu'il n'avait pas la moindre idée de la raison de sa visite.

J-J désigna l'aquarelle sur le mur, puis il mima le geste de prendre une photo, et se tapota la poitrine avant de taper dans ses mains. Son enthousiasme pour le tableau était d'autant plus convaincant qu'il était sincère.

Le regard de Daniel alla de J-J au mur, et son visage esquissa un sourire. « Tu connais Bosham ? »

J-J acquiesça. Il avait appris très tôt à lire sur les lèvres, la clé qui pouvait ouvrir à de semblables conversations.

Des profondeurs de son blouson en jean, il sortit

une photocopie des trois brefs paragraphes qu'il avait rédigés pour exposer la démarche de ce projet vidéo.

Les Productions Ambrym voulaient explorer les réalités de la consommation de drogue. Elles voulaient savoir le comment et le pourquoi, et ce qui s'ensuivait. Elles voulaient entrer dans la tête des gens qui étaient en première ligne (sans jeu de mots) et leur offrir l'occasion de partager leur expérience.

La vidéo serait diffusée dans tous les établissements scolaires du pays. Les jeunes pourraient se faire une idée personnelle sur l'usage de la drogue. Des textes et des affiches la compléteraient.

Dire oui à ce qu'il exposait signifiait qu'on acceptait une interview vidéo d'une heure environ. Les questions seraient simples. La parole appartiendrait à l'interviewé. Personne ne chercherait à avoir raison ni à apporter la bonne parole ni à faire dans le sensationnel. Était-ce demander trop cher pour le bien que pouvait apporter un documentaire pareil ?

Daniel se laissa choir sur le canapé et parcourut la feuille imprimée. Quand il releva enfin la tête, ses yeux étaient embués de larmes derrière l'épaisse monture de ses lunettes.

« Tu connais bien Sarah ? »

J-J secoua la tête.

« Mais tu la trouves sympa ? »

J-J acquiesça. Il esquissa des mains une silhouette de rêve, qui arracha enfin un sourire à Daniel.

« Je suis sorti un temps avec elle. » Il reprit la photocopie. « Comment savoir si tout ça est vraiment sérieux ? »

J-J plongea de nouveau la main dans son blouson

pour en sortir un paquet de cartes de visite. Il en tendit une à Daniel en mimant de téléphoner.

Daniel examina la carte.

« Je peux la garder ? »

J-J hocha la tête.

« Quand te faut-il une réponse ? »

J-J toucha sa montre, puis il leva les mains, paumes offertes. Il ne pouvait le dire.

« Bientôt ? »

J-J embrassa d'un long bras la pièce entière. Puis il mima la caméra, les lumières, tout le cirque qui imprimerait cet homme sur un rouleau de pellicule. Daniel le regardait, attentif à tous ces gestes. Enfin, J-J tapota de nouveau sa montre et joignit les mains en un geste de supplication que l'étudiant sembla comprendre.

« Très bientôt, hein ? » Daniel revint au texte, le parcourut une seconde fois et le reposa. La carte d'Eadie était restée sur le canapé.

« Je vais y réfléchir, dit-il en la ramassant. D'accord ? »

Cathy Lamb dut formuler à voix haute ce que Suttle essayait de lui transmettre. Elle avait convoqué une réunion juste après le déjeuner dans son bureau de Kingston Crescent. D'autres membres de la brigade criminelle étaient encore sur le terrain, à la recherche des Scousers.

« On peut comprendre que la fille ne veuille rien nous dire de la nuit dernière. » Elle regarda Suttle. « Qu'y a-t-il d'autre qu'elle nous cache ?

— J'en sais rien, chef. Mais vous avez raison, il s'est passé quelque chose. Elle l'a très mauvaise.

— Tu l'aurais mauvaise aussi, intervint Winter. Tu as vu comment ces animaux l'ont traitée.

— Si c'est eux, parce qu'on n'en est pas sûr.

— Ils nous ont téléphoné, lui rappela Winter. Ils nous ont donné une adresse. Comment savaient-ils où on pourrait la retrouver ? Un hasard ? Ils passaient par là quand ils ont entendu de la musique ?

— Bien sûr que non, mais si c'était Pullen qu'ils cherchaient ? Parce qu'ils le soupçonnaient de les avoir balancés ?

— Il habite dans Ashburton Road.

— Oui, mais il possède aussi une maison dans Bystock Road. Peut-être qu'ils ont confondu les deux. Ça peut arriver. »

Lamb n'avait pas quitté les yeux du jeune constable.

« Continuez, dit-elle.

— D'accord. » Suttle se pencha en avant, dégageant un espace sur la table basse où Cathy empilait ses revues diététiques. « On fonce à Pennington Road, et les lascars se tirent par le numéro 34. Peu de temps après, ils se pointent à Bystock Road. Ils veulent dire un mot à Pullen. Ils tapent à sa porte. Quelqu'un leur répond. Ils entrent et trouvent la fille attachée sur le sommier.

— Qui est ce quelqu'un ?

— Dieu seul le sait. Pullen a hébergé la planète dans cette taule. Demandeurs d'asile, types en cavale, que sais-je ? Vous savez comment ça fonctionne. Un proprio peut se faire des centaines de livres par semaine en n'en foutant pas une rame.

— Alors, comment se fait-il que les lieux aient été déserts quand vous êtes arrivés ?

— Parce que les Scousers leur ont flanqué la frousse à débarquer en pleine nuit et à leur promettre le massacre. Même un idiot se sauverait.

— Et la musique ?

— C'est plus tard que c'est arrivé. Vous vous souvenez de la déclaration qu'on a recueillie du voisin ? Celui qui se plaignait que ça l'ait réveillé à deux heures du matin ? La musique, c'est aux Scousers qu'on la doit. Ils ont trouvé la fille attachée, ont branché la sono et, après s'être tirés, ils nous ont appelés. Le reste..., ajouta Suttle avec un haussement d'épaules, on connaît. »

Lamb continuait de recomposer la chaîne d'événements, examinant maillon après maillon.

« Alors, qui aurait ligoté la fille ?

« Pullen. » C'était Winter, enfin. « Jimmy a raison. Il est probable que c'est aussi Pullen qui l'a battue. Je dois vieillir.

— Quelle raison pouvait-il avoir de s'en prendre à elle ?

— Parce qu'elle avait laissé les Scousers la draguer. Ils s'étaient rencontrés un peu plus tôt dans un bar ou autre. Les types ont accroché avec elle. Ils lui plaisaient bien. Ça se sentait quand elle en parlait tout à l'heure avec nous. Elle les trouvait O.K. Ils l'avaient fait rire. C'est bien ça, hein, Jimmy ? » La question lui valut un hochement de tête de Suttle. Winter se tourna de nouveau vers Cathy Lamb. « En partant de là, ça colle. Deux ou trois bières, et Pullen est prêt. Il a compris ce qui se passait, et il en fait une affaire personnelle. Grosse dispute. Il l'emmène à Bystock Road et, là, l'attache sur le lit, au cas où elle aurait d'autres plans, et il se tire. Il l'aime beaucoup, sa petite Trudy, mais il y a une limite à ce qu'un type peut encaisser. Qui sait ? Peut-être qu'il pensait lui rapporter des fleurs et des bonbons, mais on ne le saura jamais parce que les Scousers l'ont pris de vitesse, et il s'est retrouvé comme un con.

— On peut le prouver, tout ça ?

— Non, à moins que l'un d'eux ne parle. Pullen la bouclera, c'est sûr. Quant aux Scousers, ils sont introuvables. Ça nous laisse Trudy.

— Une chance quelconque avec elle ?

— Pas l'ombre d'une. Les gosses comme elle, dans cette ville, ils préféreraient marcher pieds nus sur des éclats de verre plutôt que de nous parler. De toute manière, de quoi peut-on les accuser ? D'enlèvement ? D'agression ? Ça arrive tout le temps que des mecs marquent le coup à leur façon.

— Il l'aurait attachée et battue, c'est bien ce que vous dites ?

— Oui, parce que c'est plus facile que de parler, non ? »

Il se fit un long silence. Winter avait raison, et ils le savaient. Découvrir la vérité au sujet de Trudy Gallagher pouvait vous avaler des centaines d'heures de travail sans qu'on ait une seule chance d'obtenir une inculpation.

« D'accord. » Lamb se leva. « Voilà comment nous allons procéder à partir de maintenant. Secretan est un réaliste. Il ne veut plus entendre parler de cette bande de Liverpool. Il ne fait pas une priorité de les inculper en bonne et due forme. Tout ce qu'il souhaite, c'est qu'ils dégagent d'ici. Et le plus tôt possible.

– C'est un homme raisonnable, dit Winter d'un air parfaitement réjoui. Alors, quel est le plan ?

– En bon anglais, on leur botte le cul. Je cite Secretan. À partir de maintenant, il veut une voiture devant leur porte. Il veut qu'on les observe sans se cacher, qu'on leur file le train, bref qu'on ne les lâche plus, jusqu'à ce qu'ils en aient tellement marre qu'ils abandonnent.

– Une voiture devant quelle porte, chef ? demanda Suttle.

– Pennington Road. Ils reviendront, c'est certain. Ils savent que nous ne possédons rien contre eux. Vous y étiez tous les deux. Des sachets en plastique, deux balances, du bicarbonate, du sucre glace mais rien d'autre. Ils ont filé avec la came.

– Scène de crime[1] ? demanda Winter.

– On l'a reçu il y a une heure. L'ADN du sang dans le jardin ne nous a rien appris. C'est une guerre, Paul, et ni les uns ni les autres n'ont intérêt à nous approcher.

– D'accord, dit Winter. Alors, que fait-on ?

– Vous prenez la voiture. » Elle lui sourit. « Et vous allez stationner là-bas. »

J-J était de retour à Hampshire Terrace, quand la fille de la fac passa la tête dans le bureau d'Ambrym Productions. Il la reconnut aussitôt. Petite, jolie, en T-shirt Prada, créoles en argent aux oreilles. Sarah.

Eadie Sykes regardait des rushes sur son PC, des écouteurs aux oreilles, pour ne pas se laisser dis-

1. Unité scientifique et technique spécialement affectée à la scène de crime. *(N.d.T.)*

traire. J-J la toucha légèrement à l'épaule. Il avait trouvé une chaise pour Sarah.

« Café ? » demanda-t-il par signes.

Le temps de revenir de la minuscule cuisine au fond du couloir, Eadie et l'étudiante étaient en pleine conversation. La jeune fille avait reçu un appel de son ami Dan, et elle se sentait un rien coupable d'avoir donné son nom à J-J. Elle voulait maintenant s'assurer que ce projet de vidéo existait bien.

« Mais parfaitement. » Eadie lui montra les lettres de soutien des sommités locales, lui exposa comment se passerait la distribution, une fois la vidéo en boîte. J-J et elle n'étaient que des animateurs. D'une part, il y avait un pays inondé par les drogues. De l'autre, des millions de gamins potentiellement en danger. Ambrym voulait seulement aplanir le terrain entre les deux. Pas d'ambitions personnelles dans ce projet, pas d'exploitation commerciale. Seulement la vérité.

La jeune femme hocha la tête. Elle avait envie d'être convaincue, J-J le voyait bien. Elle suivait elle-même des cours d'audiovisuel et comprenait le travail de documentariste, et elle serait enchantée de pouvoir les aider, mais quelque chose la retenait encore.

Eadie voulait en savoir plus sur Daniel. Comment en était-il arrivé là ?

« C'est un garçon étrange... difficile... » Elle secoua la tête.

« Comment ça, étrange ? »

La jeune fille fronça les sourcils, cherchant les mots justes. « Il est très instable, voyez-vous. Ça fait deux ans qu'on se connaît et je l'ai vu s'enfoncer peu à peu. Son âge et son argent en font un peu un étranger à la fac. Un marginal. Ça ne devrait pas être le cas mais c'est ainsi. »

Daniel, expliqua-t-elle, avait entrepris sur le tard des études supérieures. Son père était un avocat de Manchester, spécialisé dans le show-biz et les médias, qui avait formidablement réussi et était très occupé. Ses parents avaient divorcé quand Daniel avait dix ans, et il avait passé son adolescence chez un oncle et une tante âgés, à Chester. Après son bac, il était parti en Australie, où sa mère vivait le naufrage d'un troisième mariage. Elle n'avait surtout pas envie de voir son fils et, après deux années à végéter là-bas avec la généreuse pension que lui accordait son père, Daniel était revenu en Angleterre, plus introverti que jamais. Il avait alors plongé dans une longue période de dérive, avant de se ressaisir et de s'inscrire en fac de lettres.

« Ici ?

— Bristol. Portsmouth venait en troisième dans ses choix.

— Pour apprendre ?

— La littérature russe. Il avait envie d'écrire. Des romans. Il pensait que les Russes pourraient l'y aider. »

Sarah l'avait rencontré dans un pub où elle était venue fêter l'anniversaire d'un copain. Daniel était seul au comptoir. Et il avait pleuré.

« Pourquoi ? » Eadie n'avait pas touché à son café.

« Je n'en avais alors aucune idée. J'ai parlé un peu avec lui, accepté qu'il m'offre un verre.

— Vous ne pensez pas que ces pleurs, c'était peut-être de la comédie ? Pour vous attirer ?

– Non, Daniel ne joue jamais la comédie. Il n'est pas assez... » Elle s'interrompit, regardant ses mains.

« Intelligent ?

– Oh, non, Dan est très intelligent, peut-être trop. Il ne manipule jamais. Et c'est peut-être en partie son problème. »

Elle avait commencé de le voir de plus en plus souvent. Grâce à son père fortuné, il possédait un appartement dans le vieux Portsmouth, et elle allait là-bas pour prendre le café et bavarder. Il ne l'avait jamais draguée, ne l'avait jamais suppliée de dormir avec lui, mais, au début de l'année suivante, elle s'était retrouvée sans logement, et quand il lui avait offert la chambre d'amis, elle avait dit oui.

« Je lui en étais drôlement reconnaissante. Je le suis toujours. Il m'a sauvé la vie, l'an passé. C'est un cauchemar pour se loger, dans cette ville.

– Et vous étiez proches ?

– Nous étions de bons amis, mais ça s'arrêtait là.

– Et maintenant ?

– Nous sommes toujours bons amis.

– Vous habitez toujours chez lui ?

– Non, c'est devenu impossible quand il est vraiment tombé dans la drogue. Je ne pouvais pas le supporter. Il est en train de se tuer. Il se fichait de tout. Et c'était difficile à supporter.

– Il vous est arrivé d'acheter pour lui ? »

La question la prit par surprise. C'était tellement direct.

« Oui, dit-elle enfin. J'ai passé deux ou trois coups de fil, si on peut appeler ça acheter. C'est comme se faire livrer une pizza. On appelle un numéro, et ça vous est livré à domicile.

— Récemment ?

— Non, l'année dernière, avant que je parte. Il était tout le temps désespéré, il n'arrivait à rien. C'était vraiment désolant de voir ça, je détestais ce qu'il me demandait de faire pour lui, mais ça lui faisait du bien pendant un moment, alors... j'en sais rien. »

Elle haussa les épaules.

« Vous n'avez jamais essayé de faire quelque chose pour qu'il arrête ?

— Mais je n'ai jamais cessé. Il sait ce que je pense de la drogue.

— Il prenait quoi ?

— Héroïne. De la cocaïne, des fois, mais surtout du smack.

— Régulièrement ?

— Toutes les quatre heures. Je les comptais souvent. Il disait que c'était la meilleure amie qu'il ait jamais eue. L'héro, une amie ? Vous pouvez croire ça ?

— Et maintenant ? Il consomme encore ?

— Bien sûr. Je lui rends visite de temps en temps, et je le vois bien. J'ai encore la clé de l'appart. Dan m'a demandé de la garder.

— Et vous êtes sûre qu'il continue ?

— Oui. Comme je vous l'ai dit, il ne peut pas fonctionner autrement. Il a de l'argent. Il sait se servir d'un téléphone. Il n'a pas besoin d'autre chose. »

Eadie tira vers elle un bloc sur lequel elle griffonna quelques notes. Sarah tressaillit sur sa chaise d'un air inquiet.

« Vous n'allez pas... ? » Elle désigna le bloc.

« Bien sûr que non, c'est juste que ma mémoire est

une passoire. » Eadie releva la tête. « Et son père, là-dedans ?

— Dan ne le voit jamais. Il reçoit un virement à sa banque tous les mois, et c'est tout.

— Avez-vous jamais songé à prendre contact avec lui ?

— Je l'ai fait une fois. Il est venu de Manchester, m'a emmenée au restaurant et il m'a dit combien il était inquiet. Ça se passait après mon départ de l'appartement.

— Et il est allé voir Daniel ?

— Non.

— Comment le savez-vous ?

— J'ai demandé à Dan. Il n'avait même pas reçu un coup de fil. »

Eadie prit enfin sa tasse de café. J-J se tenait derrière elle, s'interrogeant sur la suite de cette histoire, commençant à deviner le genre de prison dans laquelle s'était enfermé Daniel Kelly.

Le regard de Sarah était revenu au bloc-notes. « Je ne vous aurais jamais indiqué Dan, dit-elle à voix basse, s'il ne parlait avec tant d'aisance. Il correspondrait parfaitement à ce que vous cherchez.

— C'est la raison pour laquelle vous êtes entrée en contact avec nous ?

— En partie, oui, mais surtout parce qu'il doit absolument se passer quelque chose dans la vie de Dan. Quelque chose qui le secoue. Il serait très bien dans votre vidéo. Parfait même. Peut-être que c'est ça, qu'il lui faut.

— Regagner l'estime de soi ?

— Exactement. »

Eadie hocha lentement la tête. Elle écarta son bloc-notes.

« J'ai le sentiment que cette décision va dépendre de vous.

— Quelle décision ?

— Celle de Daniel, accepter ou non l'interview. Je me trompe ?

— Non. Bien sûr, c'est lui qui doit le décider, le formuler, mais il ne fera rien sans me consulter.

— Et vous, vous en pensez quoi ?

— Moi ? » Le regard de Sarah erra sur le matériel de vidéo posé dans un coin, avec sa petite caméra Sony dans sa sacoche ouverte. « Je pense que J-J devrait retourner voir Dan. Après que je lui aurai téléphoné. »

Moins d'une heure plus tard, J-J était de retour dans le Vieux Portsmouth. Cette fois, il n'eut pas à sonner à l'interphone, parce que Daniel était à la fenêtre, surveillant la rue. J-J sentit la serrure s'ouvrir sous ses doigts et poussa la lourde porte. Daniel l'attendait en haut de l'escalier, pâle et fébrile. Sa main était moite quand elle serra celle de J-J.

« Sarah m'a téléphoné, dit-il. Et la réponse est oui. »

J-J tendit le bras pour le féliciter d'une tape sur l'épaule, qui fit aussitôt reculer Daniel dans l'abri de son appartement. J-J observa, nota la manière qu'avait Daniel de passer ses mains sur ses bras nus, bleuis d'ecchymoses au niveau des coudes.

Daniel avait quelque chose à lui dire, quelque chose d'important. Fixant J-J avec de grands yeux jaunis, il lui dit avec une extrême lenteur et un mouvement exagéré des lèvres : « J'ai besoin que tu me rendes un service. »

J-J haussa un sourcil. « Lequel ?

— J'ai un coup de fil à passer mais le numéro ne répond pas. » Il gesticula gauchement pour imager ce qu'il disait. « Tu me comprends ? »

J-J hocha de nouveau la tête mais avec distance, cette fois.

« J'ai une adresse. Je vais t'appeler un taxi. Et tout ce que tu auras à faire, c'est frapper à une porte et demander un certain Terry. Tu lui diras mon nom. Dis-lui Daniel, du Vieux Portsmouth. C'est tout ce que tu auras à dire. Terry. Daniel du Vieux Portsmouth. Après ça, on pourra faire la vidéo. D'accord ? »

J-J baissa les yeux et vit le billet de cinquante livres dans la main de Daniel.

« C'est difficile, dit-il par signes.

— Quoi ?

— Dur.

— Je ne comprends pas. » Plongeant la main dans sa poche, Daniel en sortit deux coupures de plus, de vingt livres cette fois.

« S'il te plaît... » J-J n'en voulait pas.

« Prends l'argent, prends-le. Daniel du Vieux Portsmouth. Et puis on fera l'interview. C'est trop demander ? »

Il sortit un portable de sa poche, et J-J devina qu'il appelait un taxi. Daniel rempocha l'appareil. Des taches de sueur maculaient sa chemise.

« Tu ferais mieux d'attendre dans la rue, le taxi ne va pas tarder. »

5

Mercredi 19 mars, 15 heures

Faraday eut une troisième réunion avec Willard dans l'après-midi. L'un des adjoints à la direction des Crimes graves l'avait joint sur son portable, pour lui dire que le superintendant serait à Grand Parade à trois heures et quart pour un bref entretien et, manifestement, c'était sans appel.

Grand Parade était une place récemment restaurée. Il y avait de nouveaux bancs très chics et la chaussée refaite avait été rapidement adoptée par les amateurs de skateboard. Elle menait au Salut du Drapeau, une placette située sur les fortifications dominant la passe dans le port.

Faraday arriva en avance, protégé du vent froid par son anorak, et il passa un petit moment à contempler la marée montante. Un cormoran solitaire passa à tire-d'aile à quelques mètres à peine au-dessus des vagues, et il suivit du regard la petite tache noire jusqu'à ce qu'elle se fonde dans la grisaille.

Les cormorans avaient toujours été les préférés de J-J. Il en avait dessiné depuis qu'il était enfant, des pages et des pages de ces étranges silhouettes préhistoriques, et il avait piqué plus d'une colère pour que son père l'emmène les observer. Leur façon de voler et de plonger brusquement pour chercher leur nourriture avait toujours fasciné l'enfant, et la première fois que Faraday l'avait entendu émettre ce caquètement qui lui tenait lieu de rire, c'était en voyant l'oiseau affamé reparaître à la surface avec une secousse impatiente de la tête. Il ne comprend pas, lui disait J-J par signes. Il plonge et ne peut plus rien voir dans l'eau. C'est bien vrai, pensa Faraday en remontant le col de son anorak, alors qu'une pluie glacée commençait à tomber.

Willard le surprit en arrivant au volant d'une Jaguar S toute neuve. Faraday s'y engouffra, curieux de savoir pourquoi Willard lui avait donné rendez-vous là, alors qu'ils avaient des bureaux pour ça à Kingston Crescent. Qu'y avait-il de mal à disposer d'un chauffage central et d'une excellente machine à café ?

Willard ignora la question. Il avait passé l'heure du déjeuner à Fort Cumberland avec Dave Michaels. Le sergent avait envoyé ses gars faire du porte-à-porte dans la cité voisine, et il semblait que leurs premiers rapports aient enfin lancé l'enquête Nick Hayder.

D'après les mères, quelques-uns des jeunes de la cité racontaient qu'on pouvait acheter de la came pas chère à des types qui n'étaient pas de la ville. Pour moins de dix livres, on avait le choix – de l'ecstasy à l'héro – et le commerce était si peu caché que les gosses avaient surnommé l'un des dealers le marchand de glaces. Il ne leur manquait plus, racontait une mère, qu'une sonnerie de carillon et une glacière pour les gosses qui voudraient un esquimau en prime avec leur billet de dix.

Faraday observait le pont et la cheminée d'un bâtiment de guerre au-delà des remparts. « Vous pensez à Mackenzie ?

— Non. Mackenzie utilise des dealers, bien sûr, et il l'a toujours fait, mais les types sont presque tous du pays. Et puis, il ne fait plus dans le smack.

— Et les nouveaux ?

— Ils ne sont pas d'ici, c'est une certitude. Et ils vendent de tout.

— Qui dit ça ?

— C'est ce que disent les mômes à leurs mères. L'un d'eux a rapporté leur avoir acheté un snowball, mélange de coke et d'héro. Un autre a trouvé qu'ils parlaient comme Steve Gerrard. Pour moi, ça évoque Meyerside. Scousers. »

Une nuit, la semaine précédente, deux ou trois mères, rendues furieuses par ce qui se passait sous leur nez, avaient décidé d'intervenir. Elles étaient sorties de nuit, bien décidées à dire deux mots aux intrus, mais les dealers avaient un chien dans la voiture, un gros et méchant, qui avait foncé sur les femmes, et elles avaient heureusement détalé assez vite pour éviter de sales morsures. Les dealers avaient rappelé le chien et, en partant, ils avaient baissé les vitres et les avaient charriées.

« Elles ont pu relever le numéro ? demanda Faraday, qui s'imaginait bien la scène.

— M. XB quelque chose. Et peut-être un sept.

— La marque ?

— Cavalier.

— Elles l'ont signalé ?

– Oui. Highland Road a envoyé deux constables le lendemain. Ils ont pris leurs dépositions et laissé un numéro de téléphone. L'une de ces femmes jure que la nuit dernière la même voiture était de retour, avec deux ou trois jeunes à l'intérieur.

– Et elle a pu les voir clairement ?

– Oui.

– Pourquoi n'a-t-elle pas appelé à ce moment-là ? Après que tout a démarré ?

– Elle ne veut pas le dire, mais Dave soupçonne que son propre fils était à la voiture cette nuit-là.

– Il était venu acheter ?

– Oui. Dave a une liste de passages répétés à la sortie de l'école. C'est là qu'on peut se faire des clients.

– À l'école ?

– À l'école. »

Willard sortit un cure-dents et entreprit de déloger quelque reste d'une de ses molaires. Après une dizaine d'années dans la police, Willard n'avait plus qu'une foi limitée dans les bonnes manières.

« Highland Road a fait une recherche sur la plaque d'immatriculation. On a vingt-six possibilités, dont quatre à Liverpool, deux à Birkenhead, et une à Runcorn. Dave est en train de monter le visionnement des bandes de la nuit dernière.

– Toutes ?

– Sans exception. » Il y avait plus d'une centaine de caméras de surveillance dans Portsmouth, chacune d'elles enregistrant des heures de vidéo. On n'aurait pu mieux mesurer, si on en avait encore besoin, combien Willard prenait au sérieux l'incident de la nuit passée.

« Vous pensez donc qu'ils ne seraient pas d'ici ?

— Je pense qu'il faut retrouver cette voiture. Si elle nous mène aux Scousers, alors on mettra Cathy Lamb sur le coup, histoire de lui donner une chance de rétablir la balance. »

Il rapporta brièvement à Faraday l'échec de la veille à Pennington Road. Au titre de plus haut gradé de la police de la ville, il avait reçu un rapport détaillé de l'affaire et avait été d'accord avec Secretan sur la nécessité pour la nouvelle brigade criminelle de se secouer d'urgence. Encore une ou deux foirades de ce genre, et Portsmouth deviendrait ouverte à toute la racaille du pays.

« Alors, que pensez-vous de Tumbril ? Imber vous a fait visiter ? »

Le brusque changement de sujet prit Faraday par surprise. Il retint cependant sa réponse, songeant qu'il valait mieux, dans ce genre de situation, ne pas perdre le nord.

« Brian Imber semble penser que vous avez dû secouer les puces de plus d'un.

— Il a raison. C'est ce qu'on fait. » Willard n'était pas loin de sourire.

« Les puces de Harry Wayte, pour commencer. Il se prend pour le grand patron des stups dans cette ville.

— Je croyais que c'était Brian ?

— Et il l'est. Harry est arrivé en retard à la fête. Et je me souviens d'un temps où il racontait à tout le monde qu'Imber avait perdu la tête. C'est maintenant que l'argent arrive qu'il a réalisé tout ce qu'il y avait à gagner. »

Jusqu'à une récente réorganisation, Harry Wayte

avait été le patron d'Imber, l'inspecteur responsable du TCU[1], la section criminelle tactique, forte d'une douzaine de détectives installés dans des locaux sécurisés à Fareham, un ancien bourg marchand pris aujourd'hui dans la conurbation s'étendant vers Southampton. Le TCU avait fait ses armes au début des années 1990, combattant l'explosion de crimes liés à la drogue, et il était devenu le fief d'une succession d'inspecteurs ambitieux qui lui avaient donné force et indépendance. Harry Wayte, le plus ancien d'entre eux, un homme rugueux qui avait été quartier-maître de marine, était à un an de la retraite.

« Il cherche une promo.

– La seule façon d'en obtenir une, c'est de tirer d'Imber quelque chose de bien juteux et puis de se faire passer pour l'auteur. Et il s'y emploie de son mieux, il faut dire.

– Mais Imber n'est plus au TCU maintenant.

– Oui, mais c'est pas ça qui arrêtera Harry.

– Si je vous comprends bien, il est au courant pour Tumbril ?

– Non, mais il se démène pour l'être, et je vais vous dire autre chose. C'est des types comme lui qui passent le mot autour d'eux. Ce travail est déjà assez dur comme ça, sans qu'on ait besoin de voir la moitié des collègues se comporter comme des gamins, persuadés que nous voulons leur passer devant.

– Nous ?

– Nick Hayder, Imber, vous maintenant. »

Faraday hocha lentement la tête. La plupart des policiers avaient un sens aigu de leur territoire, et

1. Tactical Crime Unit. *(N.d.T.)*

Harry Wayte ne faisait pas exception. À ses rares moments de loisir, l'homme satisfaisait sa passion pour l'histoire de la marine royale en construisant de remarquables modèles réduits de bâtiments de guerre anciens. Faraday était tombé plusieurs fois sur lui, alors que, penché au bord du bassin de Cranewater, il lançait dans le feu de combats imaginaires sa dernière frégate. Faraday lui avait envié cette paix de l'esprit, seul dans sa petite bulle.

« Vous faites quelque chose ce soir ? demanda Willard en jetant un coup d'œil à sa montre.

— Non, je n'ai rien de prévu.

— Bien. Il y a quelqu'un que je voudrais vous présenter. Vous connaissez la jetée où se trouve le *Warrior* ? »

Le *Warrior* avait été le premier cuirassé à vapeur. Entièrement restauré, il dominait l'historique bassin du port. Faraday devrait s'y trouver à six heures. Avec un peu de chance, ils seraient de retour à neuf heures.

« De retour où ça ?

— Je vous le dirai plus tard. Apportez un vêtement chaud. » Willard désigna la rangée de voitures en stationnement dans High Street. « Pour le moment, je veux que vous vous rendiez à l'hôtel Sally Port, chambre 6. Un certain Graham Wallace vous y attendra. C'est un agent infiltré. Je l'ai autorisé à vous briefer. D'accord ? »

Faraday se tourna de côté pour regarder Willard. Les opérations de ce type se caractérisaient par ce que l'antenne médiatique de la police appelait une « variété de techniques d'enquêtes spéciales » . Imber lui avait déjà mentionné les surveillances physiques, les mises sur écoute, les expertises comptables. Pourquoi n'avait-il pas mentionné cet agent ?

« C'est une question ? demanda Willard en caressant le volant gainé de cuir.

– Oui, monsieur. C'en est une.

– Alors, je vous donne la réponse : il ignore son existence.

– Il l'ignore ? Et comment diable ?

– Parce que Hayder voulait garder ça secret. » Le sourire était revenu sur le visage de Willard. « Une décision que j'ai totalement approuvée. »

Le taxi déposa J-J dans le cœur de Fratton. Il se pencha par la portière, attendant sa monnaie. Quand le chauffeur jeta pour la deuxième fois un regard à l'adresse sur l'ordinateur du tableau de bord, et dit à J-J de faire gaffe à lui, J-J feignit de ne pas comprendre. Dans son esprit, il faisait une course pour un ami, rien de plus.

Il s'engagea dans Pennington Road, son cœur battant sous un fin T-shirt Madness. Il ne savait comment il se retrouvait en première ligne, comme aimait le dire Eadie Sykes. Les statistiques qu'il avait consultées, les thèses sur le sujet, les vérités arrachées lors de ses interviews, tout cela avait abouti à une simple adresse : 30, Pennington Road. Si vous vouliez foutre en l'air votre vie, si vous vouliez finir dans l'état de Daniel, alors c'était ici que vous commenceriez.

La chaussée était encombrée de voitures des deux côtés. J-J compta les numéros avant d'arriver au 30. Quelqu'un avait drôlement savaté la porte ; le bois avait cédé autour de la serrure, et on avait cloué un vieux morceau de contreplaqué sur ce qui avait dû être un vitrage. Il n'y avait pas de numéro à la porte, et il vérifia une deuxième fois les numéros voisins, avant de s'aventurer à taper.

Étant sourd, il ne savait jamais le bruit qu'il pouvait faire. D'ordinaire, cela n'avait pas d'importance. Les gens étaient toujours très compréhensifs envers les handicapés mais, cette fois, son instinct lui dicta de bien faire. Pas assez fort, et personne n'entendrait. Trop fort, trop agressif, et on ne savait pas ce qui pourrait se passer.

J-J ferma les yeux un instant, la gorge sèche, se demandant s'il n'était pas trop tard pour battre en retraite. Juste avant qu'il parte, Daniel l'avait mis en garde à propos des types du 30. Des méchants, avait il dit. Méchants mais réglos. Réglo voulait dire qu'ils livraient. Pour le chauffeur de taxi, méchant signifiait prendre garde à soi.

Il n'y eut pas de réponse au premier coup. J-J allait frapper de nouveau quand quelqu'un ouvrit la porte. Un visage apparut. Pas rasé, les sourcils percés. Un nez cassé. Et jeune, plus jeune que J-J lui-même.

« Ouais ? » J-J se tenait figé sur le trottoir, oublieux de la pluie. Pour la première fois de sa vie, il ne savait que faire, quels signes envoyer, quelle expression prendre. Puis il vit le chien. Un pitt-bull noir qui sortait de la pénombre. Un bout de corde le retenait à l'un des barreaux de l'escalier, et chaque fois qu'il se jetait en direction de la porte d'entrée, tout l'escalier tremblait.

J-J avait une peur panique des chiens, legs d'une lointaine rencontre avec le berger allemand du voisin, et il savait que celui-ci bavait d'impatience de le déchiqueter. Son instinct lui commandait de partir en courant. Nulle vidéo au monde, aucun nom au générique ne valait de tels risques.

« Putain, t'as rien à dire ou quoi ? »

J-J ne pouvait détacher les yeux du chien, et il sentait sur lui cette odeur aigre de la peur. Le berger allemand lui avait valu une journée à l'hôpital, mais celui-ci le tuerait tout simplement.

« Eh ! t'es sourd ? T'as avalé ta langue ? »

J-J parvint enfin à trouver une réponse. Il sortit de sa poche un bout de papier sur lequel Daniel avait à sa demande noté son nom et son adresse. Il n'avait pas fini de le déplier qu'une main le lui arracha. Ongles rongés, lourdes bagues, un tatouage bleu sur les phalanges. Le type redressa la tête, fouillant la rue du regard.

« Si c'est un putain de piège... »

J-J secoua la tête avec une violence qui le surprit lui-même. Non, pas de piège. Promis.

« Tu comprends ce que je dis ? »

J-J désigna le bout de papier. Fais-moi confiance. S'il te plaît.

« Il t'a dit où nous trouver ? »

Oui.

« T'es un pote à lui ? »

Oui.

« Il t'a donné l'argent ? »

Oui.

La porte s'ouvrit plus grand, et J-J entra à l'intérieur. L'odeur du chien était suffocante, l'animal rendu plus furieux encore par cette soudaine intrusion, et J-J se tenait à distance, le dos au mur, priant que la corde ou l'escalier tienne bon.

Quelqu'un d'autre sortit d'une pièce du fond. Short

de boxeur, tatouages au cou, il portait le numéro 9 sur son maillot de foot rouge affichant Carling. Il y eut une brève conversation, un échange de sourires, un hochement de tête. Le type qui avait ouvert la porte fila un coup de pied au chien puis se tourna vers J-J en tendant la main paume ouverte. Donne. J-J sortit la coupure de cinquante. Pas assez, dirent les mains. Les deux billets de vingt furent raflés. On en voulait plus encore. J-J secoua la tête, battant des bras d'un air désolé, et entendit sa tête cogner durement contre le mur. Des mains plongèrent dans ses poches, cherchant le reste, et J-J ferma les yeux, tout son corps amolli, priant pour que ce cauchemar finisse.

Finalement, plus riches d'une poignée de pièces, ils le laissèrent tranquille. Il recula vers la porte, le plus loin possible du chien, ne sachant pas ce qui se passerait maintenant. Les prix à Portsmouth n'avaient jamais été si bas. Tout le monde le disait. Pour quatre-vingt-dix livres, Daniel en aurait pour deux ou trois jours, neuf sachets au moins. Alors, ils étaient où ?

Le type passa devant lui pour ouvrir la porte d'entrée en grand. Pendant une seconde, J-J fut tenté de résister, de protester, de réclamer sa part du marché, puis il sentit la fraîcheur de la rue, et il se retrouva de nouveau sous la pluie, plus content qu'il ne l'aurait imaginé. Le visage reculait déjà vers l'intérieur, la bouche articulant exagérément un message pour son riche ami. « Plus tard, disait-il. Dis-lui qu'on passera là-bas plus tard. »

Garé trois rues plus loin, Paul Winter essayait de faire le compte des photos qu'ils avaient prises.

« Six, dit Jimmy Suttle, examinant le compteur de vues. Quatre quand il est arrivé, et deux autres à l'instant.

— Plein visage ?

— Deux au moins sur les six. On devrait le serrer, maintenant qu'il a acheté. Parce qu'il est ressorti ravitaillé, c'est sûr.

— Non, laisse. » Winter observait la haute silhouette dégingandée s'éloigner rapidement dans la rue. La dernière fois qu'il avait vu le fils de Faraday, le garçon s'était acoquiné avec une bande de jeunes barjos de Somerstown. Deux ans plus tard, il était manifestement passé aux stupéfiants.

« Non ? » Suttle avait déjà sa portière ouverte. « Le type est venu se garnir. C'était pas pour un p'tit bonjour en passant.

— Tu as raison. Passe-moi l'appareil.

— Pourquoi ?

— Parce que l'un de nous doit rester là.

— Et moi ?

— Je me dépêcherais si j'étais toi, dit-il en désignant le bout de la rue. Suis-le et appelle-moi.

— Le suivre ? Je croyais qu'on était sur le sentier de la guerre.

— Mais nous y sommes, dit Winter en examinant l'appareil photo. Tu ne sais donc pas qui est le père de ce garçon ? »

Faraday poussa les portes de l'hôtel Sally Port, résistant à la tentation de se renseigner sur Graham Wallace au petit bureau de réception. Ce lapin sorti du chapeau de Willard séjournait-il ici depuis longtemps ? Tumbril réservait-il la chambre 6 de façon permanente ?

En grimpant l'escalier moquetté, Faraday ne pouvait se débarrasser de l'image de Nick Hayder, sans connaissance sur son lit d'hôpital dans un entrelacs de perfusions et de sondes. Diriger une enquête aussi complexe, à garder sans cesse à l'esprit qui était censé savoir quoi, aurait mis sur les dents le plus flegmatique des détectives. L'homme avait dû marcher sur le fil du rasoir.

Il frappa doucement à la porte 6, obtenant une réponse immédiate. Faraday se trouva devant un grand gaillard qui devait avoir un peu plus de vingt-cinq ans. Il portait une très belle chemise rentrée dans un pantalon bien coupé. La cravate, dénouée, était un tourbillon de rouge constellé de bleu turquoise. En dépit des rides rieuses au coin des yeux et du petit anneau en or à son oreille, il paraissait tendu.

« Vous êtes ?

— Joe Faraday.

— Entrez. Je suis Graham Wallace », dit-il, offrant une brève poignée de main.

Faraday avança dans la chambre, referma la porte. Le bureau sous la fenêtre était rempli de papiers et une veste de lin pendait au dos de la chaise. À côté du lit traînait une paire de mocassins Gucci.

« Du thé ? Il doit me rester un sachet.

— Non, merci. » Faraday jeta un coup d'œil au paquet de biscuits vide à côté de la bouilloire. « Mais je prendrais bien un sandwich.

— Appelez la réception. Ils vous monteront quelque chose. » Wallace composa un numéro, avant de tendre le combiné à Faraday. « Deux sandwichs thon salade », demanda Faraday, ajoutant qu'il paierait la note en redescendant.

Quand il eut raccroché, Wallace lui désigna un fauteuil.

« Je suis désolé au sujet de Nick, dit-il avec l'accent plat londonien. Votre chef m'a dit que vous étiez amis.

– C'est vrai. Et nous le sommes toujours. »

Il se fit un silence, et les deux hommes se regardèrent un instant, puis Faraday se laissa aller contre son siège. Les policiers infiltrés étaient notoirement méfiants, souvent plus paranoïaques que les cibles qui leur étaient assignées. Leur survie exigeait la plus grande distance, même avec leurs propres collègues.

« Comment Nick faisait-il pour garder tout cela secret ? demanda Faraday en embrassant l'espace d'un geste vague.

– En verrouillant tout. Les seuls que j'ai jamais rencontrés sont Nick et un sergent des Opérations spéciales, Terry McNaughton.

– Et Willard ?

– Votre patron ? » Wallace jeta un coup d'œil à la porte. « Je ne l'avais jamais rencontré jusqu'à ce jour. Il dit qu'il est là en remplacement de Nick.

– Je pensais que c'était moi, le remplaçant.

– Mais vous l'êtes. C'est ce qu'il est venu m'annoncer.

– Pourquoi votre type des Opérations spéciales ne l'a pas fait à sa place ?

– Bonne question.

– Vous la lui avez posée ?

– Bien sûr.

— Et ?

— Il m'a dit qu'il était le patron dans l'affaire, et qu'il devait me rencontrer. Il pensait qu'un face-à-face valait mieux qu'un coup de fil des Opérations spéciales.

— Et vous ?

— Moi ? dit-il avec un léger sourire, un coup de fil de mon soutien aurait aussi bien fait l'affaire. »

Faraday acquiesça. Les Opérations spéciales occupaient un tout petit département dans l'empire des renseignements qu'était Hantspol, qui supervisait le déploiement des hommes infiltrés. Terry McNaughton était ainsi chargé de faire le lien avec Wallace, partageant le compte rendu avec Nick Hayder après chaque nouvel épisode de l'opération Tumbril.

« C'est là que vous pourriez m'aider, dit Faraday d'une voix lente.

« Et comment ?

— En me disant exactement où on en est dans toute cette affaire. Je n'ai nulle raison de vous mentir. Il y a vingt-quatre heures à peine, je n'avais pas un seul dossier sur mon bureau. Et maintenant, tout ça.

— Personne ne vous a briefé ?

— Willard m'a remis le dossier. J'ai parlé à l'équipe. Ce n'est pas un concours complet.

— Vous avez raison. » Wallace lui parut sur le point d'ajouter quelque chose, mais il se ravisa, allumant un cigarillo avant de s'installer plus confortablement sur le lit. « Par où voulez-vous que je commence ? »

Faraday hésita. Dans ce genre d'affaire, Nick Hayder et Terry McNaughton limiteraient délibérément les informations partagées avec l'agent infiltré.

Il fallait bien entendu éviter que Wallace (en conversation avec sa cible) ne révèle sans le vouloir plus qu'il ne fallait.

« Nick et votre gars des Opérations spéciales ont arrangé la première rencontre...

— Oui, à Londres.

— Quand ça ?

— Avant la Noël. La deuxième semaine de décembre.

— Qu'est-ce qu'ils vous ont dit ?

— Qu'ils montaient une opération à long terme contre un grand trafiquant de drogue. Et qu'ils mettaient le paquet. Un certain Mackenzie. D'après Nick, ce Mackenzie brassait de grosses affaires. Il avait lavé son fric sous divers investissements locaux – bars, restaurants, hôtels, toutes les couvertures possibles. Tout allait bien, ça ronronnait, mais il lui manquait quelque chose. Nick appelle ça la stature. »

Faraday hocha la tête. Il avait entendu Imber user de ce mot. Mackenzie, disait-il, ne se contentait pas de posséder la moitié de Pompey. Il voulait plus que ça. Il voulait être Monsieur Portsmouth. Que son nom brille comme une étoile. Le roi de la ville.

« Alors ? demanda-t-il à Wallace.

— Alors, mon job est de lui rendre la tâche difficile. Nick savait que Mackenzie avait des vues sur une certaine propriété immobilière, une qui lui apporterait tout ce qu'il avait toujours voulu. D'après Nick, il était en bonne voie de conclure l'affaire. Et je suis le type qui débarque avec une meilleure offre.

— Et cette propriété, c'est quoi ?

— Personne ne vous l'a dit ?

— Non. D'où ma question.

— D'accord. » Wallace observait la fumée de son cigarillo. « C'est le fort de Spit Bank.

— Sans blague ?

— C'est la vérité.

— Mais il est habité ?

— Oui, par une femme d'origine allemande, Gisela Mendel. Elle dirige une école de langues.

— Et elle est sur le coup ? L'endroit est-il à vendre ?

— Je n'en ai aucune idée.

— Cela veut dire non ?

— Cela veut dire : aucune idée. »

On frappa à la porte. Faraday se leva. Une femme lui remit un plateau chargé de gros sandwichs au thon, ajouta qu'elle avait laissé la note à la réception. De retour dans son fauteuil, Faraday mordit dans l'épais pain de mie en essayant de comprendre ce que lui disait Wallace.

Spit Bank était l'un des trois forts de l'époque victorienne défendant l'accès au port de Portsmouth. Situé à moins d'un kilomètre de la plage de Southsea, il avait été construit pour parer aux attaques françaises. Si Nick disait vrai du désir de Mackenzie d'être en vue, Spit Bank était idéal : une tour de granit de la taille d'un honnête château. Vous alliez vous promener sur le front de mer et vous ne pouviez manquer de le voir.

« Alors vous, vous arrivez comme un acheteur potentiel ?

— Oui. Pour autant que je sache, Mackenzie a entamé la négociation après Noël.

— À quel prix ?

— Je ne connais pas son offre. Le prix demandé

est un million deux cent cinquante mille livres. Évidemment, il est négociable.

— Et vous ?

— J'ai débarqué il y a quinze jours avec une proposition à neuf cent mille livres et une expertise du site. » Il eut un sourire. « Mackenzie n'en croyait pas ses oreilles.

— Comment l'a-t-il appris ?

— Gisela le lui aura dit.

— Et vous avez parlé avec lui ?

— Deux fois, au téléphone.

— C'est lui qui vous a appelé ?

— Oui, juste après qu'il a soutiré à Gisela mon numéro de portable. » Wallace roula sur le côté pour atteindre le cendrier. « Il pensait avoir bien baratiné cette femme et que l'affaire était dans la poche. Et il n'avait vraiment pas besoin que j'arrive. *Neuf cents briques ? Putain, t'as perdu la tête, mec.* »

Wallace avait imité à la perfection le lourd accent local de Mackenzie, et Faraday gloussa de rire. Le coup monté de Nick Hayder commençait à prendre forme à ses yeux.

« Vous pensez qu'il tentera quelque chose contre vous ?

— Ouais, il essaiera, j'en suis sûr.

— De quelle façon ?

— Aucune idée. Il pourrait me piéger avec un ou deux kilos de coke, mais c'est peu probable.

— Comment fonctionnez-vous ?

— Personne ne vous a rien dit de la couverture ?

— Non. » Faraday secoua la tête.

Tout détective infiltré devait prendre une identité, qui représentait sa couverture. Les meilleurs agents,

Faraday le savait, étaient inséparables de leurs nouvelles personnalités. Ils vivaient, mangeaient et dormaient en incarnant leur personnage.

Graham Wallace jouait le rôle d'un jeune promoteur immobilier. Il avait fait sa fortune grâce à une grosse commission sur les quatre-vingt-dix-huit millions de livres qu'avait coûté un centre commercial à Oman. Il avait un bureau dans Putney, un appartement donnant sur la Tamise, et une Porsche Carrera pour ses expéditions en ville. Deux ou trois investissements avaient déjà retenu son attention. L'un d'eux était un manoir de l'époque Tudor dans le Gloucestershire, dont il pensait faire un centre de soins esthétiques et de remise en forme. Spit Bank était l'autre.

« Mackenzie sait que je pense à un hôtel cinq étoiles, avec un grand chef en cuisine, des installations de luxe, un héliport sur le toit pour les transferts depuis Heathrow, la totale.

— Ça fait un paquet de fric.

— C'est vrai, mais tout est là. Je lui ai aussi parlé du manoir de Costwold. Il y a un peu plus de sept hectares. Le prix demandé est de trois millions cinq.

— Pourquoi ces détails ?

— Nick voulait que je vérifie sur place. Costwold fait partie de la couverture. Le propriétaire joue le jeu avec nous. Nick l'a averti que Mackenzie l'appellerait sans doute.

— Et ?

— Mackenzie lui a téléphoné il y a deux jours. Ils ont eu une longue conversation, et le type lui a finalement avoué qu'il avait refusé mon offre. Il lui a dit avoir vérifié à Oman et que mon histoire ne tenait pas. Aussi soupçonnait-il mon argent de ne pas être blanc.

– De l'argent de la came ?

– Nécessairement. Il ne l'a pas dit en ces termes, mais Mackenzie s'en sera fait une idée.

– Alors, il pense que vous êtes dans le même business ?

– Avec un peu de chance, oui. »

Faraday regardait le sandwich restant. Une couverture à l'intérieur d'une couverture. Malin.

« Alors Mackenzie a toutes les raisons du monde de vous éliminer.

– Bien sûr. D'abord, je veux son précieux fortin, et je suis aussi un rival. À ce que je sais, il a drôlement bien verrouillé la ville. Il n'a surtout pas besoin de moi.

– Et vous pensez qu'il cherchera un compromis ?

– Nick le supposait, bien sûr. Je continue seulement de jouer mon rôle. »

Faraday tendit la main vers le sandwich, impressionné par tout ce qu'avait entrepris Nick Hayder. Monter une opération de cette envergure – la fausse identité, les cartes de crédit, la Porsche, le bureau à Londres, l'appartement allant avec –, ça vous en faisait de l'argent, des centaines de milliers de livres. Coffrer Mackenzie et saisir tous ses avoirs réglerait certainement l'addition, mais rien n'était moins sûr. Pas étonnant que Nick en ait perdu le sommeil.

« Vous avez déjà fait procéder à cette expertise ?

– Pas encore.

– Mais elle est casher ? Vous l'avez bien organisée ?

– Oui, j'ai un ingénieur béton, un architecte, tout.

La dernière fois que j'en ai parlé à Mackenzie, il m'a conseillé de laisser tomber. *«Pourquoi tu claques tout ce blé, mec. Pourquoi tu te donnes cette peine ?»* Avec son accent de Pompey.

– Et vous lui avez répondu... ?

– Je me suis marré.

– Quand aura lieu l'expertise ?

– À la fin de la semaine prochaine. » Redressé sur un coude, Wallace désigna le téléphone. « C'est pour ça, dit-il en souriant à Faraday, que notre ami va maintenant vouloir me rencontrer. »

Jimmy Suttle dut s'y prendre à trois fois pour joindre Paul Winter sur son portable.

« Où es-tu ? demanda Winter d'une voix endormie.

– Hampshire Terrace.

– Et il se passe quoi ?

– Il flotte comme vache qui pisse. » Suttle faisait de son mieux pour s'abriter sous un tilleul en bordure de la chaussée. Avec l'heure de pointe, la circulation devenait dense au rond-point, bloquant la vue qu'il avait sur la rangée de maisons. « Le garçon s'est rendu au 68. Un notaire occupe les deux premiers étages, et le dernier est le siège des Productions Ambrym. Il n'a pas reparu depuis. Ambrym appartient à une certaine Eadie Sykes. »

Winter étouffa un bâillement. « Elle fait de la vidéo.

– Je devrais la connaître ?

– Seulement si t'étais un copain de Faraday.

– L'inspecteur ? De la Section crimes graves ?

— Ouais. Il a une liaison avec elle. Une grande femme. Australienne.

— Et le garçon ?

— Tu pourrais essayer de lui parler, mais ne t'emballe pas.

— Pourquoi ?

— Parce qu'il est sourd et muet. Il ne communique que par signes. »

Suttle était encore en train de se demander pourquoi le fils d'un inspecteur à la section criminelle pouvait avoir de si mauvaises fréquentations. Winter devança sa question.

« Ce jeune homme a la réputation de se foutre lui-même dans la merde. T'aurais dû être là il y a un peu plus de deux ans[1].

— Alors, je fais quoi ? Des suggestions ?

— Reste où tu es. Cathy va t'envoyer quelqu'un pour te remplacer.

— Ouais, et quand ça ?

— Dans un moment, disons. » Suttle entendit Winter rire. « Fait vraiment un temps de chien, hein ? »

J-J avait attendu pendant près d'une demi-heure qu'Eadie termine sa conversation téléphonique. Le combiné coincé dans le creux de son épaule, elle lui avait traduit en signes ce qui se disait. L'un de leurs soutiens financiers, Portsmouth Pathways Partnership, exigeait une mise à jour des progrès du projet. C'était l'argent des contribuables qui le finançait, et Ambrym avait un mois de retard sur

1. Voir *Les anges brisés de Somerstown*, Folio Policier n° 431.

les rapports trimestriels prévus dans le contrat. Sans les bonnes croix dans les bonnes cases, ils auraient des difficultés à obtenir la prochaine tranche d'aide financière. Et si cela arrivait, en vertu des conditions qu'elle avait acceptées, sa trésorerie serait à sec.

Eadie revint pour la seconde fois sur les actions qui avaient été définies de concert. Oui, ils avaient pris contact avec toutes les associations s'occupant des toxicomanes. Oui, ils avaient fait circuler le projet dans les moindres détails à mille et un intéressés, tous les collèges et écoles, tous les cours d'enseignement postscolaire, toutes les organisations de quartiers. Et oui, elle avait même obéi à la loi de discrimination positive en engageant un handicapé.

« Enfin, te voilà, lui dit-elle en signant. Comment ça a marché ? »

J-J avait passé la dernière demi-heure à se demander s'il devait ou non lui parler de Pennington Road. Finalement, il décida qu'il n'y avait pas lieu de le lui dire. Il était revenu les mains vides. Avec un peu de chance, il ne reverrait jamais ces types avec le chien.

« Daniel est malade, dit-il.

— Comment ça, malade ?

— En manque. Très mal.

— Au point de ne pas pouvoir donner une interview ? »

J-J hésita. Quatre-vingt-dix livres d'héroïne étaient le prix de l'interview. Il ne savait pas ce qui se passerait s'ils livraient comme ils l'avaient dit.

« Je ne sais pas. Il m'a l'air vraiment mal. » Il haussa les épaules, l'air impuissant, et puis traîna soudain la jambe, mimant un état d'épuisement.

Eadie le regardait, et une idée germa en elle.

« Une épave, si j'ai bien compris. Il tremble ? Il sue ? Il se gratte ?

– Oui, fit J-J d'un grand signe de tête.

– Penses-tu qu'il ait une petite réserve, quelque part ? En cas d'urgence ? »

Un non de la tête.

« Et c'était quand, ça ? Il y a une heure environ ? »

Un hochement de tête consenti de mauvaise grâce lui répondit.

« Excellent. » Eadie était debout. « Je te donnerai un coup de main pour la lumière et le trépied. La voiture est garée derrière. »

6

Mercredi 19 mars, 17 heures

Seul dans l'appartement d'Eadie Sykes, Faraday regardait la pluie tomber. Dix minutes plus tôt, sa rencontre avec son homologue infiltré s'était achevée. Dans une heure environ, il devrait descendre jusqu'à l'ancien bassin pour y rencontrer de nouveau Willard. En tout cas, il méritait bien une pause.

Eadie louait cet appartement à son ex-mari, un riche expert-comptable, et l'immeuble se dressait sur le front de mer, à portée de vue du quai de South Parade. Un hôtel s'était jadis dressé là, mais les vacanciers qui réservaient pour une semaine ou plus avaient depuis longtemps déserté au profit de l'Espagne, et le bâtiment avait été comme tant d'autres converti en appartements.

Eadie occupait le dernier étage, un grand espace ouvert meublé du strict minimum. Faraday avait souvent songé à ajouter un ou deux fauteuils, de quoi rendre le lieu plus confortable, mais Eadie avait toujours fait valoir que seule comptait la vue qui s'offrait à vous, et comme dans bien d'autres domaines, Faraday savait qu'elle avait raison.

Au quatrième étage, à un jet de pierre de la plage, l'appartement était aux premières loges. Plus loin à gauche, la jetée avec sa sévérité émoussée par le temps. Au large, les innombrables ferries, bâtiments de guerre, bateaux de pêche, yachts passaient le long des bouées signalant l'entrée dans la Manche. Au-delà, le sombre renflement de l'île de Wight.

Faraday avait perdu le compte de toutes les fois où il s'était tenu là, à s'émerveiller du jeu des lumières, du sentiment d'un mouvement constant, du front des averses avançant vers le passage du Solent, entraînant avec elles mille variations de soleil et d'ombre. Aujourd'hui, cependant, ce n'était qu'une couverture grise de bruine soutenue, au milieu de laquelle se découpait la forme trapue du fort de Spit Bank.

Eadie accrochait ses jumelles à côté de la grande baie vitrée donnant sur le balcon. Un cadeau que Faraday lui avait fait au dernier Noël, dans l'espoir hélas déçu de l'entraîner dans l'une de ses expéditions chez les oiseaux. Il écarta l'une des vitres et porta les jumelles à ses yeux. La vision était parfaite, même par une journée pareille.

La jupe d'algues vertes au bas du fort indiquait marée basse. On distinguait, au-dessus du varech, un débarcadère en fer fraîchement repeint. Un gros canot pneumatique pendait à deux bossoirs, et un escalier montait vers une grande porte à deux battants pratiquée dans la muraille de granit. L'un des battants était ouvert, découpant un rectangle noir et, levant plus haut les jumelles, Faraday découvrit, perchée sur le toit, une construction blanche de la taille d'un grand mobil-home.

Il s'attarda un instant sur la bâtisse. Ce devait être quelque chose d'habiter là-bas et de se réveiller chaque matin avec la vue sur la grève de Southsea par-delà la houle. Il s'attarda un instant sur la rangée de meurtrières à canons découpant la muraille. Le fort de Spit Bank, songeait-il, ressemblait à ce qu'on pouvait imaginer : une masse sans grâce, utile, des milliers de tonnes de fer et de granit vouées à la défense de la ville.

Faraday s'accorda un sourire. Il lui était souvent arrivé, au pub, de parler avec de vieux types qui se souvenaient de la dernière guerre. Il y avait eu tout un tas de batteries de DCA sur le terrain communal de Southsea, des barrages de ballons au-dessus du port, et le fort de Spit Bank avait joué son rôle de protecteur de la cité contre les vagues de bombardiers de la Luftwaffe. Et il était étrange que l'occupante du lieu fût une Allemande. Et plus étrange encore que Bazza Mackenzie, qui était né et avait grandi à Pompey, ait choisi ce petit morceau d'histoire militaire pour se faire couronner roi de la ville.

Les deux conversations téléphoniques entre Wallace et Mackenzie avaient été enregistrées, et les bandes dûment enfermées dans le bureau de Willard. D'après Wallace, Mackenzie avait été franc et presque familier au téléphone. Il avait voulu tester l'intérêt de Wallace pour le fort et était allé jusqu'à lui demander s'il savait dans quoi il fourrait les pieds.

Mackenzie disait qu'il s'était rendu là-bas trois ou quatre fois pour se livrer à un état des lieux. L'endroit, disait-il, était incroyablement humide. Le toit avait besoin d'être entièrement refait, et il avait appris qu'ils n'avaient pas assez de seaux pour toutes les fuites. Les services de l'hygiène et de la sécurité iraient regarder de près les structures en fer à l'extérieur, et il ne serait pas surprenant qu'ils déclarent le site insalubre et dangereux. En plus de ça, il y avait des problèmes avec le puits où le fort se fournissait en eau douce. Toute l'électricité était à refaire et il fallait aussi changer le générateur. C'est la raison pour laquelle l'offre qu'il avait faite était si basse. Si on payait ne serait-ce que les trois quarts du million un quart qu'elle demandait, il fallait prévoir la moitié en plus pour la restauration.

Wallace avait écarté les arguments de Mackenzie, lequel, lors d'un appel plus récent, avait cherché à en savoir davantage sur sa solidité financière. Wallace s'était montré vague. Il avait réalisé un coup heureux avec ce centre commercial à Oman. Un gros investissement en euros lui avait rapporté une petite fortune et il avait d'autres affaires qui faisaient pour le moment le bonheur de son banquier. Cette dernière phrase avait fait mouche sur Mackenzie qui, peu de temps après, avait baissé sa garde et proposé à Wallace ce qui avait tout l'air d'un pot-de-vin. « Quel serait ton prix... pour te retirer ? »

Wallace avait répliqué par un gloussement. L'argent était la dernière chose dont il avait besoin. Et il n'envisageait pas non plus d'avoir des intérêts dans ce que Mackenzie pourrait faire du fort. Non, son ambition était claire. Il avait pas mal voyagé à l'étranger et avait vu ce qu'un bon architecte pouvait tirer de lieux semblables. Il voulait faire de Spit Bank l'hôtel de luxe le plus original d'Europe. Et à l'instigation de Nick, il avait ajouté qu'il pensait aussi à une partie casino.

De cette dernière conversation, Wallace avait retenu certaine petite phrase de Mackenzie. « C'est une drôle de ville, Portsmouth, et on le sait pas si on n'a pas vécu ici un peu. » Wallace lui avait alors demandé ce que Mackenzie entendait par « un peu ». Mackenzie avait éclaté de rire. « Toute une vie, avait-il dit. Sinon, tu joues avec le feu. »

La rencontre de Faraday avec Wallace s'était achevée par une poignée de main et un échange de leurs numéros de portable. Wallace se rendait le moins possible à Portsmouth, et Faraday avait l'impression que l'homme avait un autre travail d'infiltration en cours, une autre couverture, et qu'il avait largement de quoi s'occuper. Wallace avait rapporté la proposition de Mackenzie de le rencontrer, et il avait attendu que Nick Hayder lui donne le feu vert. Avec Nick à l'hôpital, cette décision incomberait dès lors à Faraday.

Faraday referma la baie vitrée. Son expérience des opérations clandestines ne lui avait pas inspiré cette confiance qui avait animé Hayder et il en savait assez sur Bazza Mackenzie pour être sûr que l'homme serait une cible très difficile à atteindre. Le problème dans les opérations comme Tumbril, c'était leur isolement. Quand on était coupé de la vie réelle, il devenait plus facile de se persuader d'un résultat.

Faraday prit une banane dans la cuisine. La télécommande était sur la table et il la pointa vers l'écran plat de la télé.

C'était l'heure des infos sur la BBC. Le présentateur rapportait qu'à Paris le président Chirac avait exprimé toute l'émotion et l'incrédulité que lui inspiraient les préparatifs d'invasion de l'Irak par les Américains. La résolution 1441 des Nations unies n'était pas une autorisation à partir en guerre, et il considérait que le Président Bush mettait en danger l'ordre international. Dieu bénisse les Français, pensa Faraday. Il sortit son portable et composa le numéro d'Eadie tout en regardant des blindés anglais en mouvement. Il s'étonna qu'elle ne réponde pas.

Au grand soulagement de J-J, revenir à l'appartement du Vieux Portsmouth ne posa pas de problème. Daniel Kelly était à la fenêtre, manifestement inquiet, et la porte d'entrée de l'immeuble céda à la poussée d'Eadie Sykes. Elle prit l'escalier, la caméra dans une main, un trépied dans l'autre. J-J la suivit avec deux projos et un paquet de câbles.

Daniel vint les attendre dans le couloir. Pâle, suant, leur bloquant le passage, il ignora Eadie et s'arrêta la main tendue devant J-J.

« Quelqu'un pourrait-il me dire ce qu'il y a ? » demanda-t-elle.

J-J fit un écart pour passer devant Daniel, le repoussant avec les projecteurs. Puis, comme l'étudiant pressait le pas derrière lui, s'engouffra dans l'appartement dont la porte était ouverte. Une odeur de brûlé l'assaillit et l'air était bleu de fumée. Abandonnant son matériel dans le salon, J-J se précipita à la cuisine, arrivant juste à temps pour sauver le toaster. Deux tranches de pain de mie flambaient, qu'il étouffa avec un torchon. Daniel apparut, inconscient de ce petit drame domestique.

« Où elle est ? demanda-t-il. Tu l'as ? »

J-J jeta les toasts dans l'évier, et le plateau siffla sous l'eau du robinet. Se tournant enfin vers Daniel, il lui répondit par signes, indiquant sa montre. Peut-être une heure, peut-être deux, mais bientôt, c'est promis. Eadie était entrée et elle venait d'apparaître derrière Daniel. Elle ne pouvait détacher son regard de la seringue et de la vieille cuiller à soupe préparées sur une tablette. Daniel continuait de demander une réponse. Il n'était pas difficile de comprendre de quoi il retournait.

« Tu as acheté pour lui ? »

J-J nia d'un signe de tête.

« Alors, comment... ? » Elle venait de découvrir la ceinture qui servirait de garrot à Daniel. « Tu as perdu la tête ou quoi ? »

L'étudiant se tourna vers elle avec colère. Il ignorait qui elle était et pour qui elle se prenait, mais il était ici chez lui. Au nom de quoi elle se permettait de faire irruption chez les gens et de les juger ? Il avait pensé que J-J s'intéressait aux réalités de la vie, à ce que cela signifiait de prendre certaines décisions, de faire certains choix. Si c'était toujours le cas, il n'y avait pas de problème. Si ça ne l'était pas, ils pouvaient dégager et aller fourrer leur caméra dans la vie de quelqu'un d'autre.

Eadie écarquillait les yeux. Elle n'avait pas l'habitude de se laisser bousculer.

« Nous sommes venus ici, dit-elle, parce que j'ai cru comprendre qu'on était les bienvenus. Et c'est ma caméra à moi, je vous signale. »

Elle jeta un regard mécontent à J-J et fit retraite

dans le salon. Par la porte ouverte, J-J la vit déballer la Sony. Ignorant Eadie, Daniel demanda à J-J ce que les types de Pennington Road lui avaient dit. Il devrait peut-être les appeler sur leur portable. Curieusement, pensait J-J, il n'avait pas une seule fois mentionné l'argent.

« Vous êtes prêts, les gars ? »

C'était Eadie. Plus calme maintenant, elle voulait savoir où Daniel aimerait s'asseoir, l'endroit où il se sentirait le plus à l'aise.

« Le plus à l'aise, hein ? » L'expression lui arracha un sourire amer. « Décidément, vous n'avez aucune idée de ce que c'est, hein ?

— Vous avez raison, et c'est bien pour ça qu'on est là. Le fauteuil à côté de la télé, ça ira ? »

Daniel eut un haussement d'épaules et il se mit à osciller sur ses jambes, le corps penché en avant, tel un homme surpris nu par un vent glacé.

« Ils le balancent de la voiture, dit-il d'une voix basse. Ils sonnent trois fois à la porte d'en bas, et j'ai plus qu'à descendre. » Daniel regarda J-J de ses grands yeux humides et jaunâtres. « Tu resteras avec moi ? Pour m'aider ? »

J-J acquiesça et entraîna doucement Daniel hors de la cuisine. S'il s'allongeait sur son lit une heure ou deux, ça irait peut-être mieux.

Dans le salon, Eadie avait installé la caméra sur son trépied. Les projos étaient dirigés sur le fauteuil à côté de l'écran du téléviseur, et elle redressa quelques livres sur une étagère.

« Daniel, dit-elle avec enjouement, je pense que nous sommes prêts. Vous êtes d'accord ? »

Le jeune homme s'arrêta, fixa d'un regard vide

l'installation vidéo. « Comme vous voudrez, dit-il, pris à nouveau de frissons. Ça m'est égal. »

L'interview, d'après l'heure donnée par la caméra, commença à 17 h 34. Eadie Sykes, compte tenu de l'accrochage précédent, était décidée à prévenir tout nouveau différend. Elle remercia vivement Daniel de leur accorder sa confiance. Ce qu'ils allaient réaliser là était d'une très grande importance sous bien des aspects, et elle tenait à répéter ce que J-J lui avait sans doute déjà expliqué : cette vidéo lui appartenait, elle dirait ses propres pensées, sa propre vie, et celle de personne d'autre.

« Vous me comprenez, Daniel ? »

Dans le viseur de la caméra, J-J vit la main d'Eadie – une grande main tachetée de rousseurs – se tendre vers Daniel pour lui toucher le bras. Le jeune homme tressaillit. Il bougeait dans son fauteuil, obligeant J-J à cadrer plus large qu'il n'aurait voulu, mais cela avait l'avantage d'épargner au sujet les gros plans habituels.

« Pourriez-vous nous raconter comment tout cela a commencé ? » demanda Eadie d'une voix douce, comme à un enfant.

Daniel la regarda sans comprendre. Il faisait chaud sous les projecteurs, et il avait le visage baigné de sueur. Eadie le sollicita de nouveau, plus fermement cette fois, et Daniel se mit à remonter sa vie par à-coups, ramassant des fragments de-ci de-là, essayant d'en tirer un sens, des raisons qui avaient pu le pousser à tout ça. Et, fait étrange, nota J-J, l'effort de parler semblait soulager un peu les douleurs de Daniel.

La première fois qu'il avait goûté au smack, c'était à Oz, en Australie. Il séjournait dans une auberge de jeunesse à Queensland, une grande ville universitaire. Il avait de l'argent mais il avait choisi cette auberge pour ne pas être seul. Un routard originaire de Dublin avait un peu d'héroïne et lui en avait vendu de quoi en fumer, mélangée à du tabac.

Daniel n'avait rien trouvé d'extraordinaire à la chose. Il s'était senti très détendu, mais un peu nauséeux aussi. Il n'avait aucune envie de répéter l'expérience et se souvenait d'avoir demandé à son copain irlandais pourquoi tout ce cirque autour de l'héro. Entre une ligne de smack et un chardonnay de Hunter Valley, il n'y avait pas photo pour lui.

Et puis, deux ans plus tard, il avait de nouveau essayé. À ce moment-là, il était de retour en Angleterre et très amoureux d'une fille, une marginale qui avait abandonné ses études et prenait de l'héroïne. Elle n'aimait que les marginaux, les défoncés. Si on désirait être avec elle, parler avec elle, coucher avec elle, ça voulait dire prendre de l'héro. Et, pour Daniel, ça n'avait pas paru trop cher payé.

Deux ou trois mois plus tard, Jane l'avait abandonné pour un rockeur ringard, laissant Daniel avec le cœur brisé et l'impérieux besoin d'un gramme par jour. Bizarrement, le smack l'aidait. C'est à cette époque-là qu'il cessa de le fumer pour se l'injecter. Le shoot, c'était l'éclate. Il avait toujours eu peur des piqûres mais, maintenant, il lui tardait de se piquer. C'était tout un art, il y avait une bonne et une mauvaise façon. Il utilisait toujours des seringues neuves et stérilisait sa cuiller dans de l'eau bouillante. C'était, dit-il, une espèce de cérémonie.

Il détourna la tête de l'objectif pour s'essuyer le front du dos de la main. Eadie était détendue à présent. Cela faisait des semaines qu'elle cherchait un junkie, n'importe lequel mais qui fût d'accord pour une interview. Tomber sur un homme aussi cultivé, un homme revenu de toutes ses illusions, comme l'était Daniel, était pour elle une véritable manne.

« Une cérémonie ? »

Daniel parut surpris par cette voix venue de derrière la rampe de lumières, cette soudaine intrusion. Il bougea sur son siège, se gratta.

« J'avais du respect pour la poudre, dit-il enfin. Elle me maintenait en vie. Je pouvais compter sur elle. Elle était mon amie.

— L'héroïne était devenue votre amie ?

— Oui.

— Votre meilleure amie ?

— Ma seule amie. » Il ferma les yeux. « Les gens ne comprennent rien à l'héro. Traitez-la bien, et elle veille sur vous. Vous pouvez compter sur elle, vous comprenez ce que je suis en train de vous dire ?

— Je le pense, oui. » Eadie choisissait ses mots avec soin. « Dites-moi comment vous vous sentez en ce moment.

— C'est horrible. J'ai des crampes, des douleurs de toutes sortes. » Il ferma les yeux.

« Et l'héro ?

— L'héro balayera toutes ces souffrances. Comme elle le fait toujours. Elle me permet d'être moi, de nouveau. Elle me procure la paix. Une paix... (son visage s'était figé et son regard était lointain)... si totale qu'on a le sentiment de se réveiller dans une cathédrale. C'est énorme. Et c'est à vous, à personne d'autre. Si vous n'avez jamais été là-bas, n'avez jamais éprouvé cette sensation, alors il est impossible de vous en parler. Comme je l'ai dit, c'est une cérémonie. » Son menton tomba contre sa poitrine et tout son corps trembla.

Eadie jeta un coup d'œil à J-J qui venait de s'écarter de la caméra dans l'intention d'accorder un répit à Daniel. Elle lui prit le bras. On n'a pas fini, lui dit-elle par signes, avant de se tourner de nouveau vers Daniel. « Vous vous sentez capable de continuer ? »

Il hocha la tête, l'air hagard.

« Ça devrait être l'heure, maintenant, dit-il.

— L'heure de quoi ?

— Que les types arrivent... vous savez bien. » Il hocha la tête en direction de la rue.

« Mais ils ne sont pas encore là, Daniel. Et dites-moi, vous pensez encore que l'héroïne est une amie ? Alors que vous souffrez tant ?

— Mais ce n'est pas le smack qui me tue. Le smack me fait me sentir mieux.

— Mieux que quoi ?

— C'est une question idiote. Si vous étiez dans ma peau, vous le sauriez.

— Mais je ne suis pas dans votre peau, Daniel. C'est pour ça que je vous ai invité à en parler. »

Il la regardait, les mains crispées sur les accoudoirs du fauteuil.

« C'est dur, très dur, murmura-t-il. Vous ne pouvez pas savoir combien.

— Je sais, Daniel. Je vous demande seulement d'essayer.

— Je ne sais pas ce que vous voulez.

— Que vous me parliez de l'état dans lequel vous

êtes, ce que vous ressentez. Vous pourriez faire ça pour moi ? » Eadie se pencha en avant. « Daniel ? »

Le regard de Daniel s'était porté vers la fenêtre, et J-J sentit soudain ce que signifiait l'interview. Daniel n'avait qu'une amie, l'héroïne, et dans cette vie qui s'était refermée autour de lui, le faisant prisonnier, il n'avait plus qu'une seule chose sur laquelle il pouvait compter. Si on lui enlevait l'héroïne, il ne resterait plus rien.

« J'ai souvent pensé que je pourrais m'arrêter, dit-il d'une voix à peine audible. Mais je n'y arrive pas.

— Pourquoi ?

— Parce que je ne le veux pas. Sarah me dit que je suis fou. Elle a peut-être raison mais la question n'est pas là. Peu importe que je sois dingue ou non.

— Et que vous en baviez autant ?

— Oui, mais on en bave toujours, tout le monde sait ça. On souffre et puis tout va bien de nouveau. Et vous savez pourquoi ? Parce que je me shoote. En ce moment, je ne pense à rien d'autre que d'aller dans ma cuisine et de m'en envoyer dans les veines.

— Et la prochaine fois ?

— Pareil, et la fois d'après aussi. Je le ferai toujours et puis je mourrai. » Il se força à sourire. « Ça, c'est pas mal comme idée ?

— Quoi ? Mourir ?

— Non, se shooter toujours. »

Il porta une main à sa bouche. Il resta immobile un bref instant puis, se pliant soudain en deux, se mit à vomir. Par pur réflexe, J-J pointa l'objectif sur la fine traînée de vomi sur la moquette. Les yeux vitreux, Daniel s'essuya la bouche en marmonnant des excuses. Eadie avait repéré une boîte de mouchoirs en papier et elle entreprit d'essuyer les dégâts, tout en s'assurant d'un regard que J-J continuait de filmer.

Et puis, la sonnerie de l'interphone vibra une première fois, deux autres coups suivirent. Daniel était déjà debout. Quelques secondes plus tard, Eadie l'entendit ouvrir la porte d'entrée et descendre rapidement l'escalier.

« Tu as tout pris ? » demanda-t-elle à J-J.

J-J hocha la tête. Il savait très bien ce qui allait suivre, et il ne voulait pas y participer. Observer les souffrances d'autrui commençait à le dégoûter.

« Tu es prêt ? » Eadie lui demanda par signes d'enlever la caméra du trépied. L'appareil à l'épaule, J-J pourrait suivre l'action.

J-J secoua la tête. Non, c'est toi qui le feras.

« Tu es sérieux ? » Eadie le regarda un bref instant puis, abandonnant les mouchoirs souillés, elle dévissa la caméra de son trépied. Le temps que Daniel reparaisse, elle s'était positionnée de manière à prendre en enfilade le couloir et la porte d'entrée restée ouverte. Dans la rue, en dessous, une Cavalier disparaissait en direction de Southsea. J-J suivit la voiture des yeux jusqu'à ce qu'elle tourne au coin. Pour une fois, il était content de n'avoir rien entendu.

« Faites comme si je n'étais pas là, Daniel », disait Eadie en suivant le jeune homme dans la cuisine. Il ouvrit l'un des sachets d'une main fébrile. Il avait déjà branché la bouilloire électrique. Il vida le sachet dans la cuiller qui attendait. Dans le viseur, l'héroïne avait une couleur brune, une couleur de boue sèche. Quelques gouttes de jus de citron vinrent dissoudre la poudre.

Daniel éprouva la chaleur de la bouilloire du plat de la main, puis versa un peu d'eau fumante dans la cuiller, qu'il chauffa ensuite à la flamme d'un briquet. Puis ce fut la ceinture. En gros plan. Il la passa à son bras sans la serrer, pendant qu'il remuait la concoction avec le bout d'une allumette. Aussitôt après, il décapuchonna la seringue avec ses dents et, actionnant le piston, la remplit du liquide brun sale. Il y avait un stylo Bic à côté de la cuiller. Il glissa celui-ci sous la ceinture et serra d'un tour ou deux, jusqu'à ce qu'une veine gonfle, veinure bleuie parmi les ecchymoses jaunâtres au creux du coude. Coinçant le tourniquet contre sa cage thoracique, il tâta la veine avec son pouce puis, prenant la seringue, il posa l'aiguille contre sa peau avant de l'enfoncer lentement.

Une seule goutte de sang se forma. Il y eut un bref moment de silence absolu et, quand Eadie releva la caméra vers le visage de Daniel, elle entendit un son qui lui resterait longtemps en mémoire. Un hoquet de surprise suivi d'un long soupir qui disait le plaisir, le soulagement, une immense satisfaction. Puis elle entendit le Bic tomber par terre et, tournant sur elle-même avec la caméra, elle suivit Daniel hors de la cuisine. L'aiguille encore plantée dans le bras, il entra dans sa chambre à côté de la salle de bains. Le lit était défait, un duvet gisait en boule par terre, et Eadie s'arrêta sur le seuil, cadrant parfaitement Daniel qui, tout habillé, entrait dans son lit. Il avait l'air d'un homme ivre, ses mouvements ralentis comme s'il flottait dans une mer de douceur. Il se redressa et se pencha pour attraper le duvet, devant s'y prendre à deux fois avant d'en tirer une moitié sur lui. Allongé sur le dos, il ferma les yeux. Le doigt d'Eadie trouva le zoom, et quand le visage emplit le cadre, Daniel Kelly souriait.

Assis sur une bitte d'amarrage, Faraday contemplait le port en attendant qu'apparaisse la Jaguar de Willard. La pluie avait cessé, et le ciel s'éclaircissait à l'ouest. Il y avait à la mi-mars des soirées comme celles-ci où les couchers de soleil pouvaient être spectaculaires – puits de lumière vive éclairant la ville – et il imagina Eadie Sykes devant sa baie vitrée, savourant la vue et son premier verre de châteauneuf-du-pape.

Récemment, l'observant avec J-J, il en avait conclu qu'elle était devenue la mère que son fils n'avait jamais eue. Elle avait su construire une authentique relation avec le garçon. Elle était devenue son mentor, son guide. Elle lui apprenait tout ce qu'elle savait. Elle était à ses côtés dans les situations difficiles, et tout cela pour Faraday formait un bel et bon substitut à la mère de J-J, morte alors qu'il n'avait pas trois mois. Aujourd'hui, vingt-trois ans plus tard, le garçon avait trouvé une femme sur qui il pouvait compter.

Compter ? Faraday secoua la tête. Les relations, avait-il appris à son propre détriment, pouvaient cesser du jour au lendemain. Une certaine Martha avait fait de lui le plus heureux des hommes. La perdre l'avait conduit dans des contrées si sombres qu'il en frissonnait rien qu'à l'évoquer.

J-J aussi avait goûté à ce désespoir-là. Sa candide passion pour la vie, la confiance aveugle qu'il pouvait avoir pour des étrangers, l'exposait à bien des déceptions, et il avait eu le cœur brisé par une jeune assistante sociale – une Française – avec laquelle il était resté pendant un an. Il s'était remis de cette rupture sans trop de dégâts et était prêt à affronter les nouvelles épreuves que lui réservait la vie, alors que Faraday prenait de plus en plus conscience de sa propre vulnérabilité.

Eadie Sykes avait fait irruption dans son existence avec la force d'une tempête. Il aimait son cran, sa franchise, son refus des compromis. Elle le surprenait sans cesse, et il aimait ça. Mais, à la différence de J-J, il s'attendait toujours à un revirement inattendu. En vérité, et il avait honte de l'admettre, il s'attendait presque à une trahison.

Willard avait laissé sa Jaguar à l'entrée du chantier naval. Il portait un épais ciré de marin. Il rejoignit Faraday et regarda de l'autre côté du port.

« Le canot ne devrait plus tarder, dit-il. Je les ai appelés tout à l'heure. »

Faraday lui jeta un coup d'œil. « Le canot ?

– Oui, un gros pneumatique, avec lequel ils font la navette. Wallace vous a parlé du fort ?

– Oui.

– Excellent, non ?

– Espérons-le.

– Et il vous a aussi rapporté ses conversations au téléphone avec Mackenzie ?

– Il m'a dit s'être entretenu avec lui deux ou trois fois. » Faraday se leva. « Mackenzie cherche à l'écarter, mais ça n'a rien de surprenant. »

Willard semblait irrité par les manières distantes de Faraday, et celui-ci se força à rentrer dans le monde de l'opération Tumbril. D'après Wallace, c'était Nick Hayder qui était à l'origine de ce coup monté, mais Willard en avait rapidement saisi tout le potentiel. Le superintendant avait besoin d'accrocher des scalps à sa ceinture, et Mackenzie ferait la plus belle des pièces à son tableau de chasse. On murmurait dans les couloirs que Willard était en quête d'une promotion, voire de la direction de la brigade criminelle. Coffrer un criminel de niveau 3 ne pouvait nuire à ses projets.

Willard observait l'entrée du port, plissant les paupières sous le soleil éclatant. Comme Faraday lui demandait de quelle manière la propriétaire du fort était elle-même impliquée dans le piège, Willard grimaça un sourire. Spit Bank, dit-il, avait été mis en vente par le ministère de la Défense dans les années 1980. L'acheteur, un ancien propriétaire de chantier naval, avait dépensé une fortune pour remettre le fort en état. Quinze ans plus tard, il l'avait revendu à un riche homme d'affaires qui cherchait quelque chose pour son épouse.

« Cette femme d'origine allemande ?

– Oui, Gisela Mendel. Vous ferez sa connaissance tout à l'heure. Peter Mendel est un négociant en armes, qui assure le relais entre le ministère de la Défense et certains gouvernements étrangers à risques. En quelque sorte, il fait partie du ministère. Bien entendu, il a l'aval des services de sécurité. »

Cet aval, poursuivit Willard, faisait de lui un partenaire parfait dans l'opération montée contre Mackenzie. Et, compte tenu de ses liens avec le ministère de la Défense, Mendel ne risquait pas de compromettre leur entreprise.

« Et son épouse ?

– Elle assure un enseignement de langues pour Fort Monkton. Quatre semaines de cours intensifs, en immersion, dans le fort. Toutes les langues que vous voulez. Et elle prend très cher.

— Mais Monkton, c'est le MI6.

— Exact. C'est pourquoi Hayder ne pouvait en croire sa chance. Il n'avait plus qu'à écrire le scénario. »

Faraday pouvait imaginer l'excitation de Nick. Fort Monkton était un établissement gouvernemental situé de l'autre côté du port sur les terres boisées d'Alverstoke. Masqué par les épaisses frondaisons et gardé par une clôture de quatre mètres de haut, le lieu abritait le MI6, le service de contre-espionnage. Faraday comprenait mieux pourquoi la petite entreprise de Gisela Mendel avait tant de succès.

« Alors, comment avez-vous joué la partie ?

— Gisela a fait passer le mot à deux ou trois agences immobilières du coin, prétendant que le fort était à vendre. Mackenzie lui a téléphoné dès le lendemain.

— Sait-elle qui est Mackenzie ? Ses antécédents ?

— Non. Pour elle, il n'est qu'un client, un type qui s'est fait une fortune et cherche maintenant à se faire valoir.

— Et vous pensez qu'elle le croit vraiment ?

— Elle n'a jamais donné l'impression du contraire. » Willard se permit un léger sourire. « Vous connaissez l'histoire du club de foot ?

— Non.

— Mackenzie a essayé d'y entrer avec onze pour cent du capital. Avec une part pareille, il pouvait espérer contrôler le club de Pompey.

— Et alors ?

— Les autres l'ont vu venir. Ils ont fait capoter le deal. Après quoi, il a lorgné les nouveaux quais.

— South Parade ?

— Oui. Mais là, il a fait aux entreprises une offre ridicule et il a essayé de les séduire par tous les moyens. Mais ils en ont eu marre au point qu'ils ont rompu tout contact, et on peut les comprendre. Mackenzie a tellement l'habitude de traiter avec des canailles qu'il en oublie ses bonnes manières. Quel que soit le prix qu'on lui propose, il divise par dix. Ce n'est plus du marchandage, c'est du vol. Les gens des quais sont partis, et puis l'un d'eux a rencontré Nick, et il lui a parlé. »

Cette conversation avait, de l'avis de Willard, semé une graine dans l'esprit toujours fertile de Nick Hayder. À ce moment-là, l'opération Tumbril avait écarté tout recours aux pièges habituels dans ce genre d'enquête. Mackenzie se tenait bien trop à l'écart de sa marchandise pour qu'il y eût une seule chance de le coincer avec dans ses poches un kilo de péruvienne pure. L'autre stratégie – suivre l'argent – pourrait bien à la fin aboutir à une inculpation pour blanchiment mais l'expert-comptable de Tumbril demandait trois mois de plus pour parfaire ses calculs, et Hayder et Willard lui-même craignaient que, là-haut, à la direction, la patience vienne à manquer. Aussi leur fallait-il trouver un autre moyen.

« Alors ? demanda Faraday, que la conversation intéressait de plus en plus.

— Alors Hayder a bien étudié ce qui s'était passé avec Mackenzie, sur les quais de South Parade. D'abord le bonhomme tient à avoir son nom sous les feux de la rampe. Il se le doit. Il le doit aussi à ses complices. Il veut faire savoir au monde qu'il peut tout acheter. Et il veut aussi un casino.

– Un casino ?

– Bien sûr. Quand on ramasse le fric d'un Mackenzie, on a de gros problèmes de blanchiment. On peut sortir du cash du pays et le placer sur des comptes bancaires à l'étranger. On peut s'offrir un ou deux Picasso. On peut entrer dans des affaires régulières, comme le bâtiment. Si on en a la patience, on peut le blanchir par l'intermédiaire des officines de change. Brian Imber vous briefera demain sur le sujet mais, à la vérité, c'est très difficile de blanchir l'argent de la came. Et un casino, ça vous résout en grande partie le problème. Et puis, ajouta Willard avec un petit sourire, ça vous pose là, quand on est Mackenzie. »

Oui, un casino sur le front de mer aurait été la réponse aux rêves de Mackenzie. Les clients seraient venus en foule, les tables de jeu auraient changé comme par magie l'argent sale en bonnes et légitimes espèces, et tout le monde dans Pompey aurait su que Bazza avait gagné, finalement.

« Alors Nick a commencé à chercher un autre appât, une autre affaire immobilière. Vous savez qu'il joggait souvent ?

– Oui, il recommencera quand il ira mieux.

– Bien sûr. Donc, un jour qu'il courait sur le front de mer tout en regardant la marée montante, il a soudain trouvé la réponse. Le fort de Spit Bank. Ses propres paroles. »

Faraday n'en doutait pas. Il pouvait entendre la voix de Hayder, le revoyait parler, penché en avant, la tête baissée, avec de petits gestes expressifs.

L'homme avait toujours fonctionné ainsi, avec une grande conviction, une lueur fanatique dans l'œil. Les tribunaux condamnaient les méchants mais, sans la volonté et le courage de les choper la main dans le sac, lesdits méchants s'en tiraient indemnes.

« Mackenzie a fait une offre ?

– Immédiatement. Deux cent mille livres. D'après lui, ça valait pas plus, vu ce que coûterait la remise en état. Et Gisela ne descendra jamais d'un penny son prix, un million deux cent cinquante mille. »

Lentement, semaine après semaine, Mackenzie était monté à cinq cent cinquante mille, chaque visite au fort renforçant la vision qui commençait de l'obséder. Un dôme de verre, disait-il à Gisela, protégerait l'intérieur du vent et de la pluie. Les clients auraient vue sur la salle de jeux depuis des galeries. Les croupiers seraient en uniforme d'artilleur. Un essaim de jolies filles fringuées dans les meilleures boutiques de Paris servirait cocktails et canapés. Et chaque nuit, les jeux terminés, il irait grossir d'argent blanchi ses coffres installés dans la grande cartoucherie. Pour la plus grande joie d'Hayder, Spit Bank était devenu le rêve de Bazza, la preuve que le petit voyou de Copnor avait réellement cartonné.

« C'est pourquoi l'arrivée de Wallace lui a fichu un coup. Une vraie douche glacée. »

Faraday essayait de se mettre à la place de Mackenzie. Après tous ces plans, tous ces coups de fil enivrés passés aux potes, voilà qu'un type complètement étranger à la ville venait de débarquer et proposait presque le double de son offre. Si c'était une blague, elle était parfaitement savoureuse. Mais, comme coup monté, pensait Faraday, il y avait encore du chemin à faire.

« Mackenzie veut une rencontre. Avant que Wallace fasse venir les experts.

— Je sais, dit Willard. Il faut qu'on lui fixe un ultimatum, histoire de le faire suer. C'est pourquoi Wallace tient le géomètre et compagnie en attente jusqu'à vendredi prochain. À mon avis, la rencontre se fera mercredi ou jeudi. »

Faraday souriait. Il pensait à Wallace dans la chambre d'hôtel. La cravate criarde, le diam à l'oreille, des petites touches voyou. Un jeune ambitieux. Malin.

« Vous pensez vraiment que Mackenzie le prend pour un dealer ? Un type dans la même branche que lui ?

— C'est dans le scénario.

— Et vous pensez que Bazza en est convaincu ?

— Je serais déçu s'il ne l'était pas. »

Faraday était songeur. Le territoire était important, quelles que soient les affaires que vous y meniez. S'il y avait une chose dont Mackenzie n'avait pas besoin, c'était d'un concurrent. Et dans une ville comme Pompey, les choses étaient encore plus compliquées. Pompey n'appartenait qu'à elle-même. Les intrus comme Wallace devaient se le rappeler.

« Alors comment jouera Mackenzie ? Avec violence ? Une douzaine de gros bras au coin de la rue ?

— Peut-être. » Willard haussa les épaules. « Ou il essaiera de l'acheter. S'il est assez bête pour parler de drogue ou d'un accord pour l'écouler ensemble, alors on est comblé. Si c'est un dessous-de-table qualifié, il prendra aussi des risques. Dans les deux cas, on tiendra des preuves. Mais pas avant, n'est-ce pas ? »

Willard se tut. Il avait perçu le bruit d'un gros canot pneumatique s'approchant rapidement, et il se tourna à temps pour voir l'embarcation franchir la passe. Une femme se tenait au volant, mince silhouette sous un ciré bleu. Quelques minutes plus tard, Willard faisait les présentations.

« Voici Gisela Mendel, dit-il à Faraday. Je vous ai déjà parlé de lui au téléphone », ajouta-t-il à l'intention de la femme.

Faraday eut un sourire poli en serrant la main impersonnelle qu'elle lui tendait. Les gros moteurs grondaient sourdement sous eux. Il fallait qu'elle regagne le fort sans tarder.

« Pas de problème. »

Willard avait déjà détaché l'amarre qu'elle leur avait lancée, et Faraday sentit immédiatement qu'il y avait quelque chose entre cette femme et son supérieur. Il avait rarement vu celui-ci aussi vif, impatient. Il avait l'air d'avoir rajeuni de dix ans.

Faraday descendit dans le canot et remonta la fermeture Éclair de son anorak. Gisela, derrière ses lunettes noires, attendait Willard pour repartir. Elle avait la main posée sur la poignée des gaz – des ongles parfaits, vernis rouge sang. Comme elle se tournait pour jeter un regard à bâbord, les derniers rayons de soleil découpèrent ses traits. La quarantaine, estima Faraday. Peut-être moins.

Une fois Willard à bord, elle s'écarta du quai et repartit vers l'entrée du port. Le vent forçait à présent, et les drisses claquaient contre les mâts des yachts amarrés. Une fois la passe franchie, elle donna des gaz, et Faraday dut s'arc-bouter sous la poussée, heureux d'avoir pris l'écharpe de laine qu'il gardait dans sa Mondeo. Willard était assis à côté de lui, insensible au fouet des embruns. Deux fois il cria quelque chose à Gisela, mais le vent et le grondement des moteurs noyèrent sa voix. Faraday, qui observait la femme piloter, se demandait combien d'allées et venues de ce genre elle avait dû faire. Elle menait le canot comme on monte un cheval, avec une formidable adresse, le poussant dur vers les vagues qui venaient, avant de dégager souplement de droite ou de gauche pour passer l'obstacle le plus en douceur possible. Faraday pouvait distinguer un peu plus loin la masse d'un porte-conteneurs provenant sans doute de Southampton et, quand il regarda vers la terre, il parvint tout de même à distinguer la rangée d'immeubles de South Parade, trait blanc dans le crépuscule qui tombait.

Le courant autour du fort – une véritable rivière d'écume – rendait l'accostage difficile. Faraday sentait l'humidité du lieu, et la muraille de granit ruisselante vous rappelait le lointain passé. Willard rejouait les matelots, s'efforçant de saisir un des étançons, tandis que le canot se soulevait sous ses pieds. Faraday surprit un air d'amusement sur le visage de Gisela, qui présentait l'avant de l'embarcation aux mains tendues du superintendant.

Une échelle de corde permettait d'accéder à l'appontement. Willard se prit une vague pour avoir attendu une seconde de trop, et il était trempé le temps que Faraday lui donne la main pour l'aider. Gisela monta la dernière, après avoir arrimé solidement le canot.

Ils la suivirent à l'intérieur du fort. Il faisait sombre maintenant, et le passage voûté menant à la cour centrale était doucement éclairé par des spots astucieusement nichés dans le granit. La cour elle-même offrait d'autres touches féminines, avec ses bacs de fleurs, son palmier trapu, des tables et des chaises, et toute une batterie de radiateurs. Mais on ne pouvait se méprendre sur l'essence même des lieux. Défendre était son dessein. C'était là, dans les casemates encadrées de brique pleine, dans le fer de l'escalier disparaissant en tournant dans les entrailles du fort, dans les pancartes peintes à la main que Gisela avait soigneusement préservées : Réserve des hamacs n° 14, pouvait-on lire sur l'une. Attention, monte-charge d'obus, avertissait une autre.

« Nous en avons fait des salles de cours. Le reste, ce sont des appartements », dit-elle en s'arrêtant devant l'une des casemates.

Faraday jeta un coup d'œil à l'intérieur. Une douzaine de personnes étaient assises à des tables individuelles. Un homme se tenait en face d'eux, avec une carte des Balkans derrière lui. Une des femmes dans la classe avait la main levée.

« Vous espionnez ?

— Non. » C'était Willard. Sa trempette involontaire avait noyé son sens de l'humour, et il voulait une serviette et quelque chose de chaud à boire.

« Dans ce cas, dit Gisela, dont l'anglais impeccable véhiculait une très légère trace d'accent étranger, il faut monter. »

Ils la suivirent à travers la cour puis dans un escalier. Parvenu en haut, Faraday reconnut la construction qu'il avait vue à la jumelle. Une porte repeinte de neuf donnait dans un tout petit couloir. Il faisait soudain chaud à l'intérieur et un parfum de fleurs flottait dans l'air. C'était là, évidemment, que vivait Gisela.

« Vous savez où se trouve la salle de bains ? Je vais faire du thé. »

Willard disparut, et Faraday suivit Gisela dans un salon. La grande baie vitrée était orientée au nord, vers les eaux profondes des routes maritimes, et il apercevait la rangée de lumières courant le long de la promenade de Southsea. Au-delà, dans la brume de mer, se dressait le clocher noir de l'église St Jude.

« Vous prendrez du thé ? lui demanda la femme depuis sa cuisine.

— S'il vous plaît. Avec deux sucres. »

Faraday regarda autour de lui. La pièce était meublée avec soin. Un canapé à deux places faisait face à la baie. Il y avait un poste de télé dans un coin et, de l'autre côté, une table pliante sur laquelle était posé un ordinateur portable ouvert, dont l'économiseur d'écran présentait une vue alpine. L'attention de Faraday fut attirée par une photo encadrée, devant un tas de papiers sur l'étagère au-dessus de la table. On y voyait Gisela coiffée d'un extravagant chapeau jaune se tenant à còté d'un homme lourdement bàti, d'une cinquantaine d'années. L'homme s'inclinait, tandis que Gisela exécutait une parfaite révérence. Le troisième personnage sur la photo était la reine d'Angleterre.

« La garden-party de Buckingham. » Willard sortait de la salle de bains. « Hubby a été fait chevalier.

— Pour quel motif ?

— Pour services rendus à la nation... comme tout bon marchand de canons.

— Il habite ici ?

— Non, il passe de temps à autre. Ils ont une maison à Henley, donnant sur la rivière, avec enclos pour les chevaux et tout le toutim. On pourrait loger tous nos bureaux de Crescent dans le jardin clos de murs, et encore il nous resterait de la place. »

Faraday se retourna. Willard avait déniché un chandail noir en cachemire qui lui allait parfaitement. L'homme sur la photo avait le même gabarit que le superintendant. Gisela revint avec un plateau. Elle ferma le portable, faisant de la place sur la table, pendant que Willard allait chercher deux chaises dans la pièce voisine. Ils se mirent au travail. Willard désirait que Gisela décrive à Faraday ses rencontres avec Bazza Mackenzie.

Gisela avait de nouveau cette expression amusée, et Faraday se demanda comment la liaison probable de son supérieur avec cette femme s'accommodait d'une opération comme Tumbril. Willard avait toujours farouchement préservé sa vie privée, mais il s'était souvent murmuré dans les couloirs que sa petite amie de Bristol ne lui suffisait pas.

« Il m'a d'abord téléphoné. Très amicalement. Il y a deux mois de ça. Juste après Noël. Il avait appris que le fort était à vendre, et il voulait venir voir. Il a débarqué le lendemain.

— Seul ?

— Non, il était accompagné de deux amis, plus âgés que lui. Tommy... ? » Elle jeta un regard à Willard.

« Tommy Cross, répondit Willard. Il a longtemps travaillé au chantier naval. Bazza l'employait comme expert ingénieur quand il était en quête d'un nouveau café-bar. Et c'est Tommy qui est venu ici avec lui pour jeter un coup d'œil à la bàtisse. Il y a presque passé la journée. Il t'a rendue folle, hein ? » Il sourit à la femme.

« C'est vrai. Déjeuner et dîner. Il faisait nuit quand ils sont enfin partis. »

Moins d'une journée plus tard, Mackenzie la rappelait. Il avait rédigé un contrat. Il avait un prix en tête. Gisela n'avait plus qu'à signer.

« Aussi simple que ça ? » C'était au tour de Faraday de sourire. Voilà d'où venaient les problèmes de Mackenzie. Confier à Tommy Cross la restauration d'un lieu tel que ce fort de Spit Bank aurait pu être le plus juteux investissement de sa carrière. Seulement, Gisela ne l'entendait pas de cette oreille.

« J'ai refusé. Pour moi, deux cent mille livres, c'était une plaisanterie, et je le lui ai dit. J'ai moi-même payé trois cent quatre-vingt-cinq mille livres avant même d'entreprendre les moindres travaux.

— Et qu'a-t-il répondu ?

— Il a ri. Il disait qu'il ne m'en voulait pas. Il m'a dit aussi quelque chose d'autre.

— Oui ?

— Que j'étais un cauchemar, pour qui voulait faire des affaires avec moi.

— Pourquoi ?

— Parce que j'étais sexy et futée.

— Il a dit ça, sexy ?

— Oui, et je l'ai pris pour un compliment. Pour être franche, je m'en fichais un peu. Mais il est ainsi. Il vous dit les choses en face et, franchement, après les clients de mon mari, c'est un soulagement.

— Vous avez de la sympathie pour lui ?

— Oui. Il n'a pas peur des femmes. Et il est direct

aussi. Mais une offre de deux cent mille ? Non, il ne faut pas plaisanter. »

Moins d'une semaine plus tard, Mackenzie était de retour au téléphone. Il avait réfléchi. Il pouvait aller jusqu'à deux cent cinquante mille livres. Une fois de plus, Gisela avait refusé en riant.

« Et il a continué, reprit-elle. Montant de dix mille en dix mille. J'ai fini par lui dire qu'il y avait d'autres techniques pour draguer une femme. Il est tombé d'accord.

— Et que s'est-il passé ensuite ?

— Il m'a invitée à sortir un soir avec lui. Au Forty Below. Vous connaissez ? »

Faraday acquiesça d'un signe de tête. Le Forty Below se faisait surtout connaître par les rapports de police toutes les fins de semaine. Les ambulanciers auraient pu régler leurs montres sur les premiers secours d'urgence, chaque vendredi soir. Cette femme devait avoir connu les plus grands restaurants d'Europe, et Bazza l'avait emmenée au Forty Below.

« Comment ça s'est passé ?

— Très bien. Il m'a fait rire. J'ai bien aimé cette sortie.

— Et le fort ? Les affaires ?

— Il disait qu'il lui fallait Spit Bank. Il me parlait de ses projets de casino, de la décoration, des mets qu'il ferait servir, des suites prévues pour les jeunes mariés. Il était comme un gosse avec un nouveau jouet. C'en était presque touchant.

— Et le prix ?

— Il était monté à quatre cent mille.

— Que lui avez-vous répondu ?

— Non. Et il m'a dit qu'il ne pouvait pas aller plus

haut, mais que si je couchais avec lui, ce serait cinq cent mille.

— Coucher avec Mackenzie, ça rapporterait cent mille livres ? » Faraday se mit à rire.

« On l'entend parfaitement sur la bande, intervint Willard, le regard fixé sur les lumières de Southsea. Vous vous rendez compte ? Mackenzie ?

— Allons, je suis persuadée qu'il plaisantait », dit Gisela.

Willard ignora le léger ton de reproche. Ce qui était important pour le moment, c'était l'arrivée de Wallace dans l'affaire. En montant le prix à neuf cent mille, expliquait-il à Gisela, Tumbril augmentait la pression sur Mackenzie.

« Ce type est imprévisible, tout le monde le sait. Ce qu'il nous faut, c'est lui fixer une date limite. Et, à mon avis, on devrait le faire avant vendredi. Il pourrait se compromettre lui-même en tentant je ne sais quoi. D'un autre côté, on peut lui laisser une semaine. Wallace a le feu vert des experts et prendra la décision de conclure l'affaire. À ce stade, Mackenzie sera contraint de se bouger. Soit il proposera plus, soit il se débarrassera de son rival.

— Vous pensez vraiment qu'il augmenterait d'un demi-million ? demanda Gisela.

— Franchement, je ne pense pas.

— Oh, ayez pitié...

— Quoi ? » Pour la première fois, Willard paraissait perplexe. « Pourquoi dites-vous cela ? »

Gisela le regarda attentivement, comme pour juger de la force d'un enfant à qui on doit annoncer une mauvaise nouvelle. Se penchant en avant, elle lui tapota la main.

« Je crains que cette histoire n'ait un peu changé, dit-elle. Je veux réellement vendre ce fort. » Elle eut un sourire. « Et neuf cent mille livres me paraît une offre acceptable.

— Vous êtes sérieuse ?

— Parfaitement.

— Je pourrais savoir pourquoi ?

— Bien sûr. » Le sourire disparut. « Peter et moi sommes en train de divorcer. »

Misty Gallagher était soûle, le temps que le taxi la dépose à l'Indian Palace. Paul Winter lui avait téléphoné un peu plus tôt, envisageant de passer chez elle, au Gunwharf, mais Misty en avait assez d'être enfermée dans cet appartement. Une insulte de plus de sa grande gueule de fille, et elle lui plantait un couteau dans la gorge.

Winter avait pris sa place habituelle dans le fond de la salle. Ça faisait des mois qu'il venait dans ce restaurant, et il appréciait les gens qui le tenaient. Il leur racontait toutes sortes de salades mais ils le savaient seul, et le traitaient gentiment. À quarante-cinq ans, après avoir perdu la femme que vous aviez crue éternelle, vous appréciiez ce genre de politesse.

« Misty. Ça fait un bail. »

Il se leva et l'installa sur la chaise vacante. Elle portait un chemisier noir transparent sur un jean hyper moulant. Si Winter n'était pas vigilant, les serveurs allaient se mettre à vendre des billets à la porte.

« Paul... » Elle avait le regard vitreux. « Ils ont du vin ici ?

— Bien sûr. Un blanc ?

— Rosé.

— Parfait. Un Mateus, d'accord ? » Il fit un signe en direction du bar. Quand le serveur arriva, il lui désigna le numéro 7 sur la liste. « Et une autre Stella pour moi, mon gars. » Il se tourna vers Misty. Elle cherchait un briquet. « Comment ça va, Misty ? Toujours en guerre ?

— Fous-moi la paix. Tu le sais bien, non ?

— Sais quoi ?

— Bazza et moi. » Elle avait trouvé le briquet. « Ce type est un con. »

Winter ébaucha une expression de reproche. Tout le monde savait que, depuis plus d'un an, Bazza Mackenzie avait décidé d'échanger Misty contre un modèle plus jeune, et il avait pensé que cela ne devrait pas trop la bouleverser. Il se trompait.

« Je suis tombée sur lui au Clockwork l'autre nuit avec sa salope d'Italienne. Je l'ai bien eu. »

Le Clockwork était le plus chaud des bars de nuit sur le quai de South Parade. Misty, qui terminait une bouteille de Moët, avait aperçu Bazza en compagnie de la jolie Lucia et de quelques-uns de leurs meilleurs potes. Elle avait commandé une autre bouteille, l'avait déversée sur la tête de Bazza, lui laissant la note.

« Ses copains étaient fous de joie. Ils m'ont dit que j'aurais dû faire ça depuis longtemps. »

Furieux, Bazza avait poursuivi Misty sur le front de mer. Lucia s'était enfermée dans les toilettes, et la moitié de la ville était morte de rire. Misty ne savait-elle donc pas que les temps avaient changé ? N'avait-elle réellement aucun sens de la mode, des nouvelles mœurs ? Il y avait des farces qu'on ne faisait plus. Sûrement pas en public.

« Il m'a envoyé son agent le lendemain.
— Quel agent ?
— L'agent immobilier. Un type que je connais... bien. Il m'a dit que Baz avait décidé de mettre l'appartement en vente. Le jour même. Avec jouissance immédiate. Tu te rends compte ? Après tout ce que j'ai fait pour lui ? »

Winter fit la grimace. Le vin était arrivé et il tint le verre de Misty, pendant que le garçon servait. Vu son état, Winter ne lui donnait pas plus d'une demi-heure avant de devenir incohérente.

« Parle-moi de Trude, Mist.
— Pourquoi ?
— On l'a retrouvée dans un drôle d'état l'autre nuit. Elle t'en a peut-être parlé.
— Elle me raconte jamais rien. Elle n'ouvre sa gueule que pour me balancer que je ne suis qu'une grosse vache. Tu imagines ? Parler comme ça à sa mère ? Ta putain de propre fille ? »

Winter tendit le bras pour lui prendre la main. Pour une fois dans sa vie, il était très sérieux.

« Écoute, Mist, on l'a découverte dans une baraque à Fratton. Quelqu'un l'avait tabassée et attachée nue à un vieux sommier. Tu n'aurais pas une petite idée sur cette histoire ?
— Tabassée ? » Misty semblait chercher un sens au mot. « Ma Trude ?
— Ouais. » Il regarda Misty tendre la main vers le verre. « Que sais-tu de Dave Pullen ?
— Un queutard. Il faut qu'il la fourre sans cesse. Un type écœurant.
— Je sais. Alors, que fait Trude avec un type pareil ? C'est une jolie fille. Bon sang, Mist, elle

pourrait se choisir des mecs de son âge, des garçons honnêtes, cultivés même. Qu'est-ce qu'elle peut bien foutre avec un primate comme Pullen ? »

Misty le regarda en clignant des yeux. Puis, tendant la main vers son verre, elle le vida.

« Mist... ?

— J'en sais rien.

— Mais tu as sûrement remarqué quelque chose, non ? Et tu t'es posé des questions.

— Bien sûr. » Elle hocha la tête. « Bien sûr que oui.

— Et la réponse ?

— Je te le dis : j'en sais rien. » Elle porta un regard vide vers l'autre bout de la salle et étouffa un hoquet. « Il est plus âgé que la plupart. Et les types comme lui savent écouter, des fois. Ils t'ont à la bonne, ils te soutiennent, tu comprends ? »

Winter l'écoutait attentivement, se souvenant de Trudy, lors de leur rencontre au Gumbo. La mère et la fille s'étaient disputées, et Trudy lui avait paru savoir exactement qui avait fauté.

Misty se servait un autre verre. Winter n'avait pas vu descendre aussi rapidement une bouteille depuis leur dernière rencontre.

« Qu'est-il advenu de ce gentil vendeur de bagnoles avec qui Trude vivait ? demanda-t-il enfin. Mike Valentine, hein ? À Waterlooville ?

— Je passe.

— Tu veux dire que tu ne sais pas ?

— Non, j'en ai pas la plus petite idée. Je te l'ai dit, j'arrive jamais à lui arracher un mot. Ç'a toujours été un mystère pour moi, ce qu'elle trafique.

— Mais elle est tout de même revenue habiter

avec toi, Mist. Et elle l'a fait parce qu'elle a sûrement quitté Valentine. Et ne me dis pas que vous n'en avez jamais parlé toutes les deux.

– Elle lâche jamais rien. Si tu connaissais bien Trude, tu saurais qu'elle garde tout pour elle. C'était comme de vivre aux côtés d'une étrangère, si tu veux la vérité. Dommage qu'elle ait pas eu d'autre endroit où aller. Une vraie porteuse de poisse.

– Elle est en colère, Mist. En colère contre toi. Alors, quelle en est la raison ?

– Aucune idée. Demande-le-lui.

– Je l'ai fait.

– Quand ? » La petite lueur d'alarme dans le regard de Misty apprit à Winter qu'il se rapprochait.

« À déjeuner, Mist. Pas plus tard qu'aujourd'hui.

– Et elle t'a dit quoi ?

– Rien. Elle ne voulait rien dire, ma belle, parce qu'elle réfléchit avant de l'ouvrir. Comme sa maman. »

Il soutint le regard qu'elle lui lançait. La lueur d'alarme s'était muée en colère froide.

Elle se leva, se tenant à la table pour ne pas vaciller, et appela le garçon. Elle voulait un taxi. Elle en avait marre de parler avec ce branleur. En fait, elle en avait marre de tout.

Winter la regarda, se demandant jusqu'où il pouvait encore pousser cette conversation. Le taxi arriverait dans quelques minutes. Ça lui donnait le temps d'en balancer une ou deux.

« Mike Valentine est au mieux avec Bazza, Mist. » Il s'adossa à sa chaise. « Baiser avec quelqu'un de si proche du patron n'est pas une très bonne idée.

– Tu parles de Trude ?

— Non, ma belle. » Il lui fit un sourire amical. « Je parle de toi. »

Il était onze heures passées quand Sarah arriva à l'appartement dans le Vieux Portsmouth. Elle avait passé deux ou trois heures à l'Union des étudiants, fêtant la fin du premier jet de son mémoire. Elle avait encore beaucoup de travail devant elle, mais la chose prenait forme et les quinze mille mots qu'elle avait tapés méritaient bien quelques chopes de cidre.

Elle gardait la clé de Daniel dans son sac. Elle poussa la porte et grimpa au premier. Elle pensa qu'à cette heure Daniel n'était probablement plus là pour personne, mais elle préférait cependant annoncer son arrivée.

N'obtenant pas de réponse, elle ouvrit. L'appartement était dans l'obscurité mais, sitôt qu'elle eut fait de la lumière, elle vit que certains meubles avaient été changés de place, ce qui confirma pour elle que l'équipe de la vidéo était passée. La disposition du fauteuil lui paraissait parfaite, tout à fait ce qu'elle aurait fait elle-même.

« Dan ? »

Pas de réponse. Elle hésita un instant, se demanda s'il ne valait pas mieux le laisser tranquille. Il devait être au lit, et sans doute ferait-elle mieux de revenir le lendemain pour savoir comment tout cela s'était passé. Avec un peu de chance, cette vidéo – événement inattendu dans sa vie – lui avait peut-être donné un coup de pouce, fourni l'occasion de développer une espèce d'analyse dont elle le savait capable. C'est pourquoi l'héro était une tragédie. Ce garçon était brillant. Elle n'avait rencontré personne capable d'une réflexion aussi profonde. Elle s'apprêtait à repartir, lorsqu'il lui vint l'idée de jeter quand même un coup d'œil dans la chambre. La porte était ouverte. Dans la faible lumière parvenant du salon, elle pouvait tout juste distinguer la forme du corps allongé sur le lit. Une odeur nauséabonde imprégnait la pièce.

« Dan ? »

Ça sentait le vomi.

« Dan ? Tu vas bien ? »

Silence. Sa main trouva l'interrupteur près de la porte. Daniel gisait sur le dos, ses yeux ouverts fixant le plafond. Une épaisse traînée de vomi avait séché sur sa bouche et sa gorge, son cou, son épaule.

« Dan ? » Sa voix se brisa. « Dan... ? »

7

Jeudi 20 mars, 4 h 40

À la mi-mars, le premier train pour Londres quitte la gare de Portsmouth et Southsea à 4 h 38. Ce matinlà, il y avait parmi les rares passagers l'un des deux députés de la ville, issu de Démocratie libérale, homme chaleureux qui ne se lassait jamais de vanter la nouvelle image de Portsmouth.

Pompey, avait-il déclaré récemment à un journaliste d'une des feuilles du dimanche, avait enfin perdu sa réputation d'avant guerre de ville pauvre, à la planification catastrophique et à la violence sans limites. Ce n'était plus la ville dont un centre commercial – le Tricorn – était tous les ans réélu édifice-le-plus-laid-d'Europe. Disparus aussi, les vendredis soir célèbres pour les beuveries des marins et leurs batailles rangées. Au contraire, grâce à un fort investissement et à une mairie ambitieuse, la ville acquérait rapidement une réputation méritée pour son talent à mélanger l'ancien et le nouveau. Le bassin historique abritait une collection de vaisseaux de toutes époques. Les quais avaient été restaurés à coups de millions de livres, et avec la tour Spinnaker, le quartier du Gunwharf pourrait se vanter de posséder le plus haut édifice du sud de l'Angleterre. Portsmouth, en bref, était en plein essor.

Le député, déjà en retard pour le 4 h 38, se retrouva coincé à l'entrée de la gare par une petite troupe de passagers bloqués par un ruban jaune de la police. Regardant par-dessus l'épaule d'une policière, il vit deux ambulanciers se pencher au-dessus d'un corps écroulé au pied d'un tourniquet donnant accès aux quais. Le corps d'un homme jeune en jean et maillot de foot rouge. Il y avait des traces de sang tout autour de ses baskets usées. Un bref aperçu de son visage révélait des blessures qu'on aurait pu attribuer à un accident de voiture. Et, quand la policière se déplaça, notre parlementaire vit les menottes qui attachaient la victime au pied du tourniquet.

Pressée de questions, la jeune policière faisait de son mieux. Les pompiers arrivaient avec leurs cisailles pour le libérer. Les secouristes estimaient que la victime survivrait le temps d'arriver à l'hôpital. Comme souvent dans ces tabassages, les dégâts étaient plus spectaculaires que mortels.

« Ces tabassages ? » La policière avait remarqué une taie d'oreiller maculée de sang tout à côté des secouristes agenouillés. « Quels tabassages ? répéta-t-il.

— Je l'ignore, monsieur. » La jeune femme avait l'air sombre. « Sauf que ça empire de jour en jour. »

Faraday se réveilla dans un lit vide. Il resta un moment allongé, les yeux au plafond, écoutant les cris des mouettes. Habitant une maison de marinier à côté du port de Langstone, il pouvait imaginer la vue qu'on avait de sa fenêtre selon les cris et les appels des oiseaux. Le caquètement aigu des culs-rouges et les cris des pies de mer suggéraient la marée basse, mais l'appartement d'Eadie ne permettait pas cette variété. Un matin comme celui-ci, vous deviez vous arranger des clameurs coléreuses des mouettes défendant leur part des détritus balancés par les noctambules de la veille. Quand on aimait les oiseaux, c'était une déception, mais Faraday avait passé suffisamment de matins dans cette chambre pour en tirer une conclusion plus subtile. Comme prélude à une journée de travail, la clameur des charognards était presque parfaite.

La lumière filtrant entre les rideaux suggérait tout juste l'aube. Roulant sur le côté, il vérifia l'heure au réveil : 6 h 03. Du salon lui parvenait le murmure d'un téléviseur. BBC News, encore, pensa Faraday.

À minuit, la veille, devant la télé, pendant qu'Eadie travaillait dans son bureau, les nouvelles de la guerre du Golfe l'avaient convaincu d'aller se coucher. Les forces anglaises et américaines avaient bombardé le port d'Umm Qasr. Les puits de pétrole brûlaient tout autour de Bassora, et il fallait s'attendre à une contre-attaque de Saddam à l'arme chimique. Dieu nous aide, les Américains avaient le doigt sur le bouton nucléaire.

S'enveloppant d'une serviette, Faraday gagna le salon. Assise devant le téléviseur dans la robe de chambre de Faraday, Eadie consultait un bloc-notes posé sur ses genoux. L'image figée sur l'écran était celle d'un visage que Faraday ne connaissait pas. Décidément, ça n'était pas BBC News.

« Thé ? »

Eadie se retourna vivement. « Tu m'as fait peur. » Elle souriait. « Regarde ça. »

Elle fit défiler la bande à grande vitesse. Quelques secondes plus tard, Faraday revoyait le même homme avancer péniblement dans un couloir mal éclairé. Il disparut par une porte dans le fond. Le temps que la caméra le retrouve, il grimpait dans son lit. Eadie figea de nouveau l'image.

« Là.

— Où ? »

Faraday suivit l'index qu'elle pointait sur l'écran.

« C'est une seringue, dit-elle. Le type est sur sa planète. »

Faraday distingua enfin le corps de pompe d'une seringue pendant à l'avant-bras taché de sang et, quand Eadie remit en marche, il suivit ce qui se passait à l'écran. C'était pathétique de voir cet homme jeune s'efforcer en vain de remonter la couette glissée à terre. Il tendait la main, se penchait mais le duvet lui échappait toujours. Finalement, il parvint à en saisir un coin et le tira vers lui puis, à moitié couvert, abandonna.

« Tu l'as trouvé, ton junkie ?

— Et comment.

— Contente ?

— Plutôt.

— Chanceuse, dis-moi. » Faraday regardait les yeux du camé se fermer lentement. « Tu es arrivée juste à temps.

— Tu plaisantes. » Eadie remonta la bande jusqu'à ce qu'il n'y ait plus en gros plan qu'une veine gonflée et l'aiguille qui la pénétrait. Elle repassa deux fois la séquence. Faraday n'avait jamais rien vu d'aussi cru.

« Tu étais là-bas ?

— Évidemment.

— Et c'est réel, pas de trucage ?

— Je ne fais que dans le réel. »

Il hocha la tête, regardant toujours l'écran. « Que s'est-il passé avant le shoot ?

— J'ai fait une interview.

— C'était bien ?

— Mieux que ça. Excellent. Ce type est un vrai cadeau. Cultivé, désespéré, totalement perdu. En voyant ça, pas un seul gamin sain d'esprit n'irait toucher à la came. C'est pas un résultat ?

— Tu disais que tu l'avais interrogé ?

— Oui, comme une grande.

— Qui était derrière la caméra ?

— J-J.

— Et le reste ? Ce que j'ai vu ?

— Moi. J-J s'est dégonflé. Il ne pouvait pas. Grosse déception pour lui. Mais, reprit-elle en regardant l'écran, je pense avoir réussi. Non ? »

Faraday ne répondit pas. Ce ne fut qu'après avoir rempli la bouilloire et trouvé du lait qu'il se sentit de taille à poursuivre la conversation. La colère ne les mènerait nulle part. D'abord, les faits.

« Il s'agit d'héroïne ?

— Bien évidemment.

— Et tu sais d'où venait la came ?

— Federal Express. Le type frappe à ta porte, tu signes un reçu, et voilà, c'est l'heure du goûter.

— Je suis sérieux.

— D'accord. » Eadie riait. « Tu n'as pas à signer de reçu.

— J'en déduis que tu étais là au moment de la livraison ?

— Bien sûr. C'est pour ça que l'interview a une telle force. Ces gens fonctionnent comme des horloges. Un intervalle de quatre heures entre les injections est supportable. Au-delà, ça commence à se sentir. Six, sept heures, et on est pris de tremblements. Ce type, dit-elle en désignant l'écran, il était près d'éclater. L'interphone avait à peine sonné qu'il était déjà en bas. Quoi ! j'allais ignorer ce qui allait suivre ? Je n'aurais pu imaginer meilleur scénario. Donne-moi un comédien et un million de dollars, et tu n'auras pas un aussi bon résultat. Les gens sont sensibles à la réalité. Ils se secouent devant l'écran et ouvrent grands leurs yeux. Tout est là. » Elle le regarda, ne comprenant pas. « Alors, quel est le problème, Joe ? Tu trouves ces images choquantes ? »

Faraday secoua la tête. Il était bien trop tôt pour se sentir fatigué.

« Le problème, si tu veux le savoir, c'est que je suis un flic.

— Je sais ça. Tu cours après les méchants. Ce type n'est pas un méchant, c'est une victime. Tout est là. Offre-lui une estrade, laisse-le exposer son cas, montrer ce que la came vous fait réellement, et tu auras moins de victimes. Fais-moi confiance. Je viens de passer une année à peaufiner mon petit discours. Et il y a autre chose.

— Quoi ?

— J'y crois. Et tu devrais en faire autant. »

Sa colère était teintée de déception. Elle avait usé

des meilleurs ingrédients, cuisiné le plat de ses rêves, et Faraday avait jeté le tout à la poubelle. Et, après ça, semblait-elle dire, tu t'es défilé.

« Commençons par la loi, dit paisiblement Faraday.

— D'accord.

— Tu peux être inculpée pour prosélytisme, voire possession partielle. Ce sont des délits.

— Possession ? Des conneries. Je l'ai filmé quand il est descendu mais je n'étais pas dans la rue. Ça se serait passé ainsi de toute façon. C'est comme ça que le circuit de la came fonctionne.

— Possession, quand même. Tu avais le devoir de l'en empêcher.

— L'empêcher ? Même ficelé de la tête aux pieds, il y serait allé dans cette cuisine. Joe, cet homme avait besoin de son shoot. Il s'agit de chimie, et pas de ce qui est bien et de ce qui est mal. Se shooter était une nécessité absolue pour lui. Cela serait arrivé de toute façon. Si ça n'était pas le cas, je serais encore en train de faire des vidéos sur ces foutus anciens combattants de Dunkerque. Le manque, voilà de quoi parle ma vidéo. Sans le manque, il n'y aurait pas eu ces types dans la rue...

— Quels types ? Plusieurs ?

— J'en sais rien. Des types, merde. Arrête de jouer les flics, Joe. Je pensais que tu avais compris. Je pensais que nous avions déjà traversé ça ensemble. C'est ouvert et fermé, mon amour. Ça s'appelle la fin et les moyens. Il y a un problème là-bas, dehors, un problème comme tu n'en as pas idée, et mon petit morceau du puzzle, ma responsabilité, si tu préfères, est d'essayer de le filmer. C'est ce que je fais. C'est ma contribution. Et si je fais ça bien, il y a une chance que ça serve. Et c'est mieux que de jouer selon les règles. » Elle se tut un instant. « Quel autre crime aurais-je commis ?

— Assistance et incitation.

— Comme s'il ne pouvait pas le faire tout seul ? Comme s'il ne l'avait pas fait des milliers de fois !

— Tu aurais pu l'en empêcher. Comme je l'ai suggéré.

— Tu parles sérieusement ? » Elle se leva et vint vers lui. « Tu n'écoutes donc pas ce que je te dis ? Je sais bien que je ne suis qu'une pauvre conne recto verso, mais fais-moi un peu confiance, mon amour. Le fin fond de cette histoire, de cette petite aventure, c'est que rien n'arrête un junkie. Tu lui proposes une cure de désintox, et il part en courant. Tu le mets en prison et, là, tu en fais un toxico à vie. Moi ? Je braque ma caméra et j'observe. Pourquoi ? Parce que toute une bande d'écoliers pourraient arriver à la conclusion que, finalement, être un drogué ça vaut pas le coup. » Elle dardait sur lui un regard furieux. « Est-ce que tu me comprends ou bien je perds mon temps ? »

Faraday s'activa à faire le thé. Il avait déjà vu Eadie en colère mais il n'en avait jamais fait les frais. Sa colère était presque volcanique. Elle avait sur vous un impact physique. Si elle avait craché sur la moquette, des flammes en seraient montées.

Tendant la main vers le sucrier, il la regarda arpenter le salon. Deux fois, elle ramassa la télécommande, pour la reposer ensuite. Finalement, elle ralluma BBC News. Un départ de missile explosa sur l'écran. Formidable.

Faraday abandonna la théière et s'approcha d'elle. Comme elle se tournait vers lui, il lui désigna l'écran. « Montre-moi tout, dit-il. Depuis le début. »

Winter était en avance pour la réunion de neuf heures à Kingston Crescent, où était basée la police judiciaire de Portsmouth. S'installant à sa table, il alluma son PC. Il ouvrit en quelques clics le cahier de permanence, sur lequel était noté chaque incident témoignant des accès de fièvre de la ville. Parmi les soubresauts de la nuit dernière – deux ou trois bagarres, un vol dans un entrepôt et une querelle de voisinage –, quelque chose attira son attention.

Vérifiant le nom de la détective qui s'était occupée de l'affaire, il tendit la main vers le téléphone. À cette heure, Il devait déjà y avoir du monde au bureau du CID à Highland Road.

« Bev ? » Il avait reconnu la voix. « C'est Paul. Dawn est là, par hasard ?

— Non, collègue, elle était de service la nuit passée, et elle est rentrée chez elle.

— Bonne journée. »

Winter raccrocha. Dawn Ellis était une jeune constable, et une de ses rares collègues pour qui il avait du respect. Récemment, après une troublante expérience qu'elle avait eue avec un flic très tordu, envoyé de Londres, il s'était pris d'une affection presque paternelle pour la jeune femme[1].

Quand il parvint enfin à l'avoir au bout du fil, il sut qu'il l'avait tirée d'un profond sommeil.

« Je me demande pourquoi je continue de prendre

1. Voir *Les anges brisés de Somerstown*, Folio Policier n° 431.

des cachetons pour dormir, dit-elle. Je ferais mieux d'économiser l'argent.

— Désolé, ma belle. » Winter avait les yeux sur les rapports de la nuit. « Cette overdose de smack dans le Vieux Portsmouth la nuit dernière, c'était toi ?

— Oui.

— Que s'est-il passé ? »

Il se fit un silence pendant que Dawn rassemblait ses pensées. Entre-temps, Cathy Lamb avait passé la tête dans le bureau, l'air plus tendue que jamais.

« Un étudiant nommé Daniel Kelly. » C'était Dawn, de nouveau. « Sa copine l'a trouvé mort dans son lit, une seringue encore plantée dans le bras. Un agent en uniforme était déjà sur les lieux quand je suis arrivée.

— Et ?

— J'ai pris sa déclaration. Le corps est allé à la morgue, et j'étais dehors une heure plus tard.

— Rien de bizarre ?

— Apparemment, non. D'après la jeune fille, il se shootait depuis des années. Un garçon fortuné, qui ne savait pas faire un meilleur usage de son argent. Tu aurais dû voir l'appart. J'en ai eu honte du mien. » Elle se tut un instant. « Alors, tu cherches quoi ?

— Il a été question d'une vidéo.

— Oui. Toujours selon la fille, il devait faire une interview. Elle pense que l'équipe devait être chez lui dans la soirée. J'ai laissé les détails au bureau. Ça mérite une vérification.

— Tu as les coordonnées de ces gens ? Un nom ?

— Je ne m'en souviens pas. C'est une société de production, qui commence par A. Il faut voir Bev pour ça. » Elle étouffa un bâillement. « Bonne nuit. »

Winter leva la tête pour découvrir Cathy Lamb plantée devant lui. Pour une fois, elle ne s'intéressa pas à ce qu'il y avait sur l'écran de Winter.

« Dans mon bureau, dit-elle. Maintenant. »

Jimmy Suttle et un autre constable occupaient déjà une bonne partie du minuscule espace et, quand Winter les rejoignit, il dut se caser dans un coin. Cathy, apprirent-ils, avait passé un sale quart d'heure chez le superintendant en chef. La gare ferroviaire avait dû fermer ses portes à quatre heures du matin, pour permettre aux pompiers et aux secours d'urgence de libérer un homme jeune sévèrement battu, menotté à un tourniquet. La victime occupait à présent un lit à l'hôpital Alexandra, service des urgences.

« C'est l'un de nos Scousers, dit-elle d'un air las. Et Secretan en a tiré la conclusion qui s'imposait. Ce qui n'arrange pas les choses, c'est la présence d'un foutu député à la gare.

– À cette heure matinale ?

– Il se rendait à Birmingham pour assister à une conférence sur... ne riez pas... les comportements antisociaux... »

Secretan, dit-elle encore, était furax. La guerre de territoire était désormais connue de tous, et il n'avait pas envie que la direction lui tombe une fois de plus sur le dos. Il voulait un rapport complet d'ici midi, et un plan d'action dans les vingt-quatre heures.

« Un plan d'action ?

– Il faut écraser cette histoire dans l'œuf. » Le député avait accepté de ne pas en parler à la presse, mais il n'était pas le seul usager présent sur les lieux, et Secretan imaginait déjà les articles dans les journaux locaux.

« Et comment sait-on que c'est une guerre de territoire ? Ils ont laissé un mot ? Un nom ? une adresse ? demanda Winter.

– Mieux que ça, répondit Cathy, réprimant un sourire. Quelqu'un s'est donné la peine de rectifier l'heure à la montre du type tabassé, puis de l'écraser sous son pied. Vous avez une idée ? »

Jimmy Suttle bougea sur sa chaise.

« 6 h 57.

– Exactement. »

Winter manqua applaudir. Le gamin apprenait vite. Il se tourna vers Cathy Lamb, tandis qu'elle énumérait les actions à mener. Le Scouser s'était refusé jusqu'ici à toute déclaration. La fouille de ses vêtements avait révélé des clefs de voiture, un unique sachet d'héro et un bout de papier griffonné de numéros de portables. Deux constables attendaient aux urgences pour enregistrer sa déposition mais, avec une fracture à la mâchoire et la plupart des dents brisées, ça ne serait pas sans mal. Quant aux témoins, un postier leur avait parlé d'une fourgonnette. Il était en route vers son poste au centre de tri et il avait remarqué cette fourgonnette garée devant l'entrée de la gare. Un vieux Ford Transit, il lui avait semblé. Les portières étaient ouvertes, et il en sortait comme des bruits de lutte. « Il y a une caméra dans le hall, à l'entrée. » Cathy regardait Winter. « Et une autre dehors, juste en face. D'après le postier, il devait être deux heures et demie du matin. D'accord ? »

Winter hocha la tête. La salle de contrôle des caméras de vidéosurveillance située dans les entrailles du Centre administratif n'était pas l'une de ses destinations préférées, mais il misait sur un résultat rapide. Secretan avait raison. Il y avait fort à parier que la guerre était déclarée. Et cela signifiait la loi bafouée, et le déferlement d'une bande de jeunes fous maraudant dans la ville, décidés à en violer toutes les règles. Si vous étiez du pays et que votre patience était à bout, il y avait bien des façons de passer le message. Tabasser un Scouser et le déposer devant la gare ne laissait guère de place à l'ambiguïté. Barre-toi, sinon...

Winter s'interrogeait sur le Transit, quand Suttle sollicita son attention.

« Bazza, hein ?

– Bien sûr. » Winter revint à Cathy Lamb. « Quoi d'autre, chef ? »

Déjà en retard à sa réunion prévue au quartier général de l'opération Tumbril à Whale Island, Faraday se trouva pris en pleine heure de pointe. Avançant lentement de feu rouge en feu rouge, il repensa à ce qui s'était passé le matin. Son accrochage avec Eadie l'avait secoué davantage qu'il ne voulait le reconnaître, non seulement parce qu'il détestait que son travail interfère dans leur relation, mais aussi parce qu'il pensait qu'Eadie avait probablement raison.

L'interview du toxico avait été pour lui une révélation. Par son métier, il était tous les jours confronté au problème de la drogue, notamment parce que les junkies se livraient au vol à l'étalage ou au cambriolage pour assouvir leur besoin. Les mêmes noms apparaissaient de temps à autre sur les dépositions, grossissant sans cesse les statistiques de la criminalité et, clairement, ça les aidait beaucoup de savoir à quelle porte aller frapper quand on voulait récupérer les ordinateurs portables et les flacons de parfum volés. Mais à observer les souffrances de cet homme jeune à la face ronde luisante de sueur, avec sa tranquille conviction que l'héroïne lui faisait la plus grande des faveurs, Faraday avait pour la première fois mesuré tout le pouvoir de la drogue. S'accrocher au smack, comme Eadie l'avait fait remarquer, c'était opter pour un emprisonnement à vie. Pas d'accusation, pas de procès, pas de jury, aucun appel possible. Seulement le parcours quotidien de quatre heures entre les shoots pour mettre la main sur la prochaine dose.

De ce point de vue, la vidéo d'Eadie était parlante, saisissant parfaitement la gravité d'une accoutumance à l'héroïne. Pris à la gorge, manifestement désespéré, Daniel s'était efforcé de rationaliser ce que le smack lui avait fait, de le défendre de la même manière qu'on protégerait son meilleur ami mais, même dans son discours élaboré, il ne pouvait taire ni cacher les réalités physiques : les mains remontant le long de ses bras, les démangeaisons l'obligeant à se gratter sans cesse, l'expression hagarde de son regard. Si on ajoutait à cela la séquence suivante, Eadie avait peut-être raison. Vous montiez ces images dans le bon ordre, les laissant parler d'elles-mêmes, et personne ayant deux sous de raison ne toucherait à cette saleté. Telle était du moins la théorie.

Ce matin, leur discussion avait abouti à une impasse. De l'avis de Faraday, Eadie avait fait preuve d'imprudence. Si jamais l'affaire allait devant un tribunal, un bon avocat pourrait peut-être limiter les dégâts, mais elle avait navigué trop près du vent et avait entraîné J-J avec elle. Sitôt qu'il verrait son garçon, il recueillerait son point de vue sur cette aventure ; selon lui, Eadie avait pris bien des risques pour quelques minutes de vidéo. Il trouvait cela parfaitement dingue.

Elle s'était contentée de rire. Elle avait passé la moitié de sa vie à prendre des risques pour des sujets qui lui paraissaient alors importants, et cette vidéo n'en était qu'un exemple parmi d'autres. De son point de vue, il s'agissait de la fin et des moyens. Si la lumière au bout du tunnel avait un sens – et c'était le cas, ici –, alors elle se fichait pas mal de l'obscurité à traverser. Quel que fût le risque, il fallait le courir. Pour le bien de Daniel. Et celui de tous les autres mômes qui pourraient tomber à leur tour dans la came.

Et puis son portable avait sonné, et elle s'était retirée dans l'intimité de sa chambre. Faraday surprit un prénom, Sarah, mais le temps qu'elle reparaisse après quelques minutes, il était sur le point de partir. Ils échangèrent un bref baiser à la porte. Eadie lui avait paru très préoccupée, soudain, et Faraday s'était promis de l'appeler un peu plus tard. Pour lui, cette discussion n'avait rien changé à leur amitié, mais, à voir l'expression de la jeune femme, il en était soudain moins sûr.

À présent, de retour dans l'action, il mesurait l'ironie de cette histoire. Eadie ne savait rien de l'opération contre Bazza Mackenzie. Il lui parlait rarement de son travail, et jamais il ne lâcherait dans l'intimité quoi que ce soit sur un sujet aussi important que

Tumbril. Cependant, à sa façon, Eadie connaissait bien mieux que lui la réalité du monde de la drogue.

Il sourit, se souvenant de la visite guidée de Joyce. Toutes ces étagères chargées de dossiers. Des centaines de photos de surveillance. Des disques durs débordant d'audits et de descriptions des structures commerciales. D'innombrables indices et pièces à conviction, qui pourraient bien mettre un terme à la carrière du plus grand dealer de la vile. Ces éléments étaient sans doute importants, et il devrait les prendre en compte dans les jours à venir, mais il avait déjà la certitude que rien de tout cela n'avait la force des images de cet homme jeune perdant la bataille avec sa couette et sombrant dans l'inconscience.

De nouveau arrêté par un bouchon, Faraday jeta un regard à son portable. Le feu était toujours au rouge. Il fallait qu'il appelle Eadie. Il composa le numéro.

Occupé.

À l'appartement, perchée sur un tabouret dans sa cuisine, Eadie écoutait au téléphone cet homme dire son chagrin. Il avait appris trois heures plus tôt la mort de son fils. La police de Manchester lui avait envoyé une jeune constable, après que le CID de Southsea lui eut signalé le décès par overdose. Eadie, informée par Sarah de ce qui s'était passé, avait tenu à appeler le père de Daniel pour lui exprimer sa sympathie. Elle voulait aussi savoir ce qu'il ressentait.

« Ce que je ressens... ? Je n'en sais rien. Impossible à décrire. Je ne peux répondre à une question pareille. D'une certaine façon, je ne ressens rien, absolument rien.

— Hébété ?

— Oui, hébété, c'est ça. Excusez-moi... » Il se tut un instant, et Eadie se demanda si ce hoquet étouffé était réellement sincère. Il y avait quelque chose de théâtral chez cet homme, quelque chose dans ces restes d'accent du Lancashire qu'il ne pouvait totalement déguiser. Aimait-il vraiment ce fils qu'il venait de perdre ? Elle ne pouvait en décider.

« Vous le connaissiez bien, Daniel ? lui demandait-il.

— Pas vraiment. En vérité, c'est seulement hier au soir que nous avons fait connaissance.

— Hier ? Et comment était-il ?

— Mal, très mal. Je ne devrais pas vous le dire, mais il était dans un sale état. Vous savez qu'il se droguait depuis longtemps ?

— Oui.

— Eh bien, il en est mort. C'était un jeune homme très malheureux.

— Vous aviez peut-être des amis communs, alors ?

— Non. Je l'ai rencontré pour faire une vidéo.

— Une vidéo ? Avec Daniel ?

— Oui.

— Vous voulez dire, une vidéo dont il était le sujet ?

— C'est bien ça. »

Elle lui expliqua son projet et les soutiens qu'elle avait reçus de divers organismes.

« Trouver des sponsors a été le plus facile. Le plus dur, ç'a été de dénicher Daniel.

— Que voulez-vous dire ? » Le ton, cette fois, était sincère. L'homme était tout ouïe.

« La plupart des toxicomanes n'étaient guère intéressants. Daniel était l'exception. Étrangement, il était conscient de ce qu'il s'infligeait, et il avait l'intelligence et le courage de dépasser ça.

— Le courage ?

— Oui, votre fils était courageux, monsieur. Je n'aurais pas pu réaliser cette vidéo sans lui. » Eadie se tut, attendant une réaction. Et comme le silence se prolongeait, elle pensa qu'elle représentait peut-être pour cet homme une réponse à ses prières, le tout petit espoir de sauver quelque chose du naufrage.

« Alors, qu'avez-vous fait exactement avec Daniel ? demanda-t-il enfin. Je parle de cette vidéo.

— Je l'ai interrogé, et puis je l'ai filmé en train de se piquer.

— Se piquer ? Vous parlez de l'injection qui l'a tué ?

— Je le crains. Il l'aurait fait sans ma présence. C'est un hasard si nous nous sommes trouvés là à ce moment.

— Vous ne lui avez pas apporté la drogue ?

— Bon Dieu, non !

— Et quand vous êtes partie ?

— Il dormait. » Elle laissa passer un silence. « Et il souriait. Si vous voulez voir la bande... »

Il se fit un long silence, avant que la voix revienne, faible, hésitante. « Je ne sais que dire. Vraiment. C'est bizarre. Je suis avocat. Je rencontre toutes sortes de gens et, croyez-moi, je connais mon affaire. Mais là... je ne sais plus... mon Dieu... c'est que vous n'y allez pas de main morte, vous savez.

— C'est vrai. Et au risque de vous paraître dépourvue de tact, je dois vous informer qu'il y aura une autopsie. Daniel était un toxicomane, et ils feront une analyse de son sang : sida, hépatites B et C.

— Et alors ?

— Alors, je voudrais votre autorisation de filmer.

— Filmer l'autopsie ?

— Oui. J'aurais besoin de parler au médecin légiste et votre soutien me faciliterait grandement les choses. Et puis, quand vous viendrez, j'aimerais qu'on fasse une interview.

— Avec moi ?

— Oui.

— Pourquoi ?

— Parce que nous devons compléter cette histoire. Nous devons savoir comment elle se termine. L'autopsie en fait partie. C'est le terminus pour les drogués. La morgue, la table de dissection, tout ça. Et ensuite, bien sûr, il y aura l'enterrement.

— Que vous comptez filmer ?

— Bien sûr.

— Vous avez dit « nous », il y a un instant. Que signifie-t-il ?

— Vous et moi, monsieur. Je ne suis que la messagère. Vous êtes son père. Nous lui devons quelque chose tous les deux. »

Il se fit de nouveau un long silence.

« Cette vidéo sera projetée dans les écoles, reprit enfin Eadie. Avec une partie des fonds, j'aimerais proposer une plaque commémorative au nom de Daniel. Je sais que ça n'est pas facile pour vous, monsieur, mais nous devons donner un sens à cette tragédie. Pas seulement en souvenir de Daniel mais pour tous les autres jeunes qui pourraient se mettre en danger. Vous le comprenez très bien, je le sais, et je ne vous demande pas de prendre la décision tout de suite. Pourrais-je vous appeler dans quelques jours, le temps pour vous d'y réfléchir ? »

Un silence passa, et la réponse arriva. C'était un oui. Eadie souriait.

« Vous êtes d'accord pour que je vous rappelle ?

– Oui, et pour l'autopsie aussi. Et tout le reste.

– Vous en êtes sûr ?

– Sûr et certain. Pour rien au monde je ne voudrais d'une autre conversation comme celle-ci, mais je vous admire de m'avoir appelé. Vous me comprenez ?

– Parfaitement. » Eadie souriait encore. « Et merci. »

8

Jeudi 20 mars, 9 h 15

Faraday ne pouvait quitter Martin Prebble des yeux. Il s'était attendu à ce que l'expert-comptable de l'opération Tumbril soit un homme d'un certain âge, le cheveu grisonnant, bref un aspect s'accordant à la fastidieuse tâche de tirer de milliers de documents une solide poursuite en justice. Or, l'homme qu'on venait de lui présenter avait une vingtaine d'années, des cheveux coiffés au gel, un jean de créateur et une chemise sans col qui avait dû lui coûter fort cher. Le plus étrange était une marque rouge de la taille d'une pièce de cinq pence sur son front, et qui aurait pu passer pour une marque de caste.

« Balle à peinture, expliqua Prebbel. Une soirée entre mecs, hier. Mon adversaire a pensé qu'il pourrait me flinguer à bout portant. Il gère des investissements bancaires. Un balourd de naissance.

— Et cette marque ne partira jamais, mon beau ? » C'était Joyce, arrivant avec un plateau de biscuits au chocolat et une expression soucieuse.

« Je n'en ai aucune idée. Je me suis collé en vain

un paquet de petits pois congelés sur le front pendant une demi-heure, et je n'exclus pas une intervention de chirurgie esthétique », dit-il en prenant un biscuit.

Brian attendait que chacun soit installé pour commencer la réunion. L'espace qu'il avait dégagé au milieu de la grande table de conférence fut promptement réquisitionné par Joyce. À la voir se pencher vers Prebble pour déposer une tasse de café devant lui, Faraday devina qu'elle était une fois de plus tombée amoureuse. Un jeune et beau garçon, drôle qui plus est. Ça ne ratait jamais.

« On dispose d'une bonne partie de la matinée. » Imber regardait Prebble. « Comme je vous l'ai dit au téléphone, il faut que Joe puisse mettre le pied à l'étrier.

— Pas de problème, dit Prebble, la bouche pleine. Je m'en fais un plaisir. »

Prebble avait passé les premiers mois de sa collaboration à l'opération Tumbril à éplucher tous les dossiers jusqu'à ce que Mackenzie devienne pour lui quelqu'un d'aussi proche qu'un membre de sa propre famille. Ce n'est qu'après avoir dressé un portrait complet du truand, dit-il à Faraday, qu'il s'était senti capable de passer aux protocoles financiers adéquats – examens des audits et de leurs suites, des actes de cession de propriétés, des virements, factures et paiements bancaires – de manière à se faire une idée exacte des dépenses de Mackenzie et, ainsi, de mesurer précisément ses richesses.

Imber, qui avait reconnu le talent du jeune homme pour pénétrer l'esprit même de la principale cible de l'opération Tumbril, avait décidé de lui laisser l'initiative de cette réunion. Il ne ferait part de ses propres idées qu'en cas de nécessité.

« Avez-vous jamais rencontré Mackenzie ? demanda Faraday.

– Jamais eu le plaisir. Je ne le connais que sur le papier ; des chiffres surtout, des fiches de renseignements que je tiens de Brian, des comptes rendus de surveillance, des rumeurs... mais ça s'arrête là.

– Des indics ?

– Très peu. Brian dit que c'est inhabituel, mais je soupçonne ces types de jouer des deux côtés. Ils l'ont toujours fait. C'est ainsi qu'on grandit, ici. Je trouve cette ville tribale. »

Faraday sourit. C'était un jugement très pertinent.

« Et vous aimez ce que vous découvrez ?

– D'une certaine manière, oui. Je suis un expert financier. Je sais comment l'argent fonctionne. Ce type a été bien conseillé et, surtout, il a su écouter. Ce qui n'est pas toujours le cas, croyez-moi. J'ai fait des audits dans de grandes entreprises, où le chef assis derrière son grand bureau n'en fait qu'à sa tête et coule le navire. Mackenzie n'est pas comme ça. Il compte le moindre penny. C'est un paysan, et ça le sert bien. Et puis je sais qu'il peut être sans pitié. Deux raisons pour qu'il soit aujourd'hui un homme riche.

– Riche de combien ?

– La dernière fois qu'on a fait le compte ? Y compris les biens sous prête-nom ? » Il fronça les sourcils. « Neuf millions quatre cent mille, en gros. Et c'est sans compter la drogue dans le pipeline, qu'elle soit commandée ou encore invendue.

— Êtes-vous en train de me dire qu'il deale toujours ?

— Non, il a dépassé ça depuis longtemps. Mais mes calculs me disent qu'il finance d'autres dealers et prend sa commission. C'est une pratique banale, qu'on retrouve partout. Il arrive un moment où vous ne voulez plus vous exposer. Il y a dix ans, Mackenzie était à découvert sur le terrain mais, depuis deux, trois ans, il n'a plus quitté le château. Quatre-vingt-quinze pour cent de ce qu'il entreprend est légal, comme n'importe quel homme d'affaires. Et c'est pour cela, je suppose, que je suis là. »

L'attention de Faraday s'était portée sur la grande photo en couleurs de la maison de Mackenzie à Craneswater. Prebble avait raison. Avec près d'une dizaine de millions de livres à gérer, Mackenzie était dispensé de plonger les mains dans la criminalité ordinaire. D'où les manœuvres de Nick Hayder pour l'appâter avec le fort de Spit Bank. C'était en menaçant ses rêves de grandeur que Tumbril pourrait pousser Mackenzie à la faute.

Prebble disait que ça valait la peine de se pencher pendant une petite heure sur la personne de Mackenzie, et il s'excusait d'avance s'il répétait ce que Faraday savait déjà. Faraday balaya les excuses d'un geste de la main. Il éprouvait un véritable soulagement à rencontrer enfin quelqu'un qui soit disposé à lui exposer toute l'histoire, pas à pas.

Mackenzie, expliqua Prebble, était d'une famille de Copnor, un quartier de maisons mitoyennes au nord-est de la ville. Son père avait été soudeur au chantier naval, et il avait dû se serrer la ceinture pour envoyer le jeune Barry au collège Saint-Joseph.

C'était là un fait nouveau pour Faraday. Saint-Joseph était un pensionnat catholique, qui se targuait d'un haut niveau scolaire et d'une sévère discipline.

« Son père avait les moyens de lui payer Saint-Joseph ?

– Sûrement pas. Le garçon avait décroché une bourse. Je vous l'ai dit, l'homme est tordu mais brillant. »

Bazza, poursuivit-il, avait détesté cette école. D'abord, on y jouait au rugby, alors qu'il était un fana de foot. Ensuite, il ne supportait pas de porter le même uniforme que tous ces snobs de fils de riches. À quatorze ans, il fut renvoyé deux fois, la première parce qu'il fumait de manière persistante et la seconde, pour avoir organisé un racket de protection, se payant de toutes les manières : friandises ou albums des Clash. Après une mémorable dispute avec son père, il quitta Saint-Joseph pour rejoindre ses potes au lycée technique Isambard Brunel. Quelques échecs aux examens et un autre esclandre plus tard, à l'âge de seize ans, il partit de chez lui pour s'installer avec son frère aîné, qui commençait à gagner sa vie comme peintre et décorateur.

– Bazza travaillait avec lui ?

– Oh, non ! Il n'a jamais aimé le travail manuel. Il est entré dans une agence immobilière, où il a fait le démarcheur, au téléphone surtout. »

De son bureau à l'agence, Bazza observa le boum immobilier des années 1980 prendre de la vitesse. Les week-ends, il faisait la nouba, descendant des gallons de tout ce qui était à boire et reprenant contact avec ses véritables racines. De ce que Prebble appelait une gentille coucherie avec une paumée prénommée

Marie, naquit un bébé, Esme, à laquelle Bazza ne s'intéressa guère. À l'époque, il jouait sérieusement au foot dans une équipe de district de Pompey appelée Blue Army. La saison 1983-1984 les vit arriver en tête du classement, se taillant au passage une réputation de grande violence.

« Et le 6 h 57 ?

– Il en était depuis le premier jour. » Prebble lança un regard à Imber. « Pas vrai ?

– Affirmatif. » Imber acquiesça. « Le 6 h 57 était d'abord une histoire de pubs, où se réunissaient des supporters accompagnant leurs équipes à l'extérieur. Bazza et ses potes s'abreuvaient au Duck and Feathers, dans Milton. Ils prenaient le train pour la rigolade, comme tous les autres, et la chose est devenue de plus en plus grosse. »

À la fin des années 1980, avec l'accès de Pompey en première division, dans la cour des grands, la pure anarchie qui alimentait la violence sur les stades avait ouvert les yeux à Bazza sur les possibilités d'une vie hors la loi. À ce moment-là, il avait dû quitter l'agence immobilière, après avoir été surpris au lit en compagnie de l'épouse d'un des associés, mais ces quelques années passées à vendre des maisons lui avaient beaucoup appris sur l'achat et la revente de biens. Ce qu'il lui fallait, c'était du cash pour acheter. Et ce fut à l'occasion des matchs à l'extérieur qu'il trouva la solution.

« 89, dit Prebble, enjoué. L'été de l'amour. »

Les bagarres cessèrent bien vite. C'est par cartons entiers que Bazza importait l'ecstasy dans la ville. Après l'ecstasy arriva la cocaïne, une drogue plus dure mais plus profitable. La violence repartit de plus belle mais Bazza avait le vent en poupe. D'abord une maison mitoyenne à Fratton, puis trois autres dans une rue voisine. Ensuite, ce fut un vieux bed & breakfast délabré dans le centre de Southsea. Tout ça avec l'argent de la came et une série de magouilles immobilières.

« Nous en avons quelques illustrations ici. » Il eut un signe de tête en direction des précieuses archives de Joyce. « Sa comptabilité était pratiquement inexistante, et il prenait tous les raccourcis imaginables, mais la flambée des prix de l'immobilier avait chauffé le marché, et il savait qu'il ne pouvait pas perdre. L'argent ne comptait pas. La plupart des matériaux de construction étaient volés et il payait en partie avec de la coke. »

Puis son frère aîné, Mark, en avait eu marre de Pompey. C'était un fou de voile et il était parti chercher fortune dans les Caraïbes comme marin sur des yachts de croisière.

« C'est important ? demanda Faraday, qui voyait mal le rapport.

— Ça le sera. » Prebble hocha la tête. « Souvenez-vous du nom, simplement. »

À Portsmouth, Bazza, qui avait maintenant vingt-cinq ans, avait décidé de s'organiser. Plus rusé et plus ambitieux que jamais, il prit un jeune comptable avec lui. Le bonhomme mit de l'ordre dans le foutoir des comptes, racheta pour cent livres une société en liquidation, et ensemble ils firent leurs premiers pas dans les grosses affaires.

« La société s'appelle Bellux Ltd. Elle a constitué la base des futurs projets.

— Elle existe toujours ?

— Absolument.

— Et le comptable ?

— Ils se sont séparés il y a deux ans. Personne ne sait pourquoi, mais Bazza s'est trouvé un remplaçant en quelques jours. Une femme, Amanda Gregory. Un crack dans sa partie. »

Il y eut un froissement de feuilles, et quelques secondes plus tard, une photo de surveillance apparut devant Faraday, une attention de Joyce.

« Elle fait son marché chaque vendredi midi. Et elle a bien voulu poser pour nous. »

Faraday étudia la photo. Amanda Gregory avait été surprise par l'objectif en train de ranger ses achats dans le coffre d'une BMW série 7. De petite taille, nickel, avec des cheveux noirs coupés court. Un badge *Save the Children* était accroché au revers de son élégant tailleur. Faraday repéra la jeune fille, avec sa boîte et sa planche à pince, postée à l'entrée du parking de Waitrose.

Le sourire qui passa sur le visage de Faraday parlait de lui-même.

« Vous avez raison, dit Prebble. Cette femme pourrait gagner ce qu'elle voudrait chez les plus grands, Coopers, Ernst & Young, qui vous voudrez. Au lieu de ça, elle a choisi de travailler pour Bazza. Nous parlons ici de Monsieur Respectable. Voilà jusqu'où peut aller ce type.

— Et ça dure depuis combien de temps ? demanda Faraday en tapotant la photo.

— Dix ans... Dans les années 1990, Mackenzie était un apprenti millionnaire. Période où, d'après Imber, la scène de la came était dominée par un dangereux voyou, un ancien du 6 h 57, du nom de Marty

Harrison. Bazza le connaissait depuis longtemps, et ils n'avaient eu aucun problème à se partager les profits générés par l'explosion de la consommation de drogue. Alors que Harrison fourguait amphétamines et ecstasy dans les clubs bondés du week-end, Bazza se concentrait sur la coke. À long terme, c'était une bonne décision de sa part, mais cela tourna au cauchemar.

— Pourquoi ?

— Parce qu'il y avait trop de liquide, expliqua Prebble. Le comptable n'avait pas fini de laver ce fric que Bazza revenait avec une nouvelle brouette. Une fois, il partit avec des copains en fourgon à Cherbourg, ils achetèrent pour huit mille livres d'alcool pour le revendre, et en burent une bonne partie pendant le voyage de retour. On a les coupures de presse, si ça vous intéresse. Ils furent poursuivis pour rixe et désordre public. Ce fut une douche froide pour Bazza. Il ne pouvait plus jouer les méchants garçons, s'il voulait réussir. »

Le comptable de Bazza avait, raconta Prebble, tracé une ligne dans le sable. Dorénavant, ils devraient filer droit. Une solution était d'acheter davantage de biens immobiliers. Il y eut ainsi d'autres maisons, une clinique délabrée sur le front de mer, et la maison de Craneswater, dont la photo était accrochée au mur. Il y avait également une boutique dans Southsea, que le comptable avait repérée. Commerce de fringues qui avait pourri sur pied. Bazza acheta le bail pour trois fois rien, mit son entrepreneur à l'ouvrage et transforma le lieu en café-bar des plus chics.

« *Le Café Blanc.* » Faraday était passé devant des milliers de fois. Intérieur chrome et cuir, et des cappuccinos à des prix Pompey. « Il y a toujours un monde fou.

— Exactement. Du point de vue de son comptable, c'était parfait. Il pouvait laver son argent dans le tiroir-caisse. Et puis, ça lui plaisait bien, à Bazza, d'avoir un bar. »

À ce moment-là, reprit Prebble, Bazza s'était remis en ménage avec Marie. Sa fille Esme était maintenant une jolie fillette de douze ans et, après quelques mois de négociations, Marie avait accepté de le rejoindre à Craneswater. Quelques semaines plus tard, ils partaient pour Hawaï où ils se marièrent. L'un des premiers cadeaux que Bazza offrit à Marie était un coupé Mercedes, acheté à un certain Mike Valentine, vendeur de voitures à Waterlooville. L'autre était *Le Café Blanc*. L'affaire, dit Prebble, était au nom de Marie.

« Et maintenant ?

— C'est toujours le cas.

— Ils sont encore ensemble ?

— Apparemment. »

Il y eut un silence. Faraday pouvait entendre Joyce s'activer au percolateur. L'odeur de café frais lui rappelait des matinées plus heureuses en compagnie d'Eadie Sykes.

« Vous aimeriez qu'on fasse une pause ?

— Non, répondit Faraday. Continuez.

— D'accord. » Prebble rafla le dernier biscuit avant que Joyce ne remporte le plat. « Tel que je le vois, *Le Café Blanc* a été le grand tournant. D'abord, c'est une affaire indépendante, qui réalise ses propres bénéfices et présente une comptabilité sans faille. Bazza l'a utilisé pour blanchir, c'est certain, mais il vous faudrait beaucoup de temps pour le prouver. Ensuite, il a donné à Bazza le goût des vraies affaires. D'après ce que je sais, ces types essaient tout le temps de résoudre la quadrature du cercle. Ils veulent une grande réussite dans les règles et tout ce qui va avec. En même temps, ils n'arrivent pas à se défaire de leurs mauvaises habitudes. De l'argent gagné si facilement est irrésistible.

— Quand on a goûté au fruit défendu...

— Exactement. *Le Café Blanc* a joué ce rôle pour Bazza. Un décor à la mode. Bonne ambiance. Très renommé. Plus l'occasion de laver l'argent sale. C'était le paradis. Il n'avait plus qu'à répéter l'expérience. »

Une autre occasion de s'enrichir, poursuivit Prebble, se présenta à lui en la personne même de son frère Mark. Après dix ans dans les Caraïbes, il revint à Pompey pour de brèves vacances. Les deux frères avaient beaucoup de choses à se raconter, et une bonne partie de la conversation tourna sûrement autour de la cocaïne. Mark, qui connaissait parfaitement la zone, avait de bons contacts en Colombie. Il voulait aussi créer une affaire de croisières en yacht mais avait besoin pour cela d'un solide soutien financier. Bazza, de son côté, ne demandait pas mieux que d'investir ses profits sans cesse grandissants. Le rêve de Mark, diriger sa propre entreprise, pouvait bien être la solution qu'il cherchait.

« Comment cela ? »

Prebble jeta un regard à Imber, puis il se pencha en avant. Le fait que pas une seule fois il n'avait eu besoin de consulter le dossier qui dormait à côté de son coude disait à Faraday la passion que cette opération Tumbril avait inspirée au jeune expert. Il ne s'étonnait plus maintenant que celui-ci eût toute la confiance d'Imber.

« Bazza était contraint de placer une partie de son argent dans des sociétés offshore. *Le Café Blanc* lui rapportait d'honnêtes profits au Royaume-Uni, pas de problème, mais le fric qu'il amassait avec le trafic de coke devenait pour lui un embarras. Il ne pouvait en blanchir trop à travers *Le Café Blanc.* Il lui fallait donc trouver une autre planque.

— Gibraltar, dit Faraday.

— Exactement. C'est le lieu rêvé. On y monte la société-écran qu'on veut. Les impôts sont minimes, et tout le monde la ferme. Bref, tout pour que Bazza se sente vraiment chez lui.

— Que voulez-vous dire ?

— Gib, c'est Pompey sous les palmiers. Une grande base navale. Des tas de pubs. Des bagarres tous les week-ends, quand débarquent les voyages organisés. Comme je l'ai dit, le rêve. »

Faraday rencontra le regard d'Imber et sourit. L'année précédente, il avait passé deux jours à Gibraltar pour y récupérer un suspect d'homicide. La police locale l'avait grandement aidé et il s'était promis d'y retourner. Il en aurait peut-être l'occasion, maintenant.

« Alors, quelle a été la place de Mark, le frère ?

— Bazza l'a installé à Gibraltar. Avec l'argent de la coke, il lui a acheté un appartement et a payé un an de location pour un yacht de croisière. Le bateau disposait déjà d'un emplacement dans la marina. Mark a démarré son affaire en moins de deux mois. J'ai la trace de l'audit dans la pièce à côté. Bazza n'a pas commis une seule erreur.

– Et Mark a transporté de la coke avec le bateau ? C'est ce que vous êtes en train de me dire ?

– Pas du tout. Mark avait des contacts dans les Caraïbes qui lui permettaient les meilleurs achats, mais il avait mis en place des moyens de transport fiables, et il ne voyait pas la nécessité d'en changer. Transporter une cargaison de coke dans un yacht de croisière, c'était bon pour les nuls. Les Américains couvraient déjà toute la zone avec leurs satellites de surveillance. »

Bazza, poursuivit-il, avait toute confiance dans ses courriers. On offrait à des gars de Pompey un costume neuf et un billet d'avion. La cocaïne colombienne était vendue en gros dans l'île d'Aruba, à dix milles des côtes du Venezuela. Les mules la rapportaient par Amsterdam, ils avaient leur billet d'avion pour Londres, mais ils descendaient à Schipol. Leurs valises, bourrées de coke, étaient ensuite retirées au terminal 2 d'Heathrow par des bagagistes à qui on graissait la patte.

« Et ça passait ? » demanda Faraday à Imber, dont c'était le territoire.

« Comme une lettre à la poste. Il y avait bien un peu de fauche des fois, mais fallait s'y attendre.

– Et Mark ? » Faraday revenait à Prebble.

« Il était à Gibraltar. Dès la première année, son affaire de charter a payé. Bazza, qui en a le contrôle, est aux anges.

– Elle porte un nom, cette société ?

– Le Passage du Milieu. Mark a ciblé tout spécialement les jeunes loups du boom informatique, qui ont de l'argent à flamber. Il les emmène jusqu'aux Caraïbes, leur apprend la manœuvre et, au retour, c'est à eux de piloter le bateau. C'était une bonne idée, et elle a marché.

– Mais ça ne s'arrête pas là.

– Bien sûr que non. Le Passage du Milieu, une fois qu'on l'a ausculté, n'est qu'une machine à blanchiment de plus. Elle est déclarée au registre du commerce local. Derrière elle, il y a une entreprise qui est elle-même une façade, et encore une autre. Il vous faut affronter une armée de prête-noms pour vous approcher de celui de Mackenzie.

– Et tout cela fonctionne ?

– Fort bien. Le Passage du Milieu loue en crédit-bail cinq bateaux. Une vraie flottille. C'est une entreprise légale qui rapporte gros mais, du point de vue de Bazza, c'est encore mieux que cela. Toutes ces sociétés à Gibraltar lui permettent de recycler son cash comme il l'entend. Il n'aurait pu trouver meilleur moyen. »

Pendant une grande partie de ces sept dernières années, expliqua Prebble, les fameux mulets de Bazza avaient convoyé à Gibraltar des valises de billets. Versés sur de multiples comptes par petites sommes de dix mille livres, ils n'attiraient pas l'attention. Et pendant que son affaire offshore prospérait, Bazza se mit à investir aussi à Portsmouth – salons de beauté et parts dans une compagnie de taxis –, le tout financé par des transferts en bonne et due forme depuis Gibraltar. Ainsi le cash qui avait quitté Pompey pour le Rocher dans un sac de voyage revenait-il quelques mois plus tard propre comme un sou neuf.

« Tout simplement ?

— Tout simplement. Et ça ne s'arrête pas là. Je peux vous montrer tout un album de propriétés à l'étranger. Floride, Marbella, Dubai, Chypre, France. Plus, bien sûr, Pompey Blau.

— C'est à Mackenzie aussi ?

— Je le crains. »

Faraday secoua la tête, impressionné par l'empire que s'était créé Mackenzie. Pompey Blau était un hall de vente de voitures allemandes haut de gamme, situé dans North End. Cela faisait cinq ans que l'affaire prospérait, car Pompey Blau était vingt pour cent moins cher que la concurrence. Faraday ne comptait plus les collègues qui avaient trouvé chez Blau la BMW de leurs rêves.

« L'affaire est à son nom ?

— Non, elle est au nom d'un certain Mike Valentine.

— J'ai entendu parler de lui. » Faraday eut un froncement de sourcils. « Vendeur de voitures à Waterlooville. Il s'était mis en ménage avec la fille de Misty Gallagher. C'est bien ça, Brian ?

— Exact. Un type de son âge devrait faire gaffe. »

Prebble donna des détails. Au milieu des années 1990, Bazza avait financé le projet de Valentine de monter un hall de vente automobile, qui deviendrait Pompey Blau. Valentine choisissait de bonnes voitures allemandes dans les grandes ventes aux enchères londoniennes, principalement des Mercedes et des BMW. Achetées à des prix très avantageux, elles étaient revendues en quelques jours aux automobilistes de Pompey en quête d'image. Soixante-quinze pour cent des profits allaient à Bazza, mais Valentine n'en était pas moins un homme heureux. Vingt-cinq pour cent du chiffre, ça faisait déjà un joli paquet.

« Et ça ne s'arrête pas là. » C'était Imber de nouveau. « Quand on s'est penchés un peu plus sur la question, on a découvert que Mackenzie avait inséré une autre clause dans le marché. On savait qu'il devait exister un moyen pour réceptionner la came arrivant à l'aéroport de Heathrow. Et il s'est avéré que c'était la tâche de Valentine. »

Une fois les voitures achetées, de substantielles quantités de cocaïne étaient dissimulées dans les cavités destinées aux airbags. À l'abri d'une fouille de routine, lors d'un contrôle sur la route, Valentine avait ainsi pu faire entrer de grandes quantités de came dans la ville.

« Nous avons reconstitué tout ça grâce à une surveillance clandestine. Nous avions placé un émetteur dans le bureau de Valentine, et nous avions le feu vert de l'Intérieur pour placer sa ligne sur écoute.

— Et il parlait avec Mackenzie ?

— Jamais. Cela passait toujours par des intermédiaires, des gens qu'on ne pouvait pas associer à Bazza.

— Et ?

— On a laissé rouler pendant un moment mais, comme ça ne pouvait pas toucher Mackenzie, on savait qu'on n'avait pas une chance. Et puis Willard s'est vu sommé de produire quelques résultats, et nous avons monté une opération d'interception. Histoire de leur foutre la frousse.

— C'était quand ?

— Juste avant Noël. La direction finalisait les crédits pour l'année suivante et, de l'avis de Willard, on devait faire quelque chose.

— Que s'est-il passé ?

— Rien. C'était une Mercedes, une belle caisse. Nous l'avons interceptée au sud de Petersfield. Le type au volant travaillait pour Valentine depuis un an. Il prétendait ne rien savoir.

— Et les cavités des airbags ?

— Remplies de leurs airbags. Un mystère total. Le renseignement était bon, nous en étions sûrs. Nous connaissions la date et l'heure du transport, le lieu de ramassage, tout. On s'attendait à une bonne saisie de deux ou trois kilos. La voiture était entièrement désossée quand les hommes ont fini. Pas une trace de coke.

— Pourquoi cet échec ?

— Bonne question.

— Et la couverture du garage a survécu.

— Pas longtemps. Le lendemain, Valentine était au téléphone avec Bazza. Une conversation entre vieux potes. Il lui a raconté toute l'histoire, comment une voiture à lui avait été interceptée, embarquée, démontée. Pas une seule fois il n'a prononcé le mot came.

— Et Mackenzie ?

— Il s'est marré.

— Il vous envoyait un message ?

— Ouais, on avait bien cafouillé. L'émetteur et l'écoute ont été abandonnés quelques minutes plus tard. Vous pouvez imaginer la belle fête de Noël qu'on a passée. »

Faraday regardait par la fenêtre. Au-delà du port, un mince panache de fumée noire montait de la cheminée d'une frégate à quai. Un revers comme celui que venait de décrire Imber pouvait terriblement ralentir une enquête. Il ne s'étonnait plus que Nick Hayder ait gardé pour lui seul son projet de Spit Bank.

« Alors, où en sommes-nous maintenant ? demanda tranquillement Faraday.

– Bazza est arrivé là où il voulait, répondit Prebble, Amanda Gregory gère désormais le côté affaires. Elle a organisé ça comme n'importe quelle entreprise moyenne. Du côté des biens immobiliers, elle a quelqu'un qui s'occupe d'encaisser les loyers et un autre chargé de dénicher de nouvelles acquisitions. Quant à la partie brasserie, salons de bronzage et le reste, c'est la femme de Bazza que ça regarde. Appelons ces trois personnes les supérieurs directs. Ils s'en remettent à Gregory, et c'est elle qui prend les grandes décisions, sans passer par Bazza. Parce que Bazza n'est pas stupide, il est d'accord avec ce qu'elle fait et il l'intéresse aux bénéfices à la fin de l'année. La structure de l'affaire est parfaitement réglo. Bazza tient ses comptes et paye ses impôts. Donnez-lui un an ou deux, et il tiendra peut-être le Rotary Club. »

Faraday regardait un pavillon se déployer en poupe de la frégate. C'était un tableau bien noir qu'il venait d'entendre là.

« Alors, quelles sont les bonnes nouvelles ?

– Il y a une nouvelle législation. La loi sur les profits tirés d'activités criminelles, ou POCA, va permettre de le faire tomber pour blanchiment. Il y a toujours eu cette possibilité, mais jusqu'à présent nous devions le coincer pour flagrant délit si nous voulions confisquer ses biens. Avec cette loi, toutefois, nous pouvons ouvrir l'enquête, saisir ses avoirs, et c'est à lui de nous prouver d'où ils proviennent.

— Vous croyez que c'est possible ?

— Certainement. Et cela va au-delà de Mackenzie. Il a engrangé des millions en spéculant dans l'immobilier et en montant des affaires et Dieu sait quoi encore, mais il n'aurait jamais pu le faire sans d'honorables personnes bien placées. Il vous faut des actes notariés. Il vous faut des mesures exécutoires. Il vous faut les levées d'hypothèque. Vous ne pouvez éviter toutes ces conneries légales. Croyez-moi, il y a pas mal de notaires et d'avocats dans cette ville qui auraient intérêt à faire leurs bagages.

— Vous êtes sérieux ?

— Absolument. Chopez Mackenzie pour blanchiment d'argent de la drogue, comme la loi vous y autorise aujourd'hui, et certains notaires et comptables auront des comptes à rendre. Ils sont censés sonner l'alarme quand ils tombent sur une transaction douteuse, et s'ils ne le font pas, ils se retrouvent également dans la merde. Croyez-moi, il n'y a nulle part où se cacher. » Prebble marqua une pause. « C'est le portefeuille qu'il faut viser si l'on veut toucher les gens comme Bazza. Si on peut faire tenir une inculpation pour blanchiment et lui reprendre son fric, alors nous aurons obtenu un résultat.

— Que risquerait-il pour blanchiment d'argent ? » demanda Faraday en regardant Imber.

« Ça dépend, Joe. Il pourrait encourir quatorze ans. Mais Martin a raison. C'est à l'argent qu'il tient le plus. Pour quelle raison ? Parce que ce foutu bonhomme a passé sa vie à nous gagner de vitesse. C'est comme ça qu'il est arrivé où il est. C'est comme ça qu'il a eu la grande maison et les voitures, la belle vie, la réputation. Si on lui enlève tout ça, il n'en restera plus qu'un petit voyou musclé des ruelles de Copnor. Vous avez entendu parler du mariage de sa fille ? La jolie Esme ? »

Faraday secoua la tête. Il devrait sortir un peu plus, pensa-t-il.

Joyce était debout de nouveau. Avec une nouvelle brassée de photos. Faraday examina la première. Un important groupe d'hommes et de femmes sous un grand soleil ; Mackenzie au centre, courte silhouette carrée éclatant dans son smoking ; à côté de lui, accrochée à son bras, la belle mariée blonde, son voile relevé, souriant béatement au photographe. Faraday reconnut en arrière-plan la cathédrale.

Joyce se penchait vers lui, faisant les présentations, son ongle en Technicolor voltigeant légèrement de visage en visage. Des parents. De la famille lointaine. Les copains de toujours. Mike Valentine. Le propriétaire de la plus grosse boîte de nuit de Gunwharf. Deux avocats. Amanda Gregory. Un architecte. Deux joueurs de l'équipe première de Pompey. Le directeur du plus grand hôtel de la ville. Un chercheur du département de criminologie de l'université. Un journaliste de la page des sports du *News*. Un éventail de ce que Portsmouth comptait de mieux comme citoyens.

Quand Joyce eut fini, un long silence tomba. Prebble tâtait de son index sa tache au front. Imber s'attardait sur la photographie. Les deux hommes attendaient la réaction de Faraday. Finalement, celui-ci jeta un coup d'œil à Joyce.

« Et pas un seul flic dans le lot ? » demanda-t-il, pince-sans-rire.

9

Jeudi 20 mars, 10 heures

C'était la première visite de Suttle à la salle de contrôle des caméras, une pièce sans fenêtres quelque peu étouffante, dans le centre de surveillance urbaine. Il se tenait derrière le technicien de service, contemplant les rangées d'écrans en couleurs, pendant que Paul Winter s'occupait de leur faire avoir deux cafés et une assiette remplie de biscuits à la crème.

« Tenez, vous voyez ce que je veux dire ? »

Le technicien zoomait sur l'une des caméras de Commercial Road. Membre depuis toujours de l'Église adventiste du septième jour, il était devenu obsédé par l'effondrement de la moralité dans cette ville. Portsmouth grouillait de filles mères, et on en avait la preuve sous les yeux.

Suttle vit à l'écran une très jeune fille poussant un landau à deux places. Son débardeur moulant s'arrêtait à quelques centimètres de la taille de son jean, et les piercings sur la rondeur adolescente de son ventre luisaient sous le froid soleil de mars.

« Pas mal, murmura-t-il. Et son petit copain ? »

Le plan suivant arracha une nouvelle plainte au technicien. Si Suttle allait faire un tour le vendredi soir, n'importe quel vendredi soir, devant les boîtes de nuit de South Parade, il pourrait voir des gamines de cet âge baiser comme des lapins sur la plage, le garçon et la fille ne comptant pas trente ans à eux deux. Et c'était le contribuable qui payait ces partouzes. C'était quoi, cette société qui encourageait les collégiennes à tomber enceintes ?

« Par ici. »

Winter entraîna Suttle vers un bureau plus petit près de la porte. À côté des tasses de café, il y avait trois cassettes vidéo. Winter consulta une carte indiquant les emplacements des caméras dans la ville, puis il glissa la première cassette dans le lecteur. Commençant à faire défiler les images, il approcha une chaise du bout de son pied et fit signe à Suttle de s'asseoir. Le défilé des images ralentit bientôt et s'arrêta.

« Tu vois ? »

Suttle se pencha en avant, scrutant l'écran. Pour préserver les coûts, la couverture vidéo était réduite à un seul plan toutes les deux secondes. À 02 : 31 : 47, la caméra devant la gare avait surpris l'arrivée d'un fourgon Transit blanc. Winter avança la séquence, montrant le véhicule en train de faire un demi-tour complet dans la rue, puis de reculer vers l'entrée de la gare menant aux quais. La paroi du fourgon portait en toutes lettres le nom d'une entreprise de bâtiment de la ville.

« Des copains de Bazza, grogna Winter. Le type qui dirige la boîte fait encore du foot dans l'équipe locale. Pas mal, pour un mec de quarante-trois berges.

– Supporter de Blue Army ?

– Ouais, mais plus souvent gris que bleu. » Il avança de nouveau la bande. « Toujours la même clique. »

Un type lourdement bâti, en jean et blouson de cuir, descendait de la place de passager à l'avant. Quelques images plus tard, avec l'aide d'une silhouette moins épaisse, il tirait quelqu'un de l'arrière du véhicule. Et soudain, plus personne.

« Celle-ci, je l'ai obtenue de la police routière. »

Winter inséra la deuxième cassette en gardant l'œil sur le défilement des secondes. L'image montrait les abords de la gare, vides et gris, avec une rangée de boutiques aux grilles fermées. À 02 : 32 : 35, les deux hommes reparurent, tressautant d'image en image. Ils sortaient du fourgon un homme jeune, inconscient, les pieds traînant par terre. Son visage, en passant devant la caméra, était parfaitement visible.

« C'est quoi, ces taches ? » Suttle toucha l'écran. Le bas du visage du jeune paraissait masqué d'un tissu noir.

« Du sang. Le costaud, c'est Chris Talbot. Il est allé souvent au ballon pour coups et blessures à l'époque du 6 h 57. L'autre, connais pas. Bien trop jeune pour avoir été de la bande.

– Des potes de Mackenzie ?

– Talbot en est un, c'est sûr. Même école, dans la même classe peut-être. Il a toujours traîné avec Bazza. Cogneur patenté. Bazza faisait toujours appel à lui quand il n'avait pas envie de s'emmerder avec ça. Un type sympa une fois qu'on avait enlevé l'emballage. Et loin d'être con avec ça. Il n'avait jamais perdu un jeu-concours au pub. »

Suttle regardait la séquence défiler. Une fois parvenus devant les tourniquets, les deux hommes laissèrent tomber à terre leur fardeau. Tandis que le plus jeune s'essuyait les mains sur son jean et s'approchait d'un distributeur, Talbot sortait de sa poche une taie d'oreiller. Se penchant, il essuya le visage du gars, puis le souleva en position assise. À moitié conscient, celui-ci tenta de lutter. Deux secondes plus tard, sa tête penchait de côté, le reste de son corps appuyé contre le tourniquet. Le temps que les deux hommes disparaissent de l'écran, le visage ravagé de la victime était invisible sous la taie.

« C'est juste au cas où ses potes ne pigeraient pas. » Winter zooma sur l'étoffe jusqu'à ce que l'image prenne tout l'écran. « Tu te rappelles comment on a retrouvé Tracy ? Bazza leur retourne le compliment.

— Mais c'est pas les Scousers qui lui ont fait ça, non ? Tracy n'avait vraiment pas l'air de leur en vouloir.

— Exactement, et c'est ce qui pimente l'affaire. Ces jeunes-là n'ont peur de rien. Et se faire matraquer pour quelque chose dont ils sont innocents, ça ne va pas leur plaire du tout. »

Winter se leva, confiant le contrôle de l'appareil à Suttle, et se pencha de nouveau sur le plan, notant les emplacements des caméras dans son calepin. Suttle faisait défiler les images. « Regardez ! » dit-il en se marrant.

Winter leva les yeux. En s'éloignant de la gare, Chris Talbot s'était arrêté sous la caméra, fixant du regard l'objectif. Après une gracieuse courbette vint le majeur, pointé bien raide. Puis le large visage se fendit d'un grand sourire révélant une denture incomplète. Trois cadrages plus tard, les deux hommes avaient disparu.

« Vous voulez qu'on revienne sur les images du fourgon ?

— Non. » Winter était déjà parti voir le superviseur. « J'ai une petite idée, on va voir où ça nous mène. »

Le superviseur fouilla dans l'armoire où il rangeait les bandes. Celles de la nuit précédente occupaient le rayon du bas, mais elles devaient être rembobinées. Il chercha parmi elles, vérifiant la liste de Winter, et en sortit quatre.

« Edinburgh Road, d'abord. »

Edinburgh Road était proche de la gare. Winter rembobina jusqu'à ce que le voyant affiche 02 : 31, et pointa son doigt sur l'écran. Tandis que les images défilaient, Suttle regarda le fourgon revenir en arrière jusqu'à un feu de croisement.

« Où ensuite ?

— D'après moi, Portsea. » Winter chargeait déjà la cassette suivante. « Le Scouser se trouvait peut-être là-bas la nuit dernière pour vendre et il serait allé ensuite au Gunwharf avec un paquet de cash. Talbot a ses habitudes au Forty Below. Peut-être qu'ils ont repéré le môme là-bas. Ils l'auront suivi jusqu'à sa voiture. Je l'imagine mal payer les prix du parking Gunwharf. »

Portsea était une zone de logements à loyer modéré et de maisons mitoyennes qui venait lécher les murs des nouvelles installations de Gunwharf. C'était une zone souffrant toutes les misères urbaines, un terrain giboyeux pour les dealers.

La première des trois nouvelles bandes traqua le Ford Transit dans Queen Street, l'épine dorsale du cadavre décharné de Portsea. À la deuxième bande, il disparut dans le labyrinthe des rues s'étendant vers le port. Finalement, Winter éjecta la cassette et se leva. Suttle avait appris à interpréter les divers sourires de Winter. Celui-ci exprimait une grande satisfaction.

« Southampton Row ou Kent Street. » Il jeta un coup d'œil à sa montre. « Dix sacs qu'on retrouve la caisse. »

Il était près de dix heures un quart quand Eadie Sykes arriva au siège des Productions Ambrym. Parmi les messages qui l'attendaient, il y avait le bref appel d'un sergent du nom de Rick Stapleton. Il travaillait au poste de Southsea et il lui serait reconnaissant de prendre contact avec lui le plus tôt possible. Il avait laissé deux numéros, son portable et son bureau. Eadie les nota puis repassa le message. La voix était amicale et le policier semblait s'excuser, mais depuis un an qu'elle fréquentait Faraday, elle en avait beaucoup appris sur les méthodes policières.

La bande originale de la vidéo de la veille était encore dans son fourre-tout. Elle gagna la petite pièce dans laquelle elle faisait ses copies et prit deux cassettes neuves. Le temps de revenir de la petite cuisine avec un gobelet de café, la première bande passait depuis quelques minutes.

Elle s'assit dans son fauteuil, à nouveau fascinée par la façon dont elle avait obtenu de Daniel cette étrange vérité. Elle avait eu de la chance de le rencontrer alors qu'il était en pleine crise de manque. Les circonstances lui avaient délivré ce garçon sur un plateau, alors qu'il était prêt à tout concéder pour ce doux moment d'oubli, et il y avait cependant en lui le désir violent et légitime de défendre ce qu'il avait fait de sa vie. Il croyait profondément que le smack était son seul ami, sa seule source de réconfort dans un monde hostile, et pourtant les conséquences physiques de cette amitié étaient ô combien évidentes. Cet égarement dans le regard. Les subites et incontrôlables montées de fièvre. Les démangeaisons irrépressibles. Il possédait un rare talent de conteur mais son langage corporel contredisait ses raisonnements passionnés. Si on ajoutait les séquences suivantes, il n'y aurait pas un seul gamin qui ne comprendrait ce que voulait dire être accro à l'héro.

L'interview terminée, elle glissa dans le lecteur la deuxième cassette et composa un numéro de téléphone tout en regardant Daniel se préparer son fix dans la cuisine. Le désespoir avait disparu. Sa maîtresse chérie était revenue. Il était de nouveau chez lui, dans un monde qu'il comprenait, juste au seuil de la délivrance attendue.

Le numéro appelé répondit enfin. Eadie demanda à parler au coroner. Quelques secondes plus tard, il était en ligne.

« Martin ? C'est Eadie Sykes. »

Eadie se pencha en avant pour baisser le son de la vidéo. Martin Eckersley n'était pas depuis longtemps en poste à Portsmouth. Eadie avait fait sa connaissance quelques mois plus tôt, trouvant en lui un ardent supporter de son projet. Comme elle, il s'inquiétait de l'augmentation croissante de la consommation de drogues dures et pensait qu'on devait montrer aux gamins quel était le prix à payer. Il était pris en ce moment même par une mort suspecte à Leigh Park. Ils pourraient peut-être se retrouver pour déjeuner ? Midi, midi et demi, pas plus tard ?

Eckersley avait un bureau dans le centre-ville. Eadie indiqua un café-restaurant tout proche, lui promettant qu'elle n'abuserait pas de son temps.

« Pas de problème. Une table dans le coin. Je serai là-bas à midi trente. »

Il raccrocha, et Eadie leva la tête pour voir J-J planté à l'entrée de la pièce. Pâle, les traits tirés, il avait l'air plus maigre que d'habitude et, avant de se reprocher une telle pensée, elle se demanda si le garçon n'avait pas pioché un peu dans les provisions de Daniel Kelly.

J-J ne pouvait détacher son regard de l'écran. À la troisième tentative, l'aiguille trouva la veine. Eadie observait J-J, sachant que, tôt ou tard, elle devrait lui annoncer la nouvelle. J-J était d'une émotivité extrême, qu'elle avait su exploiter sur le plan professionnel. Les personnes ciblées pour les interviews répondaient favorablement à l'esprit d'ouverture de J-J, à l'absence totale de ruse chez lui, mais il y avait de temps à autre des moments pénibles, quand le seuil de tolérance avait été dépassé. La nuit dernière en était un exemple. Apprendre la mort de Daniel allait en être un autre.

À l'écran, Daniel regagnait sa chambre en titubant. J-J se raidit en voyant l'étudiant s'arrêter sur le seuil, parcourant du regard le désordre de la pièce, avant de contourner la couette traînant par terre. La seringue pendait encore à son bras, la peau pâle rougie d'un mince filet de sang.

Eadie attendit que la séquence s'achève avant de rembobiner et d'arrêter. Le signe pour « mort » chez les sourds est un mouvement vers le bas des deux mains, les doigts tendus en forme de revolver. Mais Eadie choisit de se passer l'index en travers de la gorge. En la circonstance, puisqu'il s'agissait là d'une forme de suicide, la gestuelle semblait juste.

« Que s'est-il passé ? demanda J-J, les yeux toujours fixés sur l'écran vide.

— Sarah l'a trouvé mort. Après notre départ.

— Longtemps après ?

— Quelques heures. » Elle observa un silence. « Ce n'est pas notre faute. »

Eadie se leva, se plaçant entre J-J et l'écran, mais à peine se fut-elle rapprochée pour serrer le jeune homme dans ses bras qu'elle mesura son erreur. Il s'était aussitôt raidi, et elle sentait en lui une grande hostilité. Il ne voulait plus rien savoir de tout ça. Elle le regarda, cherchant quelque argument, quelque chose qui puisse adoucir la terrible nouvelle, mais J-J s'était déjà écarté d'elle.

« Tu veux un café ? De quoi manger ? »

Il secoua la tête, ses yeux revenant à l'écran.

« Où est-il maintenant ? Daniel ?

— À la morgue. Hôpital Sainte-Marie. »

Il hocha la tête.

« Ils vont l'ouvrir ? » Il désigna son propre œil d'un doigt osseux. « Regarder à l'intérieur ?

— Oui.

— Et ensuite ?

— Je ne sais pas. »

J-J se laissa choir sur la chaise. Puis il leva les yeux vers elle et, pour la première fois, elle y nota une nouvelle expression. Il ne lui faisait pas confiance. Elle soutint son regard pendant un moment, sans rien trahir de ses sentiments, consciente d'un sentiment croissant de colère.

Les numéros de téléphone qu'elle avait notés un moment plus tôt étaient à côté de son bloc-notes. Elle décrocha le téléphone et, comme elle tournait le dos à J-J, elle reconnut la voix à l'autre bout de la ligne.

« Rick Stapleton ? Eadie Sykes. »

Le détective mit un instant à la situer, puis lui demanda si elle pouvait lui accorder une demi-heure de son temps. Il avait appris qu'elle avait filmé une vidéo chez un certain Daniel Kelly, et il avait besoin de vérifier deux ou trois choses, peut-être aussi d'enregistrer sa déclaration.

– Naturellement. » Eadie jeta un regard à sa montre. « Que diriez-vous de ce matin même à mon bureau ? »

Elle lui donna l'adresse d'Ambrym Productions, lui dit d'accord pour onze heures trente. Le temps de raccrocher et de se retourner, J-J était parti.

Suttle retrouva la voiture du Scouser au bout de la place Jellicoe, un sinistre cul-de-sac donnant dans Southampton Row. Une Cavalier rouge aux bas de portes rouillés et au capot cabossé. Elle était garée de travers, une roue sur le trottoir. Winter et lui avaient passé plus d'une heure à téléphoner au service des mines pour une vérification d'immatriculation et, au grand plaisir de Suttle, le numéro M492XBK avait fait coup double.

Winter se tenait à l'entrée de la voie sans issue, attendant des nouvelles d'une Sierra garée non loin. Suttle eut un geste en direction de la Cavalier. « Volée il y a un mois sur un parking, à Birkenhead. En plus, elle fait l'objet d'une recherche à la Section des crimes graves. »

À la mention des Crimes graves, Winter abandonna sa conversation avec l'agent des mines. Comme tous ses collègues de Portsmouth, il avait appris l'agression dont avait été victime Nick Hayder. Les quelques indices recueillis sur la plaque minéralogique avaient circulé dans tous les postes de police.

« Cette putain de Cavalier, dit-il avec un sifflement de stupeur. On a mis dans le mille. »

Suttle était déjà reparti vers la voiture pour en inspecter l'intérieur. Winter le rejoignit. Une vraie poubelle : deux paires de tennis pourries, des boîtes de Stella vides, un exemplaire du *Daily Star*, une boîte de Kleenex, un emballage de pizza, des CD traînant par terre et, coincé derrière le siège avant, un sac, de linge sale probablement. La radiocassette avait disparu de son logement, et la vignette datait de l'année passée.

« Ici. » Suttle examinait la chaussée derrière le coffre arrière. Winter suivit le doigt pointé vers de sombres giclées maculant le trottoir.

« Ils ont dû le frapper à coups de marteau, le petit salaud. » Winter chercha des yeux les caméras voisines. « Pas étonnant qu'ils l'aient mis dans un tel état. »

Suttle était déjà au téléphone. Le sergent de la brigade criminelle était en mission à l'extérieur.

Entendant le nom de Cathy Lamb, Winter se rapprocha de Suttle.

« C'est à Cath que tu veux parler ?

— Ouais.

— Ne fais pas mention du garçon que tu as filé la nuit dernière, je parle du fils de Faraday. N'en parle pas encore, en tout cas.

— Pourquoi ça ? » demanda Suttle, étonné.

« Ne le fais pas, c'est tout. Tu sauras plus tard pourquoi. J'ai juste deux ou trois coups de fil à passer, et puis tout ira comme sur des roulettes.

— Mais...

— Fais ce que je te dis. Prends ça pour un service que je te demande. À charge de revanche, ça te va ? » Il fit un grand sourire à Suttle et revint à la voiture pour examiner le pare-chocs avant et la calandre.

Suttle était de nouveau au téléphone. Quand il put enfin s'entretenir avec Cathy Lamb, elle lui donna l'ordre de rester près de la voiture en attendant qu'arrive la Scène de crime. Il leur faudrait avancer pas à pas pour identifier l'actuel propriétaire.

Suttle mentionna que cela pourrait bien intéresser les Crimes graves, et il se fit un silence pendant lequel Cathy s'efforça de mesurer les éventuelles implications.

« D'après vous, il se pourrait bien qu'il y ait un lien entre ce véhicule et Nick Hayder ?

— Oui, dit Suttle en regardant Winter. Vous devriez voir l'état de la calandre.

— Parfait. Je vais appeler les Crimes graves. Ne laissez personne approcher de la voiture. »

Cathy raccrocha. Winter était agenouillé devant la voiture. Prenant soin de ne rien toucher, il indiqua un endroit sous l'un des phares. La tôle avait été frottée avec un tampon métallique qui avait laissé de grosses traces circulaires.

« Depuis quand ces petits bâtards s'inquiètent de l'apparence de leur caisse ? » Il coula un regard vers Suttle. « On se demande bien pourquoi, hein ? »

Eadie Sykes téléphonait à la morgue quand Rick Stapleton frappa à la porte de son bureau. Elle jeta un regard à la plaque de police qu'il lui montrait et l'invita à entrer, désignant une chaise pendant qu'elle terminait sa conversation. Le technicien de la morgue se prénommait Jake. Elle s'était déjà entretenue avec lui dans la matinée, pour savoir le temps que prendraient les analyses préliminaires à l'autopsie, et elle voulait maintenant être sûre d'avoir accès à la morgue au moins une demi-heure avant la première incision.

« Pour faire quoi, exactement ?

— Une vidéo.

— Vous ne pouvez pas.

— Je le peux si j'en ai la permission.

— De qui ?

— De son parent le plus proche, son père en l'occurrence, et celle du coroner lui-même.

— Impossible. En tout cas, j'ai jamais vu ça. D'abord, il faudrait que vous...

— Je peux vous poser une question ? l'interrompit Eadie. Combien de temps prend une autopsie ? C'est une question de longueur de bande. Il ne faudrait pas que j'en manque une partie.

— Pour un travail commandé par le ministère de l'Intérieur, il faut compter des heures. Pour une affaire locale, comme c'est le cas ici, ça prendra trois quarts d'heure. »

Eadie le remercia et rempocha son portable avant de gribouiller quelques notes. Elle leva enfin la tête. Rick Stapleton portait un polo noir sous un superbe blouson de cuir. Il dégageait un parfum d'after-shave de luxe et avait l'air bien plus en forme que la plupart des policiers qu'il lui était arrivé de rencontrer. Il lui retourna son sourire. Ce type lui plaisait bien.

« Ce mot, Ambrym, il vient d'où ?

— C'est le nom d'une île dans les Nouvelles-Hébrides. Je suis née là-bas.

— Mais vous êtes australienne, n'est-ce pas ?

— Je le crains. Mon père enseignait l'anglais sur l'île. Nous y sommes restés jusqu'à ce que j'aie onze ans.

— C'est ça ? » Stapleton s'était levé pour regarder de plus près un poster écorné qu'Eadie avait emporté partout avec elle : un lagon bleu entouré de cocotiers et de frangipaniers sous un ciel cotonné de nuages tropicaux. « Ça m'a l'air pas mal, dit-il.

— Un paradis. J'ai pleuré longtemps après en être partie.

— Et ici, à Southsea ?

— C'est le paradis perdu. Vous voulez un café ? Que je vous raconte ma vie ? Ou bien y a-t-il autre chose que vous voudriez savoir ? »

Stapleton déclina le café et sortit un calepin. À la fin seulement, il prendrait sa déposition mais, pour l'instant, il avait juste quelques questions à lui poser.

« Vous êtes vidéaste, n'est-ce pas ?

— Oui.

— Et vous étiez chez ce jeune homme, Daniel Kelly, la nuit dernière ?

— Exact.

— À quelle heure, approximativement ?

— Cinq heures trente. Nous sommes restés là-bas deux heures tout au plus. Ce garçon est... était un junkie, et nous...

— Était, dites-vous.

— J'ai appris qu'il était mort.

— Comment l'avez-vous appris ?

— Par son amie, Sarah. Elle m'a appelée ce matin tôt. C'est elle qui nous avait présenté Daniel. Nous avons fait une interview de lui, hier au soir. Nous voulions qu'il nous parle de sa toxicomanie.

— Comment était-il ?

— Brillant. Vous voulez voir ? »

Sans attendre de réponse, Eadie ralluma l'écran et pressa la touche « Marche » .

« Ce garçon était un don du ciel. » Elle monta le volume du son. « Écoutez-le. »

Stapleton se tourna vers l'écran mais son attention faiblit rapidement. « Ce type est à bout, dit-il, étouffant un bâillement. Qu'avez-vous enregistré d'autre ?

— Après l'interview, il s'est shooté.

— Et vous avez filmé ça aussi ?

— Naturellement.

— Et ensuite ?

— Il est allé se coucher.

— Et il est mort.

— Il est mort longtemps après notre départ.

— Vous pouvez le prouver ? »

Eadie le regarda d'un air indigné, tandis que la voix de Daniel continuait de murmurer en arrière-plan.

« Le prouver ? répéta-t-elle.

– Oui, dit Stapleton, soutenant le regard de la jeune femme. Vous avez peut-être été la dernière à le voir en vie, et j'ai besoin de savoir où vous vous êtes rendue ensuite, et quelle heure il était. »

Eadie détourna son regard, se disant qu'après tout ce type ne faisait que son travail. L'autopsie établirait l'heure exacte du décès. En quittant l'appartement dans le Vieux Portsmouth, elle avait regagné son bureau pour visionner les rushes et préparer le reste du film.

« J'étais ici de huit heures du soir à minuit. » Elle désigna la pile de cassettes vidéo à côté de son ordinateur. « J'ai passé quatre ou cinq coups de fil depuis ma ligne fixe. Tout cela apparaîtra sur ma facture.

– Et après ça ?

– Je suis rentrée chez moi. »

Stapleton hocha la tête et prit note. Puis il reporta son regard sur elle.

« C'était de l'héro qu'il s'injectait ?

– Oui.

– Comment le saviez-vous ?

– Que pouvait-il s'injecter d'autre pour être dans une telle dépendance ? Et puis il en a assez parlé... » Elle désigna l'écran d'un signe de tête.

Stapleton se tut un instant pour écouter Daniel décrire son expérience en Australie, puis il reporta son attention sur Eadie. Il voulait savoir d'où provenait l'héroïne. Et, comme Eadie lui racontait la livraison, il la pressa de lui donner d'autres détails.

« Je n'ai rien à vous dire de plus. Il était assis devant la caméra, et l'instant d'après il s'est précipité à la porte en bas, dans la rue. Il en est remonté avec de quoi se shooter. Fin de l'histoire.

– Ouais. » Stapleton notait de nouveau. « C'est sur cette cassette qu'on le voit se piquer ?

– Non, c'est l'autre.

– Je crains d'être contraint de les confisquer toutes les deux. Vous aurez un reçu, bien sûr, et le bureau du coroner vous les restituera quand l'enquête sera close. » Il se tut, son regard revenant vers l'écran. « Vous avez dit "nous" tout à l'heure.

– C'est vrai. Mon caméraman et moi.

– Il a un nom ?

– J-J.

– C'est un nom, ça ?

– Je l'ignore. Vous devriez poser la question à son père. Le garçon est sourd. »

À cette mention de surdité, Stapleton tourna vivement la tête. Le sourire était plus froid, cette fois.

« Et son nom de famille, à ce garçon, vous le connaissez ? »

J-J grimpait la côte de Portsdown. Ça ne faisait pas longtemps qu'il avait ce vélo, son tout premier, et après une semaine à sillonner la ville, cette vieille bécane – une Ridgeback – lui était devenue indispensable. Il aimait la liberté qu'elle lui procurait, et appréciait de pouvoir se faufiler dans les embouteillages. Et, par-dessus tout, sitôt qu'il eut acquis assez de confiance pour entreprendre l'ascension de cette montagne de calcaire au nord de la ville, il s'était émerveillé que ses jambes trouvent la force de le porter toujours plus haut. À l'approche du sommet, les battements de son pouls étaient si forts qu'il les avait ressentis dans tout son corps. Il les avait entendus dans sa tête. Pour la première fois de sa vie, il avait mesuré ce qu'était le son.

Aujourd'hui, toutefois, c'était bien différent. Il avait abandonné à mi-parcours, épuisé, et, tête baissée, avait poussé son vélo sur la piste cyclable. De temps à autre, un gros poids lourd passait dans un déplacement de vent et de puanteur du diesel, mais J-J n'y prêtait pas attention. Il ne pouvait chasser ces images. Celles qu'il avait lui-même captées avec la caméra. Puis celles qu'il avait visionnées dans le bureau d'Eadie : la cuiller, la seringue, l'aiguille, Daniel Kelly regagnant sa chambre en titubant. Tout cela équivalait pour lui à une terrible accusation. Tu as prêté la main à la mort de cet homme désespéré. Tu l'as tué aussi sûrement que si tu lui avais tendu un revolver chargé. Tu as apporté l'argent, organisé la livraison, profité de la détresse de Daniel, et puis tu es parti. Pouvait-il y avoir de trahison plus terrible et mortelle ?

Étendu dans l'herbe au sommet de la colline, J-J n'avait pas de réponse à cette question. Au bout d'un moment, essayant de tirer un sens de ces dernières vingt-quatre heures, il se redressa sur un coude et contempla la ville en contrebas. C'était un paysage familier. L'étendue scintillante du port, la grisaille voilant le chantier naval. Les voitures si petites vues d'en haut, filant sur l'autoroute. Il connaissait par cœur ces images et, cependant, elles lui paraissaient étrangères aujourd'hui, tel un aperçu de la vie sur quelque planète lointaine. Comment deux voyous de Pennington Road avaient-ils tué Daniel Kelly ? Et comment avait-il pu lui-même se faire le complice de cet assassinat ?

Plus il y pensait, plus il avait conscience de devoir

prendre une décision. Les événements l'avaient placé dans une situation haïssable, et il était temps pour lui de se ressaisir. Peut-être ferait-il bien de prendre son sac à dos, de sauter dans un ferry et d'aller une nouvelle fois tenter sa chance en France. Ou peut-être devrait-il aller tout raconter à son père et voir ce qu'il en sortirait. Son père, il le savait, exigerait toute la vérité. À savoir que son précieux fils avait profité d'un homme au bord de la tombe, lui avait donné une tape sur l'épaule et l'avait poussé dans le trou.

J-J gisait sur le dos, les yeux fermés, s'imprégnant de la légère chaleur du soleil printanier, quand il lui vint une nouvelle idée, si forte qu'il la ressentit presque physiquement. Deux ans plus tôt, il avait passé quelque temps avec un gamin du nom de Doodie. Le monde de Doodie n'était pas bien beau, en grande partie par sa propre faute, mais J-J avait toujours été frappé par la rigueur du comportement que cet intrépide gosse de dix ans s'était imposé[1]. S'il s'était trouvé dans la situation de J-J, il ne se serait sûrement pas vautré dans l'herbe sur la colline de Portsdown, à pleurer sur lui-même. Non, s'il y avait des dettes à régler, des torts à redresser, il préférait l'action aux paroles. Cette dernière pensée frappa fortement J-J, qui prit conscience avec une espèce de joie intérieure qu'il avait toujours réagi ainsi dans sa propre vie, choisissant d'agir à la place des mots. Les gestes, pas le langage.

Content de lui-même, il y pensa pendant un moment encore puis, se relevant, il ramassa sa Ridgeback et redescendit la colline.

1. Voir *Les anges brisés de Somerstown*, Folio Policier n° 431.

10

Jeudi 20 mars, 12 heures

Faraday se retrouva seul au QG de l'opération Tumbril, à Whale Island. Le briefing sur Mackenzie terminé, le jeune expert-comptable était rentré en ville où il avait rendez-vous avec le cadre d'une banque de compensation qui avait accès aux cinq comptes de Mackenzie, tandis que Joyce, en panne de lait, était allée s'approvisionner au mess de la frégate *Excellent*.

Faraday se tenait à la fenêtre, regardant une troupe de jeunes recrues passer en petites foulées. Un instructeur courait en queue, gueulant après les traînards, et cette scène lui rappela les débuts de sa propre formation.

Vingt-cinq ans plus tôt, sa promotion d'élèves officiers de police avait goûté aux tendres soins d'un solide sergent qui jurait que le rugby était le plus court chemin pour le paradis. Faraday n'avait pas eu de difficulté à tenir honorablement sa place, mais là, à observer le dernier lambin au visage congestionné par l'effort, il s'émerveillait qu'à cette époque le monde ait pu lui apparaître aussi simple.

À vingt-trois ans, il lui tardait alors d'être sur le terrain. La loi, à sa douce surprise, était une chose vivante, toujours en changement, mais une fois qu'on en avait compris les principes fondateurs et qu'on avait mémorisé une centaine de pages de législation appropriée, son application lui avait paru parfaitement simple. Vous étiez là pour maintenir la paix, veiller sur la vie et les biens des citoyens, défendre les gens contre leurs pires instincts. De cet idéal, il n'était pas resté grand-chose après une année en uniforme, faire la police étant rarement aussi blanc ou noir qu'il se l'était imaginé, mais jamais il n'avait rêvé de diriger une opération aussi complexe que Tumbril. Quelle espèce de justice pouvait bien exiger qu'une enquête de ce type soit à ce point secrète ? De qui donc avaient peur la poignée de hauts fonctionnaires de police informés de l'affaire ?

À la fin de son portrait de Bazza Mackenzie, le jeune expert-comptable avait remis à Faraday une chemise dans laquelle étaient consignés les progrès réalisés à ce jour. Avec l'aide de toute la documentation saisie – reçus de dépôts, relevés de comptes, ordres de virement –, il avait pu littéralement cartographier le petit empire commercial de Mackenzie. Référencée et contre-référencée, chacune de ces vérifications d'avoirs visait la moindre possession de biens – voiture, placement immobilier, compte en banque, entreprise commerciale – prouvant ainsi à un éventuel jury que la nue-propriété, masquée par une petite armée de parents, d'amis et de conseillers professionnels, restait entre les mains de Mackenzie.

De cette manière, article après article, page après page, Prebble dressait lentement le feu de joie qui emporterait les avoirs cachés de Mackenzie et ses millions de livres mal acquis. Il appartiendrait à Faraday de produire l'étincelle – la preuve formelle que Mackenzie avait enfreint la loi – et tout partirait en flammes. C'était la seule façon, répétait Imber, de faire mal à ce type. Et pas seulement à lui mais à tous ces conseillers véreux qui avaient accompagné son éclatante réussite.

Faraday s'écarta de la fenêtre. Il était très conscient des pressions qui avaient mené Nick Hayder sur le fil du rasoir. Placer un infiltré en contact avec la cible était un coup subtil, mais l'audace d'une telle manœuvre tenait du désespoir pour Faraday. Sa réussite même avait fait de Mackenzie un homme pratiquement inattaquable. Il avait de puissants alliés. Il menait des affaires légales. Il était devenu, selon les propres mots de Prebble, la preuve vivante du bon fonctionnement du capitalisme. Certains bâtissaient des fortunes sur toute une série de patentes. D'autres concevaient une brillante idée de marketing. Bazza, lui, avait misé sur la cocaïne. Mais qui irait le prouver ?

Le portable de Faraday sonna. Il ne reconnut pas le numéro appelant. Un instant, il fut tenté de l'ignorer. Et puis il se ravisa.

« Paul Winter. Je vous dérange ?

— Non, que puis-je faire pour vous, Paul ?

— Je ne veux pas en parler au téléphone. Que diriez-vous d'un déjeuner sur le pouce ? Une bonne tourte et une pinte ?

– Maintenant ? » Faraday jeta un regard à la pile de documentation qui l'attendait.

« Ouais. Désolé de vous prendre ainsi à l'improviste, mais vous ne regretterez pas le déplacement.

– Pourquoi ?

– Il s'agit de votre fils.

– J-J ?

– Ouais.

– Que s'est-il passé ?

– Rien... encore. Le Still and West ? À une heure moins le quart ? »

Faraday jeta un coup d'œil à sa montre. Il avait un autre rendez-vous à deux heures et demie avec Willard et Imber. Trois ans comme inspecteur à la judiciaire lui en avaient appris beaucoup sur Paul Winter. Règle n° 1, ne jamais faire confiance au bonhomme. Règle n° 2, toujours écouter ce qu'il avait à dire. Le Still and West était un pub du Vieux Portsmouth donnant sur le port. La dernière fois que Faraday y était allé, l'endroit grouillait de gens de la presse.

« Disons plutôt au Pembroke. J'y serai à une heure moins le quart. »

Winter raccrocha et le regard de Faraday s'attarda sur le numéro affiché. La référence à J-J l'inquiétait au plus haut point. Après cette conversation au petit matin avec Eadie Sykes, il y avait mille et une raisons pour que son garçon se soit attiré des ennuis, mais comment au juste avait-il pu croiser le chemin d'un Paul Winter... ?

« Shérif ? » Joyce était de retour. Il y avait un nouveau carton de lait sur l'étagère, à côté de la bouilloire électrique, et la jeune femme décrochait son manteau.

« Si vous allez au Pembroke, lui dit-elle avec un grand sourire, pourriez-vous me déposer en ville ? »

La Mondeo de Faraday était au parking. Une file de véhicules attendait de passer la barrière de sécurité, et la voiture s'arrêta derrière un minibus rempli de matelots. Faraday jeta un regard de côté vers Joyce. Il n'avait surtout pas envie de parler de Tumbril.

« Comment va votre époux ?

– C'est terminé. J'ai enterré notre mariage il y a deux mois.

– Vraiment ? » Joyce avait épousé un inspecteur en uniforme du BCU de Southampton, originaire d'Aberdeen, un type peu chaleureux, coureur de jupons et fana de culture physique. « Que s'est-il passé ?

– Une jeune stagiaire de trop. Et puis je ne supportais plus les baiseurs en série de son espèce. Voyez-vous, shérif, le cancer ne vous prédispose pas au sens de l'humour. Mais je ne pense pas avoir été trop dure avec lui. »

Son mari, dit-elle, lui avait été de bien peu de secours une fois que les analyses eurent confirmé la maladie. Elle avait pu rapidement bénéficier d'un lit au Royal South Hants, mais sa chère moitié ne lui avait rendu visite que deux petites fois pendant les quinze jours passés là-bas. Au début, elle avait gobé le surplus de travail qu'il prétextait. Ce n'est que plus tard qu'elle avait appris par une voisine qu'il avait carrément fourré sa dernière conquête dans le lit conjugal. Un acte de compassion de sa part, elle n'en doutait pas…

« Une prénommée Bethany, dix-neuf ans, qui avait besoin d'un endroit tranquille pour potasser ses examens. Pauvre tarte… Mais, ajouta-t-elle en abaissant le pare-soleil pour examiner son maquillage dans le petit miroir de courtoisie, qui a besoin d'un mari ? »

Ils avaient franchi la barrière et traversaient le pont à côté du port des ferries. Faraday lui demanda où elle habitait, maintenant.

« Mais chez moi, comme d'hab.

– Et Neil ?

– Devinez ! Il me téléphone, m'envoie des lettres, d'énormes bouquets de fleurs, essaie de m'expliquer quelle énorme erreur il a faite. Et moi, je lui répète d'aller se faire foutre. Vous croyez que je vais de nouveau perdre mon temps avec ce salopard ? Le culot qu'a ce type. »

Elle secoua la tête, regardant devant elle. Près du rond-point, à la sortie du périphérique, un groupe d'étudiants était rassemblé sous une grande banderole disant NON À LA GUERRE ! et donnant rendez-vous à dix-huit heures au GUILDHALL SQUARE.

« En voilà un autre, de sale con. » Joyce cherchait son rouge à lèvres.

« Qui ça ?

– Bush petit. Vous vous imaginez ce type ? Comment mes compatriotes ont-ils pu voter pour lui ? D'ailleurs, il n'a même pas remporté les élections. »

Faraday souriait tout seul. Il alluma la radio. Il avait à côté de lui la nouvelle Joyce, plus vive que jamais, son goût de la vie teinté d'un sentiment qui était proche de la colère. Peut-être avait-elle raison. Peut-être que la perspective du néant, la conscience que votre vie était en jeu, vous dessillait les yeux.

Sur Radio Four, un expert spéculait sur la réaction de Saddam, en Irak. Les puits de pétrole autour de Bassora étaient en flammes. Allait-il également incendier les champs pétrolifères au nord ?

« Ça vous surprend, tout ça ? » Faraday eut un geste de la main en direction des manifestants.

« Vous parlez de la guerre ou des manifestations ?

— La guerre.

— Non, ça ne m'étonne pas du tout. Mais vous savez quoi ? Le problème, ce n'est pas cette intervention dans laquelle Bush nous entraîne. Ce n'est pas non plus la destruction programmée d'un pays. Non, le problème, c'est que nous, Américains, nous croyons vraiment à toute cette merde. Nous intervenons au nom de la liberté et de la démocratie. Nous tuons des Irakiens pour qu'ils deviennent meilleurs. Croyez-moi, shérif, quand le monde cessera d'exister, ce sera parce que les Américains auront appuyé sur le bouton. Et vous savez quoi ? Ils le feront en toute bonne foi, pour notre bien. C'est moi qui vous le dis, Joe. Il faut être américain pour comprendre les Américains. » Elle appliqua une dernière touche de poudre. « Et vous, Joe ?

— Cette guerre m'écœure.

— Non, je parlais de vos amours.

— Quoi ? » Le franc-parler de cette femme l'étonnerait toujours. Même Eadie Sykes était un exemple de réserve, comparée à Joyce.

« Rien, je m'interrogeais, très cher. La dernière

fois que j'ai eu le plaisir de vous revoir, vous étiez avec une Espagnole. C'est bien ça ?

— Effectivement.

— Toujours ensemble ?

— Non.

— Quelqu'un d'autre ?

— Oui.

— Et c'est sérieux ?

— On se marre bien.

— Vous l'aimez ?

— C'est une grande question.

— Vous vivez ensemble ?

— Non.

— Elle a son propre toit ?

— Oui.

— Elle est mariée ? Attachée à quelqu'un d'autre ?

— Non, pas du tout. » Il la regarda. « Pourquoi toutes ces questions ?

— Mais pour rien, cher ami. De la curiosité, c'est tout. Vous savez, le cancer vous autorise à aller droit au but. On cesse de finasser. » Elle se tut un instant pour regarder les piétons se faufiler entre les voitures roulant au pas. « Ça ne vous ennuie pas que j'en pose une dernière ?

— Pas du tout.

— Vous êtes sûr ?

— Absolument.

— Très bien. » Elle tendit la main vers le tableau de bord sur lequel Faraday avait laissé la note de l'en-cas qu'il avait commandé à la réception de l'hôtel Sally Port. « Comment se fait-il que vous alliez batifoler dans une chambre d'hôtel, si la relation avec cette femme est aussi chouette que vous le dites ? »

Eadie Sykes trouva Martin Eckersley plongé dans les pages de *The Independent* quand elle parvint enfin au Café Parisien, avec dix minutes de retard. Elle tira un siège et jeta un bref regard à la carte.

« Une omelette de trois œufs et des frites. » Elle désigna d'un signe de tête la tasse vide à côté du journal. « Et un cappuccino pour commencer.

— Je vous croyais au régime.

— Jamais. Il me faut courir six bornes avant que je commence à suer un peu. Les filles doivent faire souvent le plein, sinon elles tombent. » Elle lui sourit. « Et vous ?

— Moi ? Je travaille beaucoup. »

Il entreprit de lui parler de ce décès à Leigh Park, une femme d'une quarantaine d'années qui avait des antécédents psychiatriques et un fort penchant pour la vodka bon marché. On l'avait retrouvée morte dans son lit avec une boîte de somnifères sur l'oreiller et pas le moindre mot d'adieu. Eadie le laissa exprimer ses inquiétudes concernant la présence probable d'une autre personne, avant de se pencher vers lui et lui toucher la main.

« Daniel Kelly ? » demanda-t-elle.

Eckersley se tut au milieu de sa phrase. C'était un petit homme très soigné, au regard attentif derrière ses verres sans monture. Avocat de formation, il avait abandonné au bout de deux ans un cabinet lucratif à Birmingham pour un poste de coroner adjoint. Le monde des morts brutales, avait-il un jour avoué à Eadie, l'avait rapproché de la réalité de la vie. Et pas seulement comme officier judiciaire chargé de déterminer les causes d'un décès survenu dans des circonstances particulières, mais comme être humain faisant de son mieux pour alléger le malheur d'autrui.

« J'ai lu le dossier ce matin, dit-il. L'un de mes assistants s'est entretenu avec un constable. Que savons-nous de ce garçon ? »

Ce « nous » fit sourire Eadie. Elle avait compris depuis leur toute première rencontre qu'elle incarnait quelque chose de nouveau et de vaguement exotique dans la vie de cet homme.

« C'était un jeune homme brillant, très brillant. Un peu âgé pour un étudiant, et très solitaire. »

Elle lui conta l'histoire de Kelly, le divorce de ses parents, ses voyages à travers le monde grâce à une confortable rente que lui allouait le père, dressant le portrait d'un jeune homme égaré s'efforçant de trouver un sens à sa vie.

« Ou un projet.

— Oui.

— Et la drogue ?

— Elle comblait le vide de son existence.

— Vous êtes sérieuse ?

— Oui. Il faut que vous l'entendiez, Martin. J'ai deux cassettes pour vous. Un charmant détective les a confisquées ce matin. Je serais passible de prosélytisme selon lui. Il m'a donné l'impression que j'étais une criminelle.

— Mais vous étiez là-bas, n'est-ce pas ? fit observer Eckersley. En fait, vous êtes la dernière personne à l'avoir vu en vie. Cela fait de vous un témoin.

— C'est ce que l'inspecteur m'a dit, mais cela ne veut pas dire que je l'ai tué, n'est-ce pas ? Le mot exact serait "témoignage". J'ai joué le rôle de la confidente à qui il s'est ouvert, et toute son histoire est filmée et enregistrée.

— Et c'est bon ? Je veux dire, efficace ?

— Incroyablement. Vous jugerez par vous-même. Ce qu'il dit peut certainement prêter à controverse et ce n'est peut-être pas notre conception des drogues dures, mais ça n'en reste pas moins un témoignage capital. Et surtout, authentique. Il a plongé dedans, et les jeunes qui verront ça le sentiront très bien, et peut-être écouteront-ils. Tenez ! » Eadie fouilla dans son fourre-tout pour en sortir une photocopie hâtivement pliée. « Je sais que vous avez une mémoire d'éléphant mais j'ai pensé que cela pourrait vous aider. »

Eckersley parcourut le document. Trois mois plus tôt, il avait aidé Eadie à rédiger son projet de vidéo avant de soumettre celui-ci aux instances de la ville de Portsmouth pour obtenir une subvention. Leur première rencontre avait eu lieu dans les bureaux du coroner au poste de police de Highland Road, et cela avait donné lieu à un débat carburant à la caféine. Eadie s'était soumise de bon gré à certaines précisions apportées au document qui ne comptait pas moins de vingt-quatre pages, persuadée qu'un soutien officiel renforcerait son projet. En moins d'une semaine, après plusieurs conversations téléphoniques avec Eckersley, elle avait accepté d'inclure un paragraphe qui résumait la teneur et la portée de son projet vidéo.

Eadie attendit qu'Eckersley eût fini, avant de lui reprendre la feuille des mains et de la lire à haute voix :

« La productrice du documentaire a le devoir de

niveler le terrain entre l'audience visée et la véritable nature du comportement délinquant. C'est sur la réalité qu'elle devra porter l'accent... sur la véracité des personnes interrogées et la réalité des causes et des conséquences. Il n'y aura nulle place pour le sermon, la mise en garde, pour ce qu'il faut faire et ne pas faire. La nécessité de ne pas toucher aux drogues devra aller de soi. »

Elle releva la tête. « La réalité des conséquences, voilà ce qui est important, Martin. Je vous le répète, l'interview est un coup de poing mais, si vous voulez la vérité, il ne s'agit après tout que du discours que tenait Daniel. Ce qu'il nous faut, maintenant, c'est la suite de l'histoire, tout ce qui se passe dans un cas pareil.

— Vous faites allusion à l'autopsie ?

— Oui, et à l'enterrement aussi. Au père. À vous-même. Tout, quoi.

— Vous ne pensez pas qu'il y a là de... l'indiscrétion ?

— Vous pouvez même parler d'intrusion. Parce que c'est précisément ce qu'est la drogue, une intrusion telle qu'elle vous mène à la mort. Et même si vous n'en mourrez pas, elle aura détruit votre vie. Si ce n'était pas la vérité, nous ne serions même pas ici à en parler. Et je ne passerais pas ma vie à courir après les junkies avec ma caméra pour seule arme. » Elle lui fit signe de se rapprocher, consciente des oreilles attentives aux tables voisines. « Mon argument est simple, Martin. Il s'agit des conséquences, de rien d'autre. Posez-vous la question : combien de gosses se shooteront s'ils se mettent à penser aux cadavres sur les tables de la morgue ? Au corps de Daniel

Kelly éventré, vidé, pesé, et je ne sais quoi d'autre ? Pensez-vous que ce soit une bonne publicité pour les drogues dures ?

— Vous avez déjà assisté à une autopsie ?

— Jamais.

— C'est horrible.

— Tant mieux. » Eadie soutint un instant le regard du coroner. « Parce que c'est le but de toute l'affaire. »

La serveuse arriva. Après une brève réflexion, Eckersley opta pour une salade au jambon. Puis il plia son journal et le glissa dans sa mallette.

« Il y a quelque chose que nous devrions prendre en compte, dit-il enfin. C'est l'effet que cela aura sur vos sponsors.

— Ils ont tous signé, répondit Eadie, et j'ai été totalement franche avec eux dès le début. Je leur ai dit à quoi ils devaient s'attendre, et il n'y a absolument rien dans cette vidéo qui puisse les surprendre. En fait, je pense même que nous pourrions avoir un tout autre problème.

— Que voulez-vous dire ?

— Que j'aurais très bien pu leur servir un méli-mélo de témoignages bavards qui auraient assommé tous les élèves du Royaume-Uni. Grâce à Dan, ça ne risque pas de se produire.

— Vous pensez que je vous laisserai assister à l'autopsie ?

— Je pense que nous partageons le même but.

— Ce n'est pas nécessairement la même chose.

— Martin, vous savez, au fond de vous-même, que ça l'est. Je comprends que cela vous pose un problème. C'est votre juridiction, votre affaire. Daniel

Kelly vous appartient réellement jusqu'à ce que vous rendiez vos conclusions. Mais agrandissons le champ. Je peux vous faxer l'autorisation du père de Kelly cet après-midi. Cela pourrait faciliter les choses. Et il y a la vidéo elle-même. J'ai parfaitement conscience de ce que je fais et de mon devoir de le faire. Je sais ce qui passera à l'écran. Je mesure la différence que cela fera. C'est une chose difficile, je le sais, mais tout ce que je demande, c'est un acte de foi. Croyez-moi, Martin. Et soyez convaincu que c'est pour le bien.

– Ce sont vos sponsors qui m'inquiètent.

– Rassurez-vous sur ce point.

– Et la police ? Pensez-vous vraiment qu'elle acceptera ça ?

– Elle en redemandera. Cela fait des années qu'elle tire la sonnette d'alarme.

– La mairie ?

– Elle aura peut-être du mal, mais elle n'aura pas pour autant raison.

– Oui, mais vous devez vous y préparer. Et il y a aussi vos contributeurs personnels. On peut s'attendre à une énorme publicité, à de gros titres dans la presse, à un énorme courrier des lecteurs... Sont-ils réellement préparés à un tel battage ?

– La plupart d'entre eux n'ont mis que deux cents livres chacun. S'ils veulent retirer leurs noms du générique, grand bien leur fasse.

– Et votre M. Hugues et ses sept mille livres ? »

Eadie hocha la tête, surprise par une telle connaissance des sommes. Dough Hugues était son premier mari, un expert-comptable renommé qui avait une clientèle d'hommes d'affaires de Portsmouth. Eadie et lui avaient divorcé six ans auparavant, mais ils étaient restés très bons amis. Son appartement et son bureau étaient loués par le cabinet de Hugues, et il avait été l'un des premiers à financer le projet.

« Ces sept mille ne sont pas à lui. Il n'est qu'un intermédiaire. Le véritable donneur tient à l'anonymat.

– Ah oui ?

– Absolument. D'ailleurs, je ne sais même pas d'où provient cet argent. » Elle se tut, observant la serveuse venue apporter la commande à la table voisine. « De toute manière, je sais qu'il ne fera jamais objection. Est-ce que cela vous rassure ? »

Eckersley ne répondit pas. Il attendit que la serveuse ait terminé à côté pour lui faire signe.

« Du rouge ou du blanc ? » Il regarda Eadie avec un sourire soudain. « Je vous invite. »

Faraday gara sa Mondeo devant la cathédrale et fit à pied la cinquantaine de mètres qui le séparaient du Pembroke. Le pub était situé sur l'artère menant à Southsea, et sa renommée tenait à la qualité de ses bières, à sa cuisine maison et à sa clientèle intéressante. Certains soirs, vous pouviez vous retrouver au comptoir en compagnie d'une douzaine de basses de la chorale de la cathédrale. D'autres fois, vous aviez pour compagnons une bande d'anciens de la Marine aux gueules cassées.

Paul Winter était perché sur un tabouret au bout du bar, le *News* étalé devant lui. Il y avait du monde et, à l'étonnement de Faraday, Winter n'avait pas du tout l'air déplacé parmi ces buveurs du midi, des hommes d'un certain âge qui arrondissaient d'une pinte ou deux les angles de la journée, avant de passer l'après-midi à suivre les courses hippiques à la télé. Vous donniez à Winter quelques années de plus, et il pourrait bien vous faire ça à plein temps.

« Patron ? » Winter l'avait aperçu, et il lui demandait d'un geste s'il voulait un verre.

« Non, merci. » Faraday toucha brièvement la main tendue. « Je pensais qu'on pourrait peut-être marcher un peu. »

Winter le regarda un bref instant, puis lui fit signe de jeter un regard au *News*. Une photo au grain épais dominait en première page. On y voyait l'entrée de la gare, un pompier et deux secouristes accroupis autour d'un corps appuyé contre l'un des tourniquets, alors qu'en arrière-plan une poignée de voyageurs attendait patiemment de pouvoir passer. BIENVENUE À POMPEY, disait le gros titre.

« Un des usagers avait une caméra digitale dans sa mallette. » Winter boutonnait son manteau. « Je crois bien que Secretan a pété les plombs.

— Pourquoi ?

— Vous ne savez pas ce qui est arrivé ce matin ? À l'un de nos chers Scousers ?

— Non. Racontez-moi. »

Winter descendit de son tabouret, vida le reste de sa chope, et entraîna Faraday vers la porte. Le temps qu'ils atteignent le front de mer, Faraday avait beaucoup appris.

« Vous me dites que la Cavalier appartient au type de la gare ?

— C'est ce que prétend Tenner.

— Et la plaque colle avec celle de la voiture qui a écrasé Hayder ?

— La Scène de crime est dessus. D'après eux, il y

aurait peut-être des traces d'ADN autour d'un des phares. On en saura plus quand ils auront terminé leurs analyses, mais je suis prêt à parier que c'est le cas. Ce qui plonge le Scouser dans une sacrée merde. À fond les gamelles.

— Où est-il maintenant ?

— Encore à l'hosto pour autant que je sache. Cathy Lamb a fait une demande de protection.

— Pour le protéger de qui ? »

Winter le regarda. Ils se trouvaient maintenant sur les fortifications, allant d'un bon pas vers la foire du quai de Clarence.

« Bazza Mackenzie, ça vous dit quelque chose, patron ? Un gars du coin. Il s'est fait un joli magot avec la coke, en se foutant que ça se sache. Et mon petit doigt me dit que Bazza n'est pas content du tout de nos amis les Scousers. D'où le coup de la gare.

— Vous pouvez le prouver ?

— Donnez-moi deux ou trois jours, répondit Winter avec un hochement de tête, et ma réponse est oui. Pas Bazza en personne, bien sûr, mais un pote à lui, Chris Talbot. On les voit en train d'opérer, lui et un autre type, sur la vidéo de surveillance de la gare. C'est ça qui est moche avec Bazza, aujourd'hui, pas vrai ? Il fait gaffe aux apparences. Peut plus supporter la vue du sang. Quelle honte, tout de même ! C'était un sacré cogneur dans le temps. »

Les deux hommes s'étaient arrêtés sur le pont de bois qui enjambe les vestiges de la Spur Redoubt, pointe des anciennes fortifications. La garnison de Pompey avait donc un *no man's land* devant elle, une ironie qui n'échappait pas à Faraday.

« Vous avez parlé de J-J au téléphone, dit Faraday, circonspect. Il s'est passé quelque chose ? »

Les mains posées sur la balustrade de bois, Winter parut soupeser la question. Faraday avait toujours pensé que le bonhomme avait une forte présence physique, mélange de ruse et de confiance en soi, qui l'avait toujours bien servi durant toutes ces années. Winter était le détective qu'on envoyait à la prison de Bridewell, sachant qu'il en ressortirait avec de nouvelles recrues qui iraient grossir son armée d'indics. Et Winter, quand une enquête lui bottait, avait le don de trouver un angle d'attaque qui ne serait jamais venu à l'esprit des autres. Pour attraper les méchants, comme Faraday avait souvent dû le répéter à des supérieurs contrariés, l'homme était un atout sans prix dans n'importe quelle enquête judiciaire.

Et, en même temps, Winter était dangereux. Il ne faisait allégeance à personne. Qu'on lui dévoile une faiblesse, quelle qu'elle fût, et il vous retournait sens dessus dessous. Deux ou trois ans plus tôt, il s'était pointé, un soir tard, chez Faraday, dans sa maison de marinier. Il était profondément bouleversé de savoir sa femme mourante. Joannie Winter était atteinte d'un cancer inopérable. Les médecins ne lui donnaient plus que quelques semaines à vivre. Et Paul, dans sa rage et son désespoir, était totalement perdu. Pendant deux heures, avec l'aide d'une bouteille de Bell's, les deux hommes avaient oublié leurs grades, pour simplement comparer leur sort. Faraday savait ce qu'était le veuvage, et il avait les cicatrices qui le prouvaient. Winter, qui n'avait jamais manqué une occasion de vagabonder, ne pouvait imaginer la vie sans sa précieuse Joannie. Il se reprochait de l'avoir laissée tomber, de l'avoir considérée comme si elle lui était due. Et maintenant, il était bien trop tard pour se rattraper.

Cette nuit-là, après que Winter fut reparti dans l'obscurité, Faraday avait pensé qu'ils s'étaient un instant rapprochés l'un l'autre, autant que deux hommes affectés le peuvent. Depuis, une dizaine de petites trahisons avaient fait mentir ces instants de grande affinité. Et pourtant, le lascar était à présent de retour en territoire intime, et Faraday voulait savoir pourquoi.

Winter décrivait leur intervention dans le squat de Pennington Road. « On a foiré lamentablement et, depuis, ils jouent au chat et à la souris, dit-il.

— Quel rapport avec mon fils ? »

Winter le regarda un instant, l'expression prudente, calculatrice. Il avait passé sa vie à jauger tous ceux à qui il avait affaire, supputant ce qu'ils savaient et ce qu'ils ignoraient.

« Dans ce boulot, ça paye de ne jamais se laisser surprendre. Rappelez-vous bien ça. Qu'on le grave sur ma tombe.

— Et alors ?

— Vous ne savez pas ?

— Quoi donc ?

— Au sujet de votre garçon.

— Non, je ne sais pas. »

Ses soupçons confirmés, Winter hocha la tête puis reporta son regard vers la mer. Une voile marron se découpait au loin sur le rivage de l'île de Wight.

« D'accord, patron, dit-il. Tout ceci est confidentiel. On était en planque, hier, devant la maison de

Pennington, en se fichant pas mal des procédures. Ce qu'on veut, c'est chasser ces bêtes hors de la ville.

— On ?

— Moi et un jeune sergent, Jimmy Suttle. » Il jeta un coup d'œil à Faraday. « Un garçon de la campagne. Pas de problème avec lui.

— Et ?

— Et votre gamin est arrivé, et il a frappé au numéro 30, là où on s'était plantés la veille.

— Attendez, mon fils serait venu là pour se fournir ? C'est ça ?

— Il n'y est pas venu pour faire un petit coucou.

— Vous l'avez appréhendé ?

— Non. J'ai chargé Suttle de le filer. C'est ce qu'on nous recommande de faire, maintenant, pas vrai ? Toutes ces conneries. Bref, Suttle l'a suivi. Et savez-vous où il est allé ?

— Hampshire Terrace ?

— Tout juste. Productions Ambrym. La jolie Mme Sykes. Suttle a stationné un peu là-bas, et puis je suis allé le récupérer.

— Et c'est tout ? Vous n'avez pas interpellé J-J ? Pas fouillé non plus ?

— Non, patron, dit Winter avec un haussement d'épaules. J'ai pensé qu'il valait mieux vous en parler d'abord.

— Pourquoi ?

— Parce que je vous le dois.

— Vraiment ?

— Ouais. Vous êtes un drôle de chieur parfois, mais vous avez plus de couilles que la plupart de ceux que j'ai croisés dans le métier. Vous comprenez ? »

Faraday se sentit rougir malgré lui, et il dut faire un effort pour sourire.

« Non, je ne comprends pas, dit-il. Et l'histoire s'arrête là ?

– Pas tout à fait.

– Il y a autre chose ?

– J'en ai peur. » Winter se tourna vers Faraday et le regarda dans les yeux. « Comment se fait-il que ce soit moi qui vous raconte ça ? Après être passé par Hampshire Terrace, votre garçon s'est rendu dans le Vieux Portsmouth, où votre amie tournait une vidéo. J-J avait sûrement la came avec lui. Ils ont filmé un type – un étudiant – en train de se faire un fix, et puis ils sont partis. Ce qui est vraiment con, pour tout vous dire.

– Pourquoi ?

– Parce que le camé a fait une overdose. Il a clamsé. »

Pendant un moment, Faraday perdit le fil de ses pensées. Après Hampshire Terrace, il avait pu suivre pas à pas le récit de Winter, confrontant son compte rendu laconique avec les images que lui avait montrées Eadie. Il savait que J-J tenait la caméra et il avait exploré les implications judiciaires de leur présence dans l'appartement du junkie. Mais pas un seul instant il n'avait imaginé la mort de ce dernier.

« Décédé ? dit-il d'une voix basse.

– Étouffé par son vomi. Je l'ai lu dans le rapport. La came devait être de qualité extra.

– Qui a découvert le corps ?

– L'ex-petite amie de l'étudiant. C'est elle qui aurait servi d'intermédiaire pour que la vidéo puisse se faire.

— Quand a-t-elle découvert le corps ?

— Onze heures, onze heures et demie. Elle était passée lui souhaiter une bonne nuit. Un poil trop tard, hélas.

— Vous connaissez son nom ?

— Sarah quelque chose. Bev l'a appris par Dan, qui était de service la nuit dernière. »

Sarah. Faraday ferma les yeux, se balançant doucement sur ses jambes. Il revoyait Eadie regagner l'intimité de sa chambre pour répondre à un appel sur son portable, au moment où lui-même partait à son travail. Sarah avait appelé. Eadie, la femme avec qui il couchait, en qui il avait confiance, qu'il aimait même, gardait depuis des heures cet effroyable secret pour elle. Pas de coup de fil, pas d'e-mail, aucun contact. Faraday grimaça, imaginant les prochaines heures. Il connaissait par cœur la machine investigatrice. Une overdose d'héroïne. Une héroïne trafiquée, peut-être. Une caméra vidéo traquant l'imminent cadavre jusqu'à son lit. Et maintenant, deux détectives avaient la preuve de l'exacte provenance de la poudre assassine. Fourniture de stupéfiants du tableau A. Plus une éventuelle poursuite pour non-assistance à personne en danger. On pouvait considérer le dossier clos. Et son fils était dans le coup.

« Qui s'occupe de... ça ? demanda Faraday.

— Bev Yates.

— Est-ce qu'il sait tout ça ? » La main de Faraday désigna l'espace entre eux deux.

« Non.

— D'accord. » Faraday hocha la tête puis s'écarta de Winter. « Alors, informez-le. »

11

Jeudi 20 mars, 14 h 15

Faraday attendait toujours que le téléphone sonne, quand Willard entra dans le bureau. Il avait laissé plusieurs messages vocaux sur tous les numéros d'Eadie, et un bref texto sur le portable de J-J. Ni elle ni lui n'avaient rappelé.

« J'ai besoin de vous parler avant l'arrivée de Brian Imber. » Willard referma la porte. « Vous avez un moment ?

— Je vous en prie. » Faraday désigna la chaise vide.

« Je suis passé à la direction ce matin. J'ai eu un entretien avec Terry Alcott. Il veut qu'on active Tumbril. Oh, il ne le dit pas en ces termes, mais on s'impatiente en haut lieu, j'en ai conclu. »

Faraday regardait le téléphone. Terry Alcott était l'un des hauts responsables de la police judiciaire et des opérations spéciales, un grand professionnel aux longs états de service dans la police londonienne. Voix respectée parmi les nombreux corps, il comptait parmi les rares officiers à connaître l'opération Tumbril.

« Il est toujours avec nous ?

– Absolument. Mais, d'après moi, le coût financier doit le rendre nerveux. Il voudrait un scalp ou deux à poser sur la table du grand chef. J'ai sur le dos cette journaliste, qui a reçu des appels de la presse nationale au sujet de l'incident à la gare. Elle cherchait des tuyaux. Je lui ai dit qu'il n'y avait pas de guerre des gangs. Qu'on était à Portsmouth, pas dans les Midlands.

– Et c'est ce que vous pensez ?

– Bien sûr que non. Et pas davantage Terry Alcott. Voilà pourquoi vous devriez en toucher un mot à Graham Wallace. »

Faraday s'accorda un instant de réflexion. Nick Hayder avait soigneusement monté le coup du fort de Spit Bank en pas plus de trois mois. Jusque-là, ça avait marché comme dans un rêve. Pourquoi compromettre la fin de la partie à cause d'une poussée de fièvre dans la presse ?

« L'action présente tourne autour de Mackenzie, dit-il. C'est ainsi que Nick l'avait prévu.

– Je le sais bien. Ce que je vous demande, c'est de revoir le scénario, d'avoir une petite conversation avec Wallace, voir s'il ne peut pas mettre un peu plus de pression sur Mackenzie. Il faut que d'une manière ou d'une autre, on donne l'impression de dominer notre sujet. C'est ce que dit Terry Alcott, pas moi. »

Faraday attira à lui un bloc-notes et griffonna une note. Si les médias s'excitaient autour d'un Scouser menotté à un tourniquet de gare, que feraient-ils alors du fils d'un inspecteur soupçonné d'homicide par imprudence ?

« Vous avez appris au sujet de la Cavalier ? » Willard s'était accordé un sourire. « Celle qui a renversé Nick Hayder ?

— Oui.

— Pas mal, hein ? Ça va faire beaucoup de bien à Cathy Lamb, ça. Il ne nous reste plus qu'à choper l'autre petit salaud qui était dans la caisse, et on leur fera leur affaire. Tentative de meurtre, possession de drogue dans l'intention de la vendre, ils seront à l'ombre pour longtemps.

— On peut prouver la vente ?

— La Scène de crime a trouvé une demi-douzaine de sachets de poudre dans la boîte à gants. Qui a dit que ces Scousers étaient malins ? » Willard gloussa puis se leva. « J'ai des nouvelles de l'hôpital, à propos. Nick est de retour chez les vivants. Il a repris conscience la nuit dernière.

— Comment est-il ?

— Dans les vapes. Il n'a aucun souvenir de l'incident, et de bien peu de chose quant à ce qui a pu se passer avant. Il doit subir une série de tests cet après-midi.

— Il est toujours en soins intensifs ?

— Oui, mais le médecin avec qui j'ai parlé m'a dit qu'ils le placeront en salle de convalescence sitôt qu'il y aura un lit de libre. Je passerai là-bas dans la soirée pour voir s'il me reconnaît. » Il jeta un regard à Faraday. « Ça vous dit ?

— Bien sûr. » Faraday pensait à J-J. Tôt ou tard, il devrait s'en ouvrir à Willard, lui dire ce qui s'était exactement passé, mais il ne pouvait le faire sans avoir joint d'abord Eadie ou son fils.

« C'est quoi ? » Willard désignait une des photos épinglées au tableau de liège dans le bureau. Elle montrait un oiseau aux plumes brun-roux, presque invisible dans l'arrière-plan de feuilles mortes et de fougères sèches. Faraday se leva et rejoignit Willard. Il ne se rappelait plus quand Willard avait manifesté un quelconque intérêt pour sa vie intime.

« Un engoulevent, dit-il. Il y en a toute une famille en été à New Forrest. Avec un peu de chance, ils seront de retour en mai. »

Willard hocha la tête, regardant les autres photos. « Toujours les piafs, hein ?

— Oui, toujours. Ça m'empêche de faire des bêtises.

— Et votre garçon vous suit ? Je me rappelle que ça l'intéressait beaucoup.

— Non, dit Faraday, J-J a quitté le nid.

— Vous n'avez plus à vous en occuper, hein ?

— Je ne dirais pas ça. »

Willard jeta un coup d'ceil à sa montre. Sa réunion avec Brian Imber devait commencer dans deux ou trois minutes. Peut-être Imber l'attendait-il déjà. Le superintendant jeta un coup d'œil au bloc-notes sur le bureau de Faraday, puis tendit la main vers la poignée de la porte.

« Hé ! bouche cousue au sujet de Wallace. »

Trouver une place au cœur des commerces de Southsea était un cauchemar. Jimmy Suttle gara la Fiesta banalisée tout au bout d'une longue file de voitures. À côté de lui, Paul Winter examinait la maison de l'autre côté de la rue : de grandes fenêtres géorgiennes et une belle entrée flanquée de colonnades. Les murs des propriétés mitoyennes avaient été lavés de leurs graffitis.

« Le quartier général de Bazza. » Winter s'accorda une nouvelle pastille à la menthe. « Il a fait son chemin dans le monde, comme tu vois. »

La dernière fois qu'il était venu là, deux ans plus tôt, la maison abritait un lugubre club de gentlemen, qui n'était plus qu'un écho poussiéreux du temps où l'Empire agonisait. La bâtisse était en piteux état, et Bazza l'avait achetée cash aux administrateurs, dans l'intention de la restaurer et de lui redonner sa noblesse passée. Au dix-neuvième siècle, l'une des anciennes familles de Southsea avait habité là. L'homme était un brasseur que la grande soif du peuple de Pompey avait fait riche. Il avait des ambitions politiques, et il avait fini par être maire de Portsmouth, administrateur bourru qui avait bousculé bien des habitudes à l'hôtel de ville. Mackenzie avait certainement lu l'histoire de cet homme comptant parmi les personnages emblématiques de la ville. Il avait ainsi appris comment cet homme avait utilisé sa réussite financière à d'autres fins, et s'était imaginé en train de diriger son petit empire mercantile depuis ces murs mêmes. Craneswater était le quartier idéal, si vous cherchiez un bel environnement, un endroit sympa pour madame et les gosses, mais c'était dans le centre de Southsea que vous laissiez votre véritable empreinte.

Suttle tendit la main vers la poignée de la portière. Chris Talbot menait ses petites affaires depuis cette maison, et ils avaient des questions à lui poser, concernant le Scouser à l'arrière du Transit et la Cavalier abandonnée dans Portsea.

« Attends. » Suttle sentit la main de Winter sur son bras.

Un portail à commande électronique isolait la maison de la rue. Et, comme les deux battants s'ouvraient, Suttle reconnut la silhouette carrée en blouson de cuir, debout devant une Mercedes décapotable. Chris Talbot.

« C'est quoi, le problème ? » Suttle avait ouvert la portière. « Si on n'y va pas, on va le perdre.

– Attends », répéta Winter.

Quelqu'un d'autre apparut dans l'allée. Une grande blonde portant des lunettes noires et arborant un bronzage qui n'était pas artificiel. C'était difficile à dire à cette distance mais il lui semblait qu'elle souriait.

« La jolie Marie, murmura Winter. Mme Bazza. »

Talbot avait ouvert le coffre arrière, et Marie lui tendit un sac, puis jeta un coup d'ceil à sa montre. Le temps passait.

« D'accord, dit Winter avec un signe de tête vers Suttle. On y va. »

Ils traversèrent la rue. Talbot les vit venir. Winter ralentit le pas dans l'allée, bloquant la sortie vers la rue.

« Christopher, dit-il aimablement. Je me suis dit qu'on devait parler un peu. »

Talbot lança un regard à Marie, puis fit le tour de la voiture. Son crâne rasé était couturé de cicatrices et à son oreille pendait une petite croix en argent. Ses yeux, à demi fermés sous le brillant soleil, étaient gonflés de fatigue, et son teint un rien jaunâtre. Il devait avoir de la gueule, jeune, pensa Suttle.

« Alors ? » Winter voulait sa réponse.

« Ça risque pas. » Talbot désigna de la tête la voiture. « Je dois y aller, là. Marie a envie de faire un tour à Chichester.

— On joue les gardes du corps ? Faut repousser les Apaches ? » Winter jeta un regard en direction de la maison, conscient d'être observé depuis une fenêtre à l'étage. « On peut le faire ici ou on peut le faire chez nous. Tu as le choix. Plus vite on aura réglé ça, plus vite vous irez faire votre shopping. Alors, c'est oui ? »

Il y eut un mouvement soudain derrière la voiture. Marie avait sorti des clefs de son sac. En s'installant derrière le volant, elle dénuda un peu plus de peau caramel.

« Où tu vas ? lui demanda Talbot en se penchant à la portière.

— Chichester, où crois-tu que j'vais ? Tu peux parler avec ces types, ça me gêne pas.

— Écoute, Bazza a dit...

— Rien à foutre de Bazza. »

Elle démarra le moteur, son visage inexpressif derrière ses lunettes enveloppantes. Suttle s'étonna qu'en dépit de son langage, elle n'eût pas du tout l'accent de Pompey.

Talbot se pencha de nouveau, puis, changeant d'avis, leva la tête vers la maison en portant une main à sa bouche. Le sifflement perçant fit s'ouvrir une fenêtre. Un visage plus jeune apparut.

« Chichester, fils, lui gueula Talbot. Marie a besoin de compagnie. »

Marie et son escorte parties, Winter et Suttle suivirent Talbot dans la maison. Winter, qui se rappelait les toiles d'araignées aux fenêtres et les tapis usés jusqu'à la corde, marqua un bref arrêt dans l'entrée, tant il était impressionné. Un riche parquet couvrait le sol de l'immense vestibule, qu'éclairait un grand lustre. L'air, ici, avait une odeur d'argent.

« Bazza a abandonné le billard ? » Winter désigna le sac de golf contre un mur près de la porte.

Talbot l'ignora. La courbe élégante d'un escalier montait vers l'étage. Winter s'arrêta devant la deuxième des photos encadrées. Jadis, à leur place, les portraits à l'huile de la dynastie du brasseur devaient avoir accueilli les visiteurs. Aujourd'hui, chacun de ces agrandissements captait des moments au stade de Fratton : la claquette du gardien Alan Knight déviant le ballon au-dessus de la barre, Paul Merson déboulant le long de son aile, Todorov soulevant les filets d'un tir canon, sur fond de foule dressée. Il y avait même une photo d'Alan Ball, le jour où Pompey avait gagné son accession en première division, un bras passé autour de son président de club hilare.

« C'est pas une maison, ça, grommela Winter, c'est une chapelle. »

Talbot les conduisit dans un bureau à l'étage. La table de travail avait l'air neuve ; un ordinateur était allumé. Deux armoires de rangement flanquaient la grande fenêtre à guillotine. Une machine à café gargouillait sur une petite table voisine, et le grand calendrier au mur était déjà noirci de rendez-vous allant jusqu'au début de l'été. Fin juin, cinq jours étaient bloqués pour Wimbledon.

« C'est chez toi ? » Winter embrassa la pièce d'un geste du bras.

« Bazza. Il est absent aujourd'hui.

— C'est quoi, ça ? » demanda Suttle, désignant le grand drapeau tricolore français déployé au dos de la porte. C'était la seule tache de couleur vive parmi les verts et les bruns ternes.

Talbot ne daigna pas répondre. Winter affichait un air amusé.

« Vas-y, dis-lui. Mon collègue est un fan des Saints. »

Talbot jeta un regard noir à Winter, puis se laissa choir dans le fauteuil derrière le bureau et se servit une tasse de café.

« Des conneries, tout ça. Vous vouliez parler affaires, non ? Alors, allez-y. Si j'avais envie de conversation, je choisirais une meilleure compagnie. »

Winter regardait la machine à café.

« Juste un sucre pour moi.

— Servez-vous.

— Volontiers. James ? »

Suttle insistait au sujet du drapeau. Finalement, une fois les cafés servis, Winter raconta. Dans les années 1980, une horde de fans avait pris le ferry pour Le Havre, dans l'intention d'apporter un soutien *made in* Pompey à l'occasion d'un match amical. La police française, qui connaissait le 6 h 57, avait refusé à la petite armée bleue l'accès sur le sol français. On était en milieu de matinée, la plupart étaient déjà bourrés, et ils avaient été des douzaines à sauter par-dessus bord dans le port, et à gagner la terre ferme à la nage. Au bout d'un moment, des gendarmes, débordés avaient laissé passer tout le monde. Grave erreur.

— Pourquoi ?

— Viols et pillages. La partie ne commençait pas avant le milieu de l'après-midi, et Le Havre est rempli de bars. Pire, il est rempli de Français. Ce qui n'est pas de leur faute. Mais ça dérangeait Pompey. La ville fut vandalisée. Puis ils montèrent dans tous les taxis qu'ils purent trouver pour aller voir la partie qui se jouait dans une petite ville, Honfleur. Le stade bénéficiait d'une très bonne pelouse, jusqu'à ce que nos Huns la défoncent. La partie fut arrêtée.

— Et ce drapeau ? demanda à nouveau Suttle.

— C'est après que c'est arrivé, à ce qu'on m'a dit. Bazza est tombé sur un bar qu'ils avaient raté à l'aller. Le nom du rade les a vraiment inspirés.

— Comment il s'appelait ?

— Café de Southampton. Et le drapeau était accroché devant l'entrée. » Winter gloussa, et reprit du café, pendant que Talbot étouffait un bâillement.

« Vous allez en venir à c'qui vous amène ou pas ? Il y en a qui ont du travail, ici.

— Mais je comprends ça », répondit Winter. Il écarta son café, sortit son calepin. Talbot et son copain avaient été filmés devant la gare à deux heures et demie du matin. Que s'était-il passé avant ?

Talbot repoussa le fauteuil en arrière et étendit ses jambes. Puis, croisant les mains derrière la tête, il porta les yeux au plafond. « Vous voulez toute l'histoire ?

— S'il te plaît.

— D'accord. On est allés au Gunwharf. Pour boire quelques bières. Une soirée tranquille pour un mercredi.

— Quelle heure ?

— Deux plombes. À la fermeture du Forty Below. Puis on a regagné la voiture, vous savez, en bavardant.

— T'étais avec qui ?

— Steve Pratchett.

— Il travaille pour Bazza ?

— Il est plâtrier de son métier.

— Où est-ce qu'on peut le trouver ?

— Aucune idée.

— Il a bien une adresse, tout de même.

— Probable.

— Un portable.

— Il arrête pas d'en changer. Il est toujours à chercher un nouveau modèle. Ce type ne supporte pas la couleur rouge, allez savoir pourquoi.

— Alors, il s'est passé quoi ?

— Le Transit était garé à l'angle de Keppel's Head. On démarrait quand on a vu ce mec qui sortait d'une Cavalier. Au début, on a pensé qu'il était bourré. C'est quand on est passés à côté qu'on a vu dans quel état il était.

— Il était déjà amoché ?

— Quoi ?

— Laisse tomber. Vous vous êtes arrêtés ?

— Bien sûr. Le type s'était fait éclater. Il avait du sang partout. Et puis il s'est redressé en grognant et en gémissant, et peut-être qu'il a pensé que c'était nous qu'on l'avait tapé, parce qu'il s'est jeté sur nous.

— Incroyable, dit Winter en secouant la tête. Tu ferais jamais une chose pareille, Chris !

— C'est bien ce que je dis. Alors, Steve et moi, on a fait de notre mieux pour le nettoyer et on lui a demandé où il voulait qu'on le raccompagne.

— Chez lui, pardi.

— Ouais, sauf que c'est pas ça qu'il voulait. C'est à la gare qu'il allait. Il en avait sa claque de Pompey. Se barrer, il voulait rien d'autre.

— Mais la gare était fermée.

— C'est ce qu'on lui a dit. Mais ça changeait rien. Il pissait le sang et il avait que les horaires des trains en tête. » Talbot se frotta le visage et bâilla de nouveau. « À la fin, on a fait ce qu'il voulait, on l'a emmené à la gare. On l'a porté jusqu'au tourniquet, et on n'a même pas eu un remerciement.

— Et les menottes ?

— Quelles menottes ?

— Vous l'avez pas attaché au tourniquet avec une paire de bracelets ?

— Putain que non. Pourquoi on ferait une chose pareille ? »

Winter savait qu'il était inutile de poursuivre sur ce point. Il savait que les menottes faisaient partie du message, mais la caméra n'avait pu filmer ce détail.

« Et les sachets ?

— Sachets ?

— On a trouvé une demi-douzaine de sachets d'héro dans la boîte à gants de la Cavalier, dit Winter, buvant son café. Vous les auriez pas planqués là, par hasard ? Ç'aurait été un fameux service rendu.

— Pour qui ?

— Nous. On veut autant que vous que ces types foutent le camp.

— Vraiment ? » La curiosité de Talbot s'éveillait enfin. « Dommage que vous les ayez pas encore coffrés. Vous préférez vous donner du mal pour nous coincer, nous.

— C'est vrai ? » Winter avait pris un air peiné. « Vous êtes assis sur une montagne de fric, et tu te plains qu'on vous gâche la fête ?

— Vous aimeriez bien.

— Quoi, on fait des descentes peut-être ? On fouille au corps ? Pour choper une douzaine de couillons qui ont pas deux grammes à eux tous ? En quoi ça pourrait toucher Bazza ?

— Vous savez bien de quoi je parle.

— Ah bon ? » Winter avait pris un air dépassé. « Tu veux bien me traduire, Jimmy ? »

Suttle secoua la tête. Il griffonnait des notes sur son calepin. Plus tard, quand Winter aurait fini, il prendrait une déposition en bonne et due forme.

Winter réfléchissait à ce dernier tournant dans la conversation. Il avait entendu des rumeurs au sujet d'une opération secrète contre un grand délinquant de la ville, mais il avait attribué ce bruit à un exercice de propagande de la direction, travaillée par son sens de la morale. Si personne n'avait encore jamais posé un doigt sur Mackenzie, alors il était bon de prétendre que quelqu'un s'y attelait enfin. Mais peut-être que, pour une fois, la rumeur disait vrai.

« Dis-m'en un peu plus, reprit-il enfin, et nous te laisserons tranquille.

— Vous plaisantez, non ?

— C'est Bazza qui t'inquiète ? Tu parles pas sans qu'on t'en donne l'ordre ?

— Allez vous faire foutre.

— Je te remercie. » Winter soutint un instant le regard de Talbot, puis il sortit une carte de visite de son portefeuille. « Quand le grand homme est-il de retour ?

— Baz ? Cet après-midi.

— Bien. » Winter posa la carte sur la table. « Il y a mon numéro de portable dessus. Dis-lui de m'appeler s'il en a envie. Ce soir, ce serait parfait. Il y a rien de bien à la télé. »

Il fallut moins de dix minutes à Faraday pour transformer la réunion de Tumbril en un tête-à-tête avec Willard. Brian Imber avait rapporté les résultats de sa visite à la banque de Mackenzie : ce dernier venait de mettre en vente son appartement au Gunwharf au prix de six cent quatre-vingt-quinze mille livres.

« Il doit y avoir une raison », dit Imber, perplexe.

Faraday aurait bien voulu l'aider, mais il ne le pouvait pas. Selon toute probabilité, Mackenzie récoltait du cash en vue de l'achat de Spit Bank, la preuve, s'il en fallait une, que Nick Hayder avait soigneusement choisi son appât. Mais à un coup d'œil en direction de Willard répondit un très discret signe de refus de la tête. Toute référence à Graham Wallace ou au fort était encore interdite en présence de Brian Imber. Pour le moment, du moins.

Willard mena la discussion en terrain plus sûr. Il voulait connaître l'apport exact de Prebble ; jusqu'où était allé l'expert et dans combien de temps il pouvait espérer un compte exact des biens sous le contrôle de Mackenzie. Faraday devait reconnaître l'importance de cette information. Dès l'instant où ils pourraient lier Mackenzie à un délit spécifique – de quoi ouvrir une instruction judiciaire –, ils pourraient déclencher le processus de confiscation de ces biens. À partir de là, il appartiendrait à Mackenzie de justifier la possession légale de chacune de ses affaires et chacun de ses avoirs divers. Et de l'avis de Prebble, ce serait pour Bazza un défi qui dépassait ses capacités. Dans ce sens, comme le lui rappelait sans cesse Imber, Tumbril avait inversé la conduite de l'enquête : Prebble calculerait d'abord combien ils pouvaient rafler à Mackenzie pour chercher ensuite un chef d'accusation capable de tenir devant un tribunal.

C'était cette dernière étape qui, pour autant qu'il pouvait en juger, inquiétait Faraday. Prendre au piège un criminel aussi bien protégé que Mackenzie tenait de la gageure, et seul un détective aussi singulier que Nick Hayder avait pensé que cela valait tout de même le coup d'essayer. Avec le fort de Spit Bank, il avait déniché une belle pomme que Mackenzie aurait peut-être envie de croquer, mais, pour Faraday, les chances de réussir étaient d'autant plus faibles que l'opération Tumbril elle-même était loin d'être étanche.

Un appel téléphonique requit Willard dans son bureau. Quand il revint dans la salle de conférences, Faraday lui rapporta l'interception de la Mercedes de Mike Valentine, juste avant Noël. La voiture avait été arrêtée et fouillée, alors qu'elle venait de Londres. L'action avait été montée par l'équipe de Tumbril, avec le soutien d'autres unités, dans la certitude de saisir une importante quantité de cocaïne. Et ils avaient fait chou blanc.

« Et vous voulez dire... ? demanda Willard, irrité par le rappel de cet éternel problème.

– Qu'il s'est produit une fuite. Quelqu'un a tuyauté Valentine, et aussi Mackenzie. Peut-être pas directement. Peut-être par divers intermédiaires. En tout cas, ça s'est soldé par un fiasco.

— Nous le savons bien, ça. Et nous avons répliqué.

— De quelle façon ? »

C'était un défi ouvert. Willard, manifestement contrarié, ne pouvait se défiler.

« Écoutez, Joe. Nous avons toujours su que Tumbril était à la base un audit, une enquête financière. Il s'agit de documents et de comptes. C'est ce que couvre le budget et, croyez-moi, c'est à peine suffisant. Dès qu'on veut déployer un peu nos ailes, monter une opération, coincer quelqu'un, il nous faut agrandir le cercle, appeler des spécialistes de la filature et de la surveillance. Et, sauf miracle, on ne peut rien faire d'autre.

— Naturellement, dit Faraday, mais quelqu'un a-t-il examiné tous les aspects de cette interception ratée ? Dressé une liste de noms. De gens qui savaient ? De gens qui auraient pu... parler ?

— Je l'ai fait, dit Imber.

— Et ?

— Quelle peut être la longueur d'un bout de ficelle ? On avait besoin des Opérations spéciales pour la couverture. Ça fait deux types, minimum. Quant à ceux de la surveillance, ils sont une demi-douzaine. Disons dix en tout. Des chiffres, Joe. Chacun de ces types a des copains, qui ont eux-mêmes des copains. Et vous vous retrouvez avec la moitié des effectifs de police. Le miracle, c'est que nous soyons restés relativement étanches, en tout cas en ce qui concerne la paperasse. » Il observa un silence. « Vous connaissiez vous-même cette histoire de Whale Island ?

— Non.

— Vous voyez... »

Faraday accepta l'argument d'un hochement de tête. Toutefois, il était toujours curieux d'explorer ce qui s'était passé avant Noël, bien qu'il eût maintenant mieux compris la détermination de Willard à garder sous la bâche Wallace et l'opération d'infiltration. Comment Imber réagirait-il en découvrant sa mise à l'écart d'un tel renseignement, personne ne pouvait le dire, si ce n'est que le problème incomberait à Willard.

« Vous voulez répondre ? » demanda Willard à Faraday dont le portable venait de sonner. Faraday consulta le numéro. Cathy Lamb.

« Je peux, monsieur ?

— Allez-y. »

Faraday se leva et s'éloigna dans le fond du bureau. Derrière lui, Imber revenait à la mise en vente de l'appartement du Gunwharf. Faraday s'arrêta près de la fenêtre et regarda dehors à travers la fente des stores vénitiens. Au ton de Cathy, il sut que c'était une mauvaise nouvelle. J-J avait été arrêté dans une station-service à North End. Il faisait l'objet d'un avis de recherche depuis quelques heures seulement, mais c'était l'appel du gérant de la station-service qui lui avait valu d'être appréhendé. J-J avait eu un comportement suspect à l'une des pompes. Il aurait rempli d'essence sans plomb une bouteille de deux litres et refusé de payer. Une voiture de patrouille s'était portée sur les lieux et, après une brève poursuite, J-J avait été appréhendé.

Faraday ferma les yeux.

« Une poursuite ?

— Il a pris la fuite, Joe. Et j'ai cru comprendre qu'il avait résisté.

— Il n'est pas blessé ?

— Non, mais très nerveux. J'ai parlé avec le sergent d'écrou au Central, et il est averti de la situation. Nous avons pris l'affaire chez nous à cause de l'implication des Scousers, mais Highland Road a dépêché Rick Stapleton et Alain Moffat à l'interrogatoire. Je sais par Winter que vous connaissez le contexte : Daniel Kelly, l'étudiant décédé d'une overdose la nuit dernière. »

Faraday suivait des yeux un vol de pigeons au-dessus des toits voisins. Il aurait aimé filer comme eux, vers le nord, laissant tout ce chaos derrière lui.

« Quel est le chef d'inculpation ?

— Il n'y en a pas. Pas encore. Nous attendons l'interrogatoire.

— Par quelqu'un qui connaît le langage des signes ?

— Le sergent d'écrou continue de chercher quelqu'un parmi nos auxiliaires. Il n'a encore trouvé personne. Ce sera peut-être à vous de venir, Joe. Nous ne pouvons pas attendre plus longtemps.

— Formidable », grogna Faraday. Il jeta un coup d'œil à sa montre, et décida qu'il était inutile de prolonger la conversation. Que cela lui plaise ou non, Willard devait le savoir. Il remercia Cathy et rejoignit la table. Willard devina aussitôt qu'il s'était passé quelque chose.

« Ça va ?

— J'ai bien peur que non, monsieur. » Faraday grimaça un sourire lugubre. « Vous connaissez un bon avocat ? »

Moins d'une heure plus tard, Faraday était à l'hôtel de police. Emboîtant le pas à un constable en tenue, il rencontra l'inspecteur de service. Des profondeurs du bâtiment leur parvenaient des bruits de grille et la gueulante d'un type en manque de nicotine. Faraday savait au moins que ce n'était pas J-J.

« Votre garçon est en cellule, et menotté de surcroît, malheureusement.

– C'était nécessaire ?

– Oui. Il ne s'est pas montré très... coopératif », dit l'inspecteur, choisissant ses mots.

Faraday acquiesça. Il voulait savoir si Hartley Crewdson était arrivé. Pour le moment, J-J pouvait attendre.

« Nous lui avons ouvert l'une des salles d'interrogatoire. Vous voulez un thé ? Quelque chose ?

– Non, merci. »

L'inspecteur passa devant lui, l'invitant à le suivre. Hartley Crewdson était un avocat pénaliste prospère au nord de la ville. Spécialisé dans la défense, il représentait les intérêts d'un flot toujours croissant de jeunes délinquants de Paulsgrove et de Leigh Park. Faraday n'avait encore jamais eu affaire à lui, mais il connaissait la réputation du bonhomme. Beaucoup de policiers tenaient Crewdson pour une menace. Les autres voyaient en lui un génie, le défenseur qui repérait toujours le point faible de l'accusation. Quand vous vous retrouviez vraiment coincé, c'était Crewdson que vous appeliez.

L'inspecteur frappa légèrement à la porte avant d'entrer. Crewdson était assis à la table, un dossier ouvert devant lui. Son goût des costumes et des cravates était rien de moins qu'ostentatoire et, pour un homme approchant la cinquantaine, il s'était fait nombre d'admiratrices parmi les magistrates les plus impressionnables.

« Je vous laisse », dit l'inspecteur à Faraday, avant de refermer la porte derrière lui.

Crewdson s'était levé. Faraday serra la main qu'on lui tendait, curieux de savoir pourquoi Crewdson l'avait appelé pour lui offrir de représenter J-J.

« Paul Winter m'a passé un coup de fil, dit-il brièvement. Il pensait que vous auriez besoin d'un peu d'aide. »

Faraday s'autorisa un mince sourire.

« Winter a raison, dit-il. Vous n'avez pas encore parlé avec mon garçon ?

– Non, je vous attendais pour ça.

– Mais vous avez parlé avec le sergent d'écrou.

– Oui.

– Et ?

– Ce n'est pas aussi moche que vous pourriez le penser.

– Vraiment ? »

Faraday tomba la veste et prit place sur l'une des quatre chaises. D'après Crewdson, les charges contre J-J étaient minces. Winter et Suttle l'avaient photographié frappant à la porte du 30 Pennington Road, mais sans avoir la preuve qu'il en était ressorti en possession de drogue. Ils n'avaient pas vu d'argent changer de main. Eadie Sykes avait signé une déposition, affirmant qu'il n'y avait pas de drogue chez l'étudiant quand ils étaient arrivés chez lui, et elle avait de quoi le prouver avec le film de l'interview. Toujours d'après Sykes, la drogue n'était arrivée que plus tard dans la soirée, déposée devant la porte d'entrée de l'immeuble. Elle avait ensuite filmé la séquence du shoot et la suite. J-J ne pouvait donc pas être inculpé pour avoir fourgué l'héroïne.

« Et cette histoire, à la station-service ?

— C'est un mystère. Personne ne comprend.

— Alors, qu'allons-nous faire, maintenant ? demanda Faraday, s'adossant à sa chaise.

— Je suggère qu'il se contente de se taire.

— Pourquoi ?

— Parce que, de cette façon, nous éliminons les risques. On n'a vraiment pas besoin que votre fils lâche une bêtise capable de l'enfoncer. Le garçon doit être très en colère, c'est évident. Et c'est un aspect qui nous servira plus tard, si jamais ils tentent d'exploiter son refus de parler.

— Au tribunal, vous voulez dire ?

— Oui.

— Vous pensez que ça ira jusque-là ?

— Non. Pas si nous savons être raisonnables. »

Faraday se tut un instant, essayant de mettre un peu d'ordre dans ses pensées. La stratégie de Crewdson était évidente. J-J tiendrait son rôle de sourd-muet.

« Cela veut dire que c'est nous qui devrons le défendre, dit-il enfin.

— Plus exactement, inspecteur Faraday, dit Crewdson avec un sourire, ce sera au ministère d'apporter les preuves. Pas à nous. »

Quelques minutes plus tard, la stratégie arrêtée, Faraday s'en fut trouver le sergent d'écrou. À son grand soulagement, il le connaissait. Les deux hommes dissimulèrent leur gêne par un bref échange de saluts. Comme Faraday lui demandait si quelqu'un avait été pressenti pour assister J-J pendant l'interrogatoire, le sergent lui avoua avoir dû tirer un trait sur les deux interprètes de la maison.

« L'un est en vacances en Égypte, l'autre ne répond pas au téléphone.

— Vous avez essayé ailleurs ? West Sussex ? Surrey ? Dorset ?

— Pour être franc, monsieur, je ne l'ai pas fait. Je sais bien que le syndicat des services de police aime qu'on passe par des interprètes assermentés, mais nous sommes pressés par le temps. Le garçon a besoin qu'on comprenne ce qu'il a à déclarer, c'est évident, mais... »

Le sergent écarta les mains d'un air impuissant. Il se fit un bref silence, que brisa Faraday :

« Vous me demandez de le faire ?

— Je vous demande si ça ne vous dérangerait pas, monsieur.

— Et vous pensez que c'est réglementaire ?

— Je pense qu'on devrait accélérer les choses.

— Bonne idée. » Faraday le regarda dans les yeux. « Ça vous ennuierait que je le voie avant qu'on commence ?

— Bien sûr que non. »

Le sergent d'écrou décrocha un téléphone et appela l'un des gardiens. Une forte femme en blouse blanche se présenta un moment plus tard et entraîna Faraday dans le bloc des cellules. Il était venu maintes fois dans ce lieu – comme élève de l'école de police, jeune aide à la Judiciaire, constable – et cependant il n'aurait jamais imaginé qu'un jour il serait à son tour l'objet de cette attention précautionneuse. La désolation des lieux ne l'avait jamais autant frappé : la lumière crue des néons, ce vert et ce blanc des murs, l'écho sans fin des cliquetis de clés.

J-J occupait une cellule au bout d'un couloir. Une banquette en ciment servait de couchette et, à travers le judas de la porte de fer peinte en gris, Faraday pouvait voir la silhouette de son fils allongé de tout son long sur le mince matelas de mousse. Il avait les yeux fermés, et ses poignets osseux qu'entravait une paire de menottes gisaient sur le bas froissé de son T-shirt. Faraday n'avait jamais vu personne qui exprime tant de détachement et de solitude. Déjà, dans le mouvement d'air produit par la porte que venait de déverrouiller et de pousser la gardienne, il sentait l'âcre odeur d'essence. Il entra dans la cellule.

J-J, n'entendant rien, ne bougea pas. Faraday jeta un regard à la femme. « Vous voulez bien aller chercher M. Crewdson ? »

Elle hocha la tête et partit. Faraday entendit la clé tourner dans la serrure, puis ses pas s'éloigner dans le couloir. Il tendit la main et toucha le visage de J-J. Le garçon ouvrit les yeux, le regardant comme un parfait étranger. Faraday, incapable de sourire, fixa son attention sur les poignets de J-J. Les menottes, trop serrées, avaient mis la peau à vif. J-J se redressa difficilement sur sa couche, tenant ses poignets devant lui comme on porterait un objet précieux.

« Ça fait mal ? » signa Faraday.

J-J secoua la tête. Il était très pâle et évitait le regard de son père. Lorsque Faraday se pencha pour le serrer dans ses bras, il sentit un frisson parcourir violemment le corps de son fils.

« Que s'est-il passé ? »

Un bruit de pas se rapprochait. Il y eut un cliquetis

de clés, et Faraday leva les yeux vers Crewdson qui entrait. La gardienne s'apprêtait à refermer mais Faraday la retint d'un geste. « Il faut lui enlever ces bracelets, dit-il. Il va bien maintenant.

– Je vais en parler au sergent d'écrou.

– Oui, faites-le. »

Crewdson, un homme de grande taille, regardait J-J. Il devait avoir connu cette situation un millier de fois, pensa Faraday. Encore un jeune homme venant se taper le crâne contre le mur de la loi. Une autre défense à mener face aux magistrats.

Faraday fit les présentations. J-J répondit d'un imperceptible mouvement de tête, et Faraday n'était pas certain qu'il se fît une idée exacte de la situation.

« On va t'interroger, lui expliqua-t-il. Deux policiers, des détectives. Ils vont te demander ce qui s'est passé. Tout ce que tu leur diras, c'est ton nom et ta date de naissance. Quant à tout le reste... » Il jeta un regard vers Crewdson pour confirmation. « Tu te contentes de secouer la tête.

– C'est vrai, dit Crewdson. On sait déjà ce qui est arrivé et on a les moyens de le prouver. Les détectives avec qui vous parlerez essaieront de vous pousser à la faute. Et de faute, vous n'en ferez pas, tant que vous ne leur répondrez pas. Tout ira bien. Mais faites ce qu'on vous demande. D'accord ? »

J-J regardait son père qui lui traduisait en signes. Puis son regard se porta sur l'avocat. Cet étranger venait de lui proposer un jeu particulièrement compliqué. Toute expression semblait avoir déserté le visage du jeune homme.

« Tu comprends ce que nous disons ? » lui signa Faraday.

Le lent hochement de J-J amena un sourire au visage de Crewdson. Il se pencha et tapota sur l'épaule de J-J, puis, se tournant vers la porte, appela la gardienne à travers le guichet ouvert. J-J suivait tous ses mouvements, et il y avait dans ses yeux une lueur nouvelle qui pinça le cœur de Faraday.

L'interrogatoire commença quarante minutes plus tard. Rick Stapleton était arrivé de Highland Road en compagnie d'un autre détective, Alan Moffat. Faraday avait eu les deux hommes sous ses ordres pendant trois ans et il s'efforça de désamorcer l'étrangeté de la situation d'une vigoureuse poignée de main. Stapleton était un gaillard élancé de trente-trois ans, n'ayant jamais fait mystère de son homosexualité, un détective que Faraday avait toujours hautement estimé. Moffat, légèrement plus âgé, avait servi à l'Unité de surveillance, avant de revenir à la police judiciaire. Aucun des deux ne rendit son sourire à Faraday.

La pièce nue et blanche était équipée d'un matériel son et image. Il avait été décidé, au Central, d'enregistrer tous les interrogatoires, et deux caméras fixées à bonne hauteur sur le mur offraient une parfaite couverture de la table qui occupait l'espace.

Stapleton et Moffat prirent place d'un côté, J-J et son père de l'autre. Hartley Crewdson récupéra une chaise dans le bureau voisin et s'assit à la gauche de J-J.

Stapleton eut un haussement de sourcils en direction de Faraday.

« O.K. ? »

Faraday acquiesça, observant Moffat qui démarrait l'enregistrement. Les appareils audio étaient installés en bout de table, contre le mur. Moffat reprit sa place, laissant Stapleton sortir les formulaires et faire les annonces préliminaires de rigueur. Stapleton se présenta, mentionna son collègue Moffat, confirma l'heure puis, après avoir annoncé l'enregistrement audiovisuel de l'interrogatoire, se tourna vers J-J.

« S'il vous plaît, déclinez vos nom, prénom, date de naissance. »

Faraday traduisit. J-J parut hésiter un instant, puis haussa les épaules. Son père devait connaître la réponse, non ? Il se fit un bref silence, avant que Faraday réponde aux deux questions. Stapleton jeta un coup d'œil à Moffat. Ils étaient là en terrain nouveau.

« Votre fils est censé répondre lui-même, dit-il. Si vous voyez ce que je veux dire. »

Stapleton poursuivit ses préliminaires. Après avoir expliqué ce que l'on faisait des bandes enregistrées, il jeta un bref regard à J-J, avant de poursuivre : « Vous avez le droit de ne rien dire, lut-il. Mais cela pourrait nuire à votre défense si vous cachez quoi que ce soit susceptible d'encourir des suites pénales. Tout ce que vous direz pourra être retenu contre vous. » Il regarda Faraday. « Voulez-vous lui traduire ça ?

— Je viens de le faire.

— Et il comprend ?

— Bien sûr que oui.

— Bon. Alors commençons par les événements de la veille. Si j'ai bien compris, vous avez participé à la réalisation d'une vidéo. Pourriez-vous nous dire quelque chose à ce sujet ? »

Faraday hésita un instant, avant de poser la question. Un simple mouvement de tête aurait suffi à J-J pour répondre non. Au lieu de cela, il se pencha au-dessus de la table, son regard planté dans celui de Stapleton, invitant le détective à pénétrer dans son monde, lui faisant un long récit de sa rencontre avec Eadie, des photos noir et blanc qu'il avait prises pour le documentaire que réalisait la jeune femme sur Dunkerque, comment elle lui avait appris à se servir d'une caméra et comment son travail à Ambrym l'avait amené à participer à ce nouveau projet sur les héroïnomanes. Son travail, c'était de trouver des sujets. Ç'avait été dur mais intéressant. Il avait rencontré des tas de gens. Et Eadie avait raison. Tout le monde devait être averti au sujet de l'héro.

« Qui est Eadie ?

— La petite amie de mon père.

— Et elle vous a confié la recherche de sujets, donc ?

— Oui, je devais trouver les gens qu'on allait filmer. » Il tendit son bras, mimant une injection. « Les consommateurs. »

Pour Faraday, qui devait lutter pour ne rien perdre de cette tempête de signes, l'expérience frôlait l'irréel. C'était tout ce que J-J avait pu faire depuis un an qu'enregistraient les bandes. Qu'était-il arrivé au « rien à déclarer » ?

Profitant de ce que Stapleton prenait quelques notes, Faraday jeta un coup d'œil à Crewdson. L'avocat regardait J-J d'un air consterné.

Stapleton était de retour. Quand J-J avait-il fait la connaissance de Daniel Kelly ?

« Il y a deux jours. Il y avait cette jeune femme, Sarah. Je pense qu'elle voulait participer à cette vidéo, nous aider à la faire. Elle trouvait que c'était une très bonne idée. Elle connaissait Daniel, et elle m'en a parlé.

— Vous l'avez rencontré ?

— Oui.

— Comment était-il ?

— Perdu.

— Perdu ?

— Troublé, malade. » J-J porta la main à son cœur avec une grimace triste. Faraday chercha le mot juste. « Blessé, dit-il enfin.

— Il avait des amis ? » Stapleton ne quittait pas J-J des yeux.

« Je ne pense pas. Seulement Sarah.

— Et sa famille ?

— Sa mère est en Australie. Il ne voyait jamais son père.

— Diriez-vous qu'il était vulnérable ?

— Sûrement.

— Une cible facile ? »

Crewdson se pencha vers J-J, essayant d'immobiliser ces mains formant des mots. « Ces questions sont totalement orientées, dit-il à Stapleton. Vous manipulez mon client.

— Vous croyez ? dit Stapleton, le regard de pierre. Nous établissons les faits, tout simplement. Monsieur Faraday ? »

Sur le point de soutenir l'avocat, Faraday comprit que la question était adressée à J-J. Comme il la lui traduisait, J-J lui répondit d'un haussement d'épaules.

« Je n'ai pas de problème, signa-t-il à Stapleton. Demandez-moi ce que vous voulez. »

Faraday hésitait. La tentation, maintenant, était de traiter ces réponses avec une certaine latitude, ne fût-ce que dans l'intérêt de J-J.

« Mon fils préférerait que vous ne sortiez pas du sujet, dit-il enfin. Il veut bien vous aider à établir les faits.

— D'accord. » Le regard de Stapleton s'attarda un instant sur Faraday puis revint à J-J. « Que la situation soit bien claire, monsieur Faraday. Vous aviez pour tâche de persuader Kelly de participer à cette vidéo. Kelly allait très mal, et c'est même pour ça que vous êtes allé le voir. Pensez-vous vraiment qu'il était en mesure de prendre une décision sensée ? Soyez franc. »

Il y eut un bref silence pendant lequel J-J réfléchit à la question. À la fin, il secoua la tête.

« La deuxième fois que je l'ai vu, il était dans un état terrible. » De nouveau ce geste de se griffer le cœur, puis un autre, pour la seringue qu'on enfonce. « Il était en manque d'héro. Il n'en avait plus.

— La deuxième fois que vous l'avez vu ?

— Hier. Avant l'interview.

— Et cette interview, il avait envie de la faire ?

— Je... » J-J fronça les sourcils. « Je ne sais pas. »

Une fois de plus, Faraday fut tenté d'arranger la réponse. Mais le haussement d'épaules et la mimique de J-J ne prêtaient guère à méprise. Stapleton consulta à nouveau ses notes, prenant son temps.

« Mais l'interview a bien eu lieu, n'est-ce pas ? demanda-t-il enfin.

— Oui.

— Pourquoi Kelly était-il partant ? Qu'est-ce qui a fait la différence ? »

Hartley Crewdson intervint pour la seconde fois. Ces questions étaient très préjudiciables aux intérêts de son client, elles l'amenaient à s'incriminer lui-même. Faraday regardait le plafond. Vingt-cinq ans de métier lui soufflaient que l'avocat n'avait aucune chance.

Stapleton jeta à peine un regard en direction de Crewdson et demanda à Faraday de traduire l'intervention de son défenseur. J-J signa que les questions de Stapleton ne le gênaient pas. Il était ici pour expliquer exactement ce qui s'était passé. Il n'y avait pas de problème.

« Alors, répondez à la question. Pourquoi Kelly a-t-il accepté de faire l'interview ? »

J-J répondit qu'il avait accepté d'acheter de la drogue pour Kelly. Faraday se tourna vers Stapleton.

« Il dit que Kelly lui a demandé un service.

— Lequel ? »

Faraday jeta un regard à son fils, le vit qui mimait de nouveau une injection, et il comprit que sa tentative de père d'aider son enfant était vouée à l'échec. D'une manière ou d'une autre, J-J était décidé à dire toute la vérité sur les événements de la veille et ne semblait pas se soucier des conséquences.

Stapleton regardait Faraday. Quelle était exactement la réponse de J-J ? Faraday s'adossa à sa chaise, soudainement conscient du poids de la culpabilité. Encore une réaction de ce genre, et ce serait à son tour d'être inculpé. Pour entrave au cours de la justice.

« Il vous dit que Kelly lui a demandé de lui acheter de la drogue.

— Ce n'est pas ce que vous avez d'abord traduit.

— Je sais. Vous vouliez une précision, je vous l'ai donnée. D'accord ? »

Pour la première fois, Stapleton se permit un très léger sourire. C'était là, comprit aussitôt Faraday, un avertissement.

« Demandez à votre fils s'il a accepté d'acheter de la drogue. »

Faraday signa la question. J-J hocha la tête, répondant avec des gestes lents, comme on épelle les mots, dans le but d'éviter à son père de se compromettre davantage.

« Kelly vous a-t-il indiqué où aller ?

— Oui.

— Il vous a donné de l'argent ?

— Oui.

— Quelle était l'adresse ? »

Lisant la question sur les lèvres, J-J signa Pennington Road. Faraday traduisit.

« Numéro ?

— Trente.

— Et vous avez acheté la drogue ?

— Ils ont pris l'argent.

— Qui ? Ils ?

— Deux types.

— Des noms ?

— Il y en a un qui s'appelle Terry.

— Combien ils vous ont pris ?

— Quatre-vingt-dix livres.

— Et ils vous ont remis la came ?

— Non.

— Pourquoi ?

— Je ne sais pas.

— C'est du vol, ça. Pourquoi ne l'avez-vous pas signalé à la police ? »

Il se fit un silence, pendant que J-J s'efforçait de trouver une réponse. Faraday jeta un regard vers Crewdson. À son étonnement, l'avocat lui fit signe de ne pas intervenir. Alan Moffat se redressa sur sa chaise, prenant la relève de Stapleton. Ayant établi que J-J était retourné à l'appartement de Kelly sans la drogue, il s'intéressa à Eadie Sykes.

« Elle ne savait pas au sujet de l'héro, dit J-J.

— Mais elle savait dans quel état se trouvait Kelly ?

— Oui.

— Et elle tenait quand même à faire cette vidéo ?

— Oui.

— Et vous étiez d'accord avec ça ? »

Il y eut un nouveau silence. Puis J-J secoua la tête.

« Pourquoi vous n'étiez pas d'accord ? intervint Stapleton.

— Parce que je trouvais ça cruel.

— Cruel ? Comment cela ?

— On profitait de lui. »

Stapleton prit des notes, releva la tête.

« Dans quel état se trouvait Kelly quand vous l'avez filmé ?

— Un sale état. Terrible. Ça se voit sur la bande.

— Mais toujours pas d'héro ?

— Non, ils sont venus plus tard.

— Comment ?

— Quelqu'un est passé. Il a sûrement sonné à l'interphone, parce que Daniel est descendu.

— C'étaient les mêmes types que vous aviez vus ?

— Je ne sais pas. Je ne suis pas allé regarder. »

Sans qu'on l'y invite, J-J décrivit avec l'aide de Faraday ce qui s'était passé ensuite. Eadie avait pris la caméra. Daniel s'était piqué, puis il était allé se coucher.

« Comme un homme soûl, précisa J-J. Comme un zombie. »

Stapleton se pencha vers lui. « Et vous n'avez participé en rien à ça ?

— Non.

— Pour quelle raison ?

— Je pensais que c'était mal.

— Et vous le pensez encore, maintenant que Daniel est mort ?

— Je le pense toujours.

— Vous pensez que vous êtes responsable de sa mort ?

— Ça, non. Il serait mort de toute manière.

— Alors pourquoi était-ce mal ?

— Parce qu'on le volait.

— Vous le voliez ? »

Stapleton demanda confirmation de la traduction à Faraday, qui acquiesça d'un signe de tête, résigné maintenant à laisser l'interrogatoire suivre son cours. Stapleton revint à J-J.

« Le voler comment ? Lui voler quoi ? »

J-J prit son temps. Il regardait son père. Finalement, il dessina une forme et mima le geste d'arracher.

« Je crois qu'il désigne la vie entière de Kelly, dit-il. En la filmant et en emportant la bande, ils lui ont pris sa vie. »

L'interrogatoire se termina à 17 h 05. L'un après l'autre, Stapleton et Moffat revinrent sur les déclarations de J-J, confirmant certains détails, exigeant d'autres informations, s'assurant que J-J n'avait rien oublié. Finalement, comme s'ils réparaient un oubli, ils l'interrogèrent à propos de l'incident à la station-service. Pourquoi ces deux litres d'essence ?

Faraday, se préparant à de nouvelles révélations, traduisit la question. Cette fois, à son grand soulagement, J-J se borna à secouer la tête.

« Vous ne le savez pas ou vous ne voulez pas nous le dire ? »

Nouveau mouvement de tête. Stapleton chercha le regard de Faraday.

« Il veut dire : pas de commentaires. »

Après quoi J-J fut reconduit dans sa cellule, jetant à peine un regard à son père. Faraday et Crewdson furent introduits dans le bureau de l'inspecteur de service, pendant que Stapleton et Moffat s'entretenaient avec le sergent d'écrou. Faraday savait que le sort de J-J serait probablement réglé d'ici une demi-heure.

« Qu'en pensez-vous ? »

Crewdson avait ouvert la fenêtre et allumé un cigarillo.

« Je pense, dit-il en exhalant un nuage de fumée, que je me suis trompé. Votre fils a été sensationnel. Dans une salle d'audience, il se serait fait applaudir.

— Je ne vous suis pas.

— Il n'a fait que confirmer tout ce qu'ils savaient déjà. Bien sûr, il a voulu approvisionner Kelly, mais il l'a fait dans les meilleures intentions. Il est évident qu'il a joué le rôle d'intermédiaire, mais il a été choqué par ce qui a suivi. Il y a autre chose aussi.

— Quoi ?

— Vous avez déconné avec une ou deux questions... n'est-ce pas ? »

Faraday hocha la tête, sentant monter une chaude rougeur à son visage. « L'instinct, murmura-t-il. Je n'ai pas pu m'en empêcher. »

Crewdson le regarda un bref instant et fit un pas vers lui. Faraday se sentit profondément reconnaissant de cette main pesant un instant sur son épaule.

« Je ne vous le reproche pas, dit l'avocat. N'importe quel père aurait fait de même. Mais c'est parfait que tout soit enregistré sur vidéo. »

Faraday regarda l'homme. Cette dernière heure l'avait bouleversé bien plus qu'il ne l'aurait pensé. Alors pourquoi ce grand sourire sur le visage de Crewdson ?

« Vous êtes en train de me dire que c'est irrecevable ? demanda-t-il enfin.

— Totalement. Ils n'avaient absolument pas le droit de vous placer dans cette situation, un conflit d'intérêts flagrant. Croyez-moi, cet interrogatoire n'atterrira jamais sur le bureau d'un juge. » Il donna une dernière tape à l'épaule de Faraday. « Ces policiers ne le verront pas de cet œil... mais, après tout, ce sont des policiers. »

L'entrevue avec le sergent d'écrou eut lieu peu après. Faraday suivit Crewdson jusqu'au bureau des garde-à-vue. Ils croisèrent Stapleton et Moffat dans le couloir. Les deux constables se dirigeaient vers le parking. Ils ne pipèrent mot ni l'un ni l'autre.

Le sergent se tenait à son bureau, feuilletant le compte rendu de l'interrogatoire. Il les accueillit d'un signe de tête puis, prenant son stylo, il jeta un coup d'œil à la pendule murale et prit note. Finalement, il referma le cahier.

« J'ai parlé avec les constables Stapleton et Yates. » Il tapota du plat de la main le compte rendu. « J'ai aussi pris connaissance des déclarations des constables Winter et Suttle. Compte tenu de la totale coopération du garçon, il n'y a plus de raison de le maintenir en détention. Il est donc libéré à titre provisoire, avec obligation de se présenter ici même le 5 avril prochain. » Il sortit un document à signer. « Si vous voulez bien, monsieur Faraday ? »

12

Jeudi 20 mars, 17 h 30

S'il y avait un endroit que Jimmy Suttle n'aurait pas choisi pour un rendez-vous discret, c'était bien le dernier étage de Debenhams. La cafétéria du Debs était le rendez-vous des ménagères fatiguées, flanquées de mômes, ou d'employés en quête d'un en-cas pas cher. Que pouvait bien faire un canon comme Trudy Gallagher dans un décor pareil ?

« C'est la journée de la Croix-Bleue. Les boutiques bradent à fond. Pourquoi vous faites le difficile ? Vous êtes riche ou quoi ? Regardez. » Elle se pencha pour prendre son sac et en sortit une collection de dessous féminins dans leurs boîtes d'emballage. Deux petites culottes en dentelle noire. Un bikini rouge pour l'été. Trois strings en soie au cas où elle rencontrerait l'homme de ses rêves. « Moins de quarante livres le tout. Content maintenant ?

— Très. » Suttle pensait au corps qu'ils avaient trouvé dans la maison de Bystock Road. De la dentelle noire aurait été parfaite. « Et des trucs pour mec, il y en a aussi ?

— Il n'y a que l'embarras du choix. 501. Nike. Adidas. Des trucs qu'on paie une fortune ailleurs.

— Alors, je devrais peut-être y faire un tour. » Il désigna du doigt la coupe de crème glacée, arrosée de sirop d'érable. « Pendant que vous terminez votre glace.

— Non, restez ici. »

Elle pencha la tête pour cacher son sourire et piocha dans sa coupe. Elle avait appelé Suttle au numéro de portable qu'il lui avait donné au Gunwharf, la première fois qu'ils s'étaient rencontrés. Elle voulait lui parler de quelque chose, mais ça devait rester secret. Rien qu'elle et lui. Si jamais il se pointait avec ce branleur de Winter, il n'y aurait pas de conversation.

Suttle, amusé par son attitude à l'égard de Winter, avait prétexté un rendez-vous chez le dentiste et laissé Paul Winter poursuivre une enquête au porte-à-porte dans Portsea. Il l'avait entendu parler au téléphone avec le sergent de la brigade criminelle, lui disant que jamais personne à Portsea, hormis un fou, ne témoignerait contre un des lieutenants de Bazza. Mais l'inspecteur Lamb était contrainte à un résultat, et elle tenait à ce porte-à-porte. Winter, bien sûr, n'avait pas été trompé par le prétexte du dentiste, mais il était heureux de laisser un peu de mou au jeune homme. « Je ne sais pas qui c'est, mais embrasse-la pour moi. »

Trudy avait abandonné sa glace. La zone fumeurs était dans le fond de la cafétéria, à côté des toilettes. Suttle tira une chaise pour elle, humant un riche parfum quand elle s'assit. Sa dernière petite amie aussi avait été folle de Ralph Lauren, bien qu'un atomiseur à trente-six livres n'ait rien fait pour sauver leur relation.

« Où est-ce que vous avez appris des choses pareilles ? » Trudy sortit deux Marlboro et en posa une à côté du verre de Suttle.

« Comment ça, des choses pareilles ?

— Vos manières.

— C'est naturel. Je suis né poli.

— Naturel, tu parles. Comment est-ce qu'un chic type comme vous peut faire un tel boulot ?

— Ça paie bien. Et puis on rencontre des gens intéressants.

— Qui, par exemple ?

— Vous, pour commencer.

— Je suis pas venue ici pour me faire baratiner.

— Au contraire, vous êtes venue pour ça. Du feu ? » Il gratta une allumette et approcha la flamme. Elle inclina la tête et il sentit sur son poignet la douceur de ses cheveux. L'instant d'après, derrière un nuage de fumée, elle se mit à rire.

« Tu sais, dit-elle, t'es vraiment sympa. La plupart des mecs dans cette ville n'ont jamais rien compris. Ils te traitent comme si tu sortais d'un zoo. Ils secouent ta cage. Te filent un coup de pompe pour voir si tu respires encore. Mais toi, tu es un gentil, pas vrai ?

— Ouais, je le suis. » Suttle opina de la tête.

« J'aime ça chez les hommes. Vraiment. Et il n'y en a pas assez comme ça dans les parages.

— Quoi ?

— Des gentils. » Elle se tut au passage d'une matrone en ample manteau en route vers les toilettes.

Suttle capta un parfum d'atmosphère quand elle

poussa la porte, puis Trudy lui fit signe de se rapprocher.

« C'est au sujet de Dave Pullen, dit-elle à voix basse. J'ai fait une belle connerie et je suis morte de trouille à l'idée de ce qui pourrait arriver. Il y a tout un tas de gens à qui je pourrais en parler, mais ils ne sauront rien de rien.

— Alors, pourquoi moi ?

— Je te l'ai dit. Tu es sympa. Et puis tu as aussi une cervelle.

— Mais je suis flic.

— Ouais, mais c'est pas de ta faute.

— Merci.

— Je suis sérieuse. Si j'avais besoin d'un flic, j'irais voir l'oncle Paul. Je sais qu'il peut être très tordu, parfois, mais il sait s'y prendre quand on en arrive aux affaires sérieuses.

— Qui dit ça ?

— Ma mère. Et elle doit en savoir quelque chose. »

Suttle hocha la tête. Il y avait ici des pièges, il le savait. Pourtant, la jeune femme lui paraissait sincère. Non seulement elle avait manifestement un faible pour lui, mais elle voulait son avis. Était-ce trop demander ? Il pensait que non.

« Parle-moi de Dave Pullen, dit-il d'un ton détaché. Fais comme si je ne savais rien.

— Qu'est-ce que tu pourrais savoir ?

— Je sais que c'est lui qui t'a fait mal l'autre nuit.

— Et comment tu pourrais le savoir ?

— J'ai bien écouté quand on était au Gunwharf. Et je t'ai observée aussi.

— Tu m'as écoutée ? Alors, c'est une première. C'est rare qu'on écoute les meufs dans cette ville. »

Elle fronça les sourcils. « Pourquoi avoir soupçonné les Scousers, alors ?

– Hypothèse de travail. Tu fais le compte de ce que tu sais, tu cherches un motif, vois si ça colle ou pas. Des fois, ça marche. » Il haussa les épaules. « Des fois, ça marche pas.

– Très juste. Les Scousers étaient bien.

– Non, ma jolie. Ces types, c'est de la racaille.

– Alors, tu dirais qu'il est quoi, Dave ?

– Qu'il est une canaille. Et moche avec ça. Alors, qu'est-ce que tout ça fait de toi ?

– Tu veux la vérité ? Ça fait de moi une pathétique petite connasse qui a merdé grave. Tu sais ce que j'ai fait au sujet de Dave ? Tu veux vraiment savoir à quel point je peux être conne ?

– Raconte.

– Il y a un type qui s'appelle Bazza Mackenzie. D'accord ?

– D'accord.

– Bon, ma mère et Bazza se connaissent depuis toujours. Ils ont couché ensemble pendant des années. Il est comme de la famille, et il a veillé sur moi autant que sur ma mère. Ça fait déjà quelque temps qu'ils ont des problèmes entre eux, mais ça n'a jamais rien changé pour moi. Si j'ai besoin de quelqu'un à qui parler, vraiment parler, je sais qu'il sera toujours là pour moi.

– Alors, tu lui as dit au sujet de Dave ?

– Ouais, tout juste.

– Et tu te demandes ce qui pourrait se passer maintenant ?

– Je sais ce qui va se passer. Bazza le tuera. Ce qui serait encore une chance pour Dave.

– Et ça te tracasse ?

– Bien sûr que oui. Dave a ses mauvais côtés, comme tout le monde. Si je ne le revois plus jamais, il n'y aura personne de plus heureuse que moi, mais on vit pas plusieurs mois avec un mec sans éprouver quelque chose pour lui. C'est une tête de nœud et il peut être horrible, parfois, mais j'aurais pas dû ouvrir ma gueule comme ça devant Bazza. Parce que ce sera ma faute, pas vrai ? Quand il se sera fait briser les jambes... »

La porte des toilettes s'ouvrit, laissant échapper une nouvelle bouffée de désodorisant. Suttle attendit que la femme s'éloigne pour se pencher en travers de la table.

« Il y a une chose que je ne comprends pas.

– Quoi ?

– Pourquoi tu me parles de Dave Pullen ? »

Trudy accorda à la question quelque réflexion. Puis elle jeta un coup d'œil à sa montre, avant d'écraser son mégot dans le cendrier.

« Tu habites vraiment à Petersfield ?

– Pas loin, oui.

– Une maison à toi ?

– Une location. Un cottage que je partage avec un collègue.

– Super. » Elle tendit la main vers son sac. « Je connais tout un tas de pubs super dans le coin. »

Le temps qu'Eadie Sykes arrive à Guildhall Square, la manif avait déjà commencé. Elle ne savait pas estimer l'importance d'une foule mais, après un bref tour d'horizon, elle pensa un millier de personnes. De son perchoir en haut des marches du

Guildhall, un homme mince, très animé, en jean et T-shirt, livrait dans un mégaphone ce qu'il pensait de cette guerre et se disait prêt à partir pour Bagdad comme bouclier humain, décidé à risquer sa chair et son sang sur l'autel de ces va-t-en-guerre fascistes. La référence à Bush et sa machine à tuer qui avait coûté des milliards de dollars lui valut une clameur d'approbation de la part d'un contingent de lycéens dans la foule. Le candidat au martyre termina sur un appel à la solidarité.

Eadie vit le mégaphone passer dans les mains d'un homme imposant, grand et large comme un ours. Il regarda la foule des manifestants, animée de remous, et s'efforça d'imposer un peu d'ordre. La manif devait se former derrière les porteurs de banderoles. Après la gare, ils prendraient Commercial Road. Le but était de se rassembler devant l'*Excellent*, à Whale Island. Mais, compte tenu du nombre de flics, il se pouvait qu'ils n'aillent pas aussi loin.

Eadie savait ce qu'il entendait par là. Elle avait téléphoné au collectif Stop à la guerre, qui organisait la manifestation, et son offre de filmer l'événement avait emballé tout le monde. Ils projetaient de rassembler des reportages vidéo des manifs dans tout le pays, et de produire ainsi un documentaire d'une demi-heure, qui mêlerait les images et les interviews des manifestants à celles de la guerre engagée. Il y avait ainsi une chance, lui avait dit son interlocuteur, de filer une claque au gouvernement, et peut-être de le faire revenir sur sa décision. Même encore maintenant, avait-il ajouté, alors que les troupes britanniques entraient en Irak, il devait bien se trouver parmi les dirigeants un homme doué d'un soupçon de conscience.

Eadie en doutait fort. Il était clair que c'était la guerre de Tony Blair, la conséquence d'un arrangement passé avec les néoconservateurs de Washington. Comment un Premier ministre de centre gauche pouvait-il s'allier à une bande de fascisants richissimes dépassait son entendement, mais il était clair que les forces de l'ordre n'avaient pas fini d'en découdre. L'homme au mégaphone avait raison. La foule était déjà contenue par une rangée de policiers en tenue, et le bruit courait que des douzaines de fourgons de police attendaient de l'autre côté de la place.

Eadie leva la petite Sony et commença à prendre des images. Un plan large depuis les marches du Guildhall embrassa l'importance de la foule. Une brève interview de l'homme au mégaphone donna une tirade éloquente contre la trahison du New Labour. Puis, se mêlant à la foule, elle se concentra sur les prises qui d'après elle auraient un impact : un gosse avec un T-shirt imprimé d'un LE CAPITALISME PUE, deux gays brandissant un VA TE FAIRE METTRE, BOY GEORGE, un retraité en fauteuil roulant fâché avec son sonotone.

Surfer sur ces visages, les capter sur la bande lui procurait une véritable sensation d'affinité, à la fois intime et détachée. Elle mettait son savoir-faire au service d'une cause, et elle n'aurait pu souhaiter meilleure contribution. Durant les prochaines heures, au gré des événements, certaines photos pourraient bien faire la différence. C'était en quelque sorte une version plus vaste, plus publique de ce qu'elle essayait de faire avec son projet sur la drogue. Les comportements devaient évoluer. Les gens méritaient qu'on leur dise la vérité. Il était temps que la nation se réveille.

Se faufilant vers le premier rang des manifestants, elle sentit la foule se mettre en marche. À la sortie de la place, elle s'écarta du cortège pour le prendre dans son viseur. Puis, repérant un trou, elle regagna le flot humain, entonnant avec lui : « Non, non, on n'ira pas, on n'ira pas se battre pour Texaco ! » La police était partout. Elle filma quelques policiers, les bras croisés, attentifs, leurs minuscules oreillettes les informant du mouvement des manifestants. Puis elle vit soudain autre chose dans le petit viseur : un policier caméraman qui la filmait.

Le rideau autour du lit de Nick Hayder était ouvert quand Faraday put enfin accéder aux soins intensifs. Il était venu en voiture à l'hôpital après avoir déposé J-J chez lui. Le trajet jusqu'à la maison du marinier avait été tendu. J-J était blême, totalement absent ; et le temps qu'il le laisse devant la porte, Faraday avait le sentiment que c'était lui, et non son fils, l'accusé. Essayant de briser la glace, il avait demandé à J-J ce qu'il comptait faire avec l'essence. Et la réponse froide l'avait gelé jusqu'à la moelle.

« J'allais foutre le feu à leur maison. La maison des types avec la drogue. »

Est-ce qu'il plaisantait ? Était-ce simplement un geste, l'expression d'un souhait, après les événements auxquels il avait été mêlé ? Ou bien y avait-il quelque chose de plus profond chez son fils sourd, une violence qu'il n'avait jamais détectée ? À la vérité, Faraday n'en avait aucune idée. Il savait seulement que ces événements, plus tout le reste, menaçaient de submerger sa petite embarcation.

Le responsable du service des soins intensifs lui déclara que l'état de M. Hayder avait été stabilisé. Pleinement conscient, il pouvait respirer sans assistance et les risques d'infection pulmonaire étaient très faibles. Il lui faudrait toutefois du temps avant que ne lui revienne la mémoire de faits récents, et il se pourrait bien que le souvenir de la nuit de mardi soit perdu pour toujours mais, grâce à Dieu, il n'y avait aucun signe de dégât neurologique.

Puis, comme Faraday s'enquérait de la blessure au pelvis, le pronostic fut moins rassurant. Dans un jour ou deux, Nick serait transféré au service orthopédique. L'implantation d'une pièce métallique viendrait renforcer le bassin, une fois la fracture réduite, mais les os mettraient au moins trois mois pour se souder. Le procédé était très douloureux, et M. Hayder ne retrouverait pas sa mobilité avant bien longtemps.

Pendant que l'équipe soignante s'occupait de Nick, Faraday fit quelques pas dans le couloir. Il y avait une pièce, passablement déprimante, destinée aux proches. Faraday y entra. Il vit des gobelets de café vides sur la table basse, et un tas de pandas en peluche dans un coin. Il porta son attention sur une reproduction d'Edward Hopper.

« Joe ? »

Une femme blonde et mince se tenait sur le seuil. C'était Maggie, la compagne de Nick.

Faraday alla vers elle et la serra brièvement contre lui. La dernière fois qu'ils s'étaient vus, c'était un mois plus tôt, et déjà les traits de Maggie avaient accusé le naufrage de sa relation avec Nick. Il y avait dans la vie des malheurs plus grands que celui de vivre aux côtés d'un policier, mais à peine.

« Comment est-il ? lui demanda-t-il.

— Plutôt bien, malgré tout. J'en suis stupéfaite.

— C'est tout ce jogging.

— Vous avez raison. C'est ce que le médecin dit. »

Il la regarda. Deux fossettes dans des joues pleines, un teint légèrement marbré de rousseurs, une bouche charnue et des yeux d'un bleu vif. Il l'avait vue au bal de printemps de la brigade, juste quelques semaines avant qu'elle ne rencontre Nick, et elle avait fait se tourner bien des têtes dans la salle.

Elle parla tout bas d'une journée épuisante au lycée et se laissa choir sur l'une des chaises. Faraday proposa d'aller lui chercher un café au distributeur, mais elle secoua la tête.

« Pensez-vous qu'il soit en mesure de lire ? » Faraday eut un signe de tête en direction du sac en plastique transparent. Avec les grappes de raisin et les bananes, il y avait un thriller de Scott Turow.

« Il prétend que oui, mais vous connaissez Nick. Il me dirait n'importe quoi pourvu que ça me fasse plaisir. » Elle regardait Faraday, et il n'eut pas de mal à déceler qu'elle avait envie de se confier. Il ferma la porte et s'assit à côté d'elle.

« Alors, comment ça se passe ?

— Vous voulez la vérité ? Ç'a été comme un soulagement. Je sais, c'est horrible de dire ça mais, voyez-vous, au moins je sais où il est.

— Parce que vous ne le saviez pas avant ?

— Non. Oh, je savais où le trouver, dans ce sinistre appartement qu'il occupe, et des fois, quand il en avait le temps, il venait à la maison, mais ce n'était pas ça le problème. Le problème, c'était qu'il avait l'esprit ailleurs. Il n'était plus l'homme que je pensais connaître. Quelque chose avait disparu, Joe. C'était comme être avec un étranger. Même Euan l'avait remarqué. »

Euan était le fils de Maggie, un studieux adolescent à bésicles dont le flirt avec la fumette avait enfoncé un coin entre Nick et sa mère.

« Comment va-t-il ?

— Il est content de retrouver sa maison, d'être seul avec moi. Nick ne savait pas s'occuper de lui.

— Ce devait être bien difficile.

— Ça l'était.

— Mais pour Nick aussi.

— Vous croyez ? »

La question resta suspendue entre eux. Pour la première fois, Faraday voyait qu'elle ne portait plus la bague que lui avait offerte Nick, une grosse opale montée sur une simple monture en argent, qu'ils avaient dénichée chez un bijoutier dans une ruelle de Corfou.

Faraday se leva et débarrassa la table. Il avait envie de plaider pour Nick, de dire à Maggie combien le métier était dur, exigeant, la convaincre que ce fossé ne s'était pas ouvert entre eux sans de bonnes raisons, mais il vit à l'expression de son visage que ce serait peine perdue. En un sens, Maggie avait raison. Si on désirait une relation heureuse, il valait mieux dans ce cas trouver quelqu'un qui sache tirer un trait, quand se présentait un monstre tel que Tumbril. Elle attendait de la vie de la chaleur et de la joie, le Nick qu'on lui avait présenté, pas le coureur de fond hanté qui clôturait ses impossibles journées en chassant ses propres démons.

La porte s'ouvrit. C'était le responsable que Faraday avait rencontré plus tôt. Les médecins en avaient terminé avec M. Hayder, et ils pouvaient aller le voir.

Faraday regarda Maggie. Elle secoua la tête.

« Allez-y, Joe. Je suis sûre qu'il m'a assez vue. »

Hayder repéra Faraday dès le moment où ce dernier apparut au bout de la salle. Les lacérations le long de la joue et de la mâchoire avaient cicatrisé, lui donnant un drôle de sourire en coin. Il salua du bras et essaya de se redresser. Faraday l'aida à s'installer contre l'oreiller et tendit une main que Hayder serra longtemps.

« Geoff Willard, n'est-ce pas ? demanda-t-il en plissant les yeux d'un air concentré. Comment va la vie au sommet ? »

Un instant, Faraday pensa au pire. Puis il vit que Hayder plaisantait.

« Très drôle. Comment ça va ?

– Comment ça va ? » Hayder désigna le moniteur cardiaque relié à sa poitrine et les perfusions alimentant ses deux bras. Ses blessures à la mâchoire ralentissaient son élocution, mais il était encore apte à la conversation. « Je suis ficelé comme une foutue dinde. » Il se tut pour prendre son souffle. « À part ça, tout va bien. Et toi ? »

Faraday souriait. Ça en disait long sur la journée d'un flic, qu'une visite aux soins intensifs colle un sourire sur votre visage.

« Je vais bien, dit-il. Maggie est dehors.

— Fais-la entrer. On fera la fête.

— Elle ne veut pas être indiscrète. Elle pense qu'on a des choses à se dire. Elle t'apporte des raisins, ce qui me fait passer pour le dernier des derniers.

— Quoi, pas de fleurs ?

— Non, hélas.

— Dieu merci, alors. Quand j'ai enfin repris mes esprits, j'ai vraiment cru que j'étais mort. Cette chambre ressemblait à une chapelle ardente, avec tous ces bouquets. »

Cette pensée lui arracha une grimace. Rire devait lui faire mal. Faraday lui reprit la main.

« Tu es bien mieux que je ne le pensais.

— Des conneries, Joe. J'ai l'air détruit, oui.

— Et tu te sens détruit aussi ? Sincèrement ?

— Sincèrement ? » Son visage se crispa de nouveau sous la douleur. Nick Hayder n'avait jamais eu cent grammes de trop, mais il paraissait plus sec que jamais.

« Sais-tu comment je passe mon temps ici ? demanda-t-il quand il eut repris son souffle.

— Dis-moi.

— Je cours. Dans ma tête. Ils pensent tous que je somnole. Ce matin, j'ai fait mes dix mille mètres, du côté de Hayling. »

Faraday, qui ne lui avait pas lâché la main, sentait les os sous ses doigts.

« Willard t'envoie ses amitiés. Il voulait passer et puis il a eu un empêchement. » Il se tut un instant. « Tumbril, ça te dit quelque chose ?

— Tumbril ?

— Oui.

— Comment foutre... ? »

Hayder le regardait d'un air confondu. Faraday pensa un bref instant que c'était une autre feinte, avant de se rendre compte que non. Quoi que son cerveau ait pu subir, le bonhomme était toujours aussi paranoïaque.

« J'ai repris Tumbril, dit paisiblement Faraday. J'ai pensé que tu aimerais le savoir.

– C'est vrai, sans blague ?

– C'est vrai. Depuis hier matin.

– Mon pauvre ami. » Il ferma de nouveau les yeux en grimaçant. « C'est une saloperie. »

Faraday attendit que la douleur passe. Une infirmière regardait Hayder de l'autre côté de la salle. Finalement, il fit signe à Faraday de poursuivre.

« Non. » Faraday secoua la tête. « Il te faut du repos, ami. Pas question de parler de cette histoire.

– Raconte », dit-il d'un ton volontaire.

Faraday parut hésiter et puis haussa les épaules.

« D'accord. J'ai un bureau à Whale Island et un million de documents à consulter d'ici le week-end. Mais à écouter Willard, ce serait fastoche.

– Willard est un allié. De premier plan. » Sa voix se faisait murmure. « Il est notre protection. Sans lui, t'es baisé. »

Faraday hocha la tête, se demandant jusqu'où il pouvait emmener cette conversation. Hayder lutta encore un peu et puis se calma.

« Tu sais quel a été le vrai problème ? demanda-t-il d'une voix soudain plus forte. Les autres.

– Dans la maison, tu veux dire ?

– Ouais. Comparé à nous les flics, Mackenzie, c'est du gâteau. Je peux me débrouiller avec des criminels ; avec des flics, je ne peux pas.

— Des flics véreux ?

— Des flics en rogne. Des flics pas contents de ce qu'ils ont. Qui pensent que ce sont eux qui devraient diriger tout le bazar. Un truc comme Tumbril leur donne l'occasion de geindre et de pleurnicher.

— Comment se fait-il que moi, par exemple, je n'aie jamais entendu parler de cette opération ?

— Parce que tu étais trop occupé à bien faire ton boulot. » Il ferma les yeux un instant. « Passe-moi un peu d'eau, tu veux ? » Il désigna le gobelet muni d'une paille sur sa table de nuit. Faraday l'aida à boire. Puis Hayder reposa sa tête contre l'oreiller ; son front était perlé d'une fine sueur.

« Le TCU se fout de notre gueule, reprit Hayder, décidé à aller jusqu'au bout de cette conversation. Ils pensent qu'on leur a volé leur bébé, et tu sais quoi ? Ils ont foutrement raison.

— Le TCU ? Tu veux dire la bande à Harry Wayte ?

— Ouais.

— Tu veux me donner des noms ?

— Je n'ai pas de noms. C'est une histoire d'équipe. Ce sont des types bien, vraiment, mais ils détestent la compétition.

— Et tu penses que c'est... peu serviable de leur part ?

— Je pense que c'est une vraie plaie. » Il se tut pour reprendre son souffle et tourna la tête de côté. « Tu vois cette beauté, là-bas ? » Son regard désignait la jeune infirmière que Faraday avait déjà remarquée. Elle était plus proche d'eux maintenant, distribuant les médications. « C'est elle qui s'occupe de moi.

Elle se prénomme Julie. Elle adore me mettre mes couches. Eh, Julie ! »

Faraday vit l'infirmière lui rendre son sourire, et il comprit qu'il avait poussé Nick un peu trop loin. Encore dix minutes de Tumbril, et le collègue retournerait en réanimation.

« Écoute, Nick. » Il se pencha vers l'oreiller. « Juste une dernière chose.

« Vas-y.

– Que s'est-il passé pour que tu sois dans ce lit ? »

Hayder leva les yeux vers lui.

« J'en ai aucune idée, ami, murmura-t-il enfin.

– Tu ne te souviens de rien ? Aucun détail ? Aucune image ?

– Rien, répondit Hayder en bougeant péniblement la tête. Je croyais que tu le savais. »

Suttle emmena Trudy Gallagher dans un pub à Buriton, pittoresque village niché au pied des collines des South Downs. Un jeudi soir, le pub était presque vide. Ils s'installèrent dans un coin près de la cheminée où brûlait un bon feu. Deux chopes et quatre Bacardi leur donnèrent faim, et Trudy tint à arroser le dîner d'une bouteille de champagne. Au grand plaisir de Suttle, elle était déjà passablement bourrée.

« On fête quelque chose ou quoi ? lui demanda-t-il en lui versant une deuxième coupe.

– Ouais, répondit Trudy en le regardant à la lueur de la bougie. J'ai quelque chose à fêter.

– Et quoi donc ?

– Tu ne veux pas le savoir, dit-elle en gloussant.

— Allez !

— Pas question. Tu me prendrais pour une timbrée. Parlons de toi, plutôt. Winter disait que tu étais marié.

— Il ment.

— Tu l'as été... marié ?

— Sûrement pas. Qui a envie de se marier à mon âge ?

— Et ton père et ta mère ? »

Suttle battit des paupières. Trudy était décidément plus soûle qu'il ne le pensait.

« Qu'est-ce que tu veux savoir ?

— Ils sont toujours mariés ?

— Ouais. Mon père est complètement toqué de ma mère. Il l'a toujours été. Il est comme un gosse quand elle est là. Toujours dans ses jupes.

— Ça doit être sympa d'avoir des vieux comme eux.

— J'y ai jamais pensé. » Suttle prit une frite. « Et toi ? Tes parents ?

— J'ai jamais eu que ma mère.

— Depuis toujours ?

— Ouais, pour autant que je m'en souvienne.

— Et ton père ?

— Je l'ai jamais connu. Ma mère avait des tas de mecs mais aucun qui m'ait reconnue comme sa fille. »

Elle fit la moue et tendit la main vers son verre. « À nous ! »

La serveuse débarrassa les assiettes et tendit la carte à Suttle. À la place d'un dessert, Trudy choisit un rhum-coca, et insista pour que Suttle prenne une autre bière. Une tourte aux rognons semblait avoir un peu chassé les vapeurs d'alcool du cerveau de Trudy, et quand Suttle lui demanda avec qui elle sortait en ce moment, elle prit la question au sérieux.

« C'est dingue », dit-elle. La tête inclinée, elle se mit à tourner entre ses doigts une mèche de cheveux. « L'année dernière, j'ai vécu avec un type beaucoup plus vieux que moi. Il s'appelle Mike. Un ami de ma mère. Tu sais, ma mère et moi, on s'est jamais entendues, et il est arrivé un moment où il fallait vraiment que je me barre de chez elle. Mike savait tout ça. Il était tout le temps à la maison. Et un jour, il m'a téléphoné pour me proposer de m'installer chez lui.

— Comme ça, tout simplement ?

— Ouais. Sur le coup, j'ai pas su quoi lui répondre. Le mec avait été marié il y a bien longtemps, mais il était maintenant divorcé et il avait une chouette baraque à Waterlooville : Jaccuzi, garage pour deux voitures, grand jardin, tout. » Elle haussa les épaules. « J'ai dit oui. »

Suttle connaissait l'histoire par Winter, pas avec autant de détails mais assez pour deviner que Mike Valentine avait bien réussi dans le business automobile.

« Tu t'es installée chez lui ? En... couple ?

— Tu me demandes si on couchait ensemble ? » Elle secoua la tête. « Non.

— Ça ne le dérangeait pas ?

— Pas du tout. En fait, c'est moi que ça frustrait. Je l'aimais bien. Plus que ça même. Je l'imaginais à poil. Ce type avait du style, tu vois ce que je veux dire ? Et il était marrant avec ça. Mais surtout, il était gentil. Il veillait bien sur moi. J'aimais ça.

— Et tu ne lui as pas fait des avances ?

— Des tonnes. J'étais vraiment pas discrète. Il aurait pu se servir quand il le voulait, jour et nuit. J'étais la seule nana de Waterlooville à prendre des bains de soleil à poil en avril. J'aurais fait n'importe quoi pour l'exciter.

— Mais ça n'a pas marché ?

— Pas une seule fois. Alors je me suis convaincue qu'il était pédé, parce que ça me faisait du bien, jusqu'à ce que je découvre qu'il se tapait ma mère.

— C'était quand, ça ?

— Bof, il y a deux, trois mois de ça. Je suis passée à l'appartement pour y prendre des CD, et ils étaient dans la chambre. Je n'arrivais pas à y croire, vraiment pas. C'est pour ça que je suis allée pleurer sur l'épaule de Dave Pullen. Un homme plus âgé, tu comprends ? J'pensais qu'il m'aiderait, me filerait des conseils. Putain, pas de pot. »

Suttle hocha la tête. Il se rappelait Trudy et Winter au Gumbo Parlour. Il ne s'étonnait plus qu'elle ait parlé si rudement de sa mère.

« Alors, où crèches-tu maintenant ?

— À la maison.

— Avec ta mère ? Après tout ça ?

— Ouais.

— Pourquoi ?

— J'en sais rien. » Son visage s'était soudain éclairé. « Sauf que tout va bien maintenant.

— Ah bon ?

— Ouais. » Elle claqua des doigts. « Des fois, on se met dans tous ses états, et puis on s'aperçoit qu'on s'est complètement gouré. Je suis vraiment une nulle. »

Leurs boissons arrivèrent. Trudy rallongea son rhum d'un peu de coke et leva son verre.

« Tu sais comment les gens parlent de la vie ? Comment ça peut être marrant, des fois ? Moi, je suis seulement en train d'apprendre. » Elle but une petite gorgée. « Il y a autre chose aussi.

– Quoi ?

– Tu es vraiment gentil. » Elle jeta un coup d'œil à sa montre. « Bourré comme tu l'es, pas question de me ramener chez moi en voiture.

– Tu veux que j'appelle un taxi ?

– Non. » Elle lui prit la main. « C'est toi que je veux. C'est où, ta maison ?

– De l'autre côté de la route. Le dernier cottage à gauche.

– Et ton copain ?

– À Londres pour la semaine. Stage de formation.

– Super. » Elle se pencha en avant et l'embrassa sur la bouche. « Tu te sens en état de me baiser ? »

À huit heures, la manif commençait de s'essouffler. La colonne de manifestants avait surgi dans Commercial Road, s'étoffant en route, pour finalement arriver au rond-point menant au périphérique. Afin d'éviter tout ralentissement de la foule en marche, les policiers avaient bloqué les voitures sur trois voies, poussant la manif en direction de Whale Island. Au grand plaisir des premiers rangs des manifestants, la forêt de pancartes et de banderoles avait provoqué les klaxons de soutien des automobilistes immobilisés, mais Eadie, en quête de photos parmi ces derniers, savait très bien que ces gens désiraient seulement rentrer au plus tôt chez eux. Portsmouth était tout de même une cité navale, martiale par instinct, et maintenant que les combats avaient commencé, une manifestation pareille sentait la trahison. Nos gars étaient sous le feu. Le temps était venu de faire corps derrière eux.

Whale Island se trouvait à moins de deux kilomètres au nord, juste après le bassin des ferries. Les manifestants avançaient, slogans beuglés et poings brandis. George Bush était un fou. Blair, son caniche. Les Américains avaient du sang sur les mains. À présent, Eadie savait qu'elle avait assez rendu justice à l'événement. Elle devait avoir une demi-heure de matériel, et davantage si on incluait les bouts d'interviews, mais, à l'instant où la foule tourna pour prendre la chaussée menant à Whale Island, son cœur se serra. Une longue rangée de policiers casqués bloquaient la voie. Derrière eux, une demi-douzaine de fourgons Transit aux vitres grillagées attendaient. Dans l'air, l'appareil de repérage de la police traçait, les ailes penchées, un large cercle au-dessus d'eux. Les manifestants s'étaient arrêtés.

Eadie remonta rapidement la colonne, encourant la colère d'un policier qui lui ordonna de ne pas quitter les rangs. Devant, les manifestants et les policiers n'étaient plus qu'à dix mètres les uns des autres. Le grand barbu négociait avec l'officier responsable. Eadie tenta bien de s'approcher pour capter le dialogue, mais un policier l'en empêcha. Derrière elle, les slogans perdaient de leur vigueur. Finalement, l'homme à la barbe se tourna vers la foule et leva son mégaphone. Il y eut deux ou trois brefs discours, puis, en signe de soutien au peuple irakien, il fut décidé de regagner Guildhall Square.

Quelques murmures s'élevèrent dans la foule. Un jeune hurla une obscénité. Eadie surprit un sourire narquois sur le visage d'un flic. Partout ailleurs dans le monde, une situation de ce type aurait dégénéré. Mais Eadie savait que cela s'arrêterait là. Il y eut encore quelques cris à l'encontre des diables impérialistes, quelques injures à Blair, mais la manifestation – ce mouvement de bonnes intentions – était arrivée à sa fin. La police, avec ses deux cents hommes, avait relevé le défi, sachant très bien qu'elle gagnerait.

Gagner ? Une demi-heure plus tard, tandis que les policiers repoussaient les derniers traînards vers le centre de la ville, Eadie chercha son portable dans son sac. Elle pouvait encore voir la barrière de sécurité et le corps de garde qui barrait l'entrée à Whale Island et l'accès à l'*Excellent*. Baignant dans une mare de lumière orange, le bâtiment de guerre semblait symboliser ce que les Britanniques, dans leur goût pour l'ordre, refusaient d'aborder.

Elle s'arrêta un instant, ignorant l'attention d'un berger allemand. Elle appela Faraday, et tomba sur le répondeur. Quand elle essaya de nouveau, sachant qu'il vérifierait le numéro entrant, elle obtint le même message. À la fin, consciente qu'elle devait se libérer de ce qui s'était passé pendant ces dernières heures, elle envoya un texto à J-J : « STP, dis à ton père de m'appeler. Bises. » Elle attendit un moment, se demandant s'ils étaient chez eux. Puis, comme rien ne se passait, elle jeta un dernier regard au corps de garde. Porté par la brise du soir, un éclat de rire lui parvint.

Paul Winter regardait depuis une demi-heure son DVD des Dambusters, quand son portable sonna. La silhouette solitaire de Barnes Wallis s'éloignait en direction de la grève, s'efforçant de comprendre pourquoi sa bombe ne rebondissait pas correctement. Winter coinça le verre de Laphroaig entre ses genoux et tendit la main vers l'appareil.

« Paul Winter. »

Une voix qu'il ne reconnut pas tout de suite lui demanda ce qu'il faisait. C'était une voix légère, à l'accent de Pompey. Winter jeta un coup d'œil au numéro, mais celui-ci ne lui apprit rien.

« Qui m'appelle ?

– Bazza Mackenzie. Je me demandais si ça te dirait, une petite causette.

– Maintenant ?

– Quand tu veux, mais ce soir ça m'irait. Tu connais un peu Craneswater ? Sandown Road. Un éclairage vert. Numéro 13. Tu peux pas te tromper. »

La communication s'interrompit, et Winter regarda l'écran de télé. Barnes Wallis s'était remis à sa planche, dessinant une bombe plus grosse.

13

Jeudi 20 mars, 21 h 12

Winter prit un taxi à Southsea. Le chauffeur le déposa dans Sandown Road, griffonna son numéro de téléphone pour le retour. De l'autre côté de la rue, une grande maison de trois étages baignait dans une lumière verte qui donnait à la bâtisse un air étrange, surnaturel. Pour bien signaler son arrivée dans ce paisible et riche quartier, pensa Winter, on ne pouvait faire mieux.

Le chauffeur jeta un coup d'œil à Winter et lui tendit son reçu.

« Vous devriez venir ici le lundi, dit-il. Le rose est pire encore. »

Winter regarda le taxi disparaître dans la rue. La maison était protégée par un haut mur de brique, surmonté d'un épais lacis de bois. Deux grilles coulissantes barraient l'accès à l'allée, et il y avait une autre porte, plus bas dans la rue, dont la construction paraissait récente.

Winter pressa deux fois le bouton de l'interphone.

« Qui est-ce ? » Une voix de femme.

« Paul Winter.

— Attendez un moment. »

Il y eut un long, très long silence. Des aboiements de chien lui parvenaient par l'interphone.

« Vous pouvez entrer. »

La grille s'ouvrit automatiquement dans un doux bourdonnement électronique. Un instant, Winter fut tenté d'applaudir, puis il repéra la caméra de surveillance, montée sur un poteau en bordure de l'allée pavée qui menait à la maison. Les projecteurs avec leurs filtres de couleur étaient enfouis dans des boîtiers au ras de la pelouse, et Winter ressentait un vague malaise. Il mit d'abord cela sur le compte du troisième verre de whisky mais un coup d'œil au dos de ses mains, d'une couleur mastic, le détrompa. Une minute de plus dans ce bain lumineux, et vous vous seriez cru à la foire. Dans la chambre des horreurs, probable, sinon le train fantôme.

La caméra suivit Winter jusqu'à ce qu'il atteigne la maison. La porte était ouverte, et il tomba sur la femme de Mackenzie.

« Comment c'était, Chichester ? demanda-t-il plaisamment. Acheté quelque chose de sympa ? »

Marie s'effaça sans un mot pour le laisser entrer. Elle portait un peignoir serré à la taille. Pieds nus, elle exhalait un parfum de douche.

On avait abattu les cloisons du rez-de-chaussée pour créer une immense réception, que prolongeait une serre vitrée, et les rideaux luisaient d'un vert aquatique sous les feux de la pelouse. Un vaste canapé en cuir était disposé en demi-cercle devant un grand téléviseur, diffusant présentement des images de blindés avançant dans le désert. Une assiette de salade, sur la table basse, avait été à peine touchée.

« Il est dans le bureau. Il vous attend. C'est la deuxième à gauche. » Marie désignait une porte dans le fond. C'était une lourde porte, toute neuve, qui se referma automatiquement derrière Winter. Il se trouvait dans un vestibule au sol moquetté, flanqué d'autres portes. Après le vide du grand salon, cette partie de la maison était plus intime. De belles aquarelles – des marines – habillaient les murs. Un putter et quelques balles jonchaient la moquette.

« Par ici. » L'appel venait d'une porte ouverte sur la gauche. Winter entra dans une pièce doucement éclairée, que dominait un grand bureau ancien. De petits écrans de télé-vidéo flanquaient le mur à côté du bureau, et Winter reconnut sur l'un d'eux l'allée et la grille de l'entrée.

« Tu t'attends à de la visite, Baz ? »

Mackenzie ignora la pique. Il s'était offert le meilleur matériel de surveillance du monde. S'il se passait le moindre truc dans le jardin, il serait le premier informé. Commandé sur Internet pour deux mille livres, c'était un cadeau.

« Tu devrais venir quand il y a un coup de vent. » Il désigna la rangée d'écrans. « C'est la sirène de la défense passive. »

Winter déboutonna son pardessus et prit l'un des deux fauteuils. La dernière fois qu'il avait rencontré Bazza, c'était un peu plus de deux ans auparavant, à l'occasion d'un championnat de boxe. Ils s'étaient bu une bouteille de champ', pendant que deux jeunes espoirs se castagnaient dur.

« Perdu un peu de poids, Baz ? Tu fais de la gym ?

— Le stress, mec, et trop de ces fichues crudités. Marie a commencé l'année dernière à fréquenter un centre de remise en forme. Les trois mille livres que ça me coûte me font mal au cœur. Tu sais pourquoi on s'est installés ici ?

— Dis-moi.

— Parce que la friterie la plus honnête est à deux kilomètres, au moins. Elle a mesuré la distance avec la Mercedes, et puis elle m'a appelé pour me dire de déposer le montant de la promesse d'achat. Tu pourrais penser que c'est pour la vue, hein ? La plage, les voisins chics ? Non, laisse tomber tout ça. On est ici en territoire sans graisse. Bienvenue au paradis. »

Winter riait. À la différence de ses collègues policiers, il avait toujours eu une secrète estime pour Mackenzie. L'homme avait une finesse, une intelligence et une vivacité d'esprit qui expliquaient d'une certaine manière sa prodigieuse réussite financière. On le voyait dans ses yeux. Il vous observait, observait toute chose, prêt à vous balancer une vanne, à vous faire une offre ou à vous dire non, toujours impatient, vorace, facilement lassé.

Mal luné, Bazza Mackenzie pouvait être parfaitement terrifiant, ils étaient nombreux à pouvoir en témoigner. Rien ne lui faisait peur, et encore moins la perspective de se faire mal. Winter avait vu les preuves photographiées des dégâts qu'il pouvait infliger à des types deux fois plus grands que lui. Mais, dans ses bons moments, il n'y avait pas plus charmant. Bazza, comme Winter l'avait récemment confié à Suttle, avait le cœur gros comme une planète. Quoi qu'il fasse, et quelle que soit la raison de le faire, il s'engageait totalement.

« De nouveaux amis ? »

Winter inspectait des photos accrochées en désordre sur un tableau de liège, chacune empiétant sur la suivante, instantanés jalonnant le parcours chaotique et joyeux de Bazza en terres mondaines. L'une d'elles le représentait en compagnie de trois hommes d'un certain âge, prenant la pose sur un green. Ils semblaient tous quatre satisfaits d'eux-mêmes, mais c'était Mackenzie qui pavoisait le plus.

« Austin Bridger, hein ? demanda Winter en examinant le visage rougeaud et l'imposante silhouette en pantalon de golf et chandail.

– Ouais. Il joue avec un handicap de sept. Imbattable à ce jour... mais regarde un peu ça... » Mackenzie plongea la main dans un tiroir pour en sortir une carte de parcours et insista pour que Winter y jette un coup d'œil. « Trois birdies et un eagle. Ça lui a coûté un dîner au Mon Plaisir, ouais. Foie gras, turbot, chablis, la totale. Marie m'a fait la gueule pendant des semaines. »

Il reprit la carte et la regarda pendant que Winter revenait au tableau de liège. Austin Bridger était un avocat, qui avait installé son cabinet dans les nouveaux immeubles de Port Solent. Spécialisé dans les grosses affaires financières et immobilières, il possédait un Chris-Craft de trois cent cinquante mille livres, et sa photo paraissait souvent dans le *News*. Encore un gagnant.

Mackenzie s'était levé, survêtement gris foncé et Reebok neuves aux pieds. Il se mit à fouiller parmi les photos.

« Voilà. » Il ôta la punaise. « Noël à Dubai. Marie

a adoré. Tu vois cette espèce de rampe dans le fond ? »

Winter avait sous les yeux une photo de plage. Mackenzie et son épouse prenaient la pose devant une mer bleue scintillante. Marie était légèrement plus grande que son mari et, pour une quadra, elle était drôlement canon en bikini.

« Quelle rampe ?

– Là, regarde. » Mackenzie tapota la photo du doigt. « C'est pour faire du ski nautique. Le premier jour, faut que t'apprennes à sortir de l'eau et à rester debout. Le deuxième, tu te fais tirer toute la journée à travers la baie. Le troisième, ils te montrent comment on passe les tremplins. Le quatrième, tu serres les fesses. Une expérience étonnante. T'en as jamais fait ?

– Jamais.

– C'est génial. Des types le font en arrière. Ils se font tirer comme ça. En arrière, tu t'imagines ? Toujours whisky ? »

Sans attendre de réponse, il sortit une bouteille de Glenfiddich d'un tiroir, prit un verre sur une table dans le coin. C'était à Winter de servir.

« Et toi ? demanda Winter, regardant l'unique verre.

– Pas pour moi.

– Pourquoi ?

– Arrêté.

– C'est vrai ?

– Ouais, juste pour le moment. Je suis curieux, si tu veux la vérité. J'ai passé ma vie à me beurrer, alors ça me change un peu. » Il eut un geste de la main pour embrasser l'espace qui pouvait tout aussi bien inclure l'univers entier, puis se rassit derrière son bureau, tel un homme ayant d'importantes nouvelles à annoncer. « Sais-tu ce qu'il y a de bizarre dans cette ville ? C'est la manière qu'on a de la regarder. Quand t'es gamin, tu fais ce que tu as à faire, sans trop lever la tête. Quand tu commences à prendre du poil, tu vas là où ta bite t'entraîne. Un peu plus tard, tu te maries peut-être, tu t'installes. Mais tu connais ta place, pas vrai ? Parce que tout est plus grand que toi. Et puis, si tu as du pot, tu te réveilles un matin, et voilà, t'as plus qu'à la prendre.

— Prendre quoi ?

— La ville, pardi. Pompey. Et tu sais pourquoi ? Parce que cette ville est toute petite. Il suffit de connaître une vingtaine de mecs – les bons mecs – et tu peux tout faire. Tout. Et je parle pas de mauvais coups, non, je parle d'affaires réglo, d'homme à homme. Et tu sais quoi encore ? C'est fastoche. Plus que tu ne pourrais le croire. Tu piges comment faire, tu choisis les bons amis, et tu te demandes pourquoi tout le monde n'en fait pas autant.

— Alors, qu'est-ce que ça fait de toi ?

— Un homme heureux. » Il prit un trombone sur le bureau et en aplanit chaque courbe, l'une après l'autre, comme pour imager les innombrables possibilités qu'il venait de décrire. Comment une affaire en entraînait une autre. Comment les affaires créaient des liens solides. Et combien il avait eu tort d'avoir longtemps pris tous ces mecs en col blanc pour des branleurs. À la vérité, beaucoup d'entre eux étaient des durs, qui prenaient des risques et savaient rigoler. Les costards et les cravates n'étaient rien d'autre que du camouflage.

« Tu vois ce que je veux dire ? »

Winter hocha la tête, son regard retournant au tableau. Puis il avala une gorgée de whisky, mesurant enfin ce que Mackenzie lui signifiait. La ville, disait Bazza, était devenue sa chose, le domaine de ses rêves. Il pouvait en modifier le plan, déconner avec les signaux, jouer les dieux.

Un sourire éclaira le visage de Winter. Bazza, le Grand Ordonnateur malhonnête. Mackenzie était de nouveau debout, dynamique. Il avait déniché une autre photo, encadrée celle-ci : une jeune mariée le jour de ses noces, souriant à la terre entière.

« Tu as entendu parler de ma petite Esme ? Elle est enceinte, son tout premier mois. Ça fait de moi un grand-père. Sympa, non ?

– Sûrement. Mais j'ai pas eu le plaisir.

– Merde, j'oubliais. » Il s'arrêta pour regarder Winter puis, faisant un pas, lui tapota l'épaule comme on le ferait à un chien malade. « Désolé, mon pote, pour ta dame. Plus d'un an ça fait, non ?

– Deux ans en septembre. » Winter considéra un instant son verre vide, se demandant comment Bazza avait pu apprendre la mort de Joannie. Puis il releva la tête. « Tu dois être fier d'elle, dit-il.

– De qui ?

– D'Esme. Pas seulement le bébé mais tout le reste.

– Ouais, c'est sûr. Cette môme s'est bien démerdée. Le mérite en revient à Marie, si tu veux tout savoir, mais ça m'empêche pas d'être fou d'elle. Tiens, elle m'a appelé, hier au soir. Elle aura terminé la fac cette année, et elle cherche où entrer. Quelques grosses pointures de baveux de la ville lui ont offert leur parrainage, si elle décrochait sa licence. Elle avait hâte de nous l'apprendre.

— Et le bébé ?

— J'en sais foutre rien. Je le placerai à Winchester dès qu'il apparaîtra.

— La prison ?

— L'école. » Mackenzie éclata de rire. « C'est une idée de Marie. Pour apporter un peu de classe à la famille. Les femmes, aujourd'hui, elles veulent la totale, pas vrai ? »

Winter pensait à Misty Gallagher. Son rôle dans la vie de Mackenzie n'était un secret pour personne en ville. Alors, où figurait-elle sur le tableau de liège ?

Mackenzie salua la question d'un haussement d'épaules.

« Elle est idiote, Mist. Elle a jamais compris la plaisanterie. Dommage, vraiment. » Il eut un air triste un instant, puis se reprit soudain. « Tu veux pas un chouette appart sur les quais ? Il est à toi pour sept cent mille.

— Tu l'as mis en vente ? » Winter feignit l'étonnement.

« Ouais. Mais attends une semaine, et il fera cinquante mille de plus. Une vue pareille, ils vont faire la queue pour l'avoir.

— Et Trudy ?

— Ça ira pour Trude. C'est une survivante, cette môme. Il le faut bien, avec Mist.

— J'avais cru entendre qu'elle était avec Mike Valentine ?

— Non. Bob l'a prise un temps chez lui, mais il est pas tout jeune, et Trude est une gamine. Elle a pas envie de se taper un vieux comme Mike.

— Ou comme nous.
— Ouais.
— Ou Dave Pullen. »

Mackenzie ne répondit pas. La température dans la pièce semblait avoir baissé d'un coup. Après les blagues, le bavardage, Winter avait détourné le chemin de pensée de Mackenzie, et en quelque sorte lancé les dés.

Mackenzie regardait Winter. Selon l'humeur, il pouvait avoir des yeux très noirs.

« Alors c'est ça, ton problème, ce putain de M. Dave Pullen ?

— En partie, oui.

— Eh bien, te casse plus pour cet enfoiré. On s'est occupé de lui.

— Et depuis quand ? » La surprise de Winter n'était pas feinte.

« Depuis, répondit Mackenzie en jetant un coup d'œil à sa Rolex, depuis une heure. Qu'est-ce que tu veux encore savoir ? »

Winter jeta un regard à la bouteille. Le Glen n'était pas son préféré mais, en certaines circonstances, comme là, il passait bien. Il se versa un verre généreux, qu'il fit lentement tourner dans sa main. Avec un homme tel que Mackenzie, ça payait parfois de prendre son temps.

« Mes patrons sont susceptibles sur les questions d'ordre public, dit-il enfin. Faire ça en privé, hors de vue, est une chose. Ce qu'a fait Chris Talbot à la gare en est une autre.

— Pourquoi ça ?

— Parce que c'est idiot, et inutile.

— C'est ce que tu dis.

— C'est ce que disent mes supérieurs. Et ils ont raison, note. Si tu ne peux pas régler des comptes sans recourir à ce genre de coup, alors tu devrais peut-être laisser quelqu'un d'autre s'en charger. »

Mackenzie détestait la critique. À la seule exception de sa femme, personne ne lui parlait jamais de cette façon. Il était manifestement tendu derrière son bureau. Toute bonne camaraderie avait disparu. Winter, conscient que cette conversation devait se conclure sur une trêve, s'arracha un sourire.

« Pense à moi comme à un pauvre con perdu dans un *no man's land*, commença-t-il. Je brandis le livre de la loi. Je viens pour te dire de te calmer. Tu rappelles les chiens, tu laisses tomber les Scousers, et les affaires reprendront comme d'habitude.

— Le livre de la loi, mon cul. » Mackenzie était en colère. « Si tes patrons tiennent tellement à ce que les affaires reprennent comme d'habitude, pourquoi essaient-ils de m'éliminer ? Ils vont voir ma banque, vont voir ma comptable, me filent partout le train dans des Fiesta pourries. » Il s'arrêta, le temps que Winter hausse les sourcils. « Tu crois que je ne sais rien de cette merde ? Cette opération Tumbril ? Trois hommes et un chien planqués à Whale Island ? Retourne les voir et dis-leur qu'ils ont pas une chance. Pas une seule putain de chance. Et tu sais pourquoi ? Parce que je peux m'offrir des conseils comme ils en ont jamais rêvé. Et tu sais quoi encore ? » Il pointa un doigt en direction du tableau de liège. « Ces conseils sont légaux, casher. Le problème avec vous, les flics, c'est que, quand vous êtes pas miro, vous regardez dans la mauvaise direction. » Il était maintenant penché au-dessus de son bureau. « Un petit tuyau, l'ami : regarde un peu dans la presse.

— Celle de la ville ?

— Ouais. Attends un jour ou deux, et on en reparlera. Grosse annonce. Acquisition de taille. Des centaines de milliers de livres. » Il hocha la tête, belliqueux, fier de lui. « Tu sais ce qui m'énerve vraiment dans ta bande ? Un type se pointe et se crève le cul pour cette putain de ville, y déverse des millions, métamorphose ce merdique quartier d'Osborne, et que récolte-t-il pour sa peine ? L'opération Tumbril. C'est ça, la reconnaissance ? Pas étonnant que la moitié de cette ville se casse la gueule. »

Winter dissimula un sourire. Non seulement Mackenzie croyait en ce qu'il disait, mais encore pouvait-on lui donner raison. Que ce soit avec l'argent de la drogue ou autrement, le cœur de Southsea aurait été carrément moche sans les Bazza Mackenzie.

« Je te demande seulement d'y penser, dit paisiblement Winter. C'est tout ce que nous disons.

— C'est quoi, ce nous ? C'est eux qui t'ont demandé de venir me voir ?

— Eux ?

— Tes foutus patrons.

— Bien sûr que non. On appelle ça une initiative. Mais ça se fait plus beaucoup dans mon métier.

— Et s'ils apprennent que t'étais ici ?

— Grosse engueulade. Avec, peut-être, un rapport au cul. Écoute, Baz, je suis juste venu te dire que ça vaut pas le coup de casser du Scouser. Les gens n'aiment pas la vue du sang. Ils n'aiment vraiment pas.

— La question n'est pas là. Je fais quoi d'autre, tu me le dis ? J'appelle la police ? Je cours vous chercher ? C'est pas comme ça que je vois les choses. Des types déconnent, on leur fout une branlée. Idem pour Pullen. Cette merde déconne avec Trudy, alors il doit savoir ce qui l'attend. C'est comme ça chez nous. » Il eut un rire de défi. « On est hyper réglo. On n'a que ce qu'on voit. »

Mackenzie eut un geste en direction de la porte, et Winter sut qu'il était temps pour lui de prendre congé. Il se leva, vida son verre et boutonna son pardessus. Mackenzie fit le tour du bureau. Il sembla à Winter que le caïd s'était légèrement fait blondir les cheveux qu'il portait ras.

« Autre chose à propos de la jeune Trude. » Mackenzie souriait.

« Ouais ?

— N'y pense même pas, d'accord ?

— Moi ?

— Quiconque de tes gars. »

Winter hocha la tête, saluant respectueusement la menace, puis marqua un arrêt à la porte.

« Il y a une chose que j'aimerais savoir, Baz. » Il eut un signe de tête en direction des fenêtres.

« Laquelle ?

— Pourquoi des filtres verts ?

— Ah, fit Mackenzie en lui tapant sur l'épaule. C'est la couleur de l'envie, mon pote. »

Trudy était couchée sur le côté, la tête sur son coude, ses cheveux tombant sur le visage de Suttle.

« Tu veux dormir ?

— Ouais.

— T'as été brillant. Tu as la permission.

— Merci.

— Je le pense. » Elle mouilla son index et dessina un cœur sur le torse nu du jeune homme. « Et moi, j'étais bonne ?

— J'ai connu pire.

— Salaud. » Elle se pencha pour retirer de la descente de lit un exemplaire de *FHM*. « C'est quoi, ça ? »

Suttle ouvrit un œil sur la photo familière de Jennifer Lopez.

« Oublie-la, marmonna-t-il. Tu vaux mille fois mieux.

— Tu le penses ?

— Bien sûr. Sauf que c'est elle qui a le fric. » Il lui prit le magazine et le balança à travers la petite chambre. « Il y a une demi-bouteille de blanc dans le frigo, si ça te dit.

— Va la chercher.

— Tu es plus près de la porte. »

Il se fit un courant d'air frais quand elle souleva les couvertures. Suttle entendit le tapement de ses pieds nus dans l'escalier, puis le bruit de la porte du réfrigérateur. Quelques secondes plus tard, elle était revenue à côté de lui. La chair de poule sur sa peau rappela à Suttle la nuit où ils l'avaient retrouvée attachée sur ce sommier, à Bystock Road.

« Toi d'abord. » Elle n'avait trouvé qu'un seul verre.

« Non, toi. »

Il la regarda boire doucement, et prit conscience qu'il n'avait pas été aussi heureux depuis des mois. Ça peut être si simple, se dit-il. Si facile.

Elle lui offrit le verre. Et, comme il tendait la main, elle secoua la tête et plongea un doigt dedans avant de lui donner à sucer. Il en redemanda. Elle lui sourit dans la pénombre, et il entendit le tintement du verre qu'elle reposait sur la table de nuit.

« Je voulais du vin.

— Je le sais bien.

— Tu exagères.

— Ah, ouais ? » Elle l'enjamba, son souffle chaud sur le visage de son amant. « Dis-moi quelque chose.

— Quoi ?

— Disons que j'ai beaucoup d'argent. Beaucoup.

— Et ?

— Tu aimerais partir avec moi ? Sérieusement ?

— Partir où ?

— Sais pas. » Elle lui frotta la joue du bout du nez puis lécha doucement son oreille. « Où tu aimerais, vraiment ? En Amérique ? Thaïlande ? Oz ? Peu importe.

— Tu veux dire en vacances ?

— Ouais, par exemple. Rien que toi et moi. »

Suttle la regarda un instant, avant d'essayer de se libérer, mais Trudy était plus forte qu'elle n'en avait l'air.

« Je te tiens, dit-elle en gloussant. Et t'as toujours pas répondu à ma question. »

Faraday se rendait à l'appartement d'Eadie, quand son portable sonna. C'était Willard. Faraday gara la Mondeo sur le front de mer et coupa le moteur.

« Vous m'avez appelé, grogna Willard. Si c'est au sujet de votre garçon, oubliez.

— Oublier quoi, monsieur ?

— Mais ce que vous vouliez me dire. Aucune charge n'a été retenue contre lui, n'est-ce pas ? Il devra attendre les résultats de l'enquête. C'est bien cela ?

— Oui, mais le problème est...

— Il n'y a pas de problème, Joe. Rien n'a changé à moins que vous ne vouliez vous retirer de l'opération et, dans ce cas, il vous faudrait une sacrée bonne excuse. » Il marqua une pause. « Il n'y a pas la moindre preuve susceptible d'inquiéter votre fils. Autre chose ? »

Faraday scrutait l'obscurité au-delà de la promenade. Un ferry partait en direction de l'île de Wight, laissant dans son sillage une écume blanche. Comment pourrait-il exprimer les mille questions laissées derrière lui par J-J lui-même ? Au sujet de la crédulité ? Du profit que pouvaient en tirer les autres ? Et surtout, du soudain fossé qui s'était ouvert entre le père et le fils. Aucune de ces questions n'avait rien à voir avec Tumbril, et Willard le savait bien.

« Rien d'autre, monsieur.

— Bon. Des nouvelles de Wallace ?

— Non. Je lui ai laissé un message.

— Faites-moi signe, quand il appellera. Peu importe l'heure.

— D'accord. »

Quelques minutes plus tard, il entrait dans l'immeuble où habitait Eadie. La porte, au troisième, était ouverte, et Faraday perçut la voix neutre du présentateur de la BBC, alors qu'il était encore dans l'escalier. Les forces de la coalition attaquaient le port de Umm Qasr. Selon les rapports de la première ligne d'attaque, les défenseurs de la ville étaient sur le point de se rendre. Tony Blair, pendant ce temps, était revenu d'une rencontre européenne pour redonner confiance au pays.

Faraday entra. Eadie, allongée sur le canapé, était plongée dans le reportage, les restes d'un curry sur le plateau oublié sur ses genoux. Faraday se déplaça pour entrer dans son champ de vision.

« Salut. »

Elle leva à peine la tête.

« Salut. » Faraday la regarda. Il n'avait jamais ressenti autant de colère en lui. « Est-ce que nous allons parler ou bien faut-il que je revienne ?

– Donne-moi une minute, tu veux ? Après tu pourras vider ce que tu as sur le cœur.

– Non. » Il secoua la tête et tendit la main vers la télécommande. Comme il ne trouvait pas le bouton du son, il éteignit le poste. Eadie allait réagir, mais elle se ravisa. Elle avait de la bière au frais. Une bonne Stella bien fraîche calmerait peut-être Faraday.

Il ignora sa proposition. « Tu le savais, dit-il d'une voix dure, tu le savais depuis ce matin, et tu ne m'en as rien dit.

– Dit quoi ?

– Que le type était mort.

– Ah, le jeune Daniel ? Toutes mes excuses. *Mea culpa.*

– Quoi, tu ne trouves rien d'autre à dire ? s'écria Faraday qui n'en croyait pas ses oreilles. Tu débarques dans la vie de ce garçon, en entraînant mon fils avec toi, tu filmes pendant que le type se shoote à mort et tu le laisses crever. Après quoi, terminé, c'est regrettable, mais qu'est-ce qu'on y peut ?

– Tu deviens dramatique.

– Le type est mort, Eadie. C'est dramatique, on ne peut plus dramatique. Nous, les flics, on appelle ça un meurtre par imprudence. Et c'est ce que les collègues prétendaient cet après-midi.

– Tes collègues ?

– Oui, mes collègues. Grâce à toi, je viens de passer deux heures à tenter d'éviter à mon fils la détention provisoire à la prison de Winchester. Ça ne signifie probablement rien pour toi, mais je peux te dire que j'ai connu de meilleures journées.

– Je sais.

– Comment le saurais-tu ?

– J-J me l'a dit. Difficile de s'exprimer avec un texto, mais j'ai compris ce qu'il voulait dire.

– Et que disait-il ?

– Que vous vouliez, l'avocat et toi, qu'il se taise.

– Exact. C'est ce qu'on a fait.

– Et il trouvait ça nul, alors il a voulu raconter tout ce qui s'était passé.

– Oui, c'était d'une grande imprudence.

– Vraiment ? » Elle haussa un sourcil. « Alors comment se fait-il qu'il ait été relâché ?

– Dieu seul le sait. J'ai fait placer des types en détention sur trois fois moins de présomptions. Et ç'aurait très bien pu être le cas pour J-J. Tout ça grâce à toi. »

Il se fit un long silence. Finalement, Eadie posa son plateau sur le côté.

« Je pensais que tant d'émoi avait Daniel pour objet. Tu l'as relégué en deuxième division ?

— C'est petit.

— Oui, et tu n'es pas raisonnable. Écoute, Joe, tu as raison. Le garçon est mort. Hier au soir. Mais ç'aurait pu se faire la semaine dernière, le mois passé ou demain. C'était inévitable. C'était un mort-vivant. Je n'aime pas dire ça, mais ce qui est arrivé n'est tout de même pas une surprise.

— Et, bien sûr, ça excuse tout, y compris le fait que c'est vous qui lui avez fourni la came.

— Je n'ai rien fait de tel.

— Non, mais J-J l'a fait ou, du moins il a prêté la main à la livraison. Et tu sais pourquoi ? Parce que, sinon, tu n'aurais pas eu ta précieuse interview. Ça s'appelle contraindre. Et c'est bien une contrainte que tu as exercée sur lui.

— D'accord, concéda Eadie, mais je crois en ce que je fais. Est-ce que c'est un tort, quand ce garçon se serait shooté de toute façon ?

— On n'en sait rien.

— Attends, crois-tu que j'ai inventé tout ça ? Tu veux voir dans quel état il était ? Je te repasserai le film. L'image ne trompe pas, Joe. Si J-J n'avait pas fait les courses pour lui, il aurait trouvé quelqu'un d'autre. Avec de l'argent, on peut s'acheter ce qu'on veut.

— Tu donnes des leçons ?

— Non, je souligne seulement quelques vérités de la vie. Tu ne me crois pas ? Alors, j'ai quelque chose d'autre pour ta pauvre tête douloureuse. Voilà qui te prouvera que nous avons pris la bonne décision et fait ce qu'il fallait.

— Et c'est quoi ? »

Elle désigna une pile de cassettes vidéo à côté

du téléviseur. « Je te l'ai dit, ce pauvre Daniel Kelly était bon à jeter. Il avait perdu la bataille. Il ne tenait plus à rien. Mais les choses ont pris une tournure qui pourrait nous permettre de sauver quelque chose de ce naufrage, nous donner espoir dans l'avenir. Pour tout un tas d'autres jeunes. Quand tu te seras calmé, tu me demanderas si je regrette ce qui s'est passé hier au soir, alors je te réponds d'avance, c'est non. » Elle le regarda, l'air lasse soudain. « Tu ne le vois donc pas ?

— Non, je n'y arrive pas, mais là n'est pas la question.

— Non ?

— Tu ne m'as rien dit, voilà tout.

— Tu as raison. Je savais, et tu étais dans l'appartement quand j'ai pris l'appel, et je ne t'ai pas transmis le message.

— Exactement. » Il inspira profondément. « Alors, explique-moi pourquoi ?

— Je croirais entendre un flic.

— Mais je suis un flic. C'est mon métier. Et ça complique un peu les choses, non ? Parce que je suis aussi un père et encore le... » Il eut un geste de la main pour désigner l'espace entre eux deux. « Le ce que tu voudras...

— Sincèrement ?

— Oui, vraiment.

— Alors pourquoi tout ce cirque ?

— Oh, pour l'amour du ciel...

— Non, sérieusement, si tout vient de ce qui s'est passé ce matin, alors regardons les choses de près. D'accord, j'aurais dû t'en informer. J'avais mille raisons de te communiquer cette information. Mais voilà, je ne l'ai pas fait. Et pourquoi ça ? Parce que je savais que cela nous mènerait à la même discussion, et j'avais des choses plus importantes à faire.

— Comme quoi ?

— Tu ne veux pas le savoir.

— Dis toujours.

— Non, c'est inutile.

— Inutile ? Tu vois, tu recommences.

— À faire quoi ?

— À garder les choses pour toi. À me tenir à l'écart. On est censé avoir une relation. Je sais que c'est passé de mode, mais cela implique qu'on se fasse un peu confiance. Je suis déjà passé par là, chérie. Si tu ne dis rien sur Daniel Kelly ou je ne sais qui, alors je pourrais m'interroger.

— Eh bien, interroge-toi.

— Ouais ? » Faraday la regarda un instant et puis se détourna. La vue depuis là-haut n'avait aucun sens, pour une fois : on ne voyait rien d'autre que les lueurs des éclairages publics, entrecoupés d'épaisses tranches d'ombre. Puis il sentit un mouvement derrière lui, et une main se posa sur son épaule.

« Écoute, Joe... » Pour une fois dans sa vie, Eadie semblait hésiter.

« J'écoute quoi ?

— On a passé de bons moments ensemble, non ?

— Bien sûr que oui.

— Et c'est important ?

— Ça l'est. Mais les bons moments, c'est ce qu'il y a de plus facile. Je te demande seulement d'être franche avec moi.

— Je regrette, excuse-moi. »

Eadie, soudain contrite, se glissa entre lui et la vue.

Pendant un instant, Faraday se demanda si ce n'était pas là une tactique, un autre petit virage tordu sur leur route, mais quand elle désigna d'un mouvement de tête le canapé, il accepta de s'y asseoir. Sa colère était un peu retombée et il apprécia qu'elle revienne avec une Stella bien fraîche.

« Bois ça. » Elle tira sur la languette de la boîte. « Et puis je te raconterai.

— Quoi ?

— Au sujet de demain.

— Encore des bonnes nouvelles ? » Il esquissa un sourire.

« J'en ai peur. Mais bois, mon grand. »

Elle attendit qu'il ait versé la bière dans un verre et bu une longue gorgée. Puis elle lui raconta qu'elle allait filmer l'autopsie. Le père de Kelly lui avait faxé son autorisation, et elle avait également le soutien du coroner. Il n'était pas certain qu'elle puisse jamais utiliser la bande, mais ce n'était pas le genre de séquence que l'on peut reproduire.

Faraday enregistra la nouvelle. Il avait déjà vu tant d'autopsies dans sa carrière qu'il était plus ou moins indifférent aux morts. La vision de Daniel Kelly, titubant en direction de la chambre qui serait sa tombe, était bien plus cruelle.

Eadie l'observait avec prudence.

« Tu ne me cries pas après ?

— Non.

— Merci à Stella. » Elle se pencha pour l'embrasser. « Il reste du curry, tu en veux ? J-J a à peine touché à son assiette.

— J-J ?

— Oui.

— Il est passé ici ?

— Il est ici. Dans la chambre d'ami. Il dort.

— Tu es sérieuse ? »

Eadie leva la tête avec l'air de réfléchir. « Un grand type maigre ? Un peu silencieux ? »

Elle se leva et regagna la cuisine, laissant Faraday absorber cette dernière nouvelle. Il perçut le petit souffle du four allumé. Un moment plus tard, elle revenait avec une assiette de curry aux poivrons doux et un bol de chutney aux oignons. Elle prit la main de Faraday dans les siennes.

« J-J ne voulait rien savoir. Il n'était pas question pour lui de dormir chez lui. » Elle jeta un regard en direction de la chambre d'ami. « Vous feriez bien de discuter un peu tous les deux, demain. »

14

Vendredi 21 mars, 7 h 20

Faraday dormait encore quand l'appel arriva. Il avait laissé son portable dans le living, sur le canapé, et Eadie le secouait doucement pour le réveiller.

« Pour toi, lui souffla-t-elle à l'oreille. Ce doit être important. »

Faraday, nu, gagna le salon. Une pâle lumière grise entrait par la baie vitrée, et il pouvait voir un couvercle de nuages sur l'île de Wight. Il se souvenait vaguement que son fils dormait dans la chambre voisine. À moins, bien sûr, qu'il se soit encore passé autre chose.

« Inspecteur Faraday. » Il ne reconnaissait pas le numéro. « Crimes graves.

– C'est Graham Wallace.

– Oui ? » Faraday se frotta les yeux. « Il s'est passé quelque chose ? »

Wallace lui fit part du coup de fil qu'il venait de recevoir de quelqu'un qu'il appelait « notre homme ». Ce dernier voulait une rencontre dans les deux jours. Wallace lui avait promis de lui donner une réponse sitôt qu'il aurait consulté son agenda, et il avait maintenant besoin de conseils. Faraday réfléchissait aux implications de ce nouveau développement, quand Eadie s'approcha du canapé, un peignoir sur les épaules. Elle voulait savoir s'il avait envie d'une tasse de thé, en dépit de l'heure matinale. Faraday dit oui au thé et s'en fut poursuivre la conversation dans la chambre.

Le temps qu'Eadie le rejoigne, il avait raccroché et, assis au bord du lit, était plongé dans ses réflexions. Eadie, le plateau dans les mains, le regarda.

« Des nouvelles que tu as hâte de partager avec moi, je suppose ? » dit-elle, pince-sans-rire.

Paul Winter était réveillé depuis l'aube. La nuit, quand le sommeil le fuyait – et c'était de plus en plus fréquent –, il avait pris l'habitude d'errer dans la maison, chassant son insomnie de pièce en pièce, s'arrêtant parfois dans le petit salon pour y prendre l'un des bouquins écornés de Joannie, comptant sur les premières pages pour se rendormir. Et parfois, à sa grande surprise, ça marchait. Un demi-chapitre de Jeffrey Archer avait le pouvoir d'endormissement d'un cachet de Nembutal. Mais depuis peu, même la prose assommoir d'Archer s'avérait impuissante. Il continuait de tourner en rond, allumait la radio, ouvrait les rideaux, guettant à travers la nudité post-hivernale du jardin la première lueur annonciatrice du jour.

Le facteur arriva plus tôt que d'habitude, bourrant la boîte de prospectus. Maternant sa deuxième tasse de thé, Winter ramassa le courrier. Il ne savait pas trop sur quel matériel démographique se basaient les officines de ventes par correspondance, mais il était un rien déprimé par l'augmentation croissante de propositions pour le troisième âge. Assurances, matériel de confort, mobilité, etc. À quarante-cinq ans, se disait Winter, on était dans la force de l'âge, mais la seule vue d'un dépliant conseillant un dépistage du cancer de la prostate l'interrogeait fortement. Comment diable ces lécheurs d'enveloppes savaient-ils qu'il se sentait lessivé ?

Le courrier le plus épais de ce matin-là apportait toutefois une nouveauté : guides canins pour les aveugles. Il se tournait vers la cuisine pour aller foutre tout ça à la poubelle, quand il se ravisa. Depuis quelque temps, il se demandait s'il ne devait pas prendre un chien. Le couple à côté de chez lui en avait un. Il y avait une jolie rousse moulée à merveille dans son jean qui promenait un lévrier à Portsdown Hill. Le samedi, à Asda, les clients venus à pied attachaient leurs caniches à une barre spéciale près des Caddie. Il les avait bien observés, ces gens et leurs bêtes, se demandant ce que le quadrupède leur apportait, et il avait conclu qu'un animal choisi avec soin pourrait parfaitement alléger son sentiment croissant de solitude. À trois heures du matin, ça devait être sympa d'avoir quelqu'un avec qui parler.

Winter se percha sur un tabouret dans la cuisine et vida le contenu de l'enveloppe. Une collection de photos retint son attention – des instantanés de labradors pris par leurs maîtres invisibles. Le parfait dressage de ces bêtes ne coûtait que cinq livres par semaine, une somme bien modique pour voir sa vie transformée.

Winter revint à la plus grande des photos, un

labrador au regard vigilant guidait un vieux monsieur distingué et aveugle à travers une grande surface. Sans le chien, cet homme serait resté à la maison, dépendant des livraisons à domicile. Grâce à Rover, et à des millions de donateurs, il pouvait aller faire ses courses quand il le voulait.

Winter, amusé, hocha la tête. Cet homme handicapé, impuissant, avait un chien pour lui montrer le chemin. Et lui-même était peut-être devenu si vieux, si préoccupé, si aveugle qu'un truc aussi juteux que cette opération Tumbril lui était passé sous le nez.

La veille au soir, dans le bureau de Mackenzie, il n'avait rien laissé paraître de son ignorance de cette opération, mais plus il y avait pensé après coup, plus il s'était reproché son échec à capter ce qui se passait. Il était possible, bien sûr, que Mackenzie se soit trompé. Les grands délinquants étaient notoirement enclins à la paranoïa et ils prenaient souvent à tort un simple contrôle pour une entreprise d'envergure, avec bottes et éperons. Mais en son for intérieur, il soupçonnait Mackenzie de ne pas se tromper. Merde, il connaissait même le nom de code.

Opération Tumbril ? Winter secoua la tête. Durant toute sa carrière à la police judiciaire, il s'était attelé à détecter les vents porteurs d'événements. Coller son oreille au sol, apprendre à filtrer la pagaille des sons, et un bruit de pas dans le lointain vous disait tout ce dont vous aviez besoin. Et cependant, il se retrouvait Gros-Jean comme devant, totalement ignorant du fait que quelqu'un, au-dessus de lui, avait brisé la tirelire, retroussé ses manches et décidé de s'attaquer à Bazza Mackenzie.

En dépit de l'heure, cette dernière pensée plissa

d'un sourire son visage. Vu le succès du récent changement de look de Mackenzie – baron de la came métamorphosé en riche homme d'affaires –, l'affaire ne serait pas une partie de campagne. Toute tentative sérieuse pour l'atteindre viserait à démolir son vaste empire commercial, mais Mackenzie ne plaisantait pas en parlant des gens qu'il payait cher pour le conseiller, et ils avaient sûrement prévu un radeau de survie pour milliardaires véreux.

La règle numéro un était de rester le plus loin possible de la came : rien en sa possession, rien dans la remise, le plus éloigné possible de la chaîne de distribution. La nouvelle législation sur le blanchiment d'argent montait en force de mois en mois, mais même en vertu des dernières dispositions légales, vous deviez, pensait Winter, apporter la preuve d'un lien avec la drogue. Au regard de la montagne de biens qu'il risquait de perdre, Mackenzie n'allait assurément pas risquer l'ombre d'une inculpation quelconque pour trafic de stupéfiants. Sinon, ce serait offrir aux types de Tumbril la victoire de leurs rêves. Alors, comment feraient-ils ? Et pourquoi opérer maintenant, alors que Bazza semblait être tellement bien cuirassé ?

Winter se resservit du thé. Bazza avait mentionné Whale Island, et cela intriguait Winter. D'un côté, il paraissait parfaitement sensé de dissimuler une telle opération, de l'isoler du bavardage à la cantine, et cependant cette stratégie n'avait pas réussi. Si Bazza était informé de Tumbril, qui d'autre pouvait avoir accès au dossier ? Winter tendit la main vers le sucrier. On pouvait penser que Bazza comptait quelques flics parmi ses salariés, des porcs à l'engrais, en tenue ou pas, leur groin dans la soupe. Mais ça n'était pas une surprise. Winter connaissait pas mal de constables qui avaient été à la même école que Bazza, avaient bu dans les mêmes pubs et considéré les petites attentions du caïd comme des gestes de camaraderie. Mais ce qui donnait à la révélation de la nuit dernière tout son sel, c'était que Tumbril était un secret dans la maison. Pour une fois dans leur vie, les patrons avaient réussi à cacher quelque chose. Alors, qui tenait Bazza au courant ?

Cette question flotta dans sa tête pendant toute l'heure suivante. Il y pensa dans son bain. Au petit déjeuner, il fit mentalement une liste de candidats. Finalement, aux chiottes, il lui vint à l'esprit qu'il y avait des manières plus futées de se tailler lui-même une part de *Tumbril*. Il visait la mauvaise cible. Whale Island et l'équipe chargée de l'opération n'avaient pas d'importance. Seul Bazza lui-même en avait.

Winter avait laissé son portable sur le rebord de la fenêtre. Il composa de mémoire un numéro. Elle mit du temps à répondre, d'une voix de lendemain de cuite.

« Mist. » Winter souriait. « Il faut qu'on parle. »

Jimmy Suttle ne faisait jamais de promesses qu'il n'entendait pas tenir. À huit heures et demie du matin, il déposa Trudy à l'entrée du Gunwharf. Elle avait rendez-vous avec son généraliste, et voulait passer chez elle pour se changer. Se penchant à la portière, elle donna un long baiser à Suttle et lui demanda d'oublier tout ce qu'elle lui avait raconté sur Dave Pullen.

« Ouais ? »

Suttle jeta un coup d'œil à son image dans le rétroviseur et redémarra. Il l'appellerait plus tard pour savoir ce qu'ils feraient ce soir. Peut-être un curry à Southsea.

Quelques minutes plus tard, il se garait dans Ashburton Road. Il y avait une réunion de la brigade à Kingston Crescent à neuf heures un quart, et Cathy Lamb était sans merci pour les retardataires, mais il avait encore une quarantaine de minutes devant lui pour se libérer d'un poids sur la poitrine. Une ribambelle de collègues plus âgés et plus sages l'avaient mis en garde contre les dangers de mêler vie professionnelle et vie privée. À moins d'être animé d'un désir de mort, il ne fallait pas laisser le travail vous prendre la tête. Debout sur le trottoir, les yeux levés vers l'appartement de Dave Pullen, Suttle s'autorisa un petit sourire. Ils se trompaient.

Arrivé en haut de l'échelle d'incendie, il essaya d'ouvrir la porte mais elle était verrouillée. Il frappa deux fois, beugla le nom de Pullen, secoua la poignée, et hésita à défoncer la lourde à coups de pied. De retour en bas, il sonna à l'interphone. Deux jours plus tôt, la petite plaque destinée au nom était vierge, et maintenant on lisait, en grandes lettres noires, DAVE PULLEN.

Un troisième essai à la sonnette ne donna rien. Jetant un coup d'œil à sa montre, Suttle sonna à l'appartement du rez-de-chaussée. Une petite voix grincheuse se fit entendre. Suttle se présenta, montra sa plaque quand une petite vieille vint ouvrir la porte. Son peignoir portait des taches de soupe et, comme Suttle lui répétait qu'il était de la police, elle comprit qu'il était venu enquêter sur les vols de bouteilles de lait.

« M'ont pris les deux de la semaine, se plaignit-elle. Je les achèterais bien chez les commerçants si je pouvais me déplacer. »

Suttle la laissa dans le vestibule. Trois étages plus haut, il s'arrêta sur le palier. Pullen occupait l'un des deux appartements. À la surprise de Suttle, la porte était ouverte. Même à dix pas, l'odeur de merde était perceptible. Il s'arrêta sur le seuil, appela Pullen. Le relent était plus fort, à présent. Il appela encore, et avança prudemment. Il se souvenait que le salon se trouvait à droite en entrant. Il poussa la porte du bout du pied, conscient de son pouls qui battait fort. Dans une situation de ce genre, il était prudent d'avoir un soutien. En solo, de cette manière, il était terriblement vulnérable. Une nouvelle règle de transgressée.

« Pullen ? »

Suttle parcourut d'un coup d'œil le désordre du salon. Les rideaux étaient tirés, filtrant la lumière grise du matin. Un exemplaire du *News* était plié sur le dos d'une chaise, et il reconnaissait la collection de magazines de foot repérée lors de sa dernière visite. Pullen avait probablement trébuché dessus parce qu'ils étaient en désordre, les portraits de Beckham et de Thierry Henry se chevauchant.

Dans la minuscule cuisine, Suttle trouva des restes de frites et de kebab sur une feuille de journal. À côté, une boîte de Guinness ouverte. Le lieu commençait à ressembler fortement à une scène de crime. Il y avait là des précautions à observer, des mesures à prendre. S'il continuait ainsi en solo, Suttle risquait de détruire des preuves.

« Pullen ? Où tu es ? »

Il perçut un faible gémissement. Il se raidit, tendant l'oreille. Le bruit se répéta, plus fort cette fois. Plus près aussi. Et certainement humain.

De retour dans le couloir, la première porte qu'il essaya donnait dans la salle de bains. La tringle du rideau de douche avait disparu, ainsi qu'un des robinets du lavabo. Il recula dans le couloir et sitôt qu'il eut poussé la dernière porte, légèrement entrouverte, la pestilence l'enveloppa.

Cette fois, la fenêtre était drapée d'une couverture. Dans la pénombre, Suttle distingua une vague silhouette allongée sur un lit. Il tâtonna sur le mur et, trouvant l'interrupteur, fit de la lumière. Alors qu'il s'attendait à une attaque, il découvrit un homme nu attaché en croix sur le sommier métallique. Il avait les poignets et les chevilles liés par du câble électrique, et il s'était entaillé la peau en essayant de se libérer. Une identification était difficile parce que la tête était couverte d'une taie d'oreiller sale. Du déjà-vu, pensa Suttle. Ce ne pouvait être que Dave Pullen.

Il fit un pas en avant, dans l'intention d'ôter la pièce de tissu, et s'arrêta net. Sous le sommier, il y avait l'un des magazines de foot, ouvert sur une photo double page d'une équipe en maillot rouge imprimé du logo de Carlsberg. La photo avait été placée à l'aplomb de l'anus de Pullen. Michael Owen, au premier rang, s'était pris un tir direct. Un autre boulet de merde avait enrobé la moitié d'Emil Keskey. Un troisième, un gros, barrait d'une traînée marron presque tout le deuxième rang. La moitié de l'équipe de Liverpool éliminée par le relâchement d'entrailles de Pullen. Pas étonnant que ça pue.

Suttle ôta enfin la taie. Pullen le regarda, yeux immenses sur visage verdâtre. Un adhésif lui scellait les lèvres. Suttle prit un grand plaisir à l'arracher. Pullen poussa un cri de douleur puis, déglutissant péniblement, se passa la langue sur les lèvres.

« Putain, merci, mec. Merci.

— Merci pour quoi ?

— Mais... mais de me tirer de là. »

Le matelas et la couette avaient été balancés dans le fond de la pièce. Suttle ramassa le duvet et en couvrit le corps nu de Pullen. C'est alors qu'il remarqua des outils bien rangés sur le plancher. Il y avait là une perceuse électrique et un cutter flambant neuf, avec un assortiment de lames. Il n'y avait qu'à se servir.

« C'est quoi, ces outils ?

— Me le demande pas.

— Je t'ai posé une question. Que s'est-il passé ? »

Pullen secoua la tête. C'était rien qu'un jeu. Ils avaient tous trop bu. Il ne tenait pas à en parler.

« Qui jouait ?

— Personne.

— Dis-le-moi.

— Non.

— Les Scousers ?

— Les Scousers ? Merde, non. C'est même là toute l'histoire. » Il releva un peu la tête en direction des outils.

« Quelle histoire ?

— Non, je peux rien dire. S'il te plaît, coupe-moi ce putain de câble. Après, je te dirai tout. »

Suttle le regarda. Il y a deux nuits de ça, cet

homme avait frappé Trude avec une queue de billard. Au lit, la nuit dernière, elle lui avait raconté, à l'unique condition qu'il garde ça secret, que Pullen lui avait dit que c'était pour son bien qu'il la cognait. Ce matin, furieux, Suttle avait décidé de rendre à Pullen la monnaie de sa pièce. Et voilà ce qu'il venait de découvrir.

Pullen tirait de nouveau sur ses liens. Il était complètement engourdi. Il avait besoin d'une douche chaude. Il avait des tas de choses à raconter mais ne désirait pas faire de déclaration, officielle ou pas. Ça devrait contenter Suttle, non ? Il lui faisait une faveur, non, en lui évitant toute la paperasse ?

Suttle commençait à comprendre ce qui s'était passé : le nom bien visible sur l'interphone, la porte ouverte, la même mise en scène dans la chambre, l'otage offert, et les lames étincelantes attendant près du lit, une invitation ouverte à prendre sa revanche.

« Vous allez rien faire, c'est ça ? Rien que rester là à me regarder ?

— Bien peur que oui, Dave. » Suttle consulta sa montre avec ostentation. « J'ai un rancard important à neuf heures. Et je serai mal si j'arrive en retard. Écoute, ajouta-t-il en reculant vers la porte, loin de la puanteur du magazine. Si j'ai un petit moment, plus tard, j'essaierai de repasser, d'accord ?

— Va te faire mettre.

— Ouais, toi aussi, répondit Suttle en souriant. Salut, et bonne chance », ajouta-t-il en levant le pouce.

Il quitta la chambre. Il n'avait pas fait trois pas dans le couloir que Pullen se mettait à hurler. Il ferait n'importe quoi pour qu'on le détache. Suttle s'arrêta, le laissant pleurnicher encore un moment avant de revenir dans la chambre. En respirant par la bouche, l'odeur était un peu moins lourde.

« N'importe quoi, Dave ?

— Ouais, putain. Ouais.

— Alors c'est Bazza qui t'a fait ça ? Ou bien c'est trop demander ? »

L'autopsie de Daniel Kelly devait commencer peu après neuf heures, la première de la liste mortuaire du matin. Eadie Sykes était arrivée en voiture à l'hôpital St Mary avec une demi-heure d'avance, dans l'espoir de prendre quelques minutes de son temps au médecin légiste. Elle n'avait jamais assisté à une autopsie, mais elle avait filmé des opérations chirurgicales, et elle connaissait l'importance d'un entretien préliminaire. Vous manquiez une incision cruciale, et l'impact de la séquence disparaissait.

À son étonnement, le légiste était une femme. Martin Erckersley avait bien mentionné un ou deux noms, la veille à déjeuner, promettant de lui téléphoner dès que le père de Kelly aurait donné son accord, mais c'étaient des hommes.

« Pauline Schreck. » Une petite femme très soignée, au regard vif, à la poignée de main douce et sèche. « Mes collègues vous prient de les excuser, mais je suis la seule suppléante disponible. »

Elle entraîna Eadie dans un petit bureau et lui désigna une chaise. Eadie sortit de son sac une photocopie du fax du père de Daniel. Pauline Schreck y accorda peu d'attention.

« J'en ai déjà pris connaissance, dit-elle. Je ne vous

aurais pas reçue, sinon. Maintenant, dites-moi en quoi je peux vous aider. »

Eadie lui expliqua ce qu'elle voulait : filmer l'autopsie entière, dans tous ses détails cliniques. Ce serait la meilleure façon de servir la vidéo qu'elle avait en tête.

L'anatomopathologiste eut un hochement de tête. Cela ne lui posait aucun problème. Le corps était en quelque sorte une espèce de colis qu'elle devait ouvrir. Le cerveau, le cœur, les poumons, le foie, l'estomac, la rate, les reins, la vessie feraient chacun l'objet d'un examen. Les fluides, eux, seraient envoyés dans le Kent pour y être analysés. Après quoi, les gars de la morgue recoudraient M. Kelly.

« Fin de l'histoire ?

– De mon point de vue, oui. Il s'agit d'une procédure médicale, comme une véritable intervention. Il y a certaines techniques que l'on acquiert, comme celle de ligaturer la poche stomacale à chaque bout pour en préserver le contenu. La seule différence, c'est que M. Kelly ne s'en portera pas mieux. » Elle désigna la chemise qu'Eadie avait ouverte devant elle. « Vous avez une feuille de papier ? »

Eadie lui tendit le dos du tract contre la guerre en Irak. Pauline Schreck dessina un corps humain, puis elle expliqua à Eadie les étapes successives : la longue incision centrale partant de la pomme d'Adam au pubis, l'ouverture de la cage thoracique pour dégager les pectoraux et atteindre la langue et les organes du cou, enfin la découpe de l'os frontal.

« Le front ?

– Oui, il nous faut examiner le cerveau. » Elle

tapota le dessin de son crayon. « Voilà, c'est à peu près tout.

— Et les organes que vous enlevez ?

— Nous les pesons, les mesurons, puis nous les rangeons dans une poche plastique que nous replaçons dans le corps.

— Où, dans le corps ?

— Ici. » Elle se tapota le ventre. « Dans la cavité abdominale. Il est important de bien fermer la poche. Nous bourrons aussi la bouche et le cou avec de l'ouate. Pour éviter toute perte de fluide.

— Et c'est tout ?

— Oui. J'aimerais pouvoir vous en dire plus, mais une autopsie n'a rien de très compliqué. La mort elle-même l'est rarement. Médicalement, nous sommes, si vous me permettez l'image, le point qui ferme la phrase. »

Eadie prit note de l'expression, dont le pragmatisme froid s'accordait idéalement à l'effet qu'elle voulait produire. Les derniers mois chaotiques de la vie de Daniel Kelly et la profonde misère de sa mort s'achevaient ici dans la froideur d'une morgue, parmi d'autres cadavres à autopsier et un tas de paperasses à remplir. Le point qui ferme la phrase. Parfait.

Eadie releva la tête. « Ça ne vous ennuierait pas que je vous interviewe ? Très brièvement.

— Moi ? Et à quel sujet ?

— Daniel Kelly et puis aussi ceci. » Elle désigna le dessin du corps.

« Allons, que voulez-vous que je vous dise, répondit la femme en riant. Comment pourrais-je bien parler de quelqu'un que je n'ai jamais connu ? »

Posté sur le trottoir devant la maison de Pullen – ce dernier était toujours là-haut, ligoté sur son sommier –, Suttle appela Winter sur son portable.

Winter était à son bureau de la brigade criminelle de Kingston Crescent. La réunion de neuf heures trente avait été annulée. Cathy Lamb avait été mandée à un conseil de guerre dans le bureau de Secretan, en compagnie de tous les effectifs du département des Stups. Avec le *News* prêt à tout révéler de la guerre de territoire qui couvait dans la ville, le temps d'une analyse rigoureuse était venu.

« Une analyse rigoureuse ? répéta Suttle, perplexe.

— On limite les dégâts. On prépare le terrain. Tout ça, c'est de la prose pour cadres sup. » Winter étouffa un bâillement. « Où es-tu, à propos ? »

Suttle lui conta rapidement ce qui était arrivé à Dave Pullen. Mackenzie avait appris que les Scousers n'étaient en rien responsables de ce qui était arrivé à Trudy Gallagher, et que le coupable était son petit copain Pullen.

« Ça, on le savait, fit remarquer Winter.

— Oui, mais pas Mackenzie. Il a cru Pullen qui accusait les Scousers, et il a fait tabasser l'un d'eux. Pullen a menti pour protéger son cul, parce qu'il savait que Mackenzie péterait les plombs en apprenant qu'il avait osé toucher à sa petite chérie. Et il ne se trompait pas.

— Et Bazza, il nous l'a arrangé comment, Pullen ?

— Vous ne le croiriez pas. » Suttle se mit à rire, puis il décrivit à Winter le tableau découvert dans la chambre de Pullen. « Attaché dans sa merde sur son sommier.

— Mais pourquoi ces outils ?

— Parce que Mackenzie a fait passer le mot aux Scousers que Pullen leur était servi sur un plateau. Ce type leur avait causé toutes sortes de misères, alors la porte de son appart était ouverte. Il n'y avait plus qu'à découper la viande. C'est pour cette raison que Pullen s'est chié dessus. Littéralement. »

La description de la merde et des magazines sous le sommier arracha un sifflement à Winter. Même lui savait qui était Michael Owen.

« Et tu me dis qu'il est toujours là-haut ? Livré pieds et poings liés ?

— Ouais.

— Et il s'attend vraiment à une visite ?

— Ouais, et ça se renifle à cent mètres.

— Mais ces mecs seraient dingues, non ? Avec la moitié de la ville à leurs trousses ? Et une tentative de meurtre sur la tête ?

— Ils sont dingues. Tout est là. »

Il se fit un silence. Suttle pouvait imaginer Winter à son bureau, calculant les possibilités. Il se racla la gorge. Il était temps de lancer une suggestion toute personnelle.

« Pourquoi on ne le laisserait pas là où il est ? On monterait une surveillance. On attendrait que les autres se pointent.

— Et on leur sauterait dessus ?

— Ouais. Et ça vaut mieux que de courir après une bande de timbrés. »

Suttle entendit rire Winter. Et le vétéran mit le doigt sur la bonne question.

« On se ferait crucifier devant un tribunal, dit-il. Imagine ce qu'un avocat pas trop retors pourrait en faire. Mettre en péril la vie d'une victime ? L'exposer à des blessures plus sérieuses encore ?

— Mais il n'est pas une victime. Ce qu'il a fait à Trudy relève des coups et blessures.

— On peut le prouver ?

— Ouais.

— Comment ?

— Elle me l'a dit.

— Trudy Gallagher te l'a dit à toi ? Quand ?

— Hier.

— Quand, hier ?

— La nuit dernière.

— Ah ! » Winter était reparti à glousser. « Alors laisse-moi te dire que là, on a un sérieux problème. »

Faraday fut appelé dans le bureau de Willard quelques minutes avant la grande réunion avec Secretan. Il avait téléphoné au superintendant après avoir eu Graham Wallace au téléphone, et maintenant – deux heures plus tard – Willard avait pris sa décision.

« On marche avec lui, dit-il sèchement. On n'a pas le choix.

— C'est ce que j'ai dit à Wallace.

— Vous avez fait ça ?

— Oui, monsieur, sous réserve de votre accord. Wallace dit que Mackenzie est réellement prêt à une négociation et qu'il attend qu'on lui donne la date, l'heure et le lieu.

— Pensez-vous qu'il essaiera de nous semer ? D'arracher le voile ?

— On peut s'y attendre, non ?

— Oui. » Willard lisait l'e-mail qui venait d'arriver sur son ordinateur. « Je le pense aussi. » Il griffonna une note et se tourna de nouveau vers Faraday. « Alors, ce serait pour ce week-end ?

— Samedi ou dimanche.

— Wallace ne pourrait-il pas lui donner une date précise ?

— Je suggère dimanche. Il y a beaucoup de monde dehors à Southsea, on est moins repérable. Wallace a approuvé, et dit qu'il va prétexter un engagement pour demain.

— Mais vous me disiez que cela pourrait se passer quand même demain.

— Je miserais sur dimanche, mais demain est toujours possible. J'en ai parlé avec le type des Opérations spéciales, qui assiste Wallace. Et celui-ci portera un micro.

— Enregistreur et émetteur ?

— Oui.

— Très bien, mais nous aurons besoin d'écouter en *live* de notre côté, si jamais Wallace se faisait fouiller, et qu'ils découvrent le micro. D'un autre côté, fouiller quelqu'un venu traiter une affaire la foutrait mal devant un juge.

— Juste, dit Faraday. Je vais en faire part à Wallace.

— Vous ne m'avez pas l'air très convaincu, Joe.

— Je ne le suis pas, monsieur. On met ce type en grand danger. Mackenzie pourrait user de la force. Qu'est-ce qu'on fait si ça dérape ?

— On s'en occupe.

— Comment ? »

La question resta en suspens. C'était le point crucial de l'affaire, et Willard le savait. Si vous enrôliez une demi-douzaine de gars en soutien, ils poseraient en eux-mêmes un énorme problème. Cela exigerait de communiquer à des policiers des informations sensibles, qui pourraient mettre en danger toute l'opération. Et passer le mot au sujet de Tumbril entraînerait un désastre.

Willard, perdu dans ses pensées, regardait par la fenêtre. Finalement, il sembla être parvenu à une décision.

« Nous nous en chargerons nous-mêmes, Joe.

— Nous-mêmes ?

— Oui. Vous et moi, plus le gars des Opérations spéciales. »

Quelques minutes plus tard, Faraday descendit dans le bureau de Secretan, un étage en dessous. Les principaux acteurs étaient déjà rassemblés, visages familiers autour de la table de conférence du superintendant en chef, et Faraday se glissa sur une chaise à côté de Cathy Lamb, occupée à verser du café pour tout le monde.

« Comment va J-J ? demanda-t-elle.

— Il a quitté la maison.

— Vraiment ? » Cathy reposa un instant la cafetière. « Quand est-il parti ?

— La nuit dernière. Il est allé s'installer chez Eadie.

— Vous voilà tous réunis, alors.

— Ouais, dit Faraday en grimaçant un sourire. Pour le moment. »

Pendant que Cathy Lamb faisait circuler les tasses, Faraday s'efforça de chasser son fils de son esprit et de s'intéresser à la petite assemblée. Willard et lui-même représentaient les Crimes graves. Len Curzon, l'inspecteur en charge des détectives de la ville, était descendu de Highland Road, tandis que Cathy Lamb était là au titre de la toute nouvelle brigade criminelle de Portsmouth.

Faraday s'étonna de la présence de Harry Wayte, l'inspecteur de la section tactique criminelle, dont la mission était la même que celle de Cathy Lamb : sortir dans la rue, parler avec les méchants, anticiper leurs mouvements, puis transformer les renseignements en arrestations. Ce travail de police portait le vocable à la mode de « proactif », une expression qui semblait rassurer là-haut, dans les sphères de la direction. La fiction selon laquelle on n'était plus à la seule merci des événements marchait à merveille auprès des politiciens les plus crédules.

Harry Wayte retint l'attention de Faraday, qui ne l'avait pas revu depuis longtemps et fut choqué par le coup de vieux qu'avait pris le bonhomme. Ancien quartier-maître de la marine, Harry n'avait jamais caché son goût pour le whisky. Dans le travail, il s'était bâti au fil des ans une réputation de flic solide et avait affronté plus d'une crise, mais jamais l'alcool n'avait posé de problème. Aujourd'hui, avec ses yeux bleus striés de rouge et son visage couperosé, il avait vraiment l'air minable.

« Ça va, Harry ?

— Je me suis jamais senti aussi bien. Et toi ?

— Je te la fais courte ? Mon fils est dans la merde. Le travail est une horreur, et je n'ai rien vu d'intéressant portant des ailes depuis le dernier week-end. À part ça, ajouta-t-il en écartant les mains, la vie est formidable.

— J'ai appris pour ton garçon.

– Vraiment ?

– Ouais, comme tous les autres flics. C'est curieux, hein, comme les mauvaises nouvelles vont vite ! On s'en boit un, après ? En haut, à midi. C'est mon anniversaire. »

Faraday lui répondit oui d'un signe de tête, puis Secretan, accompagné de l'inspecteur chef responsable de l'ensemble des enquêtes criminelles urbaines, entra et les conversations autour de la table cessèrent. Faraday n'avait encore jamais vu le superintendant en chef en action, mais il était déjà impressionné par les photos aux murs, au-dessus du bureau de Secretan. Il avait appris par des collègues que le patron avait des rendez-vous réguliers avec les montagnes les plus rudes du royaume, de longues expéditions d'une semaine dans les Cuillins et les massifs écossais les plus abrupts, mais si ces hautes faces de granit ruisselantes de pluie étaient les scalps accrochés à sa ceinture, alors il avait déjà toute la respectueuse attention de Faraday. Grimper une colline rocheuse pour mieux observer les oiseaux était une chose ; dompter des monstres comme les Cuillins en était une autre.

Secretan commença par une brève mise à jour de ce qu'il appelait la situation en cours. Il parlait avec un doux grasseyement qui échouait à dissimuler l'irritation que lui procurait la tournure des derniers événements. Après une période de calme relatif, des étrangers avaient décidé de donner un coup de pied dans la fourmilière de Pompey. Certains de ces nouveaux arrivants, comme tout le monde le savait, étaient des abords de la Mersey. Les tentatives de refoulement avaient toutes échoué à ce jour. D'autres envahisseurs étaient attendus d'un jour à l'autre, ceux-là en provenance de Brixton et d'autres zones du sud de Londres. Ces derniers étaient majoritairement d'origine caraïbe, et ils avaient bien l'intention de se tailler une part du marché grandissant de la drogue. L'enjeu, déclara Secretan, se résumait mieux par des chiffres. On vendait l'once de coke mille sept cents livres à Londres, et dix pour cent plus cher à Portsmouth. L'offre et la demande. Pas compliqué.

Un murmure d'approbation parcourut la table. Tout cela était loin d'être nouveau, mais Secretan l'avait parfaitement résumé en peu de mots. Il se tourna vers Willard. Ils étaient tous des hommes occupés, et le temps était précieux, mais il était important d'éviter que les diverses enquêtes s'enchevêtrent et, dans ce but, il attendait du superintendant que soient clairement définies et séparées les opérations en cours. Il n'avait pas envie, surtout en ce moment, que les hommes se marchent sur les pieds.

Willard hocha la tête. Il tenait, Faraday le savait, Secretan en très haute estime, ce qui était une attitude rare chez un homme aussi ambitieux et impitoyable que le patron des Crimes graves. Faraday les sentait fonctionner à l'unisson.

« Commençons par Nick Hayder, dit Willard. Nous avons une idée assez précise de ce qui est arrivé à Nick, et je ne doute pas que son agression ait un lien avec la drogue. Quant à ce qu'il faisait cette nuit-là, ça reste un mystère et, franchement, il se peut que nous ne le sachions jamais. Quoi qu'il en soit, un officier supérieur de police est grièvement blessé, et c'est absolument inacceptable. Grâce à l'excellent travail de l'équipe de Cathy Lamb, nous avons toutefois des résultats. Cathy ? »

Cathy Lamb prit le relais. Deux de ses hommes avaient retrouvé une Cavalier volée. D'après les premières analyses de la police scientifique et technique, il y avait de grandes chances que ce soit la voiture qui avait renversé Nick Hayder. L'ADN d'un membre de la bande des jeunes de Merseyside, actuellement hospitalisé sous bonne garde au Queen Alexandra, avait été relevé dans la Cavalier.

« Dans l'intérêt de qui ? demanda Secretan.

– Le nôtre, concéda Cathy Lamb sans hésiter. Et le sien aussi.

– On peut donc penser que ce jeune homme hospitalisé devra répondre de l'agression de Nick Hayder ?

– Oui, monsieur. Mais un témoin qui a vu la voiture arriver parle d'un autre jeune à l'avant. À nous de le coincer.

– Des pistes ?

– Quelques-unes, mais rien d'excitant à mes yeux. »

Secretan tourna la tête vers l'inspecteur chef assis à côté de lui, et l'homme prit quelques notes. Puis il regarda Willard.

« Qui dirige l'enquête Nick Hayder ? Les Crimes graves ? La brigade de Cathy ?

– Cathy. Sous ma supervision.

– Vous agissez au titre de directeur d'enquête ?

– Exact, mais les troupes au sol sont celles de Cathy.

– Très bien. Alors, où se situe l'équipe des Crimes graves ? Dans le cas de figure qui nous occupe ? »

C'était une question pertinente, et Faraday se pencha en avant pour être sûr de bien entendre la réponse de Willard. En réalité, bien sûr, Tumbril était une opération des Crimes graves, bien que tenue secrète.

« Nulle part, monsieur. » Willard regardait Secretan. « Si vous désirez une liste des enquêtes en cours, je vous en fournirai une. Certaines sont liées à la drogue mais aucune n'a réellement sa place dans ce débat. »

Faraday réprima un sourire. C'était une réponse parfaitement composée, d'une finesse parfaite, et Faraday se demanda si Willard en pendrait note pour un usage ultérieur. Depuis deux années qu'il était aux Crimes graves, il n'avait jamais considéré Willard comme un politicien, mais il avait maintenant quelques doutes.

Secretan revenait à Cathy Lamb. Elle lui confirma qu'une guerre des gangs était bien engagée. Obtenir un genre de revanche contre les deux Scousers allait sans doute clairsemer les rangs, mais tous leurs renseignements suggéraient que la certitude de gros profits pouvait faire pencher la balance. Ses hommes se démenaient mais, pour finir, c'était le marché lui-même qui sapait leurs efforts. Si ce n'étaient pas les Scousers, ce seraient les Jamaïcains. Ou bien l'une des autres tribus. Albanais ? Turcs ? Chinois ? Russes ? Tout le monde pouvait s'essayer à ce jeu.

Une silhouette s'anima à la table. C'était Harry Wayte.

« Cathy a raison, dit-il avec flegme. On a eu vent ce matin d'un gros arrivage de coke en ville. Main sur le cœur, je ne pourrais le jurer. Et si vous me demandez où est passée la marchandise, je ne pourrai pas vous le dire non plus. Mais la demande bat tous les records. Et là où il y a de la demande, il y a de l'offre. » Il marqua une pause. « Je sais que ça fait un peu préhistorique mais, jusqu'à présent, je comprenais assez bien cette ville. On savait où on mettait les pieds. Les week-ends étaient chauds, et les drogues y étaient pour quelque chose, aucun doute là-dessus, mais on connaissait les acteurs principaux, on pouvait leur parler, on pouvait les contenir. Aujourd'hui, c'est la racaille qui débarque. À ce train, on va regretter que les gens du coin n'aient pas gardé le contrôle. »

Willard s'était penché en avant. Il voulait en savoir plus sur ce dernier arrivage de cocaïne. Le renseignement était-il solide ? D'où venait-il ? Secretan leva la main en signe de prudence. Ils pourraient entrer dans les détails dans un moment. Pour l'instant, il voulait entendre ce que Harry Wayte avait à dire.

Harry haussa les épaules.

« Il n'y a pas grand-chose à ajouter, monsieur. Sauf qu'il vaut peut-être mieux parfois avoir affaire au diable que vous connaissez.

— Vous parlez de Mackenzie ?

— Bien sûr. Pour rester dans la course aujourd'hui, les types comme lui doivent surenchérir dans la violence. C'est pour ça que tout débloque. Ça n'était pas comme ça avant. Pas quand Mackenzie et consorts tenaient la ville.

— Et vous regrettez qu'il n'en soit plus ainsi ?

— Je pense que cela facilitait grandement notre travail.

— Même s'ils agitaient sous nos yeux les millions de livres que ça leur rapportait ?

— Oui, parce que c'était le prix à payer pour la paix. Regardez où nous en sommes aujourd'hui. On ne serait pas assis autour de cette table, si ça n'avait pas explosé. Et si vous me demandez comment y remédier, je vous dirai que je n'en sais rien. Je pense même que personne ne le sait. Nous courons après notre propre queue. Je suis désolé, mais c'est ainsi. »

Les têtes autour de la table étaient tournées vers Secretan. Faraday s'étonnait que l'homme ne s'émeuve absolument pas de la tournure que venait de prendre la réunion. D'autres, dans sa position, auraient renvoyé Harry Wayte dans son coin. Mais le patron, loin de voir dans les propos de Wayte un quelconque défi à son autorité, semblait au contraire y accorder un intérêt sincère.

« Geoff ? » Il regardait Willard. « Que pensez-vous de ce point de vue ?

– Moi ? » Willard jeta un coup d'œil au bloc-notes vide devant lui, avant de porter son regard sur Harry Wayte. « J'ai rarement entendu des conneries pareilles. »

15

Vendredi 21 mars, 10 h 30

La morgue de St Mary était située dans un coin reculé du vaste complexe hospitalier. À cette heure, le soleil éclairait le parking réservé aux véhicules du personnel médical et des agents des pompes funèbres. Eadie Sykes sortit par une porte latérale et s'appuya contre le mur, bénissant cette maigre chaleur.

Aucun briefing, elle le savait maintenant, n'aurait pu la préparer aux réalités d'une autopsie. Alors qu'elle s'attendait à une opération médicale comme elle en avait déjà filmé, elle s'était retrouvée dans une boucherie. Ses gros plans du scalpel taillant dans la chair cireuse du cadavre de Kelly, le flot de bile verte et le contenu jaunâtre de ses intestins, le craquement des os de la cage thoracique qu'on ouvrait, tout cela l'avait déjà éprouvée, mais ce qui avait suivi, une fois le ventre et la cavité thoracique exposés, l'avait profondément choquée.

Elle s'était souvent attribué une capacité particulière à affronter les horreurs de la vie. Elle avait filmé sans broncher les accidents de la route les plus meurtriers et capté d'autres atrocités dans les zones de combat. Mais ce dont elle venait d'être témoin, la conscience que n'importe lequel d'entre nous pouvait un jour devenir une carcasse vide sur la table en inox d'une morgue l'emplissait de terreur.

Les bouches d'aération sur le toit au-dessus d'elle et un léger coup de vent lui apportèrent l'écœurante odeur de la prochaine autopsie. Des gens comme Pauline Schrek vivaient avec cette odeur tous les jours de leur vie, songeait-elle. Même dans le sommeil, cette puanteur devait vous envelopper. Elle se dirigea, frissonnante, vers sa voiture. Elle rangea son matériel dans le coffre et sortit son téléphone portable de la boîte à gants. Parmi les messages, il y avait un numéro qu'elle n'identifia pas immédiatement.

Impatiente de quitter ces lieux, elle démarra et repartit à travers le dédale des ruelles. Ce ne fut qu'une fois sur la grande artère, alors qu'elle attendait au feu rouge, qu'elle consulta le message.

Une voix masculine à l'accent du Nord lui souhaita une bonne journée. Il était arrivé en voiture la veille au soir. Il résidait à l'hôtel Marriott, et il lui serait reconnaissant de lui accorder une demi-heure de son temps. Autour d'un café, dans la matinée ? À dix heures et demie ? Eadie jeta un coup d'œil à sa montre. Le Marriott était à quinze minutes en voiture. Le père de Daniel Kelly était la dernière personne qu'elle avait envie de voir à cet instant, mais elle mesurait l'importance de cette rencontre.

Le feu passa au vert. Elle hésita un instant, puis tourna à gauche, direction le Marriott.

Jimmy Suttle attendait dans la voiture, pendant que Winter était monté voir. Une minute plus tard, celui-ci était de retour, un masque de dégoût sur le visage.

« Ce type est une bête. » Winter claqua la portière derrière lui et chercha ses pastilles à la menthe forte. « Je lui ai dit qu'on appellerait la SPA. Pour mettre fin à ses misères.

— Qu'est-ce qu'il a répondu ?

— Que dalle. À mon avis, il est en train de perdre le goût de la vie.

— Alors, on fait quoi ?

— On le détache, il se nettoie et on le sort de là. Si Cathy veut lancer une opération, monter une embuscade, on ne pourra pas l'en empêcher. Les Scousers ne sauront pas que Pullen est parti.

— D'accord. » Suttle s'efforçait de dissimuler sa déception. Il désigna la maison d'un signe de tête. « Vous voulez que je vous aide ?

— Ouais, mais d'abord il faut qu'on discute un peu, tous les deux.

— À propos de quoi ?

— La jeune Trudy, dit Winter, reculant son siège pour prendre ses aises. Tu veux m'en parler ?

— Parler de quoi ?

— D'abord, si c'est bien elle que tu as vue hier.

— Je vous l'ai déjà dit.

— Non, fiston. Tu m'as dit l'avoir rencontrée hier au soir. J'aimerais savoir si c'est pour elle que tu t'es défilé du porte-à-porte qu'on était en train de se taper. Un oui m'obligerait, mon garçon. Pour commencer. »

Suttle sentait que Winter était sérieux. Pas seulement ça. En colère ? Il n'en était pas vraiment sûr.

« D'accord, dit-il. Elle m'a proposé un rendez-vous.

— Elle-même ?

— Oui, elle m'a appelé et elle a fixé le lieu et l'heure. Comme on le fait toujours dans ces cas-là.

— Et pourquoi cet appel ?

— Je lui plais bien.

— Je peux le comprendre. Une autre raison ?

— Elle voulait me parler de... l'autre salopard là-haut », dit-il avec un mouvement de la tête vers le troisième étage de la maison.

Elle lui avait raconté que, sur le moment, dans sa colère, elle était allée voir Bazza et lui avait tout raconté, et elle avait peur des conséquences.

« On peut la comprendre. » Winter désigna le portable sur le tableau de bord. « Passe-lui un coup de fil. Qu'elle vienne voir par elle-même. Ça lui fera sûrement du bien, à Pullen. » Il marqua une pause. « Quoi d'autre ?

— Rien.

— Sauf que tu l'as sautée, la petite.

— Ouais.

— Et il t'est pas venu à l'idée que ça pouvait être une très mauvaise idée. Non, hein ? T'as foncé droit dans le trou, si je puis dire. Regarde-moi, fils. »

Suttle se tourna à contrecœur vers Winter, qui aurait pu être son père.

« Elle en mourait d'envie, hein ?

— Ouais.

— Des projets pour ce soir ? Le week-end ? Dans un joli coin ? Mais si j'étais toi, je choisirais l'étranger, et le plus loin possible. La Patagonie, à cette époque de l'année, c'est très chouette.

– C'est quoi le problème ? demanda Suttle, tentant de se défendre. Ce sont des choses qui arrivent, non ? On boit quelques verres, et puis on se retrouve au lit. Il n'y a vraiment pas de mal à ça.

– C'est là que tu te goures, l'ami. Et, comme apparemment personne ne t'a fait la leçon, je vais m'y coller. Baiser avec la clientèle, c'est une grosse connerie, et celui qui te parle en sait quelque chose. Tomber amoureux est bien pire encore.

– Qui a dit que j'étais amoureux ?

– Tu as filé direct chez Pullen. Et pas pour lui faire un petit coucou en passant ni comparer vos impressions. Alors, qu'avais-tu donc en tête ? »

Il se fit un long silence. Suttle faisait de son mieux pour cacher sa gêne.

« C'est une gamine, dit-il enfin. Et qu'est-ce qu'elle pouvait bien faire avec un tocard comme Pullen ?

– Ou Valentine.

– Non. Avec Valentine, c'était différent. Il n'a jamais couché avec elle, et pourtant elle ne demandait que ça.

– C'est elle qui t'a raconté ça ? demanda Winter, sincèrement étonné.

– Oui, et je suis persuadé qu'elle disait la vérité.

– Alors, pourquoi l'hébergeait-il chez lui ?

– Je ne sais pas. Peut-être qu'il avait de la peine pour elle, qu'il aimait bien sa présence. Quand elle la joue pas trop destroy, elle peut être vraiment gentille. Vraiment.

– Valentine est peut-être homo. Peut-être que le cul ne l'intéresse plus.

— Non, c'est pas ça. Trude m'a dit qu'il couchait avec sa mère.

— Misty ?

— Ouais.

— Et encore maintenant ?

— Ouais, si j'en crois ce qu'elle dit.

— Excellent. » Winter fêta la nouvelle avec une deuxième pastille. Son intuition s'était révélée la bonne. « Alors, vous en êtes où, Trude et toi ?

— Elle parle de partir quelque part. C'est peut-être rien qu'une tocade de sa part, mais elle en parlait sérieusement.

— Pauvre de toi. Juste au moment où les choses...

— Non, dit Suttle avec un grand sourire. Elle veut que je parte avec elle.

— Où ?

— Je ne sais pas. Elle dit qu'elle a de l'argent.

— Beaucoup ?

— Aucune idée.

— On parle d'une semaine de vacances, là ?

— Peut-être.

— Quelque chose de plus long ?

— C'est possible.

— Et ?

— Allez, c'est une blague. C'est une chic fille, belle et tout, mais ça ne risque pas d'arriver.

— Dieu merci.

— Je ne vous suis pas.

— Non, et tu me suivras encore moins si tu continues comme ça. » Winter se tourna sur son siège pour le regarder. « Écoute, fiston, t'es un mec intelligent, tu bosses bien, et je t'aime bien, mais t'es pas de cette ville, loin s'en faut et, crois-moi, ça fait une foutue différence. Il y a des règles ici, des choses auxquelles on touche pas, à Pompey, et une de ces choses s'appelle Trudy Gallagher. Pourquoi ? Parce que Bazza la considère comme sa propre fille, sa propre chair, son propre sang, et s'il y a une chose qu'il ne supporterait pas, c'est qu'un flic se la tape. Il en ferait une affaire personnelle, crois-moi.

— Dois-je en déduire que Trude est la fille de Bazza ? Et elle ne le saurait pas ?

— Je n'ai rien à te dire. Je me fais seulement le messager.

— Quoi, il vous l'a dit lui-même ?

— Tout à fait.

— Quand ? »

Winter le considéra un instant, puis secoua la tête. Il avait dit ce qu'il avait à dire et, maintenant, il était temps de s'occuper de Dave Pullen. Mais d'abord, pensa-t-il, il devait en informer Cathy Lamb.

Il tendit la main. Suttle la serra. Winter poussa un soupir désespéré. « Le portable, tête de nœud. »

Faraday était de retour dans son bureau quand Gisela Mendel appela. Il reconnut tout de suite sa voix, l'accent allemand saccadé, et tendit la main vers son bloc-notes.

« C'est au sujet de la vente du fort, lui dit-elle sans autre préambule. Votre M. Mackenzie est revenu à la charge.

— Et ?

— Il veut qu'on se rencontre la semaine prochaine. Il viendra accompagné de son avocat, et me demande de faire venir le mien.

— Et les autres candidats ?

— Il a l'air de penser que ça n'est pas un problème.

— Vraiment ? » Faraday calculait le temps qui leur était imparti. Mackenzie voulait voir Wallace pendant le week-end. Il chercherait vraisemblablement à l'écarter de son chemin, pour courir seul au fort de Spit Bank. Si Willard et Faraday avaient encore besoin d'une preuve de la formidable assurance de Mackenzie, ce dernier épisode était parlant.

« La dernière fois que nous nous sommes rencontrés, vous avez parlé d'un changement de situation, dit prudemment Faraday. De situation personnelle, je veux dire.

— C'est exact. Mon mari a entamé la procédure de divorce.

— Le fort est donc réellement à vendre ?

— Je le crains.

— Vous avez un chiffre en tête ?

— Oui.

— Chiffre dont vous ferez état la semaine prochaine ?

— Bien sûr.

— Pourriez-vous me dire quelle est cette somme ? »

Un long silence suivit. Et quand Gisela répondit enfin, ce fut d'une voix qui s'était durcie.

« C'est difficile, monsieur Faraday. Jusqu'ici, on a fait semblant, c'était un montage. Je ne veux pas savoir pourquoi j'ai joué ce jeu, je dis seulement que les règles ont changé. Je vends le fort pour de bon. Je vais en tirer de l'argent. Bien sûr, j'aimerais bien obtenir un million deux cent mille, mais personne ne me donnera une somme pareille. Pas pour ce fort.

Ce serait trop beau si c'était le cas. Vu la décision de mon mari, je suis maintenant entre les mains de Mackenzie.

— Vous allez prendre ce qu'il vous offre ?

— Je vais discuter, bien sûr, mais... je n'ai pas le choix. »

Faraday s'adossa à son fauteuil. Il s'était toujours refusé à penser à autre chose qu'à la rencontre imminente entre Mackenzie et Wallace. C'était le point central de Tumbril, la charnière de la porte d'enquête, cette charnière sur laquelle ils avaient tout misé. Et si l'opération capotait ? Si, à la fin de la semaine en cours, Mackenzie avait raflé ce petit morceau de Pompey pour trois fois rien ?

« Avez-vous parlé de cela à M. Willard ?

— Non, j'ai essayé, mais la ligne était occupée.

— Très bien, je lui en ferai part moi-même. » Faraday hésita, une autre idée lui traversant l'esprit. « Mais que se passera-t-il si Mackenzie n'est pas capable de faire une offre ?

— Je ne comprends pas.

— Qu'arriverait-il, demanda Faraday en sachant qu'il n'aurait jamais dû s'engager dans cette conversation, si Mackenzie perdait soudain tout intérêt ?

— Et pourquoi ferait-il une chose pareille ?

— Je ne sais pas. Mais imaginez la situation. Pas de Mackenzie et personne d'autre. »

Il y eut un autre silence, nettement plus long. « Vous parlez sérieusement ? » dit-elle enfin.

Le père de Daniel Kelly attendait dans le salon de thé du Marriott. Eadie le repéra à une table d'angle dès l'instant où elle entra : plus petit qu'elle ne l'avait pensé, costume sombre, cravate rouge, de larges lunettes à monture bleue. Il replia un numéro de *Variety* et se leva. Il avait la main chaude, très légèrement moite.

Il fit signe à une serveuse. Il y avait des restes de bacon dans son assiette.

« Petit déjeuner tardif. Vous aimeriez manger quelque chose ? »

Eadie eut un haut-le-cœur à cette idée.

« Un café », dit-elle.

La serveuse débarrassa l'assiette de Kelly et partit. Le silence qui s'ensuivit aurait pu peser si Eadie n'avait pas pensé que cet homme méritait la vérité.

« Votre fils était une épave, dit-elle calmement. Une épave quand il était en vie, et il est aujourd'hui passé à la casse. »

Kelly s'appuya au dossier de sa chaise. Eadie Sykes pouvait avoir parfois un impact presque physique.

« Vous me l'avez déjà dit en ces termes, au téléphone, parvint-il à répondre.

— Je sais. Je pensais seulement que ce serait bon de le répéter. D'ordinaire, je n'ai pas de compassion pour les gens qui ont réussi à se détruire, mais je fais une exception dans le cas de Daniel. Vous l'avez laissé tomber. Nous l'avons tous laissé tomber, en vérité. Le pauvre petit con.

— Et c'est pour cela que vous êtes venue ? Pour me faire mal ?

— Pas du tout. Je suis venue parce que vous m'avez laissé un message. J'essaie seulement de me rendre utile et de combler les vides.

— Alors, allez-y, mais pensez-vous vraiment que je ne me sois pas posé ces questions ? Qu'est-ce que je ne savais pas que j'aurais dû savoir ? Sans parler de la personne qui vient frapper à votre porte pour vous annoncer que votre fils est mort d'une overdose.

— Vous parlez de moi ?

— Non, d'un officier de police. Pas méchant, pas sa faute, il faisait son travail. Mais tout de même... on frappe à votre porte à sept heures du matin, et vous allez répondre sans vous douter que la terre va se dérober sous vos pieds. » Il se tut, jouant un instant avec sa tasse, les joues légèrement empourprées. « La mère de Daniel était alcoolique, dit-il soudain. Vous le saviez ?

— Était ?

— Est. Il m'arrive souvent de la croire morte. »

Eadie détourna les yeux, se demandant si elle devait pousser plus loin cette conversation. La colère était une force qu'elle contrôlait mal. Et puis elle ne devait rien à cet homme.

« Vous avez de la famille, en dehors de votre femme et de votre fils ?

— Non.

— Alors, il n'y a plus que vous.

— Pardonnez-moi ?

— Vous m'avez très bien entendue. »

La serveuse revenait avec du café. Kelly esquiva le regard d'Eadie pendant que la jeune fille servait. Puis il changea de sujet.

« Vous avez mentionné un entretien.

— Exact.

— Vous y tenez toujours ? J'ai seulement besoin de savoir quand, dit-il en désignant le Filofax ouvert devant lui.

— Vous voulez que je vous fixe un rendez-vous ?

— C'est comme il vous plaira. Vous savez, j'essaie seulement d'apporter mon aide. J'ai un tas de choses à régler – l'appartement de Daniel, les pompes funèbres, les obsèques – et il faut que je sois rentré chez moi ce soir même. Je vous ai écoutée au téléphone. Pour vous dire la vérité, j'admire ce que vous faites, et je ne vous en veux pas d'être aussi... remontée. Vous avez raison, je suis un nul, comparé à mon fils. Je me suis vendu il y a longtemps. Lui ne l'a jamais fait.

— Vendu ?

— Oui, au show-business. » Il toucha le magazine. « Croyez-le ou pas, mais je défends les intérêts de nombreuses célébrités, des noms qui vous étonneraient. Dans le sport, le cinéma, la télévision. Manchester est une ville glamour. Et vous savez ce que font tous ces gens ? Ils se défoncent grand train – coke, amphètes, héro, ecstasy, que sais-je encore ? Ils se font beaucoup d'argent, et ils s'en mettent plein les narines. C'est une réalité. Alors, dites-moi, comment se fait-il qu'ils s'en tirent, eux, et pas Daniel ?

— Peut-être qu'ils ne s'en tirent pas. Vous y avez pensé ?

— Ils sont toujours en vie et se pavanent, riches et célèbres.

— Ils le sont parce que des gens tels que vous s'occupent de leurs affaires.

— Exactement. Mais pensez-vous que ça me rassure ? Que ça ne me coûte pas d'être assis en face de quelqu'un comme vous ? »

Eadie ne répondit pas. Certaines questions n'avaient pas de réponses.

« Vous disiez que Daniel ne s'était pas vendu, lui. Pensez-vous vraiment que ce soit le cas ?

— Oui.

— Eh bien, vous vous trompez, monsieur. Je n'ai jamais connu Daniel, pas vraiment, du moins. Ce que j'ai pu apprendre de lui, je le dois à Sarah, son amie.

— Il m'a parlé d'elle.

— Je le pense. Sarah était la seule personne à s'interposer entre la tombe et lui. Cette jeune femme n'est pour rien dans ce drame, mais le fait est que Daniel a tout détruit. C'était un garçon intelligent, cultivé. Il avait des ambitions, des espoirs. Il avait des projets. Il voulait écrire. Mais qu'a-t-il fait avant de s'attaquer à la page blanche ? Il a cherché de la compagnie, de l'amour, nous passons tous par là. Et n'ayant rien trouvé de ce côté-là, il est tombé sur une seringue et se l'est enfoncée dans le bras. Les amis sont là pour prévenir ce genre de chose. Les amis et la famille.

— Daniel n'avait pas de famille. Il n'avait que moi.

— Je sais. Et vous êtes ici pour l'emmener au crématorium. »

Eadie ignora la serveuse avec sa cafetière. L'idée d'un café de plus lui soulevait le cœur.

Kelly allumait un petit cigare. Ses mains ressemblaient à celles de son fils, remarqua Eadie. Des doigts courts et forts, les ongles ras.

« Expliquez-moi, dit-il doucement.

— Je vous écoute.

— Pourquoi tant de colère en vous ?

— De colère ? » La question était sensée. « Parce que j'étais là-bas, ce matin, monsieur. Et j'ai vu.

Avez-vous jamais assisté à une autopsie ? C'est du Grand-Guignol. Au début, ça va à peu près. Il leur faut accéder à tout ce qu'il y a dedans, alors ils vous ouvrent en deux, vident le sac et font l'inventaire. Jusque-là, il n'y a pas vraiment de surprise. Avec de bons outils, c'est une promenade de santé. C'est quand on arrive à la tête que ça devient comme qui dirait personnel. Vous savez comment ils font ? Ils coupent de là à là. » Eadie traça une ligne sur son front d'une oreille à l'autre. « Puis ils vous arrachent la peau du visage, vous scalpent le crâne, comme dans les films d'Indiens. Vous trouvez ça moche ? Attendez. Ils ont une scie, une spéciale, qu'ils appellent osculatrice. Ils en usent tout autour de la tête, et vous essayez de garder l'image bien cadrée, alors que l'air s'emplit d'une odeur d'os brûlé. C'est horrible, mais c'est pire quand ils soulèvent le couvercle. Vous vous tenez à un mètre du corps, et vous avez soudain sous les yeux la cervelle d'un être humain. Que se passe-t-il ensuite ? Ils déposent le cerveau sur une table, à côté des autres organes, et ils entreprennent de le découper, tranche après tranche. » Elle s'interrompit pour reprendre son souffle. Elle hocha la tête. « Le cerveau de Daniel, monsieur Kelly. Ses souvenirs, ses espoirs, ses peurs, ses rêves. Tout ce qu'il n'a jamais eu l'occasion de dire. Tout ce qu'il avait peut-être envie de vous confier. Tout cela n'était plus que bouillie. »

Kelly avait reposé son cigare. Ses mains tremblaient. Quand enfin il leva les yeux, ils étaient emplis de larmes.

« Vous avez terminé ?

– Non, répondit Eadie, cherchant des Kleenex

dans son sac pour se moucher. Vous avez encore une dette envers votre fils, et une grande. Et ma caméra est dans ma voiture. »

Faraday arriva en retard au foyer, pour boire un verre avec Harry Wayte. La salle était située au dernier étage du bâtiment, un bel espace avec une demi-douzaine de tables et vue sur les toits voisins et les lointaines falaises de Portsdown.

Harry était au bar, une pinte de blonde à son coude, animant un petit groupe de collègues avec une bonne histoire, cette opération de drogue en plein hiver, quand ils avaient couru après un dealer dans la neige du côté d'Emsworth, et le type était à poil ! Et cette surveillance qu'ils avaient voulu établir en glissant un micro dans le canapé acheté par leur cible, et l'épouse qui l'avait renvoyé chez le marchand parce qu'elle n'aimait pas la couleur. Chacune de ces blagues provoquait des rires, qui amenaient une nouvelle histoire, et Harry se tenait au milieu, un grand sourire sur son visage rougeaud, flottant complaisamment sur cette rivière de souvenirs. Ce n'était pas si mal, après tout, pensait Faraday, d'être un bon flic solide, avec trente années de service derrière soi et la conscience d'avoir fait légitimement punir sa part de hors-la-loi.

Faraday commanda une Guinness, et il levait son verre en signe de salut quand Harry l'aperçut. Un instant plus tard, il quittait son public et prenait Faraday par le bras. La banquette près de la fenêtre était vide. Harry était déjà soûl.

« Tout à l'heure, fils...

— Où ça, Harry ?

— En bas. À cette réunion merdique. Sans vouloir t'offenser.

— M'offenser ? De quoi parles-tu ?

— De ce que je peux raconter. Il y a des fois où ça gonfle, tout ce bavardage. Tu vois ce que je veux dire ? »

Faraday hocha la tête. Il avait parfaitement déchiffré ce que décrivait Wayte. La drogue s'étendait telle une tache indélébile. Elle bouleversait les familles. Elle avait envoyé Nick Hayder sous les roues d'une voiture. Elle avait poussé J-J à se compromettre, et à se retrouver passible d'une peine de prison. Aussi ne fallait-il pas s'étonner que des types comme Harry, des hommes de terrain, se lassent de la grand-messe directoriale.

Faraday lui tapota le bras.

« Juste ou pas, Harry, t'as bien fait de le dire.

— Tu le penses ?

— Ouais. » Il leva son verre. « Joyeux anniversaire.

— À la tienne. Et à l'année prochaine, même jour, même endroit, hein ?

— J'ai cru entendre que tu prenais ta retraite ?

— Exact. J'ai fini mes trente années. Le 23 septembre. Je suis impatient. » Il fit signe à Faraday de se rapprocher. « Sérieusement, Joe, ça fait longtemps que tu tournes, et quel est le pronostic ? Tu penses qu'on s'en sort ? Les Scousers ? Les Jamaïcains ? Les mômes qui courent partout avec des flingues et des marteaux ? » Il poursuivit, pointant son doigt sur Faraday, décrivant un chaos urbain, grouillant d'ados psychotiques bardés d'artillerie. « Ça arrivera, Joe, crois-moi, et plus vite qu'on pense.

– Tu le crois vraiment ?

– Ouais. Ce ne sera pas mon problème, bien que je vive ici, mais ça sera le tien. » Il donna un coup de coude à Faraday. « Et tu sais quoi encore ?

– Quoi, Harry ?

– On devrait légaliser toute cette putain de came. Finis les tableaux A et B, toutes ces conneries. On légalise et on prélève une taxe mahousse. Des produits propres, de qualité, et un million de nouveaux hôpitaux. Souviens-toi que je te l'aurai dit.

– Tu penses que ça marcherait ?

– Je pense deux choses, Joe. La première, c'est que ça débarrasserait la ville de toute cette racaille de dealers, comme d'un coup de baguette magique. La deuxième, c'est que ça risque pas d'arriver. La réponse à cette petite énigme ? Tous les gars que tu connais trempent leur pain dans la même soupe. C'est un commerce, une industrie. Légalise, et c'est la moitié du pays, la moitié de la planète, qui va devoir chercher du travail. J'ai pas raison ? »

Faraday esquiva la question. Toutes les semaines, maintenant, le courrier des lecteurs du magazine *Police Review* bruissait du même refrain, et le bruit courait qu'un lobby à l'intérieur de la direction de la police commençait à désespérer de l'approche actuelle de la répression, mais Faraday n'était pas convaincu. Les vendredis soir, largement alimentés par l'alcool, étaient déjà assez mouvementés. Que se passerait-il si on autorisait tout ?

Harry Wayte attendait sa réponse.

« Je n'en ai pas, Harry. Le scénario dit qu'on doit arrêter les méchants, et c'est ce que j'essaie de faire.

– Mais toute la question est là, Joe. Arrêter les

mauvais garçons ne résout rien, parce que des mauvais garçons, il y en a partout. Tu en boucles un, et il y en a dix qui poussent à sa place. C'est des chiffres, Joe. C'est le dernier combat de Custer. Diên Biên Phu. On se trompe de guerre. »

Harry Wayte semblait sérieux. Il était connu pour sa passion de l'histoire militaire – ainsi que celle des modèles réduits de bateaux – et sa longue carrière l'autorisait à remettre en question quelques grandes croyances. Et il était regrettable qu'on écartât désormais les vieux grognards comme Harry Wayte. Tout ne se résumait pas dans la vie à des analyses de graphiques.

Faraday jeta un coup d'œil à sa montre.

« Je suis de ton côté, Harry », dit-il.

Faraday leva les yeux pour voir Willard qui se penchait vers lui. Le superintendant ne souriait pas. Puis, comme Harry se levait péniblement et se proposait de lui apporter un verre, Willard l'ignora.

« Un mot, Joe. » Willard eut un regard en direction de l'escalier. « Si vous avez un peu de temps. »

Willard ferma la porte de son bureau. Il avait parlé avec Gisela Mendel et il voulait savoir ce qui se passait.

« Elle me raconte qu'elle a toutes les chances de se retrouver en carafe, dit-il. Qui lui a mis cette idée dans la tête ?

— En carafe ?

— Avec un fort à vendre et aucun acheteur.

— Je l'ignore, monsieur.

— Elle m'a dit qu'elle vous avait parlé.

— C'est exact.

— Et elle m'a dit que vous lui aviez demandé ce qui se passerait si Mackenzie n'était plus là.

— Ce n'est pas comme ça que j'ai présenté la chose.

— Non ? Il ne lui a pas fallu longtemps pour deviner vos intentions. C'est une somme à six chiffres, une grosse somme, et vous avez vraiment foutu les pieds dans le plat. Jusqu'ici, elle nous a été d'un grand secours. Elle sait très bien que nous trafiquons quelque chose. Elle sait que Mackenzie est très intéressé. Et elle sait aussi que Wallace est notre complice. Voilà tout ce qu'elle savait, mais plus maintenant, Joe.

— Je ne vous comprends pas.

— Je le vois bien, que vous ne comprenez pas.

— Non, reprit Faraday en faisant un petit pas. Pardonnez-moi, mais c'est vous qui ne comprenez pas. De ma place, c'est ainsi que je vois les choses : Hayder ou vous-même, vous montez le piège. Le fort est l'appât. Mackenzie mord à l'appât. Est-ce que le fort est réellement en vente ? Non. Notre amie allemande doit-elle prétendre qu'il l'est ? Oui. Est-ce qu'elle nous soupçonne de porter un intérêt professionnel à Mackenzie ? Oui. Pourrait-elle en tirer une ou deux conclusions ? Oui, à moins d'être très bête. » Il observa un silence. « Est-elle idiote ?

— Comment le saurais-je ?

— Je ne sais pas, sauf que son mari est soudain très pressé de conclure le divorce.

— Et qu'est-ce que cela peut bien signifier ?

— Que le jeu a changé. Elle ne veut plus jouer, du moins pas selon nos règles. Montrez-lui un acheteur – Mackenzie – et elle vendra, pour de bon. Ça veut dire qu'elle a tout intérêt à ce que Mackenzie reste un homme libre. » Il marqua une nouvelle pause. « Depuis quand la connaissez-vous ? Il serait peut-être temps qu'on ait une conversation sérieuse ? »

Willard s'était tourné vers la fenêtre et, écartant le store, regardait dans le parking en dessous.

« Wallace a relancé Mackenzie, dit-il enfin. Ce dernier lui a fixé l'heure et le lieu pour dimanche. Wallace a besoin d'en parler.

– Avec nous ?

– Non, juste vous, Joe. Au McDonald's, à l'entrée de l'autoroute, à deux heures et demie. Il sera accompagné de son équipier. » Willard regardait toujours par la fenêtre. « D'accord ? »

16

Vendredi 21 mars, 13 h 30

Revenant en voiture du Marriott, Eadie Sykes éprouvait un étrange sentiment d'ivresse. Après la noirceur de l'autopsie et une conversation qu'elle n'aurait jamais dû infliger à un père en deuil, elle avait recueilli l'interview de ses rêves : un regard direct sur un homme rongé par la culpabilité et cependant déterminé à partager son chagrin et sa colère avec un public le plus vaste possible. Les morts comme celle de Danny, avait-il dit tout bas à la fin, vous ôtent tout refuge. Personne ne devrait jamais connaître une telle solitude.

Peu après, dans l'intimité de la chambre, au Marriott, elle avait serré dans ses bras l'homme éploré et lui avait fait ses excuses. Elle n'aurait jamais dû se montrer aussi directe, aussi brutale. En bas, dans le salon de thé, il aurait eu cent fois le droit de s'en aller.

Kelly l'avait regardée avec un étrange sourire.

« Si je vous connaissais mieux, je dirais que vous l'avez fait à dessein. Vous feriez une grande avocate.

— Vous le pensez vraiment ?

— Oui. » Il avait hoché la tête. « Parfaitement. »

À présent, revenant vers la ville, Eadie s'interrogeait sur la sincérité de Kelly. La manipulation faisait partie du jeu, elle le savait, mais ce matin, pour une fois, elle avait le sentiment d'avoir totalement perdu le contrôle. Il y avait des circonstances où elle ne voyait aucune raison de combattre la vérité, et sa rencontre avec Kelly dans le salon de thé en avait été une. Le fait qu'un certain lien n'en eût pas moins été noué avait été une prime qu'elle n'était certainement pas en droit d'attendre, au même titre que la bande enregistrée à l'abri dans son sac.

De retour au bureau d'Ambrym Productions, le moral indéniablement remonté, elle trouva J-J penché sur l'écran de l'ordinateur. Une barbe de deux jours, le teint pâle, les traits tirés, il y avait dans son regard une intensité qu'elle ne lui avait jamais vue. Elle essaya d'amorcer une conversation, mais il n'était pas intéressé. D'ordinaire, J-J pouvait remplir une pièce de son enthousiasme, de sa chaleur, vous assourdissant de toutes ces explosions de signes. Aujourd'hui, il était pratiquement invisible.

La nuit précédente, à l'appartement, avant que Joe n'arrive, ils avaient eu une discussion au sujet de Daniel Kelly. Très perturbé par son propre rôle dans la mort de l'étudiant, J-J ne voulait plus rien entendre du film. Il avait été d'accord pour chercher, lire, se faire des amis parmi les gens qu'ils voulaient aider, mais ce qui s'était passé l'avait choqué. On n'avait pas le droit de pousser les gens comme ça, il y avait des raccourcis qu'on ne prenait pas. Pour lui, Eadie avait ignoré tout ça, et il avait honte d'y avoir participé. Il était arrivé la même chose au poste de police. C'était un jeu qu'ils jouaient. Un jeu plein de règles bizarres et d'un tas de trucs qu'il ne fallait pas dire, et personne n'avait l'air de saisir que quelqu'un était mort. Et c'était inconcevable pour lui que son père ait participé à cette mascarade. Il en éprouvait une fois de plus une grande honte.

Eadie, qui avait peu de place en elle pour le sentiment de honte, s'était défendue et avait défendu Faraday avec une certaine vigueur. Dans le monde de J-J, lui avait-elle dit en quelques signes précis, personne ne ferait jamais une omelette, parce que personne n'aurait le cran de casser un œuf. Il fallait savoir démolir pour construire. J-J, qui raffolait des omelettes, était confondu. Qu'est-ce les œufs venaient faire dans l'histoire de Kelly ?

À ce moment, heureusement, J-J s'était mis à rire. Eadie calfeutra cette paix fragile en proposant de commander un curry, et ils attendaient la livraison quand l'interphone sonna. Au lieu du livreur d'Indien Cottage, ce fut un petit bonhomme rondouillard, envoyé du mouvement Stop à la guerre, qui déboucha sur le palier en soufflant. Il savait qu'Eadie avait fait une vidéo de la manif dans l'après-midi. Il avait également appris qu'elle avait un logiciel d'édition très performant. Eadie répondit oui aux deux questions, et elle s'entendit proposer une chose qu'elle jugea aussitôt irrésistible.

Des camarades à Londres, lui dit l'homme, enregistraient des images d'Al-Jazira, la chaîne de télévision du Qatar. La guerre était lancée depuis vingt-quatre heures, et leurs images des zones bombardées à Bagdad et Bassora étaient déjà explicites. Or, c'était là un matériel qui n'aurait jamais accès aux journaux télévisés occidentaux, parce que cela pourrait inciter le public à faire quelque chose pour que cesse cette terrible aventure. Le mouvement contre la guerre se demandait donc s'il était possible de présenter les images les plus fortes qu'Al-Jazira pouvait fournir.

Eadie avait déjà sa conception.

« Trois éléments, dit-elle en étalant trois doigts de sa main. Les images arabes, les séquences de manifs en Angleterre et ces trucs à gerber qu'on peut voir sur BBC News.

— Trucs à gerber ?

— Les lancements de missiles de croisière. Les types chargeant les avions de bombes. Les blindés fonçant vers la bataille. Les avions de combat.

— Top Gun, quoi !

— Exactement. »

L'activiste appréciait énormément. Un coup de fil à Londres confirma que le premier envoi d'Al-Jazira pourrait arriver par FedEx le lendemain. Pour le moment, Eadie devrait se contenter de ce qu'elle avait sur la manif, en attendant que d'autres images parviennent des autres villes du pays.

Eadie lui dit que le FedEx était inutile. Elle avait une transmission à large bande capable d'accueillir les images vidéo.

« Et cela coûterait combien ?

— Laissez tomber.

— Pas d'argent ?

— Pas un sou.

— Droits d'auteur ?

— Rien. On est en guerre.

— Et vous avez quelqu'un pour vous assister ?

– En effet, dit Eadie en regardant J-J. J'ai le gars qu'il me faut. »

Ainsi donc, quinze heures plus tard, J-J passait au crible les rushes de la manif, à la recherche des meilleures prises. Eadie était à son côté pendant qu'il projetait les images : des lycéens sortant de cours courant grossir les rangs des manifestants. Deux vieilles dames applaudissant le cortège, un pitt-bull pissant sur une affiche caricaturant Bush.

Au fil des images, Eadie mesurait le talent de J-J pour repérer les scènes fortes. Peut-être était-ce le fait de ne pas être troublé par la bande-son. Peut-être les théoriciens du cinéma avaient-ils raison de souligner la nature essentiellement visuelle du cinéma et de la télévision. Mais l'explication importait peu, dans la mesure où Eadie était convaincue que ce reportage, entrecoupé d'autres images, pouvait passer auprès de n'importe quel public au monde. C'était là une espèce d'espéranto de révolte morale, un torrent de vues qui remettrait la guerre à sa place. Ce n'était plus cette croisade revendue aux électeurs au nom de renseignements suspects, mais la chair et le sang des innocents mis en pièces au nom de la liberté.

J-J arrivait à la fin de la vidéo de la manif. Il semblait que la passion d'Eadie eût déteint sur lui, parce qu'il eut un grand sourire quand elle le serra contre elle. C'est bizarre, pensa-t-elle. Qu'une véritable tragédie se déroulât sous ses yeux, et le garçon ne voulait rien savoir. Mais que cette unique mort se multiplie par mille, et il courrait sur tous les fronts.

« Al-Jazira ? demanda-t-il.

– Rien encore. » Il tapota le cadran de sa montre et haussa les épaules.

En début d'après-midi, le McDo à l'entrée de la M27 était plein. Faraday repéra Wallace et son soutien dans un coin près de la fenêtre. Les deux hommes occupaient une table de quatre, et piochaient dans les frites accompagnant un triple cheeseburger.

Son soutien, le sergent Terry McNaughton, avait servi sous les ordres de Faraday pendant six mois très chargés. C'était un grand gaillard à l'air détendu, avec un sourire capable d'ouvrir toutes les portes. Il avait abandonné depuis deux ans les costumes sombres pour les jeans et les chemises bleu foncé.

Dès qu'il aperçut Faraday, il se leva et quitta la table. Wallace suivit, abandonnant son burger mais emportant ses frites.

« Allons dans la voiture, dit McNaughton avec un signe de tête vers les portes de sortie. C'est l'enfer là-dedans. »

La Golf de McNaughton était garée près de la barrière. Faraday grimpa à l'arrière, se faisant une place à côté d'une pile de magazines de plongée sous-marine. Un prospectus de voyagiste attira son attention.

« Galapagos, patron. » McNaughton, assis derrière le volant, se tourna vers lui. « Trois semaines en mai pour deux mille cinq cents livres. Dix jours de plongée garantis. Le paradis des tortues... Vous allez bien, monsieur ?

– Moi ? » Faraday le regarda d'un air surpris.

« Oui... il me semblait juste... » Il secoua la tête, l'air embarrassé soudain. « Laissez tomber. » Il jeta un regard à Wallace. « Alors, ton type a donné de ses nouvelles ?

– Mackenzie a téléphoné ce matin, répondit Wallace. Il m'a indiqué un hôtel, le Solent Palace.

– Quand ?

– Dimanche. Il m'invite à déjeuner. Il suppose que j'arriverai de Londres.

– Quelle heure ?

– Midi et demi au bar Vanguard.

– Mais vous déjeunerez tout de même ensemble ?

– C'est ce qu'il a dit. C'est un grill où on fait de la bouffe, de la vraie, pas la merde chichiteuse à la mode. » L'accent de Pompey, de nouveau, arracha un sourire à McNaughton.

Faraday griffonna une note. Le Solent Palace était l'un des plus grands hôtels du front de mer, un monument victorien en brique rouge, avec une vue extraordinaire sur la mer et l'île de Wight. Faraday y avait dîné un soir l'année précédente, à l'occasion de la visite d'un commissaire divisionnaire de Caen avec son équipe. La cuisine était épouvantable mais les Français, à leur crédit, n'avaient pas pipé mot.

« Le restaurant est devant, au premier étage, dit Faraday. Comment allons-nous jouer le coup ?

– Ça, c'est à vous de voir », dit Wallace en croquant dans sa dernière frite. Il s'essuya les doigts avec une serviette en papier trouvée dans la boîte à gants. « Cette caisse est une poubelle, Terry. Qu'est-ce que tu fais, tu campes dedans ?

– Seulement quand j'en ai l'occasion. » Il regardait Faraday. « On a quoi, en matière de soutien, monsieur ?

– Mais rien. Pas beaucoup en tout cas.

– Vous êtes sérieux ? »

McNaughton était responsable de la sécurité physique de Wallace.

« Oui, je le suis, confirma Faraday. Mon patron ne veut pas prendre le risque de compromettre l'opération. Il a peur qu'on se fasse repérer, si ça n'est pas déjà le cas. Et il a probablement raison.

– Vous parlez bien de la rencontre de demain ? Avec Mackenzie ?

– Non, je parle du contexte. Apparemment, on devait faire une interception, à Noël dernier. On était sûrs de tomber sur une grosse quantité de coke, et il n'y avait rien dans la voiture. C'est pourquoi nous serrons maintenant les boulons.

– À quelque chose, malheur est bon.

– Exactement. En soutien, il y aura vous, Terry, mon supérieur et moi.

– À l'intérieur de l'établissement ?

– Je ne pense pas. Je reconnaîtrai les lieux, demain, mais si Mackenzie a choisi le Solent, c'est sûrement parce qu'il connaît le patron, et on ne pourra jamais y installer des caméras. Mackenzie a des contacts partout, comme vous le savez. » Faraday traçait un schéma sur son calepin. « Je pense à deux voitures sur le parking, en face, où on a une vue dégagée sur le restaurant, disons une centaine de mètres maxi, à condition d'arriver là-bas suffisamment tôt.

– Un émetteur ? demanda McNaughton.

– Et un enregistreur. D'une ligne à l'autre.

– Pas de problème. On a un joli petit Nagra, qui diffuse et enregistre. Plus un récepteur-enregistreur pour l'une des voitures, sans parler de l'Olympus pour les clichés. » Il fronça les sourcils. « Mais ça ne résout pas le problème de protection.

— Ne vous inquiétez pas », dit Wallace, qui observait une jolie et jeune mère de famille poussant son enfant vers une voiture de sport. « Le pire qui puisse se produire, c'est qu'il me fouille de force. Dans ce cas, je ferai celui qui, en affaires, ne se sépare jamais de son micro.

— Vous pensez qu'il vous croirait ?

— Je n'en sais rien, mais l'argument peut tenir. »

La jeune maman se penchait par-dessus la voiture pour harnacher son enfant dans son siège. « Mais que se passera-t-il s'il change le lieu de rendez-vous ? S'il m'appelle, par exemple, juste quelques minutes avant ?

— Vous nous en informez.

— Et s'il m'embarque dans sa voiture pour aller ailleurs ?

— Nous suivrons. Et vous faites la conversation.

— D'accord. » Il haussa les épaules. « Me voilà rassuré. » La jeune femme montait maintenant dans la voiture. Elle lissa sa jupe et adressa un bref sourire à Wallace. Faraday voulait savoir ce que Mackenzie avait dit de plus au téléphone.

« Qu'il ne cherchait pas à m'emmerder.

— Ce qui signifie ?

— Que je ne regretterais pas d'être venu de Londres. Il s'offrait de me montrer les curiosités de la ville.

— Quelles curiosités ? s'esclaffa Terry.

— Il ne l'a pas précisé. » Wallace ignora McNaughton. « En ce qui me concerne, c'est très simple. J'ai mille affaires en cours et sûrement pas envie de passer l'après-midi à traînasser sur les quais, à admirer le *Victory*. Il le sait. Je l'ai prévenu. Baz, je lui ai dit, on mange rapido un morceau, et tu me racontes tout. Ensuite, je repars à Londres. Et il y a une bonne raison pour qu'on s'en tienne au Solent Palace. S'il commence à déconner, je peux toujours me casser.

— C'était Baz, sûr ?

— Ouais. Il m'a appelé deux ou trois fois. On est potes. On fait dans la même industrie.

— Vous le pensez vraiment ? demanda Faraday qui sentait enfin son moral remonter.

— Absolument. Ce type a un esprit aiguisé comme une lame. Ça se sent. Il est marrant, avec ça. Il ne croit pas une seconde à mon enrichissement dans les pays du Golfe, il ne l'a probablement jamais cru. Pour ce qui le concerne, je suis un concurrent. Et je ne parle pas seulement du fort de Spit Bank.

— Vous pensez qu'il vous fera une offre ?

— Oui.

— De l'argent ?

— Peut-être, mais j'en doute. Ces types n'aiment pas sortir leur fraîche. S'il y a un autre moyen, il le trouvera.

— Des menaces ?

— Non, il se plaît à penser qu'il a plus de classe que ça.

— Alors, quoi ?

— Je n'en sais rien. » Il adressa un bref sourire à Faraday. « Je vous tiendrai informé, d'accord ? »

Cathy Lamb prit la décision d'évacuer Dave Pullen et de le mettre en sécurité. Winter et Suttle tranchèrent les liens, dénichèrent un T-shirt et un jean sales, et poussèrent Pullen dans la salle de bains, pour qu'il se nettoie. Dès que les deux autres collègues de l'équipe seraient descendus de Kingston Crescent afin de garder l'appartement pour le cas où les Scousers s'y pointeraient, Winter et Suttle escorteraient Pullen jusqu'au poste central où, expliqua Winter, le sergent d'écrou lui avait préparé une cellule individuelle.

Les deux constables arrivèrent à deux heures. Winter les informa de la situation dans le salon. Peu de temps après, Suttle et lui sortaient avec Pullen dans la pénombre du palier, quand ils entendirent l'un des deux hommes, derrière, pousser une beuglante. Cinq secondes dans la chambre de Pullen lui avaient gâché le restant de la journée.

« Il y a de la Javel dans la cuisine, leur cria Winter. On sera pas rentrés de sitôt, vous savez. »

Dans la rue, Pullen comprit que Winter ne plaisantait pas pas en parlant du Central.

« Pas question », dit-il en s'efforçant de se libérer. Winter lui expliqua que c'était dans son intérêt. Tant que les Scousers ne seraient pas éliminés, il devrait supporter un petit séjour à l'ombre. Puis, comme Pullen refusait de monter dans la voiture, Winter le mit en état d'arrestation.

« Et pour quel motif ?

— Présomption de séquestration et coups et blessures. Et je te conseille de faire ce qu'on te dit. » Il demanda à Suttle de prendre les menottes dans la boîte à gants, puis il poussa Pullen à l'arrière et verrouilla les portières.

Le poste central était situé à côté du palais de justice. Winter trouva une place sur le parking, coupa le moteur et baissa légèrement sa vitre.

« Tu t'es bien lavé, Dave ? » Il regardait Pullen dans le rétroviseur. « Je te demande ça parce qu'il y a des gars au Central qui ont des goûts bizarres.

— Allez vous faire foutre. »

Une bande d'étudiants passa, shootant dans une boîte de bière abandonnée. Suttle les regarda, conscient de n'avoir aucune idée de ce qui allait suivre. Dans de telles situations, comme il commençait à le découvrir, Winter établissait les règles au fur et à mesure.

Winter trouva la manette pour reculer son siège, et l'actionna pour prendre ses aises. La barre s'écrasa sur les chevilles de Pullen, lui arrachant un cri de douleur.

« Putain, ça fait mal !

— Ah ouais ? » Winter déplaça légèrement le rétroviseur pour voir le visage grimaçant de douleur. « Voilà ce que je te propose, Dave, dit-il avec un mouvement de tête vers le poste de police. Soit on t'emmène là-dedans, on fait la paperasse, on te boucle, on te trouve un avocat, bref toute cette merde, ou bien on a une petite conversation, là, rien que nous trois.

— J'ai rien fait.

— Faux, tu as fait quelque chose à Trudy.

— Qui dit ça ?

— Trude elle-même, comme tu le sais très bien.

— Comment je le saurais ?

— Parce que Bazza te l'a dit. Pas en face peut-être, mais il te l'a dit. Par l'intermédiaire de ses potes qui sont pas venus te voir pour parler de foot.

— Vous avez aucune preuve, dit Pullen après un moment de silence.

— T'as encore faux. On a une déclaration.

— De qui ?

— Trudy. C'est pas vrai, James ? »

Suttle hocha la tête. Il commençait à comprendre.

« Un peu que c'est vrai. » Il jeta un regard à Pullen par-dessus son épaule. « Finies les galipettes avec Trude, Dave. Tu l'as dégoûtée pour la vie.

— Qu'est-ce qu'elle a raconté ?

— Qu'elle était en train de bavarder gentiment avec des Scousers et que ça t'a foutu les boules. Tu l'as emmenée, tu lui as collé quelques beignes dans la voiture, puis tu l'as corrigée à coups de queue de billard. Elle nous a dit aussi que t'étais bourré, mais y a rien d'étonnant à ça.

— D'accord, Dave ? intervint Winter. Tu commences à piger ? »

Pullen se taisait. Il bougea sur son siège, cherchant une position plus confortable, et appuya sa nuque contre le siège. Il ferma les yeux et marmonna d'inintelligibles paroles. Winter attendit qu'il rouvre les yeux.

« Comme je l'ai dit, Dave, on peut prendre ta déposition et te boucler pour le week-end pour séquestration et autre... ou bien...

— C'est quoi, le deal ?

— Tu nous racontes une ou deux choses sur Bazza.

— Quelles choses ?

— Par exemple, pourquoi il est si chatouilleux quand il s'agit de la jeune Trude.

— Pas question.

— Vraiment ? » Il rencontra le regard de Pullen dans le rétroviseur. « Enlèvement et séquestration, c'est un délit grave, Dave. On peut te faire passer devant un juge dès lundi, et compte pas sur une remise en liberté conditionnelle. Tu connais le centre de détention provisoire à Winchester. C'est des potes à Bazza qui tiennent la taule. Je te donne pas deux jours, mec.

— Comment ça, deux jours ?

— Fais un peu preuve d'imagination. Tu connais ces grandes casseroles dans lesquelles ils font bouillir l'eau de la cuisine. Eh bien, ils balancent des paquets de sucre dedans pour que ça colle un peu à la peau, quand ils veulent te signifier quelque chose. Mais tu sais déjà tout ça. T'es passé par là. »

Pullen secouait la tête ; il ne voulait rien entendre. Un camion d'éboueurs passa, deux ballons roses accrochés à l'arrière. Finalement, Pullen parut être arrivé à une sorte de conclusion.

« J'y gagne quoi ?

— On t'emmène à l'hosto pour vérifier que tout va bien, puis on te trouve un hôtel correct pour deux ou trois nuits. On te glissera même une bouteille de scotch dans le frigo.

— Et après ça ?

— Tu rentres chez toi. Tu passes bien l'aspirateur. Si les Scousers se pointent chez toi, ce sera dans les vingt-quatre heures, pas plus tard.

— Vous allez réellement monter une surveillance ?

— Bien sûr, Dave. Ça fait partie de notre travail... alors, dis-moi au sujet de Bazza. Fais comme si on savait rien de rien.

— Bazza et Trude ?

— Ouais. »

Pullen hocha la tête sans conviction, mais Winter

pressentit que le bonhomme allait enfin parler. Grâce à Cathy Lamb, ils avaient déjà une chambre réservée au Travel Inn, sur le front de mer. Pullen n'avait plus qu'à la mériter.

« Trude est la fille de Bazza, dit-il d'une voix basse.

— Comment le sais-tu ?

— Bazza me l'a dit il y a longtemps.

— Comment se fait-il que Trude n'en sache rien ?

— Parce qu'il s'est jamais résolu à le lui dire. Ça compliquerait les choses, d'après lui. Il l'aime beaucoup, il la protège et tout, mais ne veut pas qu'il y ait des complications légales. Il a déjà une fille.

— Esme ?

— Oui.

— Et Marie, sa femme, elle est au courant pour Trudy ?

— Je sais pas.

— Et Trude ? » C'était Suttle, cette fois. « Elle se trouve où dans le tableau ?

— Trude a une liste de pères putatifs longue comme le bras. Avec une mère telle que Mist, faut faire son choix. C'est pour ça que j'ai de la peine pour elle.

— Pour Trude ? T'as de la peine ? Putain, j'aimerais pas être quelqu'un que t'aimerais pas.

— Tu comprends pas, mec.

— Je veux, oui. T'es un sale con, Dave. Il serait temps que tu t'en prennes à quelqu'un de ta taille. Moi, par exemple ! » Suttle se pencha vers Pullen, qui se réfugia dans le coin de la banquette.

« Tu vois, Dave ? » Winter riait. « Tu vois l'effet que tu fais sur les gens ? Mon collègue pense que tu y as été un peu fort avec Trude. Et Bazza est du même avis, je le sais. Ce que je ne pige pas, par contre, c'est comment Bazza a pu te laisser approcher de sa précieuse fille. Il est aveugle ou quoi ? Il ne sait donc pas que t'es une petite merde ?

— On était potes, Baz et moi.

— Ouais, je m'en souviens. Même équipe, pas vrai ? Mais c'était du temps où t'étais capable de mettre un pied devant l'autre.

— J'étais bon.

— Je sais que tu l'étais, Dave. Je suis allé te voir jouer le dimanche quand j'avais rien de mieux à faire. Tu étais d'une classe supérieure. Tu jouais bien tes coups, tu buvais pas, et t'aurais pu devenir un pro. Mais ça n'est pas arrivé, pas vrai, Dave ? Et tu sais ce que ça fait de toi ? Un pauvre salopard. Tu as raison, il y a encore deux ans, Bazza pensait du bien de toi. Aujourd'hui, il te donne à manger aux chiens.

— Ouais, dit Suttle, et il était temps. »

Pullen ne voulait pas le savoir. Il s'agitait sur la banquette, essayant d'atténuer la morsure des bracelets. Winter le considéra un instant sans dissimuler son dégoût. Puis il avança de nouveau son siège et se mit à jouer avec les clés de la voiture.

« Une dernière question, Dave. Bazza et Valentine ?

— Ils sont potes.

— Je sais, mais je parle de Trudy. Bazza savait-il que Trudy vivait avec Mike ?

— Bien sûr que oui.

— Et il ne se doutait pas que Mike devait sauter la môme ?

— Ça risquait pas d'arriver.

— Ah bon, et comment ça ? »

Winter rencontra le regard de Pullen dans le rétroviseur, et c'était le regard d'un homme conscient d'être allé trop loin.

« Il l'a averti, dit-il enfin. Il lui a dit qu'il lui briserait les jambes s'il posait un doigt sur elle.

— À ce point-là ?

— Ouais, dit Pullen. Vous connaissez Bazza. »

Willard était dans son bureau aux Crimes graves, attendant que Prebble prenne la communication. D'après Joyce, qui avait répondu à l'appel au quartier général de Tumbril, le jeune expert-comptable était en train de photocopier un nouveau millier de documents. Elle lui avait crié que le grand chef était en ligne. D'ordinaire, il répondait toujours quand on l'appelait, et il serait là dans quelques secondes.

Willard, qui avait mis du temps à s'accorder au sens de l'humour de Joyce, prit note de la nécessité de prolonger le contrat de Prebble. Une fois qu'ils auraient coincé Mackenzie, le comptable devrait constituer le dossier destiné au ministère de l'Intérieur. Willard prévoyait aussi de longs entretiens avec l'Agence de recouvrement des avoirs, le nouvel organisme chargé de saisir les biens illégitimement acquis. Ce serait la moisson de Tumbril, la saisie des millions de livres en biens immobiliers, des entreprises, des voitures et de tout ce qu'avait pu accumuler Mackenzie durant ces dix dernières années. Prebble avait passé une grande partie de l'année à percer la nébuleuse que Mackenzie avait créée autour de lui-même, et Willard aurait le plaisir de regarder la nuit tomber sur le plus grand criminel de la ville. Il est monté comme une fusée, il redescendra comme une pierre.

« Toutes mes excuses, monsieur. » C'était Prebble. « J'étais à court d'encre.

— Comment ça se passe ?

— Bien. »

Willard avait déjà appelé dans la matinée, informant Prebble qu'il avait besoin avant la fin de la semaine suivante d'un compte rendu préliminaire des principaux investissements de Mackenzie. Et maintenant, il avançait la date de remise.

« Lundi matin, dit-il. Sur mon bureau. »

Le silence de Prebble suggérait une difficulté. Quand Willard demanda laquelle, l'expert répondit par une autre question.

« Que comptez-vous faire de ces éléments ? Cela m'aiderait de le savoir.

— Comment cela ?

— Parce qu'il y a des manières d'habiller les choses.

— Ce n'est pas ce que je veux. Je veux une simple analyse... ce que vaut le type aujourd'hui, d'où il tient l'argent, et ce qu'il en fait.

— Une espèce de schéma ?

— Ouais, confirma Willard qui aimait la comparaison. Exactement.

— Vous en avez besoin pour faire une présentation, un exposé ?

— Peu importe pourquoi j'en ai besoin. Il me faut juste un schéma clair. Si nous pouvons remonter les liens, voir comment tout ça s'articule, alors tant mieux. Mais vous le savez bien, nous en avons discuté ce matin.

— Bien sûr, monsieur.
— Lundi matin ? répéta Willard. D'accord ? »
Il reposa le combiné et s'adossa à son fauteuil. Prebble avait vu juste en parlant de présentation. Si dimanche leur apportait une preuve quelconque – dans l'idéal, ayant un lien avec la drogue –, Willard utiliserait les enregistrements et l'analyse de Prebble pour engager les étapes suivantes de l'opération.

Pour obtenir un résultat, quand Tumbril serait enfin devant le tribunal, Mackenzie devait apparaître tel qu'il était : un grand trafiquant de drogue. Si le vent était favorable, cette preuve leur serait fournie dimanche. Mackenzie pourrait exiger une autre rencontre pour effectuer l'échange de drogue ou d'espèces. De toute façon, les bandes, les photos, et le témoignage de Wallace seraient encore plus convaincants avec l'impressionnante enquête financière de Prebble. Ce dernier achevait de cartographier l'empire de Mackenzie, ce qui permettrait aux gars du fisc de mener leurs propres razzias.

Willard recula son fauteuil. Il avait pris quelques kilos de trop ces derniers temps, et il avait demandé à son tailleur de lui couper ses costumes en conséquence. Cette bedaine était donc un secret entre lui et le miroir de la salle de bains.

Il tourna la tête vers la fenêtre. Il pleuvait. Dans deux semaines, peut-être, viendraient les conférences de presse et les gros titres, ces instants de gloire, quand l'opération Tumbril pourrait enfin faire surface et rendre compte de ce qu'elle avait accompli. Déjà, dans sa tête, Willard composait l'annonce destinée au service médias de la direction générale de la police, un compte rendu précis des violences qui avaient jalonné la réussite financière de Mackenzie. Voilà, insisterait-il, ce qu'était la réalité derrière les cafés et les bars branchés et le style va-te-faire-mettre. Le service médias en ferait un communiqué de presse, et Willard souriait à la pensée des conversations hors micro qu'il aurait avec tous les journalistes de sa connaissance. Puis viendrait le moment de se pencher sur les avocats et notaires véreux, les comptables corrompus, sur ce radeau de compromissions sur lequel avaient flotté Bazza et sa tribu. Ces gens savaient qui étaient ces bandits, dirait-il à la cantonade, et ils devaient raisonnablement s'attendre à comparaître à leur tour devant un juge pour complicité et association de malfaiteurs. Il était temps que les salopards comprennent qu'on ne pouvait acheter tout le monde.

Il fit pivoter son fauteuil pour se rapprocher du téléphone. Ayant consulté sa montre, il composa le numéro de mémoire. À cette heure de l'après-midi, elle devait être au fort, occupée à mettre de l'ordre dans ses papiers. Faraday avait raison. Il y avait quelques plis qui nécessitaient un bon coup de fer.

Il obtint un réponse à la deuxième sonnerie.

« Gisela ? »

Eadie passa l'après-midi au bureau d'Ambrym, à visionner les rushes de son projet sur la drogue. Comme J-J était déjà au travail sur l'ordinateur, elle passa dans la pièce voisine, petit espace nu avec une table à jouer, une chaise pliante, et vue sur la petite cour qu'ils utilisaient comme parking. J-J avait apporté son sac de couchage, au cas où il travaillerait jusque tard dans la nuit, et elle ouvrit le sac pour l'accrocher à la fenêtre en guise de rideau puis, allumant son ordinateur portable, elle se mit au travail.

Elle avait déjà revu l'interview de Kelly et mis de côté les passages qu'elle savait forts, et maintenant elle faisait de même pour l'entretien du matin, dans la chambre du Marriott. Son logiciel lui permettait de stocker les moments retenus et, au fur et à mesure que l'après-midi avançait, elle se rendait compte que, même dans leur forme brute, l'impact de la vidéo serait énorme.

Après une pause café et brioche, commandés au Café Parisien, juste au bout de la rue, elle se prépara à visionner la bande de l'autopsie. Étrangement, les premières images lui parurent dater, comme si elle les avait filmées des semaines plus tôt, et elle se félicita d'être restée la professionnelle qu'elle était. De temps à autre, elle percevait sa propre voix, s'entendant demander à l'anatomopathologiste ou à son assistant quelle était l'étape suivante, et elle ne sentait plus le goût de la bile dans sa gorge.

Se détournant de l'écran, alors que l'assistant bourrait d'ouate le crâne évidé de Daniel, elle eut le sentiment d'être en train de monter quelque chose d'unique. Les interviews avaient de la force, et si on y ajoutait le passage où Daniel se shootait, elle imaginait déjà les titres.

Excitée maintenant, elle chercha son portable dans son sac. Son ex-mari, Doug, avait été assez gentil dernièrement pour lui demander des nouvelles du projet. Non seulement il lui avait loué ce bureau mais il avait apporté une grande partie des contributions. Elle lui devait un coup de fil.

Elle composa le numéro en calculant le temps

que lui prendrait un premier montage. Elle pourrait commencer le soir même. Le lendemain, elle devait filmer une nouvelle manifestation à Londres, que le *Guardian* avait amplement annoncée ; on s'attendait à cent mille personnes. Avec un peu de chance, elle serait de retour dans la soirée.

Doug répondit à la première sonnerie. Il se trouvait à bord d'un voilier appartenant à un ami. Le vent était nul et ils avaient de la pluie. Eadie se leva pour regarder à la fenêtre. Doug avait raison. De grosses gouttes s'écrasaient sur la chaussée.

« Écoute, dit-elle. Tu fais quoi demain en fin d'après-midi ?

— Pourquoi ?

— J'ai quelque chose à te montrer. » Elle souriait à cette pensée. « Tu verras, tu seras soufflé. »

Il était près de cinq heures quand Faraday arriva à Whale Island. Il fut étonné de voir Prebble encore assis à son bureau. À sa connaissance, l'expert-comptable partait tous les jours à quatre heures. Les retours en train à Londres étaient un supplice aux heures de pointe.

« Salut, lança Prebble sans lever les yeux de son écran. Tenez, jetez donc un coup d'œil à ça.

— C'est quoi ?

— Un petit cadeau pour monsieur W. Il en veut une version facile à déchiffrer pour lundi.

— Une version de quoi ?

— Voyez. »

Prebble désigna l'écran. Des piles de chemises encombraient la table, certaines constellées de taches de café. Actes de transfert de propriété, baux immobiliers, actes notariaux, factures d'achat de lots de véhicules aux enchères, photocopies d'informations financières dont des cours de Bourse surlignés en jaune.

Faraday porta son attention sur l'écran. Sous la rubrique « Propriétés européennes », Mackenzie possédait, ou avait une part, dans une ferme à Chypre, un immeuble à Marbella, un vignoble dans la vallée du Lot, et divers biens à Gibraltar.

« C'est pour quand ?

– Lundi.

– Ah... » Faraday se permit un sourire.

Prebble commença à dérouler l'écran, mais Faraday reçut un appel sur son portable. S'excusant de l'interruption, il passa dans le couloir menant aux précieuses archives de Joyce.

« Enfin, je t'attrape, disait la voix d'Eadie.

– Ça fait plaisir de t'entendre.

– Et réciproquement. Écoute, à quelle heure tu penses rentrer, ce soir ? Parce que...

– Je ne rentrerai pas tôt.

– Non ?

– Non, et je pensais qu'on pourrait aller au cinéma.

– Au cinéma ? C'est bien à Joe Faraday que j'ai l'honneur ?

– Il y a un film afghan. Tourné par une femme et avec des sous-titres. J'ai pensé que ce serait intéressant. On pourrait aller manger quelque chose, après.

– Joe, comme c'est gentil.

– Mais tu ne peux pas venir, c'est ça ?

– Hélas. Écoute-moi, il y a un type qui doit passer

à l'appartement pour la chaudière. Je t'attends à sept heures. Un bain glacé de plus, et je meurs.

– Où est J-J ?

– À côté. Il travaille dur. »

Faraday dit d'un ton las qu'il essaierait d'être là à temps. Dans le bureau, Prebble rangeait ses affaires. Le temps qu'il décroche son pardessus et passe à son épaule la bretelle de son ordinateur portable, Eadie avait raccroché. Faraday regarda le comptable s'éloigner en direction de la porte, se demandant quels autres petits morceaux de terre avait pu acheter Mackenzie.

Le silence fut brisé par un mouvement dans la pièce des archives. C'était Joyce. « Je n'ai pas pu m'empêcher d'entendre. » Elle lui sourit. « Eh bien, moi, j'adore cette histoire de femme afghane. »

17

Vendredi 21 mars, 18 h 50

La nuit tombait quand Winter arriva au Gunwharf. Laissant sa Subaru dans le parking souterrain, il prit l'ascenseur qui le déposa dans le centre commercial. De là, il y avait cinq minutes de marche en longeant le bassin. Il était venu à l'appartement plusieurs fois déjà – pas toujours des visites d'amitié – et la capacité à retomber sur ses pattes que déployait la belle Misty Gallagher l'avait toujours amusé. Il suffisait de forniquer avec ceux qui comptaient dans cette ville, et vous vous retrouviez avec une cuisine de grand luxe et une vue panoramique à sept cent mille livres.

Une allée pavée longeait la résidence Arethusa. Winter s'arrêta et promena son regard sur le port. Il avait entendu des gens venus s'installer à Portsmouth parler de l'atmosphère mystérieuse et romantique de la ville, qui évoquait pour eux Hong-Kong ou encore San Francisco. Vous fermiez à moitié les yeux, et vous aviez l'impression d'être en mer. Pour lui, tout ça, c'était du baratin comme on pouvait en attendre de la part des agents immobiliers ou de l'office de tourisme. Le port de Pompey était ce qu'il avait toujours été : actif, déterminé, travailleur. Les vaisseaux de guerre larguaient les amarres et partaient en mer. Les ferries allaient et venaient. Les chalutiers s'en allaient affronter la houle. Et, deux ou trois fois par mois, un yacht arrivait tel un fantôme dans l'une des marinas, de la drogue plein ses cales. Légalement ou pas, c'était comme ça que vivait Pompey.

Winter se retourna. L'appartement de Misty était au dernier étage, un penthouse sur lequel Bazza avait plongé avant même que les lots ne soient sur le marché. Les rideaux étaient à moitié tirés contre les premiers feux du crépuscule mais, de temps à autre, Winter surprenait l'ombre d'un mouvement à l'intérieur. Il avait eu la sagesse de ne pas s'annoncer par téléphone, et il était probable qu'elle eût de la compagnie, mais il y avait tout de même une chance de tête-à-tête à cette heure de la soirée.

Elle répondit à l'interphone au deuxième coup de sonnette.

« Mist ? C'est Paul...

— Qu'est-ce que tu veux ? J'suis occupée.

— Juste une petite causette, ma jolie. Il te reste un peu de scotch ? »

Un moment plus tard, l'ascenseur le déposait au dernier étage. Le fait que l'appareil s'ouvre directement dans l'appartement de Misty ne manquait jamais de l'impressionner.

Elle se tenait dans le grand salon, au milieu de cartons, et Winter n'avait pas besoin de voir la bouteille de rhum bien entamée pour deviner qu'elle était encore bourrée. Elle avait les yeux mouillés et manifestement du mal à se tenir droite.

« Tu vois ? dit-elle en embrassant la pièce. Tu me croyais pas, hein ?

– Te croire ? À quel sujet ?

– Mais qu'il nous lourderait. Il nous donne deux semaines. Deux semaines à partir de... » Elle fronça les sourcils, s'efforçant de se rappeler la date.

Winter entra dans la pièce. Le carton le plus proche était rempli des animaux en peluche de Misty. Winter compta deux pandas, un chimpanzé, un kangourou et un tigre à l'air triste, portant une déchirure au flanc.

« Trude est là ?

– Sortie. Avec un nouveau. Un type qu'elle a rencontré y a pas longtemps.

– Qui est-ce ?

– J'en sais foutre rien. Tu crois peut-être qu'elle me le dirait ? » Elle fit un pas en arrière et s'affala sur le canapé. Elle portait un pantalon blanc froissé, qui lui moulait les fesses, et un chemisier transparent mauve qui ne laissait rien à imaginer. Arriver à quarante ans et pouvoir se dispenser de soutien-gorge, ça avait de quoi vous épater, pensa Winter.

Misty eut un geste en direction de la cuisine. « Tu sais où ça se trouve. »

Winter alla se servir un whisky qu'il coiffa d'un glaçon. Le freezer était quasiment vide.

« Alors, tu vas faire quoi, Mist ? » Il s'assit sur le canapé à côté d'elle. Bizarrement, Misty sentait le cigare.

« J'en sais rien. Le parc Victoria ? La plage ? Il s'en fout pas mal. » Elle regarda par la baie vitrée sa précieuse vue. « T'as jamais vu sa grande maison ? Un type que je connais m'a dit que Marie donne des dîners, robe du soir et tout le tralala. Ils invitent la moitié de Craneswater et passent la soirée à parler de Waitrose et de l'éducation de leurs putains de gosses. Qui aurait cru ça, hein ? Bazza fricotant avec toutes ces p'tites bites.

— Des ragots, Mist. Faut pas faire attention.

— Je l'ai encore jamais fait, mais regarde où on en est ? On est à la rue, putain.

— Ouais ? » Elle surprit dans la voix de Winter une inflexion qui lui disait qu'il n'en croyait pas un mot. Elle le regarda avec une expression indignée.

« T'en as vraiment aucune idée ? Vous, les mecs, vous êtes bien tous les mêmes. C'est les femmes qui tiennent tout à bout de bras, elles qui font le ménage, dans tous les sens du terme. Les hommes ? Ils se servent quand ils ont envie. Et lui il était comme un chien, il pouvait plus se décoller de moi. Laisse tomber le lit, on le fait ici, tout de suite, Mist. Sur le canapé ou dans le fauteuil. Qui a besoin d'aller dans la chambre ? On tire son coup, on met les bouts. »

Winter avala une gorgée de scotch et regarda le désordre autour de lui. Il y avait une pile de vêtements froissés, à côté d'une pile de CD.

« Et Trude alors ? Elle aussi, elle va camper sur la plage avec toi ?

— Trude se démerdera, comme d'hab'.

— J'ai appris qu'elle était revenue avec toi.

— Ouais, pour le bien que ça lui fait.

— Et Valentine alors ?

— Quoi, Valentine ?

— Ça n'a jamais... collé entre elle et Valentine ?

— J'en sais foutre rien. » Elle détourna la tête, redevenue prudente, prêtant plus d'attention au rythme paresseux des questions de Winter. « T'as qu'à le lui demander toi-même.

— Je l'ai peut-être déjà fait.

— Ouais ? » Misty le regarda. « Et à quelle occasion tu l'as fait ?

— Elle a pris des beignes. Je t'en ai déjà parlé. Quand il se produit ce genre d'incident, c'est notre boulot de savoir ce qui se passe.

— Et ?

— Trudy était sous le coup d'une déception, parce que Valentine ne voulait pas d'elle. Bizarre, non ? Un canon comme elle ? Ça n'a pas de sens. À moins que Valentine ait eu quelqu'un d'autre dans sa vie ? »

Misty secoua la tête, gardant le silence. Quand Winter se leva pour prendre la bouteille de rhum, elle couvrit son verre de la main puis, haussant les épaules avec fatalisme, le laissa servir. Elle semblait avoir brusquement perdu toute énergie. La position ou la tranchée qu'elle avait tenue jusque-là venait d'être emportée. Elle tendit la main vers son paquet de cigarettes.

« Qu'est-ce qu'elle t'a raconté d'autre, Trude ?

— Pas grand-chose. La gosse est solide.

— Ouais, elle l'est. Et si elle est dans un bon jour, elle peut être gentille, aussi.

— Je bois à sa santé. » Winter toucha le verre de Mist avec le sien, et s'adossa de nouveau au canapé. « Alors, c'est qui, son père ? »

La question posée en plein virage prit Misty par surprise. Même après une demi-bouteille de Bacardi, il y avait des sujets qu'elle n'aborderait pas.

« Pourquoi je devrais le savoir ? demanda-t-elle

enfin. Et quand bien même je le saurais, pourquoi je te le dirais ? »

L'argument était sensé. Winter pencha la tête en arrière, contemplant le plafond.

« Bazza pense qu'elle est de lui, murmura-t-il enfin. N'est-ce pas ? »

Misty hocha la tête.

« Est-ce qu'il l'a pensé dès le début ?

— C'est possible.

— Et il avait raison de le penser ? »

Winter rencontra le regard de Misty. Elle semblait dégrisée, soudain.

« Il faut que tu comprennes une chose au sujet de Bazza, dit-elle.

— Et c'est quoi ?

— Il peut sérieusement déjanter.

— Perdre la tête ?

— Ouais, appelle ça comme tu veux. Peut-être que tu l'as jamais vu à l'œuvre, mais c'est vrai. Appuie sur le mauvais bouton, et il peut péter les plombs. Un copain à lui m'a dit une fois que c'était là sa force à Bazza, ce qui expliquait pourquoi il avait tout ça maintenant, les affaires, les maisons, Marie, tout... » Elle balaya l'air de son bras. « Je sais pas si le copain avait raison ou pas, mais quand Bazza flippe, t'as qu'une envie, c'est de te tirer. Crois-moi. Je l'ai vu. Je sais.

— Mais est-ce que ça fait de lui le père de Trude ? »

Misty détourna le regard. Et, comme Winter répétait sa question, elle haussa les épaules.

« Dois-je en déduire que tu ne le sais pas ? dit-il.

— Je ne l'ai pas su. Pendant des années.

— Et maintenant ?

— Je sais.

— Et Trude ?

— Elle le sait aussi, dit-elle, l'air mélancolique. On a fait deux tests ADN. Ça nous a coûté cent cinquante livres. On te prélève un peu de muqueuse dans la bouche... Deux jours plus tard, on avait les résultats, ajouta-t-elle avec un sourire. Dans le mille !

— Tu as parlé de deux tests.

— C'est vrai.

— Trude et qui d'autre ?

— Écoute, tu dois me promettre une chose. » Les ongles de Misty se promenèrent un instant sur le dos de la main de Winter. « Tu as raison à propos de Bazza. Il a toujours considéré Trude comme sa fille, et ça depuis le premier jour. Il l'a jamais dit à Trude, mais je sais qu'il en est persuadé. C'est pour ça qu'on est restés si longtemps ensemble. D'accord, Bazza pouvait pas décoller de mon cul, mais Trudy pesait aussi dans la balance. Elle fait désormais partie de sa vie. Il l'aime comme sa fille. Je le sais, ça.

— Bien sûr, dit Winter. Bazza a donc besoin de se faire dorloter. C'est bien ça que tu veux dire ? Il faut le protéger.

— Le protéger de quoi ?

— Mais de la vérité, pardi. De Trude.

— Exactement. Et il n'y a pas que lui. Si jamais ça lui venait à l'esprit... » Elle fut prise d'un frisson.

Winter se pencha pour lui serrer doucement le bras. « C'est Valentine, le père, n'est-ce pas ? »

Il se fit un long silence, que brisèrent trois longs coups de corne d'un ferry en partance.

« Oui. » Misty avait les yeux brillants de larmes. « Trude est la fille de Mike.

— C'est la raison pour laquelle il ne l'a jamais touchée ?

— Oui.

— Parce qu'il le savait.

— Nuance, il pensait le savoir. Le test date seulement de la semaine dernière. Trude et moi, on s'est disputées à propos de Mike. Elle a débarqué à l'improviste à l'appartement, et elle nous a surpris au lit, Mike et moi. À la fin, il a fallu que je lui dise tout, et c'est elle qui a eu l'idée du test.

— Et maintenant, elle est heureuse ?

— Folle de bonheur. Elle a pas seulement une maman et un papa, mais une maman et un papa qui s'éclatent. » Elle eut un mouvement de tête en direction de la chambre.

« Et Bazza ?

— Sait rien de tout ça. Il a jamais su non plus au sujet de Mike, mais tu veux savoir depuis combien de temps Mike et moi on est ensemble ? » Elle tendit la main vers la boîte de mouchoirs. « Dix-huit ans. »

Trudy voulait savoir pourquoi Jimmy Suttle ne buvait pas d'alcool. Le fait qu'il soit venu en voiture était peut-être une raison valable, mais le reste la faisait doucement rigoler. Qui avait envie de jouer au squash un vendredi soir ?

« Moi, pour commencer. »

Ils étaient dans un pub très animé, à Port Solent. Trudy avait pris un taxi depuis le Gunwharf, et elle était très déçue que la soirée s'arrête là.

« Et après ton squash ? demanda-t-elle. Je peux te regarder jouer ou faire un tour, et puis on irait quelque part. Comme la nuit dernière.

— Impossible, Trude.
— Un rancard avec une autre fille ?
— Ouais, elle se prénomme Richard. Il a perdu la dernière fois, alors, il veut sa revanche, on a parié un billet de dix. On joue. On va au pub. On boit des coups.
— J'ai qu'à venir avec vous
— Tu peux pas, ma chérie. C'est un truc de mecs.
— Ah ouais ? Ça fait quoi de moi, ça ? Une petite pute que tu t'envoies quand t'es d'humeur ?
— Je n'ai jamais dit une chose pareille.
— Non, mais c'est ce que tu penses ? Je t'ai pris pour quelqu'un de bien, la nuit passée. Je dois avoir le cerveau en panne. Comment se fait-il que vous soyez tous pareils, les mecs ?
— On n'est pas tous pareils. C'est vendredi soir. Ça fait une semaine que j'ai rendez-vous avec ce copain.
— Et moi, dans tout ça, je fais quoi ? »
Elle le regarda. Suttle se pencha pour l'embrasser mais elle détourna la tête. Deux jeunes types à la table voisine échangèrent des sourires.
« Écoute, Trude...
— Va te faire foutre. Je te déteste. Tu t'avances bien gentil, sincère et tout, tu obtiens ce que tu veux et, après ça, regarde...
— La nuit dernière, c'était ton idée.
— Ah ouais, et je t'ai tordu le bras pour que tu viennes ? À moins que ce soit pas toi, le type qui en redemandait.
— Écoute, peut-être que...
— Laisse tomber.
— Quoi ?
— Laisse tomber, j'ai dit. » Trudy se pencha pour

prendre son sac. Elle connaissait le numéro par cœur. Elle composa trois chiffres et s'interrompit. « Tu sais ce que tu rates, hein ?

— Quoi ?

— Je ne serai plus là la semaine prochaine. Je m'en vais. » Elle eut un sourire forcé. « Si tu avais bien joué tes cartes, on n'aurait pas arrêté de la nuit.

— Quand ?

— Cette nuit, crétin. Sauf qu'une partie de squash avec ton copain, c'est plus important. Peut-être bien que c'est vrai, ce qu'on raconte sur les flics, qu'ils sont tous des tantes. Enfin, pour ce que j'en ai à foutre. »

Suttle tendit la main et lui prit le portable.

« Demain soir, dit-il, je te le promets. »

Elle le regarda puis éclata de rire.

« Quoi, demain soir ?

— Tout ce que tu voudras. »

Elle le regarda un instant. « Gunwharf ? Forty Below ? Et après, un coin tranquille ? »

Le Forty Below était la boîte à la mode. Les jeunes de l'âge de Trude adoraient. Quelques-uns des nervis de Bazza aussi.

Suttle réfléchit un instant, avant d'approuver de la tête.

« Promis ? » Elle lui sourit, reprit son portable et, lui jetant un baiser, recomposa le numéro.

Assis dans la pénombre de la salle, Faraday ne comprenait rien aux images qui défilaient à l'écran. Une femme recouverte d'une burka accomplissait un voyage. Il lui fallait retrouver un cousin à Kaboul. En route à travers un paysage désolé, elle rencontrait des gens, s'arrêtait çà et là pour palabrer longuement des problèmes de l'Afghanistan d'aujourd'hui. Il y avait des enfants partout. Nombre d'entre eux avaient été estropiés par les mines. Dans une scène qui stupéfia Faraday, des centaines d'Afghans accouraient en sautant sur une jambe vers un chargement de prothèses et de béquilles qui tombait du ciel au bout d'un parachute. C'était une façon pathétique et burlesque à la fois de traduire l'une des récentes tragédies du monde, mais songeant au chaos de sa propre existence, Faraday reconnaissait que la réalisatrice avait touché juste.

Il sortit un moment plus tard de sa torpeur, alors que la salle était allumée et que Joyce se penchait vers lui.

« Ça va, shérif ? Je crois qu'ils attendent qu'on s'en aille. »

Dehors, il pleuvait. Le film passait dans une salle proche d'une marina, à Southampton. Ils étaient venus en voiture depuis Portsmouth, Faraday soulagé de quitter un peu la ville. Arrivé devant sa Mondeo, il allait sortir ses clés, quand il sentit la main de Joyce sur son bras. Elle désigna le restaurant à l'autre bout du parking. La pluie avait lissé la masse de ses boucles noires.

« Je vous invite », dit-elle.

« Qu'en penses-tu ? » C'était un signe que connaissait bien Eadie : main tendue, paume présentée, avec une petite torsion interrogative du poignet.

Elle prit la souris et remonta au début de la séquence. Une forêt de banderoles et de pancartes avançait en se balançant vers la caméra. Des passants s'arrêtaient pour regarder. Sur la bande-son, un chant montait : « Esso, Mobil, BP, Shell, remportez votre guerre et foutez le camp ! »

La tête du cortège parut soudain se briser comme une vague autour de l'objectif et un lent fondu enchaîné sur les manifestants se mua en une tout autre scène. Eadie se pencha vers l'écran. Une foule arabe se pressait derrière une ambulance. Il faisait nuit. Un peu plus loin, dans le chaos de la rue, un bâtiment était en feu. Des hommes portant des brancards se frayaient un chemin à travers la foule pour ramasser les blessés.

L'image suivante était celle d'un sol carrelé et nu, sur lequel gisaient des hommes et des femmes blessés. Certains étaient sans connaissance. Les autres promenaient un regard vide devant eux ou levaient les yeux vers l'objectif, sans comprendre. Il y avait du sang partout, des blessures ouvertes, des pansements de fortune ; on voyait passer une infirmière avec un flacon de sérum dans une main et une perfusion dans l'autre. puis, le champ s'élargit tandis que la caméra partait en quête d'une autre image.

Un bébé gisait sur les genoux tachés de sang de sa mère. Remarquant pour la première fois la caméra, elle bougea de côté le petit corps. La moitié de la tête de l'enfant avait été emportée. L'image trembla un instant, puis le caméraman zooma sur l'enfant.

Des visages à nouveau, des visages de Pompey, les poings brandis des manifestants. Derrière le volant de sa voiture bloquée par le passage du cortège, un homme jeune en costume cravate lisait le *News*, indifférent à tout le reste.

« Formidable. » Eadie s'écarta de l'ordinateur et serra l'épaule de J-J. Le premier envoi d'images d'Al-

Jazira était arrivé une demi-heure plus tôt. Passant la tête dans le bureau d'Eadie, J-J lui avait signalé la nouvelle, mais elle avait été trop occupée à visionner ses rushes pour avoir le temps d'aller regarder. À présent, elle mesurait tout le prix de ces images. C'était le regard arabe sur la guerre, des millions d'hommes et de femmes sous le feu des armes de haute technologie. Contre les canons de marine et les missiles de croisière, ces gens étaient sans défense. Il ne leur restait que la prière. Les Américains et les Anglais avaient annoncé une guerre sans victimes civiles, et on pouvait voir ce qu'il en était.

J-J se leva, étirant ses bras endoloris de crampes. Il comptait travailler encore, et se glisserait dans son sac de couchage quand il en aurait assez. Ce qu'il voulait pour le moment, c'était une bande de cinq minutes, au montage très serré, qu'Eadie pourrait remettre aux gens de Stop à la guerre, pour qu'ils mesurent le potentiel de ce genre de document. Eadie approuva, les pouces levés. Dans un jour ou deux, elle trouverait le temps de monter une série de déclarations faites par Bush et Blair, tirées des conférences de presse à la Maison Blanche et des débats à la Chambre des Communes – tous ces mensonges sur les armes de destruction massive, ces faux prétextes de croisade morale. « Parfois, les décisions douloureuses sont de bonnes décisions », avait dit Blair. Comme c'était rassurant quand votre bébé venait de succomber sous les bombes.

Joyce connaissait l'établissement. Le vendredi soir, il y avait foule, mais le serveur à qui elle s'adressa leur dénicha une table dans le fond. Les gens qui avaient réservé avaient déjà une demi-heure de retard. Qui va à la chasse perd sa place.

« Ils font un délicieux tajine au poulet. » Joyce se débarrassa de son imperméable. « Je ne sais pas ce que vous pensez de l'Afrique du Nord, mais le couscous est à tomber. Shérif ? »

Faraday ne s'était pas encore assis. Il regardait les gens autour de lui. Des couples, des tables de quatre, des conversations animées, des rires, les tintements de verres levés. Tout cela lui semblait irréel, comme ce film qu'ils venaient de voir, mystérieux, si lointain. Il secoua la tête, comme pour éclaircir une vision troublée. Ce sentiment de détachement, de dérive, commençait à l'inquiéter.

« Shérif ? »

Il tourna enfin son attention vers Joyce et s'assit. Elle lui tendit un bol rempli de boulettes frites sur un lit de feuilles de menthe. Il se demanda ce que c'était.

« Appelez-moi Joe, si ça ne vous dérange pas. »

Il goûta à une boulette. C'était épicé.

« Falafel, dit Joyce, venant à son secours. C'est incroyable que vous n'ayez jamais goûté à la cuisine orientale. Désolée, pour le film.

— Mais c'était un beau film. Inhabituel.

— Ouais ? Alors pourquoi vous vous êtes endormi sur moi ? »

Faraday répondit qu'il ne le savait pas. À vrai dire, il s'en fichait, bien qu'il se refusât à l'admettre. Ces derniers jours, la vie lui avait paru se dérouler sous ses yeux comme une pièce de théâtre pour laquelle il n'avait pas acheté de billet. Ce sentiment de détachement pouvait être assez merveilleux – cette impression que rien ne comptait vraiment –, mais il n'en sentait pas moins monter en lui une espèce de panique incompréhensible. Que faisait-il ici ? Pourquoi n'était-il pas chez Eadie, à s'occuper du chauffage central ? Pour l'amour du Ciel, que lui arrivait-il ?

« Vous avez envie de blanc ou de rouge ? demanda Joyce, consultant la carte des vins.

— Ni l'un ni l'autre. De l'eau suffira.

— Je peux vous appeler un taxi, et vous laisserez la voiture ici.

— De l'eau », répéta-t-il sèchement, comme pour un ordre, chose qu'il n'avait certainement pas voulu. Joyce avait abandonné la carte des vins et elle le regardait d'un air navré.

« Joe Que se passe-t-il ?

— Rien. Désolé.

— Dites-moi. Faites comme si je ne savais rien de tout ça. Comme si vous veniez juste de faire ma connaissance. On est à Casablanca, d'accord ? On est descendus dans le même hôtel. Je suis très heureuse dans mon ménage et vous, vous avez une liaison avec une beauté torride. Pas de drague, simplement de la conversation.

— Dont le sujet serait ?

— Tumbril. Le bureau. Notre joyeux petit club. Je sais qu'on est vendredi soir, Joe, mais Tumbril est comme un rhumatisme, pas vrai ? Ça vous pénètre les os. Et ça ne vous lâche plus.

— Vous trouvez ?

— Toujours. Une douleur constante. À laquelle il n'y a pas de remède. Vous ne me croyez pas ? Allez faire un tour à l'hôpital. Ce brave Nick me donnerait cent pour cent raison, si seulement il pouvait se rappeler.

— Vous êtes passée le voir ?

— À déjeuner. Le bonhomme a une araignée au plafond.

— Ce n'est pas la faute de Tumbril.

— Non ? » Elle se pencha en travers de la table, chandail de cachemire décolleté en V et énormes seins réclamant l'attention. « Vous auriez dû le voir ces dernières semaines. Celui qui l'a écrasé lui a rendu service. De mon point de vue, Nick était au bord d'une grave dépression nerveuse. Il était devenu incapable de se concentrer, de tenir une conversation, de prendre une décision. Quand vous l'abordiez, c'était à se demander s'il vous reconnaissait. » Elle se tut pour poser sa main sur celle de Faraday. « Je me fais comprendre ? »

Pour la première fois, Faraday trouvait un sens à ce qu'il entendait, quelque chose de familier dans le torrent de bruit dont il essayait de se libérer.

« C'est ce que dit sa compagne. Vous connaissez Maggie ?

— Bien sûr. » Joyce prit un falafel. « Jolie femme, prof, un peu déjantée, mais ça va avec le métier. » Elle le regarda. « Comment se fait-il qu'ils vous aient confié Tumbril ? Pour autant que je puisse en juger, c'est pas un cadeau qu'ils vous ont fait là.

— Et vous pensez que ça m'affecte à ce point ?

— Et comment !

— Ça se remarque tant que ça ?

— Puisque je vous le dis. » Elle lui serra brièvement la main, puis déplia sa serviette. « Parlez-moi de votre fils. Il a déconné, à ce qu'il paraît ?

— Qui vous a raconté ça ?

— Peu importe qui. Dans notre branche, Joe, le secret n'existe pas. Le fils de mon inspecteur préféré déjante, disparaît, se lance dans une nouvelle carrière, devient un baron de la drogue, et la nouvelle se répand à la vitesse de la lumière. On vit littéralement de ragots, dans la police. Marty Prebble trouve ça ironique. Et il s'y connaît, en matière d'ironie. » Elle marqua une pause. « Alors, comment va-t-il ? »

Faraday considéra la question. Il n'avait pensé qu'à ça ces dernières trente-six heures.

« Vous voulez savoir la vérité ? Je n'en sais rien. On s'est retrouvé nez à nez une ou deux fois, mais il n'a pas prononcé un mot, il ne m'a même pas regardé.

— Prononcer un mot, ce n'est pas dans sa... nature.

— Vous avez compris ce que je voulais dire. Vous l'avez rencontré, J-J, et il n'a pas changé. Normalement, il est tout à vous, il vous emporte... et maintenant, ajouta Faraday avec un haussement d'épaules, regrettant de ne pas avoir accepté le vin, il n'est plus là.

— Plus là pour ouvrir la porte, en tout cas pas à vous.

— Exactement. » Faraday la regarda, surpris et heurté par la force de la métaphore. « C'est vrai, pas à moi.

— Et votre amie ? Elle vous aide ?

— Elle est plus proche de lui que moi, et depuis longtemps.

— À vous entendre, on dirait qu'elle vous l'a volé. Vous devriez l'arrêter. »

Faraday ne put se retenir de rire. Et, comme Joyce voulait en savoir plus, il lui parla d'Eadie, de sa boîte de productions vidéo, du sentiment de possibilité qu'elle lui avait apporté.

— Sentiment de possibilité ? Je ne comprends pas.

— Elle est différente. C'est difficile à expliquer. Elle aborde toutes choses avec une telle... conviction.

— Elle sait qui elle est ?

— Exactement.

— Et pas vous.

— C'est une question ?

— Non, mon cher, c'est une de ces petites vérités faites maison, et vous ne m'en voudrez pas de la partager avec vous parce qu'il se trouve que c'est ainsi. Vous vous souvenez de ce qui s'est passé, après la mort de Vanessa ? Combien vous aviez du mal à vivre l'arrivée de cette dame américaine dans votre vie ? Je vous observais certains jours, et je me demandais pourquoi vous aviez choisi le métier de flic. Ne vous méprenez pas, Joe, vous étiez et vous êtes toujours un remarquable policier – et je ne le sais que trop bien pour avoir épousé un ripou –, mais, des fois, l'excellence ne suffit pas. Vous comprenez ?

— Non.

— Vous êtes vulnérable, Joe, et cela se voit. C'est pourquoi les femmes comme moi ont envie de vous materner. Est-ce que cette Eadie est comme ça ?

— Pas du tout, et c'est ce que j'aime en elle. Elle sait exactement ce qu'elle veut. Elle se met en colère, pas contre moi, non, contre le monde et sa folie. Mais au lieu de se contenter de maudire le sort, comme on le fait tous plus ou moins, elle entreprend quelque chose pour que ça change.

— Mégalo, alors. Pas surprenant si vous êtes un cas désespéré.

— Vous ne comprenez pas.

— Vous croyez ? Alors que je suis là assise en face de vous, voyant un homme que j'admire s'enfoncer de plus en plus dans la merde ? Je suis peut-être un peu cinglée, Joe, et je trimballe moi-même ma couche de mégalomanie, mais je sais ce que je vois. Vous êtes paumé, Joe. Et c'est avec cette Eadie que vous devriez aborder le problème. » Elle tendit un ongle parfait et accusateur. « Où est-elle, ce soir ? Pourquoi n'est-elle pas assise à ma place ?

— Elle travaille.

— Ouais. Elle travaille tout le temps. Mais vous savez quelque chose, Joe Le travail n'est qu'un tas de merde, quel que soit le nombre de films que vous faites. Pourquoi ? Parce que vous ne changerez jamais le monde. Notre George, votre Tony, ces types carburent, se shootent au pouvoir. Qu'on les vire à la prochaine élection, et on se retrouve avec leurs clones. C'est la même chose avec la drogue. Tumbril est une idée épatante. On dépense des millions de livres, on monte dossier après dossier, et peut-être qu'on effacera Mackenzie du tableau. Mais pensez-vous réellement que cela fera une différence ? Dans la rue, là où ça compte réellement ? Mon cul, oui.

— Alors, que faire, selon vous ?

— Au sujet de la came ?

— Au sujet de... des gens ?

— Comment être les uns avec les autres ? Hommes et femmes ? Pères et fils ? Comment en tirer le meilleur ?

— Oui.

— J'en sais rien. » Elle prit un petit pain qu'elle rompit en deux. « C'est une chose personnelle, en fin de compte. J'ai bien quelques idées sur le sujet, comment être à la hauteur des autres, être soi-même, prendre un risque ou deux. Votre Eadie ? Est-ce qu'elle voit aussi les choses de cette façon ?

— Elle prend de grands risques. C'est ce qu'elle sait faire de mieux. C'est ce que j'essaie aussi de vous faire comprendre.

— Et vous en tirez une satisfaction ?

— La question n'est pas là. Elle fait ce qu'elle a le sentiment de devoir faire. Et je l'admire pour ça.

— Bien sûr, mais où vous situez-vous dans le tableau ? Vous, en tant qu'individu ? Nulle part, Joe. Sinon, vous ne seriez pas là, assis en face de moi.

— Ce n'est pas juste. Vous ne l'avez jamais rencontrée.

— Non, mais il suffit de vous regarder. » Elle se pencha vers lui, comme on le ferait pour partager un secret avec un enfant. « Vous êtes un chic type, Joe Faraday. Vous êtes sincère, attentif aux autres. Vous prenez des risques. Et c'est quelqu'un qui n'aime pas l'ironie qui vous le dit. »

Faraday se sentait réconforté par cette générosité. Il regarda autour de lui, écouta le brouhaha des conversations. Ces gens semblaient avoir confiance en eux, être en paix avec eux-mêmes, et il sentit revenir ce sentiment de panique.

« Tout va bien, alors ? marmonna-t-il. Mais ce n'est pas assez, n'est-ce pas ? »

18

Samedi 22 mars, 7 h 15

Le premier train du matin pour Londres était rempli de supporters de Pompey. Encore sobres, ils déambulaient de voiture en voiture, se bâfrant de toasts au bacon et s'imbibant de Stella. De temps en temps, Eadie, plongée dans son numéro du *Guardian*, surprenait le nom de « Preston North End ». D'après un gros joufflu en imperméable, ils n'auraient qu'à se baisser pour la ramasser.

« Ramasser quoi ? demanda Eadie à la dame d'un certain âge assise à côté d'elle.

– Mais la coupe, pardi, murmura la femme. Même mon mari est tout excité. »

Quelques minutes plus tard, Eadie tenta pour la deuxième fois de joindre Faraday. La nuit précédente, il n'était pas rentré à l'appartement mais, à la réflexion, cela n'avait rien d'inhabituel. Il lui arrivait souvent le samedi matin de partir tôt observer ses oiseaux, et il dormait alors dans sa maison de marinier, pour ne pas la déranger.

Le portable de Faraday ne répondait pas. Elle

essaya sur la ligne fixe, au cas où il aurait opté pour une grasse matinée. Elle avait décelé en lui ces derniers temps une tension que la conversation ne parvenait pas à chasser. Elle avait eu l'intention de lui en parler mais, comme toujours, les événements l'en avaient empêchée.

Elle n'obtint pas de réponse à la maison de marinier, et elle jeta un coup d'œil à sa montre, alors que le train ralentissait en gare de Woking. Sa première supposition avait été la bonne. Joe devait être sorti depuis des heures, avec sa veste de chasse, son paquet de soupe déshydratée, et une Thermos d'eau chaude. Elle n'avait jamais connu de personne plus organisée, déterminée et indépendante que cet homme. Que coure la rumeur de l'arrivée d'un oiseau d'une espèce rare qu'on n'avait pas revue depuis un an ou deux, et il disparaissait toute la journée. Une chose de réglée, pensa-t-elle avec une pointe de soulagement.

Faraday était assis devant la fenêtre de son bureau, ses jumelles oubliées sur sa poitrine, la page du carnet sur lequel il pointait les oiseaux vierge de toute note. Loin au large du port, une masse grise taillait lentement les airs vers le sud, des bernaches, probablement, mais il ne chercha pas à vérifier. Ce besoin qu'il avait de chercher, de noter et de classer, de prendre le pouls de la vie de l'autre côté de la fenêtre, l'avait déserté. Sa curiosité avait disparu. Même la sonnerie du téléphone en bas avait échoué à le faire bouger.

Il contemplait la vue en se demandant s'il ne ferait pas mieux de se recoucher. Mais le sommeil le fuyait. L'aube n'était pas encore levée quand il s'était installé dans le fauteuil. La nuit précédente, il avait commis l'erreur d'accepter l'invitation de Joyce à monter un instant chez elle, quand il l'avait ramenée en voiture. Elle habitait une maison mitoyenne à l'est de Southampton, où toute trace de son infidèle de mari avait été soigneusement effacée.

Elle avait mis un album de Peggy Lee sur la platine et disparu dans la cuisine pour y faire du café, laissant Faraday dans le minuscule salon encombré de poupées. Comment l'on pouvait vivre entre ces murs rose bonbon dépassait l'entendement, et il avait senti ses forces fléchir quand elle était montée à l'étage, comme à l'assaut, pour en redescendre vite fait avec la réserve d'alcool de son ex. Elle lui avait offert un choix de cinq alcools secs et liqueurs accompagnant le café et conseillé de garer sa Mondeo devant le garage.

Faraday avait dit non à tout, avalé son café et s'était levé. Sur le seuil, nullement vexée, elle l'avait serré brièvement contre elle et lui avait souhaité une bonne nuit de sommeil. Il lui avait souri, répondu qu'il ferait de son mieux. Il avait dû remonter la rue pour faire demi-tour. Quand il était repassé devant la maison, il avait vu à travers le voilage de la fenêtre la silhouette de Joyce qui dansait seule au son de Peggy Lee.

Il quitta la pièce et descendit au rez-de-chaussée, décidé à organiser sa journée. S'il s'en sentait l'énergie, il enfilerait sa veste et marcherait jusqu'à la réserve de Farlington, à cinq kilomètres de là. Le site de Birdline, sur Internet, avait annoncé la présence de chouettes chevêches, et la vue d'un de ces chasseurs diurnes lui remonterait peut-être le moral. De retour à neuf heures, il lui resterait du temps pour se rendre au Solent Palace. Il y déjeunerait peut-être. Il en profiterait pour faire l'état des lieux qu'exigeait la rencontre du lendemain. Cette dernière pensée l'assombrit un peu plus, non seulement parce qu'il avait perdu foi dans l'opération, mais aussi parce que la perspective de devoir prendre une quelconque décision lui paraissait désespérément décourageante.

Il éteignit la bouilloire qui sifflait. La théière était posée sur un plateau. J-J avait été le dernier à l'utiliser, il y avait deux vieux sachets à l'intérieur. Faraday se figea à leur vue. Il avait soudain l'impression que son cerveau s'était pétrifié. Et, en dépit de ses efforts, il ne savait plus ce qu'il devait faire.

Paul Winter était le premier client du matin au Pompey Blau. Il gara sa précieuse Subaru et traversa la chaussée en direction du garage. Un petit déjeuner à moins de trois livres au café du coin avait démarré une journée prometteuse, et la vision d'une rangée de BMW étincelantes remonta d'un cran son moral. Cela faisait des années qu'il ne s'était senti aussi joyeux.

Un petit appentis dans le fond de la cour où étaient exposés les véhicules tenait lieu de bureau de vente. Pompey Blau était pour lui ce que la ville pouvait offrir de plus juteux. Cinq cent mille livres de caisses allemandes, et un cagibi minable pour y faire la paperasse.

Un jeune avec casquette de base-ball et maillot des Saints lisait la page football du *Sun*.

« Salut, mec. » Winter désigna le maillot. « T'es suicidaire ou quoi ? »

Sans dire un mot, le môme se retourna. On pouvait lire, écrit en gros dans le dos : PUE LA MERDE.

« Pas mal. Mike Valentine est dans le coin ?

— Non.

— Aucune idée où je peux le trouver ?

— Non.

— Tu l'as vu récemment ? »

Le jeune secoua la tête. Il n'avait pas quitté des yeux sa page de sport. Winter se planta devant le bureau et se pencha jusqu'à ce que sa bouche soit tout près de l'oreille du garçon.

« Et si je voulais acheter une de ces belles autos ? » murmura-t-il.

Le gamin leva enfin la tête.

« Vous pouvez pas.

— Je peux pas ? Comment ça ? C'est pas un garage, ici ?

— Elles sont toutes vendues.

— Toutes ? Pourquoi tu l'as pas dit plus tôt ?

— On a plus d'autocollants, et j'ai une écriture de merde. » Il retourna à son journal. « Valentine est sûrement à Waterlooville. Pourquoi vous essayez pas là-bas ? »

Waterlooville était à quinze minutes par le périphérique. Jadis un paisible village, il s'était récemment étendu en zone artisanale et commerciale, et menaçait d'engloutir la campagne environnante.

Mike Valentine Autos occupait un emplacement dans la zone, à l'ouest du centre-ville. Winter gara la Subaru le long du trottoir et alla pousser les grandes portes vitrées des bureaux, à côté du hall d'exposition. Un canapé d'angle était jonché de magazines automobiles, et dans un coin gargouillait un distributeur d'eau réfrigérée. Une banderole sur le mur du fond disait : PLUS POUR MOINS. CONDUIRE, C'EST CROIRE.

Winter s'approcha du comptoir. Vingt-cinq années dans la police lui avaient donné le talent de lire à l'envers, mais il s'y prit à deux fois pour croire au prix demandé. Une BMW de deux ans pour neuf mille cinq cents livres ? Ce n'était pas possible. Il y avait d'autres factures dans le registre. Une BMW série 5 de 2002 pour quatorze mille neuf cent cinquante livres ! Une Mercedes S pour onze mille sept cent cinquante ! Il ne s'étonnait plus que tous ceux qu'il connaissait dans le métier fassent la queue chez Valentine. Ce n'était pas de la vente, c'était de la charité.

« Je peux vous aider ? »

Une femme venait de sortir d'une pièce à l'arrière. Elle était jeune, grande et blonde, avec un haut décoré à l'aérosol et un jean taille basse qui révélait le piercing au ventre. Winter l'accueillit avec un grand sourire. Cette fille méritait de se prénommer Sharon.

« Mike Valentine ?

— Il n'est pas là aujourd'hui. » Elle jeta un regard aux factures éparpillées. « Vous êtes contrôleur de la TVA ?

— Non, juste un curieux. Un ami m'a dit que c'était ici qu'il fallait venir pour une bonne affaire.

— Vous cherchez une voiture ? » Elle paraissait étonnée.

« Exact. Aux prix qui sont affichés, qui n'en voudrait pas une ?

— Ah oui ? » Elle le regarda d'un air perplexe. « Il faudra que vous voyiez Mike alors. Il n'y a personne ici qui puisse vous renseigner.

— Comment ça se fait ?

— Je sais pas. Il faudra lui demander.

— Mais certainement. Où est-il ?

— Sorti.

— Sorti où ?

— Londres.

— Et les voitures dans le hall, à côté ?

— La plupart sont déjà vendues. Un type est passé ce matin pour retenir la BM décapotable série 3. Vous pouvez y jeter un œil, à celle-là, si vous voulez.

— Par là ? demanda Winter en désignant la porte en verre donnant dans le hall d'exposition. Et il y a quelqu'un pour me renseigner sur l'état mécanique ?

— Essayez à l'atelier, tout au fond. Il y a un gars qui s'appelle Barry. » Elle s'assit sur sa chaise et tendit la main vers sa trousse à ongles.

Winter poussa la porte du hall. Il y avait là une demi-douzaine de voitures, dont la décapotable bleue. Winter y jeta un regard, flanqua un coup de pompe dans la roue avant, remarqua l'autocollant EN AVANT POMPEY à l'arrière. Traversant le hall, il sortit dans une cour. L'atelier était au fond, invisible depuis la rue. Une construction de parpaings aux portes métalliques coulissantes, avec des caméras de surveillance intérieure couvrant l'aire cimentée constellée de taches huileuses, tandis qu'un panneau d'enlèvement menaçait tout véhicule se garant là.

L'une des portes était entrouverte, et Winter se glissa à l'intérieur, scrutant la pénombre.

L'atelier était plus vaste qu'il ne l'avait imaginé. Il y avait deux fosses, de puissants élévateurs. Comme tous les collègues, Winter connaissait l'histoire de l'interception foireuse en décembre. En dépit de tous les moyens engagés, on n'avait pas trouvé l'ombre d'une seule trace de ce qu'on espérait.

Le fait que Valentine et Bazza soient associés n'était un secret pour personne, mais c'était seulement après le fiasco de Noël dernier que Winter avait sérieusement réfléchi à cette association. Peut-être que les gars qui avaient monté l'interception avaient raison, pensait-il. Peut-être que les complices de Valentine convoyaient de la coke depuis Londres. Si c'était le cas, un atelier de ce genre était idéal pour décharger la came.

À l'exception d'une BMW X5 bien lustrée, le garage était vide. Winter s'approcha du véhicule. Quelqu'un avait travaillé sur la voiture, parce qu'il y avait un bac d'huile noire sous les roues à l'avant. Les pneus étaient neufs, de minuscules pointes de gomme hérissant encore les enveloppes. Préparation à une longue excursion, pensa-t-il.

Il entendit une porte claquer puis un bruit de pas. Se retournant, Winter se retrouva devant un petit homme en salopette verte tachée de graisse. Le visage lui semblait familier – un front dégarni sur un visage osseux, et de petits yeux enfoncés. Il avait déjà vu ce type, peut-être bien son portrait épinglé au tableau de liège à la brigade de Highland Road.

« Vous cherchez quelque chose ? » L'homme

s'essuyait les mains avec un chiffon. Une bonne nuit de sommeil aurait été salutaire pour son teint.

Winter lui parla de la décapotable bleue, il voulait des détails. Le mécano lui dit qu'elle était naze.

« Elle s'est fait emboutir l'arrière dans un carambolage sur l'autoroute. Le châssis est faussé. Et y a vraiment rien à en tirer.

— Dommage. » Winter eut un geste en direction du hall voisin. « Et les autres, là-bas ?

— Y en a deux ou trois qui sont bien. La BM série 7, c'est un cadeau. À ce prix-là, vous pouvez faire votre beurre en la revendant. De particulier à particulier, elle partirait à quinze mille.

— Et ici, vous en demandez combien ?

— Onze mille trois cents. Et elle est vendue, au cas où vous le sauriez pas. »

Winter, les mains dans les poches, hochait pensivement la tête. Il savait déceler l'amertume chez quelqu'un, et le mécano lui semblait en traîner un paquet.

« Comment se fait-il que ça parte si vite ? demanda-t-il.

— Ç'a toujours été comme ça. On récupère des épaves, on les retape, on change le moteur, on travaille vite, et personne n'a le temps de voir comment c'est fait. On est comme des magiciens. » Il fit d'une main le geste d'escamoter quelque chose puis, se raclant la gorge, il cracha dans la fosse la plus proche.

« Pas de bagnole, donc ? À part la BM ?

— Exact, m'sieur. Sont toutes parties.

— Quand est-ce que je peux revenir, alors ?

— À votre place, je me donnerais pas cette peine. Il vend.

— Qui vend quoi ?

— Mon patron. Il vend et se tire. Dans deux semaines, c'est un marchand de sanitaires qui reprend les locaux. Intéressant, si on aime vendre des chiottes pour le restant de ses jours. »

Le Solent Palace Hotel occupait un site exceptionnel sur le front de mer. D'un côté, on avait vue sur la grève jusqu'au château de Southsea. De l'autre, on pouvait suivre l'ample courbe de la promenade et la large passe du port de Portsmouth. Depuis les étages, par temps clair, on apercevait parfaitement l'île de Wight et la colline de Tennyson Down. Le paysage de Tennyson Down était pour Faraday celui de sa jeunesse, des milles et des milles de landes qui lui parlaient à travers les ans. Pour l'instant, il ne pouvait imaginer rien de plus délicieux que d'être là-bas, perché sur une butte, à écouter les trilles d'un merle invisible dans la lueur du soleil.

Le restaurant au premier étage était une longue salle ensoleillée avec de hautes fenêtres aux lourdes draperies. À cette heure, midi moins le quart, il était vide, à l'exception d'un vieux couple assis à une table voisine, qui planchait sur les mots croisés du *Daily Telegrapb.* Dans un coin, un serveur essuyait des verres.

Faraday choisit une place près de la fenêtre. Le soleil entrait par la vitre, et il changea de chaise pour sentir la chaleur sur son visage. Il ferma les yeux un moment, cherchant à se détendre. Il y avait quelque chose dans ce lieu qui lui rappelait une maison de convalescence. Tout ce vide aurait dû être rempli d'éclopés, au nombre desquels il était tenté de se compter. Il se sentait physiquement épuisé, cassé, un survivant évacué du front, et, rouvrant les yeux, il s'attendit presque à voir une jeune infirmière arriver avec un fauteuil roulant, pour l'emmener en promenade.

« Que désirez-vous, monsieur ? » C'était le serveur.

Faraday le regarda, un rien surpris.

« Déjeuner.

— La carte est là, monsieur. Je reviens de suite. »

Faraday parcourut le menu, pour se découvrir incapable de se décider. Saumon poché sur lit de cresson ? Poulet à l'italienne ? Il n'en savait fichtre rien.

Il reposa la carte et regarda par la fenêtre. L'affaire du lendemain, songeait-il, pourrait tout aussi bien se passer de lui. Si Willard était vraiment décidé à garder le plus grand secret sur ce dernier épisode de Tumbril – même Brian Imber n'en savait rien –, alors il ne voyait pas quelles dispositions il devait prendre lui-même. Il avait déjà demandé et obtenu l'autorisation du Renseignement de la police, afin de valider le matériel enregistré devant un tribunal. Demain, si les dieux le voulaient, Wallace et Mackenzie arriveraient, et Mackenzie choisirait une table. Pendant ce temps, Faraday et Willard seraient dans leur voiture garée en face, enregistrant impatiemment la conversation des deux hommes. Faraday se leva et, écartant le voilage, jeta un regard dehors. On avait beau être un samedi, le parking était presque vide. Demain, McNaughton, le soutien de Wallace, occuperait une autre place, et le reste serait laissé au miracle des ondes radio.

Faraday regagna sa chaise, se demandant quel était le montant de l'investissement politique que Willard avait misé sur ce coup. L'autre soir, à l'hôpital, Nick Hayder avait décrit le superintendant comme un atout essentiel, celui qui les protégerait des prédateurs situés plus haut dans la chaîne alimentaire. Faraday ne doutait pas que ce fût vrai, et il était rassuré de savoir que la loyauté de Willard ne fléchirait pas en cas de pressions. Mais Faraday n'en avait pas moins été troublé de se retrouver lui-même dans un feu croisé à la réunion de Secretan, et plus il réfléchissait à la question de la drogue, moins il était sûr de sa propre position.

Harry Wayte avait-il raison de croire à la légalisation ? Eadie Sykes avait-elle le droit de briser toutes les règles pour toucher les cœurs et les esprits ? J-J, son propre fils, devait-il être la prochaine victime innocente de cette guerre urbaine ? Faraday n'avait pas de réponse à ces questions et, d'un point de vue policier, cela faisait de lui une espèce d'incapable.

Les Willard, Imber et consorts ne semblaient pas douter une seconde de l'opération Tumbril. Bazza Mackenzie était devenu gros et gras et bien trop en vue pour un vendeur de came et, de leur point de vue, il méritait de mourir écrasé par le poids des preuves devant un juge. Le fait que d'autres enfileraient ses bottes dans les dix jours ne méritait pas réflexion. La justice, dirait Willard, ne pouvait être mieux servie qu'en jetant les méchants en prison.

Fort bien, mais que faire des Jamaïcains qui attendaient leur tour aux portes de Pompey pour se tailler leur part du marché ? Que dire des Scousers avec leurs cutters et leurs prix cassés ? Et que penser des envies et des ressentiments que soulevait une opération comme Tumbril parmi les autres flics ? Brian Imber l'avait déjà mis en garde contre certains vétérans de la maison, Harry Wayte et d'autres. Mais comment Imber prendrait-il sa mise à l'écart dans l'opération du lendemain ?

« Vous avez choisi, monsieur ? » Le serveur était de retour, son carnet à la main.

« Oui, répondit Faraday sans quitter des yeux le paysage. Je vais prendre un grand scotch. »

Un appel au poste de Kingston Crescent fournit à Winter tout ce dont il avait besoin à propos de cette BMW dans l'atelier de Valentine. Il n'était nullement surpris d'apprendre que le véhicule appartenait à Valentine en personne, un fait qui pouvait indiquer un transfert temporaire de propriété, en prévision d'une vente. D'autre part, la voiture était enregistrée au nom de Valentine depuis plus d'un an, ce qui suggérait que c'était peut-être sa voiture personnelle.

Un deuxième appel, cette fois au poste de commandement, lui rapporta les numéros de téléphone et les adresses de trois Valentine à Waterlooville. L'un d'eux avait Mike pour prénom et, nanti de cette information, Winter prit le volant pour y jeter un coup d'œil. Le numéro 4 d'Avondale Gardens se révéla être une belle maison dans le plus beau quartier de la ville. Il y avait un écriteau À VENDRE accroché à la grille, et aucun signe de vie à l'intérieur.

Winter composa tout de même le numéro, puis, n'obtenant pas de réponse, appela l'agence immobilière. Il arrivait de Londres, et avait une heure ou deux devant lui. Il cherchait désespérément une maison à acheter comptant, et le 4, Avondale Gardens, lui plaisait beaucoup. Y avait-il une possibilité de visiter rapidement ? La femme à l'autre bout du fil lui répondit qu'elle était submergée mais que quelqu'un d'autre de l'agence pourrait peut-être s'en charger. Elle le rappela quelques minutes plus tard. La maison, lui dit-elle, était déjà très convoitée mais il restait de la marge pour ce qu'elle appelait crûment le plus offrant.

Fatigué du reportage sur la grande manif anti-guerre de Londres, Winter éteignit la radio et regarda la maison. Si Valentine se faisait la belle, c'était sans couvrir ses traces. Vendre son garage et mettre sa baraque en vente dans une agence, c'était déclarer qu'il prenait le large, et il n'était pas pensable que Bazza fût dans l'ignorance. De l'avis de Winter, il y avait fort à parier que Misty Gallagher et peut-être bien Trude partiraient avec lui, et c'était à ce moment-là que les choses risquaient de tourner à l'aigre.

Misty, la veille, avait dramatiquement insisté : il ne fallait surtout pas que Bazza apprenne sa liaison avec Valentine. Bien trop avertis des conséquences qu'entraînerait une telle découverte, elle et Mike avaient pris toutes les précautions pour protéger leurs amours. Ils étaient tous les trois des amis et sortaient souvent ensemble, Mike, Bazza et elle. Mais jamais, disait-elle, Baz n'avait eu l'idée qu'elle puisse voir Mike de temps à autre et même partir avec lui pour de longs week-ends dans certains hôtels du West Country. Pour Bazza, Mike l'Élégant, comme il appelait Valentine, n'était qu'un bon copain et un associé.

Et Trudy ? Une fois de plus, Misty avait secoué

la tête avec force. Baz considérait depuis longtemps Trude comme sa fille de sang. Misty ne l'en avait jamais dissuadé, au contraire – en grande partie parce que ça lui valait une jolie rente –, et pour Bazza, la supposition était devenue une certitude. Si jamais il apprenait que non seulement Trudy n'était pas de lui, mais qu'elle appartenait à l'Élégant, alors ça serait vraiment la panique.

Était-ce donc la raison qui les poussait à se tirer ? Pour échapper à la colère de Bazza ?

La femme de l'agence conduisait une Toyota blanche. Devant la porte fraîchement repeinte, elle mentionna de nouveau le prix tout en cherchant ses clés. Mais rien n'était arrêté. Quelques milliers de livres de plus que les offres déjà faites, et elle était sûre que le vendeur se laisserait convaincre.

« Vous avez le nom du propriétaire ?

– Valentine, il me semble. » Elle feuilleta rapidement son dossier. « Oui, Michael Valentine. »

Winter la suivit dans la propriété. Le parquet brillait doucement sous la vive lumière du dehors, et Winter perçut une légère odeur de cigare. La porte du salon était ouverte, le soleil brillait sur la moquette, et la grande pièce était meublée avec goût. Tandis que la fille de l'agence mentionnait le chauffage central entièrement refait et la qualité des fermetures et du système d'alarme, Winter fit le tour de la pièce, s'arrêtant devant de belles aquarelles. C'était son éducation, à Valentine, qui avait toujours séduit Misty. À St Joseph, il avait été un copain de Bazza, jusqu'à ce que celui-ci se fasse virer. Il parlait français. Il savait lire une carte des vins. Il allait au théâtre. Il lisait même des livres.

La fille, pressée par le temps, voulait l'entraîner dans la cuisine mais Winter s'attardait devant une bibliothèque vitrée aux étagères chargées de romans. Les goûts littéraires de Winter n'allaient pas au-delà de Tom Clancy et Clive Cussler, mais les noms qu'il voyait méritaient le respect. Les œuvres complètes de D. H. Lawrence. Une édition reliée de *Middlemarch*. Probablement tous les Graham Greene. Misty avait raison. Après les galipettes forcenées de Mackenzie, une soirée en compagnie de Mike Valentine devait être un bien doux changement.

Winter examinait un bureau à cylindre dans un coin de la pièce, quand un portable sonna. La fille passa la tête dans la pièce en s'excusant de prendre l'appel. Winter lui fit un sourire, l'assurant qu'il n'y avait pas de problème, et attendit qu'elle soit de nouveau dans la cuisine pour ouvrir le bureau. À sa déception, il avait été nettoyé. Il essaya les tiroirs. Tous vides. Il allait explorer la salle à manger voisine, quand il se souvint du téléphone dans le couloir. C'était un bel appareil qui faisait fax et répondeur.

De retour dans le vestibule, il décrocha et appuya sur messages. Il y en avait trois. Le premier était de Misty. Elle était en retard. Elle serait à Waterloo à midi, à l'endroit habituel. S'il envisageait de rester à Londres, il n'y avait pas de problème pour elle, du moment qu'ils pourraient retourner au Lanesborough. Le deuxième était un homme, qui laissait un nom et un numéro de téléphone.

Winter releva la tête. La fille était toujours en conversation, il l'entendait rire. Il se pencha à nouveau vers le téléphone, attendant le dernier des messages. C'était une femme, cette fois, et qui appelait d'une agence de voyage. Les billets de ferry de M. Valentine étaient prêts. Elle avait réussi à lui obtenir une cabine salon de quatre couchettes comme il le désirait. M. Valentine devait être au port une demi-heure avant l'heure d'embarquement. Le téléphone se tut, laissant Winter à sa contemplation d'une nouvelle aquarelle.

Faraday avait décidé de jouer cartes sur table avec Willard. Le superintendant, après tout, méritait la vérité. Il y avait là des réputations en jeu et une tonne d'argent. Faraday sentait qu'il ne pourrait pas assurer, et il lui semblait juste de l'avouer.

Willard habitait le Vieux Portsmouth. Faraday ne s'était encore jamais rendu chez lui mais Willard lui avait décrit tant de fois sa maison – une ancienne boulangerie réaménagée dans Warblington Street – que Faraday savait très bien où c'était. Appréciant la claque de vent frais sur son visage, il prit la direction du Vieux Portsmouth. Pour un homme qui buvait rarement à déjeuner, il était agréablement surpris par la douce aisance que lui avait procurée le troisième double whisky. Pour la première fois depuis des jours, il se hasarda à sourire.

Le chemin pour aller chez Willard passait par la cathédrale anglicane. De l'autre côté de la rue, il y avait un pub, le Dolphin, que Faraday affectionnait depuis longtemps. Le plafond était bas, avec poutres apparentes, la lumière toujours tamisée, et nul grincement de cornemuse ne venait parasiter la rumeur de la ville. Il y a des années, il avait demandé au patron quelle était l'histoire de ce pub, de quelle époque il pouvait bien dater, et il avait appris que

Nelson y avait fait halte avant de s'embarquer pour chasser les Français. Dans le vacarme qui faisait de nos jours office de vie sociale, le Dolphin était un havre de paix.

Le pub était vide. Faraday avait acheté le *Guardian* au kiosque du coin, et il s'installa à une table libre près du feu. La première pinte, une London Pride, glissa à merveille. Faraday feuilletait le supplément sur la guerre en Irak, s'efforçant de comprendre quelque chose dans l'avance chaotique des alliés. Umm Qasr était-elle tombée ? Bassora était-elle la prochaine ville arrachée au tyran ? Après la deuxième pinte, Faraday s'en fichait. Repliant son journal, il quitta le pub.

Il traversait la rue quand il perçut un chant provenant de la cathédrale, et ce chant résonna en lui avec force. Même là, sous le soleil, le chœur des voix s'élevait avec un ensemble qui vous soulevait. La porte se trouvant sur le côté était ouverte. Il entra, se félicitant de son impulsion. En dessous des grandes orgues, une douzaine d'hommes étaient en train de répéter. Le chef de chœur se tenait devant eux, un homme imposant en chemise rouge. Il dirigeait d'une seule main avec des mouvements fluides, merveilleusement expressifs, et la musique montait et descendait au rythme de ses gestes.

Faraday se glissa sur une chaise, au fond de la nef, et se laissa emporter par la musique. Il avait toujours aimé cette cathédrale. Ses humbles dimensions semblaient lui interdire toute vanité et prétention. Avec ses murs en pierre de taille, ses niches éclairées, elle offrait le meilleur des accueils.

Faraday laissa sa tête reposer contre la pierre

fraîche d'un pilier. Le chant se faisait plus lent. Il ferma les yeux, s'abandonnant, sentant la soudaine chaleur du soleil sur son visage, surprenant un instant l'immense voilure d'un gypaète des Pyrénées décrivant de lents cercles dans l'azur. Le soleil disparaissait derrière la herse rocheuse des pics. Plus tard, se dit-il, il redescendrait dans la vallée, trouverait une bodega dans le village, mangerait un ragoût de haricots blancs au chorizo, arrosé d'un bon Rioja. Il risquerait quelques mots d'espagnol, essayant de partager sa journée avec l'autre. Et puis, il irait gentiment se coucher.

La gorge asséchée par l'alcool, il se mit à ronfler. Au bout d'un moment, le chant cessa. Une main le secouait. Il toucha cette main en même temps qu'il rouvrait les yeux et se réjouissait de ce petit miracle.

« Nigel ? »

La manif avait été une déception. Pour avoir été de la grande marche du mois de février – un million et demi de personnes dans les rues de Londres –, Eadie vit tout de suite que celle-ci ne ferait jamais le poids. Le public lui-même avait changé. Avaient disparu les gens de la classe moyenne, les travailleurs sociaux de Haslemere, les jeunes mamans. Eadie se surprit à filmer les pancartes d'une organisation nommée Les Travailleurs sexuels du monde uni. Elle savait que des groupes pareillement déjantés pousseraient les hésitants à se ranger derrière les troupes désormais sous le feu. « Pleurez avec les veuves en Irak » pouvait encore toucher un cœur ou deux, mais l'esprit n'était plus là.

Alors qu'un orateur du Socialist Workers Party

s'emparait du micro, Eadie se mit une dernière fois en quête d'images pour J-J. Un jeune curé avec un enfant juché sur ses épaules. Deux femmes musulmanes dont les voiles noirs encadraient les yeux. De lointains spectateurs sur le balcon d'un hôtel de Park Lane. Le soleil avait disparu, et Eadie, refroidie et affamée, rangea la caméra dans son sac et sortit son portable. C'était la troisième fois qu'elle tentait de joindre Faraday. Elle essaya encore.

Sans succès.

19

Samedi 22 mars, 16 h 30

Winter eut la surprise de trouver Cathy Lamb au travail, un samedi. Le bureau de l'inspecteur jouxtait le sien, et Winter lui jeta un regard en passant dans le couloir.

« Paul ? Que faites-vous ici ? » lui demanda-t-elle.

Winter invoqua de la paperasse à remplir. S'il ne comblait pas le retard, il allait se retrouver enchaîné à sa table toute la semaine à venir. Elle n'en crut rien.

« Le jour où vous passerez un samedi à rédiger vos rapports, les poules auront des dents. Qu'y a-t-il ? »

Winter, plein de bonne volonté, prit une chaise. Cathy Lamb était une grande femme à la forte charpente, qui avait peu de goût pour les toilettes et le maquillage. Winter la connaissait depuis des années et il avait toujours pris grand intérêt à sa carrière. Comme chef de sa division à Southsea, elle s'était montrée coriace et habile, lui autorisant le bénéfice du doute, aussi longtemps que les scalps qu'il rapportait pesaient plus que ses entorses au règlement.

À présent, inspecteur enchaînée à son bureau, elle se montrait moins tolérante.

« Vous connaissez un dénommé Barry ? demanda Winter d'un ton détaché. Une vraie face de rat ? La trentaine ? Mécanicien auto de son état ?

— Je ne saurais le dire. Il a un nom de famille ?

— Ouais. C'est pourquoi je demandais. J'ai déjà vu le bonhomme quelque part, mais je ne sais plus où ni quand.

— Pourquoi cet intérêt ?

— Il travaille pour Mike Valentine.

— Le vendeur de voitures ? Ami de Bazza ?

— Oui. Sauf que Valentine met les voiles. Il vend tout.

— Qui raconte ça ?

— Moi. J'étais là-bas ce matin.

— Pour quelle raison ? »

Winter attendait cette question depuis qu'il avait lancé la conversation.

« Pourquoi il bazarde ou pourquoi je suis allé le voir ?

— Oui, pourquoi ce déplacement ?

— J'ai besoin d'une caisse, Cath, quelque chose de correct. La Subaru m'a bien servi mais vous savez ce que c'est... » Il eut un geste de résignation. « Rien ne dure éternellement.

— Mais pourquoi Valentine ?

— Parce qu'il est bon marché. En fait, c'est comme s'il les donnait, ces caisses. C'est une véritable braderie. »

Il soutint le regard que Cathy fixait sur lui. Il savait qu'elle ne croyait pas un mot de son histoire mais qu'elle devinait qu'il y avait cependant quelque chose derrière tout ça.

« On parle d'un gros chargement de coke, dit-elle enfin. Vous en avez eu des échos ?

– Non, dit Winter, son intérêt éveillé. Gros comment ?

– On parle de deux kilos minimum. »

Winter était impressionné. Deux kilos de cocaïne, coupée et vendue au gramme, ça pouvait vous rapporter cent vingt mille livres.

« La date ?

– Personne ne le sait.

– Mais prochainement ?

– Cette semaine.

– Et il y a un nom sur le colis ?

– Non, mais Mackenzie est certainement derrière. Il fait des provisions. » Elle se pencha en avant sur sa table. « Si vous étiez débordé sur vos flancs par des Scousers et des Jamaïcains et Dieu sait qui encore, que feriez-vous ? »

Winter réfléchit un instant à la question, puis il eut un grand sourire.

« J'inonderais le marché, dit-il. Je casserais les prix.

– Exactement. Deux kilos de coke ? Trois avec la coupe ? C'est la journée des cadeaux. » Elle hocha la tête d'un air convaincu. « C'est du Mackenzie tout craché, ça. »

Winter revoyait l'atelier derrière le hall d'exposition, le gars Barry sortant de la pénombre, un rictus amer sur sa face pâle.

« Vous savez qu'on a toujours soupçonné que la came de Bazza passait dans les voitures de Valentine ?

— Oui, ce n'est un secret pour personne, mais on n'a jamais pu le prouver. Et vous êtes en train de me dire que c'est vrai ?

— Non, tout ce que je sais, c'est qu'il vous faut un mécano, si vous voulez planquer votre bien dans une bagnole. » Winter se leva. « Vous êtes ici pour un moment encore, Cathy ?

— Pourquoi ?

— J'ai juste un coup de fil à passer et je reviens de suite. »

Winter appela Highland Road et tomba sur Dawn Ellis, occupée à compléter le dossier d'un voleur à l'étalage multirécidiviste. Elle était passée au bureau dans le seul but d'éviter les magasins.

« Mon relevé de carte Visa est arrivé ce matin, dit-elle à Winter, et c'est même plus du découvert, je suis carrément à poil.

— Tu as toujours ce tableau de liège au-dessus de la bouilloire, celui avec les portraits de nos amis ?

— Oui, pourquoi ? demanda-t-elle, amusée.

— Il y a un type, prénom Barry, une tête à courir après les petites filles. Le cheveu maigre, les yeux fuyants. Ça te rappelle quelqu'un ? »

Dawn n'eut pas besoin de consulter le tableau. « Barry Leggat. Sorti du ballon voilà deux mois. Il a tiré deux ans pour falsification et vente de véhicules volés.

— Il habite ?

— Leigh Park. Il serait en ménage avec une certaine Jackie quelque chose. Elle aussi, elle fait peur à voir. Tu veux l'adresse ? »

Winter grogna un oui et attendit pendant qu'elle

consultait son ordinateur. La maison était située à Oakmount Road. Et il y avait toute une famille de nains dans le jardin.

« Tu ne veux rien d'autre ? » Dawn riait. « Cappuccino ? Cake aux carottes ? Côtelette aux noix ? »

Elle raccrocha, laissant Winter considérer l'adresse. Un moment plus tard, il était de retour dans le bureau de Cathy.

« Il m'est venu une idée, dit-il. Je vous en parle ?

– Je vous écoute, Paul », répondit-elle prudemment.

Winter lui décrivit l'atelier jouxtant le hall d'exposition appartenant à Mike Valentine. Barry Leggat, soupçonnait-il, pourrait bien être le type chargé de sortir la came de sa cachette dans la voiture arrivée de Londres. Il devait bien entendu en tirer un profit et, avec le départ de Valentine, il allait perdre cette source de revenus. Si tel était le cas, et que le dernier arrivage était aussi conséquent que la rumeur le laissait entendre, alors il n'y aurait pas de mal à se mettre de côté une once ou deux.

« Que suggérez-vous ?

– On obtient un mandat de perquise. On y va tout de suite, et si on trouve quelque chose, il consentira peut-être à parler plus longuement avec nous.

– Un mandat pour quel motif ?

– Bonne question. » Winter contempla un instant le plafond. Il avait besoin d'un indic, de quelqu'un de crédible. « Dave Pullen. » Il sourit. « Je lui ai sauvé la vie ce matin, et il le sait. En plus, il n'est pas très pote avec Valentine.

– Et il reconnaîtrait l'information devant un juge ?

– Sans problème. »

Cathy n'était toujours pas convaincue. « Et ce Leggat ? Vous le croyez assez idiot pour planquer de la coke chez lui ? Si toutefois vos soupçons sont fondés ?

– Il vient de tirer deux ans, Cath. » Winter avait pris un air navré. « Et seuls les crétins se font gauler. »

Faraday accepta très volontiers le thé que lui offrait Nigel Phillimore. Honteux de sa conduite à la cathédrale mais encore anesthésié par trois heures à picoler, il accompagna Phillimore jusqu'à l'étroite petite maison jumelée avec le bureau de poste de Canon.

Il avait rencontré le pasteur voilà un peu plus de deux ans. Faraday enquêtait alors sur la mort d'une adolescente de quatorze ans et il avait été étonné de déterrer une relation entre la mère de cette jeune morte et cet homme d'église[1]. L'enquête l'avait entraîné dans deux ou trois longs entretiens dans cette maison, et ils étaient restés gravés dans la mémoire de Faraday non seulement parce qu'ils avaient pesé dans l'enquête, mais aussi parce qu'il n'avait jamais rencontré à ce jour homme plus ouvert et plus sympathique que ce prêtre. Cet homme, avait-il songé alors, vous offrait quelque chose de rare : le don de créer une amitié immédiate et inconditionnelle. Pour un détective habitué à appréhender les humains avec une méfiance instinctive, Nigel était un véritable oiseau rare.

La maison de Phillimore, quand il poussa la porte,

1. Voir *Les anges brisés de Somerstown*, Folio Policier n° 431.

avait la toujours même odeur : un mélange d'encens ou de myrrhe, qui lui rappela leurs rencontres précédentes. Faraday entra dans l'étroit couloir, se tenant de temps en temps au mur quand une remontée d'alcool l'exigeait, reconnaissant au passage les photos en couleurs de l'Angola. Phillimore les avait prises lui-même, des années plus tôt, dans le cadre d'un séjour consacré au commerce équitable, et Faraday se souvenait qu'il lui avait longuement parlé du pays, avec une passion tranquille qui n'en était que plus impressionnante.

En haut, rien ne paraissait avoir changé. Le douillet petit salon avec sa bibliothèque, son tapis oriental usé et le bol chinois sur le rebord de la fenêtre, donnait sur High Street. Il s'installa dans le fauteuil vétuste près de la vitre, tandis que Phillimore lui demandait quel thé il désirait. Earl Grey, Lapsang, ou sa dernière découverte, du Munnar ? Faraday lui dit qu'il n'avait vraiment pas de préférence. De taille moyenne, Phillimore avait pris un peu de poids depuis leur dernière rencontre, mais le sourire était toujours le même. C'était un visage pour l'amitié et le rire. Rien qu'à être assis là, Faraday sentait son optimisme refaire surface.

« Et votre chat ? demanda-t-il.

– En pension chez un ami. Je me suis absenté quelque temps. Je ne suis revenu qu'hier au soir. »

Il disparut dans la cuisine, laissant Faraday inspecter les cartes postales punaisées sur les étagères de la bibliothèque. Apparemment, Phillimore avait des amis à Salzbourg, Bombay, Paris et une ville qui devait être Rio. Un citoyen de Pompey qui osait aller voir ailleurs.

Quelques minutes plus tard, son hôte revenait avec un plateau de thé, un cake au citron et une assiette de macarons.

« Le cake vient d'une dame qui chante dans la chorale. On part trois semaines, et on oublie combien on est gâté. »

Il coupa deux épaisses tranches et en tendit une à Faraday. Il avait passé trois semaines dans le Kerala. Cette région de l'Inde l'avait toujours fasciné, et il avait découvert avec plaisir que le communisme pouvait en effet aller main dans la main avec l'égalité et une certaine répartition des richesses.

« Le communisme ? demanda Faraday, perdu.

— Le gouvernement provincial est communiste, et je dois dire que ça marche. Un enseignement digne d'éloges. Une parfaite connaissance de l'anglais. Et les gens les plus charmants du monde. » Il se tut, glissant sans effort d'un sujet à l'autre. « Ça ne vous ennuie pas que je vous dise quelque chose ?

— Pas du tout.

— Vous avez l'air épuisé.

— Bourré, je le crains.

— Non, dit Phillimore en remuant son thé. C'est un peu plus que ça. » Il lui jeta un regard. « Que pensez-vous des choristes ?

— Je les ai trouvés superbes.

— Ce sont des Estoniens, originaires de Tallinn. Ils chanteront demain soir, à sept heures et demie. Vous devriez venir. Vraiment.

— Je viendrai.

— Bien. La dernière fois qu'on s'est vus, c'était vous qui posiez les questions. » Il sourit. « Alors, comment ç'a été depuis ? »

Faraday le regarda un instant. C'était là une question plutôt innocente, celle d'un étranger lui témoignant au passage de l'intérêt, mais il y avait dans sa voix et sa façon de pencher la tête une inquiétude qui n'était pas feinte. Cet homme se souciait sincèrement de lui, pensa Faraday.

« Ç'a été moche, pour tout vous dire.

– Moche comment ?

– Terriblement moche. » Il leva les mains en un geste d'impuissance. Il résuma les deux dernières années, la grande lessive dans la cité après la mort de cette adolescente, son transfert aux Crimes graves, toutes les affaires sur lesquelles il avait travaillé.

– Était-ce une promotion, les Crimes graves ?

– C'est comme ça qu'on me l'a présenté.

– Et vous-même, qu'en pensez-vous ?

– Que ce doit être le cas. Dans mon travail, on parle de la qualité d'un crime. On doit se concentrer sur une chose à la fois – un viol, un meurtre, parfois les deux. Après la brigade criminelle, croyez-moi, les Crimes graves sont un soulagement.

– Alors, vous seriez trop gâté ? demanda Phillimore avec un sourire.

– Oui. Cette nomination est aussi un compliment. Cela signifie qu'ils ont confiance en vous. Certaines de ces affaires sont difficiles. Vous avez des responsabilités.

– Envers les familles des victimes ?

– Oui, et envers vos patrons.

– Qui compte le plus ? »

C'était une bonne question, et Faraday retarda sa réponse en mordant dans son cake. Pour Eadie, il le savait, la réponse aurait été Daniel Kelly. Qu'en pensait-il lui-même ?

« Chaque cas est différent, dit-il enfin. Mais là, tout de suite, j'avoue ne pas savoir.

— Voulez-vous en parler ?

— Je crains de ne pas pouvoir. D'un point de vue policier, c'est impossible.

— Mais êtes-vous sûr que ce soit le problème ?

— Je ne vous suis pas.

— Ces opérations et ces enquêtes, peu importe, ne sont qu'un paravent derrière lequel se cacher, comme nous sommes tous tentés de le faire. Il ne s'agirait pas d'autre chose ? »

Faraday était surpris. Le jugement de cet homme était sans défaut. Mais comment pourrait-il débrouiller cet écheveau mêlant J-J, Eadie Sykes, le naufrage de sa vie privée et un monstre nommé Tumbril ?

« Les policiers ont tendance à emporter leur boulot à la maison, dit-il sans conviction.

— Nous le faisons tous. Et ça n'arrange pas les choses, n'est-ce pas ?

— Non, pas du tout. Mais qu'y pouvons-nous ?

— On peut trouver quelqu'un et s'y accrocher. Dans mon cas, il s'agit de Dieu. Et c'est aux autres de juger si cela fait de moi un homme heureux. Nous devons tous entretenir un lien.

— Je m'y suis efforcé.

— Et ?

— Ça se casse la figure.

— À cause du travail ?

— En partie, oui. Il y a un conflit d'intérêts. D'intérêts multiples, pour tout vous dire. Ma compagne pense qu'elle peut changer le monde. Mon fils a la même opinion. Je les admire en les voyant essayer tout en sachant qu'ils perdront.

– Pourquoi ?

– Parce que je suis un policier. Je sais comment sont les gens. Les criminels. Les patrons. Les collègues. Je le vois chaque jour. D'un autre côté, poursuivit-il, les sourcils froncés, s'efforçant de saisir l'essence de ce qu'il voulait dire, je suis le premier à les soutenir, elle et mon fils. Il faut bien que quelqu'un essaie, au risque de se planter. »

Il expliqua brièvement le travail d'Eadie à Ambrym, la confiance qu'elle accordait à J-J, la vidéo sur la toxicomanie qu'ils avaient réalisée, des images dures, sans compromission, brutalement réalistes.

« Il vous est arrivé de penser qu'ils n'échoueront pas forcément ?

– Non, ils ne peuvent qu'échouer. Les drogues sont comme la pluie, comme la pesanteur. Quoi que nous fassions, elles seront toujours là. Les hommes sont ainsi. L'argent, le pouvoir. C'est pourquoi les types comme moi ont un certain travail à faire tous les jours.

– Vous devriez en être reconnaissant.

– Je sais, et je le suis.

– Alors, où le problème ?

– Le problème, c'est que je suis pris en tenaille.

– Et c'est insupportable ?

– Parfois, oui. Et vous devenez quelqu'un que vous n'êtes pas. Vous pouvez le sentir venir en vous. Et vous vous retrouvez au Dolphin, à commander une autre chope, lâchant prise.

– Et garder prise, c'est important ?

— Essentiel. De mon point de vue, si on est incapable de s'accrocher, il faut partir.

— D'accord, concéda Phillimore. Et s'il n'y a plus de travail ?

— Alors, il n'y a plus rien. » Faraday était stupéfait par cette petite vérité. Son métier comptait-il donc tant pour lui ? Était-ce vrai ce qu'on disait, flic une fois, flic toujours ?

« Non, plus rien, répéta-t-il. Mais ce n'est pas aussi simple que ça. »

Winter était dans sa voiture, devant la porte de la magistrate de service, dans le Vieux Portsmouth, quand il parvint enfin à joindre Suttle. Obtenir le mandat de perquisition avait été plus difficile que prévu. Malgré l'appui du renseignement fourni par Dave Pullen, la juge avait souligné l'absence de présomptions sérieuses contre Barry Leggat, et si Winter n'avait éloquemment insisté sur l'impact que cette fouille pourrait avoir sur l'actuelle explosion de drogue, il n'aurait pas obtenu le mandat. Il fallait tout faire, avait-elle dit, pour arrêter le défilé de jeunes sans cesse plus nombreux à comparaître devant elle.

À présent, Winter requérait toute l'attention de Suttle. « L'adresse, dit-il, est 17 Oakmount Road. Je vais voir si je peux obtenir un chien. Il y a une petite aire de parking juste au coin. On se retrouve là-bas à sept heures.

— Je peux pas.

— Quoi ?

— J'ai promis à Trude de la retrouver à neuf heures. On va au Forty Below. Pourquoi ne pas appeler un collègue marié ? Il sautera sur l'occasion de faire des heures sup. »

Winter allait confier à Suttle combien c'était peu raisonnable de se montrer sur le territoire de Bazza en compagnie de Trudy Gallagher, quand une nouvelle pensée l'en dissuada.

« Tu seras là-bas pendant combien de temps ?

— Où ?

— Forty Below.

— Aucune idée. Ça dépendra de Trude. Deux heures au moins, en tout cas. Pourquoi ? »

Winter ne répondit pas. Le mandat de perquisition était posé à côté de lui sur le siège passager. Une recherche sérieuse demanderait deux heures, moins si le chien était bon. S'ils obtenaient un résultat, il devrait embarquer Leggat et le faire écrouer à Bridewell. La paperasse prendrait une demi-heure, maxi, et s'ils avaient saisi une honnête quantité de coke, il n'aurait pas besoin de commencer l'interrogatoire avant le lendemain. Misty Gallagher était à Londres. Cela lui laissait le temps de se rendre au Forty Below et de dire un ou deux mots au jeune Jimmy, avant qu'il n'entraîne Trude dans son lit.

« Vous êtes toujours là ?

— Ouais, dit Winter. Oublie la perquise. »

Faraday était à l'appartement, devant la télévision, quand Eadie Sykes revint de Londres. Elle avait pris un taxi à la gare et elle était épuisée. Elle se pencha vers lui pour l'embrasser sur la joue et se redressa.

« Tu as bu, dit-elle.

— C'est vrai, ça.

— Tu es bourré. » Elle jeta un coup d'œil à la bouteille de vin rouge posée par terre, près de lui.

« C'est vrai aussi.

— Pourquoi ? » Elle avait un sourire amusé qui poussa Faraday à tendre les bras vers elle. Elle s'accroupit un instant à côté de lui.

« Je suis venu m'excuser, dit-il.

— T'excuser de quoi ?

— Je te le dirai. » Il désigna l'écran d'un signe de tête. « Comment était la manif ?

— Moyenne. Tu as mangé ? » Faraday lui fit signe que oui. « Eh bien, moi, je meurs de faim. »

Faraday la regarda s'éloigner en direction de la cuisine, puis revint aux images télévisées des bombardements nocturnes sur Bagdad. Deux minutes plus tard, Eadie était de retour sur le canapé avec un énorme sandwich, qu'elle attaqua à pleines dents tout en parlant à Faraday des reportages d'Al-Jazira. J-J était enchaîné à l'ordinateur d'Ambrym, sélectionnant les images. Il devrait être fier de son fils. Le garçon avait un œil et un talent de monteur remarquables.

« Al-Jazira ? »

Eadie le regarda et se mit à rire. Les événements étaient allés si vite ces deux derniers jours qu'elle avait oublié de lui parler des militants de Stop à la guerre. J-J et elle réalisaient une vidéo pour faire entrer un peu de raison dans la tête des gens. Des images choc.

« Vraiment ?

— Ouais.

— Et ta vidéo sur la drogue ?

— Le montage sera terminé demain. » Elle jeta

un regard à sa montre puis, désignant la bouteille, ajouta : « À ta place, je n'attendrais pas pour me coucher. Ça va être une longue nuit. »

Faraday la regarda d'un air confus. « Tu ressors ? Déjà ?

— J'en ai peur. » Elle se pencha pour l'embrasser brièvement sur la joue. « L'aspirine est dans la salle de bains. À demain matin. »

La nuit était tombée quand Winter fut prêt à perquisitionner le domicile de Leggat. Cathy Lamb lui avait adjoint l'un des anciens de la brigade, le constable Danny French, à qui il avait donné rendez-vous à Leigh park, ainsi qu'un maître-chien, qui était arrivé peu après dans une Escort blanche. Le chien, un berger allemand du nom de Pepys, débutait dans le métier et il était un peu trop empressé. Ils se rendirent en voiture jusque devant la maison de Leggat. Le numéro 17 était un ancien pavillon à la façade bien ravalée, aux doubles vitrages neufs et à la porte d'entrée coiffée d'un auvent blanc en PVC. Dawn n'avait pas menti, pensa Winter avec amusement, en comptant les nains de jardin, tandis que le maître-chien préparait sa bête pour la fouille.

« Prêt ? »

Winter donna deux coups de sonnette et attendit. Du coin du minuscule jardin monta un petit bruit d'eau.

« Un des nains est incontinent », grogna French. Enfin la porte s'ouvrit.

« Madame Leggat ? » Winter montra sa plaque.

« C'est à quel sujet ? » demanda-t-elle, les yeux fixés sur le chien.

Winter sortit le mandat de la juge et il commençait à lui expliquer le but de sa présence, quand elle l'interrompit net.

« Pas question que cette bête entre chez moi. Pas avec Treacle ici. »

Treacle était le chat, un énorme matou qui se tenait dans l'entrée, dos arqué, poil dressé et feulant fort. Winter suggéra à Mme Leggat de lui faire faire un tour dans le jardin, à Treacle, parce que chat ou pas chat, ils entreraient.

La femme le regarda un instant puis, se retournant, poussa son chat vers une porte à l'arrière. C'était une femme volumineuse, boudinée dans son jean.

Winter et French entrèrent. Ils appelleraient le chien plus tard.

« Barry est dans le coin ?

– Il est dans son bain.

– Dites-lui de sortir de la salle de bains et de ne pas vider l'eau ni tirer la chasse. Réflexion faite, je m'en charge. »

L'expression de la femme décida Winter à monter à l'étage par l'escalier étroit. La maison était nickel. Winter n'avait guère de goût pour le papier peint Régence et les lampes Tiffany, mais c'était là un intérieur choyé. La porte de la salle de bains donnait sur le palier. Winter pouvait entendre les éclats d'eau et la musique d'une radio. Les auditeurs d'une station discutaient du football à Portsmouth. Preston avait été nul, disait l'un d'eux. Pompey aurait dû les écraser.

Winter poussa la porte et prit une serviette accrochée à une patère. Assis dans l'eau, Leggat se faisait un shampooing.

« On sort de là, dit Winter en lui lançant la serviette.

— Putain, mais qui tu es, toi ? » Il avait de la mousse dans les yeux, et il lui fallut quelques secondes pour reconnaître le visage qui se penchait vers lui.

« Constable Winter. On s'est vus ce matin.

— Vous êtes flic ? » Leggat passa de la stupéfaction à l'indignation. « Comment vous pouvez entrer... »

Winter lui saisit le poignet pour le faire sortir de la baignoire. « On va commencer la fouille par l'étage, dit-il. Ce serait mieux que tu sois là. »

Comme il ressortait sur le palier, Winter se trouva face à la femme qui lui barrait le chemin de la chambre. Elle était plus balèze encore que Winter ne l'avait estimé.

« Madame... ? » Winter lui sourit.

« Comfort, et c'est mademoiselle, pas madame, précisa-t-elle sans quitter Leggat du regard. S'il s'agit de ce que je pense... », dit-elle entre ses dents. La menace non dite n'en était que plus réelle. Leggat, ruisselant d'eau, se drapa dans la serviette en commençant à protester.

« Nous avons un mandat de perquisition, lui expliqua Winter. Je l'ai montré à votre dame.

— Sa dame ? » La femme se tournait de nouveau vers Leggat. « Depuis quand je serais ta dame ?

— J'en sais rien de tout ça, moi. Je faisais rien que prendre un bain. »

Winter le saisit par le coude et le poussa devant lui. La femme s'écarta de leur passage. « Si c'est sa chambre que vous cherchez, elle est au fond du couloir. »

La chambre de Leggat avait dû être précédemment

occupée par une adolescente. Il y avait au plafond des étoiles et personne ne s'était embêté à enlever les photos abîmées de Robbie Williams et de Jude Law punaisées sur le papier peint. Comparé au reste de la maison, pensa Winter, c'était une porcherie.

« Tu veux bien nous aider ? demanda Winter à Leggat. On préférerait laisser les planchers en l'état.

– Osez toucher à ma maison ! » La femme se tenait sur le seuil.

« C'est à moi que vous parlez ? » demanda Winter. French venait d'apparaître. C'était un grand type, ancien parachutiste, et il tenait un pied-de-biche à la main d'un air décidé.

Leggat avait trouvé un pantalon de survêtement et un pull-over. Après son mouvement de colère dans la salle de bains, il avait l'air abattu.

« Essayez la penderie, dit la femme, ses bras épais croisés sur sa poitrine. Il est toujours en train de fouiner là-dedans. »

Winter ouvrit l'armoire dans le coin de la pièce. Il y avait tout un assortiment de vêtements sur les étagères et un costume en velours que le nettoyage à sec avait abîmé.

« Le tiroir du bas. C'est là qu'il range ses jouets. » Le bois avait gonflé, et l'armoire trembla quand Winter tira dessus pour l'ouvrir. À sa grande surprise, il découvrit à l'intérieur, tapissé de feutre vert, une douzaine de modèles réduits de locomotives en métal à la finition parfaite, chacune d'elles posée sur une portion de rail.

« C'est toi qui les fabriques ? » demanda Winter.

Leggat hocha la tête. Il avait trouvé une allumette quelque part et se récurait les ongles.

« Elles sont drôlement bien peintes, poursuivit Winter en tournant un des modèles dans ses mains. Et elles ont des moteurs à l'intérieur ?

– Non.

– C'est juste pour le plaisir des yeux, alors ?

– Ouais. » French avait rejoint Winter devant l'armoire.

« Regarde », dit Winter, qui venait de découvrir une trousse à outils de bijoutier.

Winter choisit un tout petit tournevis et retourna la loco sur le ventre. Une rangée de vis minuscules maintenait le corps de la machine sur le châssis, et on voyait clairement d'infimes éraflures sur la tête des vis. Winter porta l'objet à son oreille et le secoua. Rien.

Il jeta un regard à Leggat.

« T'as dû bien les bourrer. » Winter lui passa le tournevis. « À toi l'honneur, tu veux bien ? »

À neuf heures, Faraday appela un taxi. Un grand café et quelques minutes sous l'eau froide dans la douche d'Eadie l'avaient remis à peu près d'équerre. Quand le taxi arriva, il laissa la télé et les lumières allumées, ferma la porte et descendit l'escalier. En route vers sa maison, il garda le silence, content du choix musical du chauffeur. Neil Young. Sympa.

Enfin chez lui, il ferma la porte, vérifia le répondeur. Il n'avait pas de message. Dans la cuisine, il débarrassa les restes d'un sandwich oubliés par J-J, avant de se préparer une omelette. Il avait faim, et il coupa trois épaisses tranches de pain qu'il mit à griller. Il y avait un bocal de cornichons dans le frigo, ainsi qu'une petite barquette de haricots cuisinés et un reste de salade. Il s'installa dans le salon et avala le tout en quelques minutes, observant les lumières d'un yacht ou d'un bateau de pêche qui se dirigeait vers la passe et la haute mer.

Le téléphone sonna, mais il se garda de répondre. Il se fit du thé. Le ventre plein et l'esprit tranquille, il alluma la radio et chercha une station jusqu'à ce qu'il tombe sur de la musique classique. Berlioz, *Roméo et Juliette.* Il trouvait cela ironique. Se déchaussant, il prit ses aises dans le fauteuil, les pieds posés sur la table basse où il rangeait ses revues d'ornithologie.

Déjà, les événements de la journée lui semblaient concerner quelqu'un d'autre. Excès d'introspection, se dit-il. Trop de temps passé à exiger de la vie plus qu'on n'en pouvait raisonnablement attendre. À la vérité, un flic ne pouvait se permettre de trop réfléchir à sa condition et s'inquiéter de son sort, s'il voulait en ressortir indemne. Nigel Phillimore l'avait aidé à cerner l'importance de se ressaisir, de garder le contrôle.

Il leva sa tasse de thé pour saluer le prêtre et l'adresse que celui-ci avait déployée. Les meilleurs conseillers, comme les meilleurs détectives, ne vous bousculaient jamais de trop nombreuses questions. Tel un bon timonier, ils vous soumettaient une idée ou deux, ajustaient la direction, jusqu'à ce que vous vous surpreniez vous-même à formuler une vérité que, sans cela, vous n'auriez jamais remarquée. Oui, tenir, pensa-t-il de nouveau. Maîtriser.

Plus tard, le concert terminé, il consulta le répondeur. C'était Willard. Il voulait savoir si tout était prêt pour le lendemain. Il ne voulait pas de « surprises », ce qui était une de ses expressions personnelles.

Faraday vérifia l'heure et le rappela, content de ne pas avoir rendu visite à son chef, comme il y avait songé. Épancher sa peine devant le patron aurait été de la dernière grossièreté.

« C'est vous, Joe ? demanda Willard, apparemment tiré du sommeil.

— Je vous rappelle, suite à votre message.

— Il s'est passé quelque chose ?

— Non, rien.

— On est donc parés ? Demain à midi ?

— Je serai là-bas.

— Rien d'autre ?

— Non, monsieur.

— Dieu merci. »

Willard raccrocha. Faraday se tenait au pied de l'escalier. Immobile, il écouta la maison. Le vent s'était levé, et il pouvait entendre le cliquetis des drisses dans le bassin des voiliers. Puis, du port lui parvinrent les cris des huîtriers se disputant un festin nocturne. Des oiseaux qui ne s'en laissaient pas conter, pensa Faraday avec un sourire, avant de monter dans sa chambre.

Le Forty Below chauffait fort, le temps que Winter arrive au Gunwharf. Placer Leggat sous les verrous lui avait pris plus de temps que prévu. Il y avait la queue devant le bureau du sergent d'écrou, et même la découverte d'une sérieuse quantité de cocaïne colombienne non coupée – le contenu de quatre modèles réduits de locomotives, bien scellé dans une poche plastique – n'était pas suffisant pour être prioritaire sur le registre d'incarcération.

Winter avait compensé le temps perdu en téléphonant à Cathy Lamb. Elle ne comprit pas pourquoi il lui demandait de prendre contact le lendemain matin avec le service du Renseignement, mais elle nota tout de même le nom qu'il lui donna. Par son mari, Pete, Cathy pouvait contacter une certaine Penny, chargé des relations publiques à la compagnie des ferries. Elle et Pete couraient des régates dans le Solent, et si quelqu'un était en mesure de confirmer la réservation d'une cabine au nom de Mike Valentine, c'était bien cette femme.

« Et maintenant ? lui demanda Cathy.

– Maintenant, je rentre chez moi. Ç'a été une longue journée, Cath. »

À présent, contemplant la foule qui attendait son tour pour entrer au Forty Below, Winter calculait ses chances de passer sans payer. L'entrée était de quinze livres, une somme effarante, mais il ne voulait surtout pas utiliser sa plaque de police. Son look, veston Marks & Spencers le serrant un peu aux épaules, sentait déjà suffisamment le flic. N'empêche, il n'avait pas l'intention de les payer, ces salauds.

Arrivé à la porte, il se retrouva pris au milieu d'une bande de quinquagénaires qui venaient de célébrer un anniversaire dans un restaurant voisin. Ils avaient réservé leur entrée au club et, pour la deuxième fois de la soirée, Winter sut qu'il avait de la chance.

« À ta santé, mon pote. » Winter tapota l'épaule du portier, feignant d'être aussi bourré que les autres. « Faut en profiter, hein ? »

À l'intérieur, le bruit était assourdissant. Winter demeura auprès de ses nouveaux amis jusqu'à ce qu'il soit loin de la porte, puis il prit ses distances. La salle était gigantesque, aussi grande qu'un hangar d'aviation. Les corps tournoyaient dans un brouillard de bras et de jambes, et Winter se retrouva sous les gifles des éclairages stroboscopiques, vagues de mauve et de vert. Une demi-heure là-dedans, pensa-t-il, et vous imploriez grâce.

Une dispute pour un verre renversé entraîna une coupure du son. La sécurité arriva et vida un jeune au crâne rasé surmonté d'une crête mohican. Puis le DJ revint à ses platines et son annonce se perdit dans un puissant rythme de basse qui souleva des cris d'enthousiasme.

Winter cherchait Suttle, avec méthode, groupe de douze par groupe de douze. Ce fut Trudy qu'il repéra en premier. Elle se tenait non loin du long bar en alu brossé, dansant avec une fille de son âge, les bras levés, les yeux clos. Winter la contourna sans se faire voir, son regard fouillant toujours, jusqu'à ce qu'il aperçoive enfin la mince silhouette de son adjoint qui se dirigeait vers Trudy.

Winter l'intercepta. Surpris, Suttle mit une seconde à le reconnaître.

« Ma tournée. » Winter le poussa vers l'extrémité du bar. « Tu bois quoi ?

— Que faites-vous ici ?

— Il faut que tu me rendes un service.

— Un quoi ?

— Un service ! » hurla Winter.

Il s'éloigna du comptoir et indiqua à Suttle les toilettes voisines. Suttle lui jeta un regard noir, avant de le suivre. Il y avait moins de bruit là-dedans. Un tas d'ados s'enduisaient les cheveux de gel devant les miroirs. Winter en vint au fait, quand ils s'arrêtèrent à côté du distributeur de préservatifs.

« Trudy, dit Winter. J'ai besoin de sa clé.

– Quelle clé ?

– Celle de l'appart au Gunwharf, chez sa mère. »

Suttle le contemplait d'un air médusé. « Et c'est à moi que vous demandez ça ?

– Je veux que tu la prennes dans son sac.

– Vous êtes fou. Pourquoi je ferais une chose pareille ?

– Parce que je te le demande. »

Suttle commençait à comprendre que Winter parlait sérieusement.

« Pourquoi voulez-vous cette clé ?

– Je ne peux pas te le dire. Pas maintenant. » Winter se tut pour laisser passer un grand garçon en maillot de Liverpool. « Disons que c'est pour le bien de Trudy. Et le tien.

– Le mien ? Et comment ça ?

– Prends la clé, fiston. » Winter jeta un coup d'œil à sa montre. « Donne-moi quarante-cinq minutes, et je te rapporte la clé, ici même. D'accord ?

– Non, je suis pas d'accord. En fait, c'est hors de question. Vous ne pouvez pas... »

Winter lui saisit le bras et serra fort. « Il y a à peine une heure, j'ai chopé un type avec un paquet de coke. Il y en a pour douze mille livres. Alors, fais ce que je te demande, tu veux bien ? »

Cette saisie de cocaïne troubla encore davantage Suttle, qui se demandait s'il était en train de travailler ou bien de profiter de son samedi soir.

« D'accord, dit-il enfin. Ne bougez pas d'ici. »

Il revint quelques minutes plus tard. Le trousseau de clés de Trudy était attaché à un minuscule ours en peluche rose. Winter le glissa dans la poche de son veston et consulta de nouveau sa montre.

« Onze heures et demie, d'accord ? »

Une fois dehors, Winter prit par le pont qui reliait cette partie du quai à celle des résidences. Arrivé devant l'immeuble Arethusa, il s'arrêta un instant pour jeter un coup d'œil à l'appartement. Les rideaux n'étaient pas tirés et il n'y avait pas de lumière à l'intérieur.

Parvenu à la porte d'entrée en bas, il examina les clés de Trudy. La troisième déverrouilla la serrure. À l'intérieur, dans l'entrée, l'ascenseur était déjà là, portes ouvertes. De mieux en mieux, pensa Winter.

L'appareil s'éleva et, l'instant d'après, il se retrouva dans l'appartement de Misty. Cette fois, il n'eut pas de mal à identifier l'odeur de cigare. Valentine était passé par là.

Winter traversa le salon plongé dans la pénombre et ferma les rideaux. Les cartons de Misty étaient toujours là. Il alla dans la cuisine pour y prendre un couteau qu'il coinça dans la charnière de la porte d'ascenseur. Tout visiteur devrait monter à pied.

De retour dans l'appartement, il fit de la lumière, ajusta le variateur, puis hésita, ne sachant par où commencer. Où Misty pouvait-elle bien ranger ses papiers, notamment ceux qui lui permettraient de quitter Pompey ?

Il passa dans la chambre, alluma les lampes. L'immense lit était défait. Sur les draps bleus gisait une chemise de nuit en soie, un paquet de Marlboro et un bouquin de Barbara Taylor Bradford ouvert sur l'oreiller.

Winter entreprit sa fouille, commençant par la coiffeuse sous la fenêtre. Le premier tiroir était rempli de produits de beauté et d'une joyeuse collection de godes et de vibromasseurs. Le deuxième débordait de collants et de petites culottes. Nulle trace du moindre papier.

Winter se tourna vers la garde-robe, une armoire ancienne de facture française avec une grande glace reflétant le lit. Il ouvrit la porte et entreprit de fouiller dans le chaos de chaussures au fond, enfilant sa main dans chaque botte et se mettant à quatre pattes pour regarder en dessous. Toujours rien.

Des robes par douzaines se serraient sur le portant à l'intérieur. Il y avait bien un blouson de cuir mais il ne contenait rien d'autre qu'un vieux ticket d'entrée au stade de Fratton, et un chewing-gum à la menthe. Finalement, il fit le tour du lit, passant sa main sous le matelas.

Il allait ressortir de la chambre, quand il s'arrêta soudain. Le tabouret sous la coiffeuse avait l'air assez solide et il alla le placer au pied de l'armoire. Il s'assura qu'il tenait bien et monta dessus. Le haut de l'armoire était décoré d'une corniche sculptée qui surélevait le meuble d'une vingtaine de centimètres.

Winter tendit le bras, et il tâtonnait sur le bois à la recherche d'une cachette, quand il sentit un objet en cuir sous ses doigts. Une trousse ? Sa main trouva une poignée. Il savait qu'il venait de découvrir une serviette ou un attaché-case. Son avant-bras coincé entre le plafond et la corniche, il parvint tout de même à dégager l'objet. Il s'agissait bien d'une serviette, en cuir rouge, et elle était lourde, un bon signe.

Le téléphone sonna soudain dans le salon. Winter, encore juché sur le tabouret, se figea. Le répondeur s'enclencha, et une voix se fit entendre, une voix masculine à l'accent de Pompey, une voix légère, très particulière. « Mist, j'ai un pote qui me raconte que Trude est en train de déconner. Elle est idiote, de se montrer comme ça en mauvaise compagnie. » Le message s'arrêtait là. Winter n'avait aucun doute. Bazza.

Il descendit de son perchoir et s'approcha de la fenêtre. Écartant de nouveau le rideau, il vit tout le front de mer du Gunwharf. Un des fourgons blancs du poste de police central venait de s'arrêter sur la place, et une douzaine de policiers en descendaient, pour contenir la foule pressée autour de l'entrée du Forty Below. Un moment plus tard, c'était une ambulance qui arrivait.

Winter regarda les collègues foncer pour juguler deux ou trois bagarres. Les jeunes se rassemblaient, buvant et riant et faisant le doigt aux flics. Puis les brancardiers ressortirent de la boîte avec une civière sur laquelle gisait un corps et qu'ils glissèrent dans l'ambulance. Winter était bien trop loin pour identifier le blessé mais l'expérience lui soufflait de ne pas négliger les coïncidences. Les copains de Bazza avaient repéré Trude, et c'était Suttle qui avait payé l'addition.

Winter s'écarta de la fenêtre et, posant la serviette sur le lit, il l'ouvrit. À l'intérieur, par-dessus un paquet d'enveloppes brunes, il y avait deux passeports, un permis de conduire et un guide touristique de la Croatie. À côté, dans un portefeuille Thomas Cook, une liasse de devises étrangères. Winter examina les enveloppes. Références bancaires, formulaires de change, papiers de voiture. Ce fut dans une autre enveloppe portant un T majuscule à l'encre rouge qu'il trouva ce qu'il était venu chercher. Il y avait là quatre exemplaires d'un document rempli, signé et tamponné, qui portait en en-tête « Confirmation de paternité ». Et en dessous, on pouvait prendre connaissance des tests que Misty lui avait décrits. Trudy Gallagher était en vérité la fille de Mike Valentine. La preuve était là.

Winter relut le certificat. Puis, sortant l'un des doubles de l'enveloppe, il le plia et le glissa dans la poche de son veston. Il remit le tout en place dans la serviette, qu'il reposa en haut de l'armoire. Le tabouret retrouva sa place sous la coiffeuse. La lumière fut éteinte, les rideaux tirés à nouveau. Il regarda en bas. L'ambulance était repartie et les collègues faisaient de leur mieux pour ramener tout le monde à l'intérieur de la boîte.

Winter passa sur le balcon. Les eaux noires du bassin en dessous venaient clapoter contre les piliers, et le trousseau de Trudy fit le plus léger des bruits quand il toucha la surface. Le couteau dont il s'était servi pour coincer l'ascenseur suivit la même trajectoire, mais Winter ne semblait pas pressé de repartir. Il promena de nouveau son regard dans le salon. Pourquoi la Croatie ?

20

Dimanche 23 mars, 8 h 14

De larges bandes de soleil sur le mur, près de la fenêtre de la chambre. Un rideau frémissant au faible vent venant du port. Des odeurs de varech, de boue, de goudron et de poisson pourri. Et, par-dessus tout, les cris des mouettes se disputant le butin de la marée montante.

Faraday se tourna sur le côté pour allumer la radio. Un autre bruit, plus proche. Des pas dans la maison. Il resta encore un instant couché, et balança les jambes hors du lit. Nu sous sa robe de chambre, il passa sur le palier, juste à temps pour voir une grande et mince silhouette disparaître dans la salle de bains. Le verrou claqua, un jet d'eau crépita : J-J prenait sa douche.

En bas, Faraday découvrit une pile de linge sale près de la machine à laver et une tasse de thé froid oubliée dans le salon sur l'étagère où il rangeait ses CD. La télévision était allumée, le son coupé, et le signal d'enregistrement clignotait sur le lecteur.

Faraday s'arrêta, repéra la télécommande et donna

du son. Une demi-douzaine de soldats anglais avaient trouvé la mort dans une collision en plein ciel. Bagdad avait subi sa quatrième nuit de bombardements. Les forces de la coalition rencontraient une résistance grandissante.

Faraday but son thé pendant qu'à l'antenne un spécialiste explorait les implications de ces derniers développements. La manifestation de la veille à Londres avait échoué à mobiliser aussi fortement que celle du mois dernier. L'opinion britannique basculait en faveur de la guerre, alors que le reste du monde invectivait Londres et Washington. Suivirent des images de Blair sortant d'une Jaguar devant le 10, Downing Street. L'air fatigué mais le regard toujours aussi déterminé, il ignora les journalistes qui se pressaient aux abords. La porte noire s'ouvrit, et il disparut à l'intérieur.

Faraday finit son thé et éteignit la télé. C'était la guerre à portée de main, pensait-il, une espèce de feuilleton diffusé dans tout le pays, sur la chaîne de votre choix. Que de telles images viennent souiller un banal, sinon agréable week-end dépassait son entendement. Un mois plus tôt, un million cinq cent mille personnes venues de tous les coins du pays avaient submergé Londres, implorant le gouvernement de ne pas entrer dans ce conflit. Et ils se retrouvaient tous devant les écrans de BBC ou CNN, à regarder une nation souveraine se défendre de son mieux. C'était bafouer la loi à une échelle internationale. Devant une cour de justice, Bush et Blair auraient encouru de vingt à trente ans de prison.

Faraday battit en retraite vers la cuisine en identifiant le bruit d'eau provenant de la salle de bains.

J-J vidait la baignoire. Suivit un bruit de pas dans l'escalier, et puis le jeune homme apparut à la porte de la cuisine. Quand J-J avait faim, sa bouche se pinçait en un mince pli, comme c'était à présent le cas. Il voulait savoir pourquoi Faraday avait éteint la télé.

« Du thé ? demanda Faraday d'un air pacifique.

— Je l'avais allumée exprès. On a besoin d'images.

— J'en suis sûr. Mais voudrais-tu du thé ?

— Tu l'as éteinte. Volontairement.

— Et pourquoi ferais-je une chose pareille ?

— Parce que tu t'en fous.

— Vraiment ? » Le sourire amusé de Faraday poussa J-J à filer dans le salon pour rallumer le poste et, cette fois, monter le son. Puis, comme il se retournait pour reprendre la serviette de bain qu'il avait balancée sur le canapé, il vit son père qui l'observait depuis l'entrée de la cuisine.

« J'ai laissé l'enregistrement se poursuivre », dit Faraday.

J-J, en colère, mit un certain temps à en conclure qu'il n'avait pas perdu d'images. Finalement, refusant le thé, il dit à son père qu'il devait aller à Londres pour quelque temps. Eadie lui avait trouvé un endroit où il pourrait continuer le montage des images de guerre. Soho, signa-t-il, c'est mieux que Hampshire Terrace.

Faraday haussa les épaules. Pas de problème. J-J jetait des regards à la lessive au pied de la machine à laver. Son père lui bloquait le chemin.

« Combien de temps penses-tu que ça va durer ? demanda Faraday, désignant les images télévisées.

— Des mois. Les Irakiens résistent.

— Et toi ?

— Je ferai ce que je peux. » Il simula une paire de ciseaux.

« Montage d'images ?

— Ouais.

— Parfait. » Faraday lui tapa sur l'épaule. « N'oublie pas tout de même que tu es en liberté provisoire, d'accord ? Je sais que tout ça te fatigue, mais ce que tu ignores, c'est qu'on prendrait très mal, nous les flics, que tu ne te présentes pas à ta convocation. »

Winter s'octroya une deuxième dose d'after-shave avant de sortir de la Subaru. Il avait passé un coup de fil au sergent d'écrou, avant de se rendre au Central. Leggat serrait les fesses.

Winter se partageait l'interrogatoire avec Danny French, le constable qui l'avait secondé lors de la perquisition. Winter le retrouva dans la petite cuisine, s'échinant à ouvrir une boîte de Nescafé. Sa femme le tannait parce que sa mère les attendait pour déjeuner le dimanche à Gosport. Belle-maman avait acheté une épaule de porc tout spécialement. Il espérait qu'avec un peu de chance l'interrogatoire durerait toute la journée.

« Café ?

— Noir, répondit Winter en vérifiant l'heure à sa montre. Deux sucres.

— Comment va le garçon, Suttle ?

— J'en sais rien, collègue. Je verrai ça plus tard.

— Il s'est fait démolir, hein ? Au Gunwharf ?

— Ouais. Tu sais ce qui déconne chez les jeunes,

aujourd'hui ? » Winter prit son gobelet de café. « Ils n'écoutent jamais. »

La conseillère de service travaillait comme auxiliaire juridique dans un des plus gros cabinets de la ville. C'était une fille du pays, sans diplôme universitaire, mais qui était farouchement déterminée à se battre pour obtenir sa qualification d'avocate. Winter, qui l'avait croisée un certain nombre de fois, lui avait toujours tiré son chapeau.

Elle attendait dans le couloir, vêtue d'un classique tailleur gris foncé. Elle avait de belles jambes et un bronzage venu d'ailleurs. Leggat était déjà dans l'un des bureaux d'interrogatoire.

« Vous savez dans quelle merde il est, n'est-ce pas ? Deux cents grammes de pure. On ne peut pas vraiment invoquer la consommation personnelle.

— Mon client...

— D'accord, mais sérieusement ?

— Je sais monsieur Winter, et il le sait. » Elle lui sourit. « Sérieusement.

— D'accord. » Winter haussa les épaules, puis jeta un regard à French. « La chance pourrait bien être de ton côté, Danny.

— Pourquoi ?

— Tu sais bien, ton déjeuner chez belle-maman. »

Ils passèrent dans la pièce, où Leggat les attendait, assis à une table face à la porte. Déjà, il avait l'attitude défensive – épaules voûtées, regard éteint – qui trahit toujours le coupable.

« Bonjour. » Winter tira un siège et s'assit. « Il fait beau dehors. »

Leggat ne broncha pas, enfermé dans son silence. French mit en marche vidéo et magnétophone, et

Winter fit la lecture de ses droits au prévenu. Puis, après un bref coup d'œil à son collègue, il se pencha en travers de la table. Dans la théorie, cette phase de l'interrogatoire s'appelait « exposition des faits » et devait donner au suspect l'occasion d'exposer ce qui s'était passé.

« Parle-nous de ces mignonnes locomotives, Barry. Fais comme si on ne savait rien. »

Leggat regardait devant lui. Il avait les yeux veinés de rouge et besoin d'un coup de rasoir.

« Je les ai trouvées dans une brocante, marmonna-t-il enfin. Y a deux dimanches de ça.

— Une brocante où ça ? demanda Winter, sans cacher son étonnement.

— Je m'en souviens plus bien. Peut-être Havant. Wecock Farm. Pompey. Clarence Field. Je les fais toutes.

— Je pense bien. Et combien tu les as payées ?

— Cinq sacs chacune. Il en voulait dix, mais j'ai tenu bon.

— Qui, il ?

— Le mec à qui je les ai achetées.

— Et il a un nom ?

— Je suppose. Tout le monde en a un, de nom.

— Mais tu t'en souviens pas ?

— Je lui ai pas demandé.

— À quoi il ressemble ?

— À rien, je veux dire que c'est un homme ordinaire.

— Quel âge ?

— Difficile à dire. Quarante, cinquante peut-être.

— Que vendait-il d'autre ?

— De la camelote, rien de terrible.

— Tu le reconnaîtrais, si tu le voyais ?
— Bien sûr.
— Mais tu l'as plus revu, ce type ? Cet inconnu ? Qu'est-ce qu'il pouvait bien vendre d'autre ? Tu n'en sais rien. Quelle brocante ? Tu ne sais plus. C'est bien ça, n'est-ce pas ?
— Ouais, dit Leggat, étouffant un bâillement. Tout juste. »

Winter s'adossa à sa chaise, pendant que French abordait l'interrogatoire sous un autre angle. Une saisie de cette importance, dit-il, entraînerait une enquête auprès de tous les brocanteurs, avec photos des modèles réduits à l'appui, et ils se donneraient tous les moyens pour vérifier l'alibi de Leggat. S'il s'avérait qu'il avait menti, il risquait de sérieux ennuis, et un séjour à l'ombre à la clé.

« Ah ouais ? dit Leggat, qui la jouait imperturbable.
— Ouais, affirma French. Tu pourrais t'en reprendre pour deux ans, au moins.
— Écoute, Barry. » C'était Winter de nouveau. « Faisons comme si on te croyait. Tu as vu les pièces à cette brocante, tu les as achetées et emportées chez toi. Et ensuite ?
— Je les ai rangées dans le tiroir.
— Et tu les as laissées là.
— Ouais, comme ça, je pouvais les regarder de temps en temps, c'est normal.
— Tu ne les as pas trafiquées ? Démontées ?
— Jamais. Pourquoi j'aurais fait ça ?
— Alors, pourquoi ces outils d'horloger ?
— Ma montre était cassée.
— Et tu l'as réparée ?

— Ouais.
— Elle est où, cette montre ?
— À la poubelle.
— Pourquoi ?
— Elle était naze.
— Comme c'est étrange.
— Non, ça l'est pas, c'est juste que je suis pas très fort pour réparer les choses.
— Comment ça, Barry ? Tu es un mécano. Ton boulot, c'est de réparer. C'est ce que tu es, c'est écrit sur ta boîte aux lettres. Mécanicien automobile.
— Ouais, mais c'est des grosses pièces, pas des rouages de montre.
— D'accord. » Winter était un puits de patience. « Alors, on résume : tu claques vingt livres pour les quatre modèles, on se pointe chez toi deux semaines plus tard et, miracle, on tombe sur vingt mille livres de coke. C'est bien ça ?
— Ouais, plus ou moins.
— Comment ça, plus ou moins ?
— Vous oubliez que je les ai prêtées à un ami.
— Quand ça ?
— La semaine dernière.
— Qui est cet ami ?
— Il se fait appeler John. Il est né quelque part à l'étranger. J'ai fait sa connaissance dans un pub.
— Et vous avez bavardé de modèles réduits de locos ?
— Ouais, il est dingue de ça lui aussi. Je lui ai laissé les miennes pour un jour ou deux. Pour lui faire plaisir, quoi.
— Et qu'est-ce qu'il leur a fait ? Il leur a parlé, les a caressées, et puis, il les a démontées pour les bourrer

de coke ? Tu racontes n'importe quoi, Barry. Tu te fous de notre gueule. Tu nous prends vraiment pour des cons ? »

La conseillère juridique intervint. Le travail de Winter n'autorisait aucune question agressive de ce genre.

French l'ignora. L'étau était maintenant resserré autour de Leggat. « Nous avons envoyé les modèles et les outils au labo. Tu ne peux pas savoir ce que nos collègues de la Scientifique peuvent trouver dans leurs microscopes. Alors, pourquoi ne pas t'aider toi-même, avant que les gars du labo le fassent pour toi ?

— M'aider comment ?

— En nous disant d'où vient la coke ? »

Leggat haussa les épaules. Ce genre de pression ne paraissait pas l'alarmer. Winter remonta en arrière. Ils avaient été surpris au domicile de Leggat par l'absence totale d'indices indiquant qu'il dealait. Pas de petits sachets, pas de balance, pas de liste de deals ni d'argent en espèces. Quant au répertoire de son portable, il n'intéressait qu'une poignée d'amis et de parents. Winter voulait maintenant savoir depuis combien Leggat était au service de Valentine.

« Six semaines en tout.

— Et tu le connais bien, Mike ?

— Depuis des années.

— Et il te fait confiance ?

— Confiance pour quoi faire ?

— Par exemple, pour décharger la came qu'il a fait transporter. Je suis curieux, c'est tout. Est-ce qu'il sait que tu en chouraves un peu, de sa drogue ? Ou bien c'est un accord entre vous ? Un paiement en nature, en quelque sorte ? Et de notre point de vue, tu t'es bien débrouillé, Barry. Tu t'es octroyé une petite prime. Sept onces. »

Le mot « prime » parut ranimer Leggat. Et comme sa conseillère faisait part de son objection à l'attitude accusatrice de Winter, Leggat l'en dissuada en lui touchant le bras. « Une prime, hein ? Non, vous vous trompez de type, je suis pas comme ça.

– Tu ne veux pas nous donner un nom ?

– Sûrement pas. » Il s'adossa à sa chaise, l'air amusé. « Vous me prenez pour un nul, hein ? »

Eadie Sykes avait passé les trois dernières heures à parfaire le montage de la vidéo Kelly. Elle avait travaillé tard, la veille, sélectionnant les séquences et les articulant entre elles. Dans tout travail de montage, il arrive un moment où l'histoire acquiert une vie propre, la décision d'enchaîner avec telles ou telles autres images se faisant d'elle-même, votre propre regard devenant soudain secondaire. Arrivé à ce point, on finissait par surfer sur le film, et on n'avait plus qu'à appuyer sur les bonnes touches et dans le bon ordre. Elle n'avait connu cette expérience qu'une seule fois, à l'occasion d'une vidéo sur l'évacuation des forces alliées de Crète en 1941, qui avait bien failli lui valoir un prix. Elle avait le sentiment cette fois qu'elle ne connaîtrait pas la même déception.

Elle ouvrit la fenêtre en grand et respira l'air frais à pleins poumons. À une cinquantaine de mètres de là, un homme brûlait des feuilles et des branches mortes dans son jardin. La passion, pensa-t-elle, avait l'odeur d'un feu de bois.

Elle retourna s'asseoir à son ordinateur et, pendant près de trente minutes, prétendit n'avoir jamais vu ces images ni entendu cette voix. Elle avait choisi de laisser l'histoire de Daniel se dérouler dans le cadre des événements entourant sa mort. Le temps qu'il décrive sa première rencontre avec l'héroïne, on savait déjà qu'un de ces petits sachets de poudre allait le tuer. Et comme son histoire d'amour avec l'héroïne s'approfondissait, de brèves images de l'autopsie venaient apporter une note brutale qui soulignait la profondeur de la désespérance de cet homme.

Dans un passage particulièrement frappant, il parlait avec passion de son premier shoot. Cela faisait quatre jours qu'il n'avait rien, et il s'était rabattu sur l'alcool. Puis, par l'intermédiaire d'un copain, il avait pu remplir sa seringue d'une poudre excellente, et il parlait avec une profonde reconnaissance du bien-être qui l'avait envahi, chassant la dureté et les menaces du monde. Cela avait été, disait-il, un aperçu de l'éternité, une expérience qu'il chérirait toute sa vie.

La première fois qu'Eadie avait entendu cette histoire, elle avait presque été tentée d'y goûter, à cette poudre miracle. À présent, alors que le scalpel de l'anatomopathologiste ouvrait le ventre de Daniel, elle n'éprouvait plus que répulsion.

Vers la fin de la vidéo, elle avait laissé un espace pour l'enterrement de Daniel Kelly, mais la séquence finale – une reprise des derniers pas de Kelly en direction de la chambre dans laquelle il allait mourir – était une image poignante. À ce stade, la suite, invisible, ne pouvait plus nous surprendre. Nous savions que Daniel était brillant. Nous avions mesuré son désespoir et son égarement. Nous comprenions que l'argent et l'héroïne lui avaient promis le salut.

Et nous savions encore combien cette promesse était fausse. Pourtant, à suivre ses pas traînants dans le couloir, Eadie comprenait enfin que le garçon n'avait rien fait d'autre que de se vendre aux dealers de Pennington Road. C'était sa propre vie qu'il avait placée entre leurs mains. Et cette même vie s'en était allée, étouffée dans le vomi.

Eadie se demandait où elle allait caser le générique, quand son portable sonna. Elle reconnut le numéro.

« Doug. » Elle souriait. « Tu peux passer quand tu veux. Tu as mangé ?

— Non.

— Tant mieux alors. »

Pour une fois dans sa vie, Willard n'avait pas pris de petit déjeuner. À présent, quelques minutes avant midi, il était assis derrière le volant de sa Jaguar, pendant qu'à côté de lui Faraday attaquait avec appétit un sandwich au cheddar.

Ils étaient garés sur Clarence Parade, à une bonne soixantaine de mètres du Solent Palace. Derrière eux s'étendait l'immense pelouse communale de Southsea, qui accueillait un festival de cerfs-volants, et des dizaines d'amateurs avaient lancé leur voilure dans le ciel bleu. Si l'on plissait les yeux, pensa Faraday, observant les formes dansantes, on croirait à des espèces d'oiseaux exotiques, des intrus venus d'un lointain continent et se posant un instant sur ce coin de verdure. L'un d'eux attira particulièrement son attention. Sa manière d'onduler, tirant sa longue traîne noire, lui rappela les choucas qu'il avait observés en Espagne, se laissant porter par les courants d'air chaud dans les gorges étroites des montagnes.

« Il est en retard, dit Willard avec un regard à sa montre. Wallace devrait être déjà là. »

McNaughton, le soutien de Wallace, était dans sa Golf, quelques places loin, plongé dans le *Mail* du dimanche. Cinq minutes plus tôt, il s'était glissé à l'arrière de la Jaguar, pour leur montrer comment fonctionnait le petit Nagra, programmé sur la fréquence de Wallace. Il n'était pas utile de mettre l'écoute en marche avant que Mackenzie et Wallace aient pris place dans le restaurant.

Faraday reprit son observation des cerfs-volants, se demandant si Willard appréciait ce bref retour aux premières lignes du front. Il était rare qu'un superintendant paye autant de sa personne dans une opération d'infiltration, même si, dans les circonstances présentes, il n'avait guère le choix. L'une des difficultés, dans une opération comme Tumbril, tenait au degré de paranoïa qu'elle engendrait nécessairement. Le jour où vous ne pouviez plus faire confiance à personne en dehors du cercle de quatre individus – Faraday, McNaughton, Wallace et Willard lui-même –, ce jour-là signait l'échec de la police.

Son sandwich terminé, Faraday s'essuya les mains avec un mouchoir en papier. La situation de Gisela Mendel le troublait encore. Si jamais elle perdait l'acheteur qu'elle avait sous la main pour son fort de Spit Bank, dit-il à Willard, ça pourrait bien faire une brèche dans la muraille élevée autour de Tumbril.

Willard n'était pas d'accord. « J'en ai parlé avec elle, hier au soir. On a éclairci une ou deux choses.

— Et lesquelles ?

— Sur ce qui pourrait se passer ce matin et ses conséquences.

— Vous lui avez dit ?

— Non, je l'ai seulement avertie que notre ami pourrait être absent pendant quelque temps.

— Donc, elle sait tout.

— Non, je lui ai dit qu'il se pouvait que Mackenzie cherche de nouveaux pâturages. Pour elle, c'est simple, nous chassons son client de la ville.

— Donc, pas de vente du fort.

— Exactement. En tout cas, pas à Mackenzie. Je lui ai promis que nous lui fournirions toute l'assistance nécessaire pour qu'elle trouve un nouvel acquéreur, mais que ce ne serait pas lui.

— Comment elle a réagi ?

— Plutôt bien. C'est une femme solide, une femme de tête... » Il se tut, hochant la tête d'un air convaincu.

Faraday se demandait par quel côté arriverait Wallace. D'après McNaughton, il conduirait une Porsche Carrera, le veinard.

« Et son divorce ? demanda Faraday, songeur.

— Aucune idée, Joe. Qu'est-ce qui vous donne à penser que je le saurais ?

— Je ne sais pas, monsieur. Je pensais seulement que vous en aviez peut-être parlé. » Faraday eut une brève vision d'une forme basse, de couleur argent, débouchant du rond-point. Une demi-minute plus tard, une Toyota MR2 passa dans un vrombissement, une femme d'un certain âge au volant.

Faraday regarda Willard. Le superintendant avait l'air sombre.

« Je peux vous poser une question personnelle, monsieur ?

– Au sujet de Gisela ?

– Non, au sujet de Tumbril.

– Mais allez-y, je vous en prie, répondit Willard avec un petit sourire sans joie. Vous voulez savoir si c'est une saloperie ? Oui, c'en est une. Si je pense que ça vaut tout de même la peine ? Reposez-moi la question dans une demi-heure, et je vous le dirai. » Il jeta un regard à Faraday. « J'ai répondu à votre question ?

– Oui, sauf que je n'arrive toujours pas à comprendre pareil isolement. » Il porta son regard vers la bâtisse edwardienne du Solent Palace. « Il ne manque qu'une camisole.

– Une ? Plusieurs. » L'éclat de rire de Willard prit Faraday par surprise. « On s'enfonce dans des zones sombres où il ne faudrait jamais revenir, si on avait toute sa tête. Vous avez vu Nick Hayder récemment ?

– Non.

– Il commence à avoir quelques souvenirs de ces deux derniers mois, mais il ne sait toujours rien de ce qu'il lui est arrivé, et il ne saura jamais. Mais Tumbril arrivera comme une vengeance. Et vous savez ce qu'il m'a dit ? Dieu bénisse les hôpitaux. Vous vous imaginez ça, de la part de Nick ? Ce type n'est pas du genre à baisser les bras. Et vous non plus. Mais une histoire pareille... » Il secoua la tête. « Vous ne savez plus à qui faire confiance.

– Alors, Mackenzie n'en serait que plus habile ?

– Non, mais le bonhomme a du pouvoir, des appuis. Nous le savons depuis des années. C'est ce que la drogue vous offre. Montez une entreprise de cette envergure, et vous pouvez mettre tout le monde dans votre poche. Et c'est toute l'ironie de la chose, n'est-ce pas ? S'il n'était pas aussi puissant, nous ne serions pas là. Mais c'est aussi à cause de son pouvoir que notre travail est tellement difficile. Si jamais tout ça tombe à l'eau... »

Il s'ensuivit un long silence. De la pelouse au loin monta un cri de ravissement.

« Et du côté des grands manitous ? demanda enfin Faraday.

— Ils doutent, comme toujours. Je ne leur en veux pas. Les pontes, à la direction, ne veulent pas de police, au sens où nous l'entendons nous-mêmes, ils veulent des miracles. Ni plus ni moins. » Il caressa la gaine de cuir du volant. « Tumbril a une courte espérance de vie. Le temps presse.

— Mais vous ne pensez tout de même pas...

— Je ne pense rien, Joe. Je suis un flic. Montrez-moi Mackenzie, dites-moi comment le faire tomber, et je le ferai.

— J'avais cru comprendre que c'était votre idée ? Votre initiative ?

— Faux. C'est à Nick que revient tout ça. Et regardez ce qu'il lui est arrivé. »

Soudain, le Nagra crépita, et la voix de Wallace se fit entendre. Il approchait de sa destination, et il vérifiait la liaison avec McNaughton. Celui-ci lui confirma bonne réception et lui souhaita bonne chance. Et quand Faraday jeta un coup d'œil en direction de McNaughton garé plus loin, celui-ci s'était replongé dans son journal, lui accordant un signe de reconnaissance à peine perceptible.

Willard avait abaissé sa vitre. « Il fait chaud là-dedans », marmonna-t-il.

À Kingston Crescent, dans le bureau de Cathy, Winter essayait de calculer combien d'argent il faudrait à Valentine pour démarrer une nouvelle vie.

« Disons qu'il tire deux cent mille livres de sa maison. Et qu'il vende son affaire pour la même somme. Ça lui fait un demi-million en comptant quelques à-côtés. Ce n'est pas assez. Pas quand on aime mettre un peu de style dans sa vie.

— Où part-il ?

— Aucune idée. Sauf que Le Havre est son premier arrêt.

— Vous en êtes sûr ?

— Ouais. Je le sais par la fille de l'agence. Et vous, côté Renseignement ?

— J'attends qu'ils me répondent. Ils m'ont promis quelque chose cet après-midi. » Elle observa un silence. « Si je vous entends bien, il emporterait de la cocaïne avec lui ? Pourquoi prendrait-il un tel risque ?

— Quel risque ? Il va à contre-courant, il remonte en amont. Combien de gens réexportent de la came ?

-La dernière des marchandises à laquelle s'attendent les douanes françaises, c'est un chargement de coke provenant de Portsmouth. Et une fois qu'il aura passé Le Havre, il sera peinard. Avec la quantité qu'il emporte, il aura de quoi s'installer n'importe où dans le monde. Les meilleures combines sont toujours les plus simples, Cathy. »

Elle sourit. Elle revenait de son jardin ouvrier à

Alverstoke : jean et T-shirt tachés de terre, les ongles noirs. Elle avait apporté un sac de légumes, au cas où cela pourrait intéresser Winter, mais il ne semblait pas preneur.

« Alors, on en était où ? dit-elle en tendant la main vers son bloc-notes. Valentine part demain soir. On le laisse monter dans le ferry ? On immobilise sa voiture ? On le ramène en Angleterre ? Je ne comprends pas pourquoi on se donnerait ce mal, alors qu'on peut lui tomber dessus ici et tout de suite.

— Il est possible qu'il n'ait pas encore planqué la came.

— C'est possible, en effet. Dans ce cas, ce sera demain, à l'embarcadère du ferry. Ou ailleurs.

— Non, Cath, dit Winter, prenant un air grave. Disons seulement que je ne me trompe pas. Le gars transporte pour des centaines de milliers de livres de coke. Il est très lié à Mackenzie, comme vous le savez et comme tout le monde le sait. Et ça lui facilite pas la tâche, ça.

— Vous voulez dire que Valentine a fauché la drogue à Mackenzie ?

— Ouais.

— Et vous ne trouvez pas ça suicidaire de sa part ?

— Je ne sais pas, mais si on le laisse monter dans le bateau, je crois alors qu'on saura tout. »

Cathy hocha la tête. Elle commençait à comprendre où Winter voulait en venir.

« Vous voulez placer sa cabine sur écoute ?

— Exactement. On appelle le mec du Renseignement pour avoir le numéro de cabine, et les gars la truffent de micros et même de caméras. On réquisitionne les deux cabines de chaque côté, on s'installe et on attend la suite des événements. Si le type a vraiment raflé la coke d'un autre, le spectacle sera garanti.

– Et si Mackenzie était au courant ? Que fera-t-on si ça n'était qu'une partie d'un coup plus grand encore ?

– La même chose. D'une manière ou d'une autre, ils parleront. Il y aura une preuve orale, Cathy. Et de cette façon nous pourrions bien faire mal à Mackenzie au passage. »

Cathy garda le silence un instant.

« Comment pouvez-vous être sûr que Valentine ne sera pas seul ?

– Il a réservé une cabine-salon de quatre couchettes. S'il avait été seul, une double lui aurait suffi.

– Alors, qui voyage avec lui ?

– Aucune idée, Cath.

– Et vous avez de bonnes raisons de penser que Valentine prend le large ?

– Ouais, je le pense. »

Cathy se demandait si elle devait accorder à Winter le bénéfice du doute. Elle s'était déjà souvent trouvée dans cette situation, et elle savait que cela payait de l'écouter, et qu'il valait mieux également ne pas poser trop de questions. Le fonctionnement de Winter était trop atypique à cet égard, et le bonhomme ne partageait ses secrets avec personne.

« Nous aurons besoin de soutien, dit-elle. Et il faudra aussi contacter les Opérations spéciales. Et puis c'est à Willard de recueillir les écoutes. Mackenzie est sa chasse gardée.

– Willard diligentera l'enquête, mais il vaudrait

mieux garder ça pour nous. Ça ferait bien au tableau de chasse de la brigade.

– Ce n'est pas possible, Paul. Willard doit être au courant. Je ne peux autoriser ça. C'est au-delà de mes compétences.

– D'accord, dit Winter, cédant à la raison. Vous lui avez déjà parlé de Leggat, à Willard ?

– Non. » Cathy désigna le téléphone. « J'ai bien essayé mais il ne répond pas. J'ai besoin de lui parler de Jimmy Suttle, aussi. Vous avez appris ce qui s'est passé au Gunwharf, la nuit dernière ? »

Winter la regarda un bref instant, avant de hocher la tête.

« Ils me l'ont dit au Central, ce matin. » Il avait l'air peiné. « Un peu de bagarre, c'est ça ? »

21

Dimanche 23 mars, 12 h 36

« Regardez, Joe. » Willard n'en croyait pas sa chance. « Deuxième fenêtre. Parfait. »

Il avait raison. Quinze minutes plus tôt, Mme Mackenzie avait déposé son mari devant le Solent Palace. Après un verre avec Wallace au bar Vanguard de l'hôtel, à l'arrière – à peu près inaudible par liaison radio –, les deux hommes étaient passés dans la salle de restaurant du premier étage. Mackenzie avait insisté pour qu'ils occupent une table près de la fenêtre. Quelques bribes de conversation, alors qu'ils prenaient place, semblaient confirmer la nature de leur relation. On avait le sentiment qu'ils étaient de vieux copains, pensa Faraday. Le Graham & Bazza show.

Faraday les regarda s'asseoir, bien en vue, se demandant si c'était la même table qu'il avait occupée la veille. Au loin, le beau spectacle des cerfs-volants et, ici, trois hommes dans une voiture ne perdant pas un mot de la conversation. Étrange. Faraday coula un regard en direction de McNaughton, dans la

Golf. Tôt ou tard, ce dernier prendrait des photos au téléobjectif, destinées au procureur de la Couronne.

Bazza demandait à Wallace où celui-ci habitait. Et, comme Wallace lui disait qu'il avait une petite maison dans Chiswick, il se trouva qu'une cousine de Bazza résidait à quelques rues de là.

« Une fille maigre. Se teint les tifs en rouge. Fait tout à mille à l'heure. Elle s'abreuve dans un pub qui s'appelle le Waterman. Tu peux pas la rater. » Il rit. « Même de nuit. »

Wallace lui dit qu'il ouvrirait l'œil. Ces temps-ci, il sortait beaucoup en ville.

« Des clients ? demanda Mackenzie.

— Ouais. Mon amie travaille pour l'attaché militaire d'Arabie Saoudite. Une grande résidence dans South Kensington. Elle a un appart à elle au coin de Queen's Gate Gardens. De grandes pièces. Le prends pas mal, mais c'est mieux qu'ici.

— Ouais, et comment elle s'appelle ?

— Sam, mais tout le monde l'appelle Boysie. Jamais su pourquoi.

— Elle est dans les affaires avec toi ou bien c'est juste pour le plaisir ?

— Les deux, mais le plaisir d'abord.

— Elle connaît du monde ? Parmi tous ces Arabes ? Elle t'apporte des clients ?

— Des clients ? »

Faraday perçut l'intonation subtilement modulée de Wallace. Willard, en transe, avait les yeux clos. Leur sous-marin, apparemment, était bon comédien.

« Disons des affaires, reprit Bazza. Je suis curieux de nature.

— À propos de quoi ?
— Curieux de savoir quel est ton domaine. Tu sais, le business, aujourd'hui, on sait jamais trop. Tu lis l'étiquette sur une boîte et tu découvres qu'il y a tout autre chose dedans. Tu me suis, Gray ?
— Pas vraiment, non.
— D'accord. Tu fais dans le développement à l'étranger, hein ? Des centres commerciaux, c'est bien ça ?
— Brique et ciment. Tout ce qui peut rapporter. J'ai un client qui veut un circuit de Formule 1, et il a les fonds pour ça ? Alors, je lui trouve les gens qui transformeront son rêve en réalité.
— Intermédiaire, donc. Monsieur 10%.
— Quinze. Sinon je ne sors pas de mon lit.
— Sincèrement ? » Mackenzie paraissait impressionné. « Quinze pour cent de quoi ?
— Du budget global. » Wallace partit à rire. « J'aime ça, budget global.
— Et on parle de quel genre de somme, là ?
— La dernière affaire que j'ai réalisée ? Un deal à cinq zéros.
— Cinq zéros ?
— Ouais. Tu te souviens de cette baraque époque Tudor dans le Gloucestershire, je t'en ai parlé au téléphone. Le type voulait la reconvertir en centre thermal. J'ai eu à passer deux ou trois coups de fil pour trouver les personnes qu'il devait contacter, et je lui ai envoyé la facture. Et quatorze mille livres ont fait de moi un joyeux lapin.
— Et le client ? Il était content ?
— Aux anges. »
Faraday jeta un regard à Willard. Ils savaient tous

deux que Mackenzie s'était renseigné sur ce dernier client, agent infiltré lui aussi, qui avait dégonflé la petite fiction de Wallace. Mais à entendre Mackenzie, on ne l'aurait pas cru.

« Et il y en a d'autres comme lui ? demanda-t-il.

— Suffisamment, si on sait où chercher. Certains secteurs sont en pleine récession. C'est pourquoi les Arabes achètent tout – immobilier, terrains, commerces, franchises. La France et l'Allemagne ont la tête sous l'eau, et ici, c'est Eldorado.

— Qu'est-ce qu'ils achètent d'autre ?

— Je ne te suis pas.

— T'as quoi à leur proposer d'autre ? Des briques et du ciment, c'est bien. La pierre, c'est très bien, mais il faut bien rigoler de temps en temps, non ? Ou alors, j'ai raté quelque chose ?

— Tu parles des filles ?

— Des filles et de tout ce qui va avec. »

Faraday avait les yeux sur les deux hommes à la fenêtre. Il était difficile d'en être sûr à pareille distance, mais il sentait une réticence trop affirmée chez Wallace à suivre le chemin sur lequel voulait l'entraîner Mackenzie. Dans cette étrange partie, il était important, certes, de ne pas se montrer pressé, mais Wallace exagérait un peu trop dans le registre effarouché.

Mackenzie en avait de toute façon assez des préliminaires. Il était temps d'entrer dans le vif du sujet. « Quelque chose me dit que tu n'es qu'un gros plein de merde, dit-il d'un ton aimable.

— Ah ouais ? Et comment ça ?

— Ce type dans le Gloucestershire, pour commencer. Foutaises. Et je le sais parce que je l'ai eu au bout du fil.

— Tu l'as appelé ?

— Ouais. Et c'est tout juste s'il avait entendu parler de toi. Tu l'aurais appelé une ou deux fois à la fin de l'année dernière. Tu cherchais du travail. Il t'a envoyé te faire foutre, c'est ça ?

— Pas vraiment.

— Ouais, mais c'est tout comme. » Faraday vit la plus petite des silhouettes se pencher vers la table. « Alors, tu fais dans quoi ? »

Faraday perçut un rire étouffé. Wallace ? Mackenzie ? Il ne pouvait le savoir.

« Dis donc, tu ne serais pas de la police, par hasard ? demanda enfin Wallace. Je suis déjà passé par là. »

Il se fit un long silence. Willard était rayonnant, et même Faraday réussit à sourire. Le coup avait été bien joué par Wallace, un impeccable double bluff. Et puis, le rire de Mackenzie résonna fort, soudain.

« Non, je suis pas un poulet. Bien qu'avec les flics il faille toujours se méfier, on n'est jamais sûr. Peuvent être malins, des fois.

— C'est bien vrai.

— Tu n'es pas convaincu, hein ?

— Si, mais je me pose des questions.

— Tu veux laisser tomber ce repas ? On se quitte bons amis...

— Non, mais ç'a été une longue route pour un verre d'eau gazeuse et un coup tordu.

— Un coup tordu ? Tu sais pourquoi je t'ai fait venir, Graham. On en a parlé au téléphone. Moi ? Je suis rien qu'un petit curieux qui se demande ce qu'il faudrait payer pour ce putain de fort, qui est là-bas dehors.

— Tu veux connaître ma position.

— Ouais.

— Et tu penses que je complique les choses.

— Je pense deux choses, l'ami. Un, je pense que tu proposes un prix qui n'a pas de sens, deux, si tu peux proposer ça, c'est que tu as du blé à brûler. Est-ce qu'il vient de tous ces projets de centres commerciaux, de ces manoirs Tudor ? Mes couilles, ouais. Quelque chose me dit que c'est beaucoup plus simple. Ces Arabes vivent pratiquement de cocaïne. Et je suis sûr que tu le sais.

— Cocaïne ? fit Wallace, comme s'il connaissait à peine le mot. Tu penses vraiment ?

— Ouais, je le pense. Et Graham, t'as beau être sympa et tout, ça pourrait poser un problème.

— Pourquoi ?

— Parce que... » Mackenzie se tut soudain, et Faraday entendit Willard jurer doucement. Il avait de meilleurs yeux que lui.

« Foutu serveur, marmonna le superintendant. Vous vous rendez compte ? »

Mackenzie voulait une tourte au steak et rognons. Wallace choisit les gambas à la créole. Willard avait du mal à se contenir. On se croirait dans un feuilleton, songeait Faraday, les épisodes haletants se succédant.

Wallace, subtil comme toujours, avait changé de sujet. Il voulait savoir ce que Mackenzie comptait faire du fort.

« Pourquoi ?

— Parce que ça pourrait bien faire une différence.

— Comment ça, une différence ?

— Je ne sais pas. » Faraday pouvait imaginer le haussement d'épaules de Wallace. « Peut-être qu'on pourrait passer un marché, partager l'investissement et les bénéfices. Comme ça, on limiterait chacun les coûts. » Il marqua une pause. « Un casino, c'est bien ça ?

— Qui t'a raconté ça ?

— Gisela Mendel.

— Qu'est-ce qu'elle t'a dit d'autre ?

— Elle m'a dit que tu étais le type le moins anglais qu'elle ait jamais rencontré.

— Comment ça ?

— Elle m'a dit que tu l'as beaucoup fait rire. Et aussi que tu disais les choses comme tu les pensais. Que tu jouais bien tes cartes, et j'ai eu nettement l'impression... »

Faraday jeta un regard à Willard, mais celui-ci ne semblait pas impressionné.

« Tu l'as rencontrée ? Face à face ? demandait maintenant Mackenzie.

— Ouais.

— Belle femme, hein ? Et loin d'être conne.

— Ce qui signifie ?

— Qu'il y a plein de choses qu'elle ne nous dit pas, et ça, je l'ai senti tout de suite. Tu comprends ?

— Bien sûr. » Wallace était sur la même longueur d'ondes. « Normal pour une affaire pareille. »

Le commentaire parut surprendre Mackenzie. Faraday admirait de plus en plus le cran de Wallace.

« Ouais, une affaire pareille. »

Quelqu'un s'approcha de leur table, un vieil ami de Mackenzie. Pendant que les deux hommes discutaient du match de la veille à Preston, Faraday suivit des yeux un gros 4 × 4 Toyota noir, qui repassait lentement devant eux pour la deuxième fois. Le chauffeur était accompagné d'un autre type, tous deux coiffés d'une casquette de base-ball.

Toujours à l'écoute, Willard s'impatientait de nouveau. Puis le copain de Mackenzie partit. Wallace demanda quelles seraient les chances de Pompey, quand l'équipe passerait en première division et, pendant un moment, Faraday sentit un affaiblissement dans la conversation. Il ne dura pas.

« Cet hôtel dont tu m'as parlé, reprit Mackenzie. Avec un héliport et la navette depuis Heathrow. Un casino, avec tables de grand jeu. Quelque chose me dit que tu blanchis de l'argent.

— Merde, dit Wallace en riant à son tour. J'ai cru un moment que tu allais m'accuser de te faucher ton idée.

— Peut-être que c'est le cas.

— La même idée. Trop de blé... à blanchir ? »

Il se fit un silence. La question avait été soudaine, inattendue. Ils étaient soudain arrivés au moment crucial. Willard, qui attendait la réponse de Mackenzie, avait les mains crispées sur son volant. Un oui serait un pas de géant en direction du tribunal. Et puis Mackenzie se mit à glousser doucement.

« Non, dit-il, je parlais de l'hélico, c'est une bonne idée. Qui vaut réflexion. Tu prends du vin, l'ami, ou on reste les pieds dans l'eau gazeuse ? »

Wallace choisit une bouteille de sancerre. Puis, comme il proposait de partager l'addition, Mackenzie l'en dissuada.

« Inutile, dit-il.

— Pourquoi ça ?

— Je me suis offert la baraque.

— Cette baraque, tu veux dire ? Le Solent Palace ?

— Bien sûr. C'est marrant, ça, dit-il en se mettant à rire. Je pensais que quelqu'un te l'avait dit. »

Doug Hughes avait visionné la vidéo. Grand, dégingandé, le visage juvénile, il affectionnait les tenues de yachtman. Pendant leurs onze années de mariage avec Eadie, on les avait souvent pris pour frère et sœur.

« C'est incroyable, dit-il, je n'ai jamais rien vu de tel dans ma vie.

— Je l'espère bien, et tout l'intérêt est là.

— Et tu as obtenu la permission de filmer ça. » Il désigna l'ordinateur. « Tu n'as pompé aucune de ces images ?

— S'il te plaît, Doug, j'ai une tête de tricheuse ?

— Alors comment tu as fait ? Les images à la morgue, par exemple ?

— Charme et force de conviction. Et puis ça aide parfois d'être australienne. On a le cuir épais. »

Hughes avait les yeux fixés sur le petit écran du portable.

« Alors, quelle est la suite ?

— Je filme l'enterrement, j'ajoute quelques images, des photos peut-être, des éléments que je pourrai peut-être obtenir du père de Daniel. Daniel crève l'écran, n'est-ce pas ?

— Remarquable. Parfait. Aucun comédien au monde ne pourrait l'égaler.

— Oui, il suffit de les surprendre quand ils sont à

point, de les traiter rudement, et ça marche à tous les coups.

— Ne te sous-estime pas.

— Non, je te dis ce qui est. Dans ce jeu, tant que tu sais où tu vas, et pourquoi tu y vas...

— Oui ?

— Rien. Ça s'appelle la fin et les moyens, mon grand. Et il en sera toujours ainsi. » Elle tendit la main vers la souris. Quand la vidéo serait entièrement terminée, elle devrait inviter certaines personnes à la voir. Parmi celles-ci, le mystérieux donateur de sept mille livres dont Doug s'était fait l'intermédiaire. Elle pensait qu'il devrait visionner ce à quoi il avait participé financièrement.

« Il a un nom, ce bonhomme ? demanda-t-elle.

— Bien sûr. » Hughes regardait Eadie sortir le DVD de son logement. « Cette vidéo est toujours destinée aux écoles ?

— Bien sûr. Et les lycées, les associations de jeunesse, et quiconque le voudra.

— Moyennant finances ou gratuitement ?

— Cela dépendra. Pourquoi cette question ?

— Parce que mon généreux ami, dit-il avec un sourire, pourrait bien avoir une idée à ce sujet. »

Avec l'arrivée des plats, l'humeur avait changé. Mackenzie et Wallace semblaient être tombés d'accord pour envisager une espèce d'association. Il n'était plus question de cocaïne ni de blanchiment d'argent. L'affaire prenait des allures de banal déjeuner entre hommes d'affaires. Willard, Faraday le sentait bien, était déçu. Mackenzie et Wallace n'avaient pas terminé leur premier verre de vin, et le suspense était toujours là, mais on sentait toutefois que le moment-clé était passé. Wallace avait très adroitement poussé Mackenzie vers un aveu incriminant, mais ce diable avait aussitôt fait marche arrière. À présent, tandis que la silhouette carrée de Bazza demandait au serveur de lui apporter plus de sauce au raifort pour sa tourte, Wallace était revenu au football.

« Jamais pensé à acheter un club ? demanda-t-il. Vu la bonne tournure que ça prend...

— T'as raison, mon pote. On sera en première division ce mois d'août qui vient.

— Et ça mérite pas qu'on tente le coup ?

— J'ai essayé une fois, ça me plaisait vraiment. Le stade de Fratton, c'est toute une partie de ma vie.

— Et ?

— J'ai offert dix pour cent du capital. Le club m'a dit *niet*.

— Pourquoi ?

— Je sais pas. Ils l'ont jamais expliqueé. Merci, garçon. » Le serveur venait d'apporter le raifort. Puis Mackenzie se remit à parler du club. À l'époque du 6 h 57, il serait mort pour Pompey. Ce qui avait bien failli lui arriver deux ou trois fois.

« Le 6 h 57 ?

— Ouais. Une bande de supporters coraices et méchants. Des mecs de la cité de Paulsgrove, des skinheads de Havelock, des voyous de tous les coins. On prenait le premier train pour aller aux matches, partout où ça pouvait chauffer. Et on castagnait dur, on était de Pompey, on s'en branlait. On se tapait les supporters de Waterloo, Chelsea, Leeds, Cardiff, les zoulous de Brummie. Bien chauffés, on frappait n'importe qui, et on s'est jamais fait rétamer. On était trop bourrés de toute façon. Une fois, on s'est retrouvé dans un baston racial. Les types nous auraient mangés, s'ils avaient pu.

— Que s'est-il passé ?

— On leur est rentré dedans, et on les a ravagés.

Dans des situations pareilles, il y a des mecs qui se chient dessus. Et tu sais quelle odeur a la peur. Tu vois ce que je veux dire ? »

La question était innocente, juste une vaguelette dans la marée de la conversation, mais Faraday décela dans la voix de Mackenzie une dureté qui n'était pas là auparavant. Willard aussi l'avait relevé. Le soleil tapait à travers les vitres remontées, et il avait le front luisant de sueur.

Wallace n'avait cependant rien perdu de son flegme. Le 6 h 57 lui semblait avoir été une grande partie de rigolade. Peut-être que chaque ville devrait en avoir un.

« Ouais, et c'est justement ça, la question. C'est pas n'importe quelle ville, Portsmouth, et on n'est pas n'importe quelle vieille entreprise. Si tu avais grandi ici, si tu y avais vécu, si tu en avais fait partie, tu comprendrais ça. C'est spécial, Pompey. Et autre chose, camarade, Pompey, c'est à moi. Tu piges ? »

Faraday et Willard échangèrent des regards. La transformation était soudaine. Pour on ne sait quelle raison – grimace ou geste déplacé –, Wallace semblait avoir allumé un pétard sous la chaise de Mackenzie, dont la voix s'était durcie. Il était penché en avant sur la table, ignorant son assiette. Ce n'était plus une paisible négociation autour d'un fort aux murs de granit. Non, Mackenzie avait bien d'autres choses à régler.

« Tu sais quoi, mec ? Les types comme toi me rendent malade. Tu me prends vraiment pour un débile, hein ? Tu dois te dire que je suis qu'une petite merde, un voyou du quartier à putes de Copnor. Tu crois que tu peux débarquer ici et me retourner comme une crêpe ? Eh bien, ça risque pas d'arriver. Ni maintenant ni jamais. Tu comprends ça ? Et sais-tu pourquoi ? Parce que je suis pas aussi con que vous le croyez tous. »

Tous ? Willard roula de grands yeux.

« On parle d'un fort, répliqua Wallace. Pas de la Troisième Guerre mondiale.

– Le fort, mes couilles. Je vais te dire de quoi on parle. On parle de cette putain d'opération Tumbril. On parle d'une bande d'enculés qui, depuis un bon moment, passent leurs journées assis sur leurs gros culs à Whale Island, à espérer qu'ils me choperont. Ça coûte des millions, cette connerie. Et tu sais qui te paye ton salaire, monsieur le détective infiltré ? Tu sais qui paye pour tout ce joli petit matos d'enregistrement sous ta chemise ? Sans parler des deux ou trois connards qui planquent sûrement dehors ? Ce sont les gens comme moi qui payent. Les gens qui mouillent tous les jours leur chemise pour gagner leur vie. Vous, bande de gros cons, vous devriez occuper la rue, veiller sur les enfants et les vieilles personnes, choper les pédophiles et rendre cette ville plus sûre. Et sûrement pas perdre votre temps à des merdes pareilles. »

Faraday songeait à intervenir. Wallace était grillé. À tout moment, compte tenu des méthodes de Mackenzie, le sang pouvait couler. Faraday jeta un coup d'œil en direction de McNaughton. Celui-ci, en tant que soutien de Wallace, avait manifestement la même idée.

Faraday tendit la main vers la portière. Mackenzie gueulait à présent, accusant Wallace et ses semblables de le persécuter. Depuis bientôt un an, les flics venaient renifler ses comptes en banque, emmerder ses avocats. N'importe qui à sa place aurait bourré un pif ou deux. Il en avait eu envie, en tout cas. Comme maintenant.

Faraday tendit la main vers la portière, mais Willard le retint. « Où allez-vous ?

— Là-bas, dit-il en désignant l'hôtel.

— Laissez tomber.

— Quoi ?

— Je vous dis de laisser tomber. Il ne fera jamais rien qui pourrait lui retomber dessus. C'est à nous qu'il s'adresse, Joe. À nous. »

Willard s'adossa de nouveau à son siège, la tête posée sur l'appui-tête en cuir. Le Toyota noir était de retour. Il s'arrêta devant la Jaguar, leur bloquant la voie. Deux types descendirent. Le plus âgé était en jean et blouson de cuir. Il vint se planter devant la portière et regarda Willard. Ce dernier l'ignora.

Faraday sortit de la voiture.

« Vous cherchez quoi ?

— On a un problème de démarreur. » Il hocha la tête en direction du 4×4. « On a pensé que vous pourriez nous pousser. Nous rendre un petit service, quoi. Surtout que vous avez pas l'air très occupés. »

Faraday le regarda. Un mouvement à la périphérie de sa vision lui apprit que McNaughton était sorti de la Golf. Puis il se pencha et passa la tête dans la Jaguar. Willard avait les yeux fermés.

« Dites-lui d'aller se faire foutre », fit-il d'une voix lasse.

Pour la deuxième fois en une semaine, Paul Winter se rendit à l'hôpital Queen Alexandra. Il fut soulagé de ne pas tomber sur la même femme à l'accueil. Il montra sa plaque et demanda des nouvelles d'un certain Jimmy Suttle.

« Il a été amené ici la nuit dernière, expliqua-t-il. Une bagarre au Gunwharf. »

La réceptionniste vérifia sa liste d'admissions et localisa Suttle entre un cas de violences domestiques à Stamshaw et un dérapage en scooter.

« Il a été soigné pour des blessures légères, et il a quitté l'hôpital à trois heures quarante du matin.

— Il est sorti tout seul ?

— Ça, je l'ignore.

— Où est-il allé ?

— Chez lui, je suppose.

— Downside Cottage ? » Winter avait tourné vers lui l'écran de l'ordinateur pour y voir mieux. « Buriton ? »

Il était près de deux heures de l'après-midi quand Winter arriva à Buriton. L'Astra de Suttle était garée au bout d'une rangée de maisons, à quatre cents mètres du pub. Une entrée latérale donnait dans une allée étroite. Contournant une poubelle débordante, Winter poussa une porte au fond. Il entendit de la musique et un rire de femme. Il fit la grimace. Trudy.

Elle était assise sur une épaisse couverture étendue sur une minuscule pelouse défraîchie. Le ciel était sans nuages – une belle journée de printemps – et Suttle, étendu de tout son long, avait la tête sur les cuisses de la jeune fille. Une bouteille de vodka était flanquée de deux verres. La musique venait d'un transistor aux pieds de Suttle, et Winter repéra un peu plus loin le carton de pizza, dans lequel un merle picorait avidement.

« Je t'ai apporté ça, fils. » Winter offrit à Suttle un sac en papier marron. « Alors, qu'est-ce qui s'est passé ?

– C'est moins moche que ça en a l'air, dit Suttle. Ils ont appelé l'ambulance parce que je me suis cogné la tête en tombant. » L'œil gauche de Suttle était enflé, d'un noir violet, et pratiquement fermé. Il avait aussi des marques sur le front et une joue éraflée.

« Que s'est-il passé ? demanda à nouveau Winter.

– Ce putain de Chris Talbot, voilà ce qui s'est passé. » C'était Trudy. « Ce connard est dérangé.

– Tu t'es foutu de sa gueule ou quoi ? » Winter n'avait pas quitté Suttle des yeux. « Ouais, c'est ce qu'il a fait, en étant avec moi. C'est typique de cette ville, vraiment. Ils devraient le foutre dans un zoo, Talbot. » Trudy tendit la main vers la bouteille. « Un verre ? »

Winter déclina l'offre. Le soleil était plus chaud qu'il ne le pensait. Il enleva sa veste et se posa sur un coin de la couverture. Suttle s'était relevé sur un coude.

« Vous voulez une chaise, un fauteuil ?

– Non, je suis bien comme ça. Alors, tu vas porter plainte ?

– Non, dit Suttle, je lui ferai pas ce plaisir.

— Des témoins ?

— Contre Talbot ? » Trudy éclata de rire. « Allez, les mecs, racontez pas de bêtises. Qui oserait dénoncer Chris Talbot ? »

Suttle regardait le sac qu'avait apporté Winter.

« C'est quoi ?

— Du raisin. J'ai pensé que tu aurais besoin qu'on te dorlote un peu.

— C'est moi qui le dorlote, dit Trudy en riant. Jimmy, dis-lui à quelle heure on a arrêté ce matin ! »

En dépit de son état, Suttle ne pouvait cacher sa gêne. Il demanda à Trudy de préparer du thé. Elle se leva sans trop d'entrain et disparut dans la maison.

Suttle se tourna vers Winter. « Bon sang, vous étiez où, l'autre soir ?

— Mais en route vers le Gunwharf.

— Alors, où sont les clés ?

— Il y a eu un petit accident. Je les ai oubliées dans l'appartement.

— Super. J'aurais eu bien besoin de vous là-bas. Le type m'avait repéré dès mon arrivée. Trudy... » Il secoua la tête d'un air stupéfait.

« Eh bien, Trudy ?

— Elle y est allée franco. Elle a emprunté son talon aiguille à une copine et elle a réellement essayé de l'enfoncer dans le crâne de Talbot. S'il n'avait pas été en train de me tabasser, ça aurait pu être drôle. »

Par la fenêtre du rez-de-chaussée, il pouvait voir Trudy à la recherche des sachets de thé dans la cuisine.

« Elle est vive, hein ?

— Explosive, je dirais. Vous auriez dû être là il y a deux heures. » Il désigna la fenêtre de la chambre.

« Elle est plus dangereuse que Talbot. Sa version de la convalescence enverrait le plus vaillant à l'hôpital.

— Tu es un garçon heureux.

— Vous pensez ? Elle devait partir à l'étranger la semaine prochaine. Eh bien, vous savez quoi ?

— Tu vas me le dire.

— Elle ne part plus. Elle ne veut pas me laisser dans cet état, elle m'a dit. Elle veut s'installer ici et me soigner. » Il se tut. « Que se passe-t-il ?

— Rien, dit Winter, voyant Trudy revenir avec un plateau de thé. À ta place, fils, j'en profiterais.

— Tant que ça durera, vous voulez dire ?

— Ouais. » Winter fit de la place sur la couverture. « C'est exactement ce que je voulais dire. »

Faraday n'avait jamais vu Willard aussi en colère. Et ce n'était pas seulement l'effondrement de Tumbril qui en était la cause, ni la foirade du piège de Spit Bank ni la perte d'une année de travail ni le fait, enfin, qu'il serait tenu pour responsable du gaspillage de centaines de milliers de précieuses livres sterling. Non, c'était l'humiliation. Se retrouver enfermé dans sa propre voiture, obligé d'écouter les insultes de Bazza Mackenzie, il y avait de quoi s'étrangler de rage.

« Où sont-ils ?

— Brian Imber a emmené deux de ses enfants à Londres. Joyce ne répond pas à son portable. Prebble est parti à Milan pour le week-end.

— Essayez encore. Je veux qu'ils soient là le plus tôt possible.

— On est dimanche, fit remarquer Faraday et, de toute façon, ils n'étaient pas dans le coup.

— Bien sûr, mais tout cela me paraît bien théorique. Je ne suis pas mathématicien, Joe, mais je sais compter. Si on laisse Hayder en dehors, nous sommes cinq à Tumbril. Cinq à être dans le coup. J'ai écouté deux fois la fin de cette saloperie de bande, et la conclusion est évidente.

— Évidente ? Que voulez-vous dire ?

— Que Mackenzie sait. Il sait tout. Et il le sait depuis qu'on s'est installés à Whale Island. En fait, je ne serais pas surpris que ce salaud l'ait su depuis le tout début. C'est dingue, Joe. Et si on ne trouve pas la fuite, alors on est tous bons pour St James. »

St James était un hôpital psychiatrique, grande bâtisse victorienne située à un kilomètre de la maison de Faraday.

« Si vous parlez de ceux qui connaissaient cette dernière opération de surveillance, ça fait quatre, pas cinq.

— Quatre ?

— Vous, monsieur. Moi. Wallace. McNaughton. Pour faire cinq, il faudrait inclure Gisela Mendel.

— Gisela est loyale, dit Willard avec impatience.

— McNaughton l'est aussi. Et moi-même. Gisela veut réellement vendre le fort. À mes yeux, c'est un motif. » Il esquissa un sourire froid. « Ce n'était qu'une remarque, monsieur. »

Le portable de Willard sonnait. C'était Cathy Lamb. Elle était en bas. Elle avait de toute urgence besoin de parler à Willard.

« Montez, grogna-t-il. Plus on est de fous, plus on rit. »

Une minute plus tard, Cathy arrivait. Elle laissa paraître une légère surprise à voir Faraday, qu'elle salua de la tête, avant de s'excuser auprès de Willard pour sa tenue de jardinier. Elle revenait de son lot du jardin communal, expliqua-t-elle.

« Je ne vous en veux pas. Il y a des façons bien plus moches d'occuper ses dimanches. Quel est le problème ? »

Cathy l'informa de l'arrestation de Barry Leggat. Winter l'avait coincé la veille en possession d'une sérieuse quantité de coke. Leggat travaillait pour Valentine, et Winter avait quelques raisons de croire que le vendeur de voitures ne file avec le reste de la marchandise.

« Et cette coke appartient à qui ?

– Winter ne le sait pas mais il soupçonne un rapport avec Mackenzie. Quel rapport exactement, il l'ignore.

– Les indices ? »

Cathy résuma. Ce n'était pour le moment que des hypothèses, mais il y avait le fait que Valentine vendait sa maison et son entreprise, et qu'il avait acheté un billet sur le ferry partant le lendemain soir pour Le Havre. Le service de renseignement avait enfin répondu, confirmant un aller simple avec un véhicule et une cabine de quatre couchettes au nom de M. Valentine.

« Et ils ont le numéro de cette cabine ?

– Oui, monsieur.

– Pensez-vous qu'ils devraient faire l'objet d'une mise sur écoute ? Nous sommes très bons à ça, disait Willard, allant à l'essentiel.

– Je ne sais pas, monsieur. J'ai pensé que vous pourriez en donner l'ordre. C'est la raison de ma visite.

— Très bien. Dites-moi qui je dois joindre.

— Le sous-directeur. Il est chez lui pour le moment, attendant qu'on l'appelle.

— Pas de problème. » Il lui adressa un mince sourire. « Ce sera un plaisir. »

Cathy repartie, Willard regarda Faraday. « Vous pensez que Mackenzie se fout une fois de plus de notre gueule ? » Il fronça les sourcils. « Ou bien que Winter est tombé sur quelque chose ? »

22

Dimanche 23 mars, 17 h 40

Cela faisait deux jours que Paul Winter essayait de joindre Harry Wayte. Dans l'après-midi du dimanche, il y parvint enfin.

« J'étais absent, expliqua Wayte. À quoi dois-je le plaisir de t'entendre ?

— Je me demandais seulement si ça te dirait d'aller boire un verre.

— Pourquoi ? »

Winter connaissait Wayte depuis des années, et il avait toujours bien aimé le bonhomme. Il y avait une rudesse et une impatience chez lui qui en avaient fait un grand policier. À un moment, Winter avait bien failli entrer dans l'équipe de Wayte, mais Harry avait le don de repérer les artistes tels que Winter, et le poste était allé à un détective plus jeune. À l'époque, Winter en avait eu du dépit, mais Wayte n'en était pas moins demeuré à ses yeux comme une lumière dans l'obscurité. Avec Harry, on savait tout de suite qu'on avait affaire à un vrai flic.

« Pour parler d'une ou deux choses, dit Winter d'un ton dégagé.

— On est dimanche, ça ne peut pas attendre ?

— La semaine prochaine est une véritable saloperie. » Winter consulta sa montre. « Tu habites toujours à Havant ? »

Wayte lui dit qu'il ne pourrait pas le rencontrer. Il devait se rendre à Fort Nelson où, une fois par mois, il retrouvait toute une bande d'amis. C'était une habitude, et personne, pas même Paul Winter, ne la changerait.

Après un silence, Wayte finit par demander : « Il s'agit de quoi ?

— Mike Valentine. »

Il y eut un silence plus long, avant que Wayte ne lui dise que la réunion à Nelson commençait à six heures et demie et qu'elle rassemblait les membres du club de Palmerston. En général, c'était plutôt barbant mais, cette fois, il y aurait un petit spectacle – des artistes amateurs – et les invités étaient les bienvenus. Winter pourrait venir et, le numéro terminé, ils iraient bavarder.

« Mais avec le plus grand plaisir, dit Winter. À six heures et demie, alors. »

Faraday avait décidé de se rendre au concert à la cathédrale. Depuis la maison de marinier, cela représentait une longue marche d'environ huit kilomètres, si on suivait le front de mer. Mais il avait besoin de prendre l'air. Tumbril leur avait éclaté au visage, un événement aussi violent et imprévisible que l'explosion d'une voiture piégée, et la déflagration résonnait encore dans sa tête.

Willard avait passé une grande partie de l'après-midi avec Terry Alcott, qui avait la responsabilité des Opérations spéciales. Alcott possédait un cottage à Meon Valley, et il avait dû abandonner sa partie de pêche pour examiner les restes fumants de Tumbril.

Willard avait appelé Faraday juste après avoir pris une série de décisions préliminaires. Il voulait les comptes rendus respectifs de Wallace, McNaughton et Faraday lui-même sur l'opération du Solent Palace. Les bureaux de Whale Island devaient être scellés et gardés, et personne n'aurait le droit d'y accéder. Faraday devait prendre contact avec la police du port pour qu'elle interdise l'entrée de l'équipe de Tumbril – Imber, Prebble et Joyce – quand ils se présenteraient à Whale Island le lundi matin. Willard les attendait tous les trois à neuf heures et demie dans son bureau à Kingston Crescent.

Au téléphone. Willard s'était montré très affairé, presque sec. Les conséquences de ce déjeuner au Solent Palace étaient d'une limpidité brutale. L'enquête n'avait plus pour cible Mackenzie, mais l'opération Tumbril elle-même.

Faraday s'étonnait de sa propre réaction de soulagement. Dès le début, moins d'une semaine plus tôt, il avait été projeté dans ce monde clos aux apparences trompeuses. La moindre conversation – il s'en rendait maintenant compte – avait été parasitée par le doute. Qui savait quoi ? s'était-il toujours demandé. Chaque entretien téléphonique devenait la nouvelle pièce d'un puzzle qu'on s'empressait de dissimuler avant que quiconque puisse juger du résultat. La plupart des enquêtes, à la connaissance de Faraday, reposaient sur l'esprit d'équipe. Sans le soutien et le travail des collègues, toute investigation d'envergure était vouée à l'échec. Mais Tumbril avait renversé l'ordre des choses, et ce compagnonnage instinctif était devenu en moins de cinq jours une monnaie à utiliser avec la plus grande circonspection.

Faraday avait détesté ça. Bien sûr, il avait compris pourquoi Willard avait ainsi enfermé l'opération, et installé des coupe-feux à l'intérieur même de la structure. Le besoin de savoir était la règle numéro un dans tout service de sécurité, et il y avait des policiers d'envergure, comme Nick Hayder, qui se fondaient sur ce principe. Pour Faraday, toutefois, ce mode de fonctionnement, calculateur et froid, engendrait une paranoïa qui déteignait sur toutes choses. Vous ne saviez pas à qui vous confier, à qui relayer vos idées. Vous aviez en permanence les mains liées par l'angoisse qu'un mot ou un geste déplacé ne vienne ruiner toute une année de travail. C'était là une pression difficile à soutenir, et Faraday comprenait maintenant pourquoi même un Nick Hayder, dans les semaines qui avaient précédé son accident, avait commencé à déjanter.

Qu'allait-il se passer maintenant ? Le ministère public se pencherait certainement sur l'affaire, et cela occuperait probablement les jours et les semaines à venir. Mais au-delà de la Couronne, il y avait là un problème interne que la direction de la police se devrait d'élucider. Willard avait raison. Tumbril avait été balancé. Un membre du petit cercle avait informé Mackenzie. Peut-être pour de l'argent ou tout autre avantage. Peut-être pour se venger de quelque affront. Quel que fût le motif, ça n'en était pas moins une blessure mortelle pour une organisation reposant sur la confiance mutuelle.

Il y aurait vraisemblablement, songeait Faraday, une enquête interne. La direction enverrait un enquêteur fouiller parmi les décombres de Tumbril pour découvrir qui avait vendu la mèche. Et cet exercice en lui-même était déjà confronté à de nouveaux problèmes. L'existence de cette opération avait été une rumeur, notamment à la brigade criminelle, un bruit qui avait froissé plus d'un amour-propre, et la découverte du fiasco de la dernière opération de surveillance ne ferait qu'aigrir ceux qui déjà se considéraient comme des parias, en qui la direction n'avait pas confiance.

L'autopsie de Tumbrait prendrait sans doute des mois. Les gens se mettraient à jaser. Ce serait toute une corporation qui se sentirait lésée. Comment certains pouvaient-ils décrocher des budgets de plusieurs centaines de milliers de livres, alors qu'on les chicanait, eux, pour quelques heures supplémentaires ? Et comment ces mêmes types si bien payés et si intelligents pouvaient-ils foirer à ce point ? Faraday imaginait déjà les faces hilares de certains de ses collègues. Mêmes les inspecteurs, ceux qui se battaient tous les jours contre la délinquance grandissante, y iraient de leur commentaire.

C'était inévitable et cette perspective emplissait Faraday de tristesse. Alors que la lumière déclinait lentement sur le Solent, il s'arrêta dans l'ombre allongée de la fête foraine pour faire le point. À ce jour, sa contribution à Tumbril n'avait guère été brillante. Et il était temps, pensait-il, de redevenir un policier. Il avait une enquête à mener.

Fort Nelson chevauchait la crête de Portsdown Hill, un des ouvrages fortifiés en brique rouge ceinturant le grand arsenal de Portsmouth. D'ici au sommet de la colline, on pouvait lire l'histoire qui avait façonné le passé turbulent de Pompey. La ville en contrebas brillait de mille rues éclairées, tandis qu'au sud on s'enfonçait dans l'obscurité de la mer. En sortant de sa voiture, Winter contempla le paysage et aperçut au loin dans l'eau les trois fortins qui avaient défendu Spithead et les abords du port des menaces françaises. Si on avait besoin de s'expliquer l'insularité de Pompey, sa détermination à tourner le dos au monde, il suffisait de voir ça. Un lieu à part, pensa Winter. Et une bonne excuse pour se bourrer la gueule toute sa vie et pour des siècles de mariages consanguins.

Il repéra Harry Wayte à l'intérieur de la salle des canons, une antre caverneuse où étaient exposées des pièces d'artillerie. L'inspecteur s'entretenait avec un homme âgé en veste Barbour, à côté d'un impressionnant canon dont le bois était orné d'incrustations de bronze. Winter lisait la plaque descriptive, quand Harry vint enfin vers lui.

« Souvenir de la guerre des Sikhs, dit-il, désignant la pièce. Où serions-nous sans les Indes ?

– Encore en train de manger de la merde, dit Winter en lui tendant la main. Pourquoi je ne suis encore jamais venu ici ?

– Je ne sais pas. Il y aura une petite visite après le spectacle. Je la ferais si j'étais vous. »

Un modeste public avait pris place. Harry Wayte

indiqua à Winter une série de sièges réservés devant. Il faisait froid, et Winter se demandait s'il ne ferait pas mieux d'aller prendre son pardessus dans sa voiture, quand un jeune comédien s'avança sur le demi-cercle de planches faisant office de scène. En pourpoint et haut-de-chausses, il alla s'asseoir sur une chaise à l'écart, regarda autour de lui et enfin sortit une lettre de sous son vêtement.

« Où sont les autres comédiens ? demanda Winter.

— Il est seul. C'est un monologue.

— Il se parle tout seul ?

— Exact. » Harry lui sourit. « T'as jamais fait ça ? »

La pièce dura une demi-heure. Winter, d'ordinaire peu sensible à la tragédie, se laissa emporter par le récit. On était en 1870. Le garçon, du nom de Press, faisait partie de la garnison du fort Nelson ; il était employé dans une banque de Southsea et soldat volontaire à mi-temps. Pendant l'été, il avait passé trois semaines de garde, protégeant Portsmouth d'une menace d'invasion française qui disparaissait maintenant avec la fureur de l'invasion prussienne.

Les nouvelles de cette soudaine conflagration étaient arrivées au fort Nelson avec les pages de l'*Illustrated London News*, et le jeune homme les avait lues avec bonheur. Les Français, écrivait-il à sa fiancée, défendaient la mère patrie avec leur coutumière énergie, contre-attaquant sans cesse avec la cavalerie, au sabre et à la baïonnette. Les Prussiens, il fallait le dire, se débrouillaient très bien aussi à leur manière méthodique, dans leurs uniformes gris. Mais le monde entier applaudissait les cuirassiers français, leur panache et leur intrépidité. Après tout, concluait-il, mieux valait se jeter ainsi dans la bataille que vivre comme une taupe pendant des semaines, levant le nez de temps à autre pour voir si des bateaux français n'avaient pas traversé la Manche.

Pendant le spectacle, Winter avait jeté un regard à Harry Wayte. L'inspecteur, complètement plongé dans l'histoire, hochait la tête de temps à autre. Le récit de l'avance prussienne à St Privat provoqua un sourire sur son visage ravagé. « Le Prussien est entraîné à se faire tirer dessus en avançant, écrivait encore le jeune Press. Il développe ainsi un sens aigu de la “balle musette”. »

« Balle musette ? » La pièce était terminée, et Winter, debout, tapait du pied pour se réchauffer.

« Un jeu de mots bien de l'époque explique Harry, mais puisé dans les dépêches militaires. St Privat a tiré le rideau sur les Français. Les Boches étaient dans Paris quelques semaines plus tard. »

Étonné, Winter reconnut son ignorance. Pour lui, les Teutons étaient restés tranquilles jusqu'en 1914.

« Faux, mon ami. 1870 a été une répétition. On a fait l'essayage et, quarante ans plus tard, les casques à pointe sont revenus à la charge. Le jeune Press a eu de la chance de se trouver du bon côté de la Manche, si je puis dire. Sinon il se serait fait tirer comme un lapin par les Prussiens. Les temps changent, Paul. « Il désigna un obusier de la Première Guerre mondiale. « La technologie a bougé, et nous sommes tous enterrés comme des taupes. Tu veux voir le reste du fort ? » Il indiqua le petit groupe d'invités près de la porte. « Comme ça, je pourrais rester un petit peu avec mes copains, avant qu'on aille au pub. »

Winter accepta l'invitation sans grand enthousiasme. Ils se joignirent à la vingtaine de personnes qui, derrière le guide, allaient de salle de garde en salle de garde, enfilant d'étroits souterrains, s'arrêtant pour passer la tête dans l'une des armureries, tandis que le guide insistait sur la sécurité à l'époque. Une seule étincelle, disait-il, et tout pouvait sauter. Avec les tonnes et les tonnes de poudre que contenaient ces voûtes, l'explosion aurait projeté des petits morceaux du jeune Press à travers toute la ville.

Pensif, Winter poursuivit la visite jusqu'à ce qu'ils émergent dans l'air frais du soir. Le guide demandait s'ils avaient des questions.

Winter leva la main. « Pourquoi ces canons sont-ils dirigés vers le nord ?

— Parce que c'est de là que venait la menace. Il fallait se prémunir contre un accostage plus haut sur la côte. La cité n'aurait été alors qu'à quelques kilomètres de marche. » Le type sourit, se tapotant le nez. « C'est ça qui est marrant à Pompey. C'est ce qui vient des terres qu'il faut craindre le plus. »

Winter regardait l'obscurité venteuse, commençant enfin à comprendre. « C'est bien vrai, ça », grommela-t-il.

Faraday s'installa dans le fond de la cathédrale, laissant le chœur l'emporter. Il ne pouvait comprendre le sens liturgique du chant, et savoir si le monde était promis au paradis ou à l'enfer, mais cela n'avait guère d'importance. Et d'ailleurs, il valait mieux garder les probabilités ouvertes.

Un peu plus tôt, dans la conversation, il avait tracé un cercle autour des cinq personnes qui formaient Tumbril. Quatre d'entre elles étaient des flics – Willard, Wallace, McNaughton et Faraday lui-même –, la cinquième étant Gisela Mendel.

L'Allemande avait toutes les raisons de cimenter une relation avec Mackenzie. L'impatience de Mackenzie à acquérir le fort était sincère, avait alors estimé Faraday et, si Gisela avait compris que Wallace n'était qu'un appât, n'intervenant dans l'affaire que pour piéger un seul et unique acheteur, quoi de plus naturel qu'elle ait privilégié Mackenzie ? Willard, par ailleurs, aurait été bien bête de ne pas anticiper et contrer ce développement. Aussi, quelle était la relation exacte entre son supérieur et cette femme ? Était-il aussi entiché d'elle que Faraday en avait eu l'impression en les voyant ensemble ? Willard avait-il été la cause de l'effondrement du mariage de Gisela ?

Cet aspect de l'enquête menait en eaux profondes. Willard avait peut-être commis l'erreur de laisser Gisela s'approcher de trop près du piège destiné à Mackenzie. Cela pouvait passer pour de la naïveté de sa part et pour du calcul, en ce qui concernait la femme. Au pire, Willard aurait pu établir le contact avec Mackenzie à travers Gisela Mendel. Mackenzie aurait payé une confortable avance non seulement pour s'assurer l'achat du fort mais aussi pour se soustraire à l'attention de ceux qui menaient l'opération Tumbril. Cent mille livres dans la poche de son bourreau auraient fait un joli pot-de-vin.

Faraday sourit à cette pensée. Soulageant sa position sur le banc, il abandonna cette ligne de pensées. Willard avait l'obsession du contrôle. Il ne pouvait faire une tasse de thé sans prendre en charge toute la cuisine. Accepter de l'argent d'un Mackenzie, c'était tendre à ce dernier un revolver chargé. Pourquoi Willard remettrait-il le reste de son existence entre les mains d'un homme qu'il s'était juré d'envoyer en prison ?

Écartant ces pensées, Faraday revint à la rencontre de la veille au Solent Palace. Sur l'insistance de Willard, il avait réécouté la bande, guettant le moment où la conversation avait soudain viré à l'aigre. Il y avait peut-être parmi les mots un minuscule indice qui pourrait faire avancer l'enquête. Il avait écouté la bande trois fois, sensible à la voix rageuse de Mackenzie, son ressentiment à la pensée du piège qu'on lui avait tendu, sa conviction aux intonations étrangement sincères que le temps de la cocaïne était loin derrière lui, et qu'il méritait un peu de respect pour ce qu'il avait entrepris et pour les bénéfices que la ville même de Pompey en avait tirés. C'était finalement une question de statut. Le papillon était éclos de la chrysalide, il n'était plus un gros ver. Le roi de la ville, en vérité.

Faraday se redressa soudain sur son banc, fouillant sa mémoire, en quête d'une phrase de Mackenzie dont il avait gardé le souvenir. Il ressentait encore le rythme rageur des mots. Puis, comme le chœur des Estoniens allait *diminuendo*, Faraday se rappela. *Tu me prends pour une petite merde, un voyou du quartier à putes de Copnor.* Voilà ce qu'il avait dit.

Et comme le public applaudissait et que les chanteurs saluaient, Faraday restait confondu par les implications de sa découverte. Un voyou du quartier à putes de Copnor. Texto.

Un moment plus tard, il sentit une main sur son épaule. Il se tourna. Nigel Phillimore le regardait. Il y aurait un pot d'adieu à l'hôtel Sally Port le lendemain soir pour les Estoniens. Ils repartaient à Tallinn, et la cathédrale voulait les remercier. Faraday était le bienvenu. Sept heures du soir, ce serait parfait.

Faraday leva la tête vers le pasteur, conscient d'avoir à peine entendu ce qu'on venait de lui dire.

« Bien sûr, répondit-il avec un sourire. Je ferai de mon mieux. »

Il y avait, à deux ou trois kilomètres de Fort Nelson, un pub, le Churchillian, d'où on avait une vue superbe sur la ville. Winter et Harry Wayte s'étaient suivis en voiture pour s'y rendre. À présent, assis à une table près d'une fenêtre, finissant leur première pinte, ils discutaient du rôle qu'avait joué Pompey dans la défense du royaume.

« Sang et trésor, grogna Wayte. Quand les trompettes sonnaient et que battaient les tambours, on ne pouvait trouver ville plus prospère dans toute l'Angleterre. Dès la guerre terminée, ils étaient tous de retour à la barrière de péage, faisant casquer le Londonien. Pompey a toujours raflé tout ce qu'elle pouvait. C'est pour ça que les types ici profitent de la moindre occase, et que les gamins sont dingues, le plus souvent. C'est dans les gènes, ami. » Il hocha la tête. « Sang et trésor.

— Le sang de qui ?

— Le nôtre.

— Et le trésor ?

— Celui du roi. » Wayte leva sa chope. « À septembre. »

C'était en septembre que Wayte prenait sa retraite. À l'écouter parler, à le voir parmi ses copains de

Fort Nelson, Winter ressentit une pointe d'envie. En ce qui le concernait, il ne faisait pas mystère de sa trouille à l'idée de devoir un jour raccrocher les gants, se demandant comment il pourrait bien meubler le vide de ses journées. Harry, lui, avait hâte de décrocher.

Winter le regarda vider sa chope et alla au bar chercher une deuxième tournée. Le temps qu'il revienne, Wayte était plongé dans le *Sunday Telegraph*, abandonné par un client.

« Alors, qu'est-ce que tu vas faire ?

– Quand ?

– Fin septembre.

– Ah, dit Harry en souriant. Tu veux la liste ? »

D'abord, il devrait s'occuper de sa petite flotte de maquettes de bateaux, qu'il avait délaissée depuis trop longtemps. Un grand combat naval était prévu sur le lac Canoe à l'occasion de la commémoration de Trafalgar, et il fallait que ses frégates soient parées à la bataille. Après quoi, il emmènerait sa bourgeoise à Venise, comme promis, puis il se consacrerait au projet de Hilsea Lines.

« C'est quoi, ça ? »

Wayte eut un mouvement de la tête en direction de la fenêtre. « C'est pas loin d'ici. Ils sont toute une bande à avoir entrepris la restauration du site, autour de Fort Nelson. Ils ont dégagé des sentiers, remonté les casemates, fait des fouilles. Il y avait deux ou trois gars de la maison dans le groupe. Il me tarde vraiment de les rejoindre. Se la couler douce, hein ? »

Son énorme paluche enveloppa sa chope. Hilsea Lines était au centre des ouvrages de défense qui bordaient le rivage nord de Portsea Island, une confirmation de plus de l'état d'alerte dans lequel Pompey avait toujours vécu.

« Alors, que se passe-t-il avec Valentine ? demanda Wayte, qui en avait terminé avec les préliminaires.

— Je crois bien que je vais lui acheter une voiture.

— C'est pour me dire ça que tu voulais me voir ? s'étonna ouvertement Wayte.

— Ouais. » Winter lui sourit. « Pour quelle autre raison je devrais m'intéresser à Valentine ? »

La question tenait du défi, et Wayte le savait. Il se cala sur sa chaise et regarda Winter, essayant de deviner quel pouvait être le motif de ce dernier.

« Valentine s'en va, dit-il enfin. Il vend, bazarde. Tu le savais, ça ?

— Ouais. Et je me suis demandé pourquoi.

— Parce qu'il en a assez.

— Assez de quoi ?

— De cette ville de merde. Ce type s'est fait un paquet de fric en vendant ses bagnoles. Il a quoi ? Quarante, quarante-cinq ans ? À cet âge, on a encore le temps de s'en donner à cœur joie. Tu ne lui en veux pas de ça, tout de même ?

— Et il part où ?

— Espagne pour autant que je sache.

— Marbella ?

— Ça se pourrait. La moitié de Pompey a l'air de crécher là-bas. Et moi, à Valentine, je lui souhaite bonne chance.

— Mais pourquoi tu restes toi-même ici, si cette ville pue autant ?

— Parce que sa puanteur ne me dérange pas, en tout cas pas de la même manière que pour des Valentine. J'ai vécu toute ma vie, ici, comme mon père l'a fait lui-même. À cette époque, tu décrochais un certain bagage, tu apprenais à te prendre en charge, tu partais un peu en mer et puis tu te trouvais un boulot honnête. Moi, j'ai aimé cette ville jusqu'à il y a peu, mais c'est la faute au travail, pas la mienne. Je suis chez moi, à Pompey, Paul. Et ma bourgeoise supporte mal le soleil andalou. »

Winter hochait la tête, comprenant parfaitement ce que lui disait Wayte.

« Cathy Lamb m'a communiqué un renseignement qu'elle tenait de ton service, dit-il prudemment. Il serait question d'un gros chargement de cocaïne. Tu n'aurais pas de détails, par hasard ?

— J'ai bien peur que non.

— Tu ne les as pas ou tu ne veux pas les partager ?

— Je ne les ai pas. J'ai un ou deux gars qui sont à l'écoute sur le terrain. Les prix chutent. Alors, ça me donne à penser que c'est peut-être plus qu'une rumeur.

— Mais pas de noms liés à l'affaire ?

— Non. » Il tendit la main vers sa chope. « Pourquoi ?

— Oh, je pensais seulement à Bazza.

— Non, dit Wayte en secouant sa grosse tête. Sûrement pas. Bazza n'est plus sur le front maintenant, il est bien trop occupé à jouer les hommes d'affaires.

— Tu ne penses pas qu'il prélève ses intérêts ?

— Ah, c'est autre chose, ça, mais je vois vraiment pas comment tu pourrais prouver qu'il finance en sous-main. C'est une affaire de famille. De quelle autre façon pourrait-il faire d'aussi gros bénéfices ? Et sans se mouiller ? » Il but une lampée. « Mais comment ne le sais-tu pas déjà ? Je croyais que tu étais dans la brigade de Cathy.

— J'y suis.

— Alors, de quoi s'agit-il ? »

Winter attendait cette question. Pour une fois, il avait à peine touché à sa deuxième bière.

« Est-ce que le mot Tumbril te dit quelque chose ?

— Bien sûr que oui. Une espèce d'opération secrète, hein ? Menée par les types des Crimes graves ?

— Je ne sais pas. Je n'ai entendu que des bruits.

— Moi aussi, mais ça me paraît sûr. Le problème, c'est que ça ne marchera jamais.

— On parle bien de Bazza ?

— Ouais. C'est la bonne cible, mais les types arrivent cinq ans trop tard. Il fallait baiser Mackenzie quand il était dans les tranchées, qu'il prenait un risque ou deux. Aujourd'hui, le type est intouchable. On n'a plus accès à lui. Il faut descendre très bas dans la chaîne de commandement pour repérer les futurs Bazza. C'est eux qu'il faut alpaguer.

— Et tu penses que cela ferait une différence ?

— Pas la moindre. C'est vous qui courez après les Scousers, non ? C'est l'offre et la demande, mon vieux. Tu démolis les types du pays, et tu ouvres la porte à ces dingues. C'est comme en Irak. Disons qu'on gagne la guerre, que Saddam soit tué et que le pays s'écroule. Que se passera-t-il dans un an au plus ? Tout le monde sera à la recherche d'un homme fort, quelqu'un qui remette de l'ordre.

— Un Bazza ?

— Ouais, un Bazza. Il avait cette ville sous sa coupe

avant que les Scousers débarquent. Maintenant, c'est le bordel.

— Et ce ne serait pas la faute de Tumbril ? Le fait qu'ils aient tant cherché à le coincer ?

— Aucune idée, collègue. Qui sait, ils pourraient peut-être obtenir un résultat, en dépit de ce que je disais. Mais ça ne réglera pas le problème, non ? Pas avec une jeunesse qui a tout le temps envie de se défoncer la gueule. C'est la foire d'empoigne. L'offre et la demande, la magie du capitalisme. Dieu merci, je me barre bientôt.

— Alors, à quoi bon essayer ?

— On est d'accord qu'il n'y a pas de solution, mais essayer c'est différent. Essayer, c'est notre métier. Le problème pour des mecs comme moi qui ont essayé toute leur vie, c'est que des conversations de ce genre commencent à faire mal. » Il hocha la tête, l'air combatif. « À ton âge, Paul, c'est autre chose. Tu es encore assez jeune pour croire que tu peux faire la différence.

— Jamais je n'ai pensé une chose pareille.

— Non ? Alors pourquoi tu te donnes tout ce mal ?

— Parce que ça me plaît bien.

— Alors, cela fait de toi un homme rare. Ceux de mon espèce, on se retrouve baisé à la fin parce qu'on y a cru longtemps, qu'on pourrait la faire, la différence, et puis un beau matin on s'est réveillé en comprenant qu'on n'avait aucune chance. Un, le problème était trop massif ; deux, on ne savait pas quoi faire. On était comme des soldats, toujours en retard d'une guerre.

— Alors, quelle est la solution ?

— C'est à moi que tu le demandes ?
— Ouais.
— Tout plaquer.
— Pour toi, peut-être, mais nous ?
— Aucune idée, ami. » Il leva sa chope. « Et tu sais quoi, encore ? Je m'en tape. »

Faraday prit un taxi pour regagner sa maison. Un message d'Eadie l'attendait sur le répondeur. Elle semblait tout excitée, voulait lui faire partager quelque chose et, un instant, il fut tenté de l'appeler. Mais il repoussa l'idée et, prenant deux bananes dans la corbeille à fruits, il sortit dans le jardin. Il avait démoli les deux fruits le temps de pousser la petite barrière et de prendre le sentier qui filait vers le nord. La marée était haute, clapotant contre la digue, et comme il s'éloignait du bruit des drisses dans le bassin, il entendit les premiers cris de bernaches. En mai, ces oiseaux repartiraient sur leurs lieux de ponte en Sibérie. En octobre, ils seraient de retour ici avec leurs petits, participant à la lente pulsation du temps qui passe, et Faraday y puisait un réconfort. Le travail, parfois, pouvait bien être une pourriture, mais ces oies seraient toujours là.

À un peu moins de deux kilomètres de la maison, le sentier s'enfonçait dans les terres autour de la jetée où les dragues de l'estuaire venaient décharger sable et gravier. Faraday s'arrêta. Le soir tombait et le vent s'était levé. La phrase de Mackenzie était maintenant logée dans sa mémoire, et il se souvenait même de l'instant où il l'avait entendue pour la première fois, et ce n'était pas la veille dans la Jaguar de Willard mais, quelques jours plus tôt, au quartier général de Tumbril, à Whale Island.

Prebble avait ce matin-là dépeint à Faraday l'affaire Mackenzie. Le jeune expert-comptable lui avait exposé la carrière du truand, indiqué les raccourcis pris par ce dernier, expliqué comment la drogue lui avait permis de bâtir un petit empire, et lui avait présenté les professionnels dont Bazza s'était entouré. Puis, à la fin de cet exposé impressionnant, Imber était intervenu. Quelque chose avait réveillé la colère que lui inspirait Mackenzie. Peut-être le culot du bonhomme. Peut-être sa trop éclatante réussite. Quelle qu'en fût la raison, l'opération Tumbril avait pour objectif de lui reprendre tout ce qu'il avait amassé. De cette manière, il reviendrait à la case départ : une petite merde, un voyou du quartier à putes de Copnor.

Faraday fit demi-tour et reprit le chemin de la maison en se demandant qui, dans la petite assistance, avait pu souffler la remarque à l'oreille de la cible ? Faraday revoyait les trois visages autour de la table : Prebble, Imber, Joyce. Pourquoi l'un d'entre eux aurait-il trahi ?

23

Lundi 24 mars, 9 h 35

En raison d'un accident de la route à Milton, Faraday arriva en retard à Kingston Crescent. Poussant la porte du bureau du superintendant, il vit Brian Imber et Martin Prebble assis à la grande table. Willard était encore derrière son bureau, pris dans une âpre discussion au téléphone, tandis que Joyce s'activait dans le coin cuisine.

« Shérif ? » demanda-t-elle, arrivant derrière lui.

Faraday fit de la place pour le plateau et prit une chaise. Imber voulait savoir ce qui se passait. On leur avait interdit l'accès à Whale Island. Plus alarmant, on leur avait confisqué leur laissez-passer.

« Chaque chose en son temps, Brian. » Willard venait de les rejoindre. Il s'assit en tête de table et fit la grimace en goûtant au café. Joyce mettait rarement moins de deux cuillers de Nescafé par tasse.

Imber attendait toujours une réponse de Faraday, et celui-ci devinait le soupçon derrière le sourire coincé. La ruine de Tumbril, songeait-il, entraînait le chaos. Et l'un des dégâts collatéraux pourrait bien être l'amitié qui l'avait rapproché de cet homme.

Willard ouvrit la séance par un compte rendu chaotique de leur tentative de piéger Mackenzie. Faraday ne savait qui l'emportait, de la honte ou de l'épuisement, dans le tableau flou que le superintendant traçait de l'affaire. Ce préambule terminé, ce fut Imber qui, naturellement, demanda des précisions.

« Mackenzie voulait le fort ?

— Oui.

— Qui était ou n'était pas en vente ?

— Qui était, en tout cas de son point de vue.

— Mais, en réalité, qui le serait plus tard, à cause de la situation matrimoniale de la propriétaire ?

— Exact.

— Alors que s'est-il passé ? »

Cette fois, Willard se montra concis. La rencontre avait été prévue la veille, à l'heure de déjeuner. Wallace et Mackenzie s'étaient rencontrés au bar, puis ils étaient passés à table. La conversation était enregistrée. Une demi-heure plus tard, il était évident que Wallace avait été démasqué. Non seulement lui, mais l'opération elle-même. Jeu, set et match pour M. Mackenzie. « Je viens d'avoir le ministère de l'Intérieur, dit Willard. Ils veulent qu'on abandonne l'opération. Elle n'a plus de sens à leurs yeux.

— Plus de sens ? » Faraday n'avait jamais vu Imber aussi furieux. « C'est pourquoi on s'est fait refouler ce matin ? Parce que vous avez foiré l'opération ?

— Doucement, Brian, intervint Willard. Ce n'est facile pour personne.

— J'en suis certain, monsieur. Je suis curieux, voilà tout. On arrive au travail, on nous refuse l'accès. Le planton à la grille nous rapporte que les scellés ont été apposés à la porte, les serrures changées, et tout le périmètre bouclé. Ce qui, à ma connaissance, en fait une scène de crime, n'est-ce pas ?

— En effet, dit Willard.

— Merveilleux. Je suis rentré chez moi samedi soir en me disant qu'on allait enfin y arriver. J'ai vu ce que Martin vous avait préparé – ce résumé des avoirs de Mackenzie – et j'ai trouvé ça tellement encourageant que j'ai emmené mes gosses à Londres, sans penser un seul instant à Tumbril. Un fait bien rare, croyez-moi. Et voilà que, ce matin, je découvre que tout s'est écroulé. Il ne reste rien. En plus, on nous soupçonne d'avoir fait capoter une opération dont on ne savait foutre rien.

— Qu'est-ce qui vous fait penser ça ?

— Pardonnez-moi, monsieur, mais je ne crois pas que vous ayez bien réfléchi à la question. Nos dossiers seront saisis, ainsi que notre courrier, nos mails, nos répertoires téléphoniques, tout. À moins que je vous aie mal compris, et que tout ceci soit une espèce d'exercice d'alerte à l'incendie ?

— Non, ce serait plutôt une évaluation des ravages.

— Des ravages pour quoi ? Pour qui ?

— Pour Tumbril, pour nous tous. Pour la police en général. Je le répète, Mackenzie savait tout. Quelqu'un le lui a donc dit. Et nous devons découvrir qui a parlé. »

Imber se tut pendant un moment. C'était un flic bien trop expérimenté pour douter un instant de ce qui se passerait dans les jours à venir. Après une telle foirade, viendrait le temps de la grande lessive.

« Sommes-nous suspendus ? demanda-t-il enfin. Ce n'est pas trop exiger de le savoir ?

– Non, pas de suspension, répondit Willard. M. Alcott et moi y avons songé mais nous n'en voyons pas la nécessité.

– Alors, qui mène l'enquête ? » Imber regardait Faraday.

« Ce n'est pas à moi qu'il faut poser la question, Brian. Je suis dans le collimateur, comme vous-même.

– Un peu plus, tout de même, sauf votre respect. Vous étiez là-bas hier.

– Moi aussi, Brian, j'y étais, intervint Willard, si cela peut vous consoler. Cette discussion ne mène nulle part.

– Monsieur Willard ? » Prebble avait levé la main. « Je sais que je ne suis qu'un acteur extérieur dans cette affaire, mais que devient l'opération elle-même ?

– Mais je viens de le dire, le ministère n'en veut plus.

– Alors, nous ne tentons plus rien contre Mackenzie ?

– Exact.

– Ni contre ses avocats ? Ses comptables ? Tous les prête-noms ?

– Exact. À moins que le ministre ne revienne sur sa décision.

– C'est fou. Plus d'un an de travail jeté à l'eau ? Quel gâchis.

– Je vous l'accorde. » Prebble se tourna vers Imber, cherchant un soutien, mais l'inspecteur semblait être en état de choc. Voilà un homme, pensa

Faraday, qui vient d'assister à la démolition d'une vie de travail en l'espace de quelques minutes. Il avait toujours pensé qu'ils finiraient par avoir Mackenzie, et voilà que la cible même de Tumbril était devenue intouchable.

Willard jalonnait maintenant la route qui les attendait. En raison des retombées que provoquerait cette débâcle, la direction avait demandé une enquête à la police des polices, et tous les membres de l'opération, Willard compris, seraient interrogés. En attendant, tout le monde, sauf Prebble, serait assigné à de nouveaux postes.

Cette fois, ce fut Joyce qui leva la main.

« Je vote pour une semaine de congé, dit-elle en regardant Faraday. Tumbril nous doit bien ça. »

La réunion terminée, Faraday, le dernier à se lever, se dirigeait vers la porte quand Willard le rappela. Le superintendant était de nouveau à son bureau devant son ordinateur.

« Voilà ce que Prebble m'a mailé la nuit dernière. Voyez vous-même. »

Faraday reconnut l'analyse que Prebble avait établie le vendredi après-midi. Sans le départ abrupt de l'expert, soucieux de ne pas rater le train de Londres, Faraday en aurait eu connaissance plus tôt.

« Là. » Willard était parvenu à la dernière rubrique. Sous le chapitre « Dons divers », Prebble avait enregistré un chèque de sept mille livres de la Bellux Ltd à une société locale du nom d'Ambrym. Faraday sentit son sang se glacer. Bellux Ltd était la plus active des nombreuses sociétés de Mackenzie, le moteur dont il se servait pour agrandir son empire commercial. Une note précisait que cet argent était une contribution financière à un projet de vidéo traitant d'un problème de santé publique.

« Ambrym ? » Willard regardait Faraday.

« C'est la boîte d'Eadie.

— Et la vidéo ?

— Celle à laquelle J-J a collaboré.

— Le sujet ?

— L'héroïne.

— Financé par un type qui a vendu de la came toute sa vie ? Si on était le premier avril, je prendrais ça pour une blague. Vous pouvez me dire ce qui nous arrive ?

— Je n'en sais rien, monsieur », dit Faraday sans pouvoir quitter l'écran des yeux. *Ambrym Productions, le 5 novembre 2002 ,7 000 £.* Tiens bon le coup, s'exhorta-t-il.

Willard s'écarta du bureau. La journée de la veille avait laissé sur lui sa marque : yeux cernés de fatigue, une coupure au rasoir qu'une main mal assurée lui avait faite au menton.

« Nous ne devrions pas avoir cette conversation, Joe, mais laissez-moi vous rappeler une ou deux évidences. La police des polices cherchera un motif. Vous vivez avec cette femme. Vous désirez qu'elle réussisse. Sept mille livres, ce n'est pas un gros motif, mais c'est un début. Vous me comprenez, n'est-ce pas ? »

Faraday acquiesça. Il n'y avait rien à dire. Il entendit vaguement Willard lui demander de dresser la liste de tous ceux et celles ayant eu accès aux bureaux de Tumbril : le personnel de nettoyage et celui de maintenance des ordinateurs et photocopieuses. Il voulait le tout pour demain matin.

« D'accord ?

— Oui, monsieur, mais Cathy Lamb lance une petite opération, ce soir.

— Mike Valentine ? Le ferry ? » Willard considéra Faraday pendant un instant, puis il secoua la tête. « Elle n'a pas besoin de nos talents, Joe. Je lui ai dit de s'en occuper toute seule. »

Dans la matinée, Cathy Lamb fut appelée au bureau de Secretan. Le superintendant en chef avait reçu un bref rapport de l'opération projetée à bord du ferry qui portait le nom de *La Fierté de Portsmouth*, et avait donné son accord. Bien que sachant l'opération fondée sur des spéculations, il avait désespérément besoin de faire entendre sa voix dans le brouhaha médiatique qui ne cessait de monter. Par deux fois, la semaine passée, le *News* avait relaté de sanglants accrochages entre dealers de drogue. La ville avait survécu au Blitz, dit-il à Cathy, mais à ce rythme la moitié de la population allait fuir la zone de guerre.

Il devait présider, au déjeuner, à la visite du directeur de la police et son aréopage de gros bonnets. Portsmouth avait été citée pour ses performances dans la lutte contre la criminalité. Et il serait sage, avant l'arrivée du grand patron, de connaître les derniers résultats.

Cathy aimait bien Secretan. Il se dégageait de lui cette tranquille exaspération qui était devenue pour elle-même une manière de vivre. Elle ne pouvait, pensa-t-elle, que lui dire la vérité.

« De bonnes nouvelles, monsieur. Vous vous souvenez de ce Scouser qu'on a ramassé à la gare ? Celui que son ADN incriminait dans l'agression de Nick Hayder ? L'analyse de la voiture indique que Nick a été traîné sur quelques mètres, avant d'être projeté. C'est alors que le garçon au volant est reparti en marche arrière sur lui.

— Bien, dit Secretan. Vous l'avez inculpé ?

— La nuit dernière, monsieur. Il est encore à l'hôpital, sous bonne garde. Il n'a aucun alibi pour la nuit de mardi. Il prétend qu'il n'était pas en ville, qu'il était allé faire une virée, mais il ne se rappelle pas où.

— Motif ?

— Difficile à dire. D'après moi, Nick est tombé par hasard sur eux, un soir qu'il faisait son jogging. Ils l'ont peut-être provoqué ou je ne sais quoi. Le reste, on le sait.

— Je croyais qu'ils étaient deux ?

— Oui, on a essayé de coincer le second, on a monté une surveillance, mais ça n'a rien donné. À mon avis, les Scousers ont fichu le camp.

— Pourquoi ?

— Pour chercher de nouveaux pâturages. Et puis, comme vous le savez, les Jamaïcains ont débarqué. »

Secretan n'avait pas l'air heureux. Après des mois de harcèlement par une unité spéciale de la police londonienne, les dealers originaires des Caraïbes cherchaient de nouveaux territoires. L'opération Trident avait peut-être été un succès, mais elle n'avait fait que déplacer le problème. Le cauchemar de tous les superintendants avait pris le visage des gangs jamaïcains et, à Pompey, ce cauchemar était en passe de devenir réalité.

Secretan repoussa son fauteuil et se leva. Par une belle journée comme celle-ci, on pouvait apercevoir par la fenêtre de son bureau la ligne de fortins coiffant la colline de Portsdown. Il resta là, un instant, à contempler le paysage, puis il se tourna vers Cathy Lamb.

« Des maisons de crack ? dit-il, le visage sombre. Des machettes ? Des pistolets Glock ? Ça n'en finira donc jamais ? »

Faraday arriva à Hampshire Terrace dans l'après-midi. J-J était devant l'ordinateur, triant les images venues d'Al-Jazira. On voyait à l'écran des soldats américains faits prisonniers par les Irakiens et qui étaient exhibés devant la presse. Regardant leurs visages, Faraday mesurait l'impuissance des armées face à des décisions géopolitiques prises à l'autre bout du monde. Ces hommes n'avaient pas vingt ans. En dépit de leur armement sophistiqué, ils ne savaient rien de ces gens qu'ils avaient pour mission de libérer. À présent, prisonniers de guerre, ils s'attendaient manifestement au pire.

Faraday posa la main sur l'épaule de son fils, qui tressaillit de surprise.

« On a besoin d'un monde sans politiciens, lui dit-il par signes. Tu peux mettre ça dans ta vidéo ? »

J-J considéra un instant la question, avant de sourire, soulageant considérablement Faraday.

« Eadie te cherche, dit-il. Je pense qu'elle est chez elle.

— Chez elle ?

— À l'appartement. »

Faraday repéra la Suzuki cabossée d'Eadie, garée juste en face de chez elle. Il rangea sa Mondeo et resta un instant derrière le volant, se demandant comment régler le problème qui était posé.

Willard avait été on ne peut plus formel : que sa compagne accepte l'argent de Mackenzie ne pouvait que lui retomber dessus. Les enquêteurs y verraient un lien pour le moins suspect, et le tribunal aussi. D'autre part, ce qui s'était passé ces derniers jours avait profondément secoué Faraday, et il mesurait maintenant combien la compagnie d'Eadie lui manquait. Bien entendu, elle était probablement inconsciente de cette crise entre eux, c'était peut-être là toute la question. Elle avait une confiance illimitée dans ses propres capacités et le cran de relever n'importe quel défi. Tout le reste, comme elle le disait elle-même, n'était que bavardage.

Il la trouva perchée sur un tabouret, plongée dans une conversation téléphonique. Dès qu'elle le vit, elle lui envoya un baiser et désigna de la main la bouilloire. Elle avait un besoin urgent de thé. Faraday s'en fut dans la cuisine, où il mit la main sur une boîte d'Earl Grey et un paquet de biscuits au gingembre.

La conversation au téléphone s'échauffait. Non, elle n'avait sûrement pas réalisé ce projet dans le but de se faire du fric. Ce film était destiné aux écoles au prix qu'il avait coûté, rien de plus. Elle n'exigerait jamais plus de cinquante pence pour une cassette vidéo. Même en comptant les frais d'envoi, il n'y avait pas un seul établissement scolaire dans le pays qui, pour la somme de deux livres, ne pourrait s'offrir ces images révélatrices. Et, comme son interlocuteur arguait de nouveau, elle l'interrompit.

« Je me fous de ce que vous pensez, dit-elle. Si c'est tellement important pour vous, je vous enverrai un chèque. » Elle raccrocha en secouant la tête. « Sale con.

— Qui c'était ?

— Un certain Mackenzie. Un des donateurs du projet Kelly. Il me réclame cinquante pour cent des bénéfices. Des bénéfices, tu te rends compte ?

— Qu'a-t-il dit encore ?

— Il voulait voir la bande. Je lui ai répondu que je serais ravie de la lui montrer. Et puis il a commencé à me parler de commercialisation et de droits d'auteur, pour vendre cette putain de camelote.

— C'est une citation, je suppose ?

— Joe, ça me ressemble de parler comme ça ?

— Cela dépend de ton humeur.

— Vraiment ? Je suis aussi horrible que ça ?

— Dis-m'en plus, demanda Faraday en désignant le téléphone.

— Mais il n'y a rien d'autre. » Eadie mordit dans un biscuit. « Doug lui a parlé de la vidéo et a obtenu un don de sept mille livres, et Mackenzie s'attendait à en tirer profit. Je l'ai envoyé se faire foutre, comme tu as pu l'entendre. »

Faraday hocha la tête. Il n'avait rencontré qu'une seule fois Doug Hughes. Eadie avait aperçu son ex-mari dans un pub, où ils se rendaient parfois, et elle avait tenu à faire les présentations. Hughes était en compagnie d'une stupéfiante beauté blonde et, au bout de cinq minutes de conversation, Faraday s'était pris de sympathie pour le bonhomme.

« Comment Doug connaît-il Mackenzie ?

— J'en ai pas la moindre idée. Le type doit être bourré de fric. Doug a toujours été fasciné par les grosses fortunes. C'est plus fort que lui. Comme un papillon qu'attire la lumière.

— Sais-tu de quoi vit Mackenzie ?

— Non, à part essayer de voler une productrice australienne.

— C'est un trafiquant de drogue, dit Faraday qui ne voyait plus de motif à mentir.

— Mackenzie ? Tu es sérieux ?

— Très. Et tu ne le savais pas ?

— Comment aurais-je pu ? Je n'ai vu que le chèque, sans lequel ce film ne se serait pas fait. » Elle le regarda. « Tu veux voir le montage final ? »

Elle avait la cassette dans son sac. Pendant que Faraday servait le thé, elle brancha la télévision. Un instant plus tard, Faraday avait devant les yeux en gros plan l'aiguille d'une seringue s'enfonçant dans une veine gonflée et tuméfiée. Eadie, assise par terre sur la moquette, s'appuyait contre lui.

« Tu vas voir la suite, murmura-t-elle. C'est incroyable. »

Winter avait passé la plus grande partie de la journée à se demander à quel moment exactement il téléphonerait à Mackenzie. Trop tôt, et le lascar aurait vite fait de se renseigner. Trop tard, et il raterait le bateau.

Le ferry partait à onze heures du soir. D'après Jimmy Suttle, Trudy, sa mère et Mike Valentine dîneraient à Chichester dans un restaurant qu'ils aimaient bien. Après ça, ils raccompagneraient

Trude à Buriton. Une dernière visite dans la maison de Waterlooville pour y récupérer deux ou trois trucs, et ils prendraient l'autoroute pour gagner le port des ferries.

Six heures du soir, ce serait parfait, avait décidé Winter. Juste après l'annonce à la radio dans la voiture de nouvelles pertes britanniques, Winter passa son appel. Mackenzie répondit aussitôt.

« Monsieur Winter. » Il riait. « Deux fois en moins d'une semaine ?

— Il faut qu'on se rencontre.

— Pourquoi ?

— Pour me débarrasser d'un truc qui me pèse sur la poitrine. Je préférerais une rencontre discrète. Tu es où ?

— Au bureau.

— Kent Road ?

— Ouais.

— Bouge pas, je suis là dans dix minutes. »

Winter n'attendit pas de confirmation pour raccrocher. De sa position, il pouvait voir de l'autre côté de la route la maison que Mackenzie avait transformée en quartier général pour ses affaires. Depuis sa dernière visite, les murs des maisons voisines s'étaient pris une ration supplémentaire de tags mais le haut muret de la propriété de Bazza était toujours vierge.

Winter écouta encore un peu les informations et puis il traversa la rue. Mackenzie vint lui ouvrir lui-même. Il portait un jean de créateur et un T-shirt blanc. Il ne riait pas.

« Vaut mieux que ça soit important, dit-il. J'ai annulé un rendez-vous pour toi. »

Winter passa devant lui et se dirigea vers l'escalier.

Arrivé en haut, Mackenzie passa devant lui. Son bureau dans le fond était allumé. Winter n'attendit pas qu'on l'y invite pour s'asseoir.

« Tu fais chier, Bazza, dit-il tranquillement.

— Ah ouais, et comment ça ?

— Je parle de ce qui est arrivé à Suttle.

— Il avait qu'à pas déconner.

— Non, Baz, c'est toi qui déconnes. Mon gars aurait pu se faire salement amocher.

— Dommage que ça soit pas le cas. Chris m'a dit qu'il était tombé au premier pain. C'est quoi, votre problème, aujourd'hui ? Vous trouvez plus que des mauviettes à recruter ? Écoute, si c'est pour ça que tu es venu, alors tu sais où est la porte. Ce qui s'est passé samedi, c'est la faute à ton copain. Et la tienne aussi, d'ailleurs.

— Ma faute ? Comment ça ?

— Je t'ai pas averti, peut-être ? Je t'ai pas dit au sujet de ma Trude ?

— Ta Trude ? » C'était au tour de Winter de rire.

« Ouais, ma Trude. T'as un problème avec ça ?

— Pas du tout. » Winter jeta un coup d'œil à sa montre. « J'ai appris que Valentine se barrait.

— Exact. Il prend le ferry ce soir. Fuenguirola. Il en a de la chance, ce salopard.

— Quelle chance ? Le coin que tu dis grouille de tordus, à ce qu'on raconte. Dealers, expatriés, des types qui ont trop d'argent et pas assez de goût.

— Ouais ? L'argent te fait mal, hein ? Pas étonnant, vu qu'on vous paye des clopinettes. Non, Mike sera bien gentiment installé. Il parle espagnol, l'enfoiré. Tu te rends compte ? Un mec de Pompey ?

— Alors, vous resterez en contact ?

— Bien évidemment.

— Pour affaires ou pour l'amitié ?

— Les deux. Mike est de ce pays. Le mec a de la classe. Et ça se voit. Il traite bien les gens. Il les charme. Il pourrait se faire du fric rien qu'avec son sourire.

— T'as raison. Et pas seulement du fric. » Winter sortit de sa poche une feuille de papier soigneusement pliée et la fit glisser sur le bureau. « Lis ça.

— C'est quoi ?

— Regarde et tu le sauras. »

Mackenzie avait pris la feuille. Winter le regarda la déplier.

L'en-tête lui donna une idée du contenu. À la moitié de la page, il releva la tête. « Où tu as eu ça ?

— Chez Mist.

— Elle te l'a donné ?

— Disons que je l'ai emprunté. » Winter lui sourit.

— Tu me racontes des salades. Elle a été chez elle toute la semaine.

— Non, samedi, elle n'y était pas.

— Tu me fais marcher.

— Pas le moins du monde. Voilà le numéro de téléphone de la compagnie du ferry. Cabine 14. Réservée au nom de M. et Mme Valentine.

— Mike ? dit-il, incrédule.

— Ouais, notre Mike.

— Le con. » Sa voix était à peine audible. Il était revenu au certificat de paternité. Finalement il releva la tête, une étrange lueur dans les yeux. « J'espère que c'est rien d'autre qu'une mauvaise plaisanterie, sinon... » Il prit congé de Winter d'un signe de tête en direction de la porte puis décrocha le téléphone.

Eadie et Faraday avaient passé près de deux heures à commenter la vidéo. Faraday l'avait visionnée deux fois, afin de s'assurer de sa première impression. Le matériau d'origine était puissant, et les images brutales, mais Eadie les avait montées de telle manière que leur impact cumulé était irrésistible.

Le pur dynamisme de la vidéo était inexplicable. Il y avait là une passion, une pulsation qui vous prenait et ne vous lâchait plus. On ressentait de la colère, de la tristesse, une envie d'agir. Faire partager au plus grand nombre l'histoire de Daniel Kelly serait un très bon départ. Frapper aux portes. Répandre le message. Le montrer aux mômes.

« Je ne sais vraiment pas comment tu t'y es prise, lui dit-il. Ça me dépasse.

— Tu penses que c'est bien ? Que ça atteint la cible ?

— Je pense que c'est horrible et que ça va dans le mille.

— Alors, ces règles que j'aurais violées ?

— Une connerie. On oublie.

— Et Mackenzie ?

— Tu lui as tiré sept mille livres, félicitations.

— Alors, on est toujours amis ? » Elle monta sur le canapé et l'embrassa sur la bouche. Puis, s'écartant de lui, elle lui demanda comment s'appelait son patron.

« Willard.

— Non, pas lui. Je parle de celui en uniforme.

— Secretan. Il est superintendant en chef.

— Prénom ?

— Andy. » Il la regarda. « Pourquoi ? »

24

Lundi 24 mars, 19 h 45

Faraday était en retard à l'hôtel Sally Port. Il entra dans le hall et se débarrassa de son pardessus. Un chaleureux brouhaha s'élevait du bar. Les prêtres dans leurs costumes sombres étaient en nombre. Au bout du couloir, Faraday trouva une petite salle de réception. Un garçon en livrée rouge proposait un plat de canapés, et une serveuse, que Faraday avait le sentiment d'avoir déjà vue, sans pouvoir situer où, passait entre les petits groupes, versant du vin. La cathédrale semblait s'être vidée pour se déverser dans l'hôtel.

« Comment allez-vous ? »

Faraday se retourna. Nigel Phillimore lui souriait.

« Je vais bien.

– Mieux ?

– Oui, merci, répondit Faraday un peu embarrassé.

– À la bonne heure, dit Phillimore en lui pressant amicalement la main. Venez, je vais vous présenter. »

Pendant la demi-heure suivante, Faraday fit de son mieux pour cacher son ignorance du plain-chant. La politesse le poussait à complimenter ces hommes pour leur concert de la veille mais sitôt qu'il le pouvait, il revenait à des sujets moins dangereux. Il avait envie qu'on lui parle de Tallinn, de l'Estonie, de la vie qu'on menait au bord de la Baltique, des oiseaux qu'on pouvait y observer. Il voulait aussi connaître leurs impressions sur Portsmouth, ce qu'ils pensaient de cette ville, ce qu'ils en rapporteraient. Et, comme le deuxième verre de côtes-du-rhône accompagnait parfaitement les sandwichs à la viande, il eut conscience de prendre du bon temps.

Autant leur chant avait été austère et d'une grandeur glacée, autant les choristes avaient une chaleur et une curiosité qui créaient un rapport immédiat. Ils aimaient Portsmouth. L'un d'eux l'appelait même Pompey, comme on le ferait d'un enfant préféré. La ville avait de l'énergie et beaucoup de malice. Il s'était passé tant de choses, ici. On le sentait dans les ruelles du Vieux Portsmouth, dans les photos couleur sépia qui décoraient les murs du café en bas de la rue. L'Estonien avait bien l'intention de revenir. Il avait des amis à Saint-Pétersbourg, et il était sûr que Portsmouth leur plairait beaucoup. Les Russes, disait-il, étaient des pirates dans le cœur et ils se sentiraient chez eux à Pompey.

Cette pensée amusa Faraday, et quand l'un des Estoniens lui demanda quel était son métier, il ne vit aucune raison d'en faire secret.

« Flic ? dit l'un.

– Détective ? » demanda un autre.

Faraday hocha la tête, tentant d'esquiver alors

qu'ils le pressaient de leur raconter quelques histoires policières, mais leur enthousiasme lui délia la langue et, quand le moment de partir arriva pour lui, ce fut avec plaisir qu'il leur laissa sa carte.

« Appelez-moi quand vous reviendrez. » Il fit le tour des mains tendues. « Je me ferai une joie de vous faire visiter. »

De retour dans le hall, il chercha son pardessus. Il n'y avait personne à la réception, mais il aperçut la serveuse qui venait dans sa direction avec un plateau vide. Où donc l'avait-il déjà vue ?

Elle l'emmenait en direction du vestiaire, quand il se souvint. Chambre 6. L'après-midi où il avait rencontré Wallace pour la première fois et appelé le service de chambre. La fille s'éloignait, quand une idée lui vint soudain. Il la rappela.

« Est-ce que le directeur serait là, par hasard ?

– Oui, je crois qu'il est dans son bureau.

– Je pourrais lui dire un mot ? » Il lui sourit tout en sortant sa plaque. « Inspecteur Faraday. »

Winter retrouva le technicien des Opérations spéciales qui l'attendait sur le quai. Il lui avait téléphoné une heure plus tôt de Kingston Crescent, juste après avoir rencontré Cathy Lamb, et l'homme lui avait assuré que tout était en place. Il s'appelait Gulliver. Il avait passé la journée à faire l'aller-retour Portsmouth-Le Havre, disposant ainsi de tout le temps nécessaire pour poser des micros et une caméra reliés à la cabine voisine. Winter et ses collègues n'auraient plus qu'à s'asseoir et attendre le lever du rideau.

À présent, Gulliver entraînait Winter sur la passerelle menant au ferry. Le navire se dressait au-dessus d'eux, haut comme un immeuble, l'air menaçant dans la lumière crue de ses feux. Le dernier des camions grimpait lentement la rampe à l'arrière, et la longue file de voitures qui attendait commencerait d'embarquer derrière lui.

À bord, l'équipe de nettoyage passait l'aspirateur tout autour de la réception. Gulliver avait déjà fait connaissance avec la commissaire de bord, une femme d'âge moyen avec de jolies jambes et un air affairé. Elle secoua la main de Winter et jeta un regard à sa montre. Le temps passait.

« Je ne sais pas combien d'hommes vous attendez.

— Cinq.

— Ils ne vont plus tarder ?

— Deux sont déjà ici, en tenue civile, dit Gulliver. Je les ai installés dans la cabine.

— Vraiment ? Et les autres ? »

Winter prit le relais. Danny French, l'autre constable de la brigade, serait ici d'une minute à l'autre. Il cherchait son passeport quand Winter avait quitté Kingston Crescent.

« Il n'a pas besoin de passeport, dit-elle. À moins que vous ne preniez le large, si je puis dire.

— C'est au cas où, dit Winter, suave en diable. Les deux autres gars appartiennent à la Scène de crime.

— Ce sont ces deux-là qui ont besoin de l'accès au pont des véhicules ?

— Oui, avec votre permission. » Winter jeta un regard à Gulliver. « Vous vous êtes arrangé pour la fouille de la voiture de Valentine ?

— Je l'ai fait pendant le retour, cet après-midi. Le responsable de l'embarquement des voitures a tous les renseignements nécessaires. Il nous communiquera le numéro de parking et l'accès à la porte, dès qu'ils auront fermé les portes. »

La commissaire de bord consulta de nouveau sa montre. « Est-ce que ces hommes de la Scène de crime sont en uniforme ? Les passagers pourraient se demander...

— Non, l'interrompit Winter. Ils sont en civil. Ils m'ont appelé, il y a une demi-heure. Ils sont dans une fourgonnette blanche, et dûment enregistrés. Ils se trouvent en ce moment même dans le parking.

— En liaison avec vous ?

— Parfaitement. Une fois que nous nous serons occupés de M. Valentine, ils monteront à la cabine pour prendre les clés de la voiture, qu'ils pourront alors fouiller. »

La femme hocha la tête d'un air songeur. « S'occuper de M. Valentine ? Qu'entendez-vous exactement par là ? » demanda-t-elle enfin.

La circulation sur l'autoroute était fluide. La pluie avait cessé voilà quelques heures, et Faraday pouvait voir la lune se lever à l'est. Un vent froid s'engouffrait par la vitre descendue, et il y avait quelques lambeaux de nuages au loin, passant au-dessus du château de Portchester.

Faraday prit la sortie pour Southampton, ralentissant avant de s'engager sur la longue montée de Porstdown. Il n'en était pas sûr, non, pas sûr du tout, mais c'était une piste qu'il ne pouvait ignorer. Toute sa carrière avait été émaillée d'instants comme celui-ci, un bout de souvenir disparu et soudain revenu. En tout cas, il voulait en avoir le cœur net car, au-delà de ces considérations, il y avait des chances que son intuition présente mette un point final à cette lamentable affaire.

Vingt minutes plus tard, il prenait la sortie de Southampton est et se retrouvait dans la zone artisanale constellée de ronds-points. Il poursuivit sa route, cherchant un repère, jusqu'à ce qu'il tombe enfin sur un pub, The Battle of Britain. De là, une chaussée pentue menait au lotissement. La maison de Joyce était située deux rues plus loin. Il aperçut sa Datsun garée devant l'allée. Dès cet instant, s'il ne s'était pas trompé, il ne pourrait plus revenir en arrière.

Il allait sonner une deuxième fois quand Joyce ouvrit la porte. Elle était en large pantalon de survêtement, avec un haut ras-du-cou rose. La porte de la cuisine au fond du couloir était ouverte, et Faraday perçut une odeur d'ail frit.

« Shérif, dit-elle avec un grand sourire. Quelle surprise ! Entrez donc ! Vous avez mangé ? » Elle se tut, abaissant son regard, les sourcils froncés. « Mais c'est quoi, ça ?

— Ma carte de police, Joyce.

— Pourquoi ? Je ne sais peut-être pas que vous êtes flic ? » Elle le regarda. « Que se passe-t-il ?

— C'est précisément une affaire de police, Joyce, et nous pouvons procéder de deux façons. Nous pouvons bavarder et vous me dites ce que vous savez, ou bien je perquisitionne.

— Je préfère qu'on bavarde. » Elle s'écarta pour le laisser passer. « Vous avez sûrement autant besoin d'un verre que moi. »

Faraday opta pour une tasse de thé. Joyce ouvrit

une bouteille de Bailey's. Le temps que le thé infuse, elle en était à son deuxième verre.

« Je ne comprends pas. » Elle tendit la main vers le petit pot de lait. « Vous me dites que vous avez une liste, et que ma petite personne se trouve en tête de cette liste ?

– Hélas, oui.

– Pourquoi ? Comment ? Qu'est-ce qui vous fait croire que j'aurais pu avoir envie de parler à une ordure comme Mackenzie, quand on vient juste de passer toute une année à essayer de le coincer une bonne fois pour toutes ?

– Personne ne dit que vous lui avez parlé en personne. Ça ne marche pas forcément comme ça.

– Non ? » Sa main tremblait, et un peu de lait tomba. « Alors, faites-moi plaisir, shérif, dites-moi comment ça marche. »

Faraday n'avait jamais vu Joyce en colère. Même quand la pression à Highland Road mettait tout le monde à cran, elle affichait toujours un calme souverain, l'œil du cyclone. À présent, elle se retenait de bondir.

« Je peux vous dire quelque chose ? Je pensais que nous étions amis.

– Mais nous sommes toujours amis, Joyce.

– Ouais, mais je parle de vrais amis, de gens qui s'entraident, qui sont attachés... mais ça, toute cette merde, c'est pas de l'amitié.

– C'est un travail, Joyce. On me paye pour ça. Et plus vite nous aurons réglé l'affaire, plus vite les choses redeviendront normales.

– Pensez-vous réellement que ça soit possible ? Allons, regardez-vous, Joe Faraday. Vous auriez pu mieux faire, non ? Me téléphoner, par exemple. Un petit coup de fil pour clarifier les choses ? En souvenir du passé ?

— Ça ne fonctionne pas de cette façon, vous le savez.

— Bien sûr. Alors, allez-y. Interrogez-moi. Voulez-vous que je tire les rideaux ? Vous avez l'intention de répandre un peu de sang ? »

Elle reprit sa place sur le canapé, maternant son verre vide, à côté de ses poupées.

« Commençons par votre mari.

— Quoi, mon mari ?

— Il vous a quittée, n'est-ce pas ? Pour se mettre avec une jeune élève officier ?

— Exact. La jolie Bethany. À croquer.

— Et maintenant ?

— Il aimerait revenir à la maison. Les types comme lui pensent que les jeunes sont meilleures au lit. Dommage qu'il lui ait fallu si longtemps pour découvrir tout ce qu'il ratait.

— Alors, il n'a aucune chance de revenir ?

— Pas la plus petite. » Elle lui sourit en écartant les bras. « Servez-vous, shérif. Faites la connaissance d'une fille qui sait pratiquer la véritable hospitalité. »

Faraday baissa la tête, l'air songeur. La voie dans laquelle il allait s'engager maintenant était périlleuse.

« Y a-t-il quelqu'un d'autre ? demanda-t-il enfin.

— Vous pensez que je ne peux pas vivre sans homme, hein ? Vous avez raison. Je ne peux pas. Est-ce que c'est facile de trouver l'homme qui convient à une fille comme moi ? Le genre de type qui connaît deux ou trois choses ? La réponse est non.

— Alors, que faites-vous ?

— J'ouvre les yeux, Joe, je croise les doigts et je fais même une petite prière de temps en temps. Oh, mon Dieu, envoie-moi un mec. Vous n'êtes pas religieux, Joe, je le sais. Mais des fois, ça aide.

— Et Dieu vous a entendue ? Vous avez trouvé un homme ?

— Oui. Et il est beau. En fait, je ne pourrais souhaiter plus beau.

— Oui est-ce ?

— Pas question. » Elle secouait la tête.

« Vous n'allez pas me le dire ?

— Non. »

Pendant un instant, Faraday se demanda si elle ne fabulait pas. À ce rythme, la conversation pouvait durer toute la nuit.

« Et si je jetais un coup d'œil dans la maison ?

— La décision vous appartient. Vous ne le ferez peut-être pas, mais vous en avez le droit.

— Pourquoi ne le ferais-je pas ?

— Parce que vous êtes un type bien. Et parce que vous n'avez pas de mandat de perquisition.

— Je peux en obtenir un. Et vous savez que je n'aurai même pas à bouger d'ici. Un coup de fil suffira.

— Bien sûr, mais le mandat n'arrivera pas avant demain. Vous pensez faire un long séjour chez moi, Joe ? On ferait peut-être bien, dans ce cas, de se mettre quelque chose sous la dent, pas vrai ? »

Faraday savait qu'elle essayait de le retourner, lui rappelant toutes ces dettes qu'il avait envers elle, quand elle avait travaillé pour lui, après la mort de Vanessa dans un accident de la circulation.

Faraday sortit son portable de sa poche.

« Vous faites quoi, shérif ?

– J'appelle le juge.

– Vous êtes un beau salopard. Vous m'avez laissée croire... Oh, et puis merde, pourquoi pas ? Allez-y. »

Elle se pencha en avant pour se lever puis, se ravisant, tendit la main vers la bouteille. Quand elle eut rempli son verre, elle le porta à ses lèvres en regardant Faraday, qui n'avait pas bougé.

« À partir de maintenant, Joe, dit-elle tout en sirotant son Bailey's, finis les indices. Vous ne devrez plus compter que sur vous-même. »

Le ferry pour Le Havre partit avec une dizaine de minutes de retard. À minuit, alors que les lumières de la terre disparaissaient rapidement à travers le hublot, Winter commençait à se demander s'il ne s'était pas trompé.

Valentine et Misty Gallagher étaient descendus dans leur cabine avec juste un sac de voyage. Puis Valentine était ressorti, pour revenir quelques minutes plus tard, chargé de trois bouteilles, deux de champagne et une de Bacardi. C'était difficile à distinguer sur le petit écran en noir et blanc, mais apparemment le champagne était du Krug.

Assis avec les trois autres constables sur la couchette du bas, Winter avait regardé Misty se désaper et se glisser entre les draps d'une des deux couchettes du bas, pendant que Valentine sortait deux coupes en cristal du nécessaire de voyage et ouvrait la première bouteille. C'était un homme de haute taille, bien conservé, aux cheveux drus et grisonnants et, quand il enleva sa chemise, on voyait qu'il faisait un peu de muscu. Il avait tendu une coupe à Misty et s'était assis dans le lit à côté d'elle. Ils avaient fini la bouteille le temps que le navire quitte le quai, et ils faisaient maintenant l'amour tandis que *La Fierté de Portsmouth* franchissait la passe.

Winter et les autres avaient enregistré le spectacle avec intérêt. Manifestement, Valentine aimait se faire sucer, et l'inventivité de Misty avait survécu à des années de durs bourrages avec Mackenzie. L'un des constables marmonna que ça lui rappelait les premiers films porno en noir et blanc, aux images un peu brouillées.

À présent, quarante minutes plus tard, Misty et Valentine avaient tout l'air de dormir. Les lumières étaient toujours allumées dans la cabine, mais ils avaient les yeux fermés, la tête de Misty nichée dans le creux de l'épaule de Valentine.

« Alors, vous en pensez quoi ? » demanda Danny French, lorgnant leur propre bouteille de scotch. Gulliver l'avait laissée sur la tablette, en dessous du hublot, un cadeau de la part des Opérations spéciales. C'était un beau geste, ils étaient tous d'accord là-dessus, et ce serait une honte de ne pas y faire honneur.

La décision incombait à Winter, le constable le plus ancien.

« On se donne une demi-heure de plus. » Il consulta sa montre.

« Ouais, mais qui nous dit que Mackenzie est monté à bord ? Vous n'étiez pas censé en être informé, au cas où il aurait acheté un billet ? »

Winter ne répondit pas. L'une des employées de l'agence du port lui avait promis de le faire, mais il y avait mille raisons pour qu'elle n'en ait pas eu la possibilité. Peut-être avait-elle été submergée par le flot des passagers. Peut-être avait-il payé cash sans donner de nom. Peut-être avait-elle mal noté ou égaré le numéro de portable de Winter. Allez savoir.

Les minutes passèrent. Misty bougea dans son sommeil, se serrant un peu plus contre Valentine. Leur conversation, une heure plus tôt, n'avait absolument rien trahi quant à Mackenzie ou au contenu de la BMW X5. Ils étaient selon toute apparence un couple d'âge mûr, à la vie sexuelle encore très active, qui partait en vacances à l'étranger. Seul le « Putain de bon débarras » que Misty avait grogné, tandis que le Gunwharf passait lentement devant le hublot, pouvait laisser penser à un départ plus définitif.

Le mouvement du bateau indiquait qu'ils étaient maintenant en haute mer. L'un des constables avait grimpé sur la couchette du haut et paraissait dormir. Les deux autres, sur la proposition de French, avaient entamé une partie de cartes. Soudain, de la manière la plus inattendue, de violents coups ébranlèrent la porte de la cabine voisine. Winter se leva pour coller ses yeux à l'écran et donna une poussée au dormeur sur la couchette.

« Debout, dit-il d'une voix sifflante. Ça démarre. »

French étouffa un gloussement. Valentine était sorti du lit et, debout au milieu de la cabine regardait la porte avec une expression confuse. Le rêve dont il avait été bruyamment tiré devait avoir été agréable, car il arborait une belle érection.

« Qui est là ? » cria-t-il.

Misty s'était relevée sur un coude, le drap tiré jusqu'au menton. On tapa encore un grand coup à la porte, et une voix se fit entendre. Mackenzie. Il n'y avait pas l'ombre d'un doute.

« Ouvre cette putain de porte. »

Valentine et Misty échangèrent un regard.

« Qui est-ce ?

– Baz.

– Qu'est-ce que tu veux ? demanda Valentine.

– C'est toi que je veux. Ouvre, sinon je démolis la lourde. »

Valentine noua une serviette autour de sa taille. Son érection faiblissait. Il jeta un regard impuissant à Misty, qui se contenta de hausser les épaules. Valentine ouvrit la porte et s'écarta avec la grâce d'un torero, tandis que Mackenzie faisait irruption dans la cabine. La scène rappela à Winter une corrida qu'il avait vue à Séville, le taureau blessé chargeant aveuglément autour de lui, imprévisible, dangereux. Enfermé dans cet espace étroit, pensa Winter, Mackenzie se déchaînerait encore plus.

« Tu es soûl, Bazza, dit Valentine, en refermant la porte.

– Tu crois ? »

Il lui arracha la serviette de bain et puis son regard se porta lentement vers le lit. Misty se mit à rire.

« Tu aurais dû nous dire que tu viendrais, dit-elle d'un air dégagé. On se serait habillés. »

Faraday en avait presque terminé avec le rez-de-chaussée. Il n'y avait rien dans la cuisine, et rien non plus à tirer des notes sur le calendrier. L'appel du

1471 avait révélé un numéro à Londres, que Faraday avait relevé, et appelé, mais qui était celui du service-clients de la compagnie du gaz. Quant au répondeur, l'unique message était une voix de femme qui rappelait à Joyce que leur bowling était reporté à mercredi, sept heures et demie, même endroit.

« Je suis meilleure que vous ne le pensez, lui dit Joyce sans bouger du canapé. Ça doit être mon adolescence dans la prairie. J'ai été la reine du championnat de Grand Islands, Nebraska. » Elle était soûle, à présent, levant son verre vide en un muet salut, tandis qu'il tournait son attention sur les tiroirs du buffet. Au bout d'un moment, elle s'arracha du canapé et se dirigea prudemment vers le lecteur de CD. Pas du Peggy Lee, cette fois, mais Sarah Vaughan.

Faraday regarda l'escalier. Il savait qu'il n'avait pas d'autre choix que de poursuivre sa fouille, mais il se sentait pris de doute. Il y aurait des dégâts, quel que soit le résultat, dont l'un serait la perte d'une belle amitié.

« Il vous faut monter, très cher. Je sais que vous n'attendez que ça. »

Joyce s'en fichait maintenant. Elle avait regagné le canapé, croisé les jambes sous elle et, le regard vacant, écoutait la musique. Faraday lui jeta un dernier coup d'œil, avant de poser le pied sur la première marche.

« La commode près du lit, dit-elle d'une voix blanche. Du côté de la fenêtre. Qu'est-ce que ça peut foutre ? »

La chambre était sur le devant de la maison. Des glaces recouvraient tout un mur. Le reste de la pièce était dominé par un très grand lit. La petite commode avait été repeinte et, dessus, il y avait un reste de bougie au milieu d'une mare de cire dans une assiette.

Faraday trouva une pile de lettres dans un des tiroirs. Il se laissa choir sur le lit et les feuilleta. Même écriture, même cachet de la poste, les dates remontant à décembre dernier. Il revint aux plus récentes, sachant qu'il avait trouvé ce qu'il était venu chercher. Il avait sous les yeux la relation amoureuse qui avait mis Tumbril à genoux.

Il hésita un instant, répugnant à lire la lettre. Il aimait beaucoup Joyce. Elle avait été une fidèle amie, toujours là pour lui, et pas seulement en remplaçante de Vanessa mais, plus récemment encore, il y a quelques jours, quand il avait ce coup de déprime, au restaurant. Une fois de plus, elle l'avait soutenu de toute sa chaleureuse présence.

« Allez-y, shérif. »

Faraday se retourna. Joyce se tenait sur le seuil et le regardait.

« Cela ne vous ennuie pas si je... » Il lui montra l'enveloppe. Il se sentait minable, sali par la tâche qu'il s'était lui-même assignée.

— Pas du tout, répondit Joyce. Allez-y. »

Faraday sortit la lettre de l'enveloppe. Trois pages remplies d'une écriture fine, à l'encre noire.

« Lisez-moi le premier paragraphe, dit Joyce. C'est très beau.

— Écoutez, Joyce, je ne suis pas sûr que...

— Allons, shérif, vous me devez bien ça. Lisez.

— D'accord. » Faraday hocha la tête et, se penchant sur la feuille, se mit en devoir de déchiffrer l'écriture hâtive. « Mon ange, tu as fait le bonheur d'un vieil homme. Pas seulement le sexe. Pas seulement la nuit dernière et la nuit d'avant, où j'étais trop vidé pour prendre le volant. Pas seulement le parfum et les dix gousses d'ail. Pas seulement le fait que je me suis réveillé ce matin en me demandant où tu étais, mais tout ce qui s'est passé depuis Noël, et tout ce qui est à venir, si Dieu le veut.

– Voilà, dit Joyce. Je vous l'avais dit, que c'était beau.

– Ça l'est, approuva Faraday.

– Ouais, et pas seulement sur le papier. Voulez-vous me dire quelle loi nous avons violé ? Ou bien est-ce juste pour le pied que vous faites ce genre de chose ? »

Faraday ne répondit pas. Il ne restait plus qu'une seule question, et ils le savaient tous deux. Joyce s'approcha lentement du lit. Le matelas ploya sous son poids, quand elle s'assit à côté de lui. Faraday pouvait sentir sa chaleur et entendre le bruit de sa respiration. Finalement, il rangea la lettre dans son enveloppe, lui laissant le petit plaisir de nommer elle-même le nouvel homme de sa vie.

« C'est Harry, shérif. » Elle lui souriait, avec fierté, le visage tout près de celui de Faraday. « Mais vous l'aviez probablement deviné, hein ? Parce que vous êtes un détective ? »

« Il est en train de péter les plombs », dit Danny French, accroupi devant l'écran. Il ne se trompait pas.

Mackenzie, son large dos parfaitement cadré par la caméra cachée, se tenait face à Valentine. Jusque-là, il n'y avait pas eu de violence. Mackenzie avait dit ce qu'il avait à dire, montré ses cartes, et demandé à voir. Valentine, l'un de ses meilleurs potes, l'un de ses plus proches associés, l'homme en qui il avait toujours eu confiance, aurait couché pendant tout ce temps-là avec Misty Gallagher ? C'était bien ça ou bien ils étaient victimes d'une putain de machination diabolique ? Et si coup monté il y avait, qu'est-ce que venait foutre ce putain de certificat de paternité qui disait que Trudy n'était pas son enfant à lui, mais celui de Valentine ?

Ce dernier n'avait pas de réponse à ces questions. « T'es bourré, Baz, t'es bourré et en pétard, et tu y verras plus clair après un roupillon. Ouais, Mist et moi, on se voyait. Pas de doute là-dessus. Mais qu'est-ce qu'on pouvait attendre d'autre d'une belle femme comme elle, si l'homme de sa vie s'en allait avec une jolie petite Italienne ? » Misty battit des mains à ses paroles. Bazza venait de la jeter à la rue. C'était ça, sa reconnaissance, après tout ce qu'elle avait fait pour lui ?

Mackenzie donnait l'impression d'avoir perdu ses repères. Sa voix, légère comme toujours, s'altérait, et il secouait la tête comme si quelque rouage intérieur était défectueux. Il avait besoin d'en être sûr, ne cessait-il de répéter, alors qu'il était manifestement incapable d'affronter la vérité.

« Tu as fait ça ? répétait-il à Valentine. Tu l'as fait ?

– Quoi ?

– Baisé ? À ce moment-là, avant Trudy ? » Son regard fou allait de l'un à l'autre, désirant ardemment une dénégation, désirant tellement garder sa vie dans l'ordre qui lui seyait. Cette soudaine possibilité qu'il se soit trompé pendant toutes ces années, de n'avoir que les restes du festin qu'était Misty Gallagher, lui faisait certainement mal. Il avait besoin de se retenir à quelque chose, à une preuve, à tout ce qui pourrait le ramener à sa vraie place. Celle du patron.

Il s'empara soudain du sac de voyage de Valentine posé sur l'une des couchettes. C'était un sac en cuir bleu marqué du logo BMW. Le retournant, il en fit tomber le contenu aux pieds de Valentine. Puis, s'agenouillant, il fouilla le petit tas de vêtements. Winter reconnut le guide de voyages pour la Croatie, qu'il avait remarqué lors de sa visite à l'appartement de Misty.

« C'est quoi, ça ? » Le bouquin à la main, Mackenzie regardait Valentine. « Je pensais que tu allais en Espagne, non ? »

Valentine ne disait toujours rien. Misty était allongée sur le dos, le drap toujours remonté sur elle, contemplant le plafond.

Mackenzie avait retourné le contenu du sac, cherchant d'autres indices, quelque chose qui mette fin à ses souffrances. Il trouva une longue enveloppe blanche.

« J'aurais parié sur Bazza pendant qu'il avait encore une chance, dit Winter, mais il l'a laissée passer.

— En tout cas, dit French, pour un flag de trafic de drogue, c'est mal barré.

— Attends, le spectacle n'est pas terminé. »

Mackenzie avait ouvert l'enveloppe. Il était de nouveau debout, se balançant au roulis du bateau. Il déplia les deux feuilles qu'elle contenait et, reculant d'un pas, se plaça sous la lumière. Il lut à haute voix le contenu. Il n'accorda qu'un bref regard à l'autre feuille.

« Senj ? dit-il, regardant Valentine.

– C'est sur la côte, Baz. Une petite maison de vacances. Toute neuve. Il y a un sentier qui descend vers la mer. Les gens du pays sont amicaux. Ça te plaira beaucoup.

– Ça me plaira ? Putain, je me dis que vous déménagez là-bas, elle et toi. Écoute. » Il poussa la lettre sur le visage de Valentine. « Cinq chambres, garage pour deux voitures. Trude part avec vous aussi ? Trude et ce petit bâtard de flic, hein ? Merde, je dois être con. Vraiment con. » Il se pencha de nouveau vers le sol, tira sur un morceau d'étoffe et se retrouva avec une des guêpières de Misty.

« Jolie pêche, Baz. » Valentine s'efforçait encore de voir le bon côté des choses.

« Jolie pêche, hein ? C'est tout ce que tu trouves à dire ? Après tout ce qu'on a traversé ensemble. Tout ce qu'on a fait ? Putain de jolie pêche ? »

Le hurlement de rage traversa la paroi séparant les deux cabines. Mackenzie s'empara de la bouteille de Bacardi, et il la brisa contre l'un des montants de la couchette. Le goulot lui resta dans la main. Valentine fit un pas en arrière et se retrouva dos au hublot.

« Non, Baz, écoute. »

Mackenzie regardait Misty. Il avait l'air d'un homme qui se trouverait soudain dans un endroit qu'il ne reconnaîtrait pas. Rien n'avait de sens, rien ne correspondait. Du rhum avait giclé sur son jean. Le plus gros de la bouteille était tombé sur le tas de vêtements éparpillés par terre. Abandonnant le goulot de la bouteille, il s'agenouilla de nouveau pour fouiller encore. Il souleva un T-shirt de femme et y enfouit son visage, le respirant, avant d'en faire une pelote dans son poing qu'il laissa choir. Il regarda Misty encore une fois et puis plongea la main dans la poche arrière de son jean. Winter vit la flamme du briquet et comprit aussitôt ce qui allait se passer.

« Il va foutre le feu ! » En deux enjambées, il avait ouvert la porte de la cabine. « Pas question de ça ! »

La porte de la cabine de Valentine n'était pas verrouillée. Winter fut le premier à entrer. Mackenzie avait mis le feu à la lettre qu'il avait trouvée dans le sac et il la brandissait, flambante, telle une arme à feu. À tout instant, il allait la jeter sur le tas de vêtements imbibés d'alcool.

À côté du hublot, Valentine paraissait pétrifié. Misty hurlait. Winter tira Mackenzie en arrière, tentant de lui saisir la main, mais Mackenzie lâcha la lettre. Il y eut un éclatement étouffé, et une flamme bleue s'éleva, tandis que Winter arrachait une couverture du lit pour étouffer le feu. Une alarme incendie retentit. Les autres constables se pressaient maintenant dans la cabine.

« Arrêtez-le, cria Winter par-dessus son épaule. Les menottes !

— Au motif de... ? »

Winter continuait de piétiner les vêtements, des morceaux de verre craquant sous ses chaussures.

« Motif ? Mais incendie volontaire, pardi ! »

Redescendu dans le salon, Faraday attendait que Joyce ressorte de la salle de bains. Elle descendit bientôt les marches. Un peu d'eau froide semblait l'avoir requinquée.

« Ça ne vous ennuie pas que je vous pose une question ou deux ? demanda Faraday.

— Non, allez-y. On peut même y passer la nuit.

— Depuis combien de temps vous vous fréquentez, Harry Wayte et vous ? »

Joyce le regarda un instant. « Tout ce que je dis peut être retenu contre moi ?

— Non, c'est juste une question.

— D'accord, dit-elle. Depuis pas tout à fait un an.

— Comme Tumbril.

— Exact. Mais Harry passait avant le travail. » Elle sourit. « Toujours. »

Elle l'avait rencontré dans un bar, à Kingston Crescent. Il fêtait un bon résultat au tribunal d'une affaire de contrebande dont il s'était occupé. Ils avaient vidé quelques verres, et Harry s'était proposé de la raccompagner.

« Ici. À Southampton ?

— Bien sûr. C'est un gentleman. Il a pensé que je méritais un peu d'attention. »

Ils s'étaient revus deux ou trois fois au cours des semaines suivantes, dans des pubs ou des cafés discrets, souvent à Southampton. Et puis Harry avait pris l'habitude de passer la voir le soir avec une bouteille ou deux. Pourquoi dépenser de l'argent à boire l'alcool des autres ?

« Et... ? » Faraday eut un signe de tête en direction de l'étage.

« Bien sûr. Il en avait envie, et moi aussi. La surprise a été de découvrir qu'on s'emboîtait vraiment à la perfection, si je puis dire. Vous ne connaissez pas ça, shérif ? Avec votre Eadie ? »

La relation s'était approfondie à l'automne. Harry

était marié mais sa femme n'était jamais là, occupée par mille petites activités. Ses enfants avaient quitté le nid depuis longtemps. La maison était vide. Et Joyce était bien trop heureuse de lui faire une place dans sa vie. Pas d'engagement officiel, pas de divorce, de remariage et toute cette merde. Rien qu'elle et lui, trois à quatre fois par semaine. Baise divine, conversation enjouée, une occasion de faire la cuisine à deux.

« De quoi parliez-vous ?

— De tout. De lui, de moi, de mon tordu de mari, de sa tarte de femme, des pays qu'on avait visités et de ceux qu'on aimerait découvrir.

— Ensemble ?

— Bien sûr.

— Où, par exemple ?

— Moi ? j'ai un faible pour Marrakech. Je l'ai toujours eu. Harry, lui, aimerait aller en Russie.

— Moscou ?

— Volgograd. Apparemment, il y aurait eu une grande bataille.

— Et vous pensez que vous réussirez ?

— Naturellement. Quand on veut vraiment quelque chose, on l'obtient. »

Faraday hocha la tête. Il pensait à Martha. Et à une année de week-ends volés.

« Vous avez parlé de conversations. De quoi parliez-vous ?

— De tout. C'est un délit ?

— Cela se pourrait. Est-ce que ce « tout » inclut le travail ?

— Bien sûr. Harry est souvent en pétard, et d'après ce qu'il me raconte, il y a de quoi.

— Tumbril ? »

Joyce resta silencieuse un moment. Tous deux savaient qu'ils étaient arrivés à la frontière où l'amitié perdait de son pouvoir élastique.

« Je lui en ai parlé de temps de temps, dit-elle, prudente. Merde, c'était difficile de ne pas le faire.

— Alors, il connaissait l'existence de l'opération ?

— Bien sûr, mais ça ne faisait que confirmer la rumeur. Ce n'était sûrement pas une surprise pour lui.

— Il vous a dit qu'il le savait déjà ?

— Bien sûr.

— Et vous l'avez cru ?

— Oui, pourquoi aurais-je douté de lui ?

— Parce que c'est un détective, Joyce. Et un très bon. Les détectives mentent toujours. Vous le savez bien. Cela fait partie du mode d'opération.

— Si je vous comprends bien, j'aurais dû la boucler ?

— Vous auriez mieux fait de vous en tenir à Marrakech. Vous êtes dans la merde, Joyce. Et Harry aussi.

— Vous allez lui parler ?

— Quelqu'un devra le faire.

— Officiellement ?

— Je le crains.

— Vous voulez que je lui téléphone ? Que je sois à ses côtés.

— Vous le ferez, de toute façon.

— Un peu, oui, que je le ferai. » Elle lui sourit. « Ça ne vous ennuie pas que je vous pose une question ?

— Pas du tout.

— Qu'est-ce qui vous a amené ici, ce soir ? Pourquoi moi ? »

Faraday la regarda un instant avant de lui parler de cette phrase de Mackenzie dans sa conversation avec Wallace, une phrase qui n'avait jamais pu être prononcée ailleurs qu'au premier briefing de Whale Island. *Un voyou du quartier à putes de Copnor.*

« C'est peut-être un hasard, shérif.

— Non, ça ne marche pas comme ça, pas dans la vie réelle. Si ça ressemble à un canard, alors il y a de grandes chances que ce soit un canard.

— Mais on était quatre à cette réunion. Je nous revois très bien. Alors, pourquoi moi ? »

Faraday hésita. Aucun détective doté de toute sa raison ne répondrait à pareille question.

« Je vous ai raccompagnée en ville, la semaine dernière. Vous vous en souvenez ?

— Bien sûr, et j'ai vu cette note d'hôtel sur le tableau de bord de votre voiture. Le Sally Port. Chambre 6. Savez-vous ce que j'ai dit à Harry, cette nuit-là ? Je lui ai dit : Harry, Joe Faraday a une poule qu'il va baiser dans un hôtel du Vieux Portsmouth. Et savez-vous ce que Harry m'a répondu ? Il a dit : bonne chance à lui.

— Vous lui avez donné le numéro ? La date ?

— C'est probable. Vous savez que je note toujours les détails. Partie de mon charme. » Elle souriait de nouveau, plus chaleureusement cette fois. Elle posa sa main sur le bras de Faraday. « Dites-moi quelque chose, shérif.

— Oui, quoi ?

— Je ne me trompais pas au sujet de cette femme ? Chambre 6 ? »

25

Mardi 25 mars, 7 h 58

Faraday se réveilla peu avant huit heures. Eadie était déjà partie. Un mot sur l'oreiller disait qu'elle avait à faire dehors. Suivait une invitation à déjeuner dans un restaurant de Southsea, signée d'un énorme baiser.

Faraday résista à la tentation d'allumer la radio. La guerre, pour autant qu'il pouvait en juger, était devenue une exhibition de la technologie US, et de ses uppercuts bien placés, tirés à des centaines de kilomètres de là grâce aux miracles de la visée laser et du GPS. Les colonnes blindées américaines entreraient plus tôt que prévu dans Bagdad, Bush déclarerait la paix, puis, en toute probabilité, la véritable guerre commencerait.

Le vaste salon était déjà baigné de soleil. Faraday piétinait dans la cuisine à la recherche des sachets de thé, quand il entendit la sonnerie de son portable.

« Faraday ? » C'était la voix de Harry Wayte. « Qu'est-ce qui se passe ? »

Harry n'avait pas le temps de tourner autour du

pot. Il avait reçu un coup de fil de Joyce. La petite visite de la nuit dernière, ça n'était pas une chose à faire. C'était quoi, un flic qui profitait d'une amitié pour s'immiscer dans la vie privée d'autrui ?

Deux fois, Faraday essaya de l'interrompre, de s'expliquer, de remettre les choses dans leur contexte, mais tout cela en vain.

« Tu veux qu'on se rencontre ? finit-il par demander.

— Un peu, oui. Et le plus loin possible de la prison.

— Le parking de Farlington Marshes ? À neuf heures et demie ?

— J'y serai. »

Wayte raccrocha. Faraday savait avec une totale certitude que Wayte avait balancé Tumbril, anéantissant l'opération. Il s'approcha de la baie vitrée. La marée était haute, observa-t-il d'un air maussade, et les flots léchaient l'embarcadère du fort de Spit Bank. Il resta là pendant un moment, se demandant si Gisela Mendel était toujours là-bas, en robe de chambre, songeuse à l'orée d'une journée difficile.

Faraday retourna dans la cuisine et reprit son portable. Willard répondit à la deuxième sonnerie. Il était encore à Portsmouth mais devait partir sans tarder pour Winchester. Faraday lui fit un bref compte rendu. Il avait les preuves que la fuite provenait de Harry Wayte. Et celui-ci voulait un rendez-vous.

« Avec qui ?

— Avec moi.

— Seul ?

— Oui.

— Quand ?

— Neuf heures et demie.

— Vous êtes certain pour Harry ?

— Oui, absolument.

— Bougez pas, je dois parler à quelqu'un. »

Willard fut vite de retour au téléphone. Faraday était perché sur un tabouret, une tasse de thé à la main.

« Où êtes-vous en ce moment ?

— Chez Eadie. South Parade. » Il donna l'adresse à Willard.

Il y eut un bref silence, et Willard revint.

« Quelqu'un sera là dans moins d'une heure. Un visage que vous devriez reconnaître.

— Qui ?

— Graham Wallace.

— Wallace ? Pourquoi ?

— Je veux que vous portiez un micro. » Willard ne voulait même pas en discuter. « Faites-le parler, Joe. Je veux des preuves. Et aussi que le tout soit sur mon bureau à midi. Vous avez entendu ce que je vous ai dit ? »

Il fallut à Eadie Sykes une bonne demi-heure pour dupliquer la cassette vidéo. Elle consulta sa montre, se demandant s'il n'était pas trop tôt pour appeler Kingston Crescent. D'une manière ou d'une autre, elle était déterminée à libérer J-J de toute nouvelle menace policière. Elle lui devait bien ça.

Le nom de Secretan la mit en communication avec une femme qui avait pour tâche de veiller sur l'emploi du temps de Superintendant en chef. Elle avait un léger accent irlandais et désirait savoir si elle avait un besoin urgent de voir son patron.

« Très urgent, lui répondit Eadie. S'il est ici, dites-lui qu'il s'agit de Daniel Kelly. J'ai fait une vidéo à son sujet, et je pense que M. Secretan devrait y jeter un coup d'œil. »

L'assistante pria Eadie de patienter. Et, soudain, Secretan fut en ligne.

« Eadie Sykes ?

— Elle-même. Je me demandais si...

— Où êtes-vous ?

— Pas très loin.

— Je peux vous accorder quelques minutes. Et le plus tôt serait le mieux. »

Il n'y avait pas plus d'un kilomètre jusqu'au poste de police de Kingston Crescent. Eadie laissa sa Suzuki sur le parking du supermarché de l'autre côté de la rue. Un jeune policier en tenue l'attendait à la réception. Le bureau de Secretan était situé au premier étage. La femme à l'accent irlandais lui proposa une tasse de thé ou bien de café.

« Café, s'il vous plaît. Noir. »

Secretan apparut à la porte de son bureau et il s'écarta devant Eadie. Il lui désigna le fauteuil devant son bureau et ouvrit la fenêtre.

« Belle journée, dit-il. Trop belle pour rester enfermé ici. » Il revint dans la pièce. « Que puis-je faire pour vous ? »

Eadie lui parla de la vidéo. À la mention de J-J et de sa participation à la préparation du film et à son tournage, il manifesta d'un hochement de tête qu'il le savait.

« Vous parlez du fils de Faraday ?

— Oui, dit-elle, hésitante. Joe et moi sommes de bons amis.

— Est-ce une chose que je devrais savoir ? lui dit-il en souriant.

— Je ne sais pas. Je pensais seulement que je devais le signaler. » Elle plongea la main dans son sac pour en sortir la cassette. « Ceci est le dernier montage, moins l'enterrement.

— Comment faites-vous ? Vous laissez un espace ?

— Oui.

— Un peu comme dans la vie, alors ?

— Exactement. » Eadie commençait à apprécier cet homme. Il était simple, vrai, avec un sens de l'humour naturel. « Vous voulez la voir ?

— Maintenant ?

— Pourquoi pas ? »

Secretan jeta un coup d'œil à sa montre, puis il quitta le bureau. Eadie perçut un bruit de conversation de l'autre côté de la porte.

« Nous avons quarante minutes devant nous, dit-il en revenant. Le téléviseur est là, ajouta-t-il en montrant l'appareil installé dans un coin de la pièce. À vous l'honneur. »

Eadie chargea le lecteur et revint s'asseoir. Elle avait visionné l'interview des dizaines de fois mais, selon la personne présente, l'expérience était subtilement différente. Secretan regardait en silence. Deux fois, il tendit la main vers son stylo pour prendre une note. À la fin, il hocha la tête d'un air convaincu.

« Puissant, dit-il. Vous avez obtenu les autorisations pour toutes les scènes ?

— Oui.

— Et maintenant, que va-t-il se passer ? »

Eadie lui parla de la distribution. La vidéo était

destinée à tous les établissements scolaires, publics et privée, les associations de lycéens et d'étudiants et partout où les gens pourraient prendre trois quarts d'heure sur le temps de leur quotidien frénétique.

« Ils seraient fous de ne pas le faire.

— C'est mon sentiment. » Eadie retira la cassette. « Vous ne m'avez pas posé de questions sur mes bailleurs de fonds.

— J'aurais dû ?

— Ma foi, oui. J'ai dû me débrouiller toute seule. Cela m'a demandé des centaines de lettres, de coups de fil, de tracasseries. À la fin, j'ai reçu cinq mille livres de la direction de la police, sept mille autres d'un homme d'affaires, versés par un intermédiaire, enfin deux mille de sources diverses.

— L'intermédiaire ?

— Mon ex-mari. Il est expert-comptable. Monsieur le donateur ne voulait pas se faire connaître. » Elle sourit en glissant la viséo dans son boîtier. « Avec mes quatorze mille livres, j'ai démarché le soutien de la ville, et le conseil municipal a fini par en verser autant. De l'argent public, donc. »

Secretan acquiesça. Eadie voyait très bien qu'il ne savait pas où menait cet exposé.

« Et alors ? demanda-t-il.

— Je me suis retrouvée avec vingt-huit mille livres, ce qui était parfait, et j'ai pu réaliser ce que vous venez de voir. Vous pensez que ça valait le coup ?

— Je trouve ça puissamment efficace. Votre film est très fort.

— Bien. Malheureusement, il y a un problème.

— Comment ça ?

— Le type qui a donné les sept mille se trouve être Bazza Mackenzie. »

Secretan s'autorisa un petit sourire. Il y avait en effet un problème.

« Ce film est donc coproduit par Mackenzie ?

— Exact. Financièrement parlant. Et il est en compagnie distinguée. » Elle sourit. « Comme vous pouvez le voir.

— Qu'est-ce que Mackenzie pouvait bien tirer de sa donation ?

— Il pensait en profiter, croyez-moi. C'est pour ça que je lui ai dit qu'il n'en serait jamais question.

— Quand lui avez-vous dit ça ?

— Hier. Au téléphone. Il voulait sa part de profits. Je lui ai répondu qu'il n'y aurait jamais le moindre profit.

— Savez-vous comment Mackenzie gagne sa vie ? demanda-t-il, le front plissé.

— Oui, je l'ai appris.

— Et savez-vous qu'il vient d'être pris en flagrant délit d'incendie criminel ? Sur un ferry à destination du Havre ? »

Eadie enregistra la nouvelle qui, finalement, ne changeait pas grand-chose.

« Le fait est qu'il a financé mon travail. Du moins, il y aura contribué.

— En effet. » Secretan repoussa son fauteuil et regagna la fenêtre. « C'est de J-J que nous parlons ici, n'est-ce pas ?

— Oui, il est en liberté sous caution. En attendant les résultats de l'enquête. » Secretan se taisait, regardant d'un air songeur par la fenêtre. Finalement, il se retourna vers Eadie.

« Superbe film. De fortes images. »

Eadie se leva pour serrer la main qu'il lui tendait. Il se mit à rire. « Je parlais de votre film à vous, et non de celui de mes collègues sur le ferry. Il y a une ou deux autres personnes qui devraient le voir. »

L'entrée du sanctuaire des oiseaux à Farlington Marshes se trouve au bout d'une allée gravillonnée qui court le long de l'autoroute est-ouest tout en haut de la ville. La plupart des oiseaux, poussés vers le sud par le grondement incessant de la circulation, festoient dans les riches étendues boueuses qui s'étendent jusqu'au port de Langstone. Une aire de parking en bordure de l'autoroute permet aux visiteurs d'accéder directement à la réserve. Faraday avait quelques minutes d'avance à son rendez-vous. Finalement, pour chasser un instant de son esprit la rencontre qui allait avoir lieu, il sortit de la Mondeo et regarda autour de lui. Le gravier à ses pieds était constellé d'éclats de vitre, probablement un vol à la roulotte. Il sortit ses jumelles de leur étui et cala ses coudes sur le toit de la voiture.

Au deuxième balayage, il capta un couple de vanneaux rasant la surface des marais. Il les avait aperçus en venant depuis la route, et maintenant ils étaient là, emplissant l'objectif. Absorbé par leur spectacle, il n'entendit pas Harry Wayte arriver. Ce ne fut qu'en percevant un bruit de pas crissant sur le gravier qu'il se retourna.

« On marche un peu ? » lança Wayte en s'engageant sans même un regard derrière lui sur le chemin qui menait à l'entrée de la réserve.

Bien trop conscient du minuscule Nagra dissimulé

dans son dos, Faraday le suivit. Pour la deuxième fois de la journée, il éprouvait un sentiment d'abattement. Même en ruine, Tumbril avait le pouvoir de le décourager.

C'était un beau matin, avec un ciel bleu sans nuage et une légère brise qui frisait gentiment la mer. Faraday pouvait distinguer au loin la tache blanche de sa maison de marinier.

Wayte poussa la barrière au bout du chemin. De là, un sentier serpentait tout le long de la digue ceinturant la réserve. Il était temps maintenant que les deux hommes brisent le silence.

« Pourquoi es-tu allé l'embêter, elle, Joe ? dit enfin Harry d'un ton de reproche.

– Parce que nous venons de perdre une année de travail et Dieu sait combien de fric. Mais tu le sais bien, tout ça, Harry.

– Je le sais ? Comment j'aurais pu l'apprendre ? »

Faraday s'arrêta. Son malaise était soudain passé, remplacé par de la colère. Cet homme venait de foutre en l'air des mois et des mois de labeur. Alors, il pouvait se passer de mettre les gants avec lui.

« Tu ne nies pas que Joyce et toi...

– On couchait ensemble ? Bon sang, bien sûr que non.

– Et je suppose que vous avez parlé de Tumbril ?

– C'est ce qu'elle t'a dit ?

– Oui. » Faraday le regardait, attendant un commentaire, mais Wayte se taisait. « Tu ne vas tout de même pas me dire que tu ne savais rien de l'opération ?

– J'en savais pas plus que les autres couillons de la maison. Les mecs, vous avez couru après votre propre queue. Si vous essayez de me faire payer l'écroulement de votre petite affaire ou de le faire payer à Joyce, vous feriez mieux de réfléchir.

— Donc, vous n'avez jamais parlé de Tumbril ?

— Sur l'oreiller ? Tumbril ? Non, sûrement pas.

— D'accord. » Faraday n'avait jamais songé que ce serait facile. « Alors, prétendons que tu as un trou de mémoire. Imaginons que tu as, comme Nick Hayder, une incapacité totale à te rappeler quoi que ce soit. Supposons toujours que j'aie raison, que Joyce et toi, vous avez parlé de Tumbril, qu'en réalité tu savais tout. Tu me suis ? » La question recueillit un acquiescement prudent de Harry. « Tu as déjà eu affaire à Mackenzie. J'ai vérifié ce matin. Tu n'as pas été promu inspecteur chef. Tu en as plein le cul du boulot et il te tarde d'être à la retraite. Et toi aussi, comme nous le savons tous, tu penses qu'on perdait vraiment notre temps avec Tumbril. Pourquoi ? Parce que tu estimes que Mackenzie aide à maintenir la paix. Tu as peut-être raison dans un sens sur ce point, mais le problème n'est pas là. Le problème, c'est que, dans notre métier, la dernière chose à faire, c'est de balancer des infos à l'ennemi.

— L'ennemi ? » Wayte renversa la tête en arrière en éclatant de rire. « On parle bien du même type, hein ? Le voyou que j'ai foutu en taule il y a vingt ans de ça ?

— Oui. Celui dont la fortune s'élève aujourd'hui à neuf millions de livres, si tu veux le chiffre exact.

— Et tu penses sincèrement que je lui aurais vendu la mèche ?

— Oui.

— Tu peux le prouver ? »

La question avait mis longtemps à venir. Faraday saisit Wayte par le bras, mais celui-ci se dégagea. Les deux hommes se remirent en marche.

« Il va y avoir une enquête interne, Harry, continua Faraday, et ça prendra des mois. Personne n'échappera à leurs interrogatoires, ni moi ni toi ni Joyce ni personne.

— Willard aussi ? C'était lui, le maître d'ouvrage, non ?

— Willard aussi.

— Alors qu'est-ce qui te fait croire qu'ils remonteront jusqu'à moi ?

— Parce que tu as été aussi négligent que vorace, Harry. Il y aura une trace, il y en a toujours une. Et ils te tomberont dessus tôt ou tard.

— Alors, qu'est-ce que tu proposes ?

— Je t'invite à réfléchir, Harry. Je t'ai toujours considéré comme un grand flic. Je n'ai pas été d'accord avec ce que tu as dit à la dernière réunion mais tu t'y attendais, n'est-ce pas ? »

Wayte hocha la tête puis détourna son regard en direction du port. Les deux hommes étaient plus calmes, à présent. Faraday s'étonnait que l'entretien prenne des allures de négociation.

« Tu sais que je me retire en septembre, lâcha enfin Wayte. C'est Joyce qui te l'a dit ?

— Non, elle ne m'en a pas parlé, c'est toi qui me l'as annoncé la semaine dernière au bar de Kingston Crescent.

— Ah bon ? Merde... » Il fit la grimace, nullement décontenancé. « Et je t'ai dit aussi combien il me tardait de décrocher ?

— Oui, ça aussi.

— Merde, je commence à sucrer les fraises.

— Ça peut arriver à tout le monde. »

Faraday fit de nouveau halte. À quelques mètres de la grève en bas de la digue, un couple de bécasseaux arpentait la vase. Faraday les observa un moment puis, glissant la main sous son anorak, coupa l'enregistreur.

Wayte avait suivi ses mouvements. Le sourire rusé avait disparu.

« Salaud, dit-il d'une voix basse.

— Je l'ai éteint, Harry, pas allumé. Tu veux vérifier ?

— Salaud. »

Faraday le regarda un instant et haussa les épaules. C'était là une grande faveur qu'il faisait à son aîné, et que celui-ci vît la chose différemment n'était pas son problème.

« Je me suis rendu à l'hôtel Sally Port l'autre soir, et j'ai parlé avec le gérant. Il se souvient de ta visite samedi. Tu désirais savoir qui occupait la chambre 6 la semaine précédente. Tu as présenté ça comme une requête officielle, et il t'a dit tout ce qu'il savait. Le client s'appelait Graham Wallace, et il t'a donné l'adresse de son domicile, le numéro de sa voiture, la photocopie de sa carte de crédit, tout. Et là, tu en as fait un peu trop, Harry. Tout ce que Mackenzie avait besoin de savoir était un nom et la visite que j'avais rendue à Wallace. » Faraday jeta un dernier regard au couple de bécasseaux et tapota l'épaule de Wayte. « Tu as mon numéro de portable, Harry, passe-moi un coup de fil. »

Faraday, de retour à Kingston Crescent, guettait une chance de rencontrer Willard, quand son portable sonna. Il vérifia le numéro. Harry Wayte.

« Harry ?

— Ouais, c'est moi. Écoute, tu es seul ?

— Oui.

— J'ai réfléchi à notre petite conversation de tout à l'heure. À la vérité, collègue, j'en ai plein le cul de ce job. Alors, j'anticipe mon départ à la retraite. Je vais m'occuper de tous les papiers cet après-midi.

— Harry, tu es sûr d'avoir bien réfléchi ?

— Ouais... mais écoute, Joe, voilà comment je vois les choses. » Il se mit à parler des affaires criminelles dont il avait présentement la charge, et aucune ne menait quelque part. Sans rien perdre de ce que Wayte racontait, Faraday se livrait à un calcul mental. Lui et Wayte étaient des inspecteurs, et ils touchaient le même salaire. En anticipant de six mois sa retraite, Wayte perdrait une vingtaine de milliers de livres. Mettant à profit un bref silence, il communiqua le chiffre à Harry. C'était, après tout, le moins qu'il pût faire.

Wayte l'écouta un instant et l'interrompit.

« Joe, je ne suis pas sourd. J'ai entendu ce que tu disais ce matin. Vingt mille livres, hein ? Qu'est-ce qui te donne à croire que je ne pourrais pas me les faire ailleurs, ces vingt mille livres ? »

Faraday regarda son portable, comme s'il n'en croyait pas ses oreilles. « Qu'est-ce que tu viens de me dire ?

— Tu m'as entendu. Nous n'avons jamais eu cette conversation mais, vingt mille livres, c'est que dalle dans certains cercles, comme tu dois t'en douter. » Il se mit à rire. Et la communication s'interrompit.

Le bureau de Willard était de l'autre côté du couloir.

« Joe ? » Le superintendant leva à peine les yeux de l'écran de son ordinateur. « Vous avez parlé à Wayte ?

— Oui, monsieur.

— Bon, je suis à vous dans une minute. »

Faraday s'installa à la table de conférence, où Willard ne tarda pas à le rejoindre. Pour un homme de grande taille, son supérieur, pensa Faraday, paraissait étrangement rapetissé, presque abattu.

« Comment ça s'est passé ?

— Il n'a rien lâché qui soit passible de poursuites. Il se défendra jusqu'au bout.

— Rien lâché ? s'écria Willard. C'est bien vous qui m'avez dit qu'il avait saboté Tumbril ?

— Oui, et c'est exactement ce qu'il a fait.

— Il a tout balancé à Mackenzie ?

— Je le suppose.

— Vous supposez ? C'est quoi, ces conneries ? »

Jamais Willard ne s'autorisait la moindre vulgarité. Il était manifestement sous pression.

Faraday se pencha en avant, saisissant l'occasion d'expliquer exactement ce qui s'était passé ces dernières vingt-quatre heures. Comment il avait isolé cette unique phrase de Mackenzie dans sa conversation enregistrée au Solent Palace, car le souvenir lui était revenu que ces mots avaient été prononcés lors d'une réunion de Tumbril. Comment encore il avait réduit la liste des suspects à quatre noms. Et ce qui était ressorti de sa visite à Joyce, la nuit précédente.

« Alors, elle couchait avec Harry Wayte ?

— Oui.
— Putain. Et elle lui racontait tous nos secrets ?
— Ils bavardaient. Baiser n'est pas un crime. La conversation non plus.
— Elle le devient quand elle débouche sur Mackenzie.
— Ce n'est pas la faute de Joyce.
— Mais bien sûr que si, Joe. Elle a signé un engagement en entrant dans l'opération. Et elle l'a brisé en parlant à Harry. Soit elle est idiote, soit elle est coupable. Comment peut-elle faire confiance à cet homme ?
— Elle l'aime, monsieur. Et c'est souvent la même chose. On n'aime guère s'il n'y a pas de confiance, comme nous le savons tous.
— Qu'est-ce que cela peut bien signifier ?
— Rien, monsieur, mais vous m'avez très bien compris. Quand on tient à quelqu'un, tout le reste ne compte pas.
— Le reste étant Tumbril, par exemple ?
— Oui.
— Et Wayte, quelle est son intention ?
— Il anticipe son départ à la retraite.
— Il se défile ?
— Selon toute vraisemblance. »
Willard réfléchit un instant, puis il regarda Faraday.
« Que dit-il au sujet de Mackenzie ?
— Rien. Il nie tout. Il n'a jamais rien dit à Mackenzie et ce sera à l'enquête interne qu'il appartiendra de prouver le contraire.
— Et il n'y a donc aucune preuve le liant à Mackenzie ?

— Aucune. Joyce reconnaît lui avoir parlé de Tumbril, mais cela ne signifie pas qu'il y ait eu une fuite.

— Que lui a-t-elle dit de spécifique ?

— Elle lui a parlé d'une chambre à l'hôtel Sally Port. La chambre 6. Celle de Graham Wallace.

— La semaine dernière, vous voulez dire ?

— Oui.

— Comment pouvait-elle le savoir ?

— Elle ne le savait pas, mais je l'ai raccompagnée en voiture un soir, et elle a vu sur mon tableau de bord la note d'un sandwich que le service d'étage m'avait monté, lors de ma rencontre avec Wallace. Joyce en a déduit que j'avais une maîtresse cachée. Et elle lui en aura parlé.

— Formidable. Et la note était au nom de Wallace ?

— Non, monsieur, juste le numéro de la chambre.

— Et Joyce en aurait parlé à Wayte ?

— Wayte s'est présenté à l'hôtel. Il a rencontré le gérant et a obtenu toutes les infos qu'il désirait.

— Au titre de policier ?

— Oui, et de manière réglementaire.

— Comment le savez-vous ?

— J'ai parlé au gérant, hier au soir.

— Vous avez consigné ses déclarations ?

— Non, mais on peut le faire quand on veut.

— Dieu merci. Rien d'autre ?

— Non, monsieur.

— La bande de votre promenade, ce matin ?

— Inutile. L'enregistrement a foiré à mi-chemin. Un problème technique. »

Willard acquiesça. Regagnant sa table de travail,

il appela le superintendant en chef qui dirigeait l'enquête interne. Il lui passa rapidement l'information. Le gérant de l'hôtel Sally Port devait être interrogé le plus rapidement possible. Harry Wayte allait selon lui se faire épingler. Et Joyce de même. Sa conversation terminée, il se tourna de nouveau vers Faraday.

« Ce Harry Wayte, dit-il, est un homme mort. »

Le restaurant qu'Eadie avait choisi pour déjeuner était situé en plein cœur de Southsea. Sur-la-Mer offrait une honnête cuisine française à des prix raisonnables, et avec une belle carte des vins. Eadie choisit un rioja 95, ce qui était le signe que tout allait bien dans son monde. Pour Faraday, que ces dernières heures avaient déprimé, c'était la meilleure nouvelle possible. Après sa visite à Kingston Crescent, elle avait reçu des encouragements de ses partenaires à la mairie de Portsmouth. Ils avaient visionné la vidéo et, bien qu'ils n'aient encore jamais vu d'images aussi poignantes, ils pensaient que cela aurait certainement un impact.

« Un impact ? répéta Faraday en riant.

— J'ai parlé avec l'une des conseillères municipales, qui m'a dit, hors micro, qu'il y avait de grandes chances qu'ils financent la distribution.

— Je pensais que ce problème était déjà résolu.

— Non, ils n'ont prévu de budget que pour le comté de Hampshire. Maintenant, ce serait le pays tout entier qui en profiterait.

— Superbe, dit Faraday en levant son verre. Félicitations, tu l'as bien mérité.

— Tu le penses sincèrement ?

— Bien sûr. J'ai eu des doutes au début, et j'avais tort.

— Et quelle est la cause d'un tel retournement ? demanda Eadie sans cacher sa stupeur.

— Ma foi... quand tu penses qu'il y a un problème, dit Faraday, les sourcils froncés, un vrai problème, alors tu as le devoir de l'affronter. C'est ce que nous tentons de faire dans notre métier, mais ça devient de plus en plus difficile.

— Ah oui ?

— Oui. Je pourrais te dresser une liste longue comme le bras. Les lois changent, et tout le monde est là à défendre la cage de but, mais chacun pour soi. On commence une carrière de flic en se disant qu'on va faire la différence et, à la fin, on se retrouve soi-même en compote. Dans la branche qui est la tienne, c'est tout autre chose. Tu n'as de compte à rendre à personne. Tu repères un problème quelque part. Tu règles ça aussitôt. Si ça chahute, tu n'as qu'à t'accrocher et, à la fin, parce que tu refuses de t'en laisser conter, tu obtiens un résultat. Bravo. » Il leva son verre. « Je t'applaudis.

— Merde alors.

— Quoi ?

— Rien. » Eadie détourna la tête. Pour une fois dans sa vie, elle était proche des larmes.

Le serveur arriva. Faraday choisit l'épaule d'agneau. Eadie, qui avait quelque mal à se concentrer sur la carte, prit une omelette au fromage. Faraday se resservit du vin. Il était temps de changer de sujet.

« Pourquoi m'as-tu demandé le prénom de Secretan, hier soir ?

— Je suis allée le voir, ce matin. » Eadie se moucha. « Je voulais lui parler, lui montrer ce qu'on avait fait.

– Pour ça, il faudrait que tu prennes rendez-vous un mois à l'avance. Tu le verras en avril, avec un peu de chance.

– Pas du tout. Il m'a reçue, et je lui ai même passé les quarante minutes de film.

– Et ? » Faraday était stupéfié.

« Il a beaucoup aimé, du moins c'est ce qu'il a dit. » Elle avait regagné toute son assurance maintenant. « À propos, il est au courant au sujet de J-J.

– Bien sûr qu'il le sait.

– Non, je veux parler de la coopération de J-J à cette vidéo. Elle n'a pas échappé à Secretan. Il était impressionné. »

Faraday commençait à comprendre où elle voulait en venir. Remarquable, pensait-il. Elle avait pensé à tout.

« Et qu'est-ce qu'il a dit au sujet de J-J ?

– Rien, mais j'ai senti que... qu'il comprenait.

– Comprenait quoi ?

– L'importance de la collaboration de J-J. » Elle se pencha en travers de la table en lui faisant signe d'approcher et elle l'embrassa sur les lèvres. « Autrement dit, qu'il avait des circonstances atténuantes. » Leurs plats arrivèrent. Ils se mirent à évoquer la possibilité de faire une pause. Le mois prochain, quand Tumbril aurait cessé de boucher l'horizon, ils pourraient s'embarquer pour Bilbao et redescendre en voiture en Extremadure. À cette époque de l'année, les collines en fleurs seraient superbes. Il pourrait lui montrer les aigles et les vautours et, à Trujillo, il y avait une petite *bodega* qui servait le meilleur jambon fumé du monde.

— Ça me paraît très chouette, mais il y a un problème.

— Lequel ?

— L'enquête sur la mort de Daniel. Elle ne sera pas close avant la fin avril. Je serai appelée à témoigner.

— Bien sûr, et tu le dois.

— On pourrait faire ça un peu plus tard, en mai ?

— Bien sûr. Pour le moment, je suis content rien qu'à l'idée de le faire.

— C'est vrai ? » Elle sentait de nouveau ses yeux se mouiller.

« Parfaitement, dit-il en tendant la main vers la bouteille. Aussi vrai que je suis un homme triste. »

Vers la fin de l'après-midi, Winter commençait à redouter le pire. Une voiture de police était venue chercher Mackenzie à sa descente du ferry pour le conduire au Central. Une autre avait emmené Valentine et Misty Gallagher en garde à vue au poste de Waterlooville, pendant que la Scène de crime et une équipe de mécaniciens auto s'occupaient de la BMW X5.

Au Central, Mackenzie avait pris pour avocat Hartley Crewdson, ce qui avait beaucoup inquiété Winter. Crewdson était arrivé dans la demi-heure, avait écouté le compte rendu de l'incident sur le ferry, avant de demander à Winter de lui passer les images incriminant son client. C'était un droit reconnu à la défense mais Winter, anticipant la requête, avait fait de son mieux pour enterrer la cassette.

Crewdson, qui lisait dans Winter comme dans

un livre, fit remarquer que l'incendie criminel était un délit très grave. Il savait déjà que ni Valentine ni Misty Gallagher n'étaient prêts à témoigner contre Mackenzie. Quand on les avait invités à raconter l'incident, ils avaient répondu que ce n'était qu'une plaisanterie entre eux, une farce qui avait un tout petit peu dégénéré. Aussi, quelle raison, disait Crewdson, avait-il de croire la version de Winter ?

Le sergent d'écrou dut reconnaître que seule la vidéo pourrait répondre à cette question. Deux minutes dans un bureau vide suffirent à obtenir de Winter qu'il leur remette la bande. Un quart d'heure plus tard, Crewdson ressortait d'un premier visionnage avec le sourire. La séquence-clé, dit-il, ne prouvait rien. Mackenzie et les hommes de Winter masquaient l'image. Son client affirmait que c'était Winter qui l'avait forcé à lâcher la lettre en train de brûler, et qu'il n'y avait pas la moindre preuve d'incendie criminel. C'était l'intervention brouillonne des policiers qui avait déclenché le feu.

Maintenant, une heure et demie après le début de l'interrogatoire, Winter n'avait pas avancé d'un pas. Quatre-vingt-dix minutes plus tôt, Mackenzie avait donné son nom, ses date et lieu de naissance, ainsi que son adresse. Après quoi, il avait opposé à chaque question un « rien à déclarer » lâché d'un air absent.

Danny French partageait l'interrogatoire avec Winter. Lui aussi avait abandonné tout espoir d'un résultat. Comment forcer un homme à parler ?

Désespéré, Winter décida de tenter le tout pour le tout. Il jeta un bref regard à Danny French et se pencha au-dessus de la table, son visage juste en face de celui de Mackenzie. Winter élevait rarement la voix lors d'un interrogatoire, sachant que la ruse vous ouvrait bien mieux les portes que l'intimidation. Mais, à présent, sa voix était devenue murmure.

« Bazza, faut que je sois honnête avec toi, c'est la vidéo qui me tracasse. On a beaucoup parlé de cette histoire de bouteille de rhum et de ce bout de papier qui a pris feu. C'est vrai, la bande ne prouve pas grand-chose. Tu as dit à ton avocat que c'est moi qui t'ai forcé à lâcher la lettre. Il se trouve que je n'ai pas fait ça. Mais laissons ça entre nous. Non, Baz, c'est ce qu'il y a avant sur cette bande, dont il faudrait peut-être parler. »

Crewdson jeta un regard à Mackenzie. Même French affichait sa perplexité.

« Ouais ? » C'était la première fois que Mackenzie proférait une réponse. « C'est quoi ?

— Ma foi, répondit Winter, prenant son temps maintenant. Voyons. Ça devait être assez tôt, le ferry n'était pas encore sorti du port.

— Et ?

— Et ils s'en donnaient, mon pote. Comme des lapins, l'un et l'autre. Ce qui est pas facile sur ces petites couchettes. La Misty, elle était... » Il secoua la tête. « On peut te passer le film, Baz, si tu veux. On s'en fera une joie. »

Crewdson leva une main lasse. « Constable Winter, dit-il, l'air déçu, ceci est un outrage à la justice, comme vous le savez très bien.

— Un outrage ?

— Mon client a été arrêté pour tentative d'incendie criminel. Je ne vois pas quel est le rapport avec ce que vous avancez. Et, en dehors de l'aspect légal, je trouve cela de très mauvais goût.

— Vraiment ?

— En effet. Et mon client pense certainement la même chose. »

Winter prit un air confus. « Alors plus personne ne s'intéresserait au motif ?

— Motif de quoi ?

— Mais d'avoir mis le feu.

— Mon client nie l'avoir fait. Ce que vous avez enregistré avant les faits incriminant M. Mackenzie n'a pas sa place ici.

— Alors, pourquoi ne pas visionner toute la bande, pour voir ce qui s'est passé avant ? Placer l'incident dans son contexte ? » Il jeta un regard autour de lui. « Non ? »

Il y eut un long silence. Même Danny French regardait ses mains. Finalement, Mackenzie s'adossa à sa chaise. Pour la première fois depuis le début de l'interrogatoire, il souriait.

« Tu sais quoi ? lança-t-il à Winter. T'as perdu, mon pote. »

L'interrogatoire se termina vingt minutes plus tard. Après une brève conversation avec French, le sergent d'écrou manda Crewdson pour lui annoncer que son client ne ferait pas l'objet d'une détention provisoire. Il était libre de ses mouvements en attendant les conclusions de l'enquête.

Au moment où Crewdson et Mackenzie quittaient le Central, le sergent appela Winter dans son bureau. « Message de la Scène de crime. »

Il mit ses lunettes pour déchiffrer le mot griffonné. « Ils ont désossé la BMW mais n'ont rien trouvé. » Il leva les yeux vers Winter. « Autrement dit, les parties impliquées ont été relâchées. »

Winter et French sortirent du Central quelques minutes plus tard. Le soir commençait de tomber, et Winter mit un moment à reconnaître la silhouette qui attendait au coin de la rue. Mackenzie.

« Peut-être qu'il nous a attendus pour qu'on le raccompagne chez lui, grommela French. »

Winter ne dit rien. Il se dirigea vers sa Subaru en jetant un regard par-dessus son épaule en direction de Mackenzie. Le temps pour eux de monter dans la voiture, Mackenzie n'avait pas bougé du trottoir.

Winter n'avait toujours pas démarré. French voulait regagner Kingston Crescent. « Hé, on va y passer la nuit ou quoi ?

— Attends.

— Pourquoi ?

— Parce que je te le dis, d'accord ? » Winter lui jeta un regard avant de reporter son attention sur Mackenzie. French préféra ne pas insister et tendit la main vers la poignée de la portière. Mieux valait prendre un taxi que de faire le con.

« Regarde », lui dit Winter en le retenant.

Une belle décapotable Mercedes s'était arrêtée devant Mackenzie. La large silhouette en blouson de cuir se pencha pour lui ouvrir la portière.

« C'est Talbot. » Winter démarra et sortit du parking.

« On fait quoi, là ? demanda French, soudain inquiet.

— On les suit.

— Tu rigoles ? Toi et tes poursuites en bagnole !

T'as bien manqué tuer Dawn Ellis l'année dernière, pas vrai ?

— Qui a parlé de poursuite ? » Winter s'amusait enfin, de retour dans un rôle qu'il affectionnait. « Je te parie un billet de vingt qu'on va à Waterlooville.

— Waterlooville ? répéta French, alarmé. Pourquoi iraient-ils là-bas ?

— Valentine. Il y a un travail pas fini, là-bas, et Bazza va s'en charger.

— Et nous, on sera là-bas aussi ? Pour y assister ? Putain, génial ! »

French se renfonça dans son siège, résigné à tout ce qui pourrait arriver.

La Mercedes sortit de la ville. Sur la double voie qui dégageait la circulation aux heures de pointe, Talbot signala brusquement qu'il tournait à gauche, plongeant dans la bretelle qui conduisait au port des ferries et vers les quartiers nord.

« Il t'a repéré, dit French, alors qu'ils ralentissaient au rond-point. Je ferais mieux de descendre là. Je préfère encore rentrer au bureau à pied. »

Repérant un trou dans le flot de voitures, Winter accéléra à fond. Quelques instants plus tard ils étaient de nouveau derrière la Mercedes.

« Subtil, marmonna French. Tu as dû faire le coup, déjà. »

Moins d'un kilomètre plus loin, la Mercedes indiqua de nouveau qu'elle tournait à gauche, et elle pénétra dans une sinistre zone industrielle. Ils bringuebalèrent bientôt sur une chaussée pleine de nids-de-poule, entre un champ de courses de lévriers et les entrepôts d'une entreprise de bâtiment. Devant eux, dans la lumière déclinante, se découpait une immense casse de véhicules militaires destinés au chalumeau.

« La décharge, dit Winter dans sa barbe. Peut-être bien qu'ils lui ont déjà fait son affaire, à Valentine. Qu'ils l'ont ficelé et attendent de se débarrasser du corps ? » Il coula un regard vers French. « Tu me suis ? »

French était à la recherche de son paquet de cigarettes. Il ne voulait rien entendre de tout ça.

La Mercedes avait disparu dans le chantier. Winter s'arrêta dans l'ombre du cynodrome et coupa le moteur. Dans le silence soudain, on percevait le sifflement du vent au-dessus du port voisin.

« On fait quoi maintenant ? demanda French, qui cherchait son briquet.

– On va faire un tour. Jeter un œil.

– Pas de soutien ?

– Pas besoin. Alors, tu t'en sens ou pas ? »

Winter sortit sans attendre de réponse, et French traîna un peu pour le rejoindre dans la froidure du crépuscule. Ils se dirigèrent vers la décharge en longeant la clôture. Au-delà d'une longue rangée de tanks à la casse, Winter distinguait la forme de baleine d'un sous-marin au pied de la jetée. Rouillé, à moitié enfoui dans la vase, ce n'était plus que relique d'une guerre oubliée.

« Il y a une autre sortie ? » demanda French, n'apercevant nulle part la Mercedes.

Soudain, deux phares les épinglèrent contre la clôture. La voiture était garée à une vingtaine de mètres, derrière le plus proche des tanks. Malin. Le moteur démarra, et la voiture se mit à rouler dans leur direction.

« On fait quoi, là ? demanda French.

– J'en sais foutre rien », répondit Winter en continuant de marcher.

La Mercedes exécuta un tour serré pour s'arrêter à hauteur de Winter. La vitre du passager descendit. Le visage de Mackenzie se découpait dans la lueur du tableau de bord. Winter abaissa son regard sur lui, puis s'écarta tandis que Mackenzie ouvrait la portière. Pendant un moment ni l'un ni l'autre ne dit mot. Puis Mackenzie fit signe à Winter de se rapprocher.

« Vous me tuez, les mecs, dit-il. Vous me prenez vraiment pour un crétin ? Vous croyez que je suis bouché, pas vrai ? »

L'haleine de Bazza sentait le chewing-gum à la menthe. « Valentine est probablement chez lui, Baz, dit Winter. En train de fêter ça.

– Vous avez démonté sa caisse, hein ?

– Bien sûr.

– Et ?

– Propre comme un sou neuf.

– Putain de surprise. Décidément, vous êtes trop cons, vous apprendrez jamais rien. » Il y eut un long silence. Une brève flamme troua la pénombre. French avait enfin trouvé son briquet.

Mackenzie n'avait pas fini. Il avait un poids sur la poitrine et il devait s'en débarrasser. C'était quelque chose d'important, et le temps était venu de régler ça.

« Tu sais à quoi ça se résume tout ça ? dit-il. Au business. Rien d'autre que le business. Tu me racontes que Valentine tringle Misty depuis vingt ans, et je te crois. Et si tu penses que ça pourrait faire une quelconque différence, tu te goures jusqu'au trognon. Et sais-tu pourquoi ? Parce que je suis pas arrivé là où je suis aujourd'hui pour tout foutre en l'air à cause d'une chienne comme Mist. Valentine appartient au passé, mon pote. Il prendra sa retraite avec ma bénédiction. Et il gardera Mist pour pas un rond. Putain d'affaire qu'il fait ! » Il observa un silence. « Mais tu as pigé tout ça, et j'aimerais bien que tes potes à Tumbril arrêtent leurs conneries. La partie qui se joue est bien plus grosse qu'ils le pensent. » Il sourit soudain à Winter. « Passe-moi un coup de fil, un jour, si t'es désespéré. On verra ce qu'on peut faire... hein ? »

Épilogue

Jeudi 24 avril

L'enquête sur la mort de Daniel Kelly eut lieu dans les derniers jours d'avril. Prévenus trois semaines plus tôt de son ouverture, alors que Tumbril reposait en paix, Eadie et Faraday prirent de brèves vacances dans le nord de l'Espagne, revenant deux jours avant la date fixée.

Martin Eckersley, le coroner, rencontra Eadie dans la cour du palais de Justice. « Vous avez une mine superbe, lui dit-il. Vous avez rajeuni de dix ans.

– Merci, Martin.

– Mais je suis sincère. » Il sortit une cassette vidéo de sa mallette. « Je l'ai visionnée il y a deux jours. Je comprends maintenant.

– Vous comprenez quoi ?

– Toute cette agitation dans la presse. Vous n'avez épargné aucun détail, n'est-ce pas ?

– Ce n'est pas dans mes habitudes. Vous allez vous baser sur certaines séquences, n'est-ce pas ? » Eadie fit un signe de tête en direction de la salle d'audience.

« Bien sûr. Je vais passer celle que vous m'avez envoyée, en même temps que la vidéo complète. Quand le garçon se shoote et puis qu'il part en direction de sa chambre.

— Vous êtes sûr que cela suffira ?

— Ce sera pertinent. Nous sommes ici pour établir les faits, Eadie. » Il lui tapota le bras. « Mais ce sera à vous de dire le reste. »

Eadie partit en quête d'un café pour tuer le temps avant que l'enquête ne commence. Elle avait envoyé au *News* une cassette de la vidéo et, à son grand plaisir, il en résulta deux pages pleines des controverses que soulevait le sujet. Les éducateurs se disaient scandalisés, de même que certaines associations d'aide aux toxicomanes. Des images aussi dures, disaient-ils, pourraient choquer les plus jeunes. De nombreux parents et enseignants, en revanche, avaient hâte de faire asseoir leur progéniture devant la télé. Pour eux, la vérité était enfin montrée.

De Bazza Mackenzie, il n'était heureusement point question dans le *News*. Eadie avait gardé secrète la contribution du truand et elle avait fêté avec Faraday la décision des enquêteurs de relever J-J de toute charge. Libéré de toute obligation, J-J avait décidé d'accepter l'invitation d'Eadie à entrer à plein temps à Ambrym et d'y développer une petite vidéothèque de documentaires sociétaux. Le travail des images sur la vidéo des opposants à la guerre pouvait ouvrir à J-J les portes des maisons de production londoniennes, mais le garçon avait décidé de rester à Portsmouth.

Et Bazza ? Eadie prit le gobelet de café que venait de lui remplir la machine et regagna la salle d'audience. D'après Faraday, Mackenzie étendait ses intérêts à l'étranger, principalement à Dubai et sur la Costa Del Sol. On avait construit une extension à la maison de Craneswater, et on racontait dans certains quartiers de la cité que Bazza lorgnait maintenant l'un des forts de Southsea. Cette dernière rumeur, disait Faraday, s'était révélée sans fondement, mais la nouvelle direction du Solent Palace était en train de relooker entièrement le lieu. Pour marquer la réouverture officielle, ils avaient proposé des prix imbattables pour accueillir... le bal annuel de la police.

L'enquête commença à onze heures avec une série de témoins appelés à la barre pour reconstituer les dernières heures de Daniel Kelly. Eadie elle-même décrivit la détresse croissante du jeune homme, alors que les minutes s'écoulaient sans qu'apparaisse le signe de sa délivrance. Quand le moment fut venu de raconter son entrée dans la cuisine pour préparer son shoot, elle ne rentra pas dans les détails, sachant que le coroner montrerait plus tard cette séquence.

Le témoin suivant était Sarah, l'amie et ancienne colocataire de Daniel. C'était elle qui avait découvert le corps. Puis vint le médecin des urgences appelé sur les lieux, ainsi que l'officier de police judiciaire Dawn Ellis et l'agent en tenue qui l'accompagnait. L'anatomopathologiste fit la lecture de son rapport d'autopsie, qui notait la présence d'une héroïne singulièrement pure dans l'estomac de Daniel. La mort, dit-elle, était survenue par asphyxie, suite à une ingestion de vomi.

Eckersley, en tant que coroner, clôtura la session par un résumé de l'affaire. Ses commentaires, où la compassion l'emportait sur le jugement, étaient avant tout adressés au père de Daniel Kelly, assis immobile et voûté dans un beau manteau de cachemire. La mort de Daniel, disait Eckersley, était une tragédie en soi, ainsi qu'un avertissement adressé à nous tous. La drogue et le désespoir l'avaient tué. C'était un gâchis. Daniel avait très mal estimé la force de ce dernier sachet de poudre, et Eckersley avait toutes les raisons de déclarer cette mort accidentelle.

Eckersley conclut par quelques mots de reconnaissance envers Eadie et annonça son intention de montrer les dernières minutes de Daniel, partie d'un film vidéo destiné aux établissements scolaires du royaume. Il y avait là une petite lueur d'espoir tout au bout d'une bien triste histoire.

La lumière dans la salle diminua. Les images apparurent. Une aiguille tremblante cherchait une veine. Dans la pénombre, Eadie voyait le père de Daniel, le visage figé, les yeux fixés sur l'écran. Le piston poussa lentement le liquide brun dans la veine. L'instant d'après, Daniel défaisait son garrot, le visage soudain détendu, heureux, alors qu'il sortait de la cuisine, ne désirant plus rien d'autre que l'oubli.

Tandis que la caméra s'attardait à la porte de la chambre, Eadie continuait de regarder le père de Daniel. Son fils venait de s'écrouler sur le lit, tirant gauchement sur son duvet. La caméra cadrait maintenant le visage sur l'oreiller. Un nerf battait sous un œil. Puis le visage se tourna vers la caméra. Daniel souriait. Eadie vit le père baisser soudain la tête d'un air désespéré, les yeux fermés.

Puis l'écran devint noir.

Plus tard ce même jour, dans l'après-midi, Faraday alla faire des courses dans un supermarché Waitrose. Il choisit la file la plus courte aux caisses en se demandant s'il aurait le temps de passer voir Nick Hayder à l'hôpital. Au moment où il allait décharger ses emplettes à la caisse, il sentit une main sur son bras. Il se retourna. C'était Harry Wayte.

« Joe, dit-il aimablement, ça fait longtemps.

— Harry, comment ça marche ?

— Bien. J'ai décroché la semaine dernière.

— Décroché de quoi ?

— Du boulot. On est allés en bande vider quelques verres dans un pub de Fareham. Je t'aurais bien envoyé une invitation mais... sans rancune. »

Faraday le regarda. À sa connaissance, l'enquête des services internes suivait son cours, mais il n'en connaissait pas les détails.

« Mon baveux me dit qu'ils perdent leur temps, reprit Wayte, devinant les pensées de Faraday. Ils ne pourront jamais rien trouver qui me lie à Bazza d'une façon ou d'une autre. Rien, pas même un coup de fil. Pas d'e-mail, pas un seul penny dont je ne pourrais certifier l'origine. Rien. » Il eut un signe de la tête en direction de la caissière. « Je crois que tu embêtes aussi cette demoiselle. »

Quelques minutes plus tard, Faraday terminait le coup de fil qu'il venait de passer de son portable, quand il vit Wayte qui sortait du supermarché. Avec son imperméable qui lui battait les flancs et ses sacs de provision, il avait déjà l'air d'un vieil homme. Il traversa le parking et s'arrêta devant une BMW décapotable qui avait l'air neuve, et chercha ses clefs.

Faraday rempocha son téléphone et démarra la

Mondeo. Il avança lentement. Wayte était en train de charger son coffre de bouteilles de bière. Faraday s'arrêta à sa hauteur. La voiture était bleue, avec un autocollant ALLEZ POMPEY à l'arrière.

Wayte leva la tête. Faraday regardait encore l'autocollant.

« Jolie caisse, Harry. Elle a dû te coûter un max. »

Wayte se tourna vers lui, savourant ce petit moment de vérité. « Tu as raison, dit-il enfin. Elle m'a coûté vraiment cher. »